Judith Lennox
Picknick im Schatten

Roman

Aus dem Englischen von
Mechtild Sandberg

Piper München Zürich

Von Judith Lennox liegen in der Serie Piper vor:
Das Winterhaus (2962)
Tildas Geheimnis (3219)
Serafinas später Sieg (3391)
Am Strand von Deauville (3593)
Picknick im Schatten (3752)
Der Garten von Schloß Marigny (6024)
Die geheimen Jahre (Piper Original 7043)

Taschenbuchsonderausgabe
Januar 2003

Titel der englischen Originalausgabe:
»The Shadow Child«, Corgi Books / Transworld Publishers Ltd.,
London 1999

erschienen im Verlagsprogramm Kabel
Umschlag / Bildredaktion: Büro Hamburg
Isabel Bünermann, Julia Martinez /
Charlotte Wippermann, Katharina Oesten
Umschlagabbildung: Royal Horticultural Society
Foto Umschlagrückseite: Peter von Felbert
Satz: KCS Buchholz / Hamburg
Druck und Bindung: Clausen & Bosse, Leck
Printed in Germany ISBN 3-492-23752-5

www.piper.de

Für Ewen, Alexis und Dominic

Teil I

EIN GEBURTSTAGSPICKNICK

Picardie, Juli 1914

1

JEDER SEINER STIEFEL hatte sechs Knöpfchen. Als sie sich bückte, um sie zu schließen, schlang Charlie ungestüm die Arme um ihren Kopf. »Allie, Allie, Allie!« rief er und trommelte mit seinen kleinen Fäusten auf sie ein. Charlie Lanchbury war zwei Jahre alt, ein pummeliger kleiner Kerl, den man ganz einfach liebhaben mußte. Alix hob ihn in die Höhe und gab ihm einen Kuß.

Sie sah zum Fenster hinaus in den Hof des Schlosses, wo Onkel Charles gerade Tante Marie in den Daimler half. Auch ihre kleinen Cousinen waren unten, Ella, May und Daisy, alle drei in den gleichen Kleidern, weißer Musselin mit rosaroten Schärpen. Es war Mays neunter Geburtstag, und zur Feier des Tages wollte die ganze Familie – Onkel Charles und Tante Marie, die vier Kinder, die Großeltern Boncourt und Alix – einen Ausflug machen.

»Steh mal einen Moment still, Charlie.« Seine rotblonden Locken kitzelten sie unter dem Kinn, und sie mußte lachen, während sie versuchte, die Enden seines Spitzenkragens gerade zu ziehen. Geschmeidig wie ein Fisch entwand er sich ihren Händen und galoppierte »Wert! Wert!« rufend im Zimmer umher.

Die Nachmittagssonne, die durch die Fenster fiel, warf helle Lichtquadrate auf den gewachsten Parkettfußboden. Als Alix ihr Skizzenbuch aufhob, flatterte ein Blatt Papier zu Boden. Es war eine Zeichnung, die ihren Vater und ihre Mutter zeigte, wie sie, mit riesigen Taschentüchern bewaffnet, am Quai standen und versuchten, die dicken Tränen aufzufangen, die zu ihren Füßen bereits einen kleinen See gebildet hatten. »Mr. und

Mrs. Gregory beim Abschied von ihrer reiselustigen Tochter Alix« lautete der Titel über der Karikatur, die mit AJG, den Initialen ihres Vaters, unterzeichnet war.

Alix hatte in den zwei Monaten ihres Ferienaufenthalts in Frankreich kaum unter Heimweh gelitten. Dazu war sie viel zu beschäftigt gewesen und zu fasziniert von der Andersartigkeit des Lebens hier. Es waren die ersten Ferien, die sie mit ihren Verwandten zusammen verbrachte; ihre ersten Ferien im Ausland, obwohl sie schon vierzehn war. Aber als sie jetzt die witzige kleine Zeichnung betrachtete, gab es ihr doch einen kleinen Stich.

Sie schob sie wieder in das Buch zurück und begann, auf allen vieren durch das Zimmer kriechend, unter Tischen und Stühlen nach Charlies Schwert zu suchen.

»Komm, Charlie, hilf mir suchen, sonst kommen wir zu spät.«

Sie entdeckte das Spielzeug schließlich in einem Kasten Holzbauklötze. Charlie hüpfte in heller Aufregung herum und rannte zu ihr. »Wert!« rief er strahlend.

»Schwert«, korrigierte Alix ihn lachend. Sie zog das Band aus ihrem dunklen Haar, knotete es ihm um seinen kleinen Bauch mit dem Samtjäckchen und schob das hölzerne Schwert darunter. Er streckte ihr die Arme entgegen, und sie trug ihn zum Fenster. Rundherum, so weit das Auge reichte, flimmerten die Felder und Wiesen Nordfrankreichs in der Mittagshitze. Alix drückte Charlies kleinen, warmen Körper an sich. Dann nahm sie ihren Hut und lief hinaus in die Sonne.

Auf der Fahrt trug sie Skizzenbuch und Bleistift in der Tasche ihres Kleides. Das Buch war beinahe voll, nur wenige leere Seiten blieben noch. Und lauter *vernünftige* Zeichnungen waren es, ganz anders als die Karikaturen, durch die sie in der Schule so tief in Ungnade gefallen war. Sie bekam jetzt noch Magenflattern, wenn sie daran dachte, wie sie zu Miss Humphrey zitiert worden war und dort, auf dem Schreibtisch der Direktorin ausgebreitet, ihre eigenwilligen Darstellungen der Lehrer von Ashfield House gesehen hatte. Miss Turton, die Sportlehrerin, mit rotem Kopf und strammen Waden; Miss Bright (Geschichte) mit Glupschaugen, die über ihren Kneifer hinwegspähten. Die hervorstechendsten Merkmale ihrer Lehrer ins Überdimensionale und Lächerliche verzerrt. Die anderen Mädchen pflegten sich über ihre Zeichnungen, schnell hingeworfen auf irgendwelche Schmierblätter, zu amüsieren; sie tauschten Zitronendrops und Sahnebonbons gegen eine Karikatur. Aber Miss Humphrey hatte nichts Amüsantes an den Skizzen gefunden, und die Strafe für ihre Respektlosigkeit hatte Alix prompt und gnadenlos ereilt. Sie hatte sich nicht einmal von ihren Freundinnen verabschieden dürfen.

Das Schlimmste – und hier stieß Alix, die den blaßgoldenen Schimmer der vorüberfliegenden Landschaft jetzt gar nicht mehr wahrnahm, einen kleinen Seufzer aus –, das Schlimmste war die Bekümmerung und Fassungslosigkeit gewesen, die sie in den Gesichtern ihrer Eltern gesehen hatte, als diese sie aus dem Internat abgeholt hatten. Es quälte Alix, sie so sehr enttäuscht zu haben. Das Zweitschlimmste war die Erkenntnis gewesen, daß sie das Buch mit den Skizzen in der Schulgarderobe liegengelassen haben mußte, ein Leichtsinn, der der Folge von Kopflosigkeiten – verlorengegangene Überschuhe, abhanden gekommene Turnanzüge, spurlos verschwundene Füller –, die ihre kurze Karriere im Internat gekennzeichnet hatten, die Krone aufgesetzt hatte.

Einige Wochen nach Alix' unehrenhafter Entlassung aus der Schule hatte ihre Mutter den Brief von Onkel Charles erhalten.

»Das ist wirklich nett von Charles und Marie«, hatte Beatrice Gregory gesagt. »Sie fragen an, ob du in den Ferien mit ihnen nach Frankreich reisen möchtest. Sie besuchen dort jedes Jahr mit allen vier Kindern Maries Eltern.« Beatrice Gregory runzelte die Stirn. »Ich weiß nicht recht ... du bist erst vierzehn ... und wir sollten uns eigentlich nach einer anderen Schule umsehen. Aber Nanny Barnes, das Kindermädchen, ist krank, sie kann nicht mitkommen.« Ein paar graue Haarsträhnen fielen ihr in die gekrauste Stirn. »Marie meint, du würdest ihnen damit einen großen Gefallen tun. Sie würden natürlich von dir erwarten, daß du bei der Beaufsichtigung der kleineren Kinder hilfst, Alix. Ich weiß wirklich nicht ...«

Das Automobil, das von Robert, dem Stallburschen der Boncourts gelenkt wurde, holperte über die Kopfsteine. Charlie hüpfte auf Alix' Schoß auf und nieder, während sie sich erinnerte. Hoch und heilig hatte sie ihrer Mutter versprochen, sich tadellos zu benehmen, stets auf ihre Sachen zu achten, niemals zu widersprechen oder zu klagen. Sie hätte jedes Versprechen gegeben, um die Erlaubnis zu diesem Abenteuer, einer Reise nach Frankreich, zu erwirken.

Und sie hatte ihre Versprechen im großen und ganzen gehalten. Nur einmal hatte sie Ella die Zunge herausgestreckt, als diese den Inhalt ihres Koffers inspiziert und gesagt hatte: »Baumwollhandschuhe, Alix? Wir tragen immer Glacéleder oder Spitze. Mama sagt, nur Gouvernanten und Zofen tragen Baumwollhandschuhe.« Und sie war nur einmal wütend geworden, als sie gehört hatte, wie Tante Marie Madame Boncourt zuflüsterte: »Alix' Vater ist Lehrer. Beatrice Lanchbury hat unter ihrem Stand geheiratet – vermutlich, weil sie Angst hatte sitzenzubleiben.«

Jetzt lagen das Schloß der Familie Boncourt und die umliegenden Felder schon weit hinter ihnen. Die fruchtbare Ebene der Picardie glänzte im hellen Gelb der reifenden Weizenfelder, über die vereinzelt stehende Pappeln ihre Schatten warfen. Hitze staute sich unter dem Dach des Automobils, dessen Seiten offen waren.

Die fünfjährige Daisy fragte quengelnd: »Sind wir noch nicht da?«

»Natürlich nicht, du Dummkopf«, sagte Ella.

»Ich hab aber Hunger.« Daisy verzog weinerlich das Gesicht.

»Es dauert nicht mehr lang, Schatz. Und beim Picknick gibt es dann lauter gute Sachen«, tröstete Madame Boncourt. »Obwohl ich ja der Meinung bin, daß das französische Essen für Kindermägen einfach zu schwer ist. Es ist wirklich jammerschade, daß Nanny nicht mitkommen konnte. Sie macht immer diesen wunderbaren Reispudding mit Vanillesoße.«

Madame Boncourt, die liebenswürdig und dick war, strahlte Alix an. »Du findest deine Ferien hier doch hoffentlich schön, Alix, mein Kind?«

Alix dachte an die Kanalüberfahrt und die Strände von Le Touquet, wo sie die ersten drei Wochen verbracht hatten, an die verschlafenen französischen Dörfer und die Wegraine mit leuchtend rotem Mohn und blauer Wegwarte. Sie sah vor sich all das Beiwerk des glanzvollen Lebens, das die Lanchburys führten – Tante Maries elegante Kleider aus schwerer Seide, die Bediensteten, die ihnen jeden Handgriff abnahmen. Und das Automobil natürlich. Bis vor einem Monat war sie noch nie in einem Automobil gefahren.

»Es ist *wunderbar*!« sagte sie heftig. Sie drückte Charlie fest an sich und atmete den sauberen Geruch seiner Haut und seines Haars, als sie ihn auf den Scheitel küßte.

Alix zeichnete den Picknicktisch und die Dienstboten, wie sie ihn deckten. Sie begann, Robert zu zeichnen und Louise, das Kindermädchen, die halb versteckt hinter Bäumen waren, aber dann warf Charlie sich auf ihren Schoß, riß ihr den Bleistift aus der Hand und stach damit auf ihr Skizzenbuch ein.

»Lange!«

»Eine Schlange? Charlie möchte eine Schlange malen?« Alix führte die kleine, dralle Hand, die den Stift hielt. Wellenlinien krochen über das Papier.

»Lange«, sagte er wieder und wies zu den Bäumen. »Da düben.«

»Du hast eine Schlange gesehen? Da drüben?« Alix stand auf und klopfte sich ein paar welke Grashalme vom Rock. »Komm, wir schauen mal nach.« Sie hielt ihm die Hand hin.

Rosarot und weiß blitzte es im Grün und Schwarz des Waldes, als May und Daisy ihnen voraus zwischen den Bäumen hindurcheilten. Die Gespräche der Erwachsenen, die draußen im Schatten saßen, wichen in den Hintergrund zurück. Das Timbre ihrer Stimmen wurde seltsam klanglos, wie von den hohen Bäumen oder der drückenden Sommerhitze geschluckt.

»... könnten wir Amélie in Paris besuchen.« Das war Madame Boncourts Stimme.

»Aber die Ernte ...« Monsieur Boncourt sprach im Gegensatz zu seiner Frau französisch.

»Ach, ja natürlich, Félix. Daran habe ich gar nicht gedacht. Natürlich müssen wir die Ernte abwarten.«

»Die Truppen des Kaisers werden vielleicht nicht so lange warten.« Charles Lanchbury hielt in seinem rastlosen Umherwandern inne.

»Also wirklich, Charles!« Madame Boncourt lachte ein wenig. »Ich kann mir nicht vorstellen, daß die Dinge sich bereits so weit zugespitzt haben.«

»Nein, das kannst du natürlich nicht. Dein Optimismus war ja immer schon unverwüstlich, *belle-mère*.«

Charlie zog an Alix' Hand, um sie tiefer in den Wald zu führen. In der Ferne sagte Onkel Charles: »Ich wäre gern schon morgen abgereist. Wir müssen früher nach England zurück, wenn wir ...«

Dann war er nicht mehr zu hören, und Charlie flüsterte: »Lange, Allie, schau.«

Sie schauderte leicht, als sie die gewundene Form im dürren Laub sah. Dann blickte sie genauer hin und lachte. »Das ist nur eine alte Schlangenhaut, Charlie. Sieh mal, da ist gar nichts.«

Er kauerte neben ihr nieder und stocherte mit seinem kleinen silbernen Schwert nach der abgestreiften Haut. Behutsam zog Alix ihn weg. »Laß sie liegen, Charlie. Laß sie so, wie sie ist. Komm, wir suchen deine Schwestern, ja?«

Er rannte vor ihr her. *Wir müssen früher nach England zurück*, hatte Onkel Charles gesagt. Plötzlich überfiel Alix eine heftige Sehnsucht nach zu Hause. Sie konnte es kaum erwarten, ihrem Vater ihr Skizzenbuch zu zeigen, ihrer Mutter von den weiten, luftigen Räumen des Schlosses zu erzählen, die mit Gold und Samt überladen waren, ihr Tante Maries Kleider zu beschreiben, Spitzengeriesel und Seidenbänder, die bei jedem Schritt leise knisterten. Alix wußte, daß ihr Vater, wenn er mit ihr durch diesen Wald gewandert wäre, ihr den Namen der kleinen, weißen Blumen gesagt hätte, die mit nickenden Köpfen im Unterholz standen, daß er den Gesang des Vogels erkannt hätte, der da hoch oben im Geäst eines Baums saß. Er hätte gewußt, welche Schlange die Haut abgestreift hatte, die Charlie so in Aufregung gestürzt hatte, und er hätte ihr beibringen können, einen Picknicktisch so zu zeichnen, daß seine Beine wirklich wie aus Holz gemacht wirkten und nicht wie aus Gummi.

Traurig machte sie bei dem Gedanken an die baldige Heimkehr einzig die bevorstehende Trennung von Charlie. In den acht Wochen ihres Aufenthalts in Frankreich hatte sie sich fast ausschließlich um den kleinen Jungen gekümmert. Gleich am ersten Tag der gemeinsamen Reise hatte er sich ihr fest angeschlossen und während der ganzen Überfahrt neben ihr auf einer Bank an Deck der Fähre gekniet, um mit ihr zusammen ins graue Wasser hinunterzuschauen, in das das Schiff einen weiß schäumenden Keil pflügte. Im Hotel in Le Touquet hatte er darauf bestanden, von Alix zu Bett gebracht zu werden; auf der langen Bahnfahrt nach Amiens hatte er nur stillgesessen, wenn Alix ihn auf den Schoß genommen und ihm Geschichten erzählt hatte. Sie liebte ihn mit einer heftigen, völlig unerwarteten Zärtlichkeit; sie hatte sich nie viel aus Puppen gemacht und deshalb geglaubt, sie würde ihren zweieinhalbjährigen Vetter ebenso langweilig finden. Aber es beglückte sie schon, ihn nur an der Hand zu halten; es beglückte sie, ihn auf dem Arm zu tragen, ihr Gesicht in sein weiches, feines Kinderhaar zu drücken, wenn sie sich zu ihm hinunterneigte, um ihm einen Kuß zu geben.

Nach dem Picknick (Schinken und Huhn in Aspik, Apfeltörtchen und eine prachtvolle Geburtstagstorte mit rosarotem Guß) gesellte sich Alix zu den Mädchen, die im Gras lagen und den gepflückten Gänseblümchen mit den Daumennägeln die saftigen grünen Stengel aufschlitzten, um Kränze aus ihnen zu flechten. Charlie hockte zu Füßen seiner Mutter und piekte mit schmutzigem Zeigefinger nach einem Marienkäfer, der mühevoll von Grashalm zu Kleeblatt krabbelte.

Madame Boncourt bot ihrem Mann die Hand, um sich von ihm vom Stuhl helfen zu lassen. »Ich muß nach Hause, Marie. Es ist so heiß, und mir ist ein wenig flau. Ich fahre mit den Angestellten im Dogcart. Ich möchte euch den Tag nicht verderben.«

»Aber Maman –«

»Laß gut sein, Marie. Ich fahre lieber im Pferdewagen. Automobile sind so laut und staubig.«

Die Dienstboten waren schon dabei, Körbe und Decken in den Einspänner zu verstauen.

Onkel Charles, der spielerisch Ellas Ball in seinen Händen hin und her warf, sagte träge: »Wenn du jetzt nach Hause fährst, *belle-mère*, dann nimm bitte dieses unmögliche Kindermädchen mit. Sie hat ja nichts anderes im Kopf, als mit dem Stallburschen zu flirten.«

»Charles! Die Kleinen –«

»Alix kümmert sich schon um Charlie, nicht wahr, Alix? Wir spielen jetzt eine Partie Kricket. Komm, Ella, such ein paar Stöcke, die wir als Torstäbe benutzen können.«

»Sie müssen ins Bett ...« Eine vage Geste mit schmaler Hand. »Wir sollten auch nach Hause fahren, Charles.«

»Ach, Unsinn! An so einem herrlichen Abend?« Onkel Charles rammte die Stöcke, die Ella zusammengesucht hatte, in den Boden. »Alix, Daisy und ich sind eine Mannschaft, Ella, May und Charlie die andere. May darf zuerst schlagen, weil sie heute Geburtstag hat.«

Die Dogcarts mit den Dienstboten, den beiden Boncourts und einer verdrossenen Louise rollten, Staubfahnen hinter sich herziehend, auf der Landstraße davon. Onkel Charles warf, und May holte mit dem Schläger aus. Der Ball flog ins Unterholz. Charlie klatschte begeistert in die Hände, und Ella schrie: »Renn, May, renn.«

Onkel Charles warf und warf. Die Füße der kleinen Mädchen hämmerten über den harten Boden. Die Sonne glitt zu den Baumwipfeln hinunter. Der Ball, der von einem blendend erleuchteten Himmel herabsauste, rutschte Alix aus den Händen.

»Tolpatsch!« sagte Onkel Charles scharf.

Das Knallen des Balls gegen das Schlagholz schlug den Takt zum Verstreichen der Zeit. Die Bäume wurden zu schwarzen Schattenrissen vor dem sich allmählich verdunkelnden Himmel. Charlie, der eigentlich im Feld stehen und den Ball fangen sollte, war zu seiner Mutter gekrochen und lutschte am Daumen. Hin und wieder beugte sich Tante Marie zu ihm hinunter und nahm schweigend seine Hand weg, aber kaum richtete sie sich auf, schob er den Daumen wieder in den Mund. Bald, dachte Alix, würde Onkel Charles bemerken, daß Daisy einen roten Kopf hatte und weinerlich geworden war, daß Ellas Mürrischkeit in Aggressivität umgeschlagen war, daß selbst Mays sonniges Gemüt sich zu trüben begann. Aber immer wieder stieg der Ball in die Luft, und immer von neuem feuerte Onkel Charles sie mit scharfen Rufen an, schneller zu laufen, sich mehr Mühe zu geben.

Der letzte Schlagmann schied aus. »Gewonnen«, sagte Onkel Charles und klatschte in die Hände.

Dunkle Schatten lagen auf dem Gras. Die Lanchburys sammelten Schlagholz und Ball, abgelegte Hüte und Handschuhe ein. Daisys rosarote Schärpe war aufgegangen und schleifte grau im Staub. Charlie fröstelte vor Müdigkeit, als seine Mutter ihn hochzog. Ella und May begannen auf dem Weg zum Auto zu streiten.

»Jetzt darf *ich* mit Papa fahren«, zischte Ella.

May zeigte ihr die Zähne. »Es ist *mein* Geburtstag. Papa hat's gesagt.«

Alix setzte sich hinten in das Auto der Boncourts und hielt Charlie auf dem Schoß. Daisy kuschelte sich müde an sie. Die Räder rumpelten über die ausgetrocknete Erde. Charlie fielen die Augen zu. Schläfrigkeit erfaßte sie alle.

Felder und Bäche strichen vorüber. Öllampen leuchteten in den Fenstern der niedrigen Häuser, und die letzten Sonnenstrahlen überzogen die Blumen in einer Gedenkkapelle am Straßenrand mit Gold. Diesen Abend werde ich nie vergessen, dachte Alix. Ich werde mich an den Geruch des Staubs und des Grases erinnern, an die Mohnblumen an der Straße, wie sie sich im Fahrtwind des Automobils neigten und wiegten, und an Charlies Lächeln im Traum.

Als sie in ein Dorf kamen, hielten sie an. Gesichter hoben sich blaß aus der abendlichen Dunkelheit, spähten neugierig in den Wagen. Charlie setzte sich auf und rieb sich die Augen. Der Daimler, der vor ihnen hergefahren war, hatte ebenfalls angehalten.

Tante Marie kam zum Wagen. »Papa meint, ihr sollt besser alle aussteigen. Das Auto …« Die Hand im weißen Handschuh glitt von der Türkante, als sie zurücktrat, eine Hand zum verschleierten Gesicht hob und zitternde Finger an ihren Mund drückte.

Sie drängten sich auf der schmalen Dorfstraße zusammen. May neigte den Kopf zur Seite. »Ich kann Musik hören«, flüsterte sie. Aus der Ferne schallten die gedämpften Klänge von Fiedeln und Trommeln zu ihnen. »Papa, ich höre Musik.« Sie lief zur Straßenecke und spähte in die Dunkelheit.

»Das Kühlwasser kocht«, sagte Charles Lanchbury. »Wir müssen warten, bis es abkühlt.«

»Papa, da vorn ist ein Rummelplatz …«

Nicht ganz im Takt der Musik schlug Onkel Charles die Krempe seines Strohhuts gegen seinen Oberschenkel. »Ein Rummelplatz? Kommt, das wollen wir uns doch mal ansehen.«

»Papa!« May klatschte entzückt in die Hände.

»Charles – es ist schon so spät … und ein kleiner Dorfrummel …«

»Du kannst ja im Wagen bleiben, wenn du willst, Marie.« Charles Lanchbury machte sich schon auf den Weg die enge Gasse hinunter.

Die Fahrt schien sie alle neu belebt zu haben. May hopste die Straße entlang, selbst Ella machte ein freundlicheres Gesicht. Marie Lanchbury folgte ihnen widerstrebend mit Charlie an der Hand.

Die Gasse mündete in einen kleinen Platz. In seiner Mitte brannte ein großes Feuer, das die Buden und die Menschen, die sich um sie scharten, erleuchtete. Tänzer wirbelten im

Feuerschein, und an einer Ecke des Platzes drehte sich ein Karussell.

May griff nach Alix' Hand und drängte sich durch das Menschengewimmel zu den Tänzern durch. Daisy hielt Alix' andere Hand fest. Alix drehte sich kurz um und sah Charlie, halb versteckt hinter dem fülligen Rock seiner Mutter, wie er gebannt den bunten Ringen eines Jongleurs nachschaute, die kreisend in die Luft stiegen.

»Ach, ist das schön«, sagte May, und es klang wie ein Stoßseufzer des Glücks. Ihr Blick hing fasziniert an den tanzenden Zigeunern.

»Allie, Allie, Allie!« Charlie warf sich von hinten gegen sie und hätte sie beinahe umgestoßen. Sie hob ihn hoch und nahm ihn auf den Arm.

Ella, die ihm folgte, rief: »Er will die kleinen Affen sehen.«

»Affen?«

»Da drüben ist ein Mann mit zwei kleinen Affen. Man darf einen Affen halten, und dann spielt der Mann ein Lied, und man gibt ihm Geld.« Mit gesenktem Kopf rannte Ella ihnen voraus über den Platz.

Mit traurigen kleinen Gesichtern sahen die Affen unter gestrickten Häubchen hervor. May und Ella wiegten sie wie Puppen in den Armen, während die Drehorgel dudelte, ein wehmütiges Leiern. Charlie streichelte eine faltige kleine Affenhand, und Alix gab dem Drehorgelmann ein paar Münzen, die dieser in eine abgewetzte Lederbörse fallen ließ.

Neben dem Drehorgelmann war eine Bude mit Süßigkeiten. Charlie zupfte an Alix' Hand und wollte einen Lutscher haben, aber sie schüttelte den Kopf.

»Ich habe kein Geld mehr, Charlie. Da ist deine Mama – lauf und frag sie.«

Auf der steinernen Treppe vor der *Mairie* setzte Alix sich nieder und nahm ihr Skizzenbuch heraus. Durch das Schreien und Lachen der Menge und das Klirren der Tamburine drangen immer wieder die Stimmen der Lanchburys zu ihr.

»... mit deinen klebrigen Fingern an mein Kleid, Charlie. Ich habe gesagt ...«

»... ist gemein! Sie hat mehr als ich. Und außerdem hat sie den schöneren Affen halten dürfen.«

»... nicht ein, warum wir uns mit solchen Leuten gemein machen müssen. Das ist doch sonst nicht deine Art, Charles. Ich weiß, du möchtest mich ...«

»Ich möchte mal Ballettänzerin werden. Wenn ich groß bin, werde ich Primaballerina.«

Alix wollte Malerin werden. Sie hatte diesen Wunsch bisher noch keinem Menschen anvertraut, da sie wußte, daß sie genau den richtigen Augenblick würde wählen müssen, um ihre Eltern zu überreden, sie die Kunstakademie in London besuchen zu lassen.

Als ihr Skizzenbuch voll war, stand sie auf. Jede Seite war mit Skizzen und Zeichnungen gefüllt. Sie schaute sich um, aber die Lanchburys waren nirgends zu sehen. Mit der dichter werdenden Dunkelheit hatte die Atmosphäre auf dem Platz etwas Geisterhaftes bekommen, als wäre er von Schatten bevölkert. Ein leichter Regen hatte eingesetzt, der in feinen Fäden herabfiel und das Kopfsteinpflaster mit öligem Glanz überzog. Angst überkam sie plötzlich, daß die Lanchburys sie vergessen hatten und ohne sie zum Schloß zurückgefahren waren. Sie versuchte, sich zu erinnern, wo die Autos standen. War es nicht am Ende dieser Seitenstraße gewesen – oder dort drüben die Gasse hinunter? Sie begann zu laufen. Der Regen stach ihr in die Augen. Dann packte jemand sie am Handgelenk, und sie wirbelte herum. Eine alte Frau strich mit schwieligen Fingerspitzen über die Linien in ihrer geöffneten Hand. Alix hörte unverständliches Gebabbel, in der Aufregung hatte sie ihr ganzes Französisch vergessen.

»Sie will dir aus der Hand lesen, Alix. Das ist eine Wahrsagerin.«

»Ella!« Alix hätte beinahe gelacht vor Erleichterung. »Wo wart ihr denn? Ich hatte schon Angst, ich hätte euch verloren.«

»Die anderen gehen zu den Autos zurück. Papa hat gesagt, ich soll dich holen. Er ist furchtbar böse. Er hat gesagt, es ist schon spät, und du sollst dich beeilen.« Ella fauchte die alte Frau an: »*Allez-vous en! Pas d'argent. Allez-vous en.*«

Der Regen fiel jetzt dichter. Alix konnte Onkel Charles' Hut sehen, der über der Menge wippte, während Regentropfen auf seine Krempe prasselten. Tante Marie, von Dorfbewohnern umringt, war nur ein flüchtiger Schimmer bleicher Seide.

Das dünne Baumwollkleid klebte Alix feucht an den Schultern. Zum erstenmal an diesem Tag war ihr kalt. Die Dorfbewohner drängten sich um die beiden Automobile, um sie neugierig zu betatschen. Das wütende Geschrei Mays und Ellas übertönte Stimmengewirr und Gelächter.

»Das ist gemein! Es ist *mein* Geburtstag!«

»Aber ich bin die Älteste. Drum darf ich mit Papa fahren.«

»Papa hat gesagt –« Ein schriller Schrei. »Du hast mich gezwickt. Alix – Ella hat mich gezwickt.«

»Petze –«

Schmerzgeheul. »Aua! Aua! Sie hat mich getreten!«

»Du lieber Gott, ihr beide gehört in den Kindergarten.« Scharf und kalt durchschnitt Charles Lanchburys Stimme das Rauschen des Regens. »Und du«, wandte er sich an Alix, »steh hier nicht so herum. Kümmere dich um sie.«

»Fahr du mit deiner Mama, Ella«, sagte Alix hastig. »May kann mit uns fahren.«

Triumphierend drängte sich Ella durch das Gewühl zum Daimler.

Alix zog May mit sich zum Wagen der Boncourts. May schlug mit Fäusten nach ihr. »Das ist gemein!« schrie sie. »Es ist *mein* Geburtstag.« Der Regen drückte ihr das Haar flach an den Kopf. Ihre blaßblauen Augen blitzten zornig.

»Ach, May!« Alix wischte dem kleinen Mädchen die Tränen ab. »Komm, wir machen es uns richtig gemütlich«, redete sie ihr gut zu. »Wir spielen ›ich sehe was, was du nicht siehst‹.«

May warf sich auf den Rücksitz, drückte die Hände auf die Ohren und schluchzte. Alix sah sich im Wagen um. Kein Charlie. Nur Robert, der vorn saß, eine Zigarette rauchte und dabei mit halb geschlossenen Augen vor sich hin summte.

Plötzlich besorgt, tippte Alix ihm auf die Schulter.

»Robert, wo ist Charlie?«

Robert zuckte die Achseln. »Vorn im Daimler, nehm ich an, Mademoiselle.« Er drückte seine Zigarette aus und stieg aus dem Wagen, um den Motor anzukurbeln.

Alix hörte eilende Trippelschritte auf dem Pflaster und drehte sich herum. Daisy kletterte in den Wagen und kroch zu ihr auf den Sitz.

»Ich fahr nicht mit Ella. Ella ist böse.«

»Daisy, wo ist Charlie?«

»Bei Mama«, nuschelte Daisy, den Daumen im Mund, und drückte sich an ihre Schwester.

Robert trat aufs Gaspedal, der Motor heulte auf. Regen prasselte auf das Verdeck des Wagens. Draußen stoben die Leute schutzsuchend auseinander. Alix kniete sich auf den Sitz und suchte mit angestrengtem Blick in Finsternis und Regen. Ihre Hand lag auf dem Türgriff. Nirgends in der wogenden, laufenden Menschenmenge konnte sie Charlie entdecken. Und der Daimler der Lanchburys, das Rückfenster schwarz und blind, schoß schon in schneller Fahrt zum Dorf hinaus.

Robert folgte. Der Regen klatschte gegen die Scheiben. May schluchzte laut. Alix saß mit hängenden Armen, Charlie fehlte ihr. Daisy war auf den Boden des Wagens hinuntergerutscht und eingeschlafen. Auch Alix wurden die Lider schwer. Als sie die Augen schloß, blitzten wie Schnappschüsse einzelne Szenen des Tages hinter ihren Lidern auf. Die Fahrt durch die sonnenglühende Landschaft. Charlie, sein kleines Schwert schwenkend, beim Lauf durch den Wald. Der Affe mit dem traurigen Blick tiefer Einsamkeit.

May hatte aufgehört zu weinen, atmete im Schlaf mit kurzen, heftigen Stößen. Auch Alix hätte jetzt gern ein wenig geschlafen, aber es gelang ihr nicht. Obwohl ihr vor Erschöpfung fast schwindlig war, zogen weiter bruchstückhafte, schnell wechselnde Bilder durch ihr Bewußtsein. Immer wenn sie kurz vor dem Einschlafen war, riß irgend etwas – der Schrei eines Vogels, eine Veränderung des Motorengeräuschs, wenn Robert in einen anderen Gang schaltete – sie aus der Benommenheit. Als der Wagen anhielt, öffnete sie die Augen in der Erwartung, vor sich die erleuchteten Fenster des Schlosses zu sehen. Statt dessen jedoch gewahrte sie durch Regenschleier eine endlos scheinende Kette von Eisenbahnwaggons, die, von einer stampfenden Lokomotive gezogen, auf den Gleisen, die vor ihnen die Straße kreuzten, nach Norden rollten.

Robert sagte etwas. Alix zwinkerte verwirrt und schüttelte den Kopf.

»*Soldats*«, wiederholte er. »Soldaten.« Er wies auf den Zug. In den beleuchteten Abteilen, die ihr Licht in die Landschaft warfen, sah sie das leuchtende Rot und Blau französischer Uniformen.

»Ich geh auch zu den Soldaten«, bemerkte Robert stolz. »Ich werd für mein Vaterland kämpfen. Dann ist's vorbei mit dem Chauffieren und dem Stallausmisten.« Er warf den Kopf zurück und lachte.

Wie eine lange schwarz-gelbe Schlange wand sich der Zug durch Dunkelheit und Regen. Alix konnte den Daimler nicht mehr sehen. Die Straße war leer.

Schließlich fiel sie doch in einen tiefen, traumlosen Schlaf. Im Schloßhof angekommen, mußte Robert sie wachrütteln. Der Schlaf zog an ihr, wollte sie nicht freigeben. Unten auf dem Boden des Wagens bemerkte sie vergessen Charlies kleines Schwert und hob es auf. Sie sah den Daimler, der im gekiesten Rondell stand. May und Daisy, beide schwankend vor Müdigkeit, stolperten neben ihr her ins Schloß. Mit dem Schwert in der Hand lief Alix nach oben. Das Kinderzimmer war dunkel, die kleine Nachtlampe brannte nicht. Sobald sie das Zimmer betrat, spürte sie, daß es leer war. Trotzdem ging sie zum Bett und sah das aufgeschüttelte Kopfkissen, die zurückgeschlagene Decke, das ordentlich gefaltete Nachthemdchen.

Die ganze Nacht lang, ihr ganzes Leben lang, blieb ihr das Gespräch mit Tante Marie im Kopf.

Wo ist Charlie? Ich wollte ihm noch einen Gutenachtkuß geben.

Charlie? Charlie war doch bei euch.

Nein, Tante Marie. Charlie ist … Die erste Ahnung einer entsetzlichen Möglichkeit meldete sich. Sie hörte den heiseren

Klang ihrer Stimme, als sie sagte: *Charlie ist doch mit euch gefahren.* Und es wiederholte: *Charlie ist doch mit euch gefahren.*

Sie waren im Salon. Tante Marie hatte Hut und Schleier abgelegt. Im goldgerahmten Spiegel verdunkelte heraufziehende Angst ihren Blick.

»*Ella* ist mit uns gefahren.« Tante Marie läutete. Ihre Hand zitterte. »Nur Ella. Du mußt dich irren, Alix.«

Als Louise ins Zimmer kam, sprach Tante Marie mit ihr. Louise schüttelte den Kopf. »Ich wollte die Mädchen gerade baden, Madame.«

»Nein, Louise, jetzt nicht. Bringen Sie sie herunter. Gleich. Und holen Sie meinen Mann.« Tante Marie griff sich mit der Hand an den Hals. »Im Dorf – in dem Dorf, wo der Rummel ...«

Der Salon füllte sich mit Menschen. Die drei kleinen Mädchen, Onkel Charles, die Boncourts. Charlie war nicht dabei. Nur ein Augenzwinkern, nur eine kurze Drehung des Kopfs, meinte Alix, und sie müßte ihn sehen, an Mays Hand auf und ab hopsend, hinter Großvater Boncourts Beinen hervorlugend.

Die Stimmen überschlugen sich.

»Vergessen?«

»Das Dorf ...«

»So ein Unsinn. Wie können wir ihn vergessen haben?«

»Wo ist Charlie? Charlie soll kommen!«

»Ach, du bist so eine Heulsuse, Daisy ...«

»Er war im anderen Wagen –«

»Nein, Charles, nein!« Tante Maries Stimme war ein Schrei. »Er war *nicht* im anderen Wagen. Das versuche ich dir doch gerade zu sagen.«

Schweigen.

»*Bon Dieu*!« Madame Boncourt sank schwer in einen Sessel.

»Er ist nicht im Haus?«

Flüsternd: »Nein, Charles, ich glaube nicht.«

»Wer hat ihn zuletzt gesehen?«

»Im Dorf … Er war ganz fasziniert von dem großen Feuer …«

»Ein Feuer?«

»In dem Dorf war Jahrmarkt, Maman. Alles war voller Menschen … schreckliches Gesindel …« Tante Marie sprach in zitternden Stößen. »Die Zigeuner, Charles! Du hast sie doch auch gesehen.« Mit zuckenden Fingern riß sie an der Perlenbrosche an ihrem Hals. »Jeder weiß, daß Zigeuner kleine Kinder stehlen.« Sie brach ab und starrte ihren Mann an. »Charles – Charles – du mußt sofort zurückfahren – du mußt ihn suchen …« Ihre Worte verwirrten sich und gingen in trockenem Schluchzen unter.

»Charlie war bei Alix«, sagte Ella. »Sie ist mit ihm zu den kleinen Äffchen gegangen.«

Wo ist Charlie? Charlie war bei dir.

Alle drehten die Köpfe nach ihr, starrten sie an und warteten auf ihre Worte.

Bis auf Tante Maries keuchende Atemzüge war es ganz still.

Erinnerungen rannen ineinander. Von Panik erfaßt, war Alix nicht fähig, sie in eine Ordnung zu bringen. Ein draller kleiner Finger, der behutsam über eine runzlige Affenhand strich. Eine spitze Papiertüte, und klebriger Zucker rund um Charlies Mund. Vor dem Abstecher zu den Affen? Hinterher? In dem Bemühen um Klarheit murmelte sie: »Ich habe gezeichnet … ich habe mich auf die Treppe gesetzt …«

»Gezeichnet!« Onkel Charles trat aufgebracht einen Schritt auf sie zu. »Du hast *gezeichnet*?«

»Aber Charlie – wo – sag doch, Alix!«

»Ich habe plötzlich niemanden mehr gesehen. Ich hatte euch verloren. Dann hat Ella mich gefunden.« Sie sprach kurz und abgehackt, voller Furcht. »Wir sind zum Automobil zurückgelaufen.« Sie kniff die Augen zusammen. Sie mußte sich doch erinnern! Hatte sie Charlie irgendwo in der Menge gesehen, als sie durch den Regen zum Auto zurückgerannt waren? Hatte sie ihn unter den Menschen bemerkt, die die Automobile umringten, nur einen Schimmer vielleicht, Blau und Weiß und rotblondes Lockengewirr?

Sie drückte die geballte Faust fest an ihre Stirn. »Ella und May haben miteinander gestritten. Ella ist in Onkel Charles' Automobil eingestiegen. Ich habe May zu Monsieur Boncourts Wagen mitgenommen.« Plötzlich blickte sie auf und sah die anderen an. »Dann kam Daisy – ja, richtig, dann kam Daisy und sagte mir, Charlie sei bei Onkel Charles im Auto.«

»Daisy?« Onkel Charles sah seine jüngste Tochter scharf an. Seine Stimme war barsch. »Daisy? Ist das wahr? Hast du das zu Alix gesagt? Hast du ihr erzählt, Charlie wäre bei uns im Daimler?«

Daisy lutschte mit gesenktem Kopf verzweifelt am Daumen. Ihre Augen waren dunkel und voller Furcht, als sie den Blick hob. Sie schüttelte den Kopf, daß das helle krause Haar flog.

Ein seltsamer Laut durchdrang die Stille, ein tiefes, erschreckendes Stöhnen. Mit weit aufgerissenen, starr blickenden Augen wiegte Tante Marie sich hin und her und riß dabei ihr Haar mit beiden Händen in Büscheln aus seiner tadellosen Ordnung.

Alix zuckte zurück, als Onkel Charles sich ihr zuwandte. Nie zuvor in ihrem Leben hatte jemand sie mit einem solchen Blick angesehen. Mit solch eiskalter Verachtung.

»Du bist nicht einmal fähig, deine eigene Nachlässigkeit einzugestehen, wie? Du versuchst tatsächlich, die Verantwortung auf deine kleine Cousine abzuwälzen. Du hast uns *versprochen*, gut auf Charlie achtzugeben. Weißt du das nicht mehr? Du hast *versprochen*, auf ihn aufzupassen.« Er trat zu Tante Marie. »Ich fahre jetzt sofort in das Dorf zurück. Charlie muß noch dort sein. Mach dir keine Sorgen, Marie, ich werde ihn finden.«

Alix kniete auf der Fensterbank und drückte ihr Gesicht an die Scheibe. Das Haus war in diesen unerträglichen Momenten des Wartens in Stille versunken. Sie lehnte reglos am dunklen Glas. Das Haar war ihr ins Gesicht gefallen, aber sie schob es nicht zurück. Sie wußte, daß Charlie gefunden werden würde. Warum sollte er nicht gefunden werden? Irgend jemandem in der Menschenmenge mußte der kleine Junge aufgefallen sein, der da allein und verloren durch die Straßen irrte. Irgend jemand mußte sich seiner angenommen haben. Sie fühlte sich ruhig; nur in ihrer Brust saß ein merkwürdiger Schmerz. Er würde vergehen, sobald Charlie wieder zu Hause war.

Sie trieb zwischen Wachen und Schlafen. Sie sah einen kleinen Jungen, der stolpernd durch einen Wald lief. Sein Gesicht war von Schmutz und Tränen verschmiert, sein blauer Samtanzug fleckig und zerrissen. Tief hängende Äste griffen nach ihm, und das dichte Blätterdach über ihm verhüllte den Himmel. Seine kleinen Füße blieben an nackten Wurzeln hängen, schlammige Pfützen glitzerten dunkel neben dem Weg.

Lieber Gott, wenn Charlie gefunden wird, will ich nie mehr ungezogen sein. Ich will nie mehr freche Bilder zeichnen, und ich will immer folgsam sein. Ich will jeden Sonntag brav zur Kirche gehen. Und wenn Mama mir nicht erlaubt, die Kunstakademie zu besuchen, will ich auch kein Theater machen. Ich werde hier ganz still sitzen bleiben, bis Charlie gefunden ist. Ich werde mich nicht von der Stelle rühren. Ich werde nicht schlafen. Wenn ich mich nicht bewege, wird ihm nichts geschehen. *Lieber Herr Jesus, mild und gut, gib einem kleinen Kinde Mut …* Sie drückte ihre Fingerspitzen ans Glas. Jeder Schlag ihres Herzens sprach seinen Namen.

Sie hörte das Knirschen von Rädern im Kies und sah das Automobil mit hell leuchtenden Scheinwerfern in den Hof einfahren. Immer wieder dasselbe Wort ging ihr durch den Kopf: bitte, bitte, bitte …

Alles schien ungeheuer langsam abzulaufen. Onkel Charles stieg aus dem Daimler. Er hielt kein Kind in den Armen. Aber Onkel Charles hatte ja den Wagen gefahren, da würde sich Robert um Charlie gekümmert haben. Doch auch Robert stieg mit leeren Händen aus dem Auto. Natürlich, Charlie schlief hinten auf dem Rücksitz. Bitte, bitte, bitte …

Die beiden Männer gingen ins Haus.

Alix rutschte von der Fensterbank. Ihre Beine waren steif, und sie konnte kaum atmen, weil ihr Herz so heftig schlug.

Sehr langsam ging sie die breite, geschwungene Treppe hinunter und hielt sich dabei am Geländer fest.

Onkel Charles' Stimme: »Nichts. Keine Spur.«

Großvater Boncourt fluchte.

»Ich habe mit der Polizei gesprochen. Ich fahre zurück, sobald es hell wird, und dann werde ich die ganze Umgebung absuchen ... jetzt ist es so finster ... Wir *müssen* ihn finden, Georges. Ich hielt es für das Beste –« Onkel Charles brach ab, als er Alix auf der Treppe sah.

Sie ging zu ihm. Sie berührte seinen Arm. »Bitte laß mich mitkommen und suchen helfen, Onkel Charles. Bitte, laß mich mitkommen.«

Der Stoff seiner Jacke kratzte an ihren Fingern, und sie hatte ein Gefühl, als zöge jemand ein eisernes Band immer fester um ihren Kopf.

»Ich kenne Charlie ... ich weiß, was für Plätze er am liebsten mag ... Er ist vielleicht in den Wald gelaufen ... Hast du da gesucht? Vielleicht hat er sich versteckt – er spielt so gern Verstecken. Nimm mich mit. Bitte!«

Sein Mund verzog sich zu einer wütenden Grimasse. Als er sich herumdrehte, zog Alix hastig ihre Hand von seinem Arm und wich erschrocken zurück. Sie meinte, er würde sie schlagen.

Aber statt dessen neigte er sich zu ihr hinunter und sagte: »Du hattest versprochen, auf ihn achtzugeben. Niemals hätten wir einem Mädchen wie dir unseren Sohn anvertrauen dürfen. Niemals!«

Allein im leeren Kinderzimmer ging Alix zwischen Charlies Spielsachen umher, berührte eine Stoffpuppe, den Schornstein einer Spielzeuglokomotive. Im Glas des Fensters sah sie ihr Spiegelbild: ihr zerknittertes, feuchtes Kleid, ihr fleckiges Gesicht, ihr wirres Haar. *Du hattest versprochen, auf ihn achtzugeben.* Sie verkroch sich in einer Ecke des Zimmers und machte sich ganz klein, die Stirn an die hochgezogenen Knie gepreßt, die Arme um ihren Kopf geschlungen. Die Schuld, ihre Schuld, erdrückte sie. Als sie die Augen schloß, sah sie in dem Moment, ehe sie sich der Dunkelheit überließ, einen kleinen Jungen, der durch einen Wald lief. Das leuchtende Rotblond seiner Locken, das wie heller Feuerschein seinen Kopf umgab, verblaßte immer mehr, als die Bäume sich um ihn schlossen.

Teil II

TANZ IN DER WÜSTE

1918 – 1925

2

IHRE SCHRITTE KLANGEN unnatürlich laut auf dem glänzend gewachsten Holz der Treppenstufen. Derry und sein Vater sprachen kein Wort, während sie der Schwester in der blauen Tracht folgten. Die Stille rundherum reizte Derry, derbe Possen zu reißen oder mit lautem Gebrüll durch die trübe erleuchteten Korridore zu stürmen. In Kirchen pflegte es ihm ähnlich zu ergehen. Der Geruch nach Desinfektionsmitteln, der überall in diesem Haus hing, erinnerte ihn an die betäubenden Weihrauchdüfte.

Als hätte die Schwester gespürt, was in ihm vorging, sah sie sich um und sagte in mißbilligendem Ton: »Die Patienten haben jetzt gerade Mittagsruhe. Eigentlich dürften Sie Lieutenant Fox um diese Zeit gar nicht besuchen, aber da Sie eine ziemlich lange Fahrt hinter sich haben ...«

Am Ende des Korridors öffnete sich eine Tür. Derry sah undeutlich einen Mann, der in einem weißen Bett lag, und eine dunkelhaarige Krankenschwester, die an seiner Seite stand. Er stellte sich eiternde Geschwüre und brandige Glieder vor, und sein Magen zog sich zusammen.

Die Schwester sagte: »Was tun Sie hier, Gregory? Und wieso ist die Jalousie hochgezogen? Der Patient sollte ruhen.«

Schnurrend sauste eine Jalousie herab, und das Zimmer verdunkelte sich.

»Das ist meine Schuld, Schwester«, sagte Jonathan beschwichtigend. »Das verflixte Bein hat mir elend zu schaffen gemacht, da habe ich Schwester Gregory gefragt, ob sie nicht etwas tun kann.«

»*Miss* Gregory, Mr. Fox«, korrigierte die Schwester, aber ihr

Ton war eine Spur freundlicher geworden. »Na schön«, sagte sie zu der jüngeren Schwester, »wenn Sie hier fertig sind, können Sie die Pfannen spülen.«

»Ja, Schwester Martin.«

»Eine halbe Stunde meine Herren, dann muß der Patient ruhen.« Schwester Martin ging hinaus.

Derry schloß die Tür hinter ihr. Miss Gregory zog die Jalousie wieder hoch, und das blasse Winterlicht strömte ins Zimmer.

»Hunde, die bellen, beißen nicht«, bemerkte Jonathan, und Derry glaubte, bei Miss Gregory eine skeptisch hochgezogene Augenbraue zu sehen. Sie hatte interessante Augen, ein dunkles, strenges Grün.

»Wie schön, euch beide zu sehen«, sagte Jonathan. »Vater – Derry ...«

»Wie geht es dir, mein Junge?«

»Es geht mir sehr gut, Dad.«

Nicholas Fox legte seinem ältesten Sohn die Hand auf die Schulter. »Was macht das Bein?«

»Es ist schon viel besser. Es wird mit jedem Tag besser.«

»Hier, ich habe dir ein paar Weintrauben mitgebracht. Sie sind aus Mrs. Winstanleys Gewächshaus. Nett von ihr, nicht?«

Derry zwang sich, Jonathan richtig anzusehen. Das wellige blonde Haar, das gebräunte Gesicht, die lächelnden blauen Augen (nur Jonathan konnte es fertigbringen zu lächeln, obwohl er im Geschützfeuer beinahe sein Bein verloren hatte) – alles war unverändert. Die Decke war zurückgeschlagen. Derry ließ seinen Blick zögernd zu Jonathans verwundetem Bein hinuntergleiten. Ich werde es schon aushalten können, sagte er sich, wenn ich es mit rein klinischem Interesse betrachte. Die grünäugige Schwester war wieder zu ihrer Arbeit zurückgekehrt.

Er fragte: »Haben sie auch wirklich alle Splitter rausgeholt? Was tun sie, wenn einer irgendwie mittendrin steckt? Lassen sie ihn einfach drin, oder schneiden sie –«

»Derry!« fuhr sein Vater ihn an.

»Sie bemühen sich natürlich, alle Fremdkörper zu entfernen. Sonst kann es geschehen, daß sich die Wunde entzündet.« Miss Gregorys Stimme war leise, ihr Ton herablassend.

»Ich war nicht bei Bewußtsein, als sie an mir herumgeschnippelt haben«, sagte Jonathan. »Ich habe überhaupt nichts mitbekommen. Mir sind einfach anderthalb Tage verlorengegangen.« Er runzelte die Stirn. »Ich kann immer noch nicht glauben, daß es wirklich vorbei ist. Ständig denke ich, ich müßte wieder hinaus. Jeden Morgen beim Aufwachen muß ich mir erst ins Gedächtnis rufen, daß es vorbei ist.«

»Du hast dein Teil getan.« Behutsam tätschelte Nicholas Fox seinem Sohn die Schulter. »Und ich bin stolz darauf, daß einer meiner Söhne sein Teil beitragen konnte. Auch der König und das Vaterland sind stolz auf dich, mein Junge.«

Derry ging zum Fenster. Ans Sims gelehnt, sah er hinaus. Das Lazarett Fallowfield war vor dem Gemetzel von 1916 der hochherrschaftliche Landsitz irgendeiner begüterten Familie gewesen. Samtig grüne Rasenflächen, jetzt allerdings von den säuberlich gehäufelten Reihen langer Gemüsebeete durchsetzt, dehnten sich bis zum offenen Land der South Downs. Unter tropfenden Bäumen scharten sich Grüppchen von Soldaten, einige von ihnen in Rollstühlen, andere an Krücken. Dieser ganze Riesenkasten, dachte er, ist von Männern bevölkert, die ihr Teil getan haben.

Die grünäugige Schwester breitete sorgfältig die Decke über ihren Patienten. »Fühlen Sie sich jetzt etwas besser, Mr. Fox?«

»Ungleich besser. Sie sind ein Engel.«

Miss Gregorys Gesicht bekam einen weicheren Zug. Mit einem Nicken ging sie aus dem Zimmer.

»Puh!« machte Derry. »Sind die hier alle so? So bissig, meine ich.«

»Sie ist sehr nett. Hunde –«

»Ja, ich weiß, Hunde, die bellen, beißen nicht«, sagte Derry. »Wenn du in einem anderen Zeitalter gelebt hättest, Jon, hättest du wahrscheinlich das gleiche von Lucrezia Borgia gesagt – oder von Heinrich dem Achten ...«

Jonathan lächelte.

Nicholas Fox sagte scharf: »Sei doch still, Derry, wenn du nichts Vernünftiges zu sagen hast.« Er zog sich einen Stuhl an Jonathans Bett. »Jetzt erzähl mal von Frankreich, mein Junge. Ich will alles ganz genau wissen.«

»Nimm's mir nicht übel, Vater, aber ich bin ziemlich müde. Es wäre schön, wenn du mir etwas erzählen würdest. Wo ist Mutter? Konnte sie nicht mitkommen?«

»Deiner Mutter geht es in letzter Zeit leider nicht besonders gut.«

Jonathan sah ihn erschrocken an, und Nicholas Fox beeilte sich, ihn zu beruhigen. »Der Arzt meint, es sei nichts allzu Ernstes. Es sind die gleichen Beschwerden, die sie letztes Jahr schon hatte. Aber sie schickt dir natürlich liebe Grüße.«

»Danke. Grüß du sie auch von mir, ja?« Jonathan legte sich ins Kissen zurück. Unter der Sonnenbräune war sein Gesicht blaß und angestrengt. »Erzähl mir von zu Hause, Vater. Was macht die Kanzlei?«

»Ach, ich habe zu tun. Leider zieht Campkin immer noch die meisten lohnenden Fälle an Land.«

Die Kanzlei Campkin war die Konkurrenz. Jonathan drückte angemessenes Bedauern aus.

»Nun ja, ich bin immer schon der Ansicht gewesen, daß die Campkins unzulässigen Einfluß ausüben«, fügte Nicholas Fox hinzu. »Reginald Campkins älterer Bruder war ja Sir Lionel Fripps Gutsverwalter. Ohne Ronald dürfte es Reginald allerdings schwerfallen, so viele Mandate anzunehmen wie wir. Vielleicht können wir in Zukunft auf mehr Ausgeglichenheit hoffen.«

»Ronald Campkin ist in der Schlacht an der Lys gefallen«, erklärte Derry.

»Drei Töchter –«

»Vielleicht gibt dir das den entscheidenden Vorteil, Dad.«

»Wenn du wieder gesund bist, Jonathan …«

»Der arme alte Ronnie – er war ja nicht übermäßig helle, aber …«

»Die Kanzlei könnte einen jüngeren Mitarbeiter gebrauchen.«

»... wirklich entgegenkommend von ihm, daß er diesem Heckenschützen den Kopf hingehalten hat.«

Einen Moment trat schockiertes Schweigen ein. »Derry!« rief Nicholas Fox dann empört.

»Ich könnte einen Schluck frisches Wasser gebrauchen«, sagte Jonathan hastig.

»Ich verstehe nicht«, Nicholas Fox war hochrot im Gesicht, »warum du es bei jeder Gelegenheit darauf anlegst, mir das Wort im Mund umzudrehen.«

»Ich wollte doch nur sagen«, verteidigte sich Derry mit Unschuldsmiene, »daß man, wenn man sich über den Geschäftsrückgang bei Campkin freut, auch die Bemühungen des deutschen Heckenschützen würdigen muß, der den Sohn erledigt hat.«

Nicholas Fox sprang auf. Jonathan wies zu der Wasserkaraffe auf seinem Nachttisch. »Meinst du ...«

Derry klemmte die Karaffe unter den Arm und eilte aus dem Zimmer. Er befand sich am Ende eines langen Korridors. Einige der Türen, an denen er auf der Suche nach einer Wasserquelle vorüberkam, standen offen, andere waren geschlossen. Er bemühte sich, nicht in die offenen Zimmer hineinzusehen, doch er hatte Mühe, seine Neugier zu bändigen. Außerdem, sagte er sich, wäre das, was er zu sehen bekäme, sicher nicht schlimmer als die Greuel, die er sich in seiner Phantasie ausmalte. Als er Stöhnen hörte, ging er schneller.

Das Haus war der reinste Irrgarten, so verwinkelt und verschachtelt, daß er bald jegliche Orientierung verloren hatte. Schwestern mit weißen Häubchen eilten mit strengen Gesichtern und zielstrebigen Schritten vorüber. Eine Frau im Pelzmantel schob einen Patienten im Rollstuhl, ihren Sohn vermutlich. Über den Beinen des Mannes lag eine Decke – nein, falsch, korrigierte sich Derry. Es war nur ein Bein; an der Stelle, wo das zweite hätte sein müssen, war eine schauderhafte Mulde, in die die Decke schlaff hineinfiel. Derry drückte sich an die Wand, um dem Rollstuhl Platz zu machen, ehe er seine Suche nach einer Toilette oder Küche, irgendeinem Raum, in dem es einen Wasserhahn gab, fortsetzte. Er hätte viel für eine Prise frischer Luft gegeben; beim Blick aus einem Fenster, stellte er sich vor, er liefe über den froststeifen Rasen und füllte die Karaffe am Fischteich.

Als er etwas später Wasser plätschern hörte, stieß er vorsichtig eine angelehnte Tür auf. Kein Krankenzimmer, Gott sei Dank. Eine Art Waschraum.

Er stieß die Tür ganz auf und sah an einem großen Spülbecken Miss Gregory stehen. Neben ihr türmte sich ein Arsenal von Bettpfannen.

»Aha! Ich wußte nicht, was für Pfannen Sie spülen sollten«, sagte Derry, »aber ich dachte mir schon, daß es etwas Unerfreuliches sein muß.«

Sie richtete ihren strengen grünen Blick auf ihn. »Kann ich Ihnen behilflich sein, Mr. –?«

»Fox«, sagte er. »Derry Fox.«

»Natürlich.« Sie runzelte die Stirn. »Der Bruder von Nummer siebzehn.«

»So sehen Sie die Patienten? Als Nummern?«

Sie drehte ihm den Rücken zu und tauchte ihre Hände in das Becken voll Seifenwasser. »Ja«, antwortete sie, »dann macht es mir nicht soviel aus, wenn sie sterben.«

Er betrachtete sie. Sie war mittelgroß, aber sehr dünn, mit scharfkantigen, knochigen Schultern und roten Händen und Handgelenken – vom heißen Wasser vermutlich. Das volle dunkle Haar war unter eine Haube geschoben, die ihrem Gesicht nicht schmeichelte.

Er fragte neugierig: »Warum nennt man Sie Miss Gregory und nicht Schwester Gregory?«

Eine weitere gespülte Bettpfanne landete klirrend auf dem Abtropfbrett. »Weil ich Hilfsschwester bin und keine ausgebildete Krankenpflegerin.«

»Und darum müssen Sie solche Arbeiten machen?«

»So viele Fragen, Mr. Fox.« Sie hatte die Ärmel hochgekrempelt, und er sah die Muskeln, die aus ihren dünnen Armen hervorsprangen, als sie mit einer Bürste schrubbte. »Aber ja, darum muß ich solche Arbeiten übernehmen.«

»Warum lassen Sie sich dann nicht als Krankenschwester ausbilden?«

»Weil ich noch nicht alt genug dafür bin.«

»Aha«, sagte er. »Noch jemand.«

Sie hielt einen Moment in ihrer Arbeit inne und trocknete sich die Hände an ihrer Schürze. Dann drehte sie sich herum und sah ihn an. »Wie meinen Sie das, ›noch jemand‹?«

Er zuckte die Achseln. »Noch jemand wie ich. Nicht alt genug.« Er zog eine Packung Zigaretten aus seiner Tasche und bot ihr eine an. Sie warf einen Blick zur Tür, dann nickte sie. Er zündete zwei Zigaretten an und reichte ihr eine. »Ich war im Mai achtzehn«, erklärte er. »Einberufungsalter war achtzehneinhalb – das wäre für mich im November gewesen. Vor einem Monat, genau als der Krieg zu Ende war. Ich denke, unsere Generation – der Sie und ich angehören – wird immer zur Bedeutungslosigkeit verdammt sein. So eine Art Generation der Zu-spät-Gekommenen. Verstehen Sie, um Haaresbreite an der Mitwirkung bei weltbewegenden Ereignissen vorbeigeschlittert.«

Sie zog an ihrer Zigarette. »Und?«

»Und darum werden wir wahrscheinlich nie recht wissen, was wir mit unserem Leben anfangen sollen, und werden es wahrscheinlich nie zu was Besonderem bringen.«

»Ist das denn so wichtig?«

»Für mich schon«, antwortete er ruhig.

Sie schwieg. Er hatte den Eindruck, daß sie versuchte, sich ein Bild von ihm zu machen. Dann sagte sie: »Wollten Sie denn Soldat werden?«

»Darum geht es nicht. Ich wäre vermutlich ein sehr schlechter Soldat gewesen, und vielleicht hätten sie mich auch gar nicht genommen, weil ich als Kind mal Lungenentzündung hatte. Außerdem wäre ich damit dem Beispiel meines großen Bruders gefolgt, und davon habe ich, ehrlich gesagt, wirklich genug.«

»Mögen Sie Ihren Bruder nicht?«

»Doch, natürlich. Er ist ein guter Mensch, ehrenhaft und tapfer, eben ganz so, wie ein rechter Mann sein sollte.«

Sie drückte ihre Zigarette in einer Untertasse aus und wandte sich dem Spülbecken zu. »So, wie Sie das sagen, könnte man meinen, es wäre eine Krankheit.«

»Durchaus nicht.«

Sie hielt ihm eine Hand hin. »Geben Sie mir die Flasche.«

Er wartete, während sie die Karaffe mit Wasser füllte. Als sie sie ihm zurückgab, sagte sie: »Sie sollten stolz sein auf Ihren Bruder, Mr. Fox. Er hat ständig Schmerzen – hat er Ihnen das gesagt? –, aber beklagt sich nie und verliert nie die Beherrschung. Sie sollten stolz auf ihn sein.«

Als Alix gegen Abend im Park des Lazaretts einen Spaziergang machte, fiel ihr wieder ein, was Derry Fox gesagt hatte. *Wir werden wahrscheinlich nie recht wissen, was wir mit unserem Leben anfangen sollen, und werden es wahrscheinlich nie zu was Besonderem bringen.* Und als sie ihn gefragt hatte, ob das denn so wichtig sei, hatte er sie mit nachtdunklen Augen ernst angeblickt und gesagt: »Für mich schon.« Als er ein paar Minuten später gegangen war, hatte sie darüber nachgedacht, daß sie sich dieser Tage kaum über etwas anderes Gedanken machte als ihren schmerzenden Rücken und ihre brennenden Füße, über die Unmöglichkeit, ihre Arbeit in der vorgegebenen Zeit zu schaffen, und Strategien, um Schwester Martin aus dem Weg zu gehen.

Hinter ihr knackte ein Ast, und sie drehte sich herum.

»Guten Abend, Captain North«, sagte sie lächelnd.

»Hallo, Miss Gregory.«

Captain North war seit beinahe zwei Monaten hier im Lazarett. Er war ein hochgewachsener, schlanker Mann mit sanftmütigen Augen und braunem Haar, das an den Schläfen zu ergrauen begann.

Er warf einen Blick auf das Buch in Alix' Händen. »Haben Sie gezeichnet? Ich möchte Sie auf keinen Fall stören.«

Sie schüttelte den Kopf. »Ich hatte es eigentlich vor, aber das Licht ist nicht gut genug.«

»Was zeichnen Sie denn? Diese scheußlichen Rhododendronbüsche?«

Sie standen am Rand der ausladenden Hecke. Sie lächelte. »Ja, sie sind wirklich nicht sehr schön.«

»Im Frühjahr, wenn sie in Blüte stehen, sehen sie wahrscheinlich prachtvoll aus.«

»Ich glaube nicht, daß wir im Frühjahr noch hier sein werden. Was meinen Sie, Captain North?«

»Nein, wahrscheinlich nicht.« Er sah sie fragend an. »Was werden Sie dann tun?«

»Ich habe keine Ahnung.« *Wir werden wahrscheinlich nie recht wissen, was wir mit unserem Leben anfangen sollen.* Derry Fox' Worte arbeiteten in ihr und wollten sie nicht loslassen.

»Ich habe das Gefühl, Ihnen ist kalt, Miss Gregory«, sagte er. »Wollen wir ein Stück gehen?«

Seite an Seite gingen sie langsam unter den Bäumen dahin. Schwester Martin wäre voll des Tadels gewesen, wenn sie sie gesehen hätte. Fehlende Distanz zu den Patienten, Miss Gregory! Sie konnte derartiges in einem Ton sagen, als hätte man eine Todsünde begangen. Aber Schwester Martins Ansichten würden wahrscheinlich nicht mehr lange von Bedeutung sein, sagte sich Alix.

Durch den Wald stiegen sie aufwärts. Alix, die sich im Dienst einen flotten Schritt angewöhnt hatte, ging langsam, um Captain North nicht zu ermüden. Als sie die Bäume hinter sich gelassen hatten und auf der Anhöhe standen, sah sie die weite Ebene der South Downs und jenseits das Meer, auf dessen Wasser die ersten Sterne ihr Licht streuten.

»Ich weiß nie«, sagte er nachdenklich, »welchen Blick ich schöner finde. Den auf die Wälder oder den aufs Wasser.«

»Oh, den aufs Wasser«, sagte sie sofort. »Das Meer ist mir tausendmal lieber. Ich hasse den Wald. Er ist so finster und trist.«

Er sah sie an. Er hatte ein angenehmes Gesicht, aristokratisch und intelligent. Narben, die Splitterverletzungen hinterlassen hatten, durchzogen auf einer Seite seine untere Gesichtshälfte.

»Das ist das erste Mal, daß ich so eine entschiedene Meinung von Ihnen höre, Miss Gregory.«

Sie antwortete nicht.

Nach einer Weile sagte er: »Verzeihen Sie mir, wenn ich Ihnen zu nahe getreten bin. Das wollte ich gewiß nicht.« Wieder ein kurzes Schweigen. »Würden Sie mir erlauben, einen Blick in Ihr Skizzenbuch zu werfen? Ich habe früher auch gezeichnet, wissen Sie, aber ohne den Arm ...«

Der rechte Ärmel seines Jacketts steckte leer in der Jackentasche. Alix schämte sich ihres Mißmuts. Sie hielt ihm das Buch hin.

»Natürlich, gern. Aber ich warne Sie, besonders gut sind die Zeichnungen nicht.«

Er blätterte in dem Buch. Das Licht reichte ihm gerade noch, um Details erkennen zu können. Einige der Skizzen waren in Bleistift ausgeführt, andere mit Feder und Tinte.

»Die sind ja hervorragend. Das Gartenhaus ... Wie Sie die Schatten der Skulpturen eingefangen haben, das ist wirklich gut. Und dieses alte Bauernhaus hier ...« Er schwieg einen Moment. »Hatten Sie Unterricht?«

»Ja, bei meinem Vater«, antwortete sie. »Er hat mir alles beigebracht.«

»Er ist offensichtlich ein sehr begabter Zeichner.«

»*War*«, korrigierte sie. »Er ist vor sechs Monaten gestorben.«

»Oh, das tut mir leid.« Er sah sie an. »Ich kann mir vorstellen, daß er Ihnen sehr fehlt.«

»Ich habe kaum Zeit, an ihn zu denken.« Sie nahm das Buch wieder an sich und wandte sich zum Gehen. »Ich habe immer soviel zu tun.«

»Ja, man sorgt dafür, daß man viel zu tun hat, nicht wahr?« Captain North eilte ihr nach.

Unter ihnen spiegelte sich der Vollmond in einem kreisrunden kleinen Teich.

»Ich habe meinen Vater 1914 verloren und meinen älteren Bruder im letzten Jahr. Seither habe ich ständig versucht, mich mit Beschäftigung abzulenken – sogar in den Urlauben –, nur um nicht zum Nachdenken zu kommen.«

Sie hörte das Rasseln seines Atems, als er sich abmühte, mit ihr Schritt zu halten, blieb stehen und legte ihm die Hand auf den Arm, um ihm Gelegenheit zu geben, sich zu erholen.

Nach einer Weile sagte er: »Das ist das Schlimme hier, man hat viel zuviel Zeit zum Grübeln.«

Sie spürte, daß ihn fröstelte. »Wir sollten ins Haus zurückgehen, Mr. North«, sagte sie. »Es ist spät, und Schwester Martin wird mir kräftig die Leviten lesen.«

In dieser Nacht träumte sie wieder von ihm. Sie war dabei, ihn anzukleiden: das Samtjäckchen mit dem Spitzenkragen, die Samthose, die dazugehörte. An jedem seiner Stiefel sechs Knöpfchen. Als sie niederkniete, um sie durch die Ösen zu schieben, schien das Leder in ihren Fingern zu schmelzen. Sie wollte ihn fassen und festhalten, aber er zog sich vor ihr zurück wie jedesmal und löste sich in den Schatten auf, bis nichts mehr von ihm übrig war als der rötliche Schimmer seines Haars und das silberne Blitzen des kleinen Schwerts ...

Keuchend fuhr sie in die Höhe und rang nach Atem. Ihre Zimmergenossin stöhnte gereizt: »Mensch, Gregory, jetzt gib endlich Ruhe«, drehte sich auf die andere Seite und zog sich die Bettdecke über den Kopf.

Als die Panik nachgelassen hatte, stand Alix auf. Sie kniete sich ans Fenster, zog den Vorhang zurück und legte ihre Stirn an das kühle Glas. Sie rieb sich die Augen, aber die waren völlig trocken. Sie weinte nicht um Charlie. Sie hatte seit 1914 nicht mehr geweint.

Nachdem sie angefangen hatte, im Lazarett zu arbeiten, war ihr klargeworden, daß sie damals so etwas wie einen Nervenzusammenbruch erlitten hatte. Sie erinnerte sich, daß die gleichen Symptome sie gequält hatten, die sie jetzt bei den vom Krieg traumatisierten Soldaten in Fallowfield wahrnahm. Alpträume schlimmster Art, die sich heimtückisch in die wachen Stunden des Tages einschlichen. Die Patienten sahen verstümmelte Kadaver und gefallene Kameraden, alle Greuel der Schützengräben suchten sie im friedvollen Park des Lazaretts heim. Alix selbst hatte vor vier Jahren überall den kleinen Charlie Lanchbury gesehen. Schattenkinder hatten sich hinter den Bäumen im Garten versteckt, waren durch das Menschengewühl auf dem Marktplatz geflitzt und verschwunden. Immer wieder hatte sie ihn im Park gesehen: in einem glitzernden Sonnenstrahl, der durch die Bäume fiel, in der sachten rhythmischen Bewegung einer Schaukel. Und immer wenn sie nach ihm greifen wollte, hatte er sich aufgelöst, war flirrend in Unsichtbarkeit zerfallen.

Abgesehen von der Erinnerung an diese Trugbilder war ihr von den Monaten, die ihrer Rückkehr nach England folgten, kaum etwas im Gedächtnis geblieben. Sie hatte überlebt, weil sie gelernt hatte, die Erinnerungen an jenen Sommer in einer Kammer ihres Bewußtseins einzusperren und die Tür niemals zu öffnen. Ihre Eltern hatten ihr geholfen zu vergessen. Ihr Vater hatte sie gezwungen, anstrengende Wanderungen mit ihm zu unternehmen, die sie körperlich erschöpft hatten; sie hatte den Namen jeder Blume, jedes Baums und jedes Vogels lernen müssen; sanft aber unnachgiebig hatte er darauf bestanden, daß sie alles zeichnete, was sie sah, jede Landschaft, jedes Gebäude. Nach einer Weile hatte sie erkannt, daß er versuchte, ihr Bewußtsein mit anderen Erinnerungen zu füllen und die Lücke zu schließen, die Charlie hinterlassen hatte.

Ihre Mutter hatte die schrecklichen Ereignisse jenes Sommers nur ein einziges Mal angesprochen. »Du darfst dir keine Vorwürfe machen, Alix«, hatte sie gesagt. »Du warst für eine solche Verantwortung viel zu jung. Wir vergessen das einfach. Wir sprechen nicht mehr darüber.« Und daran hatten sie sich gehalten. Der Name Charlie Lanchburys wurde in der Familie Gregory nie wieder erwähnt. Aber Alix hatte über die Worte ihrer Mutter bittere Tränen geweint; sie hatte begriffen, daß sie für ihre Mutter ebenso schuldig war wie für Charles Lanchbury.

Andere Narben blieben. Sie war mißtrauischer geworden. Das frühere kindliche Vertrauen war zerstört. Am wenigsten traute sie sich selbst. Sie war es zufrieden, im Lazarett die Bettpfannen zu säubern und die Böden zu schrubben, weil man dabei keine Fehler machen konnte. Die Hälfte ihres Verdiensts schickte sie jeden Monat ihrer Mutter.

Die Lanchburys und die Gregorys hatten seit dem Sommer 1914 keinerlei Kontakt mehr. Charles Lanchbury gab der Tochter seiner Schwester die Schuld am Verlust seines einzigen Sohns; er hatte daher weder Alwyn Gregorys Beerdigung beigewohnt, noch hatte er auch nur einen Finger gerührt, um seiner mittellosen verwitweten Schwester zu helfen. Schuld und Verlust hatten alle Familienbande zerrissen. Beatrice Gregory mußte Schneiderarbeiten ins Haus nehmen, um sich über Wasser halten zu können, und war trotz des eigenen Verdiensts auf die Unterstützung ihrer Tochter angewiesen.

Jetzt sah Alix Charlie nur noch in ihren Träumen. Während sie aus dem Fenster in den dunklen Park hinunterblickte, zwang sie sich, zurückzuschauen und zu versuchen, die Leerstellen zu füllen. Von der Heimreise von Frankreich nach England waren ihr einzig das Grauen in Tante Maries Augen in Erinnerung und die ängstliche Verwirrung der drei kleinen Mädchen. Tante Marie hatte auf der ganzen Reise nicht ein einziges Wort gesprochen. Der Verlust ihres Sohns hatte sie gebrochen. Sie war wie erstarrt gewesen, hilflos und lethargisch, und wäre wohl in Calais einfach im Zug sitzengeblieben, in die Finsternis in ihrem Inneren versunken, wenn nicht ihr Mädchen sie beinahe gewaltsam hinausgebracht hätte.

Onkel Charles hatte die Familie nach Hause geschickt, weil die Kriegserklärung Frankreichs an Deutschland unmittelbar bevorstand. Er selbst war in Frankreich geblieben, um die Suche nach Charlie fortzusetzen. Sowohl die örtliche Gendarmerie als auch die Einheimischen hatten ihm, wie er versicherte, als er seiner stummen Frau Lebewohl sagte, ihre Hilfe zugesagt. Aber schon wenige Wochen später waren das Schloß der Boncourts, der Wald, an dessen Saum sie ihr Picknick veranstaltet hatten, und das Dorf, wo der unglückselige Jahrmarkt stattgefunden hatte, von den einfallenden kaiserlichen Truppen überrannt und zerstört worden. Onkel Charles war ohne seinen Sohn nach England zurückgekehrt. Mit seiner Heimkehr war alle Hoffnung erloschen, und Alix hatte tagelang zusammengerollt wie ein Tier in ihrem Bett gelegen, mit niemandem gesprochen und das Essen verweigert.

Im Lauf der vergangenen vier Jahre waren die goldenen Felder Nordfrankreichs verwüstet worden, nichts war von ihnen geblieben als zu Schlamm zertrampelte Erde und Bombenkrater. Die Landbewohner hatten vor den gegnerischen Heeren, die die Ebenen Flanderns und der Picardie überzogen, aus ihren Höfen und Dörfern flüchten müssen. Wenn überhaupt noch eine Spur von Charlie geblieben war – ein Fetzchen Spitze, das sich an einem Ast verfangen hatte vielleicht, oder ein kleiner Stiefel, verloren in einem Graben –, dann hatte der Krieg sie längst ausgelöscht.

Alix sah auf ihre Uhr. Fünf nach vier. Nicht einmal mehr eine Stunde bis zum Wecken. Sie kroch wieder in ihr Bett, zog die Decke hoch und fiel augenblicklich in tiefen Schlaf.

Nach dem Frühstück nahm Schwester Turner sie beiseite.

»Sie haben heute Sonderdienst, Gregory. Nummer siebzehn hatte eine schlechte Nacht – der Arzt ist besorgt. Er meint, es sollte jemand bei ihm bleiben.«

»Jetzt gleich, Schwester?«

»Ja, jetzt gleich. Laufen Sie schon, Gregory.«

»Was fehlt ihm denn?«

Schwester Turners schlichtes, gutmütiges Gesicht zeigte Bekümmerung. Jonathan Fox war bei allen beliebt.

»Der Arzt fürchtet, daß das Bein entzündet ist. Es muß vielleicht amputiert werden.« Sie wandte sich zum Gehen.

In Zimmer Nummer 17 war es dunkel. Alix zog die Jalousien zwei Handbreit hoch. Das einfallende Licht reichte ihr, um den Patienten deutlich sehen zu können.

Jonathan Fox war wach. Seine Augen glänzten fiebrig, und sein Gesicht war sehr blaß bis auf die roten Flecken, die auf seinen Wangen brannten. Alix legte ihm ein kühles, feuchtes Tuch auf die Stirn.

»Das ist aber nicht schön von Ihnen, Mr. Fox«, sagte sie mit einem Kopfschütteln, »daß Sie uns wieder Kummer machen.«

Er sah sie an. »Schimpfen Sie mich bitte nicht aus, Miss Gregory. Ich bin schon gestraft genug.« Seine Stimme war nur ein heiseres Flüstern.

»Ich fürchte, es wartet eine noch härtere Strafe auf Sie. Ich werde heute bei Ihnen bleiben.«

Sein Mund verzog sich zu einem Lächeln. »Das ist eine wunderbare Strafe.«

Sie setzte sich auf einen Hocker neben sein Bett und tupfte ihm immer wieder das glühende Gesicht mit dem feuchten Tuch. Nach einer Weile sagte er: »Erzählen Sie mir was, Miss Gregory. Ich weiß, das ist lästig, und ich bin weiß Gott kein amüsanter Gesellschafter, so, wie ich hier herumliege, aber ich bitte Sie, erzählen Sie mir etwas.«

»Möchten Sie nicht lieber schlafen?«

»Ich kann nicht. Mir spukt soviel Unsinn im Kopf herum. Das hält mich wach.«

»Das kommt sicher vom Fieber, Mr. Fox.«

Alix überlegte krampfhaft, was sie ihm erzählen könnte, und begann schließlich, die Wiesen und Wälder zu beschreiben, die das Haus ihrer Eltern in Suffolk umgaben. Sie bemühte sich, es so anschaulich zu tun, daß er im Geist mit ihr durch kühle grüne Haine wandern, das Lied der Misteldrossel hören und den frischen Duft des Regens auf Buchenblättern riechen konnte.

Nach einer Weile schlief er ein, und sie hörte zu sprechen auf. Schweigend blieb sie an seinem Bett sitzen und betrachtete ihn. Die langen, dunkelblonden Wimpern warfen gefiederte Schatten auf die Haut über seinen eingefallenen Wangen. Das Haar klebte ihm feucht in der Stirn. Sie hätte es gern zurückgestrichen, aber sie fürchtete, ihn damit zu wecken. Wie alt mochte er sein ... zwanzig – zweiundzwanzig vielleicht? Älter ganz sicher nicht, dachte sie.

Nach ungefähr einer Stunde öffnete er die Augen. »Noch hier, Miss Gregory?«

»Tja, so schnell werden Sie mich nicht los, Mr. Fox. Ich sagte Ihnen ja schon, Sie müssen mich heute den ganzen Tag ertragen.«

Sie nahm vom Nachttisch einen Becher mit Strohhalm.

»Jonathan«, sagte er, als sie ihm half, sich aufzusetzen. »Bitte sagen Sie Jonathan zu mir.«

»Dann müssen Sie aber auch Alix zu mir sagen.« Sie schob den Strohhalm zwischen seine Lippen. »Obwohl Schwester Martin mich wahrscheinlich auf der Stelle an die Luft setzen wird, wenn sie hört, daß Sie mich beim Vornamen nennen.«

Nachdem er getrunken hatte, las sie ihm vor. Sie fand, er sähe eine Spur besser aus; zum Mittagessen aß er sogar ein wenig. Doch mit dem Fortschreiten des Nachmittags wurde er unruhig. Er wälzte sich rastlos im Bett hin und her und schien unfähig, eine Lage zu finden, die ihm behagte. Als die Schwester kam, um sein Bein zu verbinden, sah Alix, daß die Wunde rot und entzündet war.

Wieder allein mit ihr, sagte Jonathan: »Sie machen so ein ernstes Gesicht, Alix.«

»Ich habe mir gerade überlegt, was ich meiner Mutter zum Geburtstag schenken könnte«, log sie. »Aber mir fällt einfach nichts ein.«

»Ja, mit Müttern ist das schwierig, nicht wahr? Ich habe ein Talent dafür, immer das Falsche zu schenken. Einmal habe ich meiner Mutter ein Terrarium geschenkt – haben Sie schon mal eines gesehen? Ulkige Dinger, wie kleine Gewächshäuser mit ein paar Pflanzen drin. Aber sie konnte es nicht behalten, weil es ihr Asthma verschlimmert hat. Ich habe es dann dem Mädchen geschenkt.« Jonathan zupfte mit ruhelosen Fingern an seiner Bettdecke. »Erzählen Sie mir doch etwas von Ihrer Familie, Alix.«

»Wir sind nur zu zweit, meine Mutter und ich«, sagte sie und lächelte. »Es war sicher schön für Sie, Ihren Vater und Ihren Bruder zu sehen, nicht wahr?«

»Ja, es war nett von ihnen, daß sie gekommen sind«, bestätigte er. »Die Fahrt ist ganz schön lang.«

»Wo leben sie denn?«

»In Andover.« Jonathan versuchte zu lächeln. »Ich bin froh, daß ich auf der Rückfahrt nicht mit meinem Vater und Derry im Abteil sitzen mußte.«

Alix erinnerte sich der Spannung, die sie zwischen Vater und jüngerem Sohn wahrgenommen hatte. »Kommen die beiden nicht gut miteinander aus?«

»Ach, wissen Sie, sie sind wie Hund und Katze. Das gibt's ja manchmal zwischen Menschen, nicht? Im Grund hat es nichts zu bedeuten. Derry ist ein prima Kerl, wenn man ihn näher kennt. Er provoziert nur manchmal ganz gern.« Jonathans Gesicht verdüsterte sich. »Ich wünschte, meine Mutter hätte mitkommen können. Mein Vater sagte, daß es ihr nicht gutgeht.«

Alix musterte ihn scharf. Sie fragte sich, ob die Besorgnis um die Mutter diesen unerwarteten Rückfall Jonathans ausgelöst hatte.

»Sie sollten sich jetzt nicht um Ihre Mutter sorgen, Jonathan«, versuchte sie ihn zu beruhigen. »Sie müssen sich in erster Linie darauf konzentrieren, selbst wieder ganz gesund zu werden.«

»Sie war immer schon sehr zart. Wir bemühen uns, auf sie Rücksicht zu nehmen, aber es muß eine Qual für sie sein, wenn wir alle zu Hause sind – drei große polternde Kerle, die nichts als Krach und einen Haufen Umstände machen.«

»Ich bin sicher, Ihre Mutter sieht das nicht so.«

»Alle sagen immer, daß ich ihr nachschlage.« Jonathan versuchte sich aufzusetzen und streckte einen Arm zum Nachttisch aus.

»Lassen Sie mich das machen.« Alix zog die Schublade auf.

»Meine Brieftasche – da habe ich ein Foto ...«

Sie reichte ihm die Brieftasche, und er entnahm ihr eine Fotografie. »Sehen Sie selbst, ist sie nicht eine schöne Frau?«

Alix betrachtete die kleine Momentaufnahme. Mrs. Fox war in der Tat eine schöne Frau – blondes Haar wie ihr älterer Sohn, ein feingeschnittenes Gesicht, helle Augen –, doch um ihren Mund meinte Alix einen Zug von Verdrossenheit zu erkennen, der die Schönheit trübte.

»Ja, sie ist sehr schön.« Alix lehnte die Fotografie an den Lampenfuß, damit Jonathan sie vom Bett aus sehen konnte. »Sie sehen ihr wirklich ähnlich. Aber Ihr Bruder scheint völlig aus der Art geschlagen.«

»Dads Vater war Italiener – vermutlich ist Derry daher so dunkel. Dad hat natürlich seinen Namen geändert, er ist Anwalt, wissen Sie, und da macht sich was schlichtes Englisches besser. Die Leute haben mehr Vertrauen.« Jonathan sprach schnell und undeutlich. »Ich soll in die Kanzlei eintreten, sobald ich wieder auf dem Damm bin ... Derry auch, aber das kann ich mir eigentlich nicht vorstellen. In einer englischen Kleinstadt den Familienanwalt zu spielen, das wäre Derry viel zu langweilig. Ich glaube nicht, daß er durchhalten würde. Er will hoch hinaus, irgendwas Großartiges auf die Beine stellen. Mir bedeutet so was gar nichts mehr. Im Internat ... im Internat fand ich es noch toll, Klassensprecher zu sein und Kapitän der Kricketmannschaft und so weiter, aber heute interessiert mich das alles einen Dreck.« Er warf ihr einen schnellen Blick zu. »Verzeihen Sie meine Ausdrucksweise ...«

Alix nahm seine Hand in die ihre und streichelte sie ruhig, um seine Erregung zu dämpfen.

Nach einigen Minuten des Schweigens flüsterte er: »Sie werden doch nicht zulassen, daß sie mir das Bein abnehmen, nicht wahr?«, und sie sah ihn mit heftig klopfendem Herzen an und hoffte, sie hätte falsch verstanden.

Aber er sagte es noch einmal. »Ich könnte es nicht ertragen – wie ein Krüppel herumzuhoppeln. Sie werden nicht zulassen, daß sie mir das Bein abnehmen, nicht wahr, Alix?«

Unwillkürlich schüttelte sie den Kopf, gab ihm die Bestätigung, die er so dringend brauchte, obwohl das gar nicht in ihrer Macht lag. Schließlich schlief er wieder ein, und sie blieb lange an seinem Bett sitzen, still und reglos, weil sie fürchtete, die kleinste Bewegung könnte ihn wecken.

Captain North kam näher. »Ich habe Sie vom Fenster aus gesehen, Miss Gregory. Ich habe nach Ihnen Ausschau gehalten. Hätten Sie vielleicht ein wenig Zeit für mich?«

Alix saß, fest in ihren Umhang gewickelt, vor dem Haus auf der Terrasse und blickte zu den Bäumen hinunter, von deren Ästen der Regen tropfte. Sie hatte vor einer halben Stunde Dienstschluß gehabt und war trotz der Kälte gleich hinausgelaufen, weil sie das Gefühl gehabt hatte, unbedingt frische Luft zu brauchen.

Sie gingen zum Gartenhaus, einem kleinen runden Holzbau, der mit kräftigen unbearbeiteten Birkenstämmen verstrebt war. Spinnweben schwebten durchsichtig grau zwischen den Balken. Verschlafene Spinnen, die seit Jahren ungestört waren, brauchten Tage, um von der einen Seite des runden Dachs zur anderen zu wandern.

»Huh, ist das kalt«, sagte sie, ihren Oberkörper mit beiden Armen umschlingend.

»Ich mache ein Feuer. Hier, nehmen Sie meinen Mantel.« Bevor er den Wintermantel auszog, nahm er aus seiner Tasche ein dickes Heft. »Vielleicht haben Sie Lust, sich das einmal anzusehen. Sie haben mich Ihr Skizzenbuch ja auch sehen lassen. Da wäre es nur fair.« Er legte ihr den Mantel um die Schultern und trat zum Ofen.

Fröstelnd trotz des Mantels, kauerte sich Alix auf eine Bank und begann, in dem Heft zu blättern. Ungewöhnliche Bilder zeigten sich ihrem Blick: eine Perlenkette aus hellem Muschelkalk, eine mit Zickzack- und Wellenlinien verzierte Vase, ein Adler, der einen Hirsch in den Klauen trug. Sie wurde aus dem kalten, muffigen Gartenhaus in eine andere Welt versetzt. Hier war ein gewaltiger Steinbau, pyramidenähnlich, dessen Stufen in unendliche Höhen zu führen schienen, dort ragten Säulen aus Felsvorsprüngen zum Himmel auf, und Standbilder blickten stolz von uralten Mauern. Sie blätterte noch einmal um, dann klappte sie das Heft mit einem Knall zu.

Er drehte sich nach ihr um. »Na, so schlecht können sie doch nicht sein.«

Sie lächelte. »Sie sind großartig.«

»Haben Sie einen schweren Tag gehabt?«

»Ich hatte Wache bei Mr. Fox.«

»Das ist doch dieser junge blonde Mann? Hat er es nicht geschafft?«

»Es kann sein, daß sein Bein amputiert werden muß. Und als ich mir die hier angesehen habe – diese wunderbaren Zeichnungen –, wurde mir plötzlich klar, wie schlimm es für Sie sein muß.«

Er schob noch ein paar Scheite in den Ofen, und die Flammen schlugen hoch.

»Das Schlimme für mich ist«, sagte er, »daß ich nicht mehr arbeiten kann.« Er stand auf und klopfte sich Staub und Asche von der Jacke. »Ich bin Archäologe. Ich meine – ich *war* Archäologe.«

»Sie haben diese Gegenstände gefunden? Die Kette, den Adler ...?«

»Die Muschelperlen und das Relief stammen von einer Grabungsstätte in Mesopotamien. Dort habe ich unmittelbar vor dem Krieg gearbeitet. Wir nannten sie das Adlernest – nach dem Kupferadler. Wir hatten monatelang gegraben und absolut nichts entdeckt, und dann stießen wir eines Tages auf diese herrlichen Funde. Aber die Saison ging zu Ende, und kurz danach brach der Krieg aus.«

»Haben Sie vor, dorthin zurückzukehren?«

»Nein, sicher nicht. Das wäre sinnlos.« Er tippte gegen seinen leeren Jackenärmel. »Mein Geldgeber versucht, mich zu überreden, für das nächste Jahr eine neue Expedition zu organisieren, aber ich habe schon abgelehnt. Ich wäre den Leuten nur eine Bürde, toter Ballast, und dazu habe ich keine Lust.«

Captain North lehnte sich ans Fensterbrett und zog Zigaretten und Feuerzeug heraus. Alix, die sah, wie er sich mit dem Etui abmühte, stand halb auf, um ihm zu Hilfe zu kommen, aber als sie den Blick in seinen Augen auffing, setzte sie sich wieder.

»Ich kann nicht mehr graben«, sagte er, »und ich kann nicht mehr skizzieren. Aber man muß zeichnen können – Fotoapparate sind so groß und umständlich, außerdem geht beim Fotografieren immer das Detail verloren. Gute Zeichner gibt es wenige. Man findet nicht so leicht Ersatz.« Er schwieg einen Moment. Dann sagte er: »Verzeihen Sie, Sie haben einen anstrengenden Tag gehabt, ich wollte Sie nicht mit meinen Sorgen langweilen. Möchten Sie eine Zigarette?«

Er hielt ihr das Etui hin. Alix schüttelte den Kopf. Sie nahm noch einmal das Skizzenheft zur Hand und schlug es hinten bei der letzten Seite auf.

»Verraten Sie mir, was das hier ist, Captain North.« Sie sah zu der Zeichnung hinunter: ein weiträumiges altes Haus, das verschwiegen und geheimnisvoll inmitten von Wiesen und Wäldern stand.

»Das?« Sein ganzes Gesicht hellte sich auf, als er lächelte. »Ach, das ist Owlscote.«

Neujahr verbrachten die Foxes immer bei den Winstanleys. Derry fiel auf, daß die Gesellschaft in diesem Jahr arg spärlich war: Influenza oder Furcht vor der Influenza, vermutete er. Die Foxes allerdings, dachte Derry, hätte höchstens die Beulenpest fernhalten können.

Sie tranken Sherry und Bowle im Salon, dann dröhnte ein Gong und rief die Gesellschaft zum Dinner. Das Essen war erbärmlich, aber das machte ihm nichts aus, Essen spielte in seinem Leben eine untergeordnete Rolle. Die Jahre im Internat hatten ihn gelehrt zu schlucken, was ihm vorgesetzt wurde, auch wenn es noch so wenig appetitlich war. Weit mehr störte ihn, daß zuerst die Vorspeisen (unkenntliche Happen, die mit einer Dörrpflaume als Krönung an einem Cocktailspieß hingen) und danach der Fisch (ein Fitzelchen geräucherter Schellfisch, das sich an den Enden aufbog) auf silbernem Tablett von einem livrierten Diener serviert wurden.

Er unterhielt sich damit, sich passende Vornamen für die einzelnen Gäste auszudenken. Der stämmige ältere Herr gegenüber mit dem nikotingelben Schnauzer (»Ich möchte Sie mit Mr. Farrell bekannt machen, der sich vor kurzem in der Villa ›The Beeches‹ niedergelassen hat«) konnte nur ein Horace sein. Und die etwas exotisch anmutende Frau mit den schwarzen Perlen, die am unteren Tischende saß, mußte irgendeinen ausländischen Namen haben. Christina oder Kezia oder Natalia.

Nach Käse und Obst zogen sich die Damen zurück, und Derry, der sich schon hilflos gefangen in der Gesellschaft seines Vaters, des schnauzbärtigen Horace und des fürchterlichen Mr. Winstanley sah, sagte laut: »Gräte«, deutete kurz auf seinen Hals und rannte aus dem Speisezimmer. Danach streunte er im Haus umher, das sehr groß war, entsetzlich überladen mit Pracht und Plunder und bitterkalt. Hinten am Haus war ein

Wintergarten, seine Fenster waren von innen beschlagen. Derry öffnete die Tür und trat ein.

Ein Schwall schwüler Feuchtigkeit schlug ihm entgegen, und er mußte husten. Eine träge Stimme sagte: »Seien Sie so lieb und machen Sie die Tür wieder zu, sonst wird es hier noch so mörderisch kalt wie im übrigen Haus.«

Er sah die Frau mit den Perlen. Christina oder Kezia oder Natalia. Er schloß die Tür.

Der Wintergarten protzte mit Größe und üppiger Vegetation. Ein schmaler, mit Steinplatten belegter Weg wand sich zwischen blühenden Büschen und Obststräuchern hindurch. »Wie der Garten Eden«, sagte er, während er sich umsah.

»Es erinnert mich an zu Hause.« Sie stand rauchend vor einem Hintergrund wolkig blauer Blüten. »An Lima.«

»Peru?«

Sie warf ihm einen forschenden Blick zu.

»Geographie ist mein Lieblingsfach«, bemerkte er scherzhaft.

Sie stieß eine lange Rauchfahne aus und hielt ihm ihr Zigarettenetui hin. »Oder sind Sie dazu noch zu jung?«

»Ich bin achtzehn«, erklärte er und nahm sich eine Zigarette.

Sie zog ein wenig die Augenbrauen hoch. Dann knipste sie ihr Feuerzeug an und zündete ihm die Zigarette an. Er konnte ihr Alter nicht schätzen, er hatte keinen Blick für so was. Vielleicht etwas älter als Mutter, sagte er sich angesichts der beginnenden Schlaffheit ihres Halses und der Fältchen um ihre Augen.

»Ich dachte immer, alle Südamerikaner hätten dunkle Augen«, sagte er. Die ihren waren blau wie Ehrenpreis.

»Ich bin in England geboren. Aber ich habe einen Geschäftsmann geheiratet, der in Lima tätig war, und habe während meiner ganzen Ehe dort gelebt.«

»Ist Ihr Mann tot?« Sie trug Schwarz.

»Er ist letzten Mai gestorben.« Sie berührte die schwarzen Perlen an ihrem Hals. »Sind sie nicht schaurig schön?«

»Umwerfend«, sagte er und fragte dann neugierig: »Wie war er? War er interessant? Gefällt Ihnen das Leben als Witwe?«

Wieder zog sie die Augenbrauen hoch. »Was sind denn das für Fragen! Die meisten Leute beschränken sich auf gedämpfte Beileidsbekundungen. Aber« – und sie drückte ihre Zigarette in einem Blumentopf aus – »da Sie fragen, nein, er war nicht im mindesten interessant, er war ausgesprochen langweilig. Aber ihm habe ich es zu verdanken, daß ich sehr viel Interessantes gesehen habe.«

»Orte oder Menschen?«

»Beides. Er war sehr viel auf Reisen, so daß ich mir einen interessanten Liebhaber erlauben konnte. Machen Sie nicht so ein schockiertes Gesicht, mein Junge – wie heißen Sie übrigens?«

»Derry«, antwortete er. »Derry Fox.«

Sie lächelte. »Ich heiße Sara Kessel. Geboren wurde ich als eine Sarah mit ›h‹ am Ende. Aber das ist so banal, nicht wahr? Als ich geheiratet habe, machte ich Sara ohne ›h‹ aus mir. Es ist wichtig, daß man sich hin und wieder neu erfindet, meinen Sie nicht auch?«

»Doch, absolut«, stimmte er enthusiastisch zu und dachte gleichzeitig verdrossen daran, daß es ihm derzeit an Inspiration für eine Neuerfindung seiner selbst mangelte.

»Was Ihre Frage angeht ...« Sie kniff die Augen zusammen, schmale eisblaue Splitter zwischen schwarz getuschten Wimpern. »In mancher Hinsicht ist es angenehm, Witwe zu sein, in anderer wieder nicht. Man hat endlich die Kontrolle über die eigenen Finanzen. Es ist nicht meine Art, jungen Männern gute Ratschläge zu geben, Derry, aber wenn ich es tun müßte, dann würde ich Ihnen raten, sich so bald wie möglich finanziell auf eigene Beine zu stellen. Finanzielle Unabhängigkeit bedeutet Freiheit. Andererseits« – sie begann, den gewundenen Weg entlangzugehen, und Derry folgte ihr – »andererseits braucht man als Frau einen Begleiter, die Leute bilden sich ein, sie müßten einen bemitleiden, und erwarten, daß man dankbar zu den langweiligsten gesellschaftlichen Veranstaltungen antanzt – wie beispielsweise zu diesem Abend heute.«

»Ja, der war wirklich fürchterlich«, stimmte er zu. »Mein

Vater ist ganz hingerissen von Mrs. Winstanley, weil sie mit dem hiesigen Landadel verwandt ist. Aber ich muß immer an Gesundheitskuchen denken, wenn ich sie sehe.«

»An Gesundheitskuchen?« Sie blieb stehen, eine Hand am Stamm eines Pfirsichbaums.

»Ach, Sie wissen schon – diese gelbliche Haut und die kleinen dunklen Äuglein, wie Rosinen.«

»Wie ein Gesundheitskuchen«, murmelte sie. »Auf die Idee bin ich noch gar nicht gekommen.«

Ihm wurde plötzlich unbehaglich. »Mrs. Winstanley ist doch keine Busenfreundin von Ihnen, oder?«

Mrs. Kessel schüttelte den Kopf. »Eine Busenfreundin? Nein, keineswegs.« Sie blickte auf. »Ach, pflücken Sie mir doch einen Pfirsich, Derry. Sie hängen zu weit oben. Da komme ich nicht hinauf.«

Er zog sich ein Stück an dem knorrigen Stamm des Baums hoch, griff nach oben und holte ihr einen Pfirsich herunter.

Sie biß in das saftige weiche Fleisch, schloß die Augen und sagte: »Mhm, köstlich.« Etwas Pfirsichsaft tropfte an ihrem Kinn hinunter. Er beobachtete es fasziniert.

»Wollen Sie beißen?« Sie hielt ihm die Frucht hin.

Er biß hinein.

»Wie im Garten Eden«, sagte sie halblaut, und dann wurde die Tür geöffnet.

»Sara? Sara, bist du hier?«

Durch wucherndes Grün hindurch sah Derry Mrs. Winstanley.

»Ja, Marion«, rief Sara Kessel. »Ich bin hier hinten. Ich komme gleich.« Dann flüsterte sie Derry zu: »Meine Schwägerin – Marion Winstanley ist meine Schwägerin.«

Ihm wurde unangenehm heiß. Sie drückte ihm eine kleine Karte in die Hand. »Wenn Sie das nächste Mal in London sind und Lust auf Gesundheitskuchen haben«, sagte sie und ging hinaus.

Jonathan Fox hielt Alix Gregory auf, als sie aus der Spülküche kam.

»Ich gehe heute«, teilte er ihr mit. »Der Arzt hat mir seinen Segen gegeben.«

Sie lachte. »Das freut mich wirklich, Jonathan.«

»Das Bein ist noch ein bißchen steif, aber in ein paar Monaten bin ich so gut wie neu.« Er griff in seine Manteltasche. »Ich wollte Ihnen das hier geben.« Er nahm sie beim Arm und drückte ihr ein kleines Päckchen in die Hand.

»Sie sollten doch nicht ...« Sie wurde rot.

»Ich weiß, es verstößt gegen die Vorschriften, blablabla, aber ich möchte mich bei Ihnen bedanken. Wenn ich mir vorstelle, ich hätte auf einem Holzbein herumhumpeln müssen! Sie haben mir die Kraft zum Durchhalten gegeben.«

»Unsinn«, murmelte sie. »Das ist doch Unsinn.« Aber sie schien erfreut.

Er sah zu, wie sie die Schleife an dem Päckchen aufzog. Einen Moment lang erfaßte ihn ein Anflug ängstlicher Besorgnis um sie. Was würde aus ihr werden, wenn das Lazarett geschlossen wurde? Schon jetzt, Anfang Februar 1919, waren kaum noch Patienten da.

»Ach, Jonathan, das ist ja wunderschön.« Sie betrachtete das kleine Federmesser auf ihrer offenen Hand.

»Zum Bleistiftspitzen, Alix. Frauen haben doch nie ein ordentliches Messer zur Hand.«

»Das ist wirklich lieb von Ihnen.«

Er hörte Schritte im Korridor und sagte impulsiv: »Schreiben Sie mir, Alix, ja?« Er kritzelte rasch seine Adresse auf einen Zettel und gab ihn ihr. »Bitte.«

Blauer Himmel und strahlende Sonne wie an einem Frühlingstag begleiteten Jonathan Fox auf seinem Weg aus Fallowfield hinaus. Als er in das bestellte Taxi stieg, wurde ihm bewußt, daß diese plötzliche Anwandlung von Angst nicht nur Alix gegolten hatte, sondern auch ihm selbst. Seit er sich Ende 1916 an die Front gemeldet hatte, war er nie mehr länger als vierzehn Tage zu Hause gewesen. Das Lazarett war ihm vertrauter geworden als die Räume und der Garten des Hauses, in dem er aufgewachsen war. Er war nach anderthalb Jahren an der Front kein Familienleben, keine alltäglichen Gespräche und keinen Umgang mit Frauen mehr gewöhnt. Ja, vor allem keinen Umgang mit Frauen. In Fallowfield hatte es keine Frauen gegeben, nur Drachen oder gute Kameraden. Schwester Martin war ein Drache gewesen, Alix Gregory war ihm ein guter Kamerad geworden.

Im Zug nach London lehnte sich Jonathan in die Polster, sah in die vorüberfliegende Landschaft hinaus und bemühte sich, an nichts zu denken. An der Victoria Station rempelten ihn die Leute an, und sein Bein machte ihm zu schaffen. Dann sah er Derry, der vorn an der Schranke stand. Er winkte und ließ sich von der Menschenmenge den Bahnsteig entlang zu seinem Bruder treiben.

»Wo ist Dad?«

»Er konnte nicht kommen. Irgendeine dringende Sache in der Kanzlei.«

Jonathan bot Derry die Hand; der ignorierte sie und nahm seinen Bruder in den Arm. »Komm, ich trag deinen Tornister.«

Jonathan fand, Derry sähe miserabel aus, schlechter als er selbst wahrscheinlich. Blaß, mit dunklen Schatten unter den Augen. Und er hatte einen Husten, den er vergeblich zu unterdrücken suchte.

»Laß nur. Ich schaff das schon.«

»Sollen wir in London was zu Mittag essen, oder kannst du's nicht mehr erwarten, in den Schoß der Familie zurückzukehren?«

»Ach, essen wir doch hier.«

Sie setzten sich in ein Café in der Vauxhall Bridge Road. Aber während Jonathan aß, stocherte Derry nur lustlos auf seinem Teller herum. Das ging Jonathan nach einer Weile auf die Nerven. »Was ist los?« fragte er. »Geht's dir nicht gut?«

»Doch, doch, mir geht's prima. Abgesehen von dem blöden Husten.« Er lächelte zerstreut. »Die Leute gehen in Deckung, sobald sie mich hören – sie haben Angst, ich hätte die Influenza.« Er sah Jonathan an. »Weißt du, ich überlege gerade.«

»Was denn? Erzähl.« Die Kellnerin trug ihre Teller ab. Jonathan bestellte sich eine Biskuitrolle.

»Eine Bekannte hat mir vorgeschlagen, ich soll mich bei ihr melden, wenn ich das nächste Mal in London bin.«

»Das ist alles?« Jonathan war erleichtert. »Na dann los. Du brauchst mir nicht die Hand zu halten. Ich komm auch allein nach Hause.«

»Natürlich, ich weiß. Klassensprecher, Teamkapitän – Träger des Ehrenzeichens am Band für unerschrockene Männlichkeit. Ich weiß, daß eine kleine Bahnfahrt dich nicht schrecken kann, Jon.«

»Na also, dann besuch die Frau. Wer ist es überhaupt? Kenn ich sie?« Jonathan goß Vanillesoße über seine Biskuitrolle.

»Mrs. Winstanleys Schwägerin.« Derry schlug mit einer kleinen Visitenkarte gegen die Tischkante. »Ich habe sie Neujahr kennengelernt.«

»Nett von ihr, dich einzuladen.« Jonathan sah seinen jüngeren Bruder prüfend an. »Du *mußt* ja nicht hingehen, Derry, ich weiß, du findest solche Besuche öde.«

»Ich glaube nicht, daß es öde werden wird, Jon.« Er schnitt eine Grimasse. »Ich hab eher ein bißchen Angst.«

»Angst? Vor Tee und Gebäck und alten Erinnerungen?«

»Nein«, entgegnete Derry. »Das ist es nicht. Ich glaube, sie erwartet, daß ich mit ihr ins Bett gehe, wenn ich komme.«

Jonathan fiel der Löffel aus der Hand. Die Bedienung, die gerade den Nachbartisch abdeckte, spitzte sichtbar die Ohren.

»Wenn dir jemand anbietet, von seinem Pfirsich zu beißen und dabei vom Garten Eden redet, läuft das doch darauf hinaus, oder nicht?«

Jonathan hatte keine Ahnung, wovon Derry sprach. Er sagte leise: »Derry, ich glaube, du bist ein bißchen schiefgewickelt. Du meine Güte – Mrs. Winstanleys Schwägerin!«

»Sara. Sie heißt Sara. Ein hübscher Name eigentlich, nicht?« Derry senkte den Blick. »Und ich hätte, ehrlich gesagt, auch gar nichts dagegen – sie ist eine interessante Frau –, aber ich glaube, ich würde mich ziemlich überfordert fühlen. Ich meine, ein Techtelmechtel mit einem Mädchen, das man irgendwo in einem Pub kennengelernt hat, das ist weiter keine

Sache – man kennt schließlich die Spielregeln –, aber mit so einer Frau – also mir jedenfalls macht das angst.« Er drückte eine Hand auf seinen Magen und fügte kläglich hinzu: »Deswegen krieg ich auch keinen Bissen runter. Mir verschlägt's immer den Appetit, wenn ich nervös bin. Ich glaube, mir wird gleich übel.«

Jonathan schob ihm hastig ein Glas hin. »Trink einen Schluck Wasser. Das hilft.« Er seufzte. »Derry, ich bin überzeugt, daß du die Einladung falsch aufgefaßt hast. Aber wenn du die Frau nicht besuchen willst, dann laß es doch einfach.«

Derry saß eine Weile stumm da und drehte die Karte in seinen Händen. Dann stand er plötzlich auf.

»Nein, ich muß hin. Man muß die Gelegenheiten, die einem das Leben bietet, beim Schopf packen. Wenn ich jetzt nicht hingehe, werde ich mir später dauernd den Kopf darüber zerbrechen, wie es geworden wäre. Und das würde ich nicht aushalten.«

Nach ihrem Gespräch mit Schwester Turner wanderte Alix ziellos im Haus umher. Fallowfield begann schon, ihr fremd zu werden. Das feinste Geräusch schallte laut und hohl durch die leeren Korridore, Rollstühle und Bettgestelle stapelten sich, überflüssig geworden, in unbenutzten Räumen.

Eigentlich hätte sie gleich an ihre Arbeit zurückkehren müssen, aber sie machte vor Captain Norths Zimmertür halt und klopfte.

Edward North öffnete sofort. »Etwas Neues?«

»Kündigung zum Ende nächster Woche.«

»Das tut mir aber leid. Kommen Sie herein, Alix.«

Mit dem allmählichen Auszug der Patienten hatte es sich von selbst ergeben, daß Alix und Edward North einander nähergekommen waren.

Sie schloß die Tür hinter sich. »Schwester Turner hat mir eben gesagt, daß Fallowfield bis spätestens Ende des Monats geschlossen werden soll.«

»Ja, ich habe gestern meinen Marschbefehl bekommen.«

»Einige der Schwestern sind in anderen Krankenhäusern untergekommen, aber für mich hat sich nichts gefunden. Mädchen, die Bettpfannen saubermachen können, gibt es wie Sand am Meer. Schwester Turner war wirklich nett, aber sie konnte mir auch nicht helfen. Als ich ihr sagte, daß ich darauf angewiesen bin, Geld zu verdienen, hat sie mir ein paar Vorschläge gemacht, was ich versuchen könnte.«

»Zum Beispiel?«

»Sie meinte, ich könnte es privat versuchen, als Betreuerin eines Kriegsversehrten, der Hilfe braucht, um mit dem Alltag fertig zu werden. Es wäre keine Krankenpflege, sondern Hilfe bei den täglichen Verrichtungen wie Waschen und Ankleiden und dergleichen.«

»Das klingt – ziemlich trist.«

»Aber es wäre Arbeit«, entgegnete sie. »Ich dachte, ich sehe einmal die Zeitungsannoncen durch.« Alix klopfte auf ihre Kitteltasche. »Schwester Turner hat mir ein Zeugnis geschrieben.«

Er betrachtete sie einen Moment lang schweigend, dann sagte er: »Können Sie sich nach dem Mittagessen mit mir oben auf der Anhöhe treffen, Alix? Ich würde gern etwas mit Ihnen besprechen.«

Es war ihnen zur Gewohnheit geworden, gemeinsame Spaziergänge zu machen. Alix pflegte ein wenig zu zeichnen, während er einfach die frische Luft und die Natur genoß.

»Da hab ich eigentlich Dienst.«

»Sie haben doch Ihr Zeugnis schon.«

Alix lächelte. »Ja, das stimmt. Also gut, Edward. Nach dem Mittagessen.«

Sobald sie die letzte Dessertschale abgespült hatte, warf Alix sich ihren Umhang um die Schultern und lief in den Park hinaus. Als sie auf feuchtem Waldboden den Hang hinaufstieg, sah sie Edward North schon oben auf der Anhöhe stehen, eine dunkle Silhouette vor bauschigen weißen Wolkenbergen, die am Himmel entlangtrieben.

Als er ihre Schritte hörte, drehte er sich herum. Lächelnd bot er ihr die Hand, um ihr die letzten Schritte heraufzuhelfen.

»Gehen wir zum Teich oder zu den Felsen?«

»Ich dachte mir zum Teich. Oben auf den Felsen ist es zu windig.«

Sie nahm seinen Arm. Das hohe Gras strich raschelnd um ihre Beine und durchnäßte den Rock ihres grauen Kleids.

Nach einer Weile sagte er: »Als wir heute morgen über Ihre Zukunft sprachen, Alix, haben Sie die Möglichkeit einer Heirat nicht einmal erwähnt.« Er sah sie an. »Sie sind jung und hübsch. Gibt es denn niemanden?«

»Leider nicht«, antwortete sie leichthin. »Weit und breit kein schmachtender Freier in Sicht.«

Die heiseren Schreie der Möwen, die auf dem Flug zur Küste über sie hinwegsegelten, begleiteten sie.

»Ich habe mich manchmal gefragt«, bemerkte er, »ob Sie in Frankreich jemanden verloren haben.«

Sie ging sofort in Abwehrstellung. »Wie meinen Sie das, Edward?«

»Es ist wirklich nicht meine Absicht, Ihnen zu nahe zu treten, Alix. Ich würde es einfach gern wissen – Sie wirken manchmal so unglücklich.« Er seufzte. »Ich habe selbst Menschen verloren, die ich geliebt habe, ich kenne die Symptome.«

Sie hatten den Teich erreicht. Den Blick in das dunkle Wasser gerichtet, sagte sie leise: »Sie haben recht, ich *habe* in Frankreich jemanden verloren.«

Dann brach sie ab. Sie konnte nicht weitersprechen. Nie, nie würde sie irgendeinem Menschen von Charlie erzählen. Wenn sie jetzt mit Edward North darüber spräche, würde der sie ansehen, wie Onkel Charles sie damals angesehen hatte, mit eisiger Verachtung im Blick.

»Sie brauchen es mir nicht zu erzählen«, sagte er teilnahmsvoll. »Ich mußte es nur wissen – das reicht mir schon.« Langsam gingen sie weiter, um den Teich herum. »Ich meine, es ist doch so, daß die meisten Frauen sich Mann und Kinder wünschen, nicht wahr?«

»Ich nicht«, erwiderte sie heftig. »Ich möchte niemals Kinder haben.«

Er runzelte die Stirn.

»Niemals«, wiederholte sie.

»Wenn das so ist« – und sie sah, wie er sich die Stirn rieb – »wenn das so ist, möchte ich Ihnen einen Vorschlag machen, Alix. Nein, Antrag wäre wohl das treffendere Wort.« Er schloß einen Moment die Augen. Als er sie wieder öffnete, sagte er rasch: »Ich wollte Sie fragen, ob Sie sich vorstellen könnten, *mich* zu heiraten.«

Alix sah ihn fassungslos an. Sie hatte Edward North im Lauf der vergangenen Monate liebgewonnen. Sie hatte ihn gern. Aber als Freund. Sie brachte ihm freundschaftliche Gefühle entgegen, aber mehr nicht.

Sie wollte etwas sagen, aber er hob abwehrend die Hand.

»Bitte, hören Sie sich erst an, was ich zu sagen habe, Alix. Lassen Sie mich erklären. Ich weiß, ich bin keine tolle Partie.« Er lächelte mit bitterer Ironie. »Ein einarmiger Krüppel mit einer gasverseuchten Lunge. Nein, der Märchenprinz bin ich weiß Gott nicht.«

»Das ist es doch nicht –«

»Aber es ist das beste, diesen Tatsachen ins Gesicht zu sehen, Alix. Ich bin ein Krüppel, ich röchle, als pfiffe ich auf dem letzten Loch, und ich bin fünfunddreißig Jahre alt. Sie hingegen sind jung und kerngesund.« Seine Augen waren wie Granitsplitter, und der Wind peitschte ihm die Enden seines Schals in das schmale Gesicht. »Es würde mir ja auch nicht einfallen, Ihnen eine Ehe im konventionellen Sinn vorzuschlagen. Ich bin nicht so töricht zu glauben, daß Sie das wünschen könnten. Ich spreche von einer Ehe, die nur auf dem Papier bestünde, Alix – eine Vernunftheirat könnte man es vielleicht nennen.« Er sah sie fragend an. »Verstehen Sie, was ich meine, Alix?«

Als sie nicht antwortete, sagte er brüsk: »Es gäbe keine Kinder. Die Möglichkeit bestünde gar nicht. Ich würde von Ihnen nicht erwarten, daß Sie das Bett mit mir teilen.«

»Oh!« Sie wandte sich mit brennendem Gesicht von ihm ab und starrte zu ihren Füßen hinunter, wo das dunkle Wasser am Gras leckte.

»Deshalb mußte ich wissen, ob Sie Kinder haben wollen.

Das hier ist ein geschäftlicher Vorschlag, wenn Sie so wollen. Lord Maycross hat mir wieder geschrieben.«

»Lord Maycross?«

»Freddie Maycross ist mein Geldgeber. Er hat unsere letzte Expedition nach Mesopotamien finanziert.« Edward verzog das Gesicht. »Beinahe hätte ich ihm postwendend zurückgeschrieben, daß ich ohne meine rechte Hand nutzlos bin. Aber dann sind Sie mir eingefallen.«

»Ich?«

»Sie könnten meine rechte Hand sein, Alix. Sie könnten mir helfen.«

Sie rief: »Aber ich habe doch keine Ahnung von Archäologie! Ich weiß ja nicht einmal, wo genau Mesopotamien liegt.«

Er lächelte. »Das ist gar nicht nötig. Ich brauche jemanden, der zeichnen und schreiben kann. Sie können schreiben und Sie zeichnen ganz hervorragend. Ich brauche außerdem jemanden, dem ich beibringen kann, wie man mit äußerst zerbrechlichen Gegenständen umgeht. Sie haben sensible Hände, Alix. In der ersten Zeit meines Aufenthalts hier – als ich noch sehr krank war und große Schmerzen hatte – waren Sie immer sehr zart, Sie haben mir nie weh getan.«

»Edward, das ist wirklich lieb von Ihnen, aber ich kann nicht –«

»Bitte, hören Sie sich mein Angebot an. Ich bin kein reicher Mann, aber ich bin auch nicht ganz mittellos. Sie brauchten nicht mehr von der Hand in den Mund zu leben, wie Sie das jetzt tun. Und Sie brauchten Ihr Leben nicht damit zu vergeuden, andere zu bedienen. Und Alix – Alix –« Er lächelte. »Wenn Sie mit mir kommen, werde ich Ihnen Dinge zeigen, die Sie niemals sehen werden, wenn Sie hier in England bleiben. Herrliche Dinge. Die Schätze der ältesten Kulturen der Menschheit. Es gibt auf der ganzen Welt nichts, was sich damit vergleichen ließe.«

Seine Augen blitzten, und sie hörte die Erregung in seiner Stimme.

»Sie könnten mir helfen, jahrtausendealte Spuren der Menschheitsgeschichte aus dem Sand zu befreien und wieder ans Licht zu bringen. Das ist wie – Opium. Es ergreift von einem Besitz, es geht einem ins Blut, es läßt einen Tag und Nacht nicht mehr los.« Er sah sie an. »Und ich würde Ihnen Owlscote zeigen. Eines Tages würde ich mit Ihnen nach Owlscote fahren.«

»In Ihr Haus?« Sie erinnerte sich der Zeichnung in seinem Skizzenheft.

Edward hob einen flachen Stein vom Boden auf und ließ ihn über die stille Oberfläche des Teichs springen. Die gespiegelte Himmelslandschaft zersprang in tausend glitzernde Teilchen.

»Ich war seit dem Tod meines Bruders nicht mehr dort. Ich konnte nicht. Mein Bruder wurde nie gefunden, wissen Sie. ›Vermißt, vermutlich gefallen.‹ Nun, ich war selbst lange genug in den Schützengräben, um zu wissen, was das bedeutet. Zerfetzt, im Schlamm untergegangen. Und ich fühle – ich fühle mich *schuldig*, weil ich ihn nicht nach Hause geholt habe. Ich schäme mich. Es wäre meine Pflicht gewesen, ihn nach Hause zu holen, und ich habe es nicht getan. Ich habe ihn dort zurückgelassen. Allein und einsam.«

Alix sagte nichts, aber sie sah vor sich das immer wiederkehrende Bild aus ihren Träumen: einen kleinen Jungen, der durch einen Wald irrte. Allein. Einsam.

Sie hörte, wie Edward sagte: »Owlscote steht jetzt leer. Ich sollte es verkaufen, aber das bringe ich nicht fertig. Außerdem kauft im Moment kein Mensch. Ich könnte also eines Tages, wenn es mich nicht mehr so quält, mit Ihnen dorthin fahren.«

»Edward«, sagte sie.

Aber er hatte sich schon umgewandt, um zur Anhöhe zurückzugehen. »Antworten Sie mir jetzt nicht, Alix«, sagte er. »Denken Sie darüber nach. Ich bitte Sie. Sagen Sie mir morgen, wie Sie sich entschieden haben.«

Derry wohnte nun schon seit mehr als vierzehn Tagen bei Sara Kessel am Belgravia Square, und sie hatte nicht einmal einen Versuch gemacht, ihm zu nahe zu kommen. Er wußte nicht, ob er enttäuscht oder erleichtert sein sollte. Es war beinahe – *beinahe* – so, als weilte man zu einem Ferienbesuch bei einer reichen Tante, die ein extravagantes und aufregendes Leben führte. Sie lud ihn ins Theater und ins Ballett ein, und sie ging mit ihm ins Kino – sie hatte ein besonderes Faible für amerikanische Filme. In den breiten, schnurgeraden Straßen von Knightsbridge brachte sie ihm das Autofahren bei, am Steuer ihres schnittigen, chromblitzenden De Dion Bouton. Sie lehrte ihn Cocktails zu trinken statt Bowle; sie nahm ihn auf Feste mit, wo sich zu den wilden synkopischen Rhythmen aus dem Grammophon engumschlungene Paare in fremdartigen, erotischen Tänzen drehten. Sie führte ihn in die elegantesten Restaurants, lehrte ihn die angemessenen Umgangsformen, erklärte ihm, wie man die Speisefolge eines Abendessens zusammenstellte, welchen Wein man zu den verschiedenen Gängen wählte, woran man den Unterschied zwischen einer Virginia und einer türkischen Zigarette erkannte. Mit Vorliebe überließ sie es ihm, beim Kellner zu bestellen oder den Wein zu kosten. Anfangs fühlte er sich eingeschüchtert von all dem Neuen und war unfähig, auch nur einen Bissen von den raffinierten Speisen zu essen, die an ihrem Tisch aufgetragen wurden, aber mit der Zeit gewöhnte er sich an diese Welt und legte seine Nervosität ab. Und am Ende eines jeden Abends wünschte sie ihm freundlich und wohlanständig eine gute Nacht und zog sich allein in ihr Schlafzimmer zurück, während er im prachtvoll ausgestatteten Gästezimmer in sein Bett kroch.

Doch die Gewohnheit, Fragen zu stellen, die sich nicht schickten, konnte er nicht ablegen. Er wußte häufig nicht, an welchen Fragen andere Anstoß nehmen würden und an welchen nicht. Außerdem war er der Meinung, daß man niemals etwas wirklich Wissenswertes erfahren würde, wenn man die eigenen Worte ständig auf die Goldwaage legte, um nur ja niemanden vor den Kopf zu stoßen.

In der Oper teilten sie sich eines Abends eine Loge mit drei Leuten, die Sara Kessel aus Lima kannte. Sie machte Derry mit ihnen bekannt: Raymond, Frederick und Luisa. Raymond sagte »Sara, Darling« (in der Öffentlichkeit nannte Derry sie stets sehr korrekt »Mrs. Kessel«) und küßte sie auf beide Wangen. Er bestand darauf, neben Sara Platz zu nehmen, und redete während des ersten Teils der Aufführung unaufhörlich flüsternd auf sie ein, wobei er hin und wieder ihren Arm berührte. Erst in der Pause schien er Derry überhaupt zu bemerken.

»Und wer sind Sie?« Ein Zwirbeln des Schnurrbarts, ein herablassender Blick. »Ein Neffe oder so etwas? Schulferien, hm?«

Sara Kessel sagte: »Derry ist der Sohn des Anwalts meiner Schwägerin, Raymond. Er ist zu Besuch in London.«

»Na prächtig!« meinte Raymond jovial. Sein geöltes Haar glänzte so aufdringlich wie seine Lackschuhe.

Das andere Paar hatte die Operngläser weggelegt und machte Anstalten, zur Pause hinauszuschlendern. Raymond neigte sich Derry zu und murmelte: »Nun gehen Sie schon, mein Junge, ab mit Ihnen.«

»Warum?«

Raymonds Augenbrauen zuckten. »Ich würde mich gern mit Sara unterhalten. Unter vier Augen.«

»Warum?« fragte Derry noch einmal.

»Wie kann man nur so neugierig sein«, entrüstete sich Raymond. Sein Hals über dem engen Kragen begann rot anzulaufen, genau wie bei Derrys Vater, wenn der wütend wurde. »Nun gehen Sie schon, Kleiner. Sara und ich sind alte Freunde, verstanden?«

»Sind Sie ihr Liebhaber?«

»Sie kleiner –«

»Raymond!« In Sara Kessels Stimme schwang ein warnender Unterton. Raymond ließ sich in seinen Sessel zurücksinken. Sara wandte sich Derry zu. »Sei so lieb und hol mir meine Mantilla aus der Garderobe, Derry. Es ist doch kühler, als ich dachte.«

»Ich würde aber lieber hierbleiben. Raymond kann sie doch holen.«

»Meine Mantilla, Derry.« Ihr Ton war kurz und kalt.

Am Ende des Abends fuhren sie im Taxi zu Sara Kessels Wohnung zurück. Sie sprach kein Wort mit ihm. Und als sie sich ihm schließlich im Salon zuwandte, glaubte er, sie würde ihm jetzt befehlen, seine Sachen zu packen und zu verschwinden.

Statt dessen sagte sie: »Was bildest du dir eigentlich ein? Wie kannst du es wagen, in so einem Ton mit einem meiner Freunde zu sprechen?«

»War er denn ein Freund? Ich hatte den Eindruck, du magst ihn gar nicht.«

Ihre Augen, so tiefblau wie ihr Abendkleid, zogen sich zusammen. »Selbst wenn es so wäre, gäbe dir das nicht das Recht, so ungezogen zu sein.«

Sie hakte den Verschluß ihres Umhangs auf und streifte ihre langen Handschuhe ab. Sie stand mit dem Rücken zu ihm, als sie eine Flasche aus dem Schrank nahm und sich einen Drink eingoß. Er hörte sie lachen.

»Du hast offensichtlich Fortschritte gemacht, Derry. Wenigstens bist du mir gegenüber jetzt unbefangen genug, um Widerspruch zu wagen. Du warst so ein zaghaftes kleines Lämmchen, als du hier ankamst, daß man dich am liebsten in die Arme genommen hätte, um dich vor der bösen Welt zu beschützen. Du warst ein richtiger kleiner Hasenfuß. Aber jetzt scheinst du deine Courage gefunden zu haben.«

»Es tut mir leid«, murmelte er. »Er hat mich einfach geärgert.«

Sie drehte sich herum und sah ihn mit hochgezogenen Brauen an. »Wirst du immer gleich ungezogen, wenn dich jemand ärgert?«

Er überlegte. »Ja. Ja, ich glaube schon.«

»Ach, Derry, Derry.« Sie schüttelte den Kopf. »Du mußt lernen, den Schein zu wahren. Soll ich dir das auch noch beibringen?«

Er fragte neugierig: »*Ist* er dein Liebhaber?«

Sie durchquerte das Zimmer und blieb vor ihm stehen. »Das, mein Lieber, geht dich nun wirklich nichts an.«

»Es tut mir leid, daß ich dich wütend gemacht habe«, sagte er. »Verzeihst du mir?«

Ihr Gesicht wurde weich; sie schüttelte kaum merklich den

Kopf. Dann legte sie ihren Zeigefinger an seine Wange. Ein Schauer durchrann ihn.

»Weißt du denn nicht«, sagte sie leise, »daß ich dir *alles* verzeihen würde?«

Im Kerzenschein glänzte ihr Haar in einem weichen, lichtdurchwirkten Rotton. Im Nacken zu einem Knoten zusammengenommen, umgab es leicht gebauscht ihr Gesicht. Zwei Schildpattkämme hielten es fest. Schon lange hatte er den Wunsch, einmal diese Kämme herauszuziehen und die Fülle ihres Haars aus ihrer Umklammerung zu befreien. Jetzt tat er es.

In schweren glänzenden Wellen fiel es auf ihre Schultern herab. Er nahm es in beide Hände und küßte es. Wie Seide lag es an seinen Lippen. Er hörte ihr Seufzen und roch den süßen Puderduft ihrer Haut. Er begehrte sie so heftig, daß jeder Moment des Wartens fiebrige Qual war. Aber das mußte er ertragen, während er sich durch den Panzer aus Knöpfen, Haken, Bändern und Fischbein kämpfte, Seide, Satin, Spitze und Leinen auseinanderwarf, ehe er sich endlich in dem weichen, schwellenden Fleisch darunter verlieren konnte.

3

MORGENS SCHIEN ES Alix immer, als dränge die Kälte bis ins Innerste ihrer Knochen. Sie nahm zum Frühstück nur Joghurt und Kaffee, dann machte sie sich an die Arbeit. Sie hatte sich ein Paar fingerlose Handschuhe gestrickt, die es ihr erlaubten, mit dem Zeichnen zu beginnen, noch ehe die aufgehende Sonne ihr Licht über die Wüste warf und die eisige Nachtluft erwärmte.

Sie fertigte Zeichnungen von der Vielzahl von Keramikgegenständen und Werkzeugen aus Flintstein und Obsidian, die die Archäologen mit ihren Geräten unter der Decke aus Staub und Tonscherben hervorholten. Die Keramik war grün glasiert, mit Dreiecken und Schraffierungen verziert, und der dunkle Obsidian schimmerte warm im Sonnenlicht. Vor Tausenden von Jahren, als dieser Teil der Wüste fruchtbares Land gewesen war, war der Euphrat über seine Ufer getreten, und der Schlamm, den der angeschwollene Strom mit sich führte, hatte jeden kleinen Gegenstand überzogen und in Stein gefaßt.

Jetzt dehnten sich die dürren Weiten der Wüste zu beiden Seiten des Lagers. Luftspiegelungen standen flirrend am Horizont. In der ersten Zeit ihres Aufenthalts hier hatte Alix in ihren Träumen diese unwirtliche Wildnis mit Hügeln und Tälern, Bäumen und Wiesen ausgestattet, als könnte ihre Phantasie solche Leere nicht ertragen.

»Mrs. North?« Eine Hand berührte flüchtig ihre Schulter. »Entschuldigen Sie, Mrs. North.«

Sie sah sich um und lächelte. »Ach, Mr. Keates, verzeihen Sie. Ich war meilenweit weg.«

»Kaffee?«

Sie schüttelte den Kopf. »Ich möchte das hier erst fertig machen.«

Aber als sie wieder allein war, legte sie ihr Skizzenbuch aus der Hand und blieb einen Moment lang untätig sitzen, die Knie zum Kinn hochgezogen. Alix *North*, sagte sie zu sich selbst. Du bist jetzt Alix North. Sie dachte an das vergangene Jahr zurück: Die langen, ereignislosen Monate zu Hause bei ihrer Mutter, nachdem sie zu Beginn des Frühlings ihre Arbeit im Lazarett hatte aufgeben müssen. Sie erinnerte sich ihrer Hochzeit im August. Nach der standesamtlichen Trauung ein kleines Mittagessen in einem ruhigen Restaurant. Eine Woche später hatten sie und Edward die lange Reise nach Mesopotamien angetreten. Sie waren mit dem Continental-Expreß nach Neapel gereist, dann mit einem Dampfschiff weiter nach Alexandria, wo sie an Bord eines anderen Schiffes gegangen waren, das sie nach Basra gebracht hatte. Von dort aus schließlich hatten sie zu Pferd die Grabungsstätte erreicht. Diese Saison hatte im September begonnen, sobald die glühende Sommerhitze etwas nachgelassen hatte.

Alix berührte den goldenen Ehering an ihrer linken Hand. Sie war dünner geworden seit der Reise, und er drehte sich lose an ihrem Finger, saß nicht mehr recht.

Im Dezember kam Lord Maycross, Edwards Geldgeber, zu Besuch.

Am Abend vorher hatte Edward gesagt: »Er wird sicher auch graben wollen.«

Tony Keates hatte eine Grimasse geschnitten. »Dann müssen wir ihm einen Platz zuteilen, wo er nicht allzuviel Schaden anrichten kann.«

Das kleine Flugzeug war am Spätnachmittag auf der Sandpiste gelandet. Ockerfarbene Staubwolken hüllten die zerbrechlich wirkenden vibrierenden Tragflächen ein. Lord Maycross im cremefarbenen Leinenanzug mit einem Halstuch aus karminroter Seide kletterte aus dem Cockpit. Unter der ledernen Fliegermütze sahen weiße Haarsträhnen hervor. Er schüttelte Edward die Hand.

»Großartige Arbeit. Großartige Arbeit, mein Junge.«

Während Edward mit Lord Maycross einen Besichtigungsrundgang unternahm, saß Alix im Schatten des Zelts und schraffierte die Bleistiftzeichnung, die sie am Morgen fertiggestellt hatte, mit Tinte. Die anderen Männer gingen wieder an ihre Grabungsarbeiten: Tony Keates und Duffy Hardwick, die Edward aus Oxford kannte, Philippe Levasseur, den er in Ägypten kennengelernt hatte, und Robin Pennant, ein amerikanischer Fotograf. Die arabischen Helfer rasteten im Schatten.

Alix war die einzige Frau auf der Expedition. Die Männer begegneten ihr mit höflicher Distanz und Respekt. Sie war Mrs. North, niemals Alix. Wenn sie sie abends am Feuer reden und lachen hörte, blieb sie in ihrem Zelt, schrieb Briefe, kämmte sich Sand und Staub aus dem Haar.

Zur Feier der Ankunft ihres Mäzens nahmen sie das Abendessen gemeinsam an einem auf Böcken errichteten Tisch unter den Sternen ein. Als das einfache Mahl aus Lamm und Reis aufgetragen war, stand Lord Maycross auf.

»Ich möchte einen Toast ausbringen.«

Duffy Hardwick trommelte mit seinem Glas auf den Tisch. »Auf untergegangene Städte und unvergleichliche Schätze.«

Jemand rief Bravo, aber Lord Maycross sagte: »Falsch! Auf das junge Ehepaar.«

Gläser klirrten. »Erzählen Sie mir, wie Sie beide sich kennengelernt haben, mein Junge«, sagte Lord Maycross zu Edward. »Ich höre gern romantische Liebesgeschichten.«

»Alix hat mich im Lazarett betreut«, erklärte Edward.

»Und, war er ein angenehmer Patient, Mrs. North?«

»Ein sehr liebenswürdiger Patient.« Alix erinnerte sich Edwards langer Spaziergänge auf dem Gelände von Fallowfield. »Aber rastlos. Er konnte keine Ruhe geben.«

»Er hat sich offensichtlich nicht geändert.«

»Immer noch der unerbittliche Sklaventreiber.«

»Haben Sie sich schon vor Ihrer Heirat für Archäologie interessiert, Mrs. North?«

»Nein, eigentlich nicht«, bekannte sie.

Lord Maycross schien rührselig werden zu wollen. »Ach ja, Edward, mein Junge, das ist wahre Liebe. Ihnen in diesen gottverlassenen Winkel der Erde zu folgen. Sie sind ein Glückspilz.« Wieder hob er sein Glas. »Auf die wahre Liebe.«

Später, als sie zum Zelt zurückging, kam Edward ihr nach. »Entschuldige, Alix. Das alles muß für dich ziemlich peinlich gewesen sein.«

Sie schüttelte den Kopf. »Ach, gar nicht.«

»Freddie ist ein guter Kerl. Aber Taktgefühl ist nicht seine Stärke.«

»Wirklich, Edward, es hat mir nichts ausgemacht.«

Sie schwiegen beide. Er folgte ihr ins Zelt und sagte plötzlich: »Manchmal mache ich mir Vorwürfe, dir gegenüber ziemlich unfair gehandelt zu haben. Deine Lage ist nicht gerade einfach.« Er stieß mit der Stiefelspitze in den Sand. »Ist es schlimm für dich? Bereust du es? Mit mir hierhergekommen zu sein, meine ich.«

Alix zündete den Ölbrenner an und gab einen Löffel des kostbaren Tees, den ihre Mutter ihr bei ihrer Abreise aus England mitgegeben hatte, in eine kleine Kanne. Sie blickte zu den Sternen hinauf, die wie Diamanten auf schwarzem Samt funkelten. »Ach, Edward«, sagte sie leise. »Sieh dir das doch an. Wie könnte ich es bereuen?«

Jeden Abend nach dem Essen unterhielten sie sich auf Betreiben Lord Maycross' mit Gesellschaftsspielen – Scharade und Personenraten, Brett- und Kartenspiele –, und endlos ausgebreitet um sie lag dunkel und konturlos die Wüste. Memory, mit einer blauen Perle, einem Kupfersplitter und einer Keramikblume unter den Löffeln und Münzen und Füllfederhaltern, die auf dem Tablett gesammelt waren.

»Diese verdammten Gesellschaftsspiele«, schimpfte Robin Pennant unterdrückt. »Hat er wahrscheinlich alle von seinem Kindermädchen gelernt.« Aber auch er starrte wie hypnotisiert auf das Tablett und bemühte sich, seinem Gedächtnis jeden einzelnen Gegenstand einzuprägen.

Und sie tanzten. Walzer und Foxtrott und Tango in der

Wüste, zu den Klängen des Grammophons, das Freddie Maycross aus England mitgebracht hatte. Alix' Füße glitten im Sand aus; lachend flog sie von einem Arm in den anderen und ließ sich von den Männern herumschwenken. Leere Flaschen häuften sich unter dem provisorischen Eßtisch. Der Rauch aus ihren Zigaretten stieg kräuselnd in die Nachtluft.

Vor der Ankunft Freddie Maycross' waren sie sechs Personen gewesen, die durch Erfahrung, Nationalität und Geschlecht voneinander getrennt waren. Er hatte die Beziehung zwischen ihnen verändert, ganz subtil, beinahe unmerklich zunächst, indem er sie durch sein tolpatschiges Wohlwollen erwärmt, mit seiner Unbefangenheit angesteckt und sie so allmählich zusammengeführt hatte. Nennen Sie mich doch Freddie, hatte er gleich am ersten Tag seines Aufenthalts zu Alix gesagt und ihr seine Freundschaft mit so kräftigem Händedruck angeboten, daß sie meinte, er würde ihr die Knochen brechen. Und sie selbst war jetzt Alix und nicht mehr Mrs. North. Sie gehörte, so empfand sie es, einer Gemeinschaft an.

Freddie bestand darauf, sich an den Grabungsarbeiten zu beteiligen. Edward und Tony verzogen gequält die Gesichter, wenn er mitten in sorgsam angelegte Grabungsfelder hineinsprang und im Sand kniend mit seiner Kelle unverdrossen grub, bis er mit einem Jubelschrei eine Tonscherbe zutage fördern konnte. Er hätte, dachte Alix, auch bei ihren Zeichnungen Hand angelegt, wenn sie es zugelassen hätte. Oft stand er hinter ihr und sah ihr beim Zeichnen zu. Bei jedem anderen hätte sie das unerträglich gefunden. Aber obwohl ihr Stift in seinem Schatten ins Stocken geriet, sagte sie kein scharfes Wort. Er war wie ein Kind, und sie konnte ihm nicht böse sein.

Und sie konnte ihn auch nicht belügen. Als er wieder einmal in Sentimentalitäten über ihre Ehe mit Edward schwelgte, legte sie ihr Skizzenbuch nieder, hakte sich bei ihm ein und schlug vor, sie sollten einen kleinen Spaziergang machen.

Im Schatten der Luftziegelmauern, die vom Sand befreit in Erscheinung zu treten begannen, sagte sie ihm die Wahrheit.

»Es ist eine Vernunftehe, Freddie.«

Zuerst glaubte er ihr nicht. »Ich verstehe gar nicht, was Sie da reden, mein Kind.«

»Ich wollte nicht heiraten, aber Edward bestand auf der Heirat. Er sagte, wir müßten uns trauen lassen, sonst wäre mein Ruf dahin.«

»Na ja, man kann nicht mit einer Horde Männer durch die Welt ziehen, ohne daß die Leute sich das Maul zerreißen, Alix.« Freddie Maycross warf ihr einen forschenden Blick zu. »Aber Sie haben den Jungen doch gern?«

»Es ist keine *Liebe*«, sagte sie bestimmt.

»Gott, was heutzutage für ein Aufhebens um die Liebe gemacht wird! Wenn ein Mann eine Frau gern hat und sie schön findet, reicht das, finde ich, vollkommen.«

»Edward brauchte jemanden, der ihm bei seiner Arbeit helfen konnte, und ich brauchte Arbeit. Das ist alles. Liebe – Leidenschaft – das alles spielt da nicht mit hinein.«

Da er immer noch nicht überzeugt schien, fügte sie hinzu: »Edward hat gesagt, wenn ich einen anderen Mann kennenlerne, wird er sofort in eine Scheidung einwilligen.«

Freddie Maycross wischte sich mit seinem Taschentuch die Stirn. »Scheidung, sagen Sie? Das ist doch gar nicht nötig. Da wird nur ein Haufen schmutzige Wäsche gewaschen. Eine kleine Affäre nebenbei ist viel einfacher. So halte ich das.« Er zog eine Feldflasche heraus und bot sie ihr an. »Sie und Edward sind beide gescheite, ernsthafte Menschen. Vernunftehe ...« Freddie Maycross schüttelte den Kopf. »So ein Unsinn!«

Sie begannen am anderen Ende der Ausgrabungszone zu arbeiten. Die arabischen Helfer trugen die Berge von Sand ab, die sich rund um das alte Mauerwerk angehäuft hatten. Stufen kamen zum Vorschein mit Auftritten aus mächtigen weißen Kalksteinplatten. Starker Wind erhob sich und fegte den Sand zurück über die Ausgrabungen, drohte mit einem einzigen boshaften Atemstoß wieder zuzudecken, was freizulegen sie Wochen gebraucht hatten. Alix kniete mit gesenktem Kopf im Sand und zeichnete. Der Wind zerrte am Papier und wollte ihr den Strohhut vom Kopf reißen. Edward schritt, das Gesicht durch einen weißen Seidenschal geschützt, das Grabungsgebiet ab und rief den Arbeitern seine Anweisungen zu. Alix sah die Erregung in seinen Augen, als er neben ihr niederkauerte, um die Skizzen durchzublättern.

In den folgenden Tagen legte sich der Wind, und sie gingen von neuem daran, die Sanddecke abzutragen. Zwischen der Treppe und der Mauer entdeckten sie Schätze: Säulen aus dunklem Holz, das mit Perlmutt eingelegt war; Kupferreliefs von Stieren und Adlern; Bruchstücke von Mosaiken. Begeisterung belebte Edwards Züge, und seine Stimme war voll Leidenschaft, wenn er mit Alix über die Funde sprach. Er ließ Zelte über der Ausgrabungsstätte errichten, und sie trafen Vorbereitungen, um den Rest des Reliefs herauszuheben. Alix half Edward, die Spuren von Sand und erstarrtem Schlamm zu entfernen, die an dem brüchigen Metall hafteten. Die Kupferteilchen bröselten unter seiner plumpen linkshändigen Berührung, und er warf seine Kelle weg. Dieser verdammte Arm, murmelte er zornig im Davongehen. Sie hörte ihn husten und drehte sich herum. Er stand gekrümmt an die alte Treppe gelehnt.

Am Abend kam er nicht zum Essen. Alix hörte ihn husten, noch ehe sie die Zeltklappe aufgezogen hatte. Er schüttelte den Kopf, als sie ihm Kodein und Morphium anbot; sie machte ihm statt dessen Zitrone mit Honig, schob ihm Kissen und Polster in den Rücken, damit er aufrecht sitzen und trinken konnte.

Er lachte ein wenig. »Ich komme mir vor wie einer dieser alten sumerischen Herrscher. Gleich werde ich mit den Fingern schnalzen und Tänzerinnen kommen lassen.«

Sie fand, daß er erschöpft aussah. »Vielleicht«, sagte sie vorsichtig, »solltest du dir eine Weile Ruhe gönnen, Edward. Die Arbeit ein paar Tage sein lassen.«

»Das geht nicht. Es gibt zuviel zu tun. Ende Mai wird es zu heiß, um weiterzuarbeiten. Und Freddie wird die nächste Saison nur finanzieren, wenn wir Ergebnisse vorweisen können, die mehr versprechen.«

»Du solltest etwas essen.« Alix entsteinte Datteln und richtete sie ihm klein zerteilt auf einem Teller an.

Er lächelte wieder. »König Hammurabi, umgeben von seinen Bediensteten.«

»Unsinn.« Aber auch sie lächelte.

»Hast du eigentlich das Buch gelesen, das ich dir gegeben habe? Hammurabis Gesetzessammlung?«

»Furchtbar streng, findest du nicht?«

»Für die damaligen Zeiten nicht. Die waren verhältnismäßig aufgeklärt.« Edward lehnte sich in die Polster zurück und zitierte: »Wer einem anderen einen Knochen brach, mußte zur Strafe sechzig Silberschekel bezahlen ... Wer einem anderen den Fuß abschnitt, mußte zehn Silberschekel bezahlen.« Er schwieg einen Moment. »Welchen Preis hatte wohl ein verlorener Arm, was meinst du, Alix?«

Welchen Preis, dachte sie, hatte ein verlorenes Kind. Sie wandte sich ab und begann das Teegeschirr aufzuräumen.

»Die Erbgesetze waren ziemlich zivilisiert«, fügte er hinzu. »Eine Witwe hatte das Recht, bis zu ihrem eigenen Tod im Haus ihres Mannes weiterzuleben. Nicht jeder Witwe werden heutzutage solche Rechte eingeräumt. Ich habe dir Owlscote hinterlassen, Alix. Ich habe vor unserer Abreise aus England mein Testament geändert.«

»Edward –«

»Sag nichts. Es ist sonst niemand da. Ich bin der letzte meiner Familie.«

»*Deswegen* habe ich dich nicht geheiratet«, sagte sie.

»Das weiß ich doch. Und das Haus ist wahrscheinlich mehr Last als Segen. Aber es wird dir gehören.« Er hielt inne und sah sie einen Moment schweigend an. »Ich möchte, daß du es bekommst, Alix. Ich kenne niemanden, den ich lieber in diesem Haus wüßte, wenn ich tot bin.«

»Sprich nicht so, Edward. Du wirst wahrscheinlich hundert Jahre alt werden.«

Er runzelte nachdenklich die Stirn. »Ich hätte das Haus mit allem, was dazugehört, wahrscheinlich verkaufen sollen, aber ich habe es einfach nicht über mich gebracht. Ich schaffe es nicht, dorthin zurückzukehren, und ich schaffe es nicht, es zu verkaufen – ist das nicht lächerlich? Ich hätte vor unserer

Abreise mit dir hinfahren sollen, Alix, dann hättest du gesehen, daß es kein großartiges Erbe ist. Im Salon haben sich inzwischen wahrscheinlich Fledermäuse eingenistet. Das Haus steht leer, seit Rory 1917 gefallen ist.« Edward kniff die Augen zusammen. »Aber es hat schon härtere Zeiten überstanden. Den Bürgerkrieg ... die Pest ... Der Ort soll schon zu Ethelreds Zeiten besiedelt gewesen sein.« Er sah, daß ihr das nichts sagte. »Ethelred war ein angelsächsischer König. Haben sie dir denn in der Schule gar nichts beigebracht?«

»Ich bin rausgeflogen.«

Er sah sie ungläubig an. »Ehrlich?«

»Ehrlich. Als kleines Mädchen bin ich in die Dorfschule gegangen. Da hat uns eine nette alte Lehrerin Handarbeits- und Religionsunterricht gegeben. Dann kam ich aufs Internat, aber ich wurde schon im ersten Jahr ausgeschlossen.«

»Was hast du denn getan?«

»Ich hab ein paar wenig schmeichelhafte Bilder von den Lehrern gezeichnet.«

Er lachte.

»Danach hat mein Vater mich unterrichtet – in Zeichnen und Naturkunde. Du siehst also, Geschichte habe ich nie gelernt.«

Er nahm ihre Hand. »Ich höre dich so gern reden, Alix. Ich brauche nur deiner Stimme zuzuhören, und schon geht es mir besser.«

Sie las ihm vor. In der Enge des Zelts saß sie neben ihm und blätterte Seite für Seite um. Als nach einiger Zeit sein Kopf an ihre Schulter sank, blieb sie still sitzen. Und schließlich schlief auch sie ein.

Alix zeichnete das Mosaik. Sie fertigte eine genaue Karte der Steinchen an, die in den erhärteten Schlamm eingelassen waren. Ein halbes Dutzend weißer Vögel flog vor einem dunklen Himmel. Überall auf dem Grund des Grabungsfelds lagen Mosaiksteinchen verstreut. Sie versuchte sie zusammenzufügen, um das Bild zu vollenden. Wie ein Puzzle, dachte sie, wie ein riesiges Puzzle, bei dem die Hälfte der Teile fehlt.

Edward, der sich wieder ganz erholt hatte, arbeitete Seite an Seite mit ihr. Sein scharfes, geschultes Auge entdeckte Verbindungen, die sie übersah. Seine Erregung war ansteckend, und wie er verspürte sie Freude und ein Gefühl des Triumphs, als Steinchen um Steinchen seinen richtigen Platz fand.

Im Licht ihrer Taschenlampen, die die Bilder und Muster erleuchteten, arbeiteten sie bis spät in die Nacht hinein. Im Angesicht der gewaltigen Vergangenheit, die sich ihnen offenbarte, konnte sie ihre eigene Vergangenheit in angemessener Relation sehen. Die langen Tage waren ein Ineinanderfließen von Erschöpfung und Glück.

Als Freddie Maycross nach London zurückflog, nahm er eines von Alix' Skizzenbüchern und eine Keramikblume mit. Sie ging mit ihm zu seiner Maschine. Nachdem er ins Cockpit geklettert war, beugte er sich zu ihr hinunter und rief: »Der Junge liebt Sie abgöttisch, Alix.«

Der Motor des Flugzeugs brummte laut, und der Wind heulte um das Lager wie ein hungriges wildes Tier. Sie glaubte, ihn nicht richtig verstanden zu haben, und legte eine Hand an ihr Ohr.

»Ich hab gesagt«, schrie er, »daß Edward Sie liebt.«

Tony Keates stand bereit, um den Propeller anzuwerfen. Alix trat zurück. Ihre Erwiderung – »das ist ja lächerlich, Freddie« – ging im Motorenlärm unter.

Sie sah dem sich entfernenden kleinen Flugzeug lange nach und kehrte dann nicht gleich zu den Ausgrabungen zurück. Irgendwo am Rand des Lagers blieb sie stehen und erinnerte sich: wie Edward im Zelt ihre Hand ergriffen hatte; wie sein Kopf an ihre Schulter gesunken war, als er einschlief; und wie sie selbst ihre Wange in sein Haar gedrückt hatte. *Ich habe dir Owlscote hinterlassen*, hatte er gesagt.

Wenn sie jetzt neben ihm im Sand kniete, während sie gemeinsam die Mosaiksteinchen sortierten, nahm sie jede flüchtige Berührung, jedes kurze Aneinanderstoßen ihrer Ellbogen oder Sich-Kreuzen ihrer Finger wahr. Ihre Haut brannte im Kontakt mit der seinen. Manchmal am Abend, wenn sie nach dem Essen redend und lachend beieinandersaßen, drehte sie den Kopf und warf ihm einen Blick zu, und dann sah sie, daß er sie nicht aus den Augen ließ. Wenn er ihr vorlas, konnte sie sich nicht länger auf die Worte konzentrieren, sondern war sich statt dessen ihrer eigenen Körperlichkeit bewußt, ihres Haars, das an ihrer Wange lag, der geschwungenen Linien ihres Busens und ihrer Hüfte. Sie liebte es, seine gedämpfte Stimme zu hören, seinen Blick, der immer wieder von den Buchstaben zu ihr flog, auf sich zu fühlen. Allein in ihrem Zelt, nahm sie ihren kleinen Handspiegel und musterte jeden Teil ihres Gesichts für sich – Nase, Augen, Mund –, nicht fähig, die einzelnen Teile miteinander zu verbinden, nicht fähig zu entscheiden, ob sie ansehnlich waren oder nicht.

Als sie tiefer in den gehärteten Schlamm gruben, stießen sie auf die Kalksteinskulptur eines Mannes. Im Rücken des Standbilds war eine Inschrift eingeritzt. An diesem Abend feierten sie. Unter dem weiten, leeren Himmel über der Wüste tranken sie Champagner und aßen Kaviar aus der Dose.

»Auf Mesanepada ...«

»... König von Ur ...«

»Er wird in der sumerischen Königsliste erwähnt, weißt du, Alix.«

»Durch ihn lassen sich die Funde hier datieren.«

»Da wird der gute alte Freddie ganz sicher die Moneten für die nächste Saison ausspucken.«

Freddie hatte ihnen sein Grammophon dagelassen. »Rosen aus der Picardie« dudelte es unaufhörlich, der gewaltigen Stille zum Trotz, die die kratzigen dünnen Töne zu verschlucken drohte. Alix tanzte mit jedem der Männer. Sie sah sich in Tonys blauen und Robins braunen Augen gespiegelt. Duffy faßte sie mit fester Hand um die Taille, Philippe streichelte mit seinen langen Fingern ihren Nacken.

Alix nahm Edward bei der Hand und zog ihn von seinem Stuhl hoch.

»Ach, ich war nie ein guter Tänzer«, sagte er. »Und so schon gleich dreimal nicht ...« Er schnitt eine Grimasse und griff sich an den leeren Ärmel.

Sie sagte nichts. Sie lächelte nur und zog ihn mit sich. Ihre Füße bewegten sich im Walzertakt. Schwindlig vom Champagner stolperten sie und lachten. Als sie den Kopf hob, küßte er sie. Sie schloß die Augen, und ihr war, als versänke sie in dunklem Entzücken. Tiefer und tiefer sank sie, Schätze umgaben sie, glitzernd, alle Sinne bannend.

Er trat von ihr weg. »Entschuldige, Alix. Es tut mir leid. Der Champagner ...« Er ging davon.

Aber sie lief ihm nach. »Edward!« rief sie.

Er drehte sich herum, hielt inne, sah zu ihr zurück.

»Es tut mir leid, Alix«, sagte er wieder. »Ich weiß – ich weiß, daß *das* nicht zu unserer Vereinbarung gehört.«

Wieder eilte er davon. Sie holte ihn am Rand des Lagers ein, wo das Licht des Feuers in der leeren Dunkelheit unterging.

Sie sagte klar und deutlich: »Die Vereinbarung paßt mir nicht mehr, Edward.«

Er starrte sie an. In der sternenklaren Nacht waren seine Augen dunkel wie Schiefer. Sie schob ihre Hand in die seine und drückte ihre Stirn an seine Schulter. »Die Vereinbarung paßt mir nicht mehr, Edward«, sagte sie ein zweites Mal.

Er ließ ihre Hand los und drehte sich ganz herum. Er umschlang sie mit seinem Arm und drückte sie an sich. »Alix! Alix – ist das dein Ernst?«

Sie drückte ihren Mund in die Mulde seines Halsansatzes.

»Ich kann nicht glauben –« Er brach ab.

Sie sah zu ihm hinauf. »Was kannst du nicht glauben?«

Er sagte einfach: »Daß du mich lieben kannst. Ich kann nicht glauben, daß mir solches Glück widerfährt.«

»Ich liebe dich, Edward. Ich liebe dich.« Sie sprach die Worte immer wieder und verkündete dem Sand und dem Himmel lachend ihr neugewonnenes Glück.

Sie gingen in Edwards Zelt. Sie spürte den schnellen Schlag seines Herzens; roch den leicht salzigen Duft seiner Haut; hörte im überwältigenden Schweigen der Wüste das Rascheln von Stoff. Seine Hand glitt bedächtig über ihre nackte Haut, seine Fingerspitzen liebkosten ihren Busen. Er drückte seinen Mund auf ihr Gesicht, ihren Hals, ihren Körper. Ein Feuer sprang in ihr auf, das danach lechzte, gestillt zu werden. Und als er ihren glatten, sanft gerundeten Bauch küßte, warf sie den Kopf zurück und schloß die Augen, nicht bereit, sich länger der Lust zu verschließen, die beinahe so heftig brannte wie Schmerz.

Den Sommer verbrachten sie auf Reisen rund um das Mittelmeer. Sie umarmten sich in den tiefvioletten Schatten der Rundmauern neolithischer Tempel auf Malta und atmeten mit ihren Küssen den Duft des wilden Thymians. Sie stiegen Hand in Hand die steinigen Pfade zum Palast von Knossos in Kreta hinauf, und auf dem Weg beschirmte Edwards Schatten Alix vor dem grellen Sonnenlicht. Bei ihren Streifzügen durch die Museen und Kunstgalerien Italiens begegnete Alix im Schwung einer marmornen Schulter, im Lächeln eines gemalten Mundes etwas, was sie an sich selbst entdeckt hatte: daß Liebe verändert; daß die Liebe ihr erlaubte, der Zukunft mit Zuversicht entgegenzusehen.

Wenn morgens das grelle weiße Sonnenlicht sie weckte, das durch die Ritzen der Fensterläden fiel, brauchte sie sich nur umzuwenden, um Edwards Gesicht neben sich auf dem Kissen zu sehen. Ihre Heirat mit ihm war ein Wagnis gewesen, als hätte sie eine Münze geworfen oder blind eine Karte gezogen. Und irgendwie hatte sie es gut getroffen.

Im Herbst kehrten sie nach Mesopotamien zurück. Angesichts der beeindruckenden Funde der vergangenen Saison hatte Freddie Maycross sich bereit erklärt, weitere Grabungen zu finanzieren. Die Arbeit, die vielversprechend begann, gestaltete sich immer schwieriger und brachte vor allem Enttäuschungen. Tief ausgehobene Gräben gaben nicht mehr her als einige zerbrochene Tonscherben; das wenige, was sie fanden, zerfiel, sobald es der Sonne ausgesetzt wurde.

Im Frühjahr wurde Alix krank. Beim Anblick von Essen drehte sich ihr der Magen um, und sie litt an häufigen Krämpfen in den Beinen.

Im Sommer 1921 reisten sie nach Florenz. Alix hatte gemeint, wenn sie erst einmal wieder in einem richtigen Bett schlafen könne und frische Lebensmittel zu essen bekäme, würde sie sich schnell wieder wohl fühlen. Aber die Übelkeit hielt an. Mit schweißfeuchtem Haar und rebellierendem Magen lag Alix matt auf dem Bett in ihrem Hotel an der Piazza Massimo d'Azeglio, die heißen Glieder von sich gestreckt, um auch das kleinste Lüftchen einzufangen.

Freddie Maycross traf eines Abends Anfang Juli im Hotel ein. Am nächsten Morgen suchte Alix einen Arzt auf. Die Mittagssonne blendete sie, als sie aus der Praxis wieder auf die Straße trat. Sie überquerte die Fahrbahn, ohne nach rechts oder links zu sehen; Hupen dröhnten, jemand schrie sie an.

Sie hörte ihre erhobenen Stimmen, als sie durch den Hotelkorridor zu ihrem Zimmer ging. Freddies Stimme: Ich kann nicht ständig Geld hinblättern, als wär's nur Papier, mein Junge. So leid es mir tut. Und Edwards: Eine Saison noch, Freddie. Nur noch eine. Ich *fühle*, daß da draußen etwas Großartiges auf uns wartet. Bitte, Freddie.

Alix machte auf dem Absatz kehrt und ging in den Garten hinaus. Sie setzte sich an einen Tisch neben einem halb zerfallenen Springbrunnen. Neptun spie olivgrünes Wasser, ein Mädchen brachte ihr eisgekühltes Wasser. Sie drückte das kalte Glas an ihre Stirn und betrachtete die Schattensprenkel der Zypressen auf dem ausgedörrten Gras. Als sie etwas später aufblickte, sah sie Edward über den Rasen kommen.

»Alix! Ich habe dich überall gesucht. Warst du beim Arzt? Was hat er gesagt?«

Ihre Beine zitterten.

»Komm, heraus damit, Darling«, sagte er zärtlich und ergriff ihre Hand. »Wenn es etwas Schlimmes ist, trägt es sich zu zweit leichter.«

»Ich bekomme ein Kind.« Nackt und ungeschminkt kamen die Worte heraus. Sie sah, wie sein Gesicht sich veränderte, und fügte beinahe schroff hinzu: »Wir waren nicht so vorsichtig, wie wir dachten.«

Er sagte behutsam: »Ich weiß, daß du dir gerade das nicht gewünscht hast. Aber, Alix –« Er brach ab, doch sie sah den Stolz und die Freude in seinen Augen. Seine Finger umschlossen fest ihre Hand. »Wann?«

»Im Januar oder Februar, meint der Arzt.«

»Es wird schon nicht so schlimm werden«, tröstete er sie. »Ich werde dafür sorgen, daß du die besten Ärzte hast und gut versorgt wirst.«

Das ist es doch gar nicht, wovor ich Angst habe, hätte sie gern gesagt. Aber sie schien wie gelähmt.

»Ich werde mich gleich um deine Rückreise nach England kümmern.«

»Nach England?« Sie starrte ihn an. »Warum das denn, Edward?«

»Freddie hat sich breitschlagen lassen, noch mal drei Monate zu finanzieren. Ich mußte ganz schön reden, das kannst du mir glauben.« Er drückte ihre Hand. »Es tut mir leid, mein Herz, wenn ich gewußt hätte ...«

»Ich gehe nicht nach England zurück.« Sie entzog ihm ihre Hand. Zornig blickte sie auf den Tisch hinunter und zerstampfte mit dem Löffel das restliche Eis in ihrem Glas.

»Darling, ich muß nach Mesopotamien zurück.«

»Und ich komme mit.«

»Alix, die Grabungsstätte liegt mitten in der Wildnis. Es sind keine Ärzte da – keine anderen Frauen ...«

Ich brauche die Wüste, dachte sie. Ihre Extreme an Hitze und Kälte, ihre Leere, die Weite von Himmel und Sand. Und sie brauchte Edward. Durch seinen Schutz und seine Liebe hatte sie Kraft und die Fähigkeit glücklich zu sein gewonnen.

Die kleine verschworene Gemeinschaft begann zu zerfallen. Ende Oktober verließ Robin Pennant die Expedition in der Hoffnung auf spektakulärere Funde in Ägypten. Duffy Hardwick war in England geblieben, um seiner bettlägrigen Mutter Beistand zu leisten. Ihre Grabungen bescherten ihnen keine neuen Schätze. Ungeduld, Gereiztheit und Erschöpfung machten sich unter ihnen breit. Zu große Hoffnungen und zuviel Arbeit, zu hohe Erwartungen zermürbten sie. Kupferdolche, Trinkgefäße aus Keramik, das reichte nicht, um Freddie zu befriedigen.

Edward bestand darauf, Abend für Abend im Schein von

Öllampen bis in die Nacht hinein zu arbeiten. Die Zeit und Freddies Ultimatum waren ihnen zum Tyrannen geworden.

Alix wurde ihr eigener Körper zunehmend fremder. Er stellte nie gekannte Ansprüche. Sie mußte die Nähte ihrer Röcke auftrennen und den Bund mit einem Band verlängern, um ihn binden zu können. Blau hoben sich die Adern aus dem Weiß ihrer Brüste hervor, und ihre Knöchel schwollen in der Hitze. Bei Tag empfand sie das Kind als einen drückenden, in ständiger Bewegung befindlichen Fremdkörper in ihrem Bauch, der ihr eine Menge Unannehmlichkeiten machte. Nachts, wenn sie schlaflos lag, ahnte sie Veränderungen, Umwälzungen, die Last kommender Verantwortung.

Ihr Wissen über den Geburtsvorgang beschränkte sich auf die Schauergeschichten, die eine der Hilfsschwestern in Fallowfield ihr erzählt hatte. Sie hatte keine Ahnung von Säuglingen und kleinen Kindern; abgesehen von den Ferien, die sie mit den Lanchbury-Kindern verbracht hatte und die so tragisch geendet hatten, hatte sie nie mit kleinen Kindern Kontakt gehabt. Und dennoch verspürte sie, wenn sie in der Dunkelheit lag und unter ihrer Hand die ungewohnten, zuckenden Bewegungen ihres Kindes wahrnahm, sowohl Erregung als auch Freude; es war, als hätte das Glück, das sie mit Edward gefunden hatte, einen Teil der Ängste, die sie früher gequält hatten, getilgt.

Mitte November hatte Edward, der wieder mal bis in die Nacht hinein arbeitete, einen Unfall. Er rutschte aus, als er in einen Graben hinuntersteigen wollte, und stürzte. Sie trugen ihn in sein Zelt und legten ihn vorsichtig auf das Feldbett. Alix sah, wie bleich sein Gesicht war, als sie mit ihren Fingern die spitzen Knochen seines Rückgrats betastete. »Versuch mal, deine Zehen zu krümmen«, sagte sie und war tief erleichtert, als sie sah, daß ihm das keine Schwierigkeiten bereitete. »Du mußt dich ausruhen, Edward«, sagte sie. »Dann bist du bald wieder gesund.«

Sie gab ihm Aspirin, und er schloß die Augen und schlief ein.

Nach zwei Tagen begann seine Lunge sich mit Flüssigkeit zu füllen. Alix half ihm sich aufzusetzen und schob ihm stützende

Kissen in den Rücken. Lange saß er still da, ohne zu sprechen, die Augen geschlossen, das Gesicht verkrampft vor Schmerzen. Dann sagte er: »Ich stelle mir unseren Sohn in Owlscote vor. Beim Spielen in den Zimmern, in denen ich früher gespielt habe ... oder wie er die Bäume hinaufklettert, die Rory und ich früher hinaufgeklettert sind ...«

Sie nahm seine Hand. »Sprich nicht, Edward. Schone deine Kräfte.«

»Ich möchte sprechen. Es gibt eine Menge zu sagen. Und ich habe nicht mehr viel Zeit.«

Sie wollte etwas entgegnen.

»Nein, sag nichts«, bat er sie. »Ich werde bald sterben, Alix, das weißt du.« Er drückte die Faust auf seine Brust. »Ich bekomme kaum noch Luft. Ich ertrinke. Das wäre schon 1918 beinahe passiert. Ich bekam Gas ab und lag, ich weiß nicht wie lange, in einem Granattrichter. Als ich zu mir kam, stand mir das Wasser bis zum Kinn.« Er sah sie lächelnd an. »Aber mir sind drei zusätzliche Jahre geschenkt worden. Drei wunderbare Jahre. Durch dich habe ich mich wieder lebendig gefühlt, Alix.«

Sie sagte verzweifelt: »Wir bringen dich nach Basra ins Krankenhaus, Edward. Du wirst wieder gesund, Liebster, ganz bestimmt. Wir brechen morgen gleich bei Tagesanbruch auf.«

»Nein, nein«, wehrte er ab. »Die Reise ist zuviel, Liebes. Zu weit.« Er schloß die Augen.

Sie saß Tag und Nacht bei ihm. Wenn Edward aufrecht sitzend schlummerte, war das Gesicht, das ihr so vertraut geworden war, im dem sie soviel Schönheit sah, ausgehöhlt vor Erschöpfung. Wenn er wach war, sprach er von seiner Kindheit und Jugend in Owlscote und von seiner Studienzeit in Oxford. Sie begriff, daß er ihr seine Erinnerungen anvertraute, damit sie sie eines Tages ihrem gemeinsamen Kind würde weitergeben können. Und sie erkannte auch, daß dieses Kind ein Trost für Edward war, ein lebendiges Symbol ihrer Liebe und der Hoffnung auf eine bessere Zukunft. Wenn Edward ermüdete, erzählte sie ihm von ihrer Kindheit in Suffolk, von den langen Wanderungen, die sie mit ihrem Vater über Land unternommen hatte, und von ihrer Arbeit im Lazarett. Manchmal lullte ihre weiche, leise Stimme ihn ein, und er schlief eine Weile.

Eines Nachts fuhr er plötzlich aus dem Schlaf auf und sagte: »Du mußt Owlscote verkaufen, Alix. Wenn du nach England zurückkehrst, mußt du Owlscote verkaufen.« Er hustete, und als er wieder zu Atem gekommen war, erklärte er: »Ich habe – ich bin den Dingen aus dem Weg gegangen. Ich bin hierhergekommen und habe alle schwierigen Entscheidungen gemieden. Aber du mußt tun, was ich schon vor Jahren hätte tun sollen.«

»Du sollst dir keine Sorgen machen«, sagte sie. »Ich kümmere mich um alles.«

»Ich weiß, daß du gut zurechtkommen wirst.« Er lächelte. »Es war eine seltsame Ehe, nicht wahr?«

»Es war eine wunderbare Ehe.« Sie gab ihm einen Kuß auf die Stirn.

»Und du mußt mir versprechen, glücklich zu scin, Alix. Sorge für den Jungen und werde glücklich. Heirate noch einmal. Such dir einen Mann, der gut zu dir ist ...«

Danach schwieg er lange, und sie glaubte schon, er wäre wieder eingeschlafen. Aber dann sagte er: »Wir – ich meine, die Menschen meines Schlags –, wir sind am Ende. Das habe ich in den Schützengräben gesehen. Wir mit unseren alten Herrenhäusern und unseren alten Namen und unseren Ländereien, die wir uns nicht mehr leisten können. Es macht mir nichts aus, Alix, versteh mich nicht falsch. Wenn man bis zum Bauch mit einem Jungen zusammen im Schlamm steckt, der seit seinem vierzehnten Lebensjahr in einer Kohlengrube geschuftet hat, kann man nicht mehr glauben, daß man etwas Besseres ist als er. Ich hätte nur – ich hätte mir nur gewünscht, unser Sohn hätte das Haus kennenlernen können.« Sein Gesicht hellte sich auf. »Es ist ein Junge, Alix, da bin ich mir ganz sicher. Ich dachte –«

»Ja, Edward? Was?«

»Ich dachte, du könntest ihn vielleicht Rory nennen. Nach meinem Bruder. Das wäre auch eine Art, ihn nach Hause zu holen, weißt du.«

»Ja, Edward.«

»Ach, ich bin so müde«, sagte er. »So müde.« Er legte sich tiefer in die Kissen und schloß die Augen.

Sie beerdigten Edward am nächsten Morgen, nicht weit entfernt vom Tempel und von den alten Gräbern. Er hätte es gewünscht, erklärte Alix heftig, als die anderen Einwände erheben wollten. Er wollte nicht nach Hause.

Sie packten Werkzeuge und Funde zusammen, brachen das Lager ab und traten die Reise nach Basra an. In Alexandria trennte sich Alix von Tony und Philippe und schiffte sich nach Neapel ein. Als das glatte türkisfarbene Wasser sich bleigrau zu färben begann, ging sie in ihre Kabine und blieb dort. Das Kind in ihrem Leib bewegte sich, schlagend und zuckend wie eine Schlange. Sie beobachtete den Sturm durch das kleine Bullauge. Weiße Blitze durchstachen den finsteren Horizont. Wolkenmassen brodelten und kochten über: kohlschwarz, violett, rosa, gelb.

Das Schiff schlingerte und rollte. Schmerzen zogen sich tief in ihrem Rücken zusammen, schwach und leise pulsierend zunächst. Als sie die Hand auf ihren Leib legte, spürte sie, wie er sich spannte und steinhart wurde. Sie fragte sich, ob die Schmerzen mit dem Kind zu tun hatten. Dezember, dachte sie, es ist doch erst Dezember. Der Arzt hatte gesagt, das Kind würde frühestens im Januar zur Welt kommen.

Die Stewardeß brachte Wasser, bot ihr Kognak an, musterte sie ängstlich. Alix schüttelte auf alle ihre Fragen nur den Kopf und wünschte festes Land herbei. Hier, zwischen Kontinenten treibend, würde sie ihr Kind nicht zur Welt bringen.

Ihr Sohn wurde in einem Krankenhaus in Neapel geboren. Unter den Ärzten und Schwestern sprach niemand Englisch, und sie hatte ihr Italienisch vergessen. Sie verstand nicht, was mit ihr geschah; Urkräfte von roher Gewalt ergriffen Besitz von ihrem Körper. In den Wehen liegend, schrie sie nach Edward. Dann erinnerte sie sich, daß er gesagt hatte: *Du bist stark, Alix*, und sie biß die Zähne zusammen und ertrug stumm alle Schmerzen. Bei Sonnenaufgang brachte sie ihren Sohn zur

Welt, ein schönes, gesundes Kind. Sie legten ihn ihr in die Arme, und ganz kurz traf sie sein noch verschwommener Blick. Neben dem Kummer um Edward wurde sie sich eines tiefen, beinahe schmerzhaften Glücksgefühls bewußt. Sie hatte nicht die Kraft zu sprechen, aber sie dachte, ich werde dich immer behüten, Rory. Ich verspreche dir, daß ich dich immer behüten werde.

Vierzehn Tage später reiste sie mit dem Kind aus Neapel ab. Ihre Brüste, prallvoll mit Milch, taten weh. Rory schlief selten und schrie viel. Er schrie fast die ganze Bahnfahrt; er weinte im Schlafwagenbett an ihrer Seite, er weinte in ihrem Arm im Speisewagen. Italien, die Schweiz und Frankreich flogen draußen an den Fenstern vorbei, doch Alix sah nur Rorys kleines zornrotes Gesicht und die Erbitterung in seinen tiefblauen Augen.

In Paris mußte sie umsteigen. Dampfwolken aus schnaubenden Lokomotiven nebelten den Bahnhof ein, und die schrillen Töne der Signalpfeifen mischten sich mit dem Geschrei ihres Sohns. In Calais gingen sie auf die Fähre. Das Meer war stürmisch, der Wind trieb Schneeregen durch die Nacht. Rory schlief unruhig. Wenn er erwachte, erwachte auch Alix und legte ihn an die Brust, um ihn zu beruhigen.

London war wie ein Angriff, ein Chaos rasender Automobile und eilender rücksichtsloser Menschen. Sie blieb über Nacht in einem Hotel und nahm am nächsten Morgen ein Taxi zur Waterloo Station. In der Nacht weckte Rory sie unzählige Male, und im Taxi brüllte er. Der Lärm auf dem Bahnhof machte sie nervös, die Menschenmengen bedrängten sie. Ein Träger nahm ihr Gepäck und half ihr in den Zug. Sie kramte in ihrer Tasche nach Geld, um ihm ein Trinkgeld zu geben. Rorys Geschrei war zu schluchzenden Stößen der Verzweiflung abgeebbt. Sein Blick suchte ihr Gesicht, hilflos und flehend, um Trost bettelnd. Sie stillte ihn so unauffällig wie möglich, unter Kleiderschichten verdeckt. Die anderen Frauen im Wagen wandten die Blicke ab; eine stand mit gerümpfter Nase auf und zog in ein anderes Abteil um.

Am Bahnhof von Salisbury nahm Alix ein Taxi, um sich nach Owlscote bringen zu lassen. Halb betäubt vor Erschöpfung lehnte sie in der Ecke des Fahrzeugs und gab ihrer Verzweiflung nach. Sie konnte ihren Sohn nicht trösten. Sie hätte nie ein Kind bekommen sollen. Rory schluchzte und schrie, das Gesichtchen verzerrt und fleckig vor Zorn. Grau verschleiert im Zwielicht standen die Häuser zu beiden Seiten der Straßen. Sie ließen die Stadt hinter sich, fuhren durch kleine Dörfer, auf einer schmalen Chaussee, die sich zwischen Feldern und von Bächen durchzogenen Wiesen hindurchwand. Als sie tiefer in das Flußtal vordrangen, gelangten sie in bewaldetes Land. Die ausladenden Äste der Rotbuchen, die zu beiden Seiten die Straße säumten, trafen sich hoch über dem Wagen und seinen Insassen, und es war, als führen sie durch einen kupferroten Tunnel. Manchmal leuchtete ein Stück Himmel durch eine Lücke im Geäst. Die einzigen Geräusche waren das Brummen des Motors und Rorys heftige Atemstöße. Alix lehnte sich tiefer in den Sitz, ganz von selbst entspannte sich ihr Körper, und sie merkte, wie ihr die Lider schwer wurden.

Das Taxi bog von der Straße in eine Auffahrt ab. Sie sah das Haus.

Aus verschiedenartigem Stein erbaut, Flint und Ziegel, stand es schlicht und ohne Schnörkel im Schatten hoher Bäume. Seine Fenster blickten über steinerne Brüstungen in einen Hof hinunter, wo Löwenzahn zwischen den Pflastersteinen empordrängte. Die Wiesen hinter dem Haus verschwammen im bläulichen Dunst, der sich in der Mulde des Tals sammelte.

Alix bezahlte den Fahrer und stieg mit dem Kind auf dem Arm die Treppe zur Haustür hinauf. Sie schob Edwards Schlüssel ins Schloß. Er ließ sich schwer drehen; dann trat sie ins Haus. Während sie durch die fremden Räume ging, wurde sie sich eines Geräuschs bewußt – nein, der Abwesenheit eines Geräuschs. Sie blickte zu Rory hinunter und sah, daß er, in seine Decke gewickelt, fest eingeschlafen war. Als wären sie nun endlich zu Hause, dachte sie.

In der ersten Zeit schlief sie zusammengerollt auf einem zerschlissenen alten Chintzsofa im ehemaligen Salon von Owlscote und stand nur auf, um Rory zu stillen, zu wickeln und zu baden. In einem Außengebäude entdeckte sie Kohlen und hielt das Feuer Tag und Nacht in Gang. Sie aß von alten Konserven, die sie ganz hinten in der Speisekammer fand, und wärmte Rorys Badewasser auf der Kaminplatte. Gedanken machte sie sich kaum, sie beschäftigte sich fast nur mit ihrem Sohn.

Sie erforschte das Haus. Stränge von Spinnweben überzogen die Zimmerdecken und hingen in Ecken und Winkeln. Staubkörnchen flirrten in den Strahlen winterlichen Lichts. In einem sonnigen Raum mit Blick auf den Garten hinter dem Haus entdeckte Alix ein Kinderbett, einen Hochstuhl und einen hochrädrigen alten Kinderwagen. Eine dicke Staubschicht lag über einem Klavier; als sie eine Taste anschlug, glaubte sie, hinter sich ein Geräusch zu hören, als hätte jemand lange den Atem angehalten und nun, beim Klang dieses einen Tons, erleichtert ausgeatmet. In einem der Zimmer fand sie über einen Haken geworfen eine Offiziersmütze und auf einem Fensterbrett steinerne Artefakte. Sie wußte, daß sie ein Eindringling war, eine Ruhestörerin, die den stillen Frieden dieses von Geistern bewohnten Hauses zerriß.

Abends, wenn Rory in dem hohen Kinderwagen schlief, pflegte sie auf die Terrasse hinauszugehen und zum grauen Himmel hinaufzuschauen, an dem Wolkenfetzen dahintrieben. Das letzte silbrige Licht der Sonne blitzte in den Wipfeln der Bäume und auf dem stillen Spiegel des Teichs. Kein Blatt, kein Grashalm regte sich. Manchmal schwang sich eine Eule mit weit ausgespannten Schwingen vom Dach des Stallgebäudes zum Wäldchen, und wenn sie das sah, lächelte Alix.

Am Ende der ersten Woche, als sie durchs Haus lief, um Wasser zu holen, gewahrte sie unversehens ihr Bild in einem Spiegel: Strähniges Haar, ein blasses, mageres Gesicht, schmutzige Kleider. Sie erkannte sich selbst kaum wieder. Du mußt dich zusammennehmen, Alix North, flüsterte sie laut. Ihr schien, als hätte sie so lange in Zelten und Hotels gelebt, daß sie beinahe vergessen hatte, wie man sich in einem Haus niederließ.

Sie machte einen Vorstoß in die Küche, wo dicke Spinnweben zwischen den Deckenbalken hingen. Die Kälte der Bodenfliesen drang eisig durch ihre Strümpfe, und es schüttelte sie in der froststarren Luft. Der Küchenherd war ein abschreckendes Ungetüm mit zahllosen Schubladen und eisernen Türchen. Als sie eine der Laden aufzog, ergoß sich ein Ascheregen auf den Boden. Den ganzen Morgen hockte sie vor dem monströsen Kasten, fegte die alte Asche aus und versuchte mit dürren Ästen, Papier und Kohle ein Feuer zu machen. Aber es ging immer wieder aus.

Schließlich gab sie zornig auf, packte Rory in Tücher und Decken und machte sich auf den Weg ins Dorf. Felder und Wälder glichen einer Kohlezeichnung, Grau auf Schwarz, Weiß dort, wo noch Reif hing. Als sie in das Pub trat, wurde es im Schankraum schlagartig still. Später stellte sich Alix manchmal vor, wie sie gewirkt haben mußte: eine Furie mit aschgrauem Haar, das dick eingepackte Kind wie eine überdimensionale Schmetterlingspuppe über der Schulter.

»Gibt es hier jemanden, der einen Küchenherd richten kann?« rief sie laut in die Runde und blickte von einem Mann zum anderen.

Sie hatte Glück: Sie traf Jacob Long, dessen Eltern viele Jahre für die Familie North gearbeitet hatten, bevor Owlscote verwaiste. Jacob, ein großer, geduldiger Mann, ging mit ihr zum Haus zurück und nahm sich den Herd vor. Er drehte und stocherte und blies, und nach einer Weile schaffte er es tatsächlich, ein Feuer in Gang zu bringen. Alix machte Tee für beide und hielt ihre Tasse mit beiden Händen umschlossen, so daß ihre Finger langsam wieder warm werden konnten.

Frauen in Tweedkostümen und festen Schuhen machten ihre Aufwartung. Alix erwiderte die Besuche nicht. Sie brauchte nur Rory und Owlscote. Die Stimmungen des Hauses – manchmal glitzernd und sonnendurchflutet, zu anderen Zeiten grau und düster – wurden ihr so vertraut wie die Stimmungen eines geliebten Menschen. Als die winterliche Kälte nachließ, begab sie sich auf Wanderungen durch das Gelände. Die Terrasse, ein architektonisch gestalteter Garten, Beete und Hecken waren noch erhalten, nackt unter Unkraut und faulendem Laub.

Sie suchte Mr. Battersby, Edwards Anwalt, in Salisbury auf. Rory, der die ersten Zähne bekam, quengelte während des Gesprächs und sabberte auf ihren Schoß. Mr. Battersby tätschelte dem Kleinen das Kinn und wischte sich hinterher verstohlen die Finger an seinem Taschentuch. Er teilte Alix mit, daß auf den Besitz dreimal hintereinander in rascher Folge Erbschaftssteuern hatten bezahlt werden müssen und daher kaum noch Geld auf der Bank lag. Er empfahl ihr, das Haus zu verkaufen.

Alix nahm ihren Sohn und ging. Sie wußte schon da, daß sie nicht verkaufen würde. Sie brauchte Owlscote. Es war ihre Festung, der Ort, wo sie und Rory sicher sein würden. Seine Mauern schützten sie vor einer unberechenbaren Außenwelt. Außerdem hatte sie sich in das Haus verliebt. Es war eine törichte, unvernünftige Liebe, die sich im Lauf der Zeit nur noch vertiefte. Dennoch sah sie sehr wohl die feuchten Flecken hinter dem Kleiderschrank und das bröckelnde Mauerwerk im ehemaligen Stallgebäude; die Wasserlachen im Keller und das wacklige Treppengeländer, auf das sie sich nicht zu stützen wagte.

Im Spätsommer bekam Rory die Masern. Sein Körper war von unzähligen rosaroten Pusteln übersät, und als das Fieber seinen Höhepunkt erreichte, bäumte er sich weinend und schreiend mit fest zusammengezwickten Augen in seinem Bettchen. Zwei Wochen pflegte und tröstete Alix ihn rund um die Uhr. Als es ihm langsam wieder besserging, wälzte sie selbst sich Nacht für Nacht ruhelos in ihrem Bett, gequält von den Gedanken an den Stapel von Rechnungen auf ihrem Schreibtisch und die Bankauszüge, deren Zahlen ihr angst machten.

Eines Morgens fuhr sie nach Salisbury, wo sie einen Termin beim Direktor von Edwards Bank hatte. Martha Long, Jacobs

Tochter, kam nach Owlscote, um Rory zu hüten. Wie jedesmal, wenn sie ihn verließ, mußte sie gegen den Impuls ankämpfen ihn einfach mitzunehmen, um ihn nur ja keinen Moment aus den Augen zu lassen. Sie ermahnte sich, an seine gerade erst überwundene Krankheit zu denken, gab ihm einen Abschiedskuß und ging zur Bushaltestelle.

Der Bankdirektor war höflich, aber wenig hilfreich. Nach dem Gespräch mit ihm lief sie ziellos durch die Straßen rund um den Marktplatz, ausgelaugt von den schlaflosen Nächten, vor Angst und Sorge beinahe wirr und unfähig, einen klaren Gedanken zu fassen. Erschreckende Zahlen wirbelten ihr im Kopf herum, sie konnte addieren und subtrahieren, soviel sie wollte, die Antwort blieb immer die gleiche. Sechs Monate, dachte sie. Abgesehen von Edwards kleiner Offizierspension reicht das Geld, das noch da ist, gerade für sechs Monate Leben. Mit gekrümmten Schultern, den Blick zum Boden gesenkt, ging sie rasch zwischen den Marktständen hindurch und dachte, selbst wenn wir nur das Billigste und Einfachste essen, selbst wenn ich mir kein einziges neues Stück zum Anziehen kaufe, reicht das Geld auf der Bank höchstens noch für sechs Monate.

Sie stieß plötzlich gegen etwas Großes, Weiches, taumelte, stolperte und wäre hingefallen, hätte nicht jemand zugegriffen und sie gehalten.

»Entschuldigen Sie vielmals. Es tut mir wirklich leid.«

Sie nahm zwei Dinge gleichzeitig wahr: daß alle ihre Einkäufe auf dem Pflaster verstreut lagen – und daß sie, ganz mit ihren finanziellen Problemen beschäftigt, blindlings mit Jonathan Fox zusammengestoßen war.

»Jonathan«, sagte sie schwach.

Er sah sie erstaunt an und rief: »Das ist doch nicht möglich! So ein Zufall. Alix? Sind Sie's wirklich?«

Sie war immer noch außer Atem, darum nickte sie nur und sah ihn stumm an. Wie gut er aussieht, dachte sie, so gepflegt und selbstsicher. Er scheint wieder ganz gesund zu sein. Sie hob die Hände, um ihren Hut zurechtzurücken, und strich glättend über ihren Rock.

»Alles in Ordnung, Alix? Können Sie mir diesen unhöflichen Rempler verzeihen?«

Sie lächelte. »Sie waren immer schon der perfekte Gentleman, Jonathan. Es war doch meine Schuld. Ich habe Ihnen hoffentlich nicht weh getan.«

Jonathan rieb sich den Magen. »Sie hätten einen guten Rugbyspieler abgegeben. Das war ein perfekter Bodycheck. Kommen Sie, lassen Sie mich Ihre Sachen aufheben.«

Alix' Einkaufskorb war ihr bei dem Zusammenstoß vom Arm gerutscht. Zwiebeln und Schellfischfilet, noch in Zeitungspapier gewickelt, lagen mehlbestäubt auf dem Bürgersteig.

»Tja, das Mehl können Sie wohl vergessen, Alix.«

Während sie die Zwiebeln einsammelte, hörte sie Jonathan fragen: »Was tun Sie denn in Salisbury, Alix?«

»Ich bin nur zum Einkaufen hier.« Sie wollte nicht an das entmutigende Gespräch mit dem Bankdirektor denken. »Ich lebe hier ganz in der Nähe.« Sie sah auf ihre Uhr. »Mein Bus –«

»Kommt ja nicht in Frage!« sagte er und hakte sich bei ihr ein. »Ich fahre Sie nach Hause, Alix. Aber vorher müssen Sie mit mir was essen gehen.«

Sie setzten sich in ein kleines Restaurant nicht weit vom Markt. Jonathan mußte den Kopf einziehen, um ihn sich nicht an den Deckenbalken anzuschlagen, und der Tisch stand wacklig auf dem schiefen Boden.

»Erzählen Sie mir, was Sie getrieben haben«, sagte Jonathan, nachdem die Bedienung ihre Bestellung aufgenommen hatte. »Sie haben nie geschrieben.« Sein Ton war verwundert, nicht anklagend.

Alix schämte sich. Sie dachte an die Monate nach ihrem Weggang aus Fallowfield, an die monotonen Tage im Haus ihrer Mutter und ihre anfänglichen Zweifel hinsichtlich ihrer Verlobung mit Edward. Sie konnte ihm das jetzt nicht alles erklären, darum sagte sie nur: »Es tut mir leid. Es war alles ein bißchen – kompliziert.«

Sein Blick fiel auf ihre linke Hand. »Sie sind verheiratet?«

»Ich bin Witwe. Ich habe Edward North geheiratet. Er war damals auch im Lazarett. Erinnern Sie sich an ihn?«

Jonathan runzelte die Stirn. »Groß. Sehr ruhig.« Er schüttelte den Kopf. »Scheußliches Pech für Sie.«

Sie erzählte ihm von Mesopotamien und der archäologischen Expedition. Dann sagte sie: »Edward fehlt mir natürlich ganz schrecklich, aber das Leben hat es trotzdem gut mit mir gemeint. Wir waren sehr glücklich zusammen, wissen Sie. Und ich habe ein wunderschönes Haus und einen kleinen Sohn, Rory, der jetzt acht Monate alt ist. Ein richtiger Sonnenschein.« Sie sah ihn an. »Und wie geht es Ihnen, Jonathan? Sind Sie verheiratet?«

Er lachte. »O nein. Ich lebe bei meinen Eltern in Andover und arbeite in der Kanzlei meines Vaters. Ich muß hier in Salisbury verschiedene Mandanten besuchen. Ich bin seit zwei Tagen hier und wohne in einer ziemlich schäbigen kleinen Pension in der Fisherton Street. Das Hotel, in dem ich sonst immer absteige, war ausgebucht – an Markttagen kann es in Salisbury sehr voll werden.« Er lächelte. »Nirgendwo ein Zimmer frei.«

Nach dem Mittagessen fuhr Jonathan sie nach Hause. Die Wolkendecke hatte sich gelichtet, die Straße unter den Bäumen war von Sonnenlicht gesprenkelt.

In der Auffahrt von Owlscote hielt er den Wagen an und stieg aus. Sie sah sein Staunen. »Du meine Güte, Alix. Das ist ja atemberaubend. So ein großes Haus!«

»Ja, Rory und ich kommen uns manchmal beinahe verloren vor.«

»Hier könnten Sie ja Tausende unterbringen.« Er öffnete ihr die Wagentür.

»Kommen Sie doch noch mit rein, Jonathan.«

»Ich kann nicht, Alix.« Er sah auf seine Uhr. »Ich habe gleich einen Termin.«

Sie stellte sich auf die Zehenspitzen und küßte ihn auf die Wange. »Aber dann müssen Sie mich bald mal besuchen. Versprechen Sie's.«

»Keine zehn Pferde könnten mich davon abhalten.«

Alix blickte dem Wagen nach, der in einer Staubwolke die Auffahrt hinunterfuhr. Dann sperrte sie die Tür auf und ging ins Haus. *Hier könnten Sie ja Tausende unterbringen*, hörte sie Jonathan sagen. *So ein großes Haus … Nirgendwo ein Zimmer frei …*

4

IN FITZROVIA GAB es ein Café, wo sie sich alle zu treffen pflegten. Roma hatte die Wandmalereien angefertigt: ein wildes Chaos geometrischer Formen in allen Tönen von Gelb, Rostbraun und Zinnoberrot, das von den wackligen Stühlen und den zerschrammten Tischen ablenkte. Der Koch servierte (wenn er in Stimmung war) Stapel von Pfannkuchen, die von Sirup troffen.

Roma ging wegen der Pfannkuchen und wegen der Gesellschaft in das Café. Die Stammgäste waren an den meisten Abenden anzutreffen, und es kam immer auch Laufkundschaft vorbei. Diese anderen, zufälligen Gäste verglich Roma mit Zugvögeln, die mit viel Getue landeten und dann wieder davonflatterten, irgend einem fernen Zuhause entgegen.

Eines Abends saß Roma mit Sophie und Lawrence zusammen. Sophie Berkoff war Psychoanalytikerin, und Lawrence Corcoran war Tänzer. Sie tranken Kognak und rauchten türkische Zigaretten, während Roma ihnen den Salon beschrieb, dessen Innenausstattung sie gerade übernommen hatte.

»Alles in Schwarz und Weiß, wißt ihr, ihr Lieben. Die Wände mit schwarzer Seide bespannt, die Vorhänge aus schwarzem Pannesamt.«

Lawrence zündete sich eine Zigarette an. »Klingt ziemlich düster.«

»Dazu ein weißer Teppich und weiße Polster. Göttliche Schlichtheit. Ihr wißt, daß mir Einfachheit über alles geht.«

Sophie lachte ihr kehliges Lachen. »Du hast sechs Zimmer für dich allein, Roma. In einem einzigen Zimmer zu hausen, so wie ich, das ist Einfachheit.«

»Du hättest Nonne werden sollen, Sophie. Du hast die Neigungen dazu.«

Sophie lachte wieder. »Nur manche.« Sie hielt ihr Glas mit ihren kleinen weißen Händen umschlossen.

Um Mitternacht ging Roma und winkte einem Taxi. Der Fahrer war jung und dunkelhaarig. Eine Zeitlang begnügte sie sich damit, die Bewegungen seiner langen, schmalen Hände am Lenkrad zu beobachten, dann fing sie ein Gespräch an.

»London sieht bei Nacht immer so herrlich schäbig aus, finde ich. Selbst die teuren Gegenden.«

Sie fuhren gerade durch Mayfair. Gaslampen flackerten am Straßenrand.

Er sagte: »Die teuren Gegenden sind die schlimmsten, wenn Sie mich fragen. Viel zu aufgedonnert. Wie eine erstklassige Hure.«

Er hatte eine angenehme Stimme, klar und akzentfrei. Roma hatte Cockney erwartet von einem Taxifahrer. Sie sah ihn sich genauer an, musterte die tiefliegenden dunklen Augen, das dunkle Haar über olivbrauner Haut, und dachte, wenn ich für Männer etwas übrig hätte …

Er sagte: »Macht es Ihnen was aus, wenn ich einen Moment anhalte? Ich kenne mich hier nicht aus und möchte im Plan nachschauen.« Er fuhr an den Bordstein.

Im Licht einer Straßenlampe studierte er seine abgegriffene Karte. Roma wartete schweigend, rauchte ihre Zigarette, und dann fuhren sie weiter.

»Sie kennen wohl London nicht besonders gut?«

»Kommt ganz auf die Gegend an.«

»Wie lange leben Sie schon hier?«

»Seit zwei Monaten. Dieses Durcheinander von Straßen ist verwirrend.«

»Aber Sie sind doch Engländer, nicht wahr?« Er hatte, dachte sie, etwas Fremdartiges an sich.

»O ja, durch und durch«, versicherte er, während sie durch Grosvenor Place brausten, auf der einen Seite die Schwärze des Parks, auf der anderen die Häuser von Belgravia.

»Und bevor Sie nach London gekommen sind, wo haben Sie

da gelebt?« Welch eine Enttäuschung, dachte sie, wenn er jetzt irgendeine langweilige kleine Vorstadt nennt.

»Ich war einige Jahre im Ausland.«

»Ach, erzählen Sie.«

»Ich bin 1919 mit einer Bekannten aus England weg. Nach sechs Monaten haben wir uns getrennt. Ich bin ein bißchen herumgereist und habe eine Zeitlang an der Sorbonne studiert. Dann habe ich ein paar Monate in Südamerika gelebt.«

»Und jetzt fahren Sie Taxi. Nachts? Immer nur nachts?«

»Ja.«

»Sind Sie Künstler? Oder Tänzer?« Sie stellte sich vor, sie würde ihn ins Café mitnehmen und mit Sophie bekanntmachen. Sophie wäre hingerissen von ihm und würde ihn ihrer Sammlung einverleiben.

»Du lieber Gott, nein!« Er schien belustigt. »Tagsüber arbeite ich bei einem Anwalt namens Swinton.«

Er bremste ab, als sie sich Romas Haus näherten, und hielt vor ihrer Tür an. Er drehte sich nach ihr um. »Das macht neun Pence, Madam.«

»Ich habe morgen abend etwas vor«, sagte Roma. »Könnten Sie mich um zehn hier abholen? Ich bin Mrs. Storm.« Sie drückte ihm ein paar Münzen in die Hand.

Roma Storm hatte ihr Leben lang in London gelebt. Nach dem Besuch der Kunstakademie, wo sie sich vor allem der Porträtmalerei gewidmet hatte, hatte sie geheiratet. Die Ehe war von kurzer Dauer gewesen, eine einzige Katastrophe, daraufhin hatte sie keinen zweiten Versuch unternommen.

Als sie Ende Zwanzig war, hatte sie die Porträtmalerei aufgegeben und sich auf Innenarchitektur verlegt, weil das mehr Geld einbrachte. Beim Tod ihrer Eltern hatte sie eine Wohnung in Pimlico geerbt und dort im ehemaligen Gästezimmer ihr Büro eingerichtet. Sie träumte von dem Geschäft, das sie eines Tages haben würde – ein Spezialgeschäft für feines Glas, Tapeten und Möbel. Aber der Laden war mangels Startkapital ein Traum geblieben, und auch heute noch, zehn Jahre danach, erledigte Roma ihre Geschäfte im ehemaligen Gästezimmer inmitten eines Wusts von Stoffmustern, Farbtöpfen und Pinseln.

Obwohl sie der Malerei den Rücken gekehrt hatte, hatte sie sich einen Blick für Schönheit bewahrt. Daher ihr Interesse an dem Taxifahrer – vor zwanzig Jahren, dachte sie, während sie sich einen Drink einschenkte und sich in ihr tiefes Sofa sinken ließ, hätte ich ihn malen wollen. Jetzt reizte sie das nicht mehr, und es reizte sie auch nicht, ihn zu verführen. Einerseits weil sie im Lauf ihrer kurzen Ehe entdeckt hatte, daß Männer nicht das Richtige für sie waren, und andererseits weil sie angesichts der zerschlissenen Manschetten und der umschatteten Augen des Jungen zu ihrer Überraschung das Aufflackern eines lang verschütteten, beinahe schon abgestorbenen Mutterinstinkts wahrgenommen hatte.

Derry fuhr noch einige Stunden, bis das Geschäft nichts mehr hergab und auch die letzten Nachzügler von den Straßen verschwunden waren. Dann stellte er das Taxi vor Bills Haus ab. Es gehörte Bill, den Derry in einem Pub kennengelernt hatte. Derry fuhr es ein paarmal die Woche, weil er das Geld gebrauchen konnte und weil London bei Nacht etwas Aufregendes hatte.

Er ging zu Fuß zu seiner Wohnung in der White Street in Stepney. Sie bestand aus einem einzigen schmalen Raum, L-förmig, weil man ein Stück davon durch Einziehen einer dünnen Wand aus Sperrholzplatten abgetrennt hatte, um für einen weiteren Mieter Raum zu gewinnen. Eine der Fensterscheiben hatte einen Sprung, und er hatte braunes Papier darüber geklebt, damit das Glas nicht ganz auseinanderfiel. Doch durch die unversehrten Scheiben konnte er den Fluß sehen und das breite Band von Kränen und gewaltigen Stahlgerüsten an seinem Ufer. Wenn die Schiffe unter den dröhnenden Stößen ihrer Nebelhörner zum offenen Meer ausliefen, weitete sich Derrys Herz.

Meistens legte er sich nach den nächtlichen Taxifahrten noch einige Stunden schlafen, ehe er sich auf den Weg zu Mr. Swintons Kanzlei machte. Aber in dieser Nacht fühlte er sich hellwach, wie aufgedreht, und hatte den Kopf voller Ideen. Er machte sich auf dem Gaskocher eine Tasse Tee, wickelte sich in Mantel und Decken (er hatte vergessen, wie kalt es in England werden konnte) und begann zu schreiben.

»Die Stagnation, die Mitte der zwanziger Jahre in England um sich griff«, schrieb er, »ist eine direkte Folge der Tatsache, daß die Angehörigen der Oberschicht auch heute noch an den Hebeln der Macht sitzen. Obwohl der Krieg zum Tod einer ganzen Generation geführt hat und Erbschaftssteuern große Teile der alten Vermögen aufgefressen haben, liegen Einfluß und Macht immer noch in den Händen einiger weniger Familien …«

Nach einer Weile hielt er inne und las das Geschriebene durch. »Langweilig und belehrend«, sagte er laut, riß die Seite aus seinem Heft, knüllte sie zusammen und warf sie in den Papierkorb.

Um halb neun fuhr er mit dem Bus zu Mr. Swintons Kanzlei. Die beiden kleinen Büros waren staubig und eng, vollgestopft mit Stößen von Dokumenten und Akten. Mr. Swinton erschien um zehn Uhr. Er hatte eine Beule an der Stirn und dicke, violett schimmernde Tränensäcke unter den Augen.

»War wohl eine schlimme Nacht, Jack?« erkundigte sich Derry teilnahmsvoll.

»Ganz übel.« Jack Swinton nahm eine Flasche aus der untersten Schublade eines Aktenschranks. »Da hat doch so ein Schwein im Pub behauptet, ich hätte ihn reingelegt. Ich hab ihm gesagt, daß ich ihn wegen Verleumdung anzeige.«

»Und wegen Körperverletzung«, sagte Derry mit einem Blick auf die Beule.

»Genau.« Jack Swinton drehte sich nach Derry um. »Was hab ich heute vor?«

»Sie vertreten einen Gewerkschaftler, dem vorgeworfen wird, ohne jede Provokation die Polizei angegriffen zu haben. Aber er behauptet, die berittenen Polizisten wären mit Gummiknüppeln auf ihn losgegangen.« Derry wies auf einen Packen Papiere. »Ich hab ein paar Aufzeichnungen dazu gemacht.«

Jack Swinton verlor den Prozeß, genau wie Derry es erwartet hatte, und zum Trost setzten sie sich in ein Pub in der Liverpool Street, wo sie sich gegenseitig ausgiebig bedauerten. Nachdem Derry den leicht schwankenden Jack Swinton zum Zug gebracht hatte, ging er zu Fuß in seine Wohnung zurück.

Es war Freitag abend. Alle Welt schien auf den Beinen zu sein, nur er hatte nichts vor. Er hatte bald gemerkt, daß London, wie viele andere Großstädte, aus einer riesigen Anzahl kleiner Zellen bestand. Die, denen er sich hätte zugesellen können, interessierten ihn nicht. In die, denen er sich gern zugesellt hätte, war er bis jetzt nicht aufgenommen worden.

Um zehn Uhr fuhr er zu Mrs. Storm. Gestern abend hatte sie violetten Samt getragen; jetzt erschien sie in stahlgrauem Serge, wie abgestimmt auf ihre Haarfarbe. Sie bat Derry, sie nach Bloomsbury zu bringen, wo sie zu einem Fest eingeladen war. Als er vor dem Haus anhielt, sagte sie: »Würden Sie auf mich warten? Es kann sein, daß das hier ganz fürchterlich wird.«

Er schlief ein, während er auf sie wartete. Sie mußte ihn wachrütteln, als sie kam.

»Gräßlich, einfach gräßlich«, sagte sie. »Eine Gedichtlesung.« Sie schauderte. »Aber ich mußte mich zeigen«, erklärte sie. »Rein geschäftlich. Die Leute sind nämlich gerade erst eingezogen, und das Haus sieht furchtbar aus. Ich hoffe, sie werden mir den Auftrag geben, es herzurichten. Ich bin Innenarchitektin, wissen Sie«, fügte sie hinzu, nachdem sie im Fond des Wagens Platz genommen hatte. »So, und jetzt bringen Sie mich bitte in die Fitzroy Street. Zum Rose Café.«

Es hatte zu regnen begonnen, und die Lichter der Gaslampen flimmerten wie hinter Schleiern. In solchen Nächten liebte Derry die Stadt. Hinter jeder geschlossenen Tür, jedem verhängten Fenster schienen ihm Verheißung und Geheimnis zu warten. Er brauchte nur einen Vorhang zur Seite zu ziehen oder einen Türknauf zu drehen.

Das Rose Café befand sich in einem schmalbrüstigen kleinen Haus. Es hatte schmutzige Fensterscheiben und eine Artnouveau-Beschriftung, die abzublättern begann. Unter den Rädern des Taxis spritzte braunes Wasser aus den Pfützen auf, als Derry an den Bordstein fuhr und hielt. Hinter dem verschmierten Glas bewegten sich verschwommene Gestalten. Er hörte Gelächter und Musik.

Mrs. Storm beugte sich vor und legte ihm die Hand auf die Schulter. »Es gibt jetzt zwei Möglichkeiten, Darling. Ich kann Sie bezahlen, und Sie fahren weiter, oder –« Sie hielt inne.

»Oder?« wiederholte er.

»Oder Sie kommen mit hinein, und ich mache Sie mit ein paar Leuten bekannt.«

Derry musterte das Café, sah bunte Farben und lachende Gesichter.

»Der Koch«, lockte Mrs. Storm, »macht die fabelhaftesten Pfannkuchen. Mögen Sie Pfannkuchen?«

»Ich liebe sie«, sagte Derry und stieg aus dem Taxi.

Drinnen blieb er zuerst in einer Ecke stehen und beobachtete die anderen. Er hatte so ein Gefühl, daß gleich etwas geschehen, Türen sich öffnen würden.

Mrs. Storm winkte ihm. »Kommen Sie, ich möchte Sie mit Freunden von mir bekannt machen. Das ist Lawrence Corcoran« – ein schmaler, hellhaariger Junge – »und das ist Ruth Duncan.« Ruth hatte rote Wangen und einen rotblonden Pagenkopf. »Lawrence, Ruth, das ist –« Sie sah Derry an. »Sie haben mir Ihren Namen gar nicht gesagt, Darling.«

»Derry Fox«, sagte er.

»Lawrence und Ruth studieren bei Madame Rambert. Ich mache zwar hin und wieder Bühnenbilder, aber eigentlich ist das Ballett nicht mein Metier.«

»Roma ist zu verliebt in schwarzen Samt und graue Seide«, bemerkte Lawrence. »Der reinste Tanz in der Unterwelt.«

Noch andere hatten sich zu ihnen an den Tisch gesetzt. Teller mit den berühmten Pfannkuchen und Glaskrüge mit Sirup wurden gebracht. Ihre lebhaften Gespräche schallten durch den kleinen Raum.

»... zu einem Fest in Hampstead eingeladen.«

»Ein Glück, daß die Tutanchamun-Welle endlich vorbei ist. Ich hatte sandfarbene Polster und Hieroglyphen wirklich restlos satt.«

»Ich geh hin, weil ich seit Ewigkeiten nichts Anständiges mehr zu essen bekommen hab, und das Essen ist dort immer phantastisch.«

An Derrys Ohr flüsterte jemand: »Und Sie essen gar nichts.«

Er drehte sich um. Ihr Haar krauste sich dunkel um ein kleines, weißes Gesicht, und ihre Augen, kühl und intelligent, waren von einem hellen Braun.

»Ich bin nicht hungrig«, sagte er.

»Und ich kann niemals essen und reden zugleich. Ich finde, das eine lenkt vom anderen ab.« Sie hatte eine angenehme Stimme und einen feinen Akzent.

Derry wußte, daß er genau beobachtet und taxiert wurde. »Das muß bei Essen in Gesellschaft ziemlich lästig sein«, sagte er.

»Ich höre zu«, erwiderte sie. »Ich höre gern zu. Und ich beobachte gut. Da erfährt man eine Menge über Menschen.« Sie sah ihn an. »Über Sie zum Beispiel.«

»Was haben Sie denn über mich erfahren?«

»Daß Sie nicht so unbefangen sind, wie Sie sich geben.«

Er spürte, wie er rot wurde.

»Ärgern Sie sich doch nicht«, sagte sie. »Das ist kein Fehler.«

»Ich finde schon.«

Sie zuckte die Achseln. »Was noch? Daß Sie knapp bei Kasse sind.« Sie berührte den Ärmel seiner schäbigen Jacke.

»Meine Sachen sind noch nicht aus Südamerika gekommen. Deswegen lebe ich ein bißchen improvisiert.«

»Was haben Sie denn in Südamerika getrieben?«

Es erheiterte Derry, jemanden vor sich zu haben, der genau so unverblümt in seiner Rede war wie er. »Ach«, antwortete er, »alles mögliche. Ich habe Englischunterricht gegeben und für eine Zeitung geschrieben – aber da war ich wirklich schlecht. Alles, was ich schreibe, liest sich immer wie eine Ansammlung von Zitaten anderer, auch wenn ich es gar nicht beabsichtigt habe.«

»Und jetzt? Was haben Sie jetzt vor?«

»Oh – ich habe vor, berühmt zu werden.«

Sie zog die Augenbrauen hoch. »Wie denn?«

»Das weiß ich noch nicht«, sagte er fröhlich. »Aber mir wird schon was einfallen.«

Roma Storm rief: »Sophie, du hast kein Monopol auf meinen Taxifahrer.«

Derry wurde ins allgemeine Gespräch einbezogen, und die schwarzhaarige Frau – Sophie – begann, sich mit jemand anderem zu unterhalten. Der Abend wurde lang, neue Gesichter und wechselnde Themen setzten gelegentliche Akzente.

Nachdem Derry Roma Storm in dieser Nacht nach Hause gefahren hatte, bat sie ihn in ihre Wohnung, eine winterlich eintönige Landschaft in Schwarz, Weiß und Silber. Derry stellte sich vor, daß es auf der Oberfläche des Mondes etwa so aussähe wie in Roma Storms Salon. Sie goß ihm einen Drink ein, während er sich bemühte, nicht von dem riesigen glatten weißen Ledersofa zu rutschen.

Es war still im Zimmer. Dann sagte sie: »Ich wollte Sie fragen …«

»Ja?« sagte er angespannt.

Sie sah ihn an. »Nein, *das* nicht.« Sie lächelte. Dann blickte sie zu ihrem Glas hinunter. »Ich habe eine Freundin, die manchmal bei mir übernachtet. Sie heißt Leonora und hat die entzückendste kleine Taille. Ich kann sie mit den Fingern meiner beiden Hände umspannen.«

»Oh«, sagte er und kam sich ziemlich töricht vor.

»Ich wollte Sie fragen, Derry, ob Sie mich am Wochenende fahren können. Ich muß zu einer Hausbesichtigung nach Harrow.«

Derry schüttelte den Kopf. »Da fahre ich zu meinen Eltern. Außerdem habe ich den Wagen nur nachts. Aber ich könnte meinen Freund bitten, Sie zu fahren, wenn Ihnen das recht ist.«

Erst am Freitag kündigte Derry seinem Bruder mit einem kurzen Schreiben seinen Besuch an: um sich selbst keine Zeit für einen Rückzieher und seinen Eltern keine Gelegenheit zu Ausflüchten zu lassen.

Von seinem Taxigeld und dem Hungerlohn, den er bei Jack Swinton bekam, kaufte er sich ein neues Jackett. Seine Eltern sollten nicht glauben, er wäre gescheitert. Dies war, seit er England 1919 verlassen hatte, sein erster Besuch zu Hause.

Am mittleren Nachmittag traf er in Andover ein. Teezeit. Er sah sie im Salon sitzen und darauf warten, daß das Mädchen den Tee und die Brötchen hereinbringen würde, genau wie Wochenende um Wochenende in den Jahren seiner Kindheit. Alles unverändert. Alles wie immer.

Doch er gewahrte die Veränderungen, sobald er die Gartenpforte aufstieß. Die Fassade des Hauses war frisch gestrichen, und üppige neue Blumenbeete, eine gepflegte Pracht gelber Primeln und knallroter Tulpen nach Art der städtischen Gartenanlagen, säumten zu beiden Seiten den Weg. In der Einfahrt stand ein Automobil.

Er wollte gerade an der Haustür läuten, als jemand seinen Namen rief. Er drehte sich herum. Es war Jonathan.

»Derry!« Sein Bruder packte seine Hand und schüttelte sie begeistert. »Derry – das ist ja fabelhaft – wie gut du aussiehst – so groß und braun ...«

Derry erinnerte sich an das letzte Zusammensein mit seinem Bruder vor fünf Jahren in dem Café unweit Victoria Station. Auch Jonathan hatte sich verändert. Nichts war geblieben von der damaligen Blässe und Gebrechlichkeit. Jonathans gewelltes blondes Haar glänzte in der Frühlingssonne, er sah so gesund und fit aus wie ein Sportler, von einem Hinken keine Spur. Derry war sich des gewohnten Mischmaschs von Gefühlen bewußt, warme Zuneigung, Neid und ein diffuses Bedauern.

Er sagte: »Du siehst auch nicht übel aus, Jon.« Dann umarmte er seinen Bruder und drückte ihn an sich. Trotz seiner Gerührtheit und seines Bemühens, sich zusammenzureißen und nicht loszuheulen wie ein kleines Kind, stellte er mit

Befriedigung fest, daß er jetzt beinahe so groß war wie Jonathan.

»Habt ihr Besuch? Wem gehört der Wagen?«

»Der?« Jonathan klopfte auf die Motorhaube des MG. »Das ist meiner. Das heißt, Dad hat ihn mir gekauft. Wir dachten, es wäre eine praktische Anschaffung, auch um Mutter zu fahren.«

Sie gingen ins Haus. Die altvertraute Atmosphäre brach mit Gewalt über Derry herein. Er zog an seinem Hemdkragen. Er war plötzlich sehr nervös. Seine Hände waren schweißfeucht.

»Alles in Ordnung?«

»Natürlich.« Derry zwang sich zu lächeln. »Sind sie im Wohnzimmer?« Er öffnete die Tür.

Da saßen sie in dem überheizten Raum, kunstvoll Teetassen und Kuchenteller auf ihren Knien balancierend. Seine Mutter riß das Gespräch an sich, indem sie ihm sofort sämtliche Bekannten aufzählte, die in den Jahren seiner Abwesenheit gestorben waren. Derry hörte mit halbem Ohr zu, während er seinen Blick von Gegenstand zu Gegenstand schweifen ließ – zu den Vorhängen, den Nippessachen, den Sofaschonern – und registrierte, was gleichgeblieben war und was sich verändert hatte. Seine Mutter, dachte er, hatte sich überhaupt nicht verändert. Im trüben Licht (das Zimmer lag nach Norden, und die schweren Vorhänge schluckten das karge Sonnenlicht, das durch die Fenster fiel) waren ihre schönen Augen und ihre feingeschnittenen Züge von Schatten verschleiert. Er hatte das gleiche Gefühl wie immer in ihrer Gegenwart, daß eine Schranke sie voneinander trennte. Sie blickte ihn mit diesen prachtvollen blauen Augen an und sah – ja, was? Er wußte es nicht.

Eva Fox schloß befriedigt: »Und mit Lily Carr geht es, soviel ich weiß, auch rapide bergab.«

»Mit Mrs. Carr?« fragte Jonathan. »Ediths Mutter?« Er wandte sich Derry zu. »Du erinnerst dich doch an Edith Carr? Wir sind zusammen auf sämtliche Bäume geklettert.«

»Ja, ihr seid raufgeklettert, und ich bin runtergefallen«, sagte Derry.

Jonathan lachte.

Derry sah seinen Vater an. »Die Kanzlei geht gut, Dad?«

Nicholas Fox rührte seinen Tee um. »Sehr gut. Jonathans Mitarbeit ist ein ungeheurer Gewinn für uns. Wir konnten eine ganze Reihe neuer Mandate übernehmen.«

Sein Vater jedoch *hatte* sich verändert. Grau geworden, älter, dünner. Als hätten der Erfolg und der Kampf, sich aus kleinen Verhältnissen zu Ruf und Ansehen emporzuarbeiten, ihn allmählich zermürbt und ausgezehrt.

Schweigen breitete sich aus. Dann sagte Jonathan: »Jetzt erzähl doch mal, was du in all den Jahren getrieben hast, Derry.«

Derry sah zur Uhr auf dem Kaminsims. Eine Dreiviertelstunde, dachte er. Eine Dreiviertelstunde haben sie gebraucht, um diese eine Frage zu stellen. Als wäre ich nicht fünf Jahre fort gewesen, sondern nur fünf Stunden. Sein Mund war trocken, als er den Blick auf seinen Vater richtete. Er fühlte sich, als wäre er im Begriff, die letzten fünf Jahre seines Lebens vor ihm auszubreiten, nur um gewogen und für zu leicht befunden zu werden.

»Ich bin ein bißchen herumgereist«, sagte er. »Zuerst in Frankreich, Italien und Deutschland. Dann war ich an der Sorbonne – «

»In *Paris*?«

»Ja, soviel ich weiß, war die Sorbonne immer schon in Paris.«

Nicholas Fox runzelte unmutig die Stirn. Derry ballte die Hände zu Fäusten.

»Du warst also an der Sorbonne«, half Jonathan taktvoll nach.

»Und danach bin ich nach Südamerika gegangen.«

Eva Fox verzog entsetzt das hübsche Gesicht. »Die *Krankheiten* dort, Derry! Du bist doch hoffentlich gesund?«

Er wollte sie beruhigen, aber sie ließ ihn gar nicht zu Wort kommen. »Du hast doch keine ansteckende Krankheit – oder irgendeinen Ausschlag –, ich muß so vorsichtig sein ...«

»Ich bin kerngesund, keine Sorge.« Zorn zog sich in ihm zusammen, ein kleiner, harter Kern, der darauf wartete aufzubrechen. »Ich habe als Übersetzer gearbeitet und für eine Zeitung geschrieben.« Er beobachtete seinen Vater, während er sprach. Sag was, verdammt noch mal, dachte er. Nur ein einziges Wort – ein Lächeln – eine kleine Geste …

Im offenen Kamin prasselte das Feuer. Die Hitze erinnerte Derry an Lima im August. Ihm wurde langsam klar, wie sehr er den noch immer schwelenden Groll seines Vaters über seine Liebesbeziehung zu Sara Kessel unterschätzt hatte. Mit einem letzten, verzweifelten Versuch sagte er hastig: »Und ich habe eine Zeitlang in einem Goldbergwerk gearbeitet – in der Verwaltung natürlich, nicht in der Grube …«

»Du überraschst mich«, murmelte Nicholas Fox. »Ich hatte angenommen, Derry, du hättest dich in jeder nur möglichen Weise weggeworfen.«

Keiner sagte etwas. Die Hitze im Zimmer war unerträglich.

Schließlich sagte Derry: »Und jetzt arbeite ich bei einem Anwalt in London.«

»Wie heißt er?«

»Swinton.«

»*Jack* Swinton?«

Derry nickte. Am meisten bedauerte er, so naiv gewesen zu sein; so naiv, auch nur einen Moment lang zu glauben, er könnte endlich die Rolle des Taugenichts und schwarzen Schafs abgestreift haben; zu glauben, sie würden ihn mit anderen Augen sehen.

Sein Vater stand auf und ging zum Fenster. Seinen Söhnen den Rücken zugekehrt, blieb er stehen. Derry hörte ihn seufzen.

»Ich hätte es mir eigentlich denken können. Das setzt deinem ganzen schamlosen und entwürdigenden Verhalten nur die Krone auf.«

»Ich dachte, du würdest dich freuen, daß ich bei Mr. Swinton arbeite, Dad – er ist schließlich Anwalt wie du.«

»Jack Swinton ist ein übler Schurke. Er ist berüchtigt. Er verteidigt Bolschewiken und Drückeberger. Er trinkt und scheut sich nicht einmal, bei Gericht angetrunken zu erscheinen.«

»Na, so schlimm kann er doch nicht sein«, meinte Jonathan beschwichtigend.

»O doch, allerdings ist er das, du kannst es mir glauben, Jonathan.«

»Unbedingt«, sagte Derry. Das Feuer prasselte; die Hitze im Zimmer war zum Ersticken, und er bekam keine Luft. »Da kann ich dir nicht widersprechen, Dad. Aber da stellt sich doch eine heikle Frage, nicht wahr? Ist es besser, ein Säufer zu sein, der versucht, denen zu helfen, die wirklich Hilfe brauchen, oder ist es besser, ein Kriecher zu sein, der darauf aus ist, sich nach allen Seiten abzusichern und sein Schäfchen ins Trockene zu bringen? *Ich* weiß es nicht. Sag du es mir.«

Nicholas Fox war puterrot im Gesicht. Eva Fox sagte schwach: »Es ist so kalt hier. Jonathan, könntest du noch etwas Kohle ...«

»Und meine Mutter schien zu glauben, ich hätte ihr die Beulenpest ins Haus geschleppt«, sagte Derry.

Es war zwei Tage später. Er lag mit Sophie Berkoff im Bett. Sophie wohnte zur Untermiete in einem Haus in der Nähe des Embankment. In ihrem Zimmer gab es ein Klappbett, das selbsttätig hochzuklappen drohte, wenn man sich zu rasch bewegte, einen Stuhl und einen Tisch, der mit Büchern und Papieren vollgeladen war.

»Ich habe seit fünf Jahren nicht ein einziges Mal etwas von meinem Vater verlangt. Und alles, was ich getan habe, hat er mit einem Schlag niedergemacht.«

Sophie zuckte die Achseln. »Was hattest du denn erwartet, nachdem du so lange weg gewesen warst?«

Er wußte es selbst nicht. Er setzte sich auf und starrte auf das schmutzige kleine Fenster.

»Ich vermute, sie haben sich zurückgewiesen und im Stich gelassen gefühlt«, sagte sie behutsam. »Es ist immer einfacher zu gehen, als zurückgelassen zu werden.«

Derry dachte an den Nachmittag in Andover zurück und stöhnte. »Und natürlich bin ich am Ende sarkastisch geworden. Und beleidigend. Genau das, was ich eigentlich nicht wollte.« Er ließ den Kopf in seine Hände sinken. »Sie sind so unsäglich furchtbar. Wieso macht mir das alles dann überhaupt noch etwas aus?«

»Sie sind deine Eltern, Derry.«

»Ich bin sogar so weit gegangen vorzugeben, ich arbeitete aus reiner Nächstenliebe für Jack Swinton – oder aus Idealismus. Was natürlich gar nicht stimmt. Es ist nichts weiter als ein Job.« Er fügte erbittert hinzu: »Und Jonathan, der blöde Kerl, hat natürlich wieder versucht, die Wogen zu glätten. Wie er das immer tut.«

»Wer ist Jonathan?«

»Mein Bruder. Der perfekte Jonathan.«

»Warum nennst du ihn so?«

»Weil er ohne Fehl und Tadel ist.« Derry warf beide Hände hoch. »Gutaussehend, sportlich, rundum nett.«

Sophie hielt ihm eine Zigarette hin und zündete sich selbst eine an. Die ausgefranste Decke war von ihren kleinen spitzen Brüsten herabgerutscht. Sie rauchte eine Weile schweigend, dann sagte sie: »Du hast dir gewünscht, dein Vater würde sagen: ›Ich habe mich die ganze Zeit geirrt, Derry. Du bist der bessere Sohn. Bitte, verzeih mir.‹« Sie sah ihn mit ihren kühlen hellbraunen Augen prüfend an.

»Ach, sei still, Sophie«, sagte er lachend. Er begann sie zu küssen, drückte seinen Mund auf ihre rosigen kleinen Brustwarzen.

»Es ist wahr. Und du weißt, daß es wahr ist. Dein Bedürfnis nach Ruhm und Anerkennung ist nichts weiter als ein Ausdruck deines Verlangens nach Lob und Anerkennung von deinem Vater.«

Er sah zu ihr hinauf. Sie war sehr klein und zierlich, sicher nicht größer als einen Meter fünfzig, mit schlanken, zerbrechlich wirkenden Gliedmaßen und diesem herrlichen schwarzen Haar. Er meinte, alle ihre Patienten müßten sich auf den ersten Blick in sie verlieben. Sie würde das Übertragung nennen oder was Freud sonst so auf Lager hatte.

Er kroch unter die Bettdecke und rutschte bis zu ihren Füßen hinunter, um sie mit der Zunge an der Sohle zu kitzeln.

Unvermittelt sagte er lachend: »Und keiner hat auch nur ein Wort über Mrs. Kessel gesagt.«

»Wer ist denn nun wieder Mrs. Kessel?«

»Eine Freundin«, antwortete er vage. Seine Stimme kam gedämpft unter der Decke hervor. »Ich bin mit ihr ins Ausland gegangen, als ich achtzehn war.«

»Hast du vor, sie noch einmal zu besuchen?« Sophie räkelte sich voll Behagen, als er begann, an ihren Zehen zu lutschen.

Derry schob den Kopf kurz unter der Decke hervor. »Ich mußte Jonathan versprechen, daß ich wiederkomme, aber ich werd's nicht tun.« Er verzog abschätzig den Mund. »Ich hätte gar nicht erst hinfahren sollen.«

Während der Woche wohnten meist etwa ein halbes Dutzend Pensionsgäste in Owlscote. Das hieß, morgens ein halbes Dutzend Frühstücke fertig machen: achtzehn Scheiben Schinkenspeck, zwölf Eier, sechs Würstchen, sechs Tomaten. An den Tagen, an denen es besonders viel zu tun gab, stand Alix schon vor Morgengrauen auf, hantierte mit Rory am Rockzipfel geschäftig in der Küche, goß gähnend kochendes Wasser in Teekannen und deckte die Tische. Ihre Mutter meinte, sie solle sich ein junges Mädchen aus dem Dorf zu Hilfe holen, aber diesen Vorschlag verwarf Alix, nachdem sie ihre Bücher geprüft hatte. Erst wenn sie sicheren Boden unter den Füßen hätten, erklärte sie. Und soweit war es noch nicht.

Diese Idee, die Owlscote gerettet hatte, hatte sie Jonathan Fox zu verdanken. *In Salisbury kann es an den Markttagen sehr voll werden*, hatte er damals, vor zwei Jahren, zu ihr gesagt. *Nirgendwo ein Zimmer frei.* Sie hatte nach dieser Zufallsbegegnung die ganze Nacht wach gelegen, hin und her überlegt und mit Zahlen jongliert. Am nächsten Tag hatte sie im Postamt des Dorfs einen Anschlag gemacht. »Privates Gästehaus. Preiswert. Gute Küche.«

Der erste Gast, ein Teppichvertreter, hatte drei Tage später angeklopft. In der Nacht flitzten Mäuse über sein Bett; am Morgen ließ Alix seine Würstchen anbrennen und kochte sein

Ei so lange, bis es nur noch eine graue, gummiähnliche Masse war. Der Teppichvertreter bezahlte seine zwölf Schillinge und kam nie wieder.

Sie besorgte sich eine Katze und kaufte ein Kochbuch. Neue Gäste kamen: Bauern, die auf den Markt wollten, Vertreter, die mit Notenblättern handelten oder mit Bürsten und Besen. Einige kamen wieder, wenn sie ihre Runde durch den Süden Englands wieder nach Wiltshire führte. Sie schütteten ihr das Herz aus – erzählten von launischen Ehefrauen und kranken Kindern, von der Unsicherheit ihrer Arbeit und Herzjagen. Sie dachte an sie als »meine Männer«, gewann einige von ihnen lieb und war ihnen allen dankbar, da sie es ihr ermöglichten, Owlscote zu behalten.

Alix richtete zusätzliche Gästezimmer her. Sie nahm die Schutzbezüge von den Möbeln, schrubbte auf allen vieren liegend die Böden, polierte die Fenster, bis sie glänzten. Sie machte Feuer in offenen Kaminen, die seit Jahrzehnten nicht mehr benutzt worden waren, die husteten und prusteten und Rauchwolken über die Möbel spieen, so daß ihr schließlich nichts anderes übrigblieb, als einen Kaminkehrer zu holen und die Zimmer danach noch einmal zu putzen. Es bereitete ihr eine ungeheure Freude, das Haus langsam wieder zum Leben zu erwecken. Es war, als erweckte sie es aus einem langen, tiefen Schlaf. Es machte ihr nichts aus, daß die Arbeit ihre Kräfte erschöpfte, sie abends oft zu müde war, um sich noch auszukleiden, und sich deshalb einfach in Rock und Pulli in ihr Bett fallen ließ, nachdem sie sich gerade noch die Zeit genommen hatte, Schuhe und Strümpfe auszuziehen.

Wenn sie Rory abends zu Bett brachte, erzählte sie ihm Märchen und sang mit ihm. Sie erinnerte sich, wie sie einst, vor langer Zeit, im Lazarett zu Edward gesagt hatte: *Ich will niemals Kinder haben*. Sie dachte, wie leer ihr Leben damals gewesen sein mußte, wie hohl ihr Herz. Das Fortschreiten der Zeit spiegelte sich im langsamen Heranwachsen Rorys. Mit Entzücken verfolgte sie seine Entwicklung, die ersten Schritte, die ersten Worte, und genoß es, bei Morgendämmerung Hand in Hand mit ihm durch den taufeuchten Garten zu gehen. Er war ihr ein unerschöpflicher Quell der Freude und des Stolzes, und sie behütete ihn mit einer glühenden Fürsorge vor den Gefahren, die überall zu lauern schienen: Krankheiten und Unglücksfälle; die Möglichkeit, daß er eines Tages, wenn sie sich herumdrehte, plötzlich verschwunden sein könnte.

Nach sechs Monaten, als ihr Unternehmen langsam in Schwung gekommen war, überredete Alix ihre Mutter, nach Owlscote zu übersiedeln. Seit Alwyn Gregorys Tod führte Beatrice, die sich mit Näharbeiten über Wasser hielt, ein kärgliches Leben in zwei Zimmern in Ipswich. Briefe wurden gewechselt, die von Beatrice voller Zweifel und Angst vor der Veränderung, die von Alix voll guten Zuredens.

An einem regnerischen Frühlingsmorgen traf Beatrice Gregory schließlich in Owlscote ein. Sie sagte unsicher: »Es ist ein wunderschönes Haus. Aber *Pensionsgäste*, ich weiß nicht, Alix. Wer weiß, was für Leute du dir da ins Haus holst.«

Sie versprach, vierzehn Tage zu bleiben, um beim Nähen neuer Vorhänge zu helfen. Die Anfertigung der Vorhänge brauchte länger als erwartet, und aus den vierzehn Tagen wurden vier Wochen, dann zwei Monate. Nach drei Monaten hatte Beatrice ihren kleinen Enkel so liebgewonnen, daß sie es nicht über sich brachte, sich von ihm zu trennen. Abends setzte sie sich manchmal zu einem Schwatz mit diesem oder jenem Gast zusammen, der ihr gefiel. Tagsüber war sie viel draußen im Garten, jätete das Unkraut, das Sträucher und Blumenbeete zu ersticken drohte, häufelte frische Erde an, schnitt und mähte. Die Beziehung zu ihrer Tochter war freundlich, aber sie blieb distanziert. Es war wie früher, dachte Alix. Sie stritten nicht, aber sie öffneten sich einander auch nicht. Sie sprachen über Rory und den Garten und die tägliche Arbeit. Niemals von Bell Wood, dem Haus, in dem Alix aufgewachsen war. Niemals von Charlie Lanchbury.

Anfang 1924 veräußerte Alix zwei Rieselwiesen und bezahlte mit dem Erlös die Reparatur des Hausdachs. Mit Freddie Maycross' Hilfe verkaufte sie eine Reihe Zeichnungen aus ihrem archäologischen Skizzenbuch, wobei ihr der plötzliche Run auf alles Altertümliche entgegenkam, den die Entdeckung der Grabstätte Tutanchamuns ausgelöst hatte. Mit dem Geld schaffte sie einen neuen, modernen Herd für die Küche an.

Beatrice ermahnte sie, nicht so hart zu arbeiten. »Du solltest ab und zu mal mit Freunden ausgehen, Alix. Geh tanzen – genieß dein Leben. Du bist noch jung.«

»Ich habe Rory und dich, Mutter, und die Gäste. Und Jonathan ist ja auch noch da. Was will ich mehr?«

Sie brauchte sonst niemanden. Außerdem hatte sie gar keine Zeit für andere Dinge. Ihre Tage waren angefüllt mit der Sorge um Rory, um Owlscote und um ihre Gäste.

Jonathan Fox kam ab und zu zu Besuch und nahm sie dann meistens zu einer kleinen Spritztour in seinem Auto mit. Wenn der Wagen bergab rollend Geschwindigkeit gewann, begann Rory, fest in Alix' Arm geschmiegt, jedesmal vor Wonne zu jauchzen.

Der liebste Teil des Tages war Jonathan jene Stunde am Abend, wenn er von der Kanzlei nach Hause ging. Er pflegte die High Street hinunterzugehen, vorbei an der Guildhall, um dann in Richtung Bahnhof abzubiegen. Von dort führte der Weg die Weyhill Road hinauf in die Vorstadt, wo altvertraute Ansichten warteten – der Blick auf das Haus der Faulkner-Greenes mit seinem achteckigen Türmchen, das wie die Kirsche auf dem Kuchen auf dem Dachgiebel klebte; auf den Rosengarten der Wicklows, in dem jede Blüte ein farbenprächtiges Wunder an Vollkommenheit war. Die ewige Gleichheit und Vorhersehbarkeit dieses Wegs vermittelte Jonathan ein tiefes Gefühl der Sicherheit. Er hätte, dachte er manchmal, mit verbundenen Augen zur Avenue finden können.

Eines Abends sagte Nicholas Fox beim Essen: »Ich war heute nachmittag bei Mrs. Winstanley zum Tee. Die jungen Damen Carr sind gerade bei ihr zu Besuch.«

Jonathan sah auf. »Edie ist in Andover?«

»Sie läßt dich grüßen, Jonathan.«

»Das ist ja fabelhaft. Ich habe Edie seit« – er überlegte – »bestimmt acht oder neun Jahren nicht mehr gesehen. Wie geht es ihr?«

»Gut, scheint mir, sehr gut. Obwohl ihre Mutter erst kürzlich verstorben ist.«

»Die Londoner Luft«, murmelte Eva Fox. »So ungesund. Die arme Lily. Sie hat immer leidenschaftlich gern gelesen, genau wie ich. George Carr stammte aus einer guten Familie, aber er konnte überhaupt nicht mit Geld umgehen. Er hat Lily und die Mädchen beinahe mittellos zurückgelassen, als er starb.«

»Sie hatte doch eine jüngere Schwester.« Jonathan zog die Brauen zusammen. »Minnie ...?«

»Mina«, sagte Eva Fox. »Ein unscheinbares kleines Ding. Mir fällt immer wieder auf, daß alle Schönheit sich gern in nur einem Mitglied einer Familie konzentriert.«

Jonathan lächelte. »Ich würde Edie unheimlich gern wiedersehen. Sie war ein prima Kamerad.«

Er sah Edith vor sich – wie sie vorn im Bug des Boots saß und die Befehle gab, während er den Fluß hinunterruderte; wie sie die alte Kastanie hinaufkletterte, ihren Rock rundherum in die Beine ihres Schlüpfers gestopft, die Knie voller Schrammen und Schrunden; wie sie hinten im Garten der Winstanleys Kricket spielte. Sie hatte großartig geworfen. Er hörte wieder das Knallen des Balls gegen den Dreistab und sah sie triumphierend auf und ab springen, daß ihre langen, unordentlichen blonden Zöpfe flogen. »Du bist raus, Jon. Du bist raus!«

»Sie könnten vielleicht zum Tee kommen«, schlug Eva Fox mit Leidensmiene vor. »Wenn es mir bessergeht ...«

Jonathan sah, daß seine Mutter kaum etwas gegessen hatte. Lamm, Kartoffeln und Erbsen lagen unangetastet auf ihrem Teller. Sie trug ein taubengraues Kleid mit Spitzenkragen und dazu eine Perlenkette. In den blassen, leicht changierenden Farben wirkte sie besonders zart und zerbrechlich. Er bekam plötzlich heftige Angst um sie. Es sollte – es *mußte* – alles so bleiben, wie es war.

»Wenn es Mutter zuviel wird«, sagte er, »kann ich ja einen Besuch bei den Winstanleys machen. Ich bin sicher, Edith wird Verständnis haben.«

Eva Fox sagte tapfer: »Bitte, mach dir um mich keine Sorgen, mein Junge –«, doch ihr Mann unterbrach sie.

»Wir sollten die Bekanntschaft erneuern. Miss Carr ist Mrs. Winstanleys Patentochter und –«

»Aber wenn Mutter sich einer Einladung nicht gewachsen fühlt –«

»Den Tee und die Brötchen kann Sadie machen. Du sollst dich selbstverständlich auf keinen Fall anstrengen, Eva.«

»Ich werde ihnen ein paar Worte des Beileids schreiben.«

»... unsere Pflicht. Wir müssen unseren gesellschaftlichen Verpflichtungen nachkommen.«

Eva Fox sagte: »Ich werde die beiden Mädchen nächste Woche zum Tee einladen. Am Donnerstag. Ja, am Donnerstag.«

Jonathan kam am Donnerstag darauf früher als sonst aus der Kanzlei nach Hause. Er hatte sich den ganzen Tag auf das Wiedersehen mit Edith Carr gefreut. Aber als er in den Salon trat, traf er dort nur seine Mutter an und eine Frau, die er nicht kannte.

Er brauchte einen Moment, um zu begreifen, daß die Fremde Edith war. Sie hatte ein rosa-weiß gestreiftes Kleid an, dazu weiße Handschuhe, weiße Schuhe und Strümpfe. Ihr Haar trug sie nicht mehr in zwei langen, unordentlichen Zöpfen, sondern zu einem seidig glänzenden Knoten geschlungen, über dem ein pinkfarbenes Hütchen saß.

»Edie«, sagte er verblüfft. Dann: »Entschuldigung – Miss Carr.«

Sie lachte. »Sag ruhig Edie, Jonathan. Ich habe den Namen immer gemocht.«

»Du siehst – so anders aus.«

Sie lachte wieder. »Du auch.«

Jonathan küßte seine Mutter zur Begrüßung auf die Wange und wandte sich wieder Edith zu. »Und deine Schwester ...?«

»Mina fühlt sich leider nicht wohl. Es ist möglich, daß sie die Masern hat.«

Nichts an dieser eleganten jungen Frau erinnerte Jonathan

an das wilde Füllen, das er in seiner Kindheit gekannt hatte. Nur ihre Augen, ein helles, blitzendes Aquamarinblau, waren vertraut.

»Es hat mir sehr leid getan, vom Tod deiner Mutter zu hören, Edith«, sagte er. »Sie fehlt dir sicher sehr.«

Edith murmelte ihren Dank. »Tante Marion war so lieb, Mina und mich zu sich einzuladen. Wir genießen es sehr.«

»Wie alt ist Mina jetzt?«

»Fünfzehn.«

Jonathan schüttelte den Kopf. »Ich komme mir uralt vor. Für mich ist Mina immer noch ein pummeliges kleines Ding im Trägerkleid.«

Edith neigte ein wenig den Kopf zur Seite. »Und Derry?« fragte sie. »Wie geht es Derry?«

»Ausgezeichnet, vermute ich«, antwortete Jonathan vage.

»Tante Marion hat mir erzählt, daß er im Ausland war.«

»Ja, aber er ist wieder zurück. Er lebt jetzt in London. Amüsiert sich vermutlich königlich.« Die Familie Fox hatte von Derry seit seinem Besuch im April nichts mehr gehört.

Nach dem Tee schlug Jonathan einen Spaziergang im Garten vor. Vorsichtig schritt Edith in ihren weißen Pumps auf den schmalen Kieswegen an seiner Seite. Der schnelle, ausholende Lauf, den er in Erinnerung hatte, war zu zierlichen Trippelschrittchen verkümmert.

Jonathan sah sie lächelnd an. »Erzähl doch mal, was du so getrieben hast, Edie.«

»Ach, nicht viel. Ich war verlobt, aber er ist im Krieg gefallen.«

»Das tut mir leid.«

»Dann haben wir ein Haus in Brighton gemietet – Mutter meinte, die Seeluft würde ihr guttun – und danach haben wir eine Weile in Schottland gelebt, wegen der Berge, weißt du. Aber es hat alles nichts geholfen. Am Ende sind wir wieder nach London gezogen. Mutter wurde bettlägerig, und ich habe sie gepflegt. Dann ist sie gestorben. Es gibt furchtbar viel zu ordnen und zu erledigen nach einem Todesfall.« Ediths Gesicht hatte sich verschlossen und war sehr ernst.

Um sie aufzuheitern, sagte er: »Wir sollten mal gelegentlich eine Partie Tennis zusammen spielen. Du hattest immer so eine phantastische Vorhand.«

Sie lächelte. »Tante Marions Platz ist nicht schlecht. Wie wäre es am Sonntag, Jon?«

Der Lärm weckte Alix. Ein lautes Krachen. Mit rasendem Herzen fuhr sie aus dem Schlaf in die Höhe. Dem Krachen folgten Splittern und ächzendes Knirschen und zum Abschluß lautes Trommeln wie Hagelschlag, der ihr Schlafzimmer anzufüllen schien. Sie wartete darauf, daß Owlscotes alte Mauern sich spalten und in Trümmer sinken würden. Mit einem Satz sprang sie aus dem Bett, packte ihre Taschenlampe, warf ihren Mantel über und lief nach unten, in die Nacht hinaus.

Abgebrochene Äste und welkes Laub bedeckten den Boden. Der starke Wind hatte schon am Abend eingesetzt, ein Vorbote des ersten Herbststurms dieses Jahres. Prasselnder Regen schlug in die Bäume und auf das Pflaster des Hofs, geknickte Zweige, Blätter und Baumrindenstücke trieben in Bächen gelben Wassers. Alix raffte ihr langes Nachthemd und rannte zum Wäldchen. Kastanien, die aus ihren stacheligen grünen Schalen gesprungen waren, lagen wie Murmeln verstreut zwischen Trümmern. Wind und Regen peitschten ihr klatschnasses Haar.

Im Schein der Taschenlampe blickte sie auf und sah, daß die Kastanie am Rand des Wäldchens vom Sturm gefällt worden war. Die eine Hälfte des mächtigen Stammes, der unter der Gewalt des Orkans geborsten war, hing in Schräglage an der äußersten Ecke des Hauses. Das flache Stallgebäude darunter war nur noch ein Haufen Ziegelsteine und Mörtel. Teile der Regenrinne, die der stürzende Baum abgerissen hatte, standen im spitzen Winkel von der Hausmauer ab. Alte, flechtenüberzogene Dachschindeln lagen zerbrochen und mit Schlamm verschmiert im Gras wie Teile eines Puzzles.

Alix zog ihren Mantel fester um sich und stieg über abgebrochene Äste und Schindelscherben hinweg. Ästchen und welke Blätter, die im Licht der Taschenlampe golden glänzten, wirbelten um ihren Kopf. Der geborstene Stamm des Baumes bebte und ächzte im brausenden Sturm.

Das Licht der Taschenlampe hob das Geäst aus der Dunkelheit, das die Hausecke umklammert hielt. Das Licht glitt wie eine schwankende Mondscheibe die Mauer hinauf zum Dach. Ein plötzlicher Windstoß riß eine Schindel aus ihrer Verankerung und fegte sie in die Tiefe. Nur ein paar Schritte von Alix entfernt schlug sie krachend zu Boden und zersprang in unzählige Scherben. Alix sah, daß der umgestürzte Baum am Dachgesims hing. Rory, dachte sie und raste ins Haus zurück.

Doch Rory schlief fest, den Daumen im Mund, die Knie bis zum Kinn hochgezogen. Sie zog die Bettdecke über ihm hoch und stieg die Treppe hinauf in den Speicher. In den Räumen dort oben gab es kein elektrisches Licht. Der Strahl ihrer Taschenlampe fiel auf die schattenschraffierten spiraligen Windungen eines Ammoniten und die Krümmung eines weißen Knochens, der aus irgendeinem uralten Grab gehoben worden war. Als sie den äußersten Speicherraum erreichte, sah sie unter Laub und Geäst Glasscherben und das geborstene Holz des Dachbalkens. Die Faust auf den Mund gedrückt, stand sie da und blickte zu dem klaffenden Loch im Dach hinauf, durch das der Regen hereinströmte.

Das Geld auf der Bank reichte nicht für eine Reparatur des Dachs. Zeltplanen flatterten am Giebelende von Owlscote. Aus Furcht vor herabfallenden Schindeln wagte niemand, auf dieser Seite um das Haus herumzugehen. Einige von Alix' Stammgästen zogen beim Anblick des Hauses, das aussah, als würde es jeden Moment einstürzen, höchst beunruhigt ins »White Hart« in Salisbury um. Rory stieß in seinen Stiefeln mit den Zehen vorn an und war aus seinem Wintermantel herausgewachsen. Die Feuer im Haus fraßen Kohle in Mengen.

Alix machte noch einen Aushang, diesmal im Pub. Zwei Männer in Stiefeln und Monteuranzügen waren die ersten neuen Gäste, die sich präsentierten. Nachdem Alix sie ins Haus geführt hatte, flüsterte ihre Mutter entsetzt: »Alix, das geht doch nicht. Die Leute werden glauben, Owlscote sei ein Arbeiterwohnheim!« Worauf Alix wütend zischte: »Es ist mir gleich, was die Leute glauben. Diese Männer haben *Geld*. Das ist das einzige, was zählt.«

Eines Nachmittags kam Jonathan Fox vorbei. Sie saßen beim Tee in der Küche, als er Alix vorschlug, ihn auf einen Ausflug nach London zu begleiten.

»Und wovon soll ich die Bahnfahrt bezahlen, Jonathan«, fuhr sie ihn gereizt an.

»Ich dachte – ich wollte dich einladen. Du siehst müde aus. Ich dachte, ein freier Tag würde dir guttun. Außerdem –«

»Danke für die Almosen.«

Er wandte sich ab, aber sie fing noch den Blick in seinen Augen auf. Sie sah, was aus ihr zu werden drohte, was Sorgen und Verantwortung aus ihr machen wollten. Sie berührte seine Hand. »Entschuldige, Jonathan ...«

»Weißt du, ich wollte eigentlich mit dem Auto fahren, Alix. Da müßten wir allerdings früh los. Ich habe nämlich vor, eine alte Freundin zu besuchen – Edith Carr –, die in London arbeitet, und danach will ich mal sehen, ob ich nicht meinen Bruder irgendwo aufstöbern kann.« Er runzelte die Stirn. »Derry, erinnerst du dich an ihn?«

Sie erinnerte sich sofort an den Jungen im Lazarett. Gestochen scharf sah sie die dunklen Augen vor sich, die voll Ungeduld und Zorn waren, als er sagte: *Unsere Generation – der Sie und ich angehören – wird immer zur Bedeutungslosigkeit verdammt sein.*

»Derry hat seit April nichts mehr von sich hören lassen«, fuhr Jonathan fort. »Er war nur ein einziges Mal zu Hause. Der Besuch war leider ein Mißerfolg – Derry und Dad sind sich wieder einmal in die Haare geraten. Er war mehrere Jahre im Ausland, weißt du, und ich hoffte, wenn er in England zurück sei, würden wir uns regelmäßig sehen und alles würde wieder so sein wie früher. Er hat versprochen zu schreiben, aber er hat sich überhaupt nicht gemeldet. Ich mache mir Sorgen um ihn. Vielleicht ist ihm etwas passiert, oder es geht ihm nicht gut.«

»Weißt du denn, wo er wohnt?«

»Er hat mir keine Adresse gegeben, aber er hat uns erzählt,

daß er in London bei einem Anwalt arbeitet.« Jonathan lächelte. »Was meinst du, Alix? Hast du nicht Lust, einen Tag Ferien zu machen?«

Ihr fiel plötzlich Freddie Maycross ein. Eine Idee – vielleicht die Lösung ihrer finanziellen Probleme – begann Gestalt anzunehmen.

»Doch, Jonathan, ich glaube auch, daß mir das guttun wird.«

5

IN LONDON TRENNTEN sie sich. Jonathan wollte zu Edith Carrs Firma am Golden Square, Alix fuhr mit der Untergrundbahn zum Embankment und ging von dort aus ins Savoy Hotel, wo sie mit Freddie Maycross verabredet war.

Nachdem sie zu Mittag gegessen hatten, schob Alix die Mappe mit ihren Zeichnungen und Aufsätzen über den Tisch.

»Ich habe die Sachen einfach mal auf gut Glück mitgebracht, Freddie. Vielleicht können Sie etwas davon unterbringen. Es sind verschiedene Zeichnungen und eine Reihe von Artikeln, die ich für eine Zeitschrift geschrieben habe. Ich habe sie ›Eine Ehe in Mesopotamien‹ genannt.«

Unter dem Tisch drückte sie sich selbst beide Daumen.

Freddie setzte seine Lesebrille auf und überflog die Texte in der Mappe.

»Hervorragend«, sagte er schließlich. »Ganz hervorragend. Wie machen Sie das nur, Alix? So verflixt gescheit.«

»Was meinen Sie, können Sie jemanden auftreiben, der das veröffentlicht?«

Freddie nahm die Brille wieder ab und polierte die Gläser mit seinem leinenen Taschentuch. »Tja, das kann eine Weile dauern – Billy Beresford ist gerade in Ägypten. Drei bis vier Monate müssen Sie schon rechnen.« Er sah sie an. »Es eilt doch nicht, Kindchen?«

Alix gab sich größte Mühe, keine Miene zu verziehen. »Nein, natürlich nicht, Freddie. Es eilt überhaupt nicht.« Sie legte die Manuskripte und die Zeichnungen wieder in die Mappe.

»Wie geht's sonst? Was macht der Kleine?«

»Rory entwickelt sich wunderbar. Im Moment paßt meine Mutter auf ihn auf. Er kann schon bis fünf zählen.«

Alix wunderte sich selbst, wie sie so leichthin erzählen konnte, obwohl die alte Panik sie wieder in den Klauen hatte. Wenn sie an Owlscote dachte, verspürte sie einen wilden Zorn darüber, daß sie trotz aller harten Arbeit, trotz aller erfinderischen Bemühungen nun vielleicht doch ihr Zuhause verlieren würde.

Als sie später, nachdem sie sich von Freddie verabschiedet hatte, auf die Straße hinaustrat, schien ihr das düstere Dezemberwetter genau ihre Stimmung zu spiegeln. Am Horizont ballten sich finstere graue Wolkenmassen zusammen. Noch so ein Sturm, dachte sie erbittert, und Owlscotes Speicher wird unter Wasser stehen.

Jonathan holte sie vor dem Hotel ab, und sie fuhren in den Ostteil der Stadt hinüber. Jack Swintons Kanzlei befand sich über einem Lebensmittelgeschäft in Cheapside. Im Hausflur roch es durchdringend nach Muskat und Melasse. Jonathan und Alix stiegen die zwei Treppen zur Kanzlei hinauf. Bruchstücke goldener Lettern an der Tür ließen Jack Swintons Namen nur noch erahnen. Auf Jonathans Klopfen rührte sich nichts. Nachdem sie eine Weile gewartet hatten, stieß er die Tür auf.

Im ersten Moment schien es, als wären die Büroräume menschenleer. Berge von Akten und Schriftstücken türmten sich auf Boden und Schränken, sämtliche Aschenbecher quollen über von Zigarettenstummeln. Ein Kohleofen, der nicht richtig zog, spie Rauchwolken in die Luft. Überall standen Kartons mit leeren Flaschen herum. Alte Brotreste schimmelten auf krümelbesäten Tellern vor sich hin.

Jonathan hustete laut.

Eine Verbindungstür wurde geöffnet. Jemand sagte: »Gott sei Dank, ich dachte schon, Sie wären der Gerichtsvollzieher.«

Alix konnte sich kaum an Derry Fox erinnern. Nur seine dunklen, beunruhigenden Augen waren ihr noch klar im Gedächtnis. Dennoch sah sie gleich, daß dieser dickliche, ungepflegte Mann nicht Jonathan Fox' Bruder sein konnte.

»Mr. Swinton?« fragte Jonathan.

»Jack Swinton.« Er kaute schmatzend ein Stück von einem glasierten Krapfen. Nachdem er sich den Zuckerguß von den Fingern gewischt hatte, streckte er Jonathan die Hand entgegen.

»Kann ich Ihnen behilflich sein, Mr. ...?«

»Fox. Jonathan Fox. Und das ist Mrs. North.«

»Aha.« Ein klebriger Händedruck. Mr. Swinton schien enttäuscht. »Also keine neuen Mandanten.« Er musterte Jonathan. »Sind Sie ein Verwandter von Derry?«

»Ich bin sein Bruder.«

»Aha«, sagte Mr. Swinton wieder. »Der Bruder ... ich hätte nicht gedacht – aus irgendeinem Grund kommt Derry einem immer vor wie ein ausgesetztes Waisenkind, ein Blatt, das hilflos im Wind treibt.« Er schob sich den letzten Bissen seines Krapfens hinein und nuschelte mit vollem Mund: »Wahrscheinlich weil er immer so verloren aussieht, daß er einem selbst dann noch leid tut, wenn man ihm am liebsten den Kragen umdrehen würde.«

»Ist er nicht hier?«

»Leider nicht, nein. Ich habe ihn die ganze Woche nicht zu Gesicht bekommen.«

»Haben Sie eine Ahnung, wo ich ihn erreichen könnte? Haben Sie vielleicht seine Privatadresse?«

»Kann sein, daß ich sie mir irgendwo aufgeschrieben habe.« Mr. Swinton zog eine Schublade auf und wühlte in einem Wust von Papieren. »Kontoauszüge – Rechnungen – vielleicht liegt sie im Aktenschrank.« Er ging durch das Zimmer und öffnete eine Tür. Eine Kaskade von Briefen und Mappen ergoß sich auf den Boden. »Ach, du lieber Gott. Haben Sie etwas Zeit? Das könnte länger dauern.«

Jonathan nahm seinen Hut. »Vielleicht würden Sie Derry ausrichten, daß ich hier war.«

»Gern.« Als Jonathan die Tür öffnete, fügte Jack Swinton hinzu: »Er ist übrigens Stammgast in einem Café in der Fitzroy Street, glaube ich.«

»In einem Café?«

»Ja. Im Rose Café. Vielleicht treffen Sie ihn ja dort an.«

Draußen sagte Jonathan: »Hast du noch etwas Zeit, Alix? Wenn du nach Hause mußt … Aber ich denke nicht, daß es lange dauern wird.«

Alix bestärkte ihn darin, weiterzusuchen. Es begann dunkel zu werden und hatte zu regnen angefangen. Die Tropfen schlugen klatschend gegen die Windschutzscheibe des rasch fahrenden Wagens. Vor der schmalen, schäbigen Fassade eines Cafés hielt Jonathan an.

»Das muß es sein.« In seiner Stimme schwang Zweifel.

Alix konnte Musik hören, die von Glas und Holz nur wenig gedämpft wurde. Die Fensterscheiben schienen unter dem Ansturm der Klänge zu vibrieren. Menschen drängten sich hinter dem Glas, sie sah einen hochgeworfenen Arm, einen Schopf blondes Haar, ein Bein in einem scharlachroten Strumpf. Sie stieß die Tür auf.

Die Hitze, der Krach und die grellen Farben, die ihr in einem Schwall entgegenbrandeten, nahmen ihr einen Moment den Atem.

Hinter sich hörte sie Jonathan mit lauter Stimme rufen: »Ist Derry Fox hier?«

Eine Frau schrie zurück. »Ich glaub, ich hab ihn gesehen. Irgendwo im Gewühl, Schätzchen …«

Alix drängte sich tiefer in die Menge. Als sie sich umblickte, sah sie, daß Jonathan mit einer Frau mit grüner Federboa sprach. Menschen schoben und stießen, und schon war er verschwunden. Ein Mann faßte Alix am Arm und sagte fragend: »Betty? O nein, *viel* hübscher als Betty …« Sie entzog sich seinem Griff und schob sich weiter durch das Getümmel. Schlängelte sich um Tische und Stühle herum, wäre beinahe über eine umgestülpte Orangenkiste gefallen, auf der eine Alphabettafel stand, wie sie bei spiritistischen Sitzungen verwendet wurden. Jemand drückte ihr ein Glas in die Hand. Durstig trank sie daraus. Sie hatte keine Ahnung, was für ein Getränk es war, konnte es nicht identifizieren. Es schmeckte ein wenig wie Pfefferminz oder vielleicht auch Möbelpolitur. Auf einer taschentuchgroßen Tanzfläche zuckten Körper an

Körper etwa zehn bis zwölf Paare im Takt zur Musik, ohne sich von der Stelle zu bewegen. Sie trank ihr Glas leer.

Neben ihr sagte jemand: »Nicht einmal die dekadenten französischen Dichter haben ihren Absinth so schnell runtergekippt wie Sie unsere ziemlich scheußliche Bowle, Miss Gregory.«

Sie fuhr herum.

Derry Fox fuhr fort: »Was für eine fabelhafte Überraschung, Sie zu sehen, und wie entgegenkommend vom Schicksal, uns wieder zusammenzuführen. Haben Sie mich vergessen, Miss Gregory? Wir sind uns vor Jahren einmal in einem Lazarett begegnet, in Anwesenheit einer Unmenge von Bettpfannen.«

Alix sagte scharf: »Ihr Bruder sucht Sie, Mr. Fox. Und ich bin jetzt Mrs. North, nicht mehr Miss Gregory.«

»Jonathan?« Derry Fox blickte suchend in die Menge. »Jonathan ist hier?«

Alix fühlte sich merkwürdig benebelt. »Jonathan hat sich Sorgen um Sie gemacht, Mr. Fox. Er sucht Sie. Je schneller Sie jetzt zu ihm gehen und ihm zeigen, daß Sie gesund und munter sind, desto früher kann ich nach Hause fahren.«

Er rührte sich nicht von der Stelle, sondern fragte: »Mögen Sie keine Feste?«

»Ich war noch nicht auf vielen. Ich sehe eigentlich den Sinn nicht.« Sie knöpfte ihren Mantel auf. Es war viel zu heiß in dem kleinen Raum.

»Sie sind dazu da, die Leute ein bißchen durcheinanderzuwirbeln, Mrs. North. Genaugenommen sind sie dazu da, den Leuten einen Vorwand zu liefern, miteinander ins Bett zu gehen.«

Sie glaubte, er wolle sie schockieren, deshalb ignorierte sie die Bemerkung einfach und sah sich suchend um, in der Hoffnung, irgendwo Jonathan zu entdecken.

»Ich mag Feste. Immer schon«, erklärte Derry. »Man bereitet alles vor, und dann setzt man sich gemütlich hin und schaut zu, was passiert. Es ist so vorhersehbar. Als schriebe man eine Geschichte, ohne sich vorher über einen Schluß Gedanken machen zu müssen. Der Schluß ist immer das Schwierigste, finden Sie nicht auch? Ich bin im Moment dabei, etwas zu schreiben, und habe höllische Probleme mit dem Schluß.«

Sie warf ihm einen scharfen Blick zu. »Ich dachte, Sie arbeiten in einer Anwaltskanzlei.«

»Zeitweise. Und zeitweise fahre ich Taxi, was mir eine Menge Spaß macht. Und zeitweise schreibe ich an meinen Memoiren. Das heißt, es sind natürlich nicht *meine* eigenen, das ist ja klar – ich hab schließlich noch gar nicht genug erlebt. Nein, ich bin ein anonymer Aristokrat, der aus der Schule plaudert. Es ist fabelhaft unanständig.« Er hielt inne. »Und Sie, Mrs. North? Tun Sie irgendwas, oder ist Mr. North so wohlbegütert, daß Sie nie wieder eine Bettpfanne spülen müssen?«

Sie sagte: »Ich führe eine Pension. Und mein Mann ist tot.« Und dann geriet eines der Paare auf der Tanzfläche ins Stolpern und rempelte sie so heftig an, daß sie von Derry Fox getrennt wurde.

Von dem Paar an die Wand gequetscht, versuchte Alix keuchend zu Atem zu kommen. Die letzten Tropfen aus ihrem Glas hatten sich über ihr Kleid ergossen. Ihr Haar, das sie am Morgen so sorgsam hochgesteckt hatte, fiel ihr in wirren dunklen Strähnen auf die Schultern.

Sie stieß das Pärchen weg, und als es ihr gelungen war, sich zu befreien, hörte sie Derry Fox sagen: »Mein Vater wirft mir immer vor, wie unglaublich taktlos ich sein kann. Entschuldigen Sie, es tut mir leid.«

»Es spielt keine Rolle.«

»War er nett?«

Sie schwieg einen Moment, dann sagte sie: »Edward? Ja. Sehr. Er war sanft und liebevoll und klug. Nicht schlau – klug. Das ist ein Unterschied.«

»Natürlich.«

Sie hatte keine Ahnung, warum sie Derry Fox von Edward erzählte. Sie sprach fast nie über ihn. Es hätte sie zu stark daran erinnert, wie sehr er ihr fehlte.

»Haben Sie ihn geliebt?«

»Das ist eine ziemlich unverschämte Frage, finden Sie nicht, Mr. Fox?«

»Ich frage nur«, erwiderte Derry, »weil ich nicht sicher bin, woran man merkt, daß man jemanden liebt. Ich meine, mit der Begierde ist es einfach, nicht wahr? Aber mit der Liebe – ich merke eigentlich immer nur, wenn ich jemanden *nicht* liebe.«

»Ich glaube, anfangs habe ich Edward nicht geliebt, später schon. Oder ich glaubte jedenfalls, ihn zu lieben.« Ihr Ton war schroff. »Aber jetzt … manchmal kann ich mich nicht mal mehr erinnern, wie er ausgesehen hat. Ist das Liebe, Mr. Fox, wenn man sich schon drei Jahre nach dem Tod eines Menschen, den man zu lieben meinte, nicht mehr erinnern kann, wie er ausgesehen hat?«

Unvermittelt ließ sie ihn stehen und schob sich durch das Gedränge zur Tür. Draußen lehnte sie sich an die Fassade, von der große Fetzen des Anstrichs abgeblättert waren, und atmete die kühle Abendluft ein. Ihr Zorn war verflogen; zurückgeblieben waren Müdigkeit und Erschöpfung und der Druck der unlösbaren finanziellen Probleme. Der Alkohol, dachte sie. Sie mußte zuviel getrunken haben, sonst hätte sie nie mit einem wildfremden Menschen über die Zweifel gesprochen, die sie seit einigen Monaten immer wieder quälten. Dunstschwaden waberten um die Gaslampen und die Scheinwerfer vorüberfahrender Automobile. Sie saß auf der Kante des schmalen Fenstersimses, hob den Kopf und ließ sich das Gesicht von den feinen Wassertröpfchen kühlen.

»Hier, möchten Sie einen Schluck trinken?« Derry Fox hielt ihr eine Tasse hin.

Alix schüttelte den Kopf.

»Es ist Tee.«

»Ach so.« Sie nahm die Tasse und wärmte ihre Hände daran.

»Ich habe übrigens Jon getroffen. Wir sind wieder ein Herz und eine Seele.«

Sie trank den Tee. Dann stellte sie die Tasse ab und sagte: »Vorhin, da drinnen – ich glaube, ich habe zuviel getrunken.«

»Ich mag Sie zornig lieber als verlegen, Mrs. North«, sagte er. »Ihre Augen leuchten so herrlich grün, wenn Sie zornig sind. Hat Ihnen das schon mal jemand gesagt? Wie Erbsenschoten.« Er streckte ihr die Hand entgegen, um ihr aufzuhelfen. »Haben Sie nicht Lust, meine Freunde kennenzulernen?«

Er machte sie mit Lawrence, Sophie, Eric und Poppet bekannt. Sie trugen alle entweder düsteres Schwarz oder wilde exotische Farben. Alix kam sich spießig und altmodisch vor neben ihnen.

Dann sagte Derry: »Mir lag besonders viel daran, *dich* mit Mrs. North bekannt zu machen, Roma.«

Roma Storm war Mitte Vierzig, schätzte Alix, sehr groß und sehr schlank. Sie trug ihr Haar in einem strengen Herrenschnitt, und ihre Augen waren schwarz umrandet. Sie schüttelte Alix die Hand.

»Mein Bruder hat mir erzählt«, sagte Derry zu Roma, »daß Mrs. North in einem wunderschönen alten Haus lebt, das langsam aber sicher in die Brüche geht und ein Irrsinnsgeld an Reparaturen verschlingt.«

»Jonathan!« rief Alix verärgert.

»Sei mir nicht böse, Alix.« Jonathan bekam einen roten Kopf und fuhr sich verlegen mit der Hand durch die Haare. »Es ist mir so rausgerutscht.«

Sie saßen zusammengepfercht um einen Tisch in der Mitte des Cafés. Der Raum hatte sich geleert, und der Pianist klimperte Schmachtendes. Nur ein Paar war noch auf der Tanzfläche, zwei sachte sich wiegende, miteinander verschmolzene Körper.

Roma Storm setzte sich neben Alix. »Ich habe eine Leidenschaft für alte Häuser. Erzählen Sie.«

»Von Owlscote?«

»Ist das nicht ein toller Name?« unterbrach Derry. »Ich denke da sofort an blinde Fenster, bröckelnde Mauern und dicke Spinnweben.«

»So sieht es auch aus«, bekannte Alix. »Vor allem was die bröckelnden Mauern und die Spinnweben angeht.«

»Ist doch ideal für eine Fete.«

Roma Storm kniff die Augen zusammen. »Aha, du heckst schon wieder was aus, Derry, mein Schatz.«

»Ich denke an Peggy Gordon.«

»Unser guter Derry hat doch überall seine Finger drin.«

»Wir würden nämlich gern Ihr Haus mieten, Mrs. North. Natürlich zu einem angemessenen Preis.«

»Mieten? Owlscote mieten?« Jonathan sah seinen Bruder halb verblüfft, halb entsetzt an. »Derry!«

Alix sah zu ihren Handschuhen hinunter, die vor ihr auf dem Tisch lagen. Überall geflickt, eines der Perlenknöpfchen nur noch an einem Faden hängend. »Würden Sie mir das näher erklären?«

»Eine Freundin von mir, Peggy Gordon, möchte eine Weihnachtsfeier veranstalten – ein rauschendes Fest, wie sie sagt. Aber sie wohnt bei ihrem Vormund, so einem alten Griesgram, für den eine Partie Rommé und ein Glas lauwarmer Sherry das höchste der Gefühle ist.«

Roma Storm hielt Alix ihr Zigarettenetui hin. »Ich habe leider nur Virginias – im Herbst herrscht bei mir immer Flaute. Alle Leute wollen Häuser nur im Frühling neu einrichten lassen.« Sie schob eine Zigarette in eine Ebenholzspitze. »Im Augenblick sind Kostümfeste der letzte Schrei«, erklärte sie. »Und nicht jeder hat die Räume für so was. Oder möchte sein Haus in einen Palast der Nofretete verwandeln lassen.«

»Owlscote wäre eine phantastische Kulisse«, drängte Derry schmeichelnd. »Und finanziell würde es sich für Sie lohnen.«

Roma Storm sagte: »Könnte sogar sein, daß das eine deiner vernünftigeren Ideen ist, Derry.«

»Peggy möchte kein Riesenfest veranstalten. Es wäre eine Art Probelauf, wenn Sie so wollen.«

Alix dachte an die Zeltplanen über dem Dach von Owlscote. Sie dachte an Freddie Maycross' enttäuschende Worte: *Es kann eine Weile dauern ... drei bis vier Monate müssen Sie rechnen.* In ein paar Jahren schon würde sie die Mittel auftreiben müssen, um Rorys Schulgeld zu bezahlen. Wie kleinlich von ihr, Owlscote und Rorys Zukunft nur für ihren Stolz und ihren Hang zur Zurückgezogenheit aufs Spiel zu setzen.

»Ich weiß nicht recht ...«

»Nur für einen Abend ...«

»Wir würden hinterher selbstverständlich alles aufräumen.«

»Ich würde für die Dekorationen sorgen.«

»Und Feste sind doch etwas Herrliches ...«

Dann schwiegen sie. Alix fühlte ihre Blicke auf sich. Sie sagte unsicher: »Würde das denn wirklich klappen?«

»Natürlich würde es klappen. Ich habe festgestellt, daß alles klappt, was man will, wenn der Wille nur stark genug ist.«

»Ja, aber du, Derry«, warf Roma Storm vernichtend ein, »hast auch keinen Funken Schamgefühl.« Sie sah Alix an. »Würde es Ihnen etwas ausmachen, Fremde in Ihr Haus zu lassen? Haben Sie Vorbehalte, Mrs. North?«

»Vorbehalte kann ich mir gar nicht leisten, Mrs. Storm«, erwiderte Alix brüsk. »Ich muß Geld verdienen.« Aus heiterem Himmel, dachte sie, bot sich hier eine Lösung ihrer Probleme. Sie hatte das Gefühl, als fiele eine große Last von ihr ab.

»Es würde für Sie aber eine Menge Arbeit bedeuten.«

»Arbeit stört mich nicht. Die meisten Pensionsgäste bleiben sowieso nicht über das Wochenende. Aber einige Räume sehen ziemlich schauderhaft aus, das muß ich Ihnen gleich sagen. Die Wände sind feucht, der Putz bröckelt ...«

»Das macht doch gerade den Charakter aus«, erklärte Derry mit Entschiedenheit.

»Genau. Das ist der besondere Charme.«

»Und in den meisten Zimmern gibt es kein elektrisches Licht und kein fließendes Wasser.«

»Unglaublich.« Roma Storm schüttelte den Kopf. »Wie die Leute auf dem Land *leben* ... Und um die Heizung ist es wahrscheinlich auch nicht allzu gut bestellt, wie? Na, dann müssen wir eben dafür sorgen, daß die Gäste sich so glänzend unterhalten, daß ihnen diese kleinen Unannehmlichkeiten gar nicht auffallen.« Sie lächelte. »Ich finde die Idee jedenfalls fabelhaft.«

Wieder zu Hause in Owlscote, dachte Alix, Kostümfeste! Absurd! und vergaß ihr Gespräch mit Derry Fox und Roma Storm. Aber dann kam wieder eine stürmische Nacht, und der Wind riß eine der Zeltplanen vom Dach, und sie stand einen

Morgen lang hoch oben auf einer schwankenden Leiter und half Jacob Long dabei, die Plane wieder festzumachen.

Am folgenden Morgen traf eine Postkarte von Derry ein.

»Peggy ist einverstanden«, schrieb er. »Wie wäre es am dreiundzwanzigsten?«

Am selben Abend schrieb sie einen Brief, mit dem sie Derry Fox und Roma Storm zu einem Besuch in Owlscote einlud.

Sie kamen an einem Nachmittag der darauffolgenden Woche. Alix führte sie ins Haus. Im Vestibül blieb Derry stehen, sah sich um und pfiff beeindruckt durch die Zähne.

»Wahnsinnig imposant«, bemerkte Roma Storm, als sie zu der hohen Decke hinaufblickte. »Da gibt es ja unzählige Möglichkeiten.« Sie klappte ein Notizbuch auf. »Wir brauchen natürlich einen Raum zum Essen und einen, wo man tanzen kann.«

Alix öffnete die Tür zum großen Saal. »Ich dachte mir, das wäre das richtige zum Tanzen.«

»O ja. Dieser herrliche Boden – und der Kamin! Einfach phantastisch. Es ist ideal.« Dann runzelte sie die Stirn. »Wir werden eine Kapelle engagieren müssen. Derry ...?«

»Ich kenn da ein paar Leute. Freunde von Lawrence.«

Roma Storm wandte sich wieder Alix zu. »Wie sieht es mit Stühlen und Tischen aus? Oder machen wir ein Büfett?«

»Wie viele Gäste sind es denn?«

»Sechzig«, antwortete Derry. »Vielleicht auch fünfundsechzig.«

»Sechzig!« Alix starrte Derry erschrocken an. »Aber Sie sagten doch, es würde *kein* großes Fest werden ... Ich dachte an zwanzig – höchstens dreißig.«

»Wenn Sie es sich noch einmal überlegen wollen, Mrs. North ...«

»Fünf Pfund pro Person«, sagte Derry.

»... aber wir müssen bald Bescheid wissen, weil wir uns sonst etwas anderes einfallen lassen müssen.«

Fünfundsechzig mal fünf Pfund. Alix rechnete schnell. Sie holte tief Atem. »Aber nein, ich brauche es mir nicht noch einmal zu überlegen. Und Tische und Stühle haben wir genug. Wir machen ein richtiges Abendessen, kein Büfett. Da muß man hinterher nicht überall Gläser und Teller zusammensuchen.«

Derry sagte: »Wir haben uns gedacht, wir teilen den Gewinn durch drei –«

»Nein«, fiel Alix ihm ins Wort. »Die Hälfte geht an mich. Die andere Hälfte können Sie und Mrs. Storm sich teilen. Ich stelle immerhin das Haus zur Verfügung. Und das Essen.« Sie schluckte. »Eine Bedingung muß ich allerdings stellen: Ich möchte vor dem Fest die Gästeliste sehen. Eines muß von vornherein klar sein – ich kann jeden Gast nach eigenem Ermessen streichen. Ohne eine Erklärung dafür abgeben zu müssen.«

»So was hab ich ja noch nie gehört.« Im dämmrigen Vestibül sah Derry Fox sie erstaunt an. »Warum denn das? Gibt es jemanden, dem Sie nicht begegnen wollen? Haben Sie vielleicht ein sündiges Geheimnis? Ist Ihnen –«

Sie sagte kalt: »Wenn ich beschließe, einen Gast abzulehnen, weil mir seine Haarfarbe mißfällt oder sein Vorname nicht paßt, dann werden Sie das akzeptieren müssen. Mehr gibt es dazu nicht zu sagen.«

Sie hatte bemerkt, daß Roma Storm in ihrem eleganten Samtmantel fröstelte, und bot ihr und Derry deshalb eine Tasse Tee an. In der Küche prüfte Roma Storm noch einmal ihre Liste.

»Das Essen – das überlassen wir Ihnen, wenn es Ihnen recht ist, Mrs. North, aber ich würde zu Einfachheit raten. Meiner Erfahrung nach essen die Leute bei solchen Geschichten nicht besonders viel – sie tanzen lieber.«

»Und was ist mit den Dekorationen?«

»Da werden wir uns diesmal auch mehr ans Einfache halten. Irgendwas Weihnachtliches. Ich lasse Ihnen Girlanden und Lampions und dergleichen schicken. Und vielleicht können Sie für den Pflanzenschmuck sorgen ...« Roma Storm sah zum Fenster hinaus. Nasse Schneeflocken glitten an den Scheiben abwärts. Wieder zog sie fröstelnd die Schultern zusammen.

»Im Wald gibt es Stechpalme und Efeu in rauhen Mengen.« Rory, dachte Alix, würde es Spaß machen, ihr beim Pflücken der Zweige zu helfen.

»Und Champagner. Wir brauchen einen großen Vorrat an Champagner.«

»Den organisiere ich«, erbot sich Derry. »Ich kenne jemanden, der einen Lieferwagen hat. Der kann das Zeug herfahren.«

Roma zündete sich eine Zigarette an. »Ich komme natürlich nicht zu dem Fest.«

»Roma ist nicht aus London wegzubringen«, erklärte Derry. »Für sie endet die Welt in Ealing.«

»Du alberner Junge«, sagte Roma mit einem liebevollen Lachen. Sie hatte ihren Pelzkragen hochgeklappt. »Es ist wirklich ein wunderschönes Haus ... aber diese Kälte ...«

Roma und Derry fuhren mit dem Bus nach Salisbury zurück und nahmen von dort den Zug nach London. Roma lehnte sich in die Ecke des Abteils und rauchte, Derry schaute zum Fenster in das leichte Schneetreiben hinaus, das die umgepflügten Felder und die Hausdächer bleichte. Er fand seine Idee mit dem Fest sehr nützlich, weil er auf diese Weise Leute kennenlernen würde. Er wußte schon lange, daß man nichts erreichte, wenn man nicht die richtigen Leute kannte.

Am Bahnhof von Andover hatte der Zug einen längeren Aufenthalt, aber Derry blieb im Wagen. Er würde seine Eltern erst wieder besuchen, wenn er etwas vorzuweisen hatte: seinen Namen auf einem Buchrücken vielleicht oder auf einem Kaufvertrag für ein Haus. Der Besuch im April war ein Fehler gewesen. Aber mit Jonathan würde er in Verbindung bleiben, weil Jon ihn sonst ansehen würde wie ein waidwundes Tier und er sich dann wie ein Schuft vorkäme. Oder – schlimmer noch – Jon würde womöglich ein zweites Mal bei Jack Swinton aufkreuzen und den Verhau dort sehen, die leeren Scotch-Flaschen und die Stapel unbezahlter Rechnungen. Er selbst hatte seit drei Wochen kein Gehalt mehr bekommen. Trotzdem ging er noch ab und zu in die Kanzlei, weil es dort ruhig war und er ungestört an seinen Memoiren schreiben konnte. In seinem Zimmer in der White Street war der Aufenthalt unerträglich geworden, seit ein neuer Nachbar eingezogen war, der Kindern, die sich durch einen erstaunlichen Mangel an Talent auszeichneten, Klavierunterricht gab.

Als der Zug wieder anfuhr, lehnte Derry sich in die Ecke zurück und schloß die Augen. Er dachte an Alix North, schön, kühl und reserviert. Sie hatte etwas Bodenständiges an sich, das ihrer zarten, gertenschlanken äußeren Erscheinung widersprach. Ihr Haus und ihr Kind verliehen ihr eine Zuverlässigkeit, die sie von den flatterhaften, wetterwendischen Leuten, mit denen er im allgemeinen verkehrte, abhob. Ihr Beharren darauf, die Gästeliste zu prüfen, hatte ihn neugierig gemacht – da schien es Geheimnisse zu geben. Er dachte an das Haus zurück. Wieviel einfacher es doch in mancher Hinsicht war, wenn man eine Frau war und schön dazu und sich so etwas erheiraten konnte. Aber im Grunde war es gar nicht das, was er wollte, ein schönes Haus oder Geld oder Rang und Namen. Er erinnerte sich an Sophie Berkoffs Worte: *Du möchtest, daß dein Vater zu dir sagt, Du bist der bessere Sohn, Derry.* Widerstrebend mußte er anerkennen, daß diese Diagnose nicht ganz der Wahrheit entbehrte, aber er wußte auch, daß er mehr wollte als das. Allerdings erwiesen sich Ruhm und Anerkennung, mußte er sich eingestehen, doch als etwas schwerer faßbar, als er sich das bei seiner Abreise aus England im Jahr 1919 vorgestellt hatte.

Es kam ihm nicht anmaßend vor, vom Schicksal eine Chance zu erwarten, sich hervorzutun, um sagen zu können, seht her, hier war ich, dies habe ich vollbracht. Er mußte beweisen, daß er existierte; er mußte zeigen, daß er die erstickend enge Welt, in die er hineingeboren worden war, für immer hinter sich gelassen hatte. Wie grauenvoll, dachte Derry, schon an der Schwelle zum Schlaf, durch das Leben zu stolpern, ohne eine Spur zu hinterlassen, nicht besser als die matschigen Schneeflocken, die quälend langsam an den schmutzigen Scheiben des Zugfensters herabrutschten.

Um acht Uhr, kurz vor der Ankunft der Gäste, nahm Alix den Scotch aus dem Schrank, den sie dort als Medizin gegen Erkältungen und Influenza aufbewahrte, und goß sich einen kräftigen Schluck ein. Mit dem Glas in der Hand ging sie aus dem Zimmer, um eine letzte Runde durch das Haus zu machen. Im Speisezimmer glänzten Geschirr und Besteck auf dem langen Eichentisch, im großen Saal warf sie noch ein paar Holzscheite ins Kaminfeuer. Oben, am Ende der Treppe, blieb sie stehen und sah zum Fenster hinaus. Das Mondlicht lag glänzend auf dem Rasen und den kahlen Ästen der Bäume des Wäldchens. Undeutlich konnte sie den geborstenen Stamm der umgestürzten Kastanie ausmachen.

Die vergangenen vierzehn Tage waren ein Marathon an Organisation und harter Arbeit gewesen. Sie hatte Böden geschrubbt, Möbel poliert, Fenster geputzt. Sie hatte mit Hilfe von Martha Long ein Dinner für sechzig Personen vorbereitet und stundenlang in der Küche gestanden. Sie war mit Rory zusammen in die alte Obstplantage und in den Wald gegangen und hatte Armvoll Mistel, Stechpalme und Efeu geschnitten. Sie hatte ihrer Mutter immer wieder versichert, daß dieses Fest sie nicht, wie diese fürchtete, den letzten Rest ihres guten Rufs kosten würde. Sie hatte die Gästeliste durchgesehen und mit Erleichterung festgestellt, daß der Name, den zu sehen sie fürchtete, nicht aufgeführt war.

Jetzt kehrten plötzlich alle ihre Zweifel und Befürchtungen mit doppelter Stärke zurück. Sie spülte hastig den Whisky hinunter, um ihre Nervosität zu lindern. Als sie auf der Treppe unter sich Schritte hörte, fuhr sie herum.

»Es wird schon alles klappen«, sagte Derry zuversichtlich. »Ich versprech's Ihnen.«

»Es ist nur – die vielen fremden Leute!«

»Es sind nette Leute. Wirklich.«

»Und was ist, wenn das ganze Fest ein Reinfall wird?«

»Das passiert bestimmt nicht.«

»Und Rory ...« Alix sah zum Kinderzimmer hinüber.

»Ein Freund von mir hat versprochen, hier oben Wache zu schieben und jeden, der sich rauf wagt, sofort runterzuscheuchen. Bill ist ein Riesenkerl, dem wird sich keiner widersetzen. Rory wird überhaupt nichts mitbekommen.« Derry hielt ihr die Hand hin. »Kommen Sie jetzt mit runter. Ich habe noch was mit Ihnen vor.«

Sie gingen in den großen Saal. Der mit Grün und Kerzen geschmückte Raum sah prächtig aus. Es war nur recht, dachte Alix, daß Musik und Gelächter ihn wieder lebendig machen würden. Ihre Ängste ließen nach.

»Die Jazzband ist noch nicht ganz soweit«, bemerkte Derry. »Aber ich habe ein Grammophon.«

Er steckte eine Nadel in den Tonarm. Die dünnen, blechernen Töne des Foxtrotts verloren sich beinahe im hohen Gewölbe des Saals.

»Darf ich bitten, Mrs. North?«

Sie konnte sich nicht erinnern, wann sie das letzte Mal getanzt hatte – in der Wüste mit Edward vielleicht –, aber ihre Füße, die zuerst unsicher waren, erinnerten sich bald wie von selbst der Schrittfolgen. Von Musik und Bewegung mitgerissen, vergaß sie ihre Nervosität. Lachend wirbelte sie mit Derry durch den großen leeren Saal, bis draußen die ersten Automobile vorfuhren.

Bei der Ankunft der Gäste reichte Alix Champagner und Wein. Danach half sie Martha und dem jungen Mädchen, das aus dem Dorf heraufgekommen war, beim Servieren des Essens. In der Küche versenkten sie leere Teller und schmutziges Besteck in kochend heißem Wasser, spülten und polierten Batterien von Gläsern und entkorkten ein weiteres Dutzend Champagnerflaschen.

Als Alix später die Tür zum großen Saal öffnete, blieb sie einen Moment beinahe benommen stehen. Der Raum war kaum wiederzuerkennen. Dreißig Paare, die Frauen in perlenbestickten Kleidern und mit glitzernden Stirnbändern, tanzten ausgelassen zu den rhythmischen Klängen der Jazzband. Alix sah nach dem Feuer, vergewisserte sich, daß keine glühende Asche in den Saal fliegen konnte und daß die Kerzen in sicherer Entfernung von bestickten Röcken und langbefransten Seidenschals standen. In dem Gästezimmer, das man als Damengarderobe eingerichtet hatte, suchte sie einem jungen Mädchen, an dessen Kleid der Saum gerissen war, Nadel und Faden heraus und bot einem anderen, das an akutem Liebeskummer litt, ein Taschentuch an. Sie holte Wasser und Aspirin für einen grüngesichtigen jungen Mann, der zuviel getrunken hatte, und ein Heftpflaster für einen anderen, der sich an einem Ilexzweig gestochen hatte.

Im oberen Flur nickte sie Derry Fox' Freund Bill zu, der mit verschränkten Armen schweigend vor der Kinderzimmertür wachte. Dann ging sie zu Rory hinein und setzte sich einen Moment an sein Bett, um die Stille zu genießen. Sehr zart strich sie ihrem kleinen Sohn über die weiche, warme Wange, ehe sie wieder aufstand und nach unten ging.

Um Mitternacht trank die ganze Gesellschaft auf Peggy Gordon und sang brüllend »For she's a jolly good fellow«. Ballons tanzten an der Zimmerdecke, Luftschlangen segelten über die Köpfe der Gäste hinweg.

Gegen zwei Uhr morgens brachen die ersten Gäste auf. Als auch der letzte Nachzügler das Feld geräumt hatte und das Haus wieder leer war, ging Alix in die Küche zurück. Töpfe und Pfannen und Tabletts voller Gläser standen überall auf Tisch und Arbeitsplatten.

Derry schob zerknitterte Luftschlangen in den Küchenherd. »Sind sie alle weg? Hockt nicht vielleicht noch einer oben in einem Schrank und schläft seinen Rausch aus?«

»Nein, ich habe nachgesehen. Sie sind alle gegangen. Martha und Sally habe ich auch nach Hause geschickt. Sie waren beide völlig erledigt.«

Alix verteilte die Reste in Schüsseln und Schalen und trug sie in die Speisekammer. Dann setzte sie sich aufs Küchensofa und zog die Beine hoch.

»Ich kann nach Festen nie schlafen«, bemerkte Derry. »Meistens schreib ich hinterher an meinen Memoiren oder geh spazieren.« Er sah sie forschend an. »Hat es Ihnen denn gefallen?«

Erst in diesem Moment wurde ihr klar, wie sehr sie die Menschen und den Trubel genossen hatte.

»Ja, sehr. Wissen Sie, ich habe noch nie vorher ein Fest gegeben.«

Jeder Muskel ihres Körpers schmerzte. Sie wußte, daß sie zu Bett gehen sollte. Sie würde schon in wenigen Stunden wieder aufstehen müssen, um sich um Rory zu kümmern. Dennoch blieb sie sitzen. Sie fühlte sich hellwach, beinahe wie berauscht.

Derry nahm den Schürhaken und stopfte die letzten Luftschlangen in den Ofen. »Auch nicht, als sie noch klein waren?«

»Meine Eltern waren schon ziemlich alt, als sie geheiratet haben, und mein Vater war viel krank. Da haben wir ein ziemlich ruhiges Leben geführt. Und Sie – haben Sie schon viele Feste gefeiert?«

»Als Kind nicht, nein. Wahrscheinlich ist das der Grund, weshalb ich sie heute so liebe.« Er zündete sich eine Zigarette an. »Aber Jonathan hat seine Geburtstage immer ganz groß gefeiert.«

»Wieso Jonathan und Sie nicht?«

Er lachte. »Weil man sich bei mir drauf verlassen konnte, daß ich aus der Rolle fallen würde – entweder vor lauter Aufregung Fieber bekommen oder die beleidigte Leberwurst spielen würde, weil ich beim Sackhüpfen nicht gewonnen hatte.«

»Und Jonathan?«

»Oh, Jonathan hat sich immer Mühe gegeben, alles richtig zu machen. Heile Welt zu spielen. So wie er das heute noch tut.« Derry lehnte sich an die Wand. »Ein ziemlich schwieriges Unterfangen, selbst für Jon.«

Sein Ton ärgerte sie. »Ich habe Jonathan sehr gern«, sagte sie. »Er ist ein guter Mensch, ehrlich und aufrichtig –«

»Ja, eben. Seit der Schulzeit eine ewige Qual für mich.«

»Wie meinen Sie das?«

»Sie haben wohl keine Geschwister? Nein, natürlich nicht, sonst wüßten Sie, was ich meine. Als ich zur Schule kam, wollte ich unbedingt so sein wie Jonathan. Ich habe mir die tollsten Dinge ausgemalt, zum Beispiel, daß er sich das Bein brechen würde und ich dann seinen Platz in der Mannschaft einnehmen müßte und endlich alle sehen würden, was für ein toller Bursche ich bin. Aber die Wahrheit ist natürlich« –

Derry zuckte die Achseln – »daß mein Leben die Hölle gewesen wäre, wenn Jonathan nicht gewesen wäre. Er hat mich immer beschützt.«

»Und das haben Sie ihm übelgenommen.«

Er lächelte. Nach einer kurzen Pause fuhr er fort: »Ich war natürlich noch auf der Schule, als sie dort anfingen, die Namen ehemaliger Schüler, die im Krieg gefallen waren, aufs Schwarze Brett zu setzen. Sie wissen schon – ›James Soundso, 1897 – 1916‹. Und mir kam es vor, als erwischte es immer die Besten – die Schulsprecher, den Kapitän der Rudermannschaft und so weiter. Ich hätte für Jon gebetet, wenn ich nicht damals schon überzeugter Atheist gewesen wäre.« Seine dunklen Augen zogen sich zusammen. »Na ja, wie dem auch sei, er ist zurückgekommen, wie Sie wissen. Sie selbst haben ja mitgeholfen, ihn gesund zu pflegen. Aber so gut, wie er gern vorgeben würde, geht es ihm eben doch nicht, richtig? So eine Erfahrung würde an niemandem spurlos vorübergehen.«

»Aber das ist doch eine ganz verständliche Art der Selbsttäuschung.«

»Ja, natürlich. Wir alle praktizieren sie.«

»Sie auch?«

»Und wie!« Derry schloß die Augen, und Alix glaubte einen Moment lang, er wäre eingeschlafen. Aber dann sagte er langsam: »Ich habe mir vorgemacht, mein Vater hätte mir etwas verziehen, was vor sechs Jahren geschehen war. Ich habe mir vorgemacht, er würde mich mit offenen Armen wieder aufnehmen. Wie den verlorenen Sohn … Wenn ich daran denke, wie naiv ich war … ich kann mich nur *schämen*.«

Sie hatte den Eindruck, daß es weniger um Scham als um Kränkung ging, aber sie war zu müde, um ihm zu widersprechen.

»Was hatten Sie denn angestellt?«

»Ach, ich habe mit der Schwägerin einer Mandantin meines Vaters, auf die er große Stücke hält, eine Affäre angefangen. Sie war einundvierzig, und aus irgendeinem Grund fanden die Leute das absolut schockierend. – Hier, nehmen Sie meine Jacke. Sie sehen aus, als würden Sie frieren.«

Alix legte sich Derrys Jackett um die Schultern. Sie hatte Mühe, die Augen offenzuhalten. »Vielleicht glaubte Ihr Vater, Sie hätten es mit Absicht getan«, sagte sie.

»Na ja, so was geschieht doch nie unabsichtlich. – Ach so, Sie meinen, er glaubte, ich hätte mir ganz bewußt gerade diese Frau ausgesucht. Um ihn zu ärgern.«

»Richtig.«

»Sie reden wie Sophie. Ich möchte wirklich wissen, warum mich immer alle analysieren wollen.«

»Wie war es denn nun? *Wollten* Sie ihn ärgern?«

Er schwieg eine ganze Weile. Dann sagte er: »Ich weiß es nicht. Vielleicht. Ja, wahrscheinlich.«

Alix fielen die Augen zu. Flüchtige Bilder des langen Abends zogen in sprunghaftem Wechsel an ihrem inneren Auge vorüber. Zwillinge, in nilgrünen Chiffonkleidern einander zum Verwechseln ähnlich, rutschten das Treppengeländer hinunter. Miss Gordon klatschte begeistert in die Hände und verkündete, das sei das schönste Fest, das sie je gefeiert hätte. Ein rothaariger junger Mann kam lächelnd auf sie zu und gab ihr die Hand, um ihr dafür zu danken, daß sie ihr Haus für das Fest zur Verfügung gestellt hatte. Sie sah sein Gesicht jetzt so klar. Sie flüsterte: »Es ist wunderbar, dich wiederzusehen, Charlie«, und dann schlief sie ein.

Stunden später weckte sie das Sonnenlicht, das gedämpft durch die Vorhänge fiel. Schlaftrunken öffnete sie die Augen und wußte im ersten Moment nicht, wo sie war. Dann fiel ihr ein, daß sie nach dem Fest nicht in ihr Zimmer hinaufgegangen war, sondern die Nacht auf dem Sofa in der Küche verbracht hatte. Eine Decke lag über ihr ausgebreitet, und an ihren Füßen spürte sie ein schweres Gewicht. Mit einiger Mühe setzte sie sich auf, rieb sich die Augen und sah Derry Fox.

Er hing zusammengekrümmt in der anderen Ecke des Sofas, den Kopf auf der gepolsterten Armlehne. Seine Augen waren geschlossen. Sie rüttelte ihn an der Schulter.

»Wachen Sie auf. Wenn meine Mutter kommt ...«, zischte sie.

Sie stand auf. Die Decke glitt zu Boden. Sie konnte ihre Schuhe nicht finden. Derry Fox rührte sich nicht, sondern blieb, wo er war, mit zerknittertem Hemd und wirrem dunklen Haar.

»Mr. Fox!« rief sie ihn an. »Sie müssen nach Hause fahren.«

Er riß die Augen auf. »Hallo!« Er starrte sie an. »Finden Sie nicht, daß wir uns die Förmlichkeit sparen können, nachdem wir die Nacht zusammen verbracht haben?«

Alix wurde rot. Sie kehrte ihm den Rücken, füllte den Kessel mit Wasser und stellte ihn mit lautem Knall auf den Herd. »Gut, dann eben Derry. Du mußt gehen, Derry.«

»Natürlich. Sonst jagt deine Mutter mich noch mit der Mistgabel aus dem Haus.«

Sie wußte nicht, ob sie lachen oder schimpfen sollte. Derry stand auf, schlüpfte in seine Schuhe und ging, die offenen Senkel schleifen lassend, zur Tür. Dort drehte er sich noch einmal nach ihr um.

»Es war doch ein schönes Fest, findest du nicht auch, Alix?«

Sie lächelte. »Es war ein herrliches Fest.«

Mit dem Geld, das ihr nach Peggy Gordons Fest übrigblieb, konnte Alix das Dach reparieren lassen. Sobald das Wetter es erlaubte, wurden die Zeltplanen abgenommen, das Gesims und die Dachbalken ausgebessert und die Schindeln ersetzt. Alix kaufte Rory ein Paar neue Schuhe und brachte einen Teil ihres Verdiensts für Notfälle auf die Bank.

Sie veranstalteten ein zweites Fest – ein schottisches Fest für hundert Gäste. Derry Fox dekorierte den großen Saal mit schottisch karierten Bändern und Schilden und Breitschwertern aus Pappmaché, die Roma Storm modelliert und bemalt hatte. Alix kochte Riesentöpfe schottischer Spezialitäten. Vor dem Fest überprüfte sie wie beim erstenmal die Gästeliste, um sicherzugehen, daß der Name, den sie fürchtete, nicht darauf stand. Im Hof von Owlscote begrüßte ein Dudelsackpfeifer die Gäste, und drinnen fiedelte eine Gruppe Streicher schottische Volkstänze.

Wieder war das Fest ein voller Erfolg; wieder ließ Alix sich mitreißen von Musik und Ausgelassenheit. Hinterher kaufte sie Rory einen neuen Mantel und ließ zwei Zentner Kohlen liefern.

Sie achtete auf strenge Trennung des Pensionsbetriebs und der Festveranstaltungen. Pensionsgäste von Montag bis Freitag; Feste Samstag abends. Sie ließ die neugierigen Blicke der Dorfbewohner an sich abprallen und ignorierte das Naserümpfen und die mißbilligenden Kommentare ihrer Mutter. Sie beauftragte einen Stukkateur, den Kaminaufsatz im Salon zu reparieren. Sie half Derry beim Anbringen der Dekorationen, und sie wirtschaftete in der Küche. Gemeinsam empfingen sie die Scharen der Festgäste und bugsierten sie freundlich, aber bestimmt hinaus, wenn der Abend vorüber war.

Bei den nachfolgenden Aufräumungsarbeiten pflegte Alix sich von Derry Fox in lange, komplizierte Gespräche verwickeln zu lassen. Sie hatte den Eindruck, daß es nichts gab, was Derry ernst nahm. Sein Leichtsinn steckte sie an, so daß sie selbst unbeschwerter wurde und die Last der Verantwortung, die sie zu tragen hatte, vergaß.

Rory liebte Derry, Beatrice mißtraute ihm. »Er ist kein Gentleman wie sein Bruder. Und er müßte sich mal die Haare schneiden lassen.«

Derry konnte einen bezaubern, und er konnte einen zur Weißglut bringen. Manchmal stritten sie miteinander, daß die Wände wackelten. Manchmal stieß Alix ihn kurzerhand mitten in der Nacht zur Haustür hinaus und knallte sie hinter ihm zu. Stets aber hatte er bei ihrem nächsten Zusammentreffen den Streit vergessen.

Im April gaben sie ein chinesisches Fest. Sie hängten im ganzen Garten chinesische Laternen auf und errichteten über der Terrasse ein pagodenartiges Dach. Kerzen flackerten im sanften Wind. Roma fertigte aus Pappkarton eine gewölbte chinesische Brücke und sandte Seidenstoffe nach Owlscote, zur Dekoration der Festtafel.

Derry, der zusah, wie sich Fu Manchus und Mandarine auf der Terrasse versammelten, murmelte: »Wir sollten ihnen Opium und Tonpfeifen in die Hand drücken«, aber Alix sah über die weite Rasenfläche hinweg zu den fernen Wiesen und dachte nur, *was für ein schönes Bild!* Die unzähligen kleinen Lichter, die sich im stillen Wasser des Teichs spiegelten, das Blütenmeer, das blaßrosa auf dem Gras der Obstplantage schimmerte.

Derry hatte seine Memoiren fertig. Sophie Berkoff las sie eines Abends und lachte Tränen. Wieder zu Atem gekommen, versprach sie ihm, das Manuskript einem Freund zu zeigen, der in der Verlagsbranche tätig war. Für Derry war der Fall damit erledigt. Aus seinem ehrgeizigen Werk, das er als Kritik der englischen Klassengesellschaft angelegt hatte, war unversehens ein Riesenlacher geworden. Er war froh und dankbar für die Feste in Owlscote und seine Spanischschüler – ohne sie hätte er sich nicht über Wasser halten können. Aber er schien seinem Ziel, sich durch eine besondere Leistung aus der Menge herauszuheben, keinen Schritt näher als bei seiner Rückkehr nach England vor anderthalb Jahren.

Jonathan hatte es sich, genau wie von Derry vorausgesehen, zur Aufgabe gemacht, ein wachsames Auge auf ihn zu haben. Ungefähr einmal im Monat erschien er im Rose Café, wo er sich mit seinem soliden Tweedanzug und dem vorbildlich geschnittenen Haar inmitten der exotischen Gästeschar ausnahm wie ein Gänseblümchen im Orchideenhaus. Derry vermied es, Jonathan seine Privatadresse zu geben; er wußte, Jon würde sonst eines Tages unerwartet bei ihm aufkreuzen und sein schäbiges Zimmer sehen, die wackligen alten Möbel, die schimmlige Tapete, die gräßliche Gemeinschaftstoilette. Das hätte er nicht ertragen.

Im Juni kam Jonathan eines Tages ins Café und sagte: »Edith hat morgen Geburtstag. Sie hat mich zum Tee eingeladen und wollte wissen, ob du Lust hättest, auch zu kommen.«

Er machte seinen Vorschlag mit einer bemühten Nonchalance, die Derry sofort durchschaute. Er wußte, daß Edith Carr (die immerhin Mrs. Winstanleys Patentochter war) ihn niemals aus eigenem Antrieb in ihr Haus eingeladen hätte und diese Aufforderung nichts weiter war als Teil des zum Scheitern verurteilten Bemühens seines Bruders, Brücken zu schlagen und die Familie zusammenzuhalten.

Dennoch nahm er an. Er war in dieser Woche besonders knapp bei Kasse und lebte praktisch von Wasser und Brot. In seiner muffigen und immer feuchten Bude hatte er sich einen hartnäckigen Husten geholt. Es würde angenehm sein, wieder einmal frische Luft zu atmen und sich in einer der wohlhabenderen Gegenden am Fluß aufzuhalten. Außerdem hatte er Edith Carr seit Ewigkeiten nicht mehr gesehen und war neugierig.

Edith sagte: »Für mich? Ach, Jon, wie lieb von dir.«

Derry beobachtete sie, als sie das Kästchen öffnete und den Anhänger herausnahm. Sie befanden sich im Vestibül der Carr'schen Villa in Richmond.

»Aquamarine.« Edith lächelte. »Jon, woher weißt du das? Das sind meine Lieblingssteine.«

»Sie haben die gleiche Farbe wie deine Augen.« Jonathan legte Edith die Kette mit dem Anhänger um den Hals.

Im allgemeinen, dachte Derry bei sich, verteilten die Leute derartige Komplimente ohne Rücksicht auf ihren Wahrheitsgehalt. Doch in Edith Carrs Fall traf der Vergleich zu. Ihre Augen hatten tatsächlich eine Farbe, die dem kühlen Lichtblau der Steine sehr ähnlich war. Ihre Gesichtszüge waren von einer Ebenmäßigkeit, wie man sie sonst nur bei griechischen Skulpturen oder auf Renaissancegemälden sah. Ihre Schönheit überraschte ihn; er hatte nur hübsche Gefälligkeit erwartet.

»Oh!« sagte Edith und starrte den Kanarienvogel an, als wüßte sie nicht, was sie mit ihm anfangen sollte.

»Eine Freundin hat mir den Vogel geschenkt, weil sie das Geträller nicht aushalten konnte. Aber ich krieg Asthma von den Federn und dachte, Ihnen würde er vielleicht gefallen. Es ist übrigens ein Weibchen und heißt Nellie Melba.«

»Vielen Dank, Mr. Fox.« Edith stellte den Vogelkäfig auf eine Anrichte.

»Derry.«

»Natürlich. Also – danke, Derry.« Jemand kam die Treppe

herunter. »Mina«, rief Edith. »Komm, schau mal, was für eine wunderschöne Kette Jon mir zum Geburtstag geschenkt hat.«

Mina bewunderte die Kette, flötete dem Kanarienvogel etwas vor und gab Jonathan einen Kuß auf die Wange.

Dann bot sie Derry die Hand. »Es ist immer spannend, jemanden kennenzulernen, von dem man eine Menge gehört hat, ohne ihn je zu Gesicht bekommen zu haben.«

Mina hatte grobgeschnittene Züge, und die kurzsichtigen braunen Augen wirkten klein hinter den dicken Gläsern ihrer Brille. Ihr mausbraunes Haar war zu einem struppigen dünnen Zopf zusammengenommen, und sie trug ein häßliches, flaschengrünes Kleid – ihre Schuluniform, vermutete Derry.

»Aber wir sind uns schon einmal begegnet. Es ist allerdings Jahre her, da lagen Sie noch im Kinderwagen. Na, wie ist es – entspreche ich Ihren Erwartungen?«

Mina musterte ihn mit einer Direktheit, die er als ziemlich abschreckend empfand. »Ich habe Sie mir verruchter vorgestellt.«

Edith führte sie durch das Haus. Die Räume waren klein und niedrig. Volantumspielte Fußbänkchen standen neben bauchigen Kommoden, und in Alkoven gruppierten sich zierliche Tischchen und Sessel mit dünnen geschweiften Beinen. Die Vorhänge an den Fenstern waren ein Geriesel aus Rüschen und Spitzen, und die Sofas waren mit einem üppig geblümten Chintz bezogen, der an den Armlehnen fadenscheinig zu werden begann.

Sie tranken den Tee im Garten, der wie das Haus klein und hübsch und überladen war. Der Wind löschte die Kerzen auf der Torte aus, bevor Edith sie ausblasen konnte. Ohrwürmer, die aus der Kastanie herabfielen, landeten auf den belegten Brötchen. Obwohl es Hochsommer war, lag eine herbe Kühle in der Luft.

Jonathan und Edith unterhielten sich über gemeinsame Bekannte und die Werbeagentur, bei der Edith angestellt war. Derry aß und trank seinen Tee und warf hin und wieder einen Blick auf Edith, einfach weil sie schön anzusehen war. Ein- oder zweimal bemerkte er, daß die jüngere Schwester ihn mit ihrem dreisten, glasglitzernden Brillenschlangenblick anstarrte, und hätte beinahe etwas gesagt, tat es dann aber doch nicht, weil er sich gern tadellos benehmen wollte. Die Sonne verschwand hinter einer Wolke, und der Tee kühlte ab. Mina trug das Teegeschirr hinein, und Edith holte zwei Tennisschläger und forderte Jon auf, mit ihr ein paar Bälle zu schlagen. Derry, der in seiner dünnen Jacke fror, ging ins Haus.

Es gab einen kleinen Wintergarten, der die Hitze speicherte. Derry wurde langsam wieder warm, während er zwischen verdorrten Topfpflanzen und staubigen Korbmöbeln umherstreunte. Auf einem kleinen runden Tisch stand ein riesiger Strauß totenbleicher Lilien. Derry roch an ihnen und mußte niesen.

Mina Carr, die gerade zur Tür hereinkam, sagte: »Sehen sie nicht gräßlich aus?«

»Ein bißchen nach Leichenschauhaus.«

»Ediths Freund hat sie geschickt. Sie sind heute morgen gekommen. In einem Bentley.«

Sie erwartete offensichtlich, daß er sich beeindruckt zeigen würde, und da er neugierig war, tat er ihr den Gefallen. »Und wer ist der Freund?«

»Er heißt Marcus Wenlock.« Mina strich mit der Fingerspitze über die Staubfäden der Lilien, und ockergelber Staub rieselte auf die Tischplatte. »Er ist unheimlich reich. Er hat eine eigene Bank. Außerdem hat er eine Wohnung in London und ein Landhaus, das Marblehurst heißt. Er ist wahnsinnig verliebt in Edith. Kann gut sein, daß sie ihn heiratet.«

»Ach ja?«

»Jonathan wäre natürlich am Boden zerstört.«

»Meinen Sie?«

»Er liebt sie doch abgöttisch.«

Derry zuckte die Achseln. »Keine Ahnung.«

»Ich dachte, auf dem Gebiet wären Sie Experte.«

Er drehte sich herum und sah sie an. Sie hatte ihre Brille abgenommen, und ohne sie wirkte ihr Gesicht nackt und verletzlich. Sie tat ihm plötzlich leid, da er vermutete, daß sie die Brille nur abgenommen hatte, um attraktiver auszusehen.

»Haben Sie Mrs. Kessel geliebt?« fragte sie unvermittelt.

Sein Mitgefühl erlosch mit einem Schlag. »Das geht Sie nun wirklich nichts an.«

»Gott, was für eine konventionelle Antwort!«

»Vielleicht bin ich eben ein konventioneller Mensch.« Er wandte den Blick zu den großen Fenstern und sah, daß es leicht zu regnen begonnen hatte. Edith war dabei, die Bälle einzusammeln, während Jonathan die Stühle auf dem Gartentisch stapelte. »Aber wenn Sie es genau wissen wollen, nein, ich habe Sara nicht geliebt. Aber ich habe sie sehr gern gehabt.«

»Obwohl sie so eine schlechte Person war?«

»Sie war keine schlechte Person. Sie war nett. Zu mir war sie sehr nett.«

Derry sah mit einer gewissen Erleichterung, daß Jonathan und Edith im Begriff waren, ins Haus zu gehen. Regen schlug gegen die Fensterscheiben und sickerte durch die Sprünge in den angefaulten Rahmen.

Alix fegte gerade die Abflußrinnen vor dem Haus, als sie Schritte auf dem Kies hörte. Sie blickte auf.

»Derry«, sagte sie, und er sagte: »Andere Leute haben Hausmeister und Dienstmädchen. Es würde mich nicht wundern, dich den Kamin fegen oder das Dach decken zu sehen, Alix.«

»Es ist billiger, wenn ich es selbst mache.« Sie betrachtete ihn einen Moment. Er sah heiter aus. »Ich habe dich gar nicht erwartet, Derry.«

»Es steht wieder ein Fest ins Haus«, erklärte er. »Kommenden Samstag.«

Es war Dienstag. Sie starrte ihn an. »Unmöglich. In der kurzen Zeit –«

»Zum doppelten Preis.«

»Oh!« Alix wischte sich die Erde von den Händen und ging ins Haus. Derrys Stimme folgte ihr durch den Flur.

»Für eine Freundin von mir. Sie heißt Dinah Mason. Ich habe sie durch Jack Swinton kennengelernt. Irgendein Verwandter von ihr ist gerade gestorben und hat ihr ein Vermögen hinterlassen, und sie möchte das so bald wie möglich feiern. Es soll ein Kostümfest werden. Ich habe ihr von Owlscote erzählt. Roma kann uns diesmal allerdings nicht helfen, sie hat im Augenblick zu viele Aufträge. Ich habe gesagt, wir würden es schon schaffen. Wir könnten ja ein einfaches Thema wählen – Geister und Gespenster zum Beispiel –-, oder wir ziehen es einfach als Maskenball auf – es muß auf jeden Fall was sein, wo die Vorgabe nicht allzu streng ist. Hier im Haus liegt doch bestimmt massig Zeug rum. Requisiten, meine ich. Dann brauchen wir nicht anzufangen, selbst zu basteln.«

»Wir können oben im Speicher nachsehen. Da liegt eine Menge Krimskrams herum.«

Alix holte aus der Küche die Schlüssel und eine Öllampe, und sie gingen nach oben. Das Schloß knirschte, als Alix den Schlüssel darin drehte.

»Ich benutze den Speicher nur als Abstellraum«, erklärte sie. »Ich komme fast nie hier herauf. Wegen Rory schließe ich immer ab.«

Sie stieß die Tür auf. Ein Geruch nach Moder und Feuchtigkeit wehte ihnen entgegen. Die Fenster waren blind vor Staub. Alix zündete die Öllampe an und sah sich um.

»Hier habe ich Edwards Sachen aufbewahrt – was er für seine Grabungsarbeiten gebraucht hat.« Die Werkzeuge und sein Theodolit standen in Seidenpapier eingeschlagen auf einem Bord. »Seine Karten und Bücher sind natürlich in der Bibliothek. Ich dachte, wenn Rory vielleicht später einmal den Beruf seines Vaters ergreifen sollte, könnte er die Werkzeuge gebrauchen.« Sie berührte flüchtig eines der Instrumente und wandte sich dann ab.

Sie hob die Lampe hoch und schwang sie langsam herum, um den Raum auszuleuchten. Die abgeschabten alten Schiffskoffer, die ausrangierten Sessel und Rorys Kinderwagen warfen dunkle Schatten.

»Hier werden wir nicht das Richtige finden.« Ihre Stimme hallte.

Sie schob den Schlüssel in das Schloß der Verbindungstür, aber er ließ sich nicht drehen. Sie reichte Derry die Lampe, um es mit beiden Händen zu versuchen, und schaffte es, die Tür zu öffnen.

Der Raum dahinter war stockfinster. Derry zog die Vorhänge auf, während der Lichtschein schwankend von Schirmständer zu Tafelaufsatz glitt, von einem Tisch mit Marmorplatte zu einem Schreibsekretär, dem ein Bein fehlte.

»Wie in einer Pfandleihe«, sagte Alix.

»Phantastisch.« Derry griff zu einem Tropenhelm. »Aha, ein Relikt aus Owlscotes kolonialer Vergangenheit.«

»Edwards Großvater war Adjutant des Vizekönigs von Indien. Er hat das Haus gekauft.«

»Ach, dann ist es also nicht schon seit der normannischen Eroberung in der Familie?«

Alix schüttelte den Kopf. »Owlscote wurde im letzten Jahrhundert einer Familie Gardiner als Fideikommiß gestiftet. Aber die Linie starb aus – es waren keine männlichen Erben da –, und das Gut wurde verkauft.«

Sie kniete nieder und öffnete eine Truhe. Kerzenhalter, Laternen und Leuchter blitzten auf. Sie strich mit den Fingern über das kalte Metall.

»Als der Besitz noch den Gardiners gehörte, umfaßte er um die vierhundert Hektar Land. Die meisten Häuser im Dorf gehörten zu Owlscote. Seitdem ist fast alles verkauft worden. Es sind nur noch ein paar Hektar übrig.«

Es gab keine Korridore; ein Raum ging in den nächsten über. »Eine richtige Zimmerflucht«, bemerkte Derry und hustete. »Der Staub«, erklärte er.

Sie gingen in den nächsten Mansardenraum. Durch das kleine, in Stein gefaßte Fenster fiel kaum genug Licht, um die auf Borden aufgereihten Fossilien, die Flintäxte und -messer, all die Erinnerungen an Edwards Faszination für die ferne Vergangenheit aus der Dunkelheit herauszuheben. Als Alix die Staubschicht von einer Tonscherbe wischte, sah sie die schwarzen Zickzacklinien, die in die Terrakotta eingegraben waren.

Derry, der mit seinem Hustenreiz kämpfte, nahm eine Sanduhr zur Hand und kippte sie. Sachte und kontinuierlich rieselten die feinen Körnchen durch das Glas mit dem schlanken Mittelteil.

»Was meinst du«, sagte er, »werden wir im letzten Raum vielleicht auf zwei elisabethanische Edelleute stoßen, die immer noch ihre Halskrausen tragen und über ihrem Würfelspiel zu Skeletten vertrocknet sind? Oder auf eine dieser Bräute, die an ihrem Hochzeitstag unauffindbar verlorengegangen sind? Du kennst doch diese Geschichten – die Hochzeitsgesellschaft spielt Verstecken, die Tochter des Hauses verschwindet spurlos, und Jahrhunderte später öffnet ein Ahnungsloser einen Sarg und –« Er brach ab, als er ihr Gesicht sah.

»Verzeih. Ich weiß, hier oben ist es auch so schon unheimlich genug, da brauche ich nicht noch Gespenstergeschichten zu erzählen.«

»Nein, nein, das ist es nicht. Es ist nur der Staub. Und die Dunkelheit.« Und die Erinnerungen, dachte sie, den Blick auf die Tonscherben gerichtet.

Er trat zu ihr. »Wenn du mir die Hand gibst, führe ich dich. Sophie Berkoff würde übrigens sagen, daß es bei der Geschichte um nichts anderes geht als Angst vor der Sexualität. Das arme Mädchen wollte seine Unschuld nicht verlieren. Ein ungeöffneter Sarg, verstehst du?« Er sah sie forschend an. »Wir können wieder runtergehen, wenn du willst.«

»Unsinn. Ich habe dir doch gesagt, es ist nichts.«

Sie stieß die letzte Tür auf.

Der Raum dahinter war leer. Dies war der Teil des Speichers, auf den der umgestürzte Baum niedergegangen war. Alix erinnerte sich, daß sie den Handwerkern gesagt hatte, sie sollten die völlig durchnäßten, mit Mörtel und Verputz verschmierten Gegenstände, die hier aufbewahrt worden waren, hinauswerfen. Die neu gewachsenen Äste des Baums, frisch belaubt in einem giftigen Grün, klopften an die Scheibe des Fensters. Sie öffnete es, um den muffigen Geruch nach feuchtem Mörtel und altem Staub, der sich in ihren Kleidern festgesetzt hatte, von der frischen Luft forttragen zu lassen. Sie sah, wie Derry sich weit über das Sims hinauslehnte und tief durchatmete.

»Vor Monaten«, sagte sie langsam, »noch bevor wir anfingen, die Feste zu veranstalten, habe ich eine Reihe von Aufsätzen geschrieben, die ich in irgendeiner Zeitschrift veröffentlichen wollte. Ich hatte ihnen den Titel ›Eine Ehe in Mesopotamien‹ gegeben – sie handelten von den archäologischen Expeditionen, die ich mit Edward unternommen habe. Kurz und gut, ich hatte sie schon ganz vergessen, als ich vor ungefähr vierzehn Tagen vom Herausgeber einer Zeitschrift einen Scheck bekam und einen Brief dazu, in dem er mich bat, mehr zu schreiben. Seitdem liege ich fast jede Nacht wach und zermartere mir das Gehirn. Aber es kommt nichts dabei heraus. Die meiste Zeit kaue ich nur auf meinem Bleistift, und wenn ich was zu Papier bringe, streiche ich es hinterher wieder durch. Dieser Teil meines Lebens ist einfach vorbei – meine Ehe und die Expeditionen –, und mir fällt nichts ein, was ich noch darüber sagen könnte. Aber jetzt eben habe ich eine Idee gehabt – warum schreibe ich nicht über das Haus? Ich könnte doch über Owlscote schreiben.«

»Über seine Geschichte, meinst du?«

»Ja. So eine Art Spaziergang durch die Vergangenheit.«

»Ob du das nicht bereuen würdest? Ich meine, damit würdest du Owlscote einem Haufen fremder Leute zugänglich machen, wenn auch nur auf dem Papier. Vielleicht würden sogar Neugierige hier aufkreuzen und um das Haus herumtrampeln. Das wäre doch das Schlimmste für dich, oder nicht?«

Es ärgerte sie, daß er ihr Bedürfnis nach Zurückgezogenheit so gut kannte. »Ich brauche das Geld«, erwiderte sie störrisch.

»Du hast doch die Feste. Obwohl nach dem Samstag erst mal eine Weile Schluß sein wird.«

»Wieso?«

»Alle Welt geht den Sommer über auf Reisen. Vorzugsweise an die Riviera.«

Sie war ganz unerwartet enttäuscht. »Du auch?«

Derry schüttelte den Kopf. Sie bemerkte den Blick, mit dem er sie betrachtete, und wiederholte heftig: »Ich brauche das Geld, Derry. Ich brauche die Sicherheit.«

»Es gibt keine Sicherheit.« Er hockte schräg auf dem Fensterbrett, den Rücken an die Wand gelehnt.

»O doch. Sicherheit ist, wenn man Geld auf der Bank hat ... ein Dach über dem Kopf ... und weiß, wem man trauen kann.«

»Aha.« Er sah zum Fenster hinaus auf den grünen Rasen. »Das ist keine *Sicherheit*, Alix. Das ist Selbstaufgabe.«

Im August kam eine Hitzewelle. Die Sonne bleichte die Wiesen von Owlscote zur Farblosigkeit aus, und das Wasser im Teich versickerte zu einer dunkelgrünen Brühe. Einzig die dicken steinernen Mauern boten Schutz vor der Hitze. Zuerst hatte Alix mit einer Ameiseninvasion zu kämpfen, dann folgte eine Fliegenplage, und gegen Ende des Monats schwärmten Geschwader von Wespen aus der Obstplantage in die Küche. Rory war quengelig, wollte nichts essen und schlief unruhig. Bei dem Versuch, eine Wespe von Rorys Apfel zu verscheuchen, rutschte Beatrice aus, verstauchte sich den Fuß und hinkte danach tagelang mit tapfer zusammengebissenen Zähnen durch das Haus. Alix jagte Wespen und hoffte, der Brunnen würde nicht austrocknen.

Eines Morgens kam Jonathan Fox und lud sie zu einem Ausflug ans Meer ein. Sie fuhren nach Bournemouth, wo sich unter dem besänftigenden Einfluß der kühleren Meeresluft Gereiztheit und Übellaunigkeit legten. Beatrice döste in einem Liegestuhl. Jonathan sah Alix an und sagte: »Ich geh mit dem Kleinen ein bißchen planschen. Du hast doch Lust, Rory, hm?«

Jonathan und Rory gingen zum Wasser hinunter. Der Strand war voller Menschen, und es war Ebbe. Alix blickte ihnen nach. Sie gingen Hand in Hand; beide waren barfuß. Ihre Gestalten wurden kleiner und kleiner. Es gab, dachte Alix, nur eine Handvoll Menschen auf der Welt, denen sie Rory anvertraut hätte. Ihrer Mutter natürlich und Martha, Jacob Longs Tochter. Und Jonathan und Derry. Niemandem sonst hätte sie erlaubt, ihren Sohn durch eine wimmelnde Menge fremder Menschen zu führen, um ihn mit dem Meer mit all seinen Reizen und Gefahren bekannt zu machen.

Jonathan und Rory hatten das Wasser erreicht. Plätschernde

Wellen rollten den Sand hinauf. Alix stand auf und beschirmte mit der Hand ihre Augen. Sie sah zu, wie Rory vorsichtig einen Fuß ins Wasser tauchte. Lachend warf er plötzlich den Kopf in den Nacken. Dann wurde er mutiger und wagte sich einen Schritt ins Wasser hinein. Mit frisch gewonnenem Vertrauen sprang er in die Wellen und wäre, vom kräftigen Sog des Wassers unter seinen Füßen überrascht, wahrscheinlich gefallen, hätte nicht Jonathan ihn sicher an der Hand gehalten.

Manchmal verlor sie die beiden aus den Augen, während sie sich lachend und prustend mitten im Menschengewühl vergnügten. Aber dann tauchte Jonathans blonder Kopf wieder auf, und sie sah beruhigt den kleinen dunklen Jungen an seiner Seite.

Beatrice erwachte und sah sich schlafbenommen um. »Wo sind die beiden denn?«

Alix wies zum Meer. »Da! Sie wollten ein bißchen planschen.«

Sie zog Schuhe und Strümpfe aus und bahnte sich einen Weg durch das Gewimmel, um sich zu ihnen zu gesellen. Zusammen wanderten sie den Strand entlang und ließen sich die Füße von den Wellen umspülen, bis sie weit weg waren vom Pier und den Buden mit Zuckerwatte und gebrannten Mandeln. Nur wenige Menschen, mit Sonnenhüten oder vierzipfelig geknoteten Taschentüchern auf den Köpfen, bevölkerten in kleinen Gruppen die ferneren Strände. Rory sammelte Muscheln am Rand des Wassers. Jonathan krempelte seine Hosenbeine bis zu den Knien auf und watete tiefer ins Meer hinein. Mit zusammengekniffenen Augen blickte er zum Horizont.

»Gleich da drüben ist Frankreich.«

»Hast du vor, mal wieder hinzureisen?«

Er schüttelte den Kopf.

»Denkst du oft daran?«

Jonathan schwieg eine Weile, dann sagte er: »Ich bemühe mich, es nicht zu tun. Aber ich träume. Seinen Träumen kann man nicht befehlen.« Er drehte sich herum und blickte den Strand entlang. Der Pier und die Menschenwogen, die sich darauf tummelten, waren sehr klein und sehr weit weg. »Weißt du, ich denke oft«, sagte er langsam, »wenn ich nur nicht zuviel verlange ... wenn es nur einige wenige Menschen gibt, die mir wichtig sind, und ich mein Bestes für sie tue ... wenn ich, sagen wir mal, den Kopf nicht über die Brüstung strecke, dann kann mir nichts passieren.« Er wandte sich nach ihr um. »Einen schönen Unsinn rede ich da, wie, Alix? Aber mit Worten hatte ich schon immer meine Schwierigkeiten.«

Der Sand, der von den hereinflutenden Wellen aufgewühlt wurde, gab nach und drehte sich unter ihren Füßen. Tangsträhnen, so glitschig wie feuchter Gummi, wanden sich um ihre Knöchel. Alix mußte an Derrys Worte denken: *Das ist nicht Sicherheit, Alix, das ist Selbstaufgabe.* Sie legte ihre Hand um Jonathans Arm und sah ihn lächelnd an. »Ich weiß genau was du meinst«, sagte sie, und dann gingen sie, Rory zwischen sich an den Händen, langsam am Strand zurück.

6

DERRY MACHTE ÜBERSETZUNGSARBEITEN und gab Spanischunterricht, wurde jedoch hin und wieder aus heiterem Himmel von einer ungewohnten und ziemlich erschreckenden Mattigkeit überfallen. Er hatte sich eine Sommererkältung eingefangen, die er einfach nicht los wurde. Nachts, wenn er in seinem stickig heißen kleinen Zimmer lag, rang er nach Atem. Die Straßen und Parks Londons boten kaum Erleichterung; die Hitze schien sich zwischen den hohen Häusern und unter dem staubigen Laub der Bäume zu stauen. Wenn er hustete, taten ihm sämtliche Rippen weh.

Dennoch ging er weiterhin viel aus, traf sich mit einer Menge Leute und verbrachte die Nächte in wechselnden Betten. Mit dem Fortschreiten des Sommers verabschiedeten sich viele seiner Freunde aus der Stadt. Ruth und Lawrence reisten an die Riviera, Sophie zog vorübergehend aufs Land, wo ihr Liebhaber ein Haus hatte. Roma blieb in London; Roma machte niemals Urlaub. Sie hatte im August immer viel zu tun, weil viele ihrer Kunden ihre Häuser neu einrichten ließen, während sie im Urlaub waren. Derry verdiente sich ein Zubrot, indem er in Romas Auftrag in Antiquitätengeschäften nach Chippendale-Kommoden stöberte oder Lalique-Lampen und chinesische Schränkchen zu Häusern in Bloomingdale und Chelsea transportierte.

Die Hitze wurde unerträglich. Sie sammelte und verdichtete sich in den menschenbevölkerten Straßen des East End. Derry hatte das Gefühl, jeder Atemzug sei eine Anstrengung, so als enthielte die drückend schwüle Luft kaum Sauerstoff. Manchmal erschien ihm die Stadt leer und irreal; diejenigen, die nicht fliehen konnten, waren entweder lethargisch oder gereizt. Die Wohlhabenden hatten die Stadt geräumt und sie den zerlumpten Männern überlassen, die an den Straßenecken herumlungerten, und den barfüßigen Kindern, die in den Gossen nach Münzen suchten und sich um jeden gefundenen Penny balgten.

Derry fand nachts kaum Ruhe, der hartnäckige Husten riß ihn immer wieder aus dem Schlaf. Er dachte daran, einen Arzt aufzusuchen, aber er konnte sich die Ausgabe nicht leisten. Jonathan ging er aus dem Weg. Er zog es vor, von Fürsorge und Hilfsangeboten seines Bruders verschont zu bleiben.

Als Derry eines späten Nachmittags gegen Ende August in sein Zimmer in der White Street zurückkam, wartete dort ein Brief auf ihn. Das Kuvert war lang und weiß und trug eine ausländische Briefmarke. Er schlitzte es mit dem Daumennagel auf und entnahm ihm den mit Maschine geschriebenen Brief.

»Sehr geehrter Mr. Fox«, las er, »als anwaltliche Vertreter und Testamentsvollstrecker der verstorbenen Mrs. Sarah Elizabeth Kessel –«

Weiter konnte er nicht lesen. Er stopfte das Schreiben in seine Jackentasche und lief aus dem Haus.

Die Sonne blendete ihn. Er ging zum Fluß. Der Geruch, der von dem stehenden Wasser aufstieg, nahm ihm den Atem. Er bekam einen Hustenanfall. Die Erinnerung daran, wie er Mina Carr gesagt hatte, er habe Sara Kessel nicht geliebt, holte ihn ein. Jetzt entsann er sich, daß er Paris und Rom zum erstenmal mit Sara gesehen hatte. Er erinnerte sich ihrer gemeinsamen Nächte und ihres langen kastanienroten Haars. Er erinnerte sich, wie aufmerksam und geduldig sie ihn gelehrt hatte und daß sie als Gegenleistung niemals Liebe erwartet hatte, sondern nur ehrliche Freundschaft; und daß sie ihn, als er, wie nicht anders zu erwarten, eine andere Frau kennengelernt hatte, mit einem Kuß und einem Lächeln hatte ziehen lassen. Er hatte nie verstanden, warum ihre Beziehung bei anderen so heftigen Anstoß erregt hatte. Schließlich hatten sie niemandem Schaden zugefügt.

Er begann wieder zu gehen, ohne auf die Richtung zu achten. Er war auf dem Weg am Embankment entlang, als er jemanden seinen Namen rufen hörte. Als er sich herumdrehte, sah er, daß es Ruth Duncan war.

»Ich dachte, du wärst in Frankreich«, sagte er.

»Ich bin vor zwei Tagen zurückgekommen. Im Café habe ich niemanden getroffen. Ich war dort, aber es war ganz leer. Ich wußte gar nicht, was ich anfangen soll.«

»Roma hat eine neue Freundin. Sie verkauft Strümpfe in einem Warenhaus. Und Sophie ist auf dem Land. Und ich dachte, Lawrence wäre mit dir unterwegs, Ruth.«

»Er ist nach Österreich weitergereist. Auf irgendein Schloß. Bernard und Tiggy sind auch mitgefahren. Mich haben sie gar nicht aufgefordert.«

Ruths Miene wirkte gekränkt. Sie war sehr jung, hatte weiches rotblondes Haar und einen Teint wie Milch und Blut. Die Haut um ihre blauen Kinderaugen war so zart, daß sie stets einen feinen bläulichen Schimmer hatte. Auf der kurzen aufgeworfenen Nase hatte sie einen leichten Sonnenbrand; von der Mittelmeersonne vermutlich.

»Ich hab dich schon gesucht, Derry. Hast du viel zu tun? Ich habe nämlich überhaupt nichts vor.« Sie zog an seinem Ärmel. »Komm, Derry, machen wir uns zusammen einen netten Abend. Bitte. Ich werde dir auch ewig dankbar sein, Schatz.«

Sie gingen zum Abendessen ins Café Royal. Ruth bezahlte; er brachte kaum einen Bissen hinunter. Danach in ein Pub am Leicester Square. Dann in ihre Wohnung, wo sie nackt in seinen Armen lag, so rosig und weiß wie eine Porzellanfigur.

Später schleppte sie ihn auf eine Fete. »Es ist bei meiner Schwester. Laura ist früher nach London zurückgekommen, weil sie sich mit meinem Schwager gestritten hat.«

Ruth machte Derry mit ihrer älteren Schwester bekannt, die Lady Dies oder Das war. »Ich nenne es mein Restefest, weil ja noch kein Mensch wieder in London zurück ist«, verkündete ihre Ladyschaft, während sie Derry durch ein Lorgnon musterte und bezüglich ihrer Meinung über ihn kein Blatt vor den Mund nahm. »Ich kratze den ganzen Bodensatz zusammen.«

Das Haus war in Mayfair. Es gab dort eine riesige Voliere voll farbenprächtiger, von der Hitze ermatteter Vögel, ein Schwimmbecken, einen Springbrunnen und einen Pavillon, in dem ein indischer Butler, komplett mit Turban, Cocktails servierte. Derry stromerte durch Haus und Park, strich mit den Fingerspitzen über die Rücken ledergebundener Bücher und sog den Jasminduft ein, den die Pergola verströmte.

Menschen umdrängten ihn. Er erzählte ihnen von seinen nächtlichen Fahrten in Bills Taxi. »... und dann bin ich am Steuer eingeschlafen. Es war fünf Uhr morgens. Ich bin von der Straße abgekommen und mitten in einem Blumenladen gelandet. *Kübelweise* Blumen auf der Motorhaube. Sah richtig nach Hochzeit aus.«

Sie wollten sich förmlich kaputtlachen und brachten ihm frischen Champagner. Er sah, daß er sie zum Lachen bringen konnte, wenn er nur wollte, und daß er ihre Aufmerksamkeit fesseln konnte. Er wußte, daß ihre Bewunderung nur so lange anhalten würde, bis er ihnen den Rücken kehrte, und sie ihn dann vergessen und sich einen anderen Alleinunterhalter suchen würden, aber im Moment brauchte er ihren kritiklosen Beifall. Darum unterhielt er sie weiter und amüsierte sie als nächstes mit einer Anekdote über Jack Swinton. »Er kümmerte sich nicht viel um seine Mandanten. Aber das kam ihn teuer zu stehen. Eines Tages übernahm er die Vertretung eines Brandstifters, ein ungeheuer höflicher Mensch, solange er sich nicht provoziert fühlte – tja, und eines Morgens, als ich zur Kanzlei kam, ging es dort zu wie bei einem Großbrand. Überall rannten Feuerwehrleute rum, und die Akten schwammen in Wasser.« Er war sich bewußt, daß er ihnen sein eigenes Scheitern als Gaumenkitzel servierte.

Eine hochaufgeschossene Frau mit hängenden Schultern und einem schmalen Gesicht schlug ihm vor, für ihre Zeitschrift zu schreiben. »›Chrome‹ ist ein satirisches Blatt, Darling. Sehr frech und gewagt. Wir nehmen uns die Leute in den höchsten Positionen zur Zielscheibe.«

Ein trübsinniger junger Mann heftete sich an seine Fersen und klagte ihm sein Leid, während er ihm vom Garten in den

Salon und von da in die Bibliothek folgte (und ihm bei der kleinsten Ermutigung wahrscheinlich auch noch ins Schlafzimmer nachgelaufen wäre, dachte Derry). »... total abgebrannt – der ganze Besitz ist bis auf den letzten Krümel Erde verschuldet. Die Pachtzinsen und die Einkünfte aus der Landwirtschaft reichen nicht aus, um die Kosten der Hypothek zu decken. Diese gottverdammten Bankmenschen haben mir bereits angekündigt, daß sie mein Häuschen in Chelsea unter den Hammer bringen wollen. So ein hübsches kleines Haus. Eine Schande ist das!«

Die Leute tanzten im Teich, standen mit triefendem Haar, das ihnen wie dunkler Tang an den Köpfen klebte, unter der Fontäne des Springbrunnens. Wassertropfen glitzerten wie Diamanten, aus den Fransen perlenbestickter Kleider strömten Wasserschnüre herab. Die Marmorplatten waren naß und glatt und kalt. Stimmen riefen seinen Namen. »Ich habe eine fabelhafte Idee, Derry ... Sie müssen mit mir tanzen, Derry ... Erzählen Sie mir doch diese Geschichte noch einmal. Die von der Boa constrictor. Zum Totlachen ...«

Er zitterte vor Erschöpfung, bis ins Innerste durchgekühlt vom Wasser des Springbrunnens. Die Tinte der mit Hand geschriebenen Unterschrift auf dem Brief von Saras Anwälten, der in seiner Tasche steckte, verrann und verwischte. Das Gefühl verzweifelter Hoffnungslosigkeit, daß es nirgends auf der Welt einen Platz für ihn gab, wurde unerträglich. Er floh in die schwüle Dunkelheit der Voliere.

Palmen neigten sich anmutig zum körnerübersäten Boden hinunter. Rosaviolette Bougainvillea wand sich an den Gitterstangen empor. Ein heißer, beißender Geruch nach Federn und Pflanzen hing in der Luft. Er erinnerte ihn an den Wintergarten der Winstanleys. *Pflücken Sie mir doch einen Pfirsich, Derry.* Leuchtende Schwingen flatterten über ihm. Ein Krächzen, ein Zwitschern. Er wollte ihnen Schweigen gebieten. In seiner Brust verspürte er einen Druck, der zunächst nur unangenehm war, dann aber, als er zu husten begann und nach Atem ringen mußte, schmerzhaft und beängstigend wurde. Als verhärteten sich seine Rippen zu Eisen. Er krümmte sich zusammen und atmete winzige daunenweiche Federn und den schweren süßen Duft der Wachsblume. Er hörte sein eigenes pfeifendes Keuchen bei jedem Atemzug.

Stolpernd rannte er aus dem Vogelgehege und ließ die Tür hinter sich weit offen. Er stellte sich vor, sie flögen hinter ihm her, flatterten in seinem Gefolge durch die Straßen Londons wie ein prächtiges farbenfrohes Banner. Er hatte nur den Wunsch, sich irgendwo in der Dunkelheit zu verkriechen und zu schlafen, vielleicht eine ganze Woche lang. Darum lief er durch die Seitenpforte aus dem Park und flüchtete nach Hause.

Jonathan verfluchte die Hitze. Sie erinnerte ihn an Frankreich. Sie erinnerte ihn daran, daß er damals seine Leute gezwungen hatte, selbst in der glühenden Mittagssonne ihre Stahlhelme zu tragen, und Schütze Harris sich bitter beklagt hatte. *Mein Kopf kommt mir vor wie eine Dose Pökelfleisch, Lieutenant.* Er läutete bei Edith und fuhr zusammen beim schrillen Gebimmel der Glocke, sah Harris vor sich, ohne den Stahlhelm, mit einem kleinen runden, roten Loch in der Mitte der Stirn. Die Tür wurde geöffnet, Jonathan zwinkerte, und Schütze Harris löste sich in Luft auf.

»Jon! Was für eine schöne Überraschung! Sind die für mich?«

Im ersten Moment wußte er nicht, wovon Edith sprach; dann sah er den Strauß aus Kornblumen und Mohn, den er in der Hand hielt.

»Sie sind leider ein bißchen mitgenommen von der Hitze.«

Er folgte Edith ins Haus. Er sah zu, wie sie einen Krug mit Wasser füllte und die Blumen hineinsteckte. Die einfachen Handgriffe beruhigten ihn. Es gab gewisse Menschen, mit denen brauchte er nur zusammenzusein, um sich gleich besser zu fühlen. Nur wenige waren es. Edith und Alix und seine Mutter, wenn es ihr gutging. Derry nicht; Derry konnte ihn zum Lachen bringen, aber das war etwas anderes.

»Geht es dir nicht gut, Jon? Du siehst so blaß aus.«

»Ich habe ein bißchen Kopfschmerzen.« Er drückte seine Finger an die pochenden Schläfen.

»Ach, du Armer. Setz dich doch in den Garten. Da ist es kühl. Ich mache uns eine Zitronenlimonade.«

Er ging nach hinten in den Garten. Die Sonne hatte den Rasen zur Farbe alten Strohs ausgedörrt, aber die knorrigen alten Bäume und die üppig wuchernden Kletterrosen bildeten eine wohltuende grüne Kulisse. Er richtete seine Konzentration auf die Pflanzen und Sträucher und versuchte, sich ihre Namen ins Gedächtnis zu rufen. Rittersporn, Pelargonie, Lavendel. Die eigenartigen Früchte des Mispelstrauchs waren noch nicht reif, aber das Laub war wie ein dichtes grünes Dach, das das gleißende Sonnenlicht nicht durchließ.

Edith kam mit einem Tablett in den Händen aus dem Haus. »Hier, trink einen Schluck.« Sie reichte Jonathan ein großes Glas Zitronenwasser. »Und jetzt setz dich ins Gras, dann massiere ich dir die Schläfen. Du kannst dich an meine Knie lehnen.«

Er ließ sich auf dem papierspröden Rasen nieder, und sie rutschte an die Kante der Bank, die hinter ihm stand. Mit kreisenden Bewegungen ihrer Fingerspitzen versuchte sie, die Verkrampfungen in seinem Kopf zu lösen.

»Ich habe meine Mutter oft massiert, als sie krank war«, bemerkte sie. »Entspann dich einfach, Jon. Mach die Augen zu und lehn dich an mich.«

Er folgte ihrer Anweisung und schloß die Augen. Die Bewegungen ihrer Finger waren langsam und rhythmisch. Er spürte ihre Knie und ihre Schienbeine, die gegen seinen Rücken drückten. Er hatte gesehen, daß sie keine Strümpfe anhatte; er meinte, den warmen, leicht salzigen Geruch ihrer Haut riechen zu können. Er ließ sich treiben, in einen dunklen, leeren Raum versinken, in den seine schlimmsten Erinnerungen nicht eindringen konnten. Ihre Fingerspitzen entfernten sich von seinen Schläfen und bewegten sich langsam kreisend und sehr behutsam zu seinem Nacken, wo sie fortfuhren zu massieren, um die verspannten Muskeln zu lockern. Er merkte, wie sie sich über ihn beugte und ihn auf den Scheitel küßte.

»Edith.«

»Entschuldige. Ich konnte nicht anders. Hast du was dagegen?«

Sein Herz raste. Er stand auf, ging ein paar Schritte in den Garten hinein und blieb dann stehen, Edith den Rücken zugekehrt.

»Es tut mir leid, Jon.« Ihre Stimme klang erregt.

Er drehte sich nach ihr um. »Es spielt doch keine Rolle.«

»Nein?« Sie sah aus, als wollte sie zu weinen anfangen.

»Ich meine«, sagte er verwirrt, »du brauchst dich nicht zu entschuldigen – es braucht dir nicht leid zu tun.«

Sie sah ihn schweigend an.

Dann sagte sie langsam: »Du weißt, daß ich dich liebe, nicht wahr, Jon?«

In noch größerer Verwirrung sagte er stockend: »Ich dachte, wir wären *Freunde*.«

»Wenn dir das genügt.«

»Nein.« Er schüttelte den Kopf. »Nein, es genügt mir nicht. Aber ich hätte nie geglaubt ... ich hätte nie zu hoffen gewagt ...«

»Wie ich«, flüsterte sie und lächelte plötzlich. »Ach, Jon, Liebster, kann es sein, daß wir beide so töricht waren ... so pessimistisch? Du liebst mich doch, nicht wahr, Jon?«

Mit zwei Schritten war er bei ihr und ergriff ihre Hand. Bedächtig küßte er, eine nach der anderen, ihre Fingerspitzen, beinahe berauscht vom sanften Druck ihres weichen Fleisches an seinen Lippen. Er hatte sich diesen Augenblick so oft vorgestellt, daß er jetzt der Wirklichkeit kaum glauben konnte. So häufig von Trugbildern geplagt, fiel es ihm schwer zu akzeptieren, daß nicht auch dieser Moment ein zwar angenehmeres, aber gleichermaßen trügerisches Produkt seiner überreizten Nerven war.

Zur Vergewisserung zog er sie an sich, so daß er die Festigkeit und die Wärme ihres Körpers spüren konnte. Ihr Kopf lag unter seinem Kinn an seiner Brust, ihr voller Busen drückte gegen seine Rippen. Dann bat er sie, seine Frau zu werden.

Im ersten Moment fiel ihm nicht mehr ein, wie man ein Auto startete. Er saß von jubelndem Glück überwältigt am Steuer seines Wagens und tastete, keiner vernünftigen Überlegung fähig, an den Armaturen herum.

Schließlich aber fand er den Anlasser, legte den Gang ein und gab Gas. Er fuhr schnell, schnitt die Kurven, folgte auf gut Glück unbekannten Straßen, sauste an Menschen und Häusern vorbei, als wollte er sich in die Lüfte erheben. Am liebsten hätte er die Wagentür aufgerissen, um lauthals jedem, an dem er vorüberkam, den Grund seiner Freude zu verkünden. Aber nach einer Weile kehrten Vernunft und Umsicht zurück, und er schlug den Weg zur Stadtmitte ein, zum Rose Café und zu Derry. Er mußte es jemandem erzählen. Wenn er mit jemandem darüber sprach, würde es real werden. Er stellte sich vor, wie er in dieses verrückte kleine Café träte und auf Derry zuginge, der mit einem Glas und einer Zigarette in der Hand an einem der Tische säße. Derry würde sein gewohnt ironisches Lächeln aufsetzen und sagen: *Hallo, Jon. Mein Anstandswauwau*, und dann würden sie zusammen ein Glas trinken, und er würde Derry von Edie erzählen. Ihn natürlich Geheimhaltung schwören lassen, weil man es Mutter erst einmal sehr behutsam und schonend beibringen mußte.

Es war später Nachmittag, als er die Fitzroy Street erreichte. Er stellte den Wagen ab, wischte sich mit seinem Taschentuch den Schweiß aus dem Gesicht und trat in das Café. Er sah sich um, blickte suchend von einem Gesicht zum anderen, aber Derry entdeckte er nicht.

Er fragte am Tresen nach. Der Wirt zuckte die Achseln und schüttelte den Kopf. »Ich hab ihn schon eine ganze Weile nicht mehr gesehen. Er hat von letzter Woche noch Schulden bei mir«, fügte er mit vielsagendem Blick auf Jonathans maßgeschneiderten Anzug und den seidenen Schlips hinzu.

Jonathan zog seine Brieftasche heraus. »Lassen Sie mich das begleichen.«

Er bezahlte Derrys Rechnung und bestellte sich einen Tee. Dann setzte er sich an einen Tisch, und gerade als er Zucker in seine Tasse gab, sagte jemand: »Entschuldigen Sie – sind Sie nicht der Bruder von Derry Fox?«

Jonathan blickte auf. Sie war klein, dunkel und elegant.

»Jonathan Fox«, sagte er und hielt ihr die Hand hin.

»Ich bin Sophie Berkoff. Sind Sie auf der Suche nach Derry?«

»Ich hatte gehofft, er würde hier sein.«

»Ja, ich auch. Ich habe ihm etwas auszurichten. Aber seit Tagen hat ihn niemand mehr gesehen. Ruth Duncan scheint die letzte gewesen zu sein, die mit ihm gesprochen hat. Sie hat mir eine ziemlich verrückte Geschichte erzählt – Derry hätte sämtliche Vögel aus einer Voliere freigelassen ... Es klang ziemlich unwahrscheinlich. Sie ist eine komische kleine Person. Völlig verklemmt natürlich.«

»Ich hatte vor, es bei dem Anwalt zu versuchen, bei dem er arbeitet – Jack Swinton.«

»Darf ich mitkommen? Die Nachricht, die ich für ihn habe, ist wichtig.«

Gemeinsam verließen sie das Café und fuhren zu Jack Swintons Kanzlei in Cheapside. Als sie vor dem Lebensmittelgeschäft anhielten, sagte Sophie Berkoff: »Oh!« – und im selben Moment sah Jonathan die rußgeschwärzten Mauern und die ausgebrannten Fenster.

Er erkundigte sich im Laden.

Als er zum Wagen zurückkehrte, fragte Sophie Berkoff: »Was haben Sie gehört?«

»Von Derry nichts. Anscheinend hat es in Mr. Swintons Kanzlei vor drei Wochen gebrannt.« Jonathan trommelte mit den Fingern auf das Lenkrad. »Und was tun wir jetzt?«

»Ich schlage vor, wir fahren zu Derrys Wohnung. Obwohl ich es da schon mal ohne Erfolg versucht habe.«

»Gut. Aber Sie müssen mich lotsen. Ich weiß nicht, wo er wohnt.«

Sophie Berkoff warf ihm einen kurzen Blick zu, sagte aber nichts.

Von ihr dirigiert, fuhr er ins East End. Er war noch nie in diesem Teil Londons gewesen. Die langen Straßenzeilen eng aneinander gequetschter Reihenhäuser, die schmutzige, stickige Luft, die zerlumpten Kinder, die auf den Bürgersteigen spielten – das alles erschreckte ihn. Er war der Armut früher schon begegnet, aber das war in Frankreich gewesen. Er erinnerte sich zerstörter Dörfer und erschöpfter Flüchtlinge, die verwirrt in den Ruinen umherwanderten. Eine lang verschüttete Erinnerung drängte ans Licht. Es war während seiner ersten Wochen in Frankreich gewesen. Sein Bataillon war auf dem Marsch gewesen; er konnte sich weder des Ausgangspunkts noch des Bestimmungsorts erinnern. Sie waren durch ein zerbombtes Dorf gekommen – Mauerreste, kaum noch als Häuser erkennbar –, und er hatte plötzlich ein kleines Kind gesehen, vielleicht zwei oder drei Jahre alt, das nackt und weinend in den Trümmern herumgeirrt war. Er hatte etwas tun wollen – er hatte keine Ahnung gehabt, was –, aber sie waren weitermarschiert, und er hatte sich zwingen müssen, keinen Blick zurückzuwerfen. In den Monaten danach hatte er viele solche Kinder gesehen und mit der Zeit nicht mehr auf sie geachtet.

»Wenn ich im East End bin«, bemerkte Sophie Berkoff, »muß ich immer an Berlin nach dem Krieg denken. Meine Freunde können nicht verstehen, warum ich so lebe, wie ich lebe – einer von ihnen möchte mir ein gemütliches kleines Haus kaufen« – ihr Ton war voller Spott – »aber ich bleibe lieber in meinem einen kleinen Zimmer. Was man nicht besitzt, kann man nicht verlieren.«

Jonathan wurde kalt. Er fragte sich, ob er zuviel verlangt hatte; ob er, indem er das Glück mit Edith gesucht – gewissermaßen den Kopf über die Brüstung geschoben hatte –, vielleicht Derry verloren hatte.

Immer tiefer fuhren sie in das Elendsviertel hinein, bis Sophie Berkoff ihn schließlich vor einer Mietskaserne anhalten ließ. Der Backstein war schwarz von Qualm; nicht weit entfernt, jenseits der dunklen Silhouetten von Lagerhäusern und Fabriken, konnte er die langen Hälse der Kräne an den Docks sehen.

Eine Gruppe kleiner Jungen mit schmutzigen Gesichtern

und abgerissenen Kleidern wimmelte wie ein Haufen Ameisen um den Wagen. Sophie läutete unten an der Haustür, aber nichts rührte sich. Als sie gegen die Tür stieß, flog diese auf.

Während sie die Treppe hinaufstiegen, begann die Freude, die Jonathan den ganzen Nachmittag beschwingt hatte, Ungläubigkeit und Zorn zu weichen. Das Treppenhaus war verdreckt und schlecht beleuchtet. Staubflusen hingen in den Ecken der Stufen. Die Luft war heiß und stickig. Er murmelte: »Wenn ich das gewußt hätte – lieber Gott, wenn ich gewußt hätte, daß er in solchen Verhältnissen lebt ...«

Sophie Berkoff drehte sich kurz nach ihm um. »Wenn Sie es nicht gewußt haben, Mr. Fox, dann ganz gewiß deshalb, weil Derry es so wollte.«

Vor einer Tür blieb sie stehen und klopfte. Als alles still blieb, rüttelte sie an der Klinke und rief laut: »Derry? Bist du da? Ich bin's, Sophie. Bitte mach auf. Ich muß dir dringend was sagen.«

»Lassen Sie mich mal«, sagte Jonathan und drückte mit der Schulter gegen die Tür. Das windige Schloß sprang sofort auf.

Die Jalousie war heruntergelassen. Im ersten Moment glaubte Jonathan, das Zimmer wäre leer. Aber als er suchend in die Dunkelheit spähte, konnte er Schatten erkennen, Formen ausmachen. Im Bett ein Gewirr dunklen Haars, eine zusammengekrümmte Gestalt unter Decken. Als Sophie Berkoff die Jalousie hochzog und das späte Tageslicht in das schäbige kleine Zimmer fiel, mußte Jonathan die Zähne zusammenbeißen, um seinem Zorn nicht freien Lauf zu lassen.

Als er aber dann zum Bett ging, Derry beim Namen rief und wachzurütteln versuchte, ohne etwas zu bewirken, verdrängte Furcht seinen Zorn. Er hörte Sophie Berkoff sagen: »Ich hole einen Arzt –« und fuhr herum.

»Nein!« widersprach er scharf. »Er bleibt nicht einen Augenblick länger in diesem Loch. Ich nehme ihn mit nach Hause. Auf der Stelle.«

Wolken, die sich zu gewaltigen Pilzformen türmten, hatten das Gewitter angekündigt, das der Hitzewelle ein Ende setzte. Alix stand mit geschlossenen Augen auf der Terrasse und ließ den Regen auf ihr Gesicht herunterprasseln und ihre Kleider durchnässen. Über Nacht war die Witterung umgeschlagen. Auf den Sommer, der viel zu lange gedauert hatte, folgte ein feuchter, windiger Herbst.

Die Pensionsgäste kehrten erholt vom Urlaub in Blackpool oder Bournemouth nach Owlscote zurück. Alix richtete Betten, deckte Frühstückstische, kochte, führte ihre Bücher. Sie redete sich ein, sie wäre froh, wieder an der Arbeit zu sein, alles wäre genauso, wie sie es sich wünschte. Rory war gesund und vergnügt, und ihre Mutter fühlte sich wohl und hatte alles, was sie brauchte. Und das Haus, das sie liebte, streifte allmählich den grauen Mantel der Verwahrlosung ab und kroch wie ein schöner, noch etwas zerknitterter Schmetterling aus seiner Puppe aus Staub und Spinnweben.

Und doch war sie sich der leeren Abende bewußt, der langen einsamen Stunden, die sie bedrängten, wenn sie Rory zu Bett gebracht hatte. Beatrice pflegte zu nähen oder in einem Sessel sitzend zu lesen und dabei einzudösen; Alix trieb es ruhelos durch das Haus, sie fing hier eine Arbeit an und dort, immer beschäftigt, nie fähig, bei einer Sache zu bleiben. Manchmal ertappte sie sich dabei, daß sie innehielt und lauschte, nach Schritten auf dem Kies oder dem Klappern des Briefkastens in der Haustür. Aber es kamen immer nur Rechnungen und Werbeschreiben, es kamen immer nur Handwerker oder Pensionsgäste den langen gewundenen Weg von der Straße zum Haus herauf.

Sie begann an der Geschichte Owlscotes zu arbeiten. Sie kramte Bücher und Dokumente aus Schubladen und Truhen und fuhr mit dem Bus nach Salisbury, um in der öffentlichen Bibliothek alte Karten zu studieren. In einer der kleinen Rumpelkammern entdeckte sie unter längst nicht mehr gebrauchtem Angelzeug und ausgetrockneten Malkästen Edwards Notizbücher. Sie legte die Bände, in denen er seine Expeditionen nach Ägypten und Mesopotamien aufgezeichnet hatte, auf die Seite und nahm die anderen, in denen er über seine Recherchen zur Geschichte des Hauses geschrieben hatte, mit in ihr Schlafzimmer. Mit einem Berg von Kissen im Rücken und in Decken eingepackt, las sie bis in die frühen Morgenstunden.

Während ihr Blick über die noch immer vertrauten Schriftzüge flog, wurde ihr klar, daß sie Edward nicht, wie sie einmal gefürchtet hatte, vergessen oder nicht richtig geliebt hatte. Es war einfach so, daß man die Erinnerungen manchmal ruhen lassen mußte, um sich auf das Geschäft des täglichen Lebens zu konzentrieren. In den vergangenen vier Jahren hatte sie all ihre Kraft und Energie der Fürsorge um Edwards Sohn und der Erhaltung seines Hauses gewidmet. Das war ihre Art gewesen, ihm zu zeigen, wie sehr sie ihn geliebt hatte.

Mitte September kam ein Brief. Lila Tinte auf teurem weißen Papier. Alix kannte die Handschrift nicht. Eine Miss Madeline Ferraby fragte an, ob sie noch im September ein Wochenende in Owlscote verbringen könne.

»Es ist mein Geburtstag, und ich möchte keine große Feier, weil erst vor wenigen Monaten mein Vater gestorben ist. Ich möchte nur einige wenige gute Freunde einladen. Ich habe mich in Ihr Haus verliebt, als ich letztes Jahr bei Peggy Gordons Weihnachtsfeier zu Gast war. Meine Bemühungen, mit Derry Fox Verbindung aufzunehmen, um ihn zu fragen, ob Sie Ihr Haus immer noch für solche Veranstaltungen zur Verfügung stellen, waren leider vergeblich. Niemand scheint zu wissen, wo er sich aufhält. Ich wende mich deshalb direkt an sie, Mrs. North, in der Hoffnung, daß Sie sich meiner erbarmen und mir erlauben werden, zusammen mit einigen Freunden ein Wochenende in Ihrem schönen Haus zu verbringen.«

Derry war in Owlscote. Er wanderte durch das Haus, öffnete Tür um Tür, ging von Zimmer zu Zimmer. Es waren Hunderte, Tausende von Räumen. Einige schienen leer zu sein, auch wenn er oft das Gefühl hatte, daß gleich um die Ecke etwas wartete, verborgen, außer Sichtweite. Andere waren vollgestopft mit den verschiedensten Dingen. Er sah den Koffer, den er als Schuljunge benutzt hatte, einen Theodoliten aus Messing, eine goldverzierte bemalte Madonna, an die er sich von einer Prozession in Lima erinnerte. Viele der Räume waren ungeheuer groß und hoch und gemahnten an gewaltige Höhlen, in denen sich bis zu den luftigen Decken hinauf Gegenstände aller Art türmten wie die geraubten Schätze eines Drachenhorts. Alles war von einer dicken Staubschicht überzogen, und Schwamm und Schimmel hatten klaffende Löcher in die Mauern gefressen. Zimmerdecken und Ecken waren von dichten Spinnweben verhangen, und viele der Türen und Fensterrahmen waren brüchig und aus den Fugen gesprungen.

Einige Zeit später – er konnte nicht sagen, wieviel Zeit vergangen war – befand er sich in einem Wald. Über ihm blitzte das Licht einer grellen Sonne durch verflochtenes Blattwerk, die langen Arme dichtbelaubter Kletterpflanzen hingen von hohen Ästen zum Unterholz hinunter, wanden sich um Baumstämme und die Stengel bunter Blumen. Vögel mit langen Schwanzfedern flatterten zwischen den Ästen umher. Ihre Schreie füllten seinen Kopf. Er drückte sich die Hände auf die Ohren, um das Gekreische nicht hören zu müssen. Aber die Vögel stießen tiefer herab, so daß er den Luftzug spüren konnte, der in ihrem Schwingenschlag entstand. Er duckte sich, kniete sich in das Gewirr von Unkraut und Ranken, das den Waldboden zudeckte. Eine Feder streifte seine Wange. Gerade wollte er aufschreien, als er Jonathan sagen hörte: *Es macht nichts, wenn wir ein bißchen spät dran sind.* Aus irgendeinem Grund beruhigte ihn das, und die Vögel, das Pflanzengeschlinge, die Blumen verschwanden.

Er war wieder in Owlscote. Das Haus war zu seiner gewohnten Größe geschrumpft, und seine Räume waren kühl, ruhig, klar in ihrer Ordnung. Er ging in die Küche. Alix lag schlafend auf dem Sofa. Ihr langes, dunkles Haar verhüllte ihr Gesicht, und ihre Haut war bleich, sah aus wie unterkühlt. Er wollte ihre glatte Stirn küssen, breitete jedoch statt dessen eine Decke über ihr aus. Dann setzte er sich zu ihr und schloß die Augen.

Derry erwachte. Obwohl er den Eindruck hatte, unendlich lange geschlafen zu haben, war er immer noch zu matt, um den

Kopf zu heben. Langsam ließ er seinen Blick von einem Gegenstand zum anderen wandern, um zu erkennen, wo er war. Vorhänge (geschlossen), Sessel (mit Blumenmuster), Schreibtisch mit Tintenfaß und Löschunterlage. Am Ende des Spaziergangs fiel sein Blick auf Jonathan, der an seinem Bett saß.

»Jon?« wollte er sagen, aber er brachte nur ein Krächzen zustande.

»Derry? Bist du wach?«

Er sagte verwundert: »Ich bin zu Hause, stimmt's?«

»Ja, seit einer Woche.«

Derry machte die Augen wieder zu und dachte angestrengt nach. Er konnte sich an Ruth Duncan erinnern. Er konnte sich auch daran erinnern, die Vögel aus dem Gehege freigelassen zu haben und in die White Street zurückgekehrt zu sein. Er wußte, daß es ihm sehr schlechtgegangen war, daß er das Fenster aufgerissen und trotzdem keine Luft bekommen hatte.

»War ich krank?«

»Ja, Derry. Deshalb habe ich dich nach Hause gebracht. Damit du dich richtig erholen kannst.«

Deshalb habe ich dich nach Hause gebracht. Er versuchte die Bedeutung der Worte zu erfassen, aber er konnte es nicht.

Jonathan, der seine Verwirrung sah, sagte: »Ich war in London und habe dich gesucht. Eine Freundin von dir, Miss Berkoff, hat mich in deine Wohnung mitgenommen. Es war ein Glück – ich glaube nicht, daß du noch zwei Tage länger in dieser gräßlichen Bude überlebt hättest. Warum hast du mir nie was davon gesagt, daß du in Geldschwierigkeiten warst? Ich hätte dir doch aushelfen können. Na ja, jetzt brauchst du dir jedenfalls keine Sorgen mehr zu machen. Möchtest du irgendwas haben … einen Schluck Wasser vielleicht … oder sonst irgendwas?«

Derry schüttelte den Kopf. »Ich möchte nur schlafen.« Er blickte zu den zugezogenen Vorhängen. »Es ist wohl schon spät?«

»Fast Mitternacht.«

»Geh zu Bett.«

Jonathan runzelte die Stirn. »Ich weiß nicht –«

»Mir passiert schon nichts, Jon.«

»Gut. Dann sehe ich in ein paar Stunden wieder nach dir.« Jonathan stand auf. »Wenn du irgend etwas brauchst, Derry«, fügte er fürsorglich hinzu, »dann ruf mich.«

Sobald Derry allein war, setzte er sich auf, was ihn einige Mühe kostete, und griff nach dem Glas Wasser, das auf dem Nachttisch stand. Seine Hand zitterte so heftig, daß er fürchtete, er würde das Wasser verschütten. Schon das Trinken erschöpfte ihn, und nach ein paar Schlucken stellte er das Glas weg und legte sich wieder nieder. Mit geschlossenen Augen dachte er nach.

Er mußte in London krank geworden sein, nach dem Fest. Er erinnerte sich, zusammengekrümmt in dem Vogelgehege herumgestolpert zu sein, mit einem Druck in der Brust, als hätten seine Rippen sich zu Eisen verhärtet. Er war in die White Street zurückgefahren. Er hatte eine vage Erinnerung daran, daß Sophie draußen geklopft und seinen Namen gerufen und er nicht geantwortet hatte, weil er sich zu schlecht gefühlt hatte. Er hatte das Klappern ihrer hohen Absätze auf der Treppe gehört, das immer leiser geworden und schließlich verklungen war. Was danach geschehen war, wußte er nicht, da half auch alles Grübeln nichts.

Aber dank Jonathans Bemerkungen konnte er die Lücken jetzt füllen. Jonathan war im Rose Café mit Sophie zusammengetroffen. Sophie hatte ihn zu seiner – Derrys – Wohnung gebracht. Nun wußte Jonathan alles, was er ihm hatte verheimlichen wollen. Er hatte die schimmligen Wände gesehen und die ewig tropfende Gemeinschaftstoilette im Hausflur. Er hatte die stinkende Luft, die von den Docks herüberwehte, gerochen und den Gestank aus dem Metzgerladen gegenüber, der vor allem Innereien und Kutteln verkaufte. Und er hatte ihn – Derry schauderte bei dieser demütigenden Vorstellung – in einem Zustand absoluter Hilflosigkeit und Verlorenheit gesehen.

Der Brief mit der lilafarbenen Tinte beschäftigte Alix. Madeline Ferraby wünschte, ein ganzes Wochenende in Owlscote zu verbringen; Alix waren die Sonntage, an denen sie ihr Haus allein genießen konnte, teuer. Und sie hatte bisher noch kein Fest ohne Hilfe organisiert; immer war Derry zur Hand gewesen. Sie blätterte in ihrem Terminkalender und versuchte, sich zu erinnern, wann sie Jonathan oder Derry das letzte Mal gesehen hatte. Sie entsann sich des Tages, den sie Ende August mit Jonathan zusammen am Meer verbracht hatte; von Derry jedoch hatte sie, wenn sie richtig gerechnet hatte, seit mehr als zwei Monaten nichts mehr gehört.

Sie schrieb ihm an seine Adresse in Stepney und unter der Anschrift des Rose Cafés. Auf beide Briefe erhielt sie keine Antwort. Sie fühlte sich im Stich gelassen und abgeschoben. Sie war enttäuscht. Dann wurde sie ärgerlich. Sie hatten das Geschäft zusammen aufgezogen, und jetzt, da sie ihn brauchte, war er nirgendwo zu finden. Sie erinnerte sich seiner Bemerkung: *Dann trampeln vielleicht fremde Leute um dein Haus herum. Das wäre doch das Schlimmste für dich*, und schrieb Madeline Ferraby, daß sie und ihre Freunde in Owlscote willkommen seien. Sie wollte ihm beweisen, daß er sich täuschte. Falls sie ihn je wiedersehen sollte. Zornig nahm sie Töpfe aus dem Küchenschrank und knallte sie auf den Herd.

An einem windigen Freitag abend fuhren zwei cremefarbene Kabrioletts, beide schmutzbespritzt und voll beladen mit Gepäck, im Hof von Owlscote vor. Madeline Ferraby machte sich mit Alix bekannt: »Ich heiße Madeline, aber nennen Sie mich bitte Maddy wie alle anderen auch.«

Die Gesellschaft bestand aus sieben Personen, drei jungen Frauen, drei jungen Männern und einer kleinen, rundlichen alten Frau, die Maddy als ihre frühere Kinderfrau vorstellte. Die jungen Leute waren laut und ausgelassen und unbeschwert. Alix tat ihr Bestes, um ihnen den Aufenthalt angenehm zu gestalten, machte Feuer in den Zimmern, kochte reichliche Mahlzeiten, bot Getränke an, schlug Spaziergänge und Ausflüge mit dem Wagen vor. Wann immer möglich, floh sie zu Rory ins Kinderzimmer oder zu ihrer Arbeit an der Geschichte Owlscotes in die Bibliothek.

Am Sonntag war sie gerade beim Geschirrspülen, als die Küchentür geöffnet wurde. Maddy kam herein, in einem roten Chiffonkleid, ein Glas und einen Cocktailshaker in der Hand. »Ich habe Ihnen einen Cocktail gemixt, Mrs. North, zum Dank für dieses wunderschöne Wochenende.« Sie drückte Alix das Glas in die feuchte Hand. »Ich trockne ab, dann können Sie mein Gebräu in Ruhe genießen.«

Alix lehnte sich an die Tischkante und trank. Maddy hantierte mit dem Geschirrtuch und redete.

»Es war ein herrliches Wochenende. Einfach fabelhaft. Es hat so gutgetan, mal aus London herauszukommen. Ich werde allen meinen Freunden von Owlscote vorschwärmen. Es muß göttlich sein, hier draußen zu leben, aber wahrscheinlich gibt es auch eine Menge harte Arbeit. Haben Sie immer schon ein Hotel geleitet, Mrs. North?«

Alix schüttelte den Kopf. Der Cocktail schmeckte köstlich, genau wie Maddy gesagt hatte. »Es – es hat sich einfach so ergeben.«

»Derry hat mir erzählt, daß Ihr Mann tot ist. Traurig. Sie haben wohl sehr jung geheiratet?«

»Mit neunzehn«, sagte Alix. »Ich war neunzehn.«

»So jung!« Sie riß die runden blauen Augen auf. »Ich bin gerade dreiundzwanzig geworden. Und ich bin noch nicht einmal verlobt.«

Alix trank einen kräftigen Schluck aus ihrem Glas. »Ist Derry Fox ein Freund von Ihnen?«

»Ach, wir sind seit Ewigkeiten befreundet. Ich habe ihn – Gott, ich weiß gar nicht mehr, wo ich ihn kennengelernt habe. Bei den Gibsons vielleicht – oder bei Sally Redmayne. Derry kennt einfach jeder.«

Als Maddy gegangen war, kehrte Alix nicht gleich an den Spültisch zurück. Sie erinnerte sich, wie sie vor dem ersten Fest in Owlscote im großen Saal mit Derry getanzt hatte, und sie erinnerte sich der langen Gespräche, die sie nach den Festen beim Abspülen geführt hatten. Wenn Derry hiergewesen war, waren die Feste mehr Vergnügen gewesen als lästige Pflicht. Er war ein Freund geworden. Doch jetzt wurde ihr klar, daß sie für ihn immer nur eine von vielen gewesen sein mußte. Der Gedanke kam ihr und ließ sich nicht mehr vertreiben, daß für Derry die Bekanntschaft mit ihr offenbar immer mehr eine Sache des Geldes als der Zuneigung gewesen war.

Alix sah Maddy in ihrem roten Chiffonkleid vor sich. Nur zwei Jahre war sie dieser jungen Frau voraus, und doch trennte ein weites Feld der Erfahrung sie von ihr. Sie war verheiratet gewesen und hatte ihren Mann verloren, sie hatte verwundete Soldaten betreut und ein Kind großgezogen. Sie dachte an Madelines gepflegte Hände und ihr tadellos frisiertes Haar und sah zu ihren eigenen roten, rauhen Händen hinunter. Weshalb, dachte sie, sollte Derry Fox gerade meine Gesellschaft suchen? Weshalb sollte er sich nicht lieber anderswo vergnügen?

Sie schraubte den Cocktailshaker auf und schenkte sich noch einmal ein. Sie mußte das plötzliche Gefühl der Einsamkeit dämpfen. Sie dachte daran, an Jonathan zu schreiben, und wäre beinahe in die Bibliothek gegangen, um Feder und Papier zu holen, aber dann blieb sie doch, wo sie war, und trank, bis ihre Gedanken stumpf geworden waren und der Schmerz nachgelassen hatte.

Derry befand sich in jenem Stadium der Rekonvaleszenz, wo der Tatendrang wiederkehrt und man beginnt, sich zu langweilen, als sein Vater ihn ansprach. Jonathan war geschäftlich unterwegs, und Eva Fox war Einkäufe machen. Derry hatte versucht, sich in ein Buch zu vertiefen, aber er konnte sich nicht konzentrieren und begnügte sich schließlich damit, eine Partie Schach gegen sich selbst zu spielen. Sehr schlecht im übrigen.

Sein Vater kam stets zum Mittagessen nach Hause; das Mädchen trug die Champignonsuppe und die Lammkoteletts auf. Als sie bei der Nachspeise angelangt waren, sagte Nicholas Fox: »Ich wollte schon länger einmal mit dir sprechen, Derry, und jetzt, wo es dir soviel bessergeht …« Er goß Vanillesoße über seinen Pudding. »Mrs. Winstanley hat mir letzte Woche erzählt, daß ihre Schwägerin gestorben ist. Ich nehme an, du hast davon gehört?«

»Ich habe einen Brief bekommen.« *Als anwaltliche Vertreter und Testamentsvollstrecker der verstorbenen Mrs. Sarah Elizabeth Kessel ...* Derry hatte den Brief verlegt und konnte sich an den Rest des Schreibens nicht erinnern. Er wußte nicht einmal, ob er ihn überhaupt gelesen hatte.

»Ich denke also, wir können einen Schlußstrich unter diese unglückselige Episode ziehen.«

Früher einmal hätte er seinen Vater darauf hingewiesen, daß man Menschen nicht einfach mit einem Schlußstrich in der Versenkung verschwinden lassen konnte, daß sie oder die Erinnerungen an sie weiterlebten. Jetzt aber, im Gefühl seines Scheiterns und seiner Bedeutungslosigkeit, sagte er nichts.

»Ich schlage daher vor, wir sprechen nicht mehr über die Geschichte. Vorbei ist vorbei. Die Frage ist jetzt, Derry – was hast du in Zukunft vor?«

Er wollte antworten, aber sein Vater hob die Hand, die den Löffel hielt, und gebot ihm Schweigen.

»Jonathan hat mir erzählt, wie du dich in London durchschlägst. Mit Taxifahren und Schriftstellerei, und er sagte irgend etwas davon, daß du Feste organisierst. Das alles sind ja wohl kaum angemessene Tätigkeiten für einen jungen Mann mit deiner Erziehung, Derry. Jonathan hat mir auch beschrieben, wie du dort in diesem Slum gehaust hast. Ich verstehe nicht, wie du es so weit kommen lassen konntest ...«

Wieder versagte Derry sich eine Erwiderung. Und wieder stellte er sich Jonathan vor, wie er sich in dem Zimmer in der White Street umschaute und voll Verachtung und Widerwillen die Mundwinkel herabzog.

»Du bist fünfundzwanzig, Derry. Du solltest dir die Hörner inzwischen abgestoßen haben. Es ist Zeit, daß du erwachsen wirst und Verantwortung übernimmst.« Nicholas Fox legte seinen Löffel in der leeren Puddingschale ab, tupfte sich den Schnurrbart mit der Serviette und hüstelte. »Ich habe mich in der Kanzlei umgehört. Im Lauf des kommenden Monats wird eine Sekretärsstelle frei.«

Derry bemühte sich nicht einmal mehr, so zu tun, als äße er. Er hob den Kopf und sah seinen Vater an.

»Du kannst den Posten haben, du brauchst nur zuzugreifen. Ich hoffe, du wirst vernünftig sein. Du würdest natürlich auf der untersten Stufe einsteigen, aber irgendwo müssen wir alle einmal anfangen.«

Er spuckt ein Klischee nach dem anderen aus, dachte Derry erbittert. Als hätte er infolge seiner niedrigen Herkunft und der Anstrengung, sich von einer Klasse in die nächste hochzustrampeln, nie die Fähigkeit entwickeln können, sich selbständig auszudrücken.

»Du schlägst mir also vor, bei dir in der Kanzlei zu arbeiten?«

Nicholas Fox beugte sich vor, als hätte er Geheimnisse mitzuteilen. »Es könnte zu einer – Verbindung – mit Campkin kommen. Ganz unter uns gesagt, Derry, Reginald Campkin muß sich seit Ronalds Tod sehr plagen. Wogegen Jonathan natürlich ein ungeheurer Gewinn für die Kanzlei ist. Er leistet die Arbeit von zwei Leuten.«

Das Mädchen kam mit dem Kaffee herein. Als sie wieder gegangen war, bot Nicholas Fox seinem Sohn die Kognakkaraffe an, aber der schüttelte den Kopf. Er wartete schweigend, während sein Vater sich eingoß und dann eine Zigarre anzündete.

»Spannende Zeiten, wie du siehst. Die Kanzlei Fox und Broughton wird vielleicht schon bald die erste Kanzlei am Platz sein.«

Derry hatte Kopfschmerzen bekommen. »Das ist großartig, Dad.«

»Selbstverständlich würde ich von dir nicht erwarten, daß du es Jonathan gleichtust, Derry.« Blaue Rauchwolken hingen im Zimmer. »Aber ich würde erwarten, daß du dein Bestes gibst.« Nicholas Fox musterte seinen jüngeren Sohn mit kritischem Blick. »Es wäre, könnte man sagen, eine zweite Chance. Ich biete dir eine zweite Chance, Derry.«

»Das ist wirklich großzügig von dir, Dad.«

Sarkasmus argwöhnend warf Nicholas Fox erneut einen

scharfen Blick auf seinen Sohn. Dann fügte er hinzu: »Du kannst Ende nächsten Monats anfangen. Aber vorher mußt du dir natürlich die Haare schneiden lassen und dir einen anständigen Anzug kaufen. Wenn deine finanzielle Situation das nicht erlaubt, ist die Kanzlei bereit, dir einen Vorschuß auf dein erstes Gehalt zu gewähren.«

Kurz darauf machte sich sein Vater wieder auf den Weg in die Kanzlei. Derry ging in den Salon und blieb am Fenster stehen. Schwere graue Wolken hingen am Himmel, und durch das dünne Glas spürte er die Kälte der Luft draußen. Die ersten Regentropfen fielen und sprenkelten die Einfahrt und Wege mit dunklen Flecken. Er stellte sich vor, hier zu leben und zu arbeiten, zu diesem Fenster hinauszublicken und jeden Tag seines Lebens dieses Bild zu sehen; zu den Tanzfesten im Tennisklub zu gehen oder hin und wieder im Ortsverein der Konservativen ein Glas zu trinken. Gelegentlich ein Tag in London oder ein Ausflug ans Meer als einzige Abwechslung. Das tägliche Einerlei des Bürolebens mit seinen kleinen Triumphen, seinen kleinlichen Zwistigkeiten und Rivalitäten.

Er stellte sich vor, mit Jonathan zusammenarbeiten zu müssen. *Jonathan ist ein ungeheurer Gewinn für die Kanzlei. Selbstverständlich würde ich von dir nicht erwarten, daß du es Jonathan gleichtust, Derry.* Unwillkürlich ballte er die Fäuste.

Aber hatte er denn eine Alternative? Im Grunde blieb ihm doch gar nichts anderes übrig, als das Angebot seines Vaters anzunehmen. Vor sechs Jahren hatte er diesem Haus mit leeren Taschen und voller Ambitionen den Rücken gekehrt. Nun war er mit leeren Taschen zurückgekommen, ohne einem seiner Ziele auch nur nahe gekommen zu sein. Alle seine hochfliegenden Pläne waren gescheitert. Alles, was sein Vater ihm vorwarf, entsprach der Wahrheit. Er hatte nichts weiter erreicht, als sich selbst zu erniedrigen. Er konnte sich keinen neuen Anzug leisten; er konnte sich wahrscheinlich nicht einmal einen Haarschnitt leisten. Jonathan hingegen hatte alles – eine geglückte Karriere, Geld, ein Auto. Und so war es schon immer gewesen. Immer hatte Jonathan, der Goldjunge, der Erstgeborene, vorn gelegen im Rennen, während er selbst kleinlaut hinterhergehinkt war.

Das Mädchen klopfte. »Miss Carr ist hier, Mr. Fox.«

In einem cremefarbenen Mantel und mit einem kleinen Hütchen, das eng ihren Kopf umschloß, stand sie an der Tür. Ihre Augen – diese ungewöhnlichen Augen – waren von der schmalen Krempe des Huts beschattet. Derry erinnerte sich, von Jonathan gehört zu haben, daß Edith zur Zeit bei den Winstanleys zu Besuch war.

Er sagte: »Tut mir leid, aber Jonathan ist geschäftlich unterwegs. Er kommt wahrscheinlich erst in zwei Tagen zurück.«

»Ich wollte *Sie* besuchen.«

»Wieso denn das?«

»Jonathan hat mir den Vorschlag gemacht.«

Derry konnte, das Gespräch förmlich hören. Jonathan: *Ich weiß, es ist lästig, Edie, aber könntest du so lieb sein und einmal bei Derry vorbeischauen. Er ist ja leider ein ziemlicher Versager, aber* ... Und Edith widerstrebend: *Natürlich, wenn du meinst, daß es etwas hilft* ...

»Aha, ein Wohltätigkeitsbesuch«, sagte er gedehnt.

»Jon meinte, Sie brauchten vielleicht etwas Aufmunterung.«

»Ach, und wie wollen Sie mich aufmuntern, Miss Carr?«

»Keine Ahnung. Das habe ich mir noch gar nicht überlegt. Es gibt sicher mehrere Möglichkeiten. Was immer Ihnen Freude macht.«

»Ach, wirklich? Ganz gleich, was?«

»Ich meinte – wir können uns unterhalten ... oder auch einen Spaziergang machen, wenn Sie sich kräftig genug fühlen, oder Tennis spielen ...«

Er sah die Gleichgültigkeit in ihren Augen. »Ich treffe ja nicht mal den Ball.« Er schaute wieder zum Fenster hinaus. »Und das Wetter lädt nicht gerade zum Spazierengehen ein.«

»Nein, da haben Sie recht. Und wenn es Ihnen noch nicht wieder richtig gutgeht ...«

Sie gähnte. Ein kleines verstohlenes Öffnen der gemeißelten Lippen, das hastig hinter vorgehaltener Hand versteckt wurde. Er verspürte einen plötzlichen aggressiven Impuls, sie zu irgendeiner Reaktion herauszufordern, sie zu zwingen, ihn wahrzunehmen, sie aus ihrer desinteressierten Selbstgefälligkeit zu reißen.

»Hm, bei solchen Anstandsbesuchen spielen die Leute wahrscheinlich im allgemeinen Schach oder Karten«, sagte er. »Um die Zeit herumzubringen.«

»Ich hasse Schach. Und Kartenspiele auch.«

Er fragte sich, ob diese schönen, zutiefst gelangweilten Augen Leben gewannen, wenn sie mit Jonathan allein war.

»Tja, dann haben wir ein Problem«, sagte er leichthin. »Ich hasse Ballspiele, und Sie hassen Brettspiele. Was können wir da tun?«

Edith zuckte die Achseln. »Ich könnte Ihnen etwas vorlesen, wenn Sie möchten.«

»Das ist ja eine hinreißende Idee. Was würden Sie denn gern lesen?«

Sie verzog den Mund zu einem müden kleinen Flunsch. »Ach, mir ist es ganz egal. Ich richte mich nach Ihnen, Mr. Fox.«

»Derry«, sagte er. »Erinnern Sie sich nicht, Edith, wir hatten vereinbart, daß Sie mich Derry nennen.«

Ein Aufblitzen von Ärger, und er wurde sich eines flüchtigen Gefühls des Triumphs bewußt.

»Natürlich. Derry.« Sie sah sich um, und ihr Blick fiel auf die »Financial Times«, die gefaltet auf der Anrichte lag. »Ich könnte Ihnen ja aus der Zeitung vorlesen.«

»O Gott, nein. Das ist ja öde. Nichts als Aktien und Obligationen, von denen ich keine einzige besitze, und irgendein Erguß über den Goldstandard. Ich kann mir nicht vorstellen, Edith, daß Sie nachts wach liegen und sich um den Goldstandard sorgen.«

»Ich sorge mich um gar nichts.« Eine gewisse Schärfe lag jetzt in ihrer Stimme. »Ich schlafe ausgezeichnet.«

»Wie schön für Sie. Ich hingegen schlafe ausgesprochen schlecht.«

»Vielleicht das schlechte Gewissen«, sagte sie bissig und preßte errötend augenblicklich die Lippen aufeinander.

»Sie meinen, daß meine Schandtaten mich einholen?«

»Es tut mir leid. Ich wollte nicht –«

»Ich fühle mich nicht beleidigt. Vielleicht sind Sie der Überzeugung, daß man erntet, was man sät.« Er redete, dachte er, wie sein Vater. Gleich würde er sagen: *Der Krug geht so lange zum Brunnen, bis er bricht*, oder: *Besser spät als nie*.

Aber jetzt sah sie ihn zum erstenmal richtig an. »Nein, durchaus nicht«, entgegnete sie. »Ich habe den Eindruck, daß alles im Leben ziemlich – willkürlich geschieht.« Sie stand auf und ging zum Bücherregal. Ihm den Rücken zugewandt, blieb sie dort stehen.

»Und wieso haben Sie diesen Eindruck?«

Sie antwortete nicht gleich, aber dann sagte sie: »Wegen meiner Mutter wahrscheinlich.«

»Wegen Ihrer Mutter?«

»Ach, es ist doch ganz unwichtig.«

»Nein, das ist es nicht, sonst hätten Sie es nicht erwähnt.«

»Sie war ein wunderbarer Mensch, von Herzen gut, und sie hatte einen entsetzlich schweren Tod. Das ist alles.« Sie nahm ein Buch von einem der Borde und schlug es auf, ohne jedoch hineinzublicken.

»Während die Bösen und Gemeinen häufig hochbetagt und in Frieden sterben.«

»Genau.« Sie klappte das Buch mit einem Knall zu und stellte es wieder ins Regal. Es war still. Sie drehte sich nach ihm um und sah ihn an. »Wo bleiben die tröstenden Worte, Derry?« Ihre Stimme war kalt und hart. »Sie müßten mir jetzt Ihr Mitgefühl ausdrücken oder sagen, daß sie mir sicher schrecklich fehlt oder –«

»Ist es so?« fragte er und sah sie neugierig an. »Fehlt sie Ihnen?«

Sie senkte den Blick. »Fast gar nicht.« Sie flüsterte, und ihre Stimme zitterte ein wenig. »Ich bin froh, daß sie tot ist.« Sie zog blind ein anderes Buch aus dem Regal und blätterte darin, ohne hinzusehen.

»Weil es so schlimm war?«

»Ja. Aber nicht nur, weil sie endlich von ihrem Leiden erlöst ist. Ich bin auch um meiner selbst willen froh.« Sie starrte ihn trotzig an. »Sind Sie schockiert?«

»Sollte ich das sein?«

»Es darf doch nicht sein, daß eine Tochter der Mutter grollt, weil sie sie pflegen muß.«

Er zuckte die Achseln. »Niemand kann etwas für seine Gefühle.«

»Ich habe mich wie eine Gefangene gefühlt. Jahrelang. Es war endlos. Und außerdem –« Sie brach ab.

»Und außerdem –?« fragte er behutsam.

»Ich kann kranke Menschen nicht ertragen.«

»Also keine Florence Nightingale ...«

»Ganz sicher nicht. Deshalb habe ich mich so schuldig gefühlt. Nach dem Tod meiner Mutter waren alle so teilnahmsvoll, aber ich wäre am liebsten davongelaufen.« Edith sprach leise und gehetzt. »Ich wollte nur allein sein. Mich mit niemandem befassen müssen. Und ich habe das Haus gehaßt.«

»Zu viele Erinnerungen.«

»Ja.« Wieder der scharfe blaue Blick.

»Wenn Sie das Haus hassen«, sagte er, »warum geben Sie es dann nicht auf?«

»Weil ich es mir nicht leisten kann, und weil Mina ja auch noch da ist. Sie hat allerdings vor auszuziehen.« Edith lachte bitter. »Ich arbeite die ganze Zeit in dieser öden Werbeagentur und halte in dem gräßlichen Haus aus, damit Mina auf der Schule bleiben kann, und jetzt eröffnet sie mir, daß sie zum Ende des Jahres mit der Schule aufhören und Schriftstellerin werden will.« Wieder ein kurzes, unfreundliches Auflachen. »Und wenn ich mir vorstelle, was so ein Umzug an Organisation und Arbeit kostet! Das würde ich gar nicht schaffen.« Sie sah ihn an, und ihre Augen wurden schmal. »Und Sie – warum sind Sie zurückgekommen?«

»Weil Jon mich gerettet hat.« Er lächelte sie an. »Und weil es mir an anderen Möglichkeiten fehlte.«

»Tatsächlich? Ich dachte, Leuten wie Ihnen stünden immer jede Menge Möglichkeiten offen.«

»Leuten wie mir?«

»Die sich ohne Bedenken über die Konventionen hinwegsetzen.«

»Sie tun das nicht?«

»Nein.« Ein kurzes Kopfschütteln. »Meiner Meinung nach sind Konventionen dazu da, einem das Leben zu erleichtern. Man kann sich an feste Regeln halten und braucht nicht ständig über jede Kleinigkeit nachzudenken.«

»Denken Sie denn nicht gern nach?«

»Ich weiß immer gern, was ich zu tun habe. Ich mag kein – Kuddelmuddel. Keine Komplikationen.«

Er zog die Mundwinkel herab. »Und ich dachte schon, wir hätten etwas gemeinsam. Ich *liebe* Kuddelmuddel. Und Komplikationen. Je komplizierter, desto schöner.« Er hielt ihren Blick fest.

Einen Moment war Stille, dann sah sie weg, ging zu einem Sessel und setzte sich. Sie begann zu lesen, wo die Seiten des Buchs auseinandergefallen waren. »›Erfüllte Lust ist schändliches Verstreun der Lebenskräfte – ‹« Sie brach plötzlich ab und schlug das Buch zu.

»Gefällt Ihnen das Sonett nicht? Ich hab's immer ziemlich trübsinnig gefunden. Wenn man schon im Begriff ist zu sündigen, sollte man es ganz einfach mit dem Mut der Überzeugung tun.«

Er trat hinter sie und neigte sich über ihre Schulter. Einen Arm auf die Sessellehne gestützt, blätterte er in dem Buch, das sie lose in der Hand hielt.

»Dann nehmen wir eben ein anderes. Es ist bestimmt was Passenderes dabei.« Er roch das Maiglöckchenparfum, das sie trug, und sah die flaumigen Büschel blonden Haars, die sich in ihrem Nacken ringelten.

»Na also, da haben wir es schon. Was halten Sie von diesem hier, Edith?« Er las: »›Wenn ich, verbannt vom Glück und bar der Ehre, als Ausgestoßener mein Los beklage …‹«

Als Jonathan Ende der Woche nach Hause kam, nahm er Derry beiseite.

»Ich möchte mit dir reden, Derry. Es geht um zwei Dinge.

Macht es dir etwas aus, wenn ich ganz egoistisch bin und mit dem anfange, was mich persönlich betrifft?«

»Raus mit der Sprache, Jon.«

Jonathan blickte zum Fenster hinaus. Das wäßrige Licht der Nachmittagssonne erhellte den Garten. Eva Fox war auf dem Sofa im Salon eingenickt, und das Mädchen war dabei, das Teegeschirr abzutragen.

»Können wir uns draußen unterhalten? Da wären wir ungestört. Es hat ja aufgehört zu regnen, und die Luft ist ziemlich mild.«

Jonathan bestand trotz Derrys Abwehr darauf, daß dieser seinen Mantel überzog, und Derry, in dicke graue Wolle gemummt, bemühte sich, wenigstens eine Spur Enthusiasmus für die Rolle des Intimus aufzubringen.

Sie gingen langsam durch den Garten.

»Es handelt sich um Edith«, begann Jonathan. »Sie hat mir erlaubt, es dir zu sagen. Wir wollen heiraten.«

Später, in der Rückschau, konnte Derry nicht sagen, warum Jonathans Mitteilung ihn so tief erschreckte. Unbesonnen platzte er mit den Worten heraus: »Aber sie ist doch gar nicht –«, und schwenkte um, als er das Glück in Jonathans Augen sah. »Sie hat mir gar nichts gesagt. Sie hat mich besucht und …« Er sah Jonathan fragend an. »Wann habt ihr das beschlossen? Erst vor kurzem?«

»Wir sind seit Ende letzten Monats verlobt. Ich habe Edie an dem Tag, an dem ich dich nach Hause gebracht habe, gebeten, meine Frau zu werden. Wir haben es niemandem gesagt, weil du so schwer krank warst. Ich wollte Mutter nicht zuviel Aufregung auf einmal zumuten. Aber dir mußte ich es sagen, Derry, ich konnte einfach nicht länger warten.«

»Das ist wirklich wunderbar, Jon. Ich gratuliere.« Seine Stimme klang hohl. Ein Strom von Gedanken, die meisten davon unerfreulich, schoß ihm durch den Kopf.

Jonathan redete noch. »Wir wollen auf jeden Fall sechs Monate warten, vielleicht auch ein Jahr. Ich würde natürlich am liebsten schon morgen heiraten, aber vorher muß meine Stellung in der Sozietät geregelt werden, und wir müssen ein

Haus suchen, und natürlich müssen wir auch an Mina denken.«

Derry versuchte es noch einmal. »Das ist eine tolle Überraschung, Jon. Ich freue mich für dich. Edith ist eine wunderschöne Frau.«

»Ja, nicht wahr? Ich kann mein Glück kaum fassen. Ich hätte nie gedacht, daß sie ja sagen würde. Es ist einfach zu schön, um wahr zu sein.« Jonathans Gesichtsausdruck veränderte sich. »Weißt du, es hat immer wieder Zeiten gegeben, wo ich nur noch aufgeben wollte. Ich meine, alles, das Leben. Als ich in Frankreich war – und später, im Krankenhaus, als ich dachte, ich würde als Krüppel enden ... aber das kann ich jetzt vergessen, nicht wahr?«

Derry mußte ein Frösteln unterdrücken. »Ja, natürlich, Jon. Vergiß es. Ich bin so froh, daß sich für dich alles so gut entwickelt hat.«

»Das wird bei dir genauso sein, Derry, bald schon, da bin ich ganz sicher.« Jonathan griff in seine Tasche und zog einen Brief heraus. »Der ist für dich.« Er drückte ihn Derry in die Hand.

»Was ist das?«

»Miss Berkoff hat in deiner Jackentasche einen Brief gefunden, als du krank warst, Derry. Nimm es mir nicht übel, aber ich habe ihn mir angesehen – es tut mir leid, aber ich dachte, es könnte etwas Wichtiges sein. Aber das Papier war ganz durchnäßt und die Tinte verlaufen, ich konnte kaum noch etwas lesen. Immerhin habe ich die Adresse herausbekommen. Daraufhin habe ich die Leute angeschrieben und um eine Kopie des Briefs gebeten. Das ist sie.«

Derry zog das Schreiben aus dem Umschlag. Er las zum zweitenmal: *Als anwaltliche Vertreter und Testamentsvollstrecker der verstorbenen Mrs. Sarah Elizabeth Kessel ...* Dann ließ er die Hand sinken und sagte: »Den hab ich schon mal gesehen.«

»Hast du den Brief gelesen? Kennst du seinen Inhalt?«

Er schüttelte den Kopf.

»Dann lies ihn jetzt, Derry«, redete Jonathan ihm zu. »Du mußt ihn lesen. Sie war doch deine Freundin, oder nicht? –

Dann lies ihn. Ich gehe. Ich will dich nicht stören.« Flüchtig berührte er Derrys Schulter, dann ging er davon, und Derry war allein.

Er setzte sich auf die schmiedeeiserne Bank und las den Brief. Zweimal. Dann faltete er den Bogen und schloß, von Erinnerungen überwältigt, die Augen.

Alix dachte, wenn Derry bis Ende September nichts von sich hören läßt, werde ich ihn nie wiedersehen. Und ich werde wissen, daß ich recht hatte und wir nicht mehr als Geschäftsfreunde waren.

Sie versuchte, sich durch Arbeit abzulenken. Sie hängte die neuen Vorhänge auf, die ihre Mutter für die Bibliothek genäht hatte, und räumte den Keller aus, in dem sie seit ihrer Ankunft in Owlscote nichts angerührt hatte. Erfreuliche kleine Überraschungen – ein angerostetes Fahrrad und mehrere verstaubte Kisten Wein – fanden sich unter den Bergen alten Gerümpels. Sie machte mit den alten Kartons und den Stapeln vergilbter Zeitungen ein riesiges Feuer im Garten und sah Hand in Hand mit Rory zu, wie die Funken blitzend in den grauen Himmel hinaufstiegen.

Jacob Long putzte und reparierte das alte Fahrrad und fertigte aus einem Korb einen Kindersitz für Rory. Mit Rory hintendrauf radelte Alix ins Dorf, um ihre Einkäufe zu machen. Die Leute gafften ihr nach, und die in Pelze gehüllte Insassin eines Automobils, das langsam an ihr vorbeifuhr, würdigte sie nicht einmal eines grüßenden Nickens. Alix dachte daran, wie hartnäckig sie nach ihrer Ankunft in Owlscote jede Berührung mit der Außenwelt gemieden hatte. Derry Fox hatte diese Isolation aufgebrochen und ihr die Welt ins Haus gebracht. Sie ließ das Fahrrad, ohne zu bremsen, den Berg hinuntersausen. Es wurde immer schneller, und Rory kreischte vor Vergnügen. Alix dachte, ich bin froh, daß ich Derry nicht mehr sehen werde. Es wird wieder so sein wie zuvor – nur Rory, Mutter und ich. Er wird mir überhaupt nicht fehlen.

Doch am nächsten Tag, dem letzten im September, als sie und Rory im Wald Kastanien suchten, ertappte sie sich dabei, daß sie immer wieder zur Auffahrt zurückblickte. Sie gingen auf gewundenen Wegen, die von Laub und abgebrochenen Zweigen übersät waren, und suchten unter struppigen Büschen und Farn nach den stacheligen grünen Kugeln. Die tief hängenden Zweige der Bäume, an denen dürre, kupferbraune Blätter knisterten, schoben sich wippend in ihr Blickfeld, und manchmal, wenn die wirbelnden Blätter im Sog des Windes zu kreiselnden Säulen aufstiegen, die flüchtig menschenähnliche Gestalt annahmen, begann ihr Herz plötzlich schneller zu schlagen.

Am frühen Abend des folgenden Tages ging Alix vor Einbruch der Dunkelheit noch einmal in den Wald, um nach einem Handschuh zu suchen, den Rory beim Kastaniensammeln verloren hatte. In der Nacht hatte es geregnet, und schwarze Pfützen standen in bemoosten Baumhöhlen und den erdigen Mulden, die ihre Fußabdrücke am Vortag hinterlassen hatten. Sie war selbst ohne Handschuhe losgegangen und bekam kalte Hände, während sie Gestrüpp und Ranken auseinanderzog. Es war sehr still im Wald, nur ab und zu war der Schwingenschlag einer Eule zu hören oder das Rascheln der welken Blätter an den Bäumen. Und dann eine Stimme, die ihren Namen rief.

Sie sah den roten Fäustling hoch oben an einem Dorn hängen; und sie sah *ihn* im Schatten der Bäume stehen.

»Derry«, sagte sie leise.

»Ich habe dich vom Weg aus gesehen. Was tust du hier? Pilze suchen?«

»Rory hat seinen Handschuh verloren.« Alix stellte sich auf die Zehenspitzen, konnte den Handschuh aber nicht erreichen. »Der Wind muß ihn da hinaufgeweht haben.«

Derry holte den Fäustling herunter und gab ihn ihr. »Hier.« Er umfaßte ihre Hand. »Du bist ja eiskalt – und völlig zerkratzt …«

»Die Brombeersträucher«, sagte sie und entzog ihm ihre Hand. Sie ging zum Haus zurück, ohne sich nach ihm umzusehen. Vor der Tür blieb sie stehen und sagte unter Anstrengung: »Hast du Zeit für eine Tasse Tee? Ich wollte mir gerade einen kochen.«

Sie gingen ins Haus. In der Küche wärmte sie die Kanne vor, gab den Tee hinein, stellte Milch und Zucker auf den Tisch. Als sie ihm die Tasse reichte, fiel ihr auf, wie schmal und blaß er war. Seine Augen wirkten müde und waren bläulich umschattet. Sie hatte ihn schon früher so gesehen: nach einem gelungenen Fest, wenn er mehrere Nächte nicht geschlafen hatte.

Sie sagte: »Vor vierzehn Tagen hatte ich hier Madeline Ferraby zu Gast. Sie ist doch eine Freundin von dir, nicht wahr? Sie hat ihren Geburtstag hier gefeiert – nur im kleinen Kreis, sechs Personen über das Wochenende. Ich glaube, es hat ihnen gefallen – zwei von Maddys Freunden haben mir inzwischen geschrieben und angefragt, ob sie nächsten Monat nach Owlscote kommen können.« Sie nahm die Keksdose aus dem Küchenschrank. »Ich habe vor, den Salon neu tapezieren zu lassen. Und vielleicht lasse ich ein zweites Badezimmer einbauen. Man kann es den Gästen auf die Dauer wirklich nicht zumuten, daß sie jedesmal anstehen müssen, wenn sie zur Toilette wollen.« Sie schob ihm die Keksdose hin.

Er stellte seine Tasse nieder. »Warum bist du mir böse, Alix?«

Sie schwieg einen Moment, dann sagte sie leise. »Weil du nie mehr hergekommen bist. Nicht mal geschrieben hast du.«

Er senkte den Blick. »Ich war – beschäftigt.«

»Natürlich.« Sie stand auf, nahm mit ärgerlicher Bewegung ihre Tasse und goß den Tee ins Spülbecken. »Würdest du mir mal sagen, wie wir zusammen ein Geschäft betreiben wollen, wenn du einfach verschwindest, weil du gerade anderweitig beschäftigt bist?« fragte sie kalt. Sie drehte den Wasserhahn auf, um ihre Tasse auszuspülen. »Vielleicht wäre es besser, wenn wir uns trennten. Ich brauche dich nicht mehr, Derry. Ich kann die Feste auch ohne dich organisieren. Ich könnte dir und Roma eine Art Abstand zahlen.«

»Ich war krank«, sagte er.

»Krank?« Sie stellte die Tasse in das Porzellanbecken, das sich mit Wasser zu füllen begann.

»Ich hatte Asthma und Bronchitis. Ich bin seit einem Monat zu Hause. Bei meinen Eltern.«

Sie drehte sich herum. »Du hättest schreiben können.«

»Die erste Woche war ich überhaupt nicht bei Besinnung. Ich kann mich an nichts erinnern. Nur – an Träume. Und als es mir dann langsam besserging, ist mir klargeworden, daß ich alles vermasselt habe. Ich habe mich vor mir selbst geschämt. Ich wollte dir schreiben, aber ich konnte nicht. ›Liebe Alix, alle meine großen Pläne sind mit Glanz und Gloria gescheitert.‹ Was hätte das für einen Sinn gehabt?« Er sah sie an. »Das Wasser läuft über, Alix.«

Hastig fuhr sie herum und zog den Stöpsel heraus. Wasser schwappte über den Küchenboden. Sie holte einen Lappen und begann es aufzuwischen.

»Aber dann ist etwas passiert«, sagte Derry. »Erinnerst du dich, ich hab dir doch erzählt, daß ich vor sechs Jahren eine Affäre hatte.«

»Mit der Schwägerin einer Mandantin deines Vaters, richtig?«

»Ja. Sie ist vor ein paar Monaten gestorben.«

»Das tut mir leid.«

»Danke. Eine Menge anderer Leute schienen höchst erfreut darüber zu sein. So eine bequeme Lösung. Na ja, wie dem auch sei, Sara hat mir etwas hinterlassen – etwas Geld und einige Anteile an einem südamerikanischen Bergwerk. Für mich ist das eine zweite Chance, Alix, verstehst du? Als ich zu Hause war ... als ich da zu Hause herumlag, dachte ich, das war's dann wohl, ich habe meine Chance gehabt, mich auf eigene Füße zu stellen und etwas aus meinem Leben zu machen, und ich habe sie vertan.« Er sah sie an. »Aber ich habe dich vermißt.«

Sie prustete ungläubig und drückte den Wischlappen über dem Spülbecken aus.

»Doch, es ist wahr. Als ich krank war, habe ich von Owlscote geträumt. Und von dir. Du warst hier in der Küche und hast auf dem Sofa geschlafen. Wirklich, ich habe richtig Sehnsucht nach dir gehabt. Mit Jon kann man nicht streiten. Er ist viel zu höflich. Ihm fehlt deine –«

Sie warf das Spültuch nach ihm.

»– deine *Zielsicherheit*«, sagte er und fing den Lappen auf. Er stand auf und ging zu ihr. »Bitte sehr, Ihr Putztuch, Madam.«

»Du bist –«

»Unmöglich? Ja, das sagen mir alle.« Er drückte sie an sich.

»Ich wollte sagen, du bist nur noch Haut und Knochen. Laß mich runter, Derry, ich krieg keine Luft.«

»Verzeihst du mir?«

»Mir bleibt wohl nichts anderes übrig.« Er gab ihr einen Kuß auf die Stirn und ließ sie los. »Geht es dir jetzt wieder gut?«

»Ich bin kerngesund und werde es auch bleiben, solange ich Daunenbetten, Federhüten und Gänsekielen aus dem Weg gehe. Ich bin offenbar hochgradig allergisch gegen Federn.« In flehendem Ton setzte er hinzu: »Also, Alix, wie ist es, machen wir weiter unsere Feste zusammen? Sag ja, komm. Bitte!«

»Ich werde unseren Gästen Anweisung geben, keine Federboas zu tragen.« Sie setzte sich zu ihm an den Tisch. Ihr Herz klopfte viel zu schnell. »Was hast du jetzt vor, Derry? Gehst du nach London zurück?«

»Ja, heute abend noch, denke ich. Ich mußte meinem Vater, der mir einen Posten in der Kanzlei angeboten hatte, einen Korb geben. Das hat natürlich Ärger gegeben. Dabei habe ich mich so sehr bemüht, taktvoll zu sein.«

»Wie geht es Jonathan?«

»Jonathan schwebt im siebenten Himmel.«

Sie konnte seinen Gesichtsausdruck nicht deuten.

»Er hat sich verlobt«, erklärte Derry.

Alix war erstaunt. »Verlobt?«

»Ja, mit Edith Carr.«

Sie musterte ihn scharf. »Du scheinst nicht gerade erfreut darüber zu sein.«

»Ganz im Gegenteil, ich bin begeistert. Wenn sie Jon glücklich macht.«

»Derry! Wie ist sie? Ist sie hübsch?«

»Hübsch? Nein. Edith ist schön. Ganz unbestreitbar schön.

Sie hat langes blondes Haar und ungewöhnliche blaue Augen, und es ist eine Wonne, sie anzusehen. Sie hat eine Schwester, die ausgesprochen reizlos ist und eine scharfe Zunge hat. Es muß schrecklich sein«, sagte er nachdenklich, »Mina Carr zu sein. Ein Schattendasein.« Er zerkrümelte den Rest eines Biskuits zwischen den Fingern. »Die Sache hat nur einen Haken ...«

»Welchen denn?«

»Sie liebt ihn nicht.«

»Aber Derry, das kannst du doch gar nicht wissen.«

»Ich habe die beiden zusammen erlebt. Sie hat so etwas Teilnahmsloses. Im ersten Moment wirkt es sogar ganz attraktiv. Aber dann reizt es einen zur Provokation. Man denkt, so ein schönes Gesicht, da muß doch irgendwas dahinter sein – Leidenschaft meinetwegen. Bis man merkt, daß sie es einfach für selbstverständlich hält, daß ihr alles von selbst in den Schoß fällt. Ich vermute, wenn man aussieht wie Edith, fallen einem die Dinge häufig in den Schoß, und wenn es einmal nicht so ist, wenn's schwierig wird, ist das wahrscheinlich ein ziemlicher Schock.« Seine Augen waren dunkel und unergründlich. »Ich halte es für ziemlich sicher, daß Edith nur deshalb eingewilligt hat, Jon zu heiraten, weil ihr das am einfachsten zu sein schien.«

Alix erinnerte sich, wie sie mit Edward in den Downs gewandert war. Sie sah den stillen, kalten Teich. Edward hatte sie gebeten, ihn zu heiraten, und sie, die keine Zukunft für sich gesehen hatte, hatte in einer Stimmung der Resignation und der Hoffnungslosigkeit seinen Antrag angenommen.

»Selbst wenn das zutrifft, was du sagst, Derry, heißt das nicht unbedingt, daß die Ehe unglücklich werden muß. Liebt Jonathan denn Edith?«

»Ja. Ich war mir vorher nicht sicher – aber jetzt bin ich es. Ja, er liebt sie.«

»Dann wird sie vielleicht lernen, auch ihn zu lieben.«

»Glaubst du das im Ernst? Ich weiß nicht, ob das so funktioniert. Und außerdem ...«

»Was denn?«

Aber er schüttelte den Kopf. »Ach, nichts. Gar nichts.« Er wechselte das Thema. »Erzähl mir was von dir, Alix. Wie war's mit Maddy? Hat sie ihre grimmige alte Kinderfrau auch mit angeschleppt?«

Alix bestand darauf, Derry etwas zu essen zu machen. Sie setzte sich zu ihm, während er aß. Später fand sie nach einigem Suchen in alten Schiffskoffern in der Abstellkammer einen Kaschmirschal, der einmal Edward gehört hatte, und bestand darauf, daß er ihn sich um den Hals wickelte. Sie holte ein Buch mit Kurzgeschichten aus der Bibliothek und schob es ihm in die Jackentasche – »damit du im Zug was zu lesen hast« – und steckte ihm eine Tafel Schokolade und einen Apfel in die andere. Er erhob keine Einwände, und sie wußte endlich, warum sie diese Dinge tat.

Es war fast dunkel geworden. Sie brachte ihn zur Straße hinaus. Der Kies knirschte unter ihren Füßen. Am Ende der Auffahrt umarmten sie sich, und sie sah ihm nach, wie er allmählich in der Dunkelheit verschwand. Sie wartete, bis sie seine Schritte nicht mehr hören konnte, erst dann ging sie zum Haus zurück. Sie dachte, was für ein seltsames Ding die Liebe doch war, die so unerwartet kam, die in der Dunkelheit versteckt wartete, um einen dann ohne Vorwarnung zu überfallen, erschreckend und berauschend.

Sie gestand sich ein, daß sie, die es zufrieden gewesen war, einzig Rory und Owlscote zu lieben, auch Derry Fox liebte. Und daß sie ihn schon seit vielen Monaten liebte, aber sich nicht einmal vor sich selbst dazu bekannt hatte.

Sie vermutete, daß auch sie einen Platz in Derry Fox' weitem, launischem Herzen hatte. Sie brauchte nicht die einzige zu sein, nicht einmal die am meisten geliebte. Sie hatte nach jahrelangen Unsicherheiten und Kämpfen endlich ein inneres Gleichgewicht gefunden. Sie hatte nicht die Absicht, es stören zu lassen.

Was das übrige anging ... das Beiwerk der Liebe ... die Küsse, die Zärtlichkeiten, ein gemeinsames Bett ... Alix blieb stehen. Sie umfing ihren Oberkörper mit den Armen und schloß die Augen. Sie hatte sich immun geglaubt gegen all das; sie hatte geglaubt, dieser Teil von ihr wäre mit Edward gestorben. Jetzt wußte sie, daß es nicht so war. Hätte Derry sie vorhin in der Küche in die Arme genommen, sie berührt, wie einst Edward sie berührt hatte, sie hätte es ihm nicht verwehrt. Nein, sie hätte sich ihm hingegeben, auf dem kalten Steinboden der Küche, während nur zwei Räume entfernt ihre Mutter lag und oben in seinem Bettchen ihr kleiner Sohn schlief.

Sie ging weiter zum Haus. Lichter brannten in den Fenstern. Sie lächelte vor sich hin. Ich habe in der Wüste getanzt, dachte sie, und jetzt werde ich durch andere Räume tanzen, und ich werde der Musik folgen, wohin sie mich auch treibt.

Teil III

EIN MASKENBALL

1926 – 1927

7

»VORSICHTIG HIER UM die Ecke ... Geht's noch, Mina? Es sind nur noch ein paar Stufen ... so, da sind wir schon. Komm, ich halte das Ding, und du sperrst die Tür auf.«

Jonathan hatte sich erboten, Mina Carr beim Umzug in das Zimmer zu helfen, das sie in Shepherd's Bush gemietet hatte. Sie hatten Kartons voller Bücher und Kisten voller Wäsche und Kleider die drei Treppen hochgeschleppt. Mina hatte das Zimmer möbliert gemietet, aber sie hatte den Schreibtisch aus dem Haus in Richmond mitgenommen.

Mina öffnete die Tür, und gemeinsam trugen sie das Möbel ins Zimmer.

»Da rüber«, sagte sie und wies zum Fenster.

Das Sonnenlicht glänzte auf der polierten Walnußplatte. Mina stellte einen Stuhl an den Schreibtisch und lächelte. Jonathan sah sich im Zimmer um. Es gab ein Bett, das Mina tagsüber als Sofa benutzen konnte, einen Sessel, einen Bücherschrank und einen Kleiderschrank. Den Flur entlang lagen die Küche und das Badezimmer, das Mina sich mit den anderen Mietern der Pension teilen mußte.

Mina zog den Vorhang am Fenster auf. Unten war eine kleine Grünanlage mit Kinderschaukeln, einem Teich und staubigen Ligusterbüschen. Das ferne Rumpeln der Automobile und Lastautos in der Goldhawk Road schwoll zu einem Donnern an, als Mina das Fenster öffnete. Die Luft roch nach Ruß und frischem Gras und Gemüseabfällen.

»Hast du Zeit für eine Tasse Tee, Jonathan?«

»Ich glaube, ich fahre besser gleich zu Edith zurück.«

Nach achtmonatiger Verlobungszeit hatten Jonathan und

Edith noch immer nicht ihren Hochzeitstag festgelegt. Er hatte Ediths Widerstreben, den Schritt in ein neues Leben zu wagen, ihrer Sorge um Mina zugeschrieben. Jetzt jedoch war Mina in ihrer neuen Behausung sicher untergebracht, jetzt konnten sie endlich den Tag bestimmen, und Jonathan hatte beschlossen, daß sie es noch heute tun würden.

Aber als er Mina betrachtete, überkam ihn plötzliche Besorgnis. Sie wirkte so schrecklich jung. Sie hatte sich ein Band in das kurze mausbraune Haar geschlungen und trug ihre flaschengrüne Schuluniform.

»Wie fühlst du dich in deiner neuen Umgebung, Mina? Kommst du zurecht?« Überall im Zimmer standen Koffer und Kartons herum. »Ich könnte dir beim Auspacken helfen.«

»Nein, nein, ich schaff das schon, Jon.« Sie schleifte mit beiden Händen die schwere Schreibmaschine über den Boden.

»Komm, laß mich das machen.« Er nahm ihr die Maschine ab und hievte sie auf den Schreibtisch. Sie zog die Haube herunter und strich mit den Fingerspitzen flüchtig über die Tasten. Ihre Augen leuchteten auf, und einen Moment lang, aus dem Schatten ihrer Schwester getreten und glücklich, war sie schön.

Edith sagte: »Ich hatte gedacht, daß sie mehr mitnehmen würde – vielleicht ein, zwei Sessel, oder einen kleinen Tisch ...«

»Sie hat doch nur ein Zimmer«, erinnerte Jonathan sie.

»Ja, natürlich.«

Der Salon des Hauses in Richmond wirkte seltsam leer ohne den Schreibtisch. Die dunkle Stelle an der Wand zeigte, wo er einmal gestanden hatte; die Tapete rundherum war unter der Einwirkung der Sonne verblaßt.

Edith hielt die Hände ineinander gekrampft und kaute auf ihrer Unterlippe.

»Mina kommt schon zurecht, Edie«, sagte Jonathan beschwichtigend. »Glaub mir, sie schafft das spielend.«

»Sie ist erst siebzehn, Jon.«

»Aber sie ist eine resolute kleine Person. Du hättest sie sehen sollen, wie sie diese Kisten und Kartons die Treppe hinaufbugsiert hat. Wie ein Möbelpacker.«

»Und diese gräßliche kleine Pension …«

»Ja, stimmt, sie ist ziemlich gruselig, aber Mina ist begeistert. Ich habe sie noch nie so glücklich gesehen.« Er fand, Edith sähe blaß und angestrengt aus, darum drückte er ihr tröstend die Hand. »Ich würde mir um Mina keine Sorgen machen. Du machst mir weit mehr Sorgen, Edie.«

»Ich mache dir Sorgen, Jon? Du lieber Himmel, warum denn das?« Sie entzog ihm ihre Hand und ging in die Küche. Er hörte, wie sie das Wasser aufdrehte, um den Kessel zu füllen, und folgte ihr.

»Der Gedanke, daß du hier in Zukunft ganz allein lebst, ist mir gar nicht sympathisch.«

»Ach, ich bin das Alleinsein gewöhnt. Das weißt du doch.« Sie löffelte Tee in die Kanne und goß kochendes Wasser darüber. »Wollen wir den Tee draußen trinken, Jon? Ich weiß, es ist erst April, aber es ist so schön mild heute.« In ihrem Ton schwang eine künstliche Heiterkeit, die ihn nicht täuschen konnte.

Am liebsten hätte er sie in die Arme genommen, um sie zu trösten, aber sie hantierte geschäftig mit Keksdose und Teelöffeln. Er holte tief Atem und sagte: »Ich weiß, daß die Trennung von Mina dich traurig macht, Edie, aber ich bin, ehrlich gesagt, froh, daß das jetzt alles geregelt ist. Da können wir endlich das Hochzeitsdatum festlegen.«

»Es ist alles geregelt, meinst du?« Edith stellte Tassen und Zuckerdose auf ein Tablett. »Findest du nicht, es ist noch etwas früh, um das sagen zu können, Jon? Mina ist doch erst heute ausgezogen.«

»Ich kann mir nicht vorstellen, daß sie es sich wieder anders überlegen wird.«

Ediths Lächeln war dünn. »Mina hat der Haushalt nie interessiert. Jetzt muß sie für sich selbst kochen und waschen und saubermachen – es würde mich nicht wundern, wenn sie nach spätestens einer Woche genug vom Alleinleben hat.«

Es hatte leicht zu regnen begonnen. Statt das Teetablett nach draußen zu tragen, stellte Edith es auf den schmiedeeisernen Tisch in der Glasveranda.

»Du mußt anfangen, auch einmal an dich selbst zu denken, Edie«, sagte Jonathan. »Ich kann mir vorstellen, daß das nicht leicht für dich ist – erst mußtest du jahrelang für deine Mutter sorgen, dann für Mina. Du bist so sehr daran gewöhnt, dich um andere zu kümmern, daß es dir gar nicht mehr auffällt, daß du selbst dabei ständig zu kurz kommst. Aber jetzt haben sich die Dinge geändert. Du mußt an *uns* denken. Ich will nicht, daß du dich weiterhin allein durchwurstelst, Tag für Tag in diese Werbeagentur marschieren mußt, um dich dort herumkommandieren zu lassen. Es ist Zeit, daß sich einmal jemand um *dich* kümmert.«

Er setzte sich neben sie und ergriff ihre zur Faust geballte Hand. Zärtlich streichelte er die verkrampften Finger und drückte sie an seine Lippen. Edith schloß einen Moment die Augen und drückte ihre Fingerspitzen an die Stirn. Und endlich schien ein Teil der Spannung von ihr zu weichen. Ihre Schultern lockerten sich, und sie lehnte sich in ihrem Sessel zurück.

»Die Hochzeit ...«, sagte er leise.

»Nicht jetzt, Jon, bitte.« Ihre Stimme war plötzlich scharf. Der bittende Blick ihrer jetzt weit geöffneten türkisblauen Augen fing ihn ein.

Er kapitulierte sofort, wie er das immer tat.

»Natürlich, ganz wie du willst, Edie.« Er küßte sie noch einmal, dann sah er sie lächelnd an. »Du weißt, ich würde auch bis zum Jüngsten Tag warten, wenn es nicht anders geht.«

»... und ich habe immer nur für die *vornehmsten* Familien gekocht.« Miss Barton hüstelte gekünstelt.

Alix unterdrückte mit Mühe ein Gähnen. »Wir führen hier während der Woche eine Pension, Miss Barton, und an den Wochenenden vermieten wir das Haus für Festveranstaltungen. Die Köchin, die ich anstelle, müßte in beiden Bereichen tätig sein.«

Es war später Nachmittag. Vor vierzehn Tagen hatte Alix in

der Lokalzeitung von Salisbury nach einer Köchin inseriert. Eine ganze Prozession ungeeigneter Kandidatinnen – verhuschte, lispelnde Töchter aus gutem Haus, denen das Schicksal übel mitgespielt hatte, vierschrötige Bauernmädchen mit schmutzigen Fingernägeln, Kochkünstlerinnen mit den höchsten Auszeichnungen, die die raffiniertesten Sößchen zaubern konnten, aber nicht wußten, wie man eine Kartoffel kochte – hatte sich Alix, die die Damen in der Bibliothek empfing, vorgestellt. Inzwischen waren zweieinhalb Stunden vergangen, und sie hatte kaum noch Hoffnung, eine geeignete Köchin für Owlscote zu finden.

Sie sah Miss Barton in die Augen. »Unsere Pensionsgäste sind meist Handlungsreisende, die tagsüber ihrer Arbeit nachgehen. Es versteht sich von selbst, daß sie anders verpflegt werden müssen als die Wochenendgäste. Glauben Sie, daß Sie das schaffen würden?«

Miss Barton war sichtlich empört. »Handlungsreisende ...!«

»Richtig, Miss Barton.«

Wenig später beendete Alix das Gespräch. Sie warf einen Blick auf ihre Liste. Nur ein Name war noch übrig – Polly Daniels. Sie setzte keine großen Hoffnungen in Miss Daniels; in ihrem Bewerbungsschreiben hatte sie mitgeteilt, daß sie die Tochter eines Geistlichen war, dreiundzwanzig Jahre alt und noch nie in Stellung gewesen war. Sie wird wahrscheinlich in Ohnmacht fallen, wenn sie hört, daß sie für fünfzig Personen Bohnen schnippeln muß, dachte Alix, und vermutlich ist sie auch noch Nudistin und wird darauf bestehen, gleich am Morgen in aller Frühe splitterfasernackt im Garten herumzuspazieren. Seufzend trat sie ans Fenster.

In den letzten vierzehn Tagen hatte es viel geregnet. Die Blütenblätter der Narzissen und Schlüsselblumen, die den Rasen sprenkelten, hatten braune Flecken von der übermäßigen Feuchtigkeit. Auf der Terrasse standen seichte Pfützen, und überall tropfte es von den knospenden Bäumen. Doch am Horizont schien der Himmel heller zu werden. Vielleicht, dachte sie, würde es am Abend trocken genug sein, um mit Rory einen Spaziergang zu machen. Dieser Gedanke munterte sie wieder auf, so daß sie dem nächsten Gespräch nicht mehr mit ganz soviel Widerwillen entgegensah.

Als es klopfte, drehte sie sich herum.

»Miss Daniels?«

»Guten Tag, Mrs. North.« Polly Daniels streckte ihr die Hand hin.

Sie sah nicht aus, als würde sie schnell in Ohnmacht fallen. Ihr braunes Haar trug sie in einem praktischen kurzen Pagenkopf, und in den Winkeln ihrer blauen Augen kräuselte sich die Haut, wenn sie lächelte. Sie hatte ein ordentlich gebügeltes Baumwollkleid an, dazu eine marineblaue Jacke, und auf dem Haar saß eine Baskenmütze – alles weit entfernt von dem braven Trägerrock aus selbstgewebtem Leinen oder den exzentrischen Samtkreationen, die Alix vorgeschwebt waren. Nein, Polly Daniels wirkte auf den ersten Blick ausgesprochen sympathisch und vernünftig.

»Bitte, setzen Sie sich, Miss Daniels. Vielleicht könnten Sie mir ein bißchen was über sich erzählen.«

Beatrice und Rory waren im Nähzimmer; als Alix die Tür öffnete, schwante ihr sofort Böses.

Beatrice kroch bleich vor Anstrengung und Erschöpfung auf dem Boden herum; Rory war nirgends zu sehen.

»Alle meine Zwirnrollen«, japste Beatrice. »Und die ganze Wolle ...«

Die Zwirnrollen lagen überall im Zimmer verstreut. Der Boden sah aus wie eine bunte Blumenwiese.

»Die Wolle ...?«

»Er hat sie zum Fenster hinausgeworfen.« Beatrice war den Tränen nahe.

Das Fenster stand weit offen. Zu Tode erschrocken rannte Alix hin und sah hinaus. Die Terrasse leuchtete ihr von Wollknäueln gesprenkelt farbenfroh entgegen. Sie atmete auf, als sie sah, daß ihre Angst, Rory könnte dort hinuntergestürzt sein, unbegründet gewesen war.

»Komm, Mutter, setz dich hin. Ich räume das hier schon auf.«

»Aber die Abendessen, Alix ... du wirst dich verspäten ...«

»Das kann ich jetzt auch nicht ändern.«

Alix half ihrer Mutter in einen Sessel. Beim Anblick des grauen Gesichts überkam sie neue Besorgnis. Rasch kniete sie nieder und begann, die verhedderten Zwirnrollen einzusammeln.

»Du ruhst dich jetzt erst mal eine Weile aus, Mutter. Der Nachmittag war lang. Ich suche Rory, und dann bringe ich dir eine Tasse Tee.«

Beatrice sah ihre Tochter mit strengem Blick an. »Du mußt ihn endlich in die Schule schicken.«

»Dazu ist er doch noch viel zu jung.« Sie hatten dieses Gespräch schon mehrmals geführt. »Er ist erst viereinhalb.«

»Gestern hat er das ganze Mehl in der Küche verstreut ...«

»Er wollte einen Schneemann bauen.«

»Seine Teddys hat er in den Brunnen geworfen –«

»Weil er sie baden wollte.«

»Rory gehört in die Schule. Er braucht Erziehung.«

»Erziehung bekommt er bei mir.«

»Ich meine, männliche Erziehung, Alix. Es tut einem Jungen nicht gut, immer nur unter Frauen zu sein.«

»Rory sieht Jonathan – und Derry und Jacob ...«

»Ja, Jacob wickelt er um den Finger, das weißt du doch, Alix. Jonathan bekommen wir, seit er verlobt ist, nur noch selten zu Gesicht, und Derry ...« Beatrice rümpfte die Nase. »Der ist ja wohl kaum ein geeignetes Vorbild für einen kleinen Jungen. Im Gegenteil, da ist einer schlimmer als der andere.« Sie sah Alix scharf an. »Wenn Rory Edward nachschlüge, würde ich sagen, ja, warte ruhig noch mit der Schule, bis er sechs ist oder so. Aber er schlägt dir nach, Alix. Du warst ganz genauso, nichts als Unsinn im Kopf. Nur dein Vater konnte dich bändigen. Aber Rory hat ja keinen Vater.«

»Es wird bald besser werden, Mutter. Ich habe eine Köchin gefunden. Ein sehr nettes, vernünftiges Mädchen. Sie heißt Polly Daniels, kocht leidenschaftlich gern, ist ganz begeistert von unserem Haus und möchte am liebsten sofort anfangen.

Wenn es soweit ist, werde ich endlich mehr Zeit für Rory haben.«

»Er gehört trotzdem in die Schule«, sagte Beatrice. Dann lehnte sie sich in ihrem Sessel zurück und schloß die Augen.

Alix ging hinaus, um Rory zu suchen. Sie fand ihn, wie sie vermutet hatte, in seinem Spielzeugschrank versteckt. Sie öffnete die Tür, und als sie ihn da zusammengerollt unter Gummibällen, Spielzeugeisenbahnen und Stofftieren liegen sah, breitete sie die Arme aus und sagte leise: »Ach, Rory, Rory, was soll ich nur mit dir tun?«

Er schlang ihr die Arme um den Hals. Alix küßte ihn auf den Scheitel. Er sah sie mit seinen großen Augen an, die so dunkel und ernst waren wie die Edwards.

»Ich wollte doch nur die Wollknäuel hüpfen sehen. Ganz ganz hoch.«

»Ja, Schatz, aber du weißt doch, daß du das Fenster nicht aufmachen sollst, hm? Ich habe es dir so oft gesagt.« Gleich morgen früh, dachte sie, würde sie Jacob bitten, an allen Fenstern Schlösser anzubringen.

»Weißt du was, wir gehen jetzt hinunter und sammeln die Wolle auf der Terrasse ein. Und dann machen wir Oma zusammen eine Tasse Tee, und du entschuldigst dich bei ihr dafür, daß du ihre Wolle zum Fenster hinausgeworfen hast.«

Rory nickte ernst. Während Alix draußen auf der Terrasse feuchte Wollknäuel aus Rosenbüschen löste, dachte sie, daß Beatrice recht hatte: Rory fehlte der Vater. Weil er niemanden hatte, der ihn forderte und ihm erlaubte, sich richtig auszutoben, setzte sich seine überschüssige Kraft in Übermut um. Alix selbst war mit dem Betrieb der Pension so stark eingespannt, daß sie zuwenig Zeit für ihn fand. Rory hatte keine Geschwister. Beatrice wurde allmählich zu alt und zu müde, um sich um einen anstrengenden Vierjährigen zu kümmern, der volle Aufmerksamkeit verlangte.

Es hatte aufgehört zu regnen, und die Blätter der Bäume und Blüten glitzerten im matten Sonnenlicht. Beide Arme mit Wollknäueln beladen, richtete Alix sich auf. Bei dem Gedanken, sich von Rory trennen zu müssen, zerriß es ihr fast das

Herz. Aber sie konnte den Moment nicht länger hinausschieben. Gleich morgen wollte sie nach Salisbury fahren und sich nach einer geeigneten Einrichtung umsehen.

Einen Monat später fuhr Alix nach London. Sie läutete bei Derry Fox, der inzwischen in eine Wohnung in Chelsea umgezogen war, und wartete. Durch das Milchglas hörte sie Schritte, dann das Scheppern einer Kette, das Knirschen eines Riegels. Die Tür wurde geöffnet.

»Alix! Das ist aber schön!« Derry umarmte sie.

Er sieht aus, dachte sie, als sei er eben erst aufgestanden. Weißes Hemd, kein Kragen, kein Schlips. Nackte Füße.

»Was für eine Ehre«, fügte er hinzu. »Du kommst doch nie nach London ...«

»Ich wollte gern deine neue Wohnung sehen.« Sie folgte ihm hinein. »Und Rory geht jetzt in den Kindergarten.«

Derry drehte sich nach ihr um. »Ach«, sagte er, »arme Alix.«

»Nein, nein, es tut ihm gut«, sagte sie rasch. »Er fühlt sich dort sehr wohl. Es macht mir wirklich nichts aus.«

»Aber natürlich macht's dir was aus. Da werde ich dich ein bißchen ablenken müssen.«

Er öffnete eine Tür. Sie trat ein und blieb mit offenem Mund stehen. »Du lieber Gott!«

»Umwerfend, wie? Ich mußte Roma völlig freie Hand lassen. Sie sagte, sie würde mir die ganze Wohnung kostenlos einrichten, wenn ich sie dafür allen meinen Freunden weiterempfehle.«

Der Raum, dessen große Fenster den Blick auf die ferne Themse boten, war ganz in Karminrot und Schwarz gehalten. Schwarze Ledersofas vor Wänden, die mit karminroter Seide bespannt waren; kleine Tische und Lampen aus gedrehtem dunklen Metall.

»Das ganze Zimmer hat was wahnsinnig *Elementares*, findest du nicht auch? Im Schlafzimmer geht's ein bißchen ruhiger zu. Creme und Grün, sehr geschmackvoll. Möchtest du es sehen?«

»Jetzt im Moment nicht, danke.«

»Wie spießig von dir, Alix«, sagte er lächelnd und ging ihr voraus in die Küche.

»Kaffee?«

»Gern.« Er begann Kaffee zu mahlen. »Was macht die Zeitschrift, Derry?«

»Ach, die wurstelt sich so durch. Mit Ach und Krach, aber mir ist klargeworden, daß das Schreiben nicht mein Metier ist. Ich bin nicht kontemplativ genug.«

»Wenn das Schreiben nicht dein Metier ist, was dann?«

»Keine Ahnung. Kaufen und Verkaufen vielleicht.«

»Was zum Beispiel?«

»Na ja«, antwortete er vage, »dies und das.« Er goß kochendes Wasser über den frisch gemahlenen Kaffee. »Erzähl mir von Rory. Was ist das für ein Kindergarten? Streng und ordentlich?«

»Er wird von einer Mrs. Waldegrave geleitet, und sie ist eine sehr nette, mütterliche Frau.«

»Laß mich raten – Riesenbusen und stechender Blick.«

Alix mußte zugeben, daß seine Beschreibung ins Schwarze traf. Sie sagte: »Aber Rory hat Mrs. Waldegrave sofort ins Herz geschlossen«, und brach ab, tieftraurig plötzlich. Bei dem Gedanken an Rory, wie er in seinem kleinen braunen Blazer mit dem passenden Mützchen dagestanden und ihr zugewinkt hatte, mußte sie die Zähne zusammenbeißen, um nicht zu weinen.

»Du bist wirklich unglaublich, Alix«, bemerkte Derry, der sie aufmerksam beobachtete. »Du weinst nie. Dinge, bei der sich jede andere Frau in Tränen auflösen würde, steckst du einfach irgendwie weg. Mich stört's nicht, wenn du weinst, nur damit du das weißt. Und ich bin sicher, es gibt hier im Haus irgendwo ein sauberes Taschentuch.«

»Ach, halt die Klappe Derry, und gib mir eine Tasse Kaffee.«

Er reichte ihr eine Tasse. Sie sagte: »Das Fest am fünfzehnten Mai ...«

Er runzelte die Stirn. »Da wird's vielleicht Probleme geben. Ich weiß, daß einige der Gäste vorhatten, mit der Bahn zu fahren.«

»Na und?«

»Na und?« wiederholte er. »Es ist gut möglich, daß keine Züge fahren werden.«

Sie starrte ihn verständnislos an. »Wieso denn nicht?«

»Liest du denn keine Zeitung?«

»Selten. Warum?«

»Es kann sein, daß es einen Streik gibt. Das heißt, es ist beinahe sicher.«

»Bei den Eisenbahnern?«

»Nicht nur bei den Eisenbahnern, auch bei den Hafenarbeitern und den Druckereiarbeitern, wenn der Gewerkschaftsrat den Fehler macht, sie zum Streik aufzurufen. Da wird ein großer Teil des öffentlichen Lebens schlagartig zum Erliegen kommen, Alix. Es geht vor allem um die Bergarbeiter, weißt du. Aber da du ja in der tiefsten Provinz lebst«, fügte er hinzu, »und weder Zeitung liest noch ein Radio besitzt, wirst du wahrscheinlich kaum einen Unterschied merken. Manchmal muß es doch sehr nützlich sein, wie eine Einsiedlerin zu leben.«

»Ich bin keine Einsiedlerin«, versetzte sie ärgerlich.

»Dann komm heute abend mit mir auf ein Fest. Am Grosvenor Square. Schau dir mal an, wie die andere Hälfte der Bevölkerung lebt.«

Alix schüttelte den Kopf. »Ich muß nach Hause zu Rory.«

»Ein andermal dann?«

»Vielleicht«, antwortete sie, mit ihren Gedanken schon woanders. »Meine Männer – die Pensionsgäste, meine ich … einige von ihnen fahren mit der Bahn. Was meinst du, wie lange der Streik dauern wird, Derry?«

»Oh, endlos, hoffe ich«, sagte er vergnügt. »Ist doch mal was anderes.« Seine dunklen Augen blitzten.

Derry führte Alix zum Essen in ein kleines Restaurant, in dem die Tänzerinnen des Opernballetts verkehrten. Danach gingen sie ein Stück am Embankment spazieren und fuhren später zusammen mit der Untergrundbahn zur Waterloo Station. Als der Zug sich in Bewegung setzte und er Alix nachwinkte, dachte er, wie ungewöhnlich es war, sie außerhalb von Owlscote zu sehen, wie sehr ihn ihr unerwarteter Besuch gefreut hatte.

Zurück in seiner Wohnung, arbeitete Derry an dem Aufsatz, den er den Leuten von »Chrome« versprochen hatte. Doch beim Schreiben war er in Gedanken bei den letzten sechs Monaten, dieser Zeit, in der sein Leben eine ganz neue Wendung genommen hatte. Ende September hatte Jonathan ihm den Brief gegeben, der ihn davon in Kenntnis gesetzt hatte, daß Sara Kessel ihn in ihrem Testament bedacht hatte.

Einige Tage nach seiner Rückkehr nach London hatte Sophie Berkoff in der White Street bei ihm an die Tür geklopft. »Aha, mein lieber Derry«, hatte sie gesagt, »du bist also von den Toten auferstanden. Hör zu, ich habe Neuigkeiten für dich«, hatte sie hinzugefügt und ihm berichtet, daß ihr Freund, der Verleger, ein Angebot für sein Buch gemacht hatte. »David fand es soooo witzig«, hatte sie gesagt und das Wörtchen »so« in die Länge gezogen, wie sie das gern zu tun pflegte, um einer Sache Nachdruck zu verleihen.

Endlich passiert es, hatte er gedacht, während er ihr zuhörte. Endlich ist es soweit!

Sie hatte ihn angesehen und gesagt: »Da wirst du ja jetzt wohl hoffentlich hier ausziehen«, worauf er erwidert hatte: »Ja, wahrscheinlich.«

Danach hatten sie in Erinnerung an alte Zeiten miteinander geschlafen, und er hatte den Rest der Nacht wach gelegen und zur Zimmerdecke hinaufgeblickt, wo die Sprünge im Verputz ihm neue Wege zu weisen schienen, die sich verzweigten und in Gebiete führten, in die er immer schon hatte reisen wollen.

Zwei Wochen später war er zum zweitenmal der Frau begegnet, die er auf dem Fest von Ruth Duncans Schwester flüchtig kennengelernt hatte. Sie hieß Andrée Garland. Er begann für Andrées Zeitschrift »Chrome« Artikel zu schreiben, die neben Holzschnitten von Wyndham Lewis und Federzeichnungen von Paul Nash veröffentlicht wurden. Seit einigen Monaten wohnte er nun in Chelsea. Die Wohnung gehörte dem jüngeren Sohn eines Earl, der vom Pech verfolgt war und Derry eines Abends bei großen Mengen Gin sein Leid geklagt hatte, worauf dieser sich angeboten hatte, die Wohnung von ihm zu mieten. Nie wieder, hatte er sich geschworen, würde er in einer Bruchbude wie dem Zimmer in Stepney hausen.

Er hatte entdeckt, daß er doch etwas zu bieten hatte. Er konnte weder adelige Herkunft noch Geld, noch ein besonderes Talent vorweisen. Aber wenn er es darauf anlegte, hörten die Leute ihm zu und suchten seine Gesellschaft. Er sah es wie Dantes Hölle, eine Folge konzentrischer Kreise, die man durchschreiten mußte. Mit Sara Kessels Geld hatte er sich die Adresse und die Kleidung kaufen können, die es ihm erlaubt hatten, einen neuen Weg einzuschlagen. Am ersten Abend in der neuen Wohnung hatte er sich eine Flasche vom besten Champagner gekauft und auf Sara getrunken.

Das Foyer des Hauses am Grosvenor Square strahlte in blendendem Glanz. Marmor, wohin man blickte. Wie in einer sehr edlen und sehr großen öffentlichen Toilette, dachte Derry.

Auf der Suche nach Andrée streifte er durch die Räume. Perlenbestickte Stirnbänder, diamantene Schlipsnadeln, schwere Kristallkelche und die Saxophone der Jazzband funkelten im Schein der Lichter. Als er Andrée entdeckte, bahnte er sich durch das Gedränge einen Weg zu ihr.

»Derry, Darling!«

»Ein Geschenk für dich.« Er überreichte ihr seinen Artikel.

Sie las die ersten Zeilen und kicherte. Dann faltete sie die Blätter so klein zusammen, daß sie in ihr Abendtäschchen paßten, und steckte sie ein. »Den Rest hebe ich mir für später auf.« Sie sah ihn mit hochgezogenen Brauen an. »Ich wußte gar nicht, daß du die Baddeleys kennst.«

»Tue ich auch nicht.«

»Ah, du hast dich selbst eingeladen.«

»Ich bin mit Freunden von Freunden von ihnen befreundet.«

Andrée hob ihr Lorgnon und richtete ihren scharfen Blick auf die Gastgeber, die an der Tür standen und die Honneurs machten. »Hubert Baddeley ist Amerikaner. Er verkauft Automobile. Lavender sieht sich gern als umworbene Gastgeberin, bei der die gute Gesellschaft ein und aus geht. Sie hat heute Geburtstag. Daher das Fest.« Sie blickte sich im Saal um. »Eine Menge Leute«, stellte sie befriedigt fest. »Soll ich dich mit irgend jemandem bekannt machen, Derry?«

»Nein, danke, Andrée. Ich komme schon zurecht.«

»Soviel ich weiß, ist Oriana auch hier.«

»Oriana?«

»Die Klatschkolumnistin. Die Leute schlagen sich darum, in ihrer Spalte erwähnt zu werden. Wenn ich sie sehe, werde ich ihr von dir erzählen.«

Andrée verschwand in der Menge. Derry wartete noch einen Moment, dann stürzte auch er sich ins Getümmel.

Er unterhielt sich mit einem deutschen Großfinanzier, mit einem Fabrikanten elektrischer Glühbirnen und mit einem Großgrundbesitzer von altem Adel, dem große Teile der Grafschaft Norfolk sowie mehrere Bergwerke in Derbyshire gehörten. Er tanzte mit der eleganten Ehefrau des Glühbirnenfabrikanten und mit der jüngsten Tochter eines Vicomte, die nahezu volltrunken war. Er sah zu, wie Mrs. Baddeley die Kerzen auf der kunstvoll gestalteten rosaroten Geburtstagstorte ausblies: Als sie den Kuchen anschnitt, flatterte ein Schwarm Kanarienvögel mit rosarot gefärbtem Gefieder in die Luft. Er beugte sich über die Balustrade der Galerie und sah hinunter ins Marmorfoyer, wo er das Kommen und Gehen der Londoner High-Society beobachten konnte. Hier oben verschwammen gepflegte Konversation, Gelächter und Musik zu einem fernen Summen, ähnlich dem eines großen Schwarms fleißiger Bienen.

Irgendwann in den frühen Morgenstunden sagte hinter ihm jemand: »Mr. Fox? Mrs. Garland wollte unbedingt, daß ich mich Ihnen vorstelle.«

Er drehte sich herum. Sie war jung und groß und neigte zur Fülle, sie hatte ein frisches, rosiges Gesicht und blondes Haar, das zu einem Pagenkopf geschnitten war.

»Oriana?« fragte er.

Sie streckte ihm die Hand hin. »Ich hatte gehofft, Sie eines Tages kennenzulernen, Mr. Fox. Ich war neulich auf einem besonders langweiligen Empfang, und nur Ihr köstlicher Roman hat mich vor dem Einschlafen bewahrt.«

Sie trug ein Kleid aus rehbraunem Satin mit Pailletten in der gleichen Farbe. Die Schlichtheit des Kleides, das in einer ungebrochenen braunen Linie an ihr herabfloß, betonte ihren großen, kräftigen Wuchs. Trotz ihrer Jugend strahlte sie eine Selbstsicherheit, eine Art imposante Würde aus, die, fand Derry, ihr königliches Pseudonym rechtfertigten.

»Sind Sie dienstlich hier, oder gehen Sie einfach gern auf Geburtstagsfeste?«

»Ich mußte herkommen. Mein Verleger bestand darauf.« Sie sah ihn an. Sehr helle blaue Augen in einem sympathischen Gesicht, an dem alles irgendwie durchschnittlich war. »Und Sie?«

»Ich werde mir zu meinem nächsten Geburtstag eine riesige rosarote Torte nach heutigem Vorbild backen lassen.«

»Ja, herrlich vulgär, nicht?« murmelte sie.

Die Band hatte wieder zu spielen begonnen. Er schob seine Hand unter ihren Ellbogen und ging mit ihr in einen der Nebenräume, wo es ruhiger war. »Na, na«, sagte er. »Lockt Sie so etwas denn gar nicht? Nicht einmal ein ganz klein wenig?«

Sie schüttelte den Kopf. »Ich feiere meine Geburtstage nicht.«

Er musterte sie neugierig. »Gar nicht?«

»Gar nicht.«

»Warum nicht?«

Im ersten Moment glaubte er, sie würde ihm keine Antwort geben, aber dann sagte sie: »Weil – weil vor sehr langer Zeit, als ich noch ein kleines Mädchen war, an meinem Geburtstag etwas Schreckliches geschehen ist.«

Auf dem Kaminsims stand ein vergessenes Tablett mit Champagner. Er holte ihr ein Glas und wechselte das Thema.

»Warum sind Sie Klatschkolumnistin geworden?«

»Weil ich das Geld brauchte. Und weil es einfach für mich war, ich kenne die richtigen Leute.«

»Also kein Jugendtraum?«

Sie lachte. »Nein, bestimmt nicht. Ich wollte immer Balletttänzerin werden. Aber eine Unterrichtsstunde in der Woche bei einer Frau, die früher einmal in der hintersten Reihe der Primaballerinen im ›Alhambra‹ getanzt hat, reicht nicht. Außerdem bin ich zu sehr in die Höhe geschossen.« Sie stellte ihr Glas ab. »Aber ich schreibe über das Ballett. Unter einem anderen Namen natürlich. Die Bezahlung ist allerdings nicht so gut wie für den Klatsch und Tratsch.«

»Aber bei beidem geht's darum, auf die Choreographie zu achten, oder nicht?«

Sie lachte wieder. »Ja, wahrscheinlich. Und darum, die Handlung im Auge zu behalten. Ich könnte mir denken, daß es Ihnen Spaß macht, die Handlung im Auge zu behalten, Mr. Fox.«

»Da haben Sie absolut recht.« Er lächelte.

»Maddy Ferraby hat mir von Ihren Festen in einem wunderschönen alten Haus in Wiltshire erzählt.«

»Das sind nicht *meine Feste*. Ich habe nur zu Anfang bei der Organisation geholfen. Den größten Teil der Arbeit leistet Mrs. North, eine Freundin von mir.«

Sie bot ihm ihr Zigarettenetui an; Derry schüttelte den Kopf. »Sie sollten mich einmal einladen«, sagte sie. »Obwohl in den nächsten Wochen wahrscheinlich kaum jemandem nach Feiern zumute sein wird.« Sie schob eine Zigarette in eine lange Ebenholzspitze und sah auf ihre Uhr. »Ich muß gehen. Es hat mich wirklich gefreut, Sie kennenzulernen, Mr. Fox.«

»Derry«, sagte er und sah ihr nach, als sie durch das Zimmer davonging. Sie bewegte sich anmutig, wie eine Tänzerin. Er rief ihr nach: »Wie heißen Sie eigentlich? Ich meine, wie ist Ihr richtiger Name?«

Sie war schon an der Tür und drehte sich noch einmal um. »May«, antwortete sie. »May Lanchbury.«

Am Morgen des vierten Mai warteten Alix und Rory auf den Bus nach Salisbury. Als er nach einer halben Stunde immer noch nicht gekommen war, gingen sie nach Owlscote zurück.

Dort packte Alix Rory auf den Kindersitz ihres Fahrrads und radelte die fünf Kilometer bis Salisbury. Nachdem sie Rory in den Kindergarten gebracht hatte, ließ sie ihr Fahrrad stehen und nahm sich die Zeit, noch ein wenig durch die Stadt zu bummeln. Auf den Straßen stauten sich Personenautos und Lastwagen, aber der Bahnhof war wie ausgestorben. Auf den Reklametafeln vor den Zeitungskiosken stand: »Keine Zeitungen wegen Generalstreiks«.

In einem Schreibwarengeschäft kaufte Alix Tinte und Briefpapier, dann holte sie ihr Fahrrad und kehrte nach Owlscote zurück. Nur zwei ihrer Stammgäste, beide Automobilbesitzer, trafen ein wie gewohnt, und der eine, der Bus- und Bahnhofskioske mit Romanheftchen belieferte, packte schon nach wenigen Tagen niedergeschlagen seine Sachen, um wieder nach Haus zu fahren. Mrs. Waldegraves Kindergarten blieb geöffnet. Polly erledigte das bißchen Einkaufen und Kochen, das anfiel. Alix fragte sich oft, wie sie vor Pollys Ankunft in Owlscote zurechtgekommen war. Polly war nicht nur eine gute Köchin, es war einfach wohltuend, sie im Haus zu haben. Beatrice machte sich tagsüber meist im Garten zu schaffen. Zum erstenmal, seit sie erwachsen war, hatte Alix Urlaub.

Morgens arbeitete sie in der Bibliothek an der Geschichte Owlscotes. Doch wenn es Mittag wurde, zog das schöne Wetter sie unweigerlich hinaus ins Freie, und sie pflegte dann große Spaziergänge über das Gelände zu machen. Meist führte ihr Weg sie vom Garten zum Teich und vom Teich in den Wald. Ab und zu dachte sie flüchtig, ich sollte das trockene Wetter nutzen, um die Vorhänge zu waschen; oder, jetzt hätte ich Zeit, die Bücher in Ordnung zu bringen. Aber dic Bücher blieben unberührt und die Vorhänge ungewaschen. Dafür schleppte sie eines Tages das alte Ruderboot aus dem Schuppen. In der Hitze des Nachmittags ruderte sie gemächlich über den Teich und beobachtete dabei die Libellen, die auf den gelben Sumpfdotterblumen landeten, und den blauschimmernden Flug des Eisvogels vom Wald zum Wasser. Manchmal holte sie auch die Ruder ein und legte sich mit geschlossenen Augen zurück, um die Wärme der Sonne aufzusaugen, während das Boot langsam auf dem kühlen grünen Wasser trieb.

Wenn es zu heiß war, um auf dem Teich zu rudern, wanderte sie auf gewundenen, sonnengesprenkelten Wegen durch den Wald. Vor langer Zeit hatte sie manchmal, wenn sie durch tief hängende Zweige und wirres Gestrüpp vorausschaute, gemeint, flüchtig die im Dunkel verschwindende Gestalt eines kleinen Jungen zu sehen. Jetzt erinnerte sie nur noch der scharfe Geruch wilden Knoblauchs an jenen fernen Tag in Nordfrankreich: an das Picknick, den Spaziergang im Wald, den Jahrmarkt im Dorf. Die Ehe mit Edward und das Leben mit ihrem kleinen Sohn in Owlscote hatten diese alptraumhaften Erlebnisse tief in die Vergangenheit zurückgedrängt. Von den Wunden, die das Verschwinden des kleinen Charlie Lanchbury gerissen hatte, waren nur die Trennung innerhalb der Familie geblieben, durch die Beatrice von jeglichem Kontakt mit ihrem einzigen Bruder abgeschnitten war, und die schleichende Furcht, die Alix veranlaßte, noch immer vor jedem Fest, das sie in Owlscote veranstaltete, die Gästeliste zu prüfen.

Die sommerliche Wärme und die Verlangsamung des täglichen Rhythmus, die der Streik ihnen allen aufzwang, veränderten eine Zeitlang das Leben in Owlscote. Polly bereitete Picknicks, die sie draußen im Garten auf der Wiese einnahmen. Mr. Thompson, der einzige Pensionsgast, pflegte zum Abendessen mit ihnen am Tisch zu sitzen.

»Ich bin ein Zauberer«, sagte er. »Tagsüber bin ich Klavierstimmer, und abends bin ich Zauberer.« Er zupfte Münzen aus Pollys Ohr und zog seidene Tücher aus Blumentöpfen, und Rory klatschte in die Hände vor Staunen und Bewunderung.

Der Streik ging in die zweite Woche. Als Derry eines Mittags in seine Wohnung zurückkehrte, traf er dort Jonathan an, der vor der Tür auf ihn gewartet hatte.

»Jon! So eine Überraschung. Ich dachte, du hättest zu Hause alle Hände voll damit zu tun, die Heerscharen der Bolschewiken abzuwehren.«

»Ich wollte mit dir über Edith sprechen.«

»Gehen wir ein Stück spazieren?« meinte Derry. Es war heiß und drückend, er wollte nicht in der Wohnung sitzen.

Sie gingen das Embankment hinunter. Jonathan blickte zum Fluß hinaus und sagte: »Es sieht alles so friedlich aus. Ich hatte es mir ganz anders vorgestellt. In der ›British Gazette‹ stand, es gäbe Unruhen und Demonstrationen.«

»Doch nicht in Chelsea, Jon. In Stepney und Poplar.« Derry lächelte. »Wie geht's zu Hause? Vater ist wahrscheinlich außer sich darüber, daß die Rote Gefahr das ganze Land lahmgelegt hat, wie? Er sieht jetzt wohl seine schlimmsten Befürchtungen bestätigt?«

»Er ist tief erbittert, weil er seinen ›Telegraph‹ nicht bekommt«, sagte Jonathan. »Wegen des Kreuzworträtsels.«

»Und Mutter?«

»Ach, sie regt sich vor allem darüber auf, daß keine Post kommt. Cousine Dolly stand offenbar kurz vor irgendeiner Operation, und nun hat der Streik Mutter darum gebracht, die Einzelheiten zu erfahren.«

Am Fluß schien es frischer und kühler zu sein. Einen flüchtigen Moment lang, registrierte Derry, hatte so etwas wie stillschweigendes Einverständnis zwischen ihm und Jonathan bestanden; eine unausgesprochene Anerkennung der Tatsache, daß sie doch etwas gemeinsam hatten, auch wenn es sich vielleicht auf einen ungeduldigen Zorn gegen ihre Eltern beschränkte. Derry schoß der Gedanke durch den Kopf – ein Gedanke, der ihm gar nicht behagte –, daß sein Neid auf Jonathan vielleicht immer unbegründet gewesen war, einzig seiner eigenen Angst vor dem Versagen entsprungen.

Jonathan sagte: »Ich hatte gehofft, Edith würde für die Zeit nach Andover zu den Winstanleys kommen.«

»Ich würde mir da keine Sorgen machen – Richmond ist nun wahrhaftig keine Brutstätte der Revolution.«

»Sie ist nicht davon abzubringen, weiterhin täglich zur Arbeit zu gehen. Diese verflixte Werbeagentur! An einigen Straßen stehen Streikposten – ich habe sie selbst gesehen, als ich in die Stadt gekommen bin.« Jonathan, der verschwitzt und müde aussah, rieb sich die Stirn.

»Edith passiert schon nichts.« Derry warf seinem Bruder einen Blick zu. »Du schaust aus, als würdest du gleich zerfließen, Jon. Für einen Drink ist es noch zu früh, aber ich weiß ein nettes kleines Café.«

Bei schwarzem Kaffee schilderte Derry seinem Bruder die Ereignisse vom Morgen. »Im Hyde Park hatten sich Hunderte von Lastwagen versammelt. Bei Tagesanbruch natürlich – wahnsinnig dramatisch. Sie wurden von den Grenadier Guards zum Hafen eskortiert. Schuljungen und Studenten haben sie beladen. Und sie schienen einen Heidenspaß dabei zu haben. Wahrscheinlich, weil sie endlich mal was Nützliches tun durften.« Er hob den Kopf und sah seinen Bruder an. »Hast du …? Ich meine, du hast schließlich ein Auto …«

Jonathan erwiderte trocken: »Nein, ich habe mich nicht als Streikbrecher zur Verfügung gestellt, falls du das wissen wolltest, Derry.« Er sah zu seiner Tasse hinunter. »Im Krieg hatte ich einige walisische Bergarbeiter unter meinen Leuten. Ich meine, ich mache mir natürlich Sorgen, daß das Ganze außer Kontrolle gerät, aber ich könnte niemals –« Er brach ab.

»Die ›British Gazette‹ hat alle rechtschaffenen Leute – damit ist natürlich die Mittelklasse gemeint – aufgefordert, ›ihr Teil beizutragen‹. Der Ausdruck kommt mir sehr bekannt vor.«

Er sah, wie Jonathan schauderte, als fröre ihn, und begann, um das Thema zu wechseln, des langen und breiten von einem Ausflug zu Anfang der Woche zu erzählen, den er unternommen hatte, um bei einer Nachlaßauflösung einige alte Stiche zu erstehen.

»Auf einer Versteigerung. In *Norfolk*, Jon. Und keine Züge. Ich mußte per Anhalter fahren. Es war wunderbar – ich mit einer Mappe voller zweifelhafter französischer Stiche im Arm auf einer Fuhre Mist. Du hättest meine Schuhe sehen sollen. Tagelang sind mir die Leute aus dem Weg gegangen.«

Jonathan lächelte. »Und was hast du mit den Stichen vor?«

»Oh, die werde ich verkaufen. Für weit mehr, als ich dafür bezahlt habe.«

Sie gingen zum Auto zurück.

»Darf ich dich um einen Gefallen bitten, Derry?« sagte

Jonathan. »Würdest du mal nach Edith sehen?« Er stieg in den Wagen und holte Stift und Papier aus dem Handschuhfach. »Sie hat kein Telefon, weißt du, und da ja im Moment keine Post befördert wird ... Sie war in letzter Zeit ein bißchen« – er runzelte die Stirn – »ein bißchen überreizt, hatte ich den Eindruck.« Er kritzelte etwas auf einen Zettel. »Das ist die Adresse der Agentur. Geh doch mal mit ihr zum Mittagessen oder so was – sie macht um eins Pause. Bitte, Derry, ich mache mir wirklich Sorgen.«

Derry dachte daran, den Streikenden seine Dienste anzubieten, aber es fiel ihm nichts ein, womit er ihnen hätte nützlich sein können. Er hatte weder ein Automobil noch ein Motorrad, konnte also nicht als Kurierfahrer eingesetzt werden. An einigen der Überlandstraßen, die nach London hineinführten, waren Männer wie Schränke postiert, um alle Lastwagen aufzuhalten, die von Streikbrechern gefahren wurden. Er konnte sich nicht vorstellen, sich unter sie zu mischen. Er wußte, daß er früher irgend etwas unternommen hätte – ganz gleich, was –, nur um seinem Vater zu trotzen. Aber das war mittlerweile keine Motivation mehr. Er hatte sich damit abgefunden, daß ihm wieder einmal nur die Rolle des Zuschauers beschieden war. Da spielten sich Ereignisse von geschichtlicher Bedeutung ab, die das ganze Jahrhundert erschüttern werden, dachte er voll bitterer Ironie, und Derry Fox erzählt amüsante Anekdoten und schreibt witzige Artikel. Er wußte, daß die Streikenden nicht siegen konnten, daß ihre Forderungen zu radikal und zu bescheiden zugleich waren, daß der Streik schlimmstenfalls mit Blutvergießen und bestenfalls mit Demütigung enden würde.

Mit dem Beginn der zweiten Streikwoche nahm er einen Stimmungswechsel wahr. Die Hitze hielt an und trieb die Leute auf die Straßen. Als Derry an einem Dienstag nachmittag zu Fuß zu Sophie Berkoff ging, sah er einen umgestürzten Lastwagen und hörte das Klirren splitternden Glases. Um die nächste Ecke, sah er vor einer Haustür einen Mann hocken, der sich mit beiden Händen den Kopf hielt. Das schüttere graue

Haar war rot von Blut. An diesem Abend ballten sich am Horizont dunkle Wolken zusammen, und als die Sonne unterging, übergoß ihr schwindendes Licht die Häuser Londons mit blutrotem Schein, der an den Rändern in grünstichigem Kupfer strahlte: die Farben der Apokalypse, dachte er.

Punkt eins am folgenden Tag wartete Derry, der sein Versprechen gegenüber Jonathan halten wollte, vor der Werbeagentur am Golden Square auf Edith Carr. Seit der Bekanntgabe der Verlobung hatte er Edith keine fünf Mal gesehen, und natürlich stets nur im Beisein Jonathans. Bei diesen Gelegenheiten hatte er sich die größte Mühe gegeben, den vorbildlichen Schwager in spe zu spielen – er war höflich gewesen, umgänglich, hatte sich jede Provokation verkniffen. Doch das Unbehagen, das er beinahe von Anfang an verspürt hatte, blieb, und manchmal merkte er, wie diese kalten türkisblauen Augen ihn beobachteten und taxierten; ein-, zweimal auch hatte Edith irgendeine beiläufige Bemerkung, die er gemacht hatte, zum Anlaß genommen, um seine Worte mit einem beinahe fiebrigen boshaften Vergnügen nach allen Regeln der Kunst zu zerpflücken. Er vermutete, daß sie sich nur allzugut und mit Groll an ihr Tête-à-tête während seiner Rekonvaleszenz erinnerte.

Als die Türen aufgingen und die Leute zu ihrer Mittagspause auf die Straße strömten, sah er sie von einer Gruppe Kollegen umgeben. Er ging auf sie zu.

»Ich hatte vor, dich zum Mittagessen einzuladen, Edith – aber vielleicht bist du schon verabredet.«

Sie war stehengeblieben, als sie ihn sah. »Nein. Nein, ich habe nichts vor.«

Sie gingen ein Stück die Straße entlang. »Weißt du ein Lokal, wo du gern hingehen würdest?«

»Nein. Ich kaufe mir meistens nur ein Brötchen.«

Sie setzten sich in ein Restaurant am Piccadilly. Es hatte knallrote Vorhänge mit Troddeln, und an der Fensterscheibe schwirrte brummend eine Wespe hinauf und hinunter, die ins Freie wollte.

Er sah in die Speisekarte. »Was möchtest du?«

»Irgendwas. Such du aus.« Sie zündete sich eine Zigarette an. Er konnte sich nicht erinnern, sie früher schon einmal rauchen gesehen zu haben. »Warum hast du auf mich gewartet, Derry?«

»Darf ich meine zukünftige Schwägerin nicht zum Mittagessen ausführen?«

Sie sah ihn schweigend an.

»Jonathan hat mich darum gebeten«, bekannte er.

»Jonathan?« Sie lachte. »Das ist wirklich gut.«

Er erinnerte sich, wie sehr es ihn vor Monaten beim Anblick dieses vollkommenen und glatten Gesichts gereizt hatte, Edith zu provozieren, eine Reaktion oder eine Gefühlsregung, gleich, welcher Art, bei ihr hervorzurufen. Jetzt, sah er, war die kühle Gleichgültigkeit einer Art rachsüchtiger Bitterkeit gewichen.

Er bestellte auf gut Glück. »Wie geht es dir? Kommst zu zurecht? Ich meine – mit den Fahrten zur Arbeit und so weiter.«

»Ein Kollege nimmt mich im Wagen mit. Und in Richmond ist alles genauso wie immer.«

»Es ist merkwürdig, nicht wahr, wie stark kleine Dinge das Leben beeinträchtigen können. Keine Briefe verschicken zu können – und die Telefonverbindungen klappen ja überhaupt nicht.«

Sie warf ihm einen Blick zu. »Ich dachte, dich würde das alles amüsieren.«

»Stimmt, am Anfang hat es mich auch amüsiert. Es war wie eine Mischung aus offiziellem Feiertag und Karneval in Rio. Eine britische Variante von Anarchie.«

Der Kellner brachte ihr Essen.

Edith fragte: »Aber jetzt amüsiert es dich nicht mehr?«

Derry schüttelte den Kopf. »Man ahnt das tragische Ende, findest du nicht auch? Obwohl ›tragisch‹ vielleicht das falsche Wort ist.« Er begann sein Steak zu schneiden; nicht weil er essen, sondern weil er dem Blick dieser zornigen blauen Augen ausweichen wollte. »Ich denke, es wird am Ende auf eine banale Kapitulation hinauslaufen. Und ich bin mir nicht sicher, ob Banalität überhaupt tragisch sein kann.«

»Glaubst du nicht?«

»Verlangt das Wort ›Tragik‹ denn nicht eine gewisse Größe?«

»Ich würde sagen, daß die meisten tragischen Ereignisse absolut banal sind. Der Tod ist banal, ebenso Krankheit und ebenso die Liebe. Die meisten Tragödien – die wahren Tragödien, meine ich, nicht diese Geschichten, die man in Büchern aufgetischt bekommt – sind nichts weiter als eine Ansammlung banaler und völlig uninteressanter kleiner Episoden.«

Edith schwieg.

Derry suchte krampfhaft nach einem anderen Thema. »Wie geht es Mina?«

»Mina geht es sehr gut. Sie hat ihren ersten Roman beinahe fertig.«

»Ich könnte ihr ein paar Namen aufschreiben, wenn du möchtest – von Leuten, die ihr eventuell nützlich sein können, wenn sie ihn veröffentlichen will.«

»Wie *aufmerksam* von dir, Derry.«

Er legte Messer und Gabel ab und sagte: »Du kannst jederzeit gehen, Edith. Du brauchst nicht bis zur Nachspeise durchzuhalten.«

»Bist du nicht hungrig?«

»Wenn ich Haß spüre, bekomme ich Magenbeschwerden.«

»Haß!« Ihr Lächeln war bitter. Sie zündete sich die nächste Zigarette an und starrte zum Fenster hinaus in das Gedränge vorübereilender Passanten.

Er war sich eines rasch zunehmenden Unbehagens bewußt, doch er sagte: »Ich weiß nicht, warum du so wütend auf mich bist, aber du legst offensichtlich keinen Wert auf meine Gesellschaft. Ich mußte der Form Genüge leisten, sonst hätte Jonathan mir ewig in den Ohren gelegen. Ich weiß, du hältst nicht viel von mir, aber –«

Ihr schrilles Gelächter unterbrach ihn. »Ich nicht viel von dir halten? Du lieber Gott, und das von dir, der so ein scharfes Gespür für andere besitzt! Derry, an keinen Menschen denke ich so viel –«

Sie brach ab und schlug sich mit der Hand auf den Mund.

Dann flüsterte sie: »Das wollte ich nicht sagen – ich wollte überhaupt nichts sagen ...«

In dem langen, entsetzlichen Schweigen, das folgte, dachte er, *erfüllte Lust ist schändliches Verstreun der Lebenskräfte ...*, und erinnerte sich, wie er sich über ihre Schulter geneigt hatte, als sie ihm vorgelesen hatte. Er hatte in ihrem Buch geblättert und mit seinen Fingern ihre überraschend breiten, zupackenden Hände berührt und sie wegen dieser Hände, die so gar nicht zu der unmenschlichen Vollkommenheit ihres restlichen Körpers paßten, plötzlich beinahe gemocht.

Sie hatte sich von ihm abgewandt und schwieg. Er wußte, daß sie auf ein Wort von ihm wartete. Aber nie zuvor in seinem Leben war er um Worte so verlegen gewesen. Ihre Zigarette war bis beinahe zu ihren verkrampften Fingern heruntergebrannt.

Sie drehte den Kopf und sagte leise: »Es tut mir leid.«

»Es ist doch nicht so schlimm.« Aber es war schlimm.

»Meinst du, ich soll die Verlobung lösen?«

Er hatte heftiges Herzklopfen. »Das kann ich dir nicht sagen.«

»Ich meine« – sie blickte auf den Tisch hinunter – »würde es für mich etwas ändern, wenn ich die Verlobung löste?«

Er konnte nicht sprechen. Er schüttelte nur den Kopf.

»Warum nicht?«

Sein Mund war trocken. »Ich bin nicht für die Ehe geschaffen.«

»Von *Ehe* habe ich nichts gesagt.« Sie schloß gequält die Augen. »Entschuldige. So etwas wollte ich nicht sagen. Bitte vergiß es.«

»Jonathan –«

»Ach, Jonathan! Ich hätte gedacht, das hätte einen besonderen Reiz für dich.«

Er sah sie scharf an. »Wie meinst du das?«

»Derry! Daß ausgerechnet die Verlobte deines Bruders feststellt, daß sie dich liebt –« Edith brach ab und fing an zu lachen, keuchend und schrill. »Das muß deinem Hang zum Unkonventionellen und deinem Vergnügen daran, alle Welt zu schockieren, doch entgegenkommen. Ist das nicht ein Riesenwitz?«

Ist das nicht ein Riesenwitz? Er dachte an die Tage, die er im Haus seiner Eltern verbracht hatte, wie eingeengt er sich gefühlt hatte, wie angewidert, wie wütend er gewesen war. Auf seine Umgebung, auf seinen Vater und am meisten auf Jonathan, den perfekten Jonathan, der alles hatte. Jetzt fühlte er sich von neuem angewidert: diesmal von sich selbst.

Es kam ihm so vor, als hätte er plötzlich entdeckt, daß er am Rand eines Vulkans stand. Trotzdem mußte er fragen.

»Wirst du die Verlobung lösen, Edith?«

»Meinst du, ich sollte?«

»Liebst du Jon?«

Sie senkte den Blick. »Auf meine Weise, ja«, sagte sie leise.

Er sah, daß ihre Nägel fast bis zu den Fingerkuppen abgekaut waren. Die Haut rundherum war rissig.

Sie lächelte plötzlich. »Es gibt verschiedene Arten der Liebe, Derry, und ich habe entdeckt, daß es eine Art von Liebe gibt, die – unwillkommen ist. Zerstörerisch vielleicht.«

Sie hatte Tränen in den Augen.

Er sagte verzweifelt: »Das ist nicht Liebe. Das ist Begierde. Und sie vergeht.«

»Wirklich? Ich habe keine Ahnung. Ich habe so etwas noch nie vorher erlebt.« Sie stand auf. »Ich muß wieder in die Agentur.«

Er mußte es wissen. »Was wirst du tun?«

Edith biß sich auf die Lippe. »Nichts.« Ihr Gesicht war bleich, ihr Ton voller Verachtung. »Ich tue immer nichts.« Dann ging sie.

Jonathan war zu Hause, als Edith anrief. »Jon?« sagte sie. »Jon? Ich glaube, wir sollten miteinander reden.«

Ihre Stimme klang fern und brüchig. Er war plötzlich beklommen, aber noch bevor er etwas sagen konnte, setzte sie hinzu: »Ich finde, wir sollten uns überlegen, wann wir heiraten wollen«, und seine Beklommenheit schlug in Freude um.

8

AM 13. MAI beendeten die Gewerkschaften den Generalstreik. Die Transportarbeiter, Drucker und Schauerleute blieben noch einige Tage im Ausstand, dann kehrten sie ebenfalls an ihre Arbeitsplätze zurück. Als der September kam, waren nur noch die Bergarbeiter, deren Beschwerden unbeachtet geblieben waren, im Streik, bis schließlich die nackte Not auch sie zur Kapitulation zwang.

Im Herbst begannen wieder die Feste. Steife Abendgesellschaften in den vornehmen Häusern im West End, ausgelassene Feten in den Reihenhäusern von Bloomsbury und faule Wochenenden in zugigen Landhäusern in den Grafschaften rund um London.

Derry ging zu einem Fest in Chelsea. Das Haus war winzig; zwei Zimmer und eine Küche unten; noch einmal zwei Zimmer und ein Bad oben. Alle Räume waren so vollgepackt mit Menschen, daß er sich nur seitlich durch das Gewühl schieben konnte. Einige der Gäste waren kostümiert, andere waren in Abendkleidung erschienen. Irgend jemand hämmerte auf ein Klavier ein, und die Leute versuchten zu tanzen, indem sie, auf der Stelle tretend, vorsichtig die Beine schwangen. Oben gab es keine Stühle, die Gäste lagerten neben- und übereinander auf dem Boden. Derry stieg über jemandes Bein hinweg und fand sich unversehens May Lanchbury gegenüber.

Sie sagte: »Sie sehen aus wie ein hungriger Wolf auf der Jagd nach Beute.«

Er küßte sie auf die Wange. »Eigentlich bin ich nur auf der Jagd nach etwas zu trinken. Und nach einer Mütze frischer Luft.«

»Die Drinks sind mit Absinth gemixt, die würde ich nicht empfehlen.« Sie sah ihn neugierig an. »Ein Freund von mir hat Sie neulich in Schottland gesehen. Bei einer Nachlaßversteigerung.«

»Auf der Jagd nach den Krümelchen, die von des reichen Herrn Tisch herabfallen ...«

May lachte. »Ein jakobinischer Eßtisch. Ein ziemlich dickes Krümelchen.«

Mit einem Lachen nahm er sie bei der Hand und zog sie mit sich durch das Gedränge im Flur. Er öffnete eine Tür. Auf dem Bett wälzte sich ein Pärchen in hitziger Umarmung. Er schloß die Tür wieder und versuchte es bei der nächsten.

»Hier«, sagte er.

In dem Zimmer befand sich nur eine Person, eine Frau, die eine chinesische Maske trug. Sie lag quer über dem Bett. May tippte sie versuchsweise mit einem Finger an und sagte: »Völlig hinüber.« Sie ließ sich auf die Bettkante fallen und zog sich die Schuhe von den Füßen. »Gott sei Dank«, sagte sie aufatmend. »Ich hasse solche Feste. Es gibt nichts zu essen, man kann sich nirgendwo hinsetzen, und wenn man mal zur Toilette will, muß man ewig Schlange stehen.«

»Es wundert mich sowieso, Sie hier zu sehen. Gibt's denn hier für die Klatschspalte was zu holen?«

»Aber ja. Olivia Wyndham ist unten. Und später wird Stephen Tennant erwartet.« Sie sah ihn an. »Und warum sind Sie hier, Derry? Was für Krümelchen erhoffen Sie sich?«

Er zuckte lächelnd die Achseln und sagte nichts.

»Was haben Sie mit Ihrem jakobinischen Tisch angestellt?«

»Ich habe ihn an einen schwerreichen Amerikaner verhökert. Der wird ihn nach Kalifornien verschiffen und ihm den Ehrenplatz in seinem pseudojakobinischen Speisezimmer in seiner pseudospanischen Villa geben.«

May nahm ein Zigarettenetui aus ihrem Abendtäschchen und hielt es ihm hin. Er schüttelte den Kopf.

»Sie sind wirklich ein raffinierter Bursche, Derry«, bemerkte sie lachend, »schleichen sich in die feine Gesellschaft ein, indem Sie die vornehmen Herrschaften um den Finger wickeln und das Schoßhündchen spielen, während Sie sie in Wirklichkeit die ganze Zeit nur benutzen.«

»Ah, nicht nur Wolf, sondern auch Schmarotzer – sehr schmeichelhaft, May.« Derry trat zum Fenster und sah hinaus. Obwohl es regnete, tummelte sich ein Teil der Gäste im Garten. Er fragte: »Finden Sie das verwerflich?«

»Keineswegs. Sie profitieren nur von einem unvermeidlichen Verfall. Genau wie ich. Wir müssen beide sehen, wie wir über die Runden kommen.« Sie schob eine Zigarette in ihre Spitze. »Nehmen Sie beispielsweise meine Familie. Unser Londoner Haus wurde gleich nach dem Krieg verkauft. Da die Pachteinkünfte nicht ausreichten, um die Hypothekenzinsen für unseren Landsitz zu decken, mußte mein Vater Land und Gemälde verkaufen. Er verachtet mich, weil ich arbeite, um mir meinen Lebensunterhalt zu verdienen – wir haben keinerlei Kontakt mehr miteinander. Aber lieber schreibe ich Quatsch für die Zeitungen, als daß ich mich nach Bell Wood setze und Däumchen drehe, während ich darauf warte, daß mir jemand einen Heiratsantrag macht.«

»Wollen Sie denn nicht heiraten?«

Sie zündete ihre Zigarette an. »Ich bin die mittlere von drei Töchtern. Keine von uns wird eine nennenswerte Mitgift bekommen. Bei Daisy, meiner jüngeren Schwester, spielt das keine Rolle, sie ist hübsch. Um einen Mann zu bekommen, muß man entweder Geld haben oder hübsch sein. Familie allein zählt schon lange nicht mehr.«

»Und Ihre ältere Schwester?«

»Ella wird sicher niemals heiraten.« May blies eine blaue Rauchwolke in die Luft. »Ellas ganzes Leben dreht sich nur um einen einzigen Mann – unseren Vater. Andere Männer interessieren sie nicht. Das Traurige ist, daß sie ihm niemals genügen wird.«

»Und wieso nicht?«

»Weil sie nicht als Junge geboren wurde.«

Derry verspürte flüchtiges Mitgefühl mit der unbekannten, ungeliebten Ella. »Haben Sie auch Brüder, May?«

»Ich hatte einen. Er ist gestorben.«

»Im Krieg?«

Sie schüttelte den Kopf. »Schon vorher.«

»Und Sie haben wirklich keinen Kontakt mehr mit Ihrem Vater? Überhaupt keinen?«

Sie hockte mit hochgezogenen Beinen auf dem Bett. »Na ja, wir sehen uns zu Weihnachten und an Geburtstagen. Sie wissen schon.«

»O ja«, bestätigte er mit Nachdruck. Er dachte an Jonathan und Edith und die katastrophalen Beziehungen zu seiner eigenen Familie. Er sah sie fragend an. »Und Ihre Mutter ...?«

»Sie ist gestorben, als ich zehn war. Ich hatte eine Stiefmutter, aber die hat uns schon vor Jahren verlassen. Ich vermute, sie hat es in Bell Wood einfach nicht ausgehalten – diese Kälte, die öden, endlos langen Korridore, keine Heizung, keine sanitären Anlagen.«

»Mrs. North hat auch so ein Haus. Ich liebe solche Häuser.«

»Dann sind Sie also ein Romantiker.«

»Vielleicht.« Er betrachtete sie aufmerksam. »Ist es schwer für Sie? Ich meine, in Ihren Kreisen – Sie haben sich doch sicher etwas ganz anderes vom Leben erwartet.«

»Nein.« May schüttelte entschieden den Kopf. »Für mich ist es nicht schwer. Ich habe schon sehr früh gelernt, daß man vom Leben nichts erwarten kann. Außerdem macht meine Arbeit mir Freude. Der Klatsch amüsiert mich, und das Ballett liebe ich. Aber es gibt viele, die mit den Veränderungen nicht fertig werden. Viele Leute ›meiner Kreise‹ haben eine Menge verloren und können sich nicht damit abfinden. Sie sind wütend.«

»Ihr Vater auch?«

Sie zog die blaßblauen Augen zusammen. »Mein Vater verachtet die Neureichen, und er verachtet Menschen wie mich, die ihre Klasse verraten haben, um zu überleben. Er ist der Überzeugung – das war immer schon so –, daß die alten Großgrundbesitzerfamilien von Gott dazu ausersehen sind, die Herrschaft auszuüben. Und er ist der Meinung, daß die Gesellschaft im Verfall begriffen ist.«

May richtete sich auf und drückte ihre Zigarette in einem

Blumentopf auf dem Fensterbrett aus. Dann wandte sie sich Derry zu und lächelte.

»Würden Sie mit mir tanzen, Derry? Auch wenn man da unten kaum Platz hat, sich zu bewegen? Ich tanze so leidenschaftlich gern.«

Im August, in den zwei Wochen, in denen die Pension geschlossen war, verpaßte Alix der Küche einen neuen Anstrich und legte alle Schränke und Regale mit frischem Papier aus. Im Monat darauf kehrten wie Zugvögel die Pensionsgäste zurück, die die gute Küche und die bequemen Betten in Owlscote schätzen gelernt hatten.

Morgens waren alle Tische im Speisezimmer besetzt, und in der Küche eilte Polly geschäftig hin und her, um die Tabletts zu richten, während in den Pfannen Schinken und Würstchen brutzelten. Es gab jetzt fließendes kaltes und warmes Wasser in der Küche und den Badezimmern. Rorys Schulgeld war für ein Halbjahr im voraus bezahlt. Alix hoffte, im kommenden Jahr eine Zentralheizung installieren lassen zu können, wenn sie sparsam wirtschaftete, dafür sorgte, daß die Pension immer ausgebucht war, und in den Wintermonaten so viele Feste wie möglich veranstaltete. Sie stellte sich kochendheiße Heizkörper in den Zimmern vor und einen bullernden Kohleofen im Keller. Nie wieder Kohlen schleppen müssen! Nie wieder Aschewolken aus verstopften Kaminen fegen müssen!

Eines Samstag nachmittags Mitte September kam Jonathan mit seiner Verlobten zum Tee nach Owlscote. Als Alix die Fremde begrüßte, erinnerte sie sich an Derrys Worte: *Edith ist schön, unbestreitbar schön,* und strich sich unwillkürlich über das Haar und wünschte, sie hätte sich mit mehr Sorgfalt gekleidet.

Sie tranken den Tee im Salon bei einem lodernden Kaminfeuer, da es über Nacht kalt geworden war. Die Stimmung war gezwungen, Gespräche kamen nur stockend in Gang, um schon im Ansatz wieder zu versiegen. Rory warf Zuckerwürfel ins Feuer; Beatrice schimpfte ihn aus und klagte über die Zugluft.

Jonathan fragte Alix, wann sie Derry zuletzt gesehen habe – »ich habe ihn seit Monaten nicht zu Gesicht bekommen, ich habe allmählich den Eindruck, er geht mir aus dem Weg« –, und Alix wollte Jonathan gerade von den Postkarten erzählen, die Derry ihr den Sommer über geschrieben hatte (jede Woche eine, meist nur ein paar scherzhafte Worte), als Edith sagte: »Ach, Derry hat sicher zu tun. Du kennst doch Derry, Darling, er hat immer zu tun. Ein richtiger kleiner Hansdampf in allen Gassen.« Der ätzende Ton überraschte Alix.

Dann fragte Beatrice Edith nach der Hochzeit, und die Rede kam auf andere Themen wie Brautjungfern und Flitterwochen.

Gegen Ende des Monats erhielt sie einen Brief von Derry. »Liebste Alix, ein paar Freunde von mir möchten gern Owlscote für ein Fest mieten. Es ist eine ziemlich wilde Bande, vielleicht möchtest Du also lieber ablehnen. Sie würden allerdings gut zahlen. Überleg es Dir und gib mir Bescheid. Ich würde Dir selbstverständlich mit Rat und Tat zur Seite stehen. Für den Fall, daß Du einverstanden bist – sie hätten gern was Originelles. Ich dachte an ein Kostümfest unter dem Motto: Mein bester Freund.«

In Pullover und Jacken eingemummt, setzte sich Alix in die Bibliothek, um die Bücher zu inspizieren. Sie rechnete, bis ihr der Kopf heiß wurde, sah noch einmal den Prospekt durch, den der Heizungsinstallateur ihr dagelassen hatte, und schrieb Derry schließlich, sie sei mit seinem Vorschlag einverstanden.

Die Gäste trafen an einem feuchten, windigen Abend ein, als der Herbst schon in den Winter überging. Chrom und Glas ihrer Automobile blitzten im unruhigen Licht des Mondes, der immer wieder hinter Wolken verschwand. Als sie hereinkamen, dachte Alix, sie passen nicht ins Haus. Bei früheren Festen, so schien es ihr, hatte Owlscote die fremden Menschen sich einverleibt, ihnen den Stempel seiner Persönlichkeit aufgedrückt. Diese Leute hier, das spürte sie, hätten sich mit der gleichen Selbstsicherheit und dem gleichen Desinteresse in einem Hotel in Mayfair, einem römischen Palazzo oder einer Wohnung an der Fifth Avenue breitgemacht. Alix selbst begrüßten sie höflich, aber mit einer Gleichgültigkeit, die keinen Zweifel daran ließ, daß Alix in ihren Augen einzig und allein dazu da war, für ihr Wohl und ihre Bequemlichkeit zu sorgen. Nicht einer dieser spritzigen, selbstsicheren jungen Leute, dachte sie, würde auf den Gedanken kommen, ihr einen Cocktail in die Küche zu bringen, wie Maddy Ferraby das getan hatte. Sie schüttelten ihr die Hand oder nickten ihr grüßend zu, aber ihre Blicke suchten Derry.

»Hallo, Derry, Darling, ich bin als meine frühere Gouvernante gekommen, weil sie meine beste Freundin war.« – »Gefällt dir mein Kostüm, Derry? Ist es nicht wahnsinnig komisch?«

Manche der jungen Frauen waren als Männer verkleidet – kurzes, mit Brillantine an den Kopf geklatschtes Haar, Monokel, Frack. Ein blonder Mann trug Seide und Chiffon und um den Hals lange Ketten und fließende Schals. Zwei Frauen, Hand in Hand, präsentierten sich wie Zwillinge in den gleichen Kostümen: »Wir sind unsere besten Freundinnen.«

Derry begrüßte sie alle mit Küssen. Sie warfen ihm die Arme um den Hals und riefen: »Derry, Darling, wo *warst* du denn? Wir haben dich ja seit Wochen nicht gesehen. Wir haben dich so vermißt.«

Alix bot Getränke an und reichte Kanapees herum. Der Strom der Gäste ergoß sich aus dem großen Saal ins Speisezimmer und auf die Treppe. Ein Mann in Pelzmantel und mit Wolfsmaske verkündete: »Ich bin mein Schäferhund, der ist nämlich mein bester Freund.« Erheitertes Gelächter. Immer noch fuhren Wagen in den Hof ein. Die Leute tanzten auf der Terrasse und im feuchten Gras des Gartens. Einige wanderten in die Küche und stibitzten kleine Leckereien von den Platten; ein Mädchen in einem Kleid, das wie Schlangenhaut changierte, sperrte sich in die Speisekammer ein und kam erst wieder heraus, als Alix an die Tür trommelte und rief, das Haus stehe in Brand.

In den frühen Morgenstunden suchte sie nach Derry. Er war nicht im großen Saal und nicht in der Bibliothek. Auch unter denen, die sich auf der Treppe räkelten, entdeckte sie ihn nicht. Sie trat durch die Flügeltür auf die Terrasse hinaus. Die Nachtluft kühlte ihr heißes Gesicht und erfrischte sie. Sie ging langsam die Terrasse entlang, weg von den Klängen des Grammophons, vom Gelächter und Stimmengewirr der Tanzenden.

Aus einem Rosenbeet stieg eine Stimme auf: »... richtig froh, dich in deiner eigenen schönen Gestalt zu sehen, Miranda.«

Alix hielt an. In der Dunkelheit konnte sie Derry erkennen, der an eine Säule gelehnt dastand.

Das Mondlicht erhellte das helle Haar und das scharlachrote Kleid der Frau an seiner Seite. »Ich bin als ich selbst gekommen, Derry. Ich bin mir der beste Freund.«

»Und was ist mit mir?«

»Bei dir bin ich mir nie sicher.« Die Stimme war leise, mit einem Anflug von Koketterie unterlegt. »Du kannst so – flatterhaft sein.«

»Aber jetzt bin ich hier. Gar nicht flatterhaft.«

Der helle Kopf neigte sich dem dunklen entgegen.

Alix wandte sich abrupt ab und ging ins Haus zurück. Als sie zum oberen Flur hinaufschaute, sah sie, daß Bill, Derrys athletischer Freund, nicht wie gewohnt an seinem Platz an der Ecke zu dem Seitengang ausharrte, der zu den Zimmern von Beatrice und Rory führte. Wie gejagt rannte sie die Treppe hinauf, zwischen Grüppchen von Leuten hindurch, die es sich auf den Stufen bequem gemacht hatten oder träge am Geländer hingen. Oben zwang sie sich zur Ruhe, näherte sich leise dem Kinderzimmer und blieb vor der Tür stehen. Sie wollte Rory, der sicherlich fest schlief, auf keinen Fall wecken. Aber während sie noch dastand und lauschte, hörte sie Stimmen aus dem Kinderzimmer.

Sie riß die Tür auf und sah das Paar, das engumschlungen und gedämpft murmelnd vor dem mondhellen Fenster stand.

»Was zum Teufel tun Sie hier?« zischte sie.

Die Frau sah sie bestürzt an, doch der Mann sagte herausfordernd: »Was glauben Sie wohl, was wir tun?«, und faßte die Frau fester um die Taille.

»Das ist das Zimmer meines Sohnes.«

Die Frau schlug sich erschrocken die Hand auf den Mund. Ihr Blick flog durch das Zimmer und blieb an dem Kinderbett hängen, in dem Rorys zusammengerollte kleine Gestalt auszumachen war. Der Mann starrte Alix verständnislos an.

Sie waren beide stark betrunken.

Dann grinste der Mann. »Na, da kann der Kleine doch was lernen.«

Alix verschlug es einen Moment die Sprache. Sie stürzte durch das Zimmer auf die beiden zu. »Hinaus! Verschwinden Sie! Verschwinden Sie sofort aus meinem Haus.«

Die Frau zog den Mann am Arm und sagte: »Harold!«, aber der rührte sich nicht. »Wir haben doch nur ein bißchen geknutscht«, sagte er mit schwerer Zunge. »Was ist denn da groß dabei?«

»Ich habe gesagt, Sie sollen verschwinden.«

»Stellen Sie sich doch nicht so an –«

»Hinaus! Auf der Stelle!«

»Na, hören Sie mal –«

Von der Tür her sagte jemand: »Augenblick! Ich würde dir raten zu tun, was Mrs. North sagte, Harold. Los, zieh Leine. Na, mach schon.«

Harold ging zur Tür. »Ach, Derry Fox!« Er hatte die Hände zu Fäusten geballt. »Was geht dich das überhaupt an? Ich gehe nicht. Fällt mir gar nicht ein. Ich hab schließlich bezahlt.«

Rory wälzte sich in seinem Bett mit einem leisen Seufzen auf die andere Seite. Alix setzte sich zu ihm und streichelte ihm den Kopf.

»Harold, wenn du nicht auf der Stelle verschwindest«, sagte Derry sehr ruhig, »werde ich meinen Freund Bill bitten, dich rauszuwerfen. Und damit du es weißt, mit dem Jungen ist nicht gut Kirschen essen. Also, sei vernünftig und verzieh dich.«

Alix beugte sich mit leisen, besänftigenden Worten zu Rory hinunter und küßte ihn auf die Stirn. Langsam beruhigte er sich wieder. Als sie aufblickte, war das Pärchen gegangen, und Derry kam auf sie zu.

»Alles in Ordnung?« fragte er flüsternd, und sie nickte stumm.

»Wir hatten unten ein paar ungebetene Gäste, um die Bill sich kümmern mußte.«

Sie warf einen letzten Blick auf Rory, um sich zu vergewissern, daß er wieder eingeschlafen war, dann ging sie mit Derry hinaus. Im Flur verlor sie die mühsam bewahrte Fassung, und sie rief zitternd: »Das ist mein Haus, Derry. Hier ist Rory *sicher* ...«

Er nahm sie in die Arme. »Beruhige dich. Sie gehen jetzt alle. Bill und Polly bugsieren sie hinaus. Am besten, ich gehe runter und helfe ihnen. Setz du dich solange in die Bibliothek.«

Alix ging nach unten. Sie setzte sich in einen abgeschabten alten Ledersessel und wartete, die Beine unter sich hochgezogen, die Arme um ihren Oberkörper geschlungen, während das Haus sich leerte. Selbst der stille, angemoderte Frieden der Bibliothek war gestört worden. Im offenen Kamin lagen Glasscherben, und auf dem Schreibtisch war eine Champagnerlache. Lange Zeit saß sie völlig reglos da, dann stand sie auf und wischte den Champagner mit ihrem Taschentuch weg. Danach sammelte sie die Glasscherben im Kamin auf.

Die Tür öffnete sich. Derry sagte: »Sie sind alle weg.« Er kam ins Zimmer. »Tut mir leid. Das war eine dumme Idee. Meine Schuld.«

»Unsinn! Du hast mich gewarnt. Ich wollte das Geld haben.« Alix fühlte sich innerlich ausgehöhlt und erschöpft. »Sind das deine Freunde, Derry? Sind diese Leute wirklich Freunde von dir?«

Derry hatte sich auf das Sofa fallen lassen und Kragen und Schlips geöffnet. »Sie sind – nützlich.«

»Und Miranda?« Sie konnte sich die Frage nicht verkneifen. »Ist sie auch nützlich?«

»Sehr sogar.« Er senkte die Lider. »Ich habe dich auf der Terrasse gesehen. Ich bin dir nachgelaufen.«

Sie schwiegen beide. Alix warf die Glasscherben in den leeren Kohlenkasten. Sie hatte sich an einem der Splitter den Daumen aufgerissen, ein dünner Blutfaden zog sich von der Fingerspitze zum Ballen.

Derry nahm ihre Hand und küßte das Blut weg. »Irgendwie hab ich nie ein Taschentuch da, wenn du eines brauchst, aber so geht's ja auch, nicht?« Als er den Arm um sie legte, drückte sie ihre Stirn an seine Schulter.

»Miranda kennt jemanden, den ich gern kennenlernen würde«, sagte er. »Das ist alles.«

»Da steckt wohl wieder eines deiner Projekte dahinter?«

»So was in der Art.«

Sie löste sich von ihm. »Jonathan war vor zwei Wochen hier. Da habe ich endlich die sagenumwobene Edith kennengelernt.«

»Ach ja?« Sein Ton war beiläufig.

»Du hast recht. Sie ist sehr schön.«

»Ja, nicht wahr?« Er sah sich um. »Wir sollten mit dem Aufräumen anfangen.«

»Ach, lassen wir doch einfach alles stehen. Morgen kann Polly mir helfen.«

»Schön, dann trinken wir noch ein Glas.«

Alix fand ein sauberes Glas und schenkte ihm einen Whisky ein. »Jonathan sagte, er hätte dich lange nicht gesehen, Derry.«

»Ich hatte zu tun. Aber ich habe mit ihm telefoniert und mir die Hochzeitspläne in aller Ausführlichkeit beschreiben lassen.«

»Die Hochzeit ist doch erst irgendwann im nächsten Jahr.«

»Ja, im Sommer. Aber Jon scheint bereits alles bis ins kleinste Detail organisiert zu haben.«

»Derry, was ist los?«

»Wieso? Gar nichts.«

»Unsinn. Seit du heute nachmittag gekommen bist, hast du keine fünf Minuten stillgesessen.«

»Bin ich dir auf die Nerven gefallen?«

»Ja«, antwortete sie. »Ganz fürchterlich.«

»Ehrlich gesagt, ich stecke ein bißchen im Schlamassel.«

»Geht's um Geld?«

Er schüttelte den Kopf. »Um eine Frau.«

»Du hast sie gern?«

»Nein, das ist es nicht.«

»Was dann? Ist sie eine Freundin von dir?«

»Ja, so könnte man vielleicht sagen. Ich glaube nur, sie möchte mehr als Freundschaft.«

Sie beobachtete scharf sein Gesicht. »Und du möchtest das nicht?«

»Nein. Das ist ausgeschlossen.« Er hob abwehrend beide Hände. »Bitte frag nicht. Es ist einfach ausgeschlossen.«

»Hast du es ihr gesagt?«

»Das weiß sie selbst. Es wäre eine Katastrophe.« Er sah Alix an. Im gedämpften Licht wirkten seine beschatteten Augen wie zwei tiefe dunkle Löcher.

»Das Schlimme dabei ist«, sagte er, »daß es meine eigene Schuld ist.«

»Aber Derry, du hast doch überhaupt keine Macht über die Gefühle, die andere dir entgegenbringen. Diese Macht hat niemand.«

»O doch, ich schon. Andere manipulieren, darauf verstehe ich mich bestens. Weißt du das noch nicht?« Sein Ton war bitter.

»Derry –«

»Wie schaffst du es, jemandem, der sich in dich verliebt hat, diese Liebe auszutreiben? Ich hab's auf jede erdenkliche Weise versucht. Ich war ekelhaft, ich war nett, ich war langweilig. Und nichts hat irgendwas geändert.«

»Dann mußt du ihr aus dem Weg gehen.«

»Nimm mal an, du liebtest mich – ich weiß, das bedarf einiger Phantasie, Alix –, was würde dich abschrecken?«

Sie war froh, daß das Licht so dämmrig war, daß er ihr Gesicht nicht deutlich sehen konnte. »Oh, wenn du so wärst wie immer – schwierig, eingebildet und eigensinnig. Das würde mich abschrecken.«

Er lächelte nicht. »*Coups de foudre* sind doch im allgemeinen nicht von Dauer, oder?«

»Das darfst du mich nicht fragen. Ich habe da keine Erfahrung.«

»Natürlich. Das hatte ich vergessen. Du hast ja nicht aus Liebe geheiratet.«

Sie hielt seinem Blick stand. »Aber bei Rory habe ich so

etwas erlebt. Ein Blick, und ich habe ihn geliebt. Ich hatte so etwas nicht erwartet. Was in dem Moment in mir vorging – es traf mich völlig überraschend.«

Er sah auf seine Uhr. »Ich mache mich jetzt besser auf den Weg.« Er stand auf. »Bist du mir böse wegen des Fests?«

Alix schüttelte den Kopf.

Gleich hellte sein Gesicht sich auf. »Gott sei Dank. Es wäre furchtbar für mich, das alles hier zu verlieren.«

Sie lächelte. »Du bist genau wie ich, Derry. Du kommst hierher, weil Owlscote deine Zuflucht ist.«

Er drehte sich nach ihr um. »Nicht Owlscote«, sagte er. Dann ging er.

Einige Wochen danach nahm Alix den Zug nach London. Mit Freddie Maycross' Hilfe hatte sie drei Aufsätze über Owlscote an eine historische Zeitschrift verkauft. Zur Feier des Tages lud Freddie sie zum Mittagessen ins Savoy ein. Zwei Stunden später trat Alix aus dem Lichterglanz des Restaurants auf die graue Straße hinaus. Der Himmel über der Stadt war dunkel, der Regen begann in matschigen Schnee überzugehen. Ein Blick auf ihre Uhr sagte ihr, daß sie gerade einen Zug nach Hause verpaßt hatte. Sie winkte einem Taxi und ließ sich zu Derrys Wohnung fahren.

Er öffnete ihr. »Alix, wie schön, dich zu sehen. Hast du es dir doch noch anders überlegt?«

»Wieso? Was denn?« Sie trat in die Wohnung.

»Heute ist doch Maddy Ferrabys Verlobungsfeier.«

»Ach Gott.« Sie drückte die Hand auf den Mund, als ihr plötzlich die Einladung auf weißem Büttenpapier einfiel, die schon vor Wochen in Owlscote eingetroffen war. »Das hatte ich vollkommen vergessen. Und dabei war es so nett von Maddy, an mich zu denken.«

»Ich muß jedenfalls hingehen – ich muß da jemanden sprechen. Ich bin nämlich dabei, einem Baron eine alte Vorratsscheune abzukaufen, das ich dann an einen Filmproduzenten aus Hollywood verschachern will. Die nehmen das Ding auseinander, numerieren die einzelnen Teile und verfrachten sie in

Kisten nach Amerika.« Er sah sie an. »Du bist ganz blaugefroren. Und an deinen Wimpern hängen Schneeflocken.«

Im offenen Kamin brannte ein Feuer. Alix kniete davor nieder und wärmte sich die Hände.

»Also, kommst du mit?«

»Auf das Fest? Nein, Derry, ich kann nicht.«

»Wieso nicht?«

Sie drehte den Kopf und sah ihn über ihre Schulter hinweg an. Wie erstaunlich aufgeräumt und ordentlich dieses rotschwarze Zimmer immer ist, dachte sie.

»Ich habe doch gar kein Kleid mit.«

»Dann kauf dir eines.«

»Derry!« Und gleichzeitig erinnerte sie sich, wie er ihr das Blut vom Finger geküßt hatte. Und wie er sich, bevor er zur Tür hinausgegangen war, nach ihr umgedreht und gesagt hatte: *Nicht Owlscote.* Sie sagte: »Ich muß mich um Rory kümmern …«

»Aber den holt Polly doch vom Kindergarten ab.« Alix nickte. »Na also.«

»Ich müßte auf jeden Fall den letzten Zug nehmen.«

»Natürlich. Wie Aschenputtel.« Er zog sie hoch. »Komm. Die Geschäfte machen in einer Stunde zu.«

Sie gingen in die Oxford Street. Alix konnte sich nicht erinnern, wann sie sich das letzte Mal ein Kleid gekauft hatte – einfach in ein Geschäft hineinspaziert war, eines ausgewählt und mitgenommen hatte. Alle ihre Kleider schneiderte Beatrice. Bei Selfridges probierte sie eines nach dem anderen an und führte sie Derry vor. Austernfarbener Satin (»Sieht zu sehr nach Braut aus«); taubenblauer Taft (»Wie ein Lampenschirm«); schwarzer Chiffon (»So trist; einfach schrecklich«). Am Ende entschied sie sich für rostrote Seide – die Farbe des Herbstlaubs, dachte sie.

Als sie sich in Derrys Wohnung zurechtmachte, mußte sie mit dem Lippenstift in der Hand plötzlich innehalten. Eine unerklärliche Beklemmung hatte sie ergriffen, und ihre Hand zitterte so stark, daß sie den verschmierten Lippenstift wieder abwischen und ihren Mund neu nachmalen mußte, nachdem sie ruhiger geworden war. Ein beinahe fremdes Gesicht sah sie an, als sie in den Spiegel blickte: tiefrote Lippen, ein blasses Gesicht, in dem die Augen im Gegensatz zum Rostrot des Kleides in einem intensiveren Grün als sonst leuchteten. Sie packte Kamm, Lippenstift und Puder in ihre Handtasche. Panzerung, dachte sie. Eine Art Panzerung.

Sie trat aus dem Badezimmer hinaus. Sie fing den Blick auf, mit dem er sie ansah; wie seine Augen sich weiteten. Als er ihr mit einem Kompliment über ihr Aussehen die Hand küßte, verweilten seine Lippen ein wenig länger als nötig auf ihrer Haut.

Er half ihr in den Mantel und rief ein Taxi an. Maddy Ferrabys Verlobungsfeier fand in einem Haus in der South Audley Street statt. Als Alix in das prachtvolle große Foyer trat, flüsterte sie: »So hatte ich mir das nicht vorgestellt. Ich meine – diese Großartigkeit.«

»Maddy stammt aus den besten Kreisen; sie ist die Nichte eines Grafen.«

»Aber in Owlscote hatte sie einen geflickten Pullover an.«

»Nur die Neureichen tragen Pullover, die nicht geflickt sind.« Derry sah sich in dem großen, menschengefüllten Raum um und lächelte. »Hier ist wirklich alles versammelt, was Rang und Namen hat. Komm, Alix.« Er bot ihr den Arm und führte sie ins Gedränge.

Irgendwie wurde er von ihr getrennt. Er mußte dringend den Baron mit dem Schloß und der alten Vorratsscheune sprechen. Der Baron war verrückt und in einer verzweifelten finanziellen Situation. Während Derry sich den Mund fusselig redete, rechnete er im Kopf unablässig. Dann traf er Andrée Garland, die ihn beim Arm nahm und auf einen kühlen Balkon hinauszog. »Nur noch drei Ausgaben, Derry«, sagte sie leise. »Mein Geld reicht nur noch für drei Ausgaben von ›Chrome‹. Du mußt mir helfen, einen Mäzen zu finden.«

Er kam sich vor wie ein Jongleur, der bunte Keulen in die Luft schleuderte, wieder auffing, um sie von neuem zum Himmel emporzuwerfen und dabei Muster zu bilden, wie es ihm gefiel. Nur eine drohte seiner Hand zu entgleiten. Bei dem Gedanken an sein letztes Zusammentreffen mit Jonathan und Edith empfand er Ärger und Ekel. Edith hatte kaum ein Wort mit ihm gesprochen; und er hatte sich lächerlich gemacht mit seinen Bemühungen, Jon von der geballten Spannung abzulenken, die von ihr ausging. Er wußte nicht, was er mehr fürchtete: daß sie Jon heiraten oder daß sie die Verlobung lösen würde. Beides, meinte er, würde zur Katastrophe führen. Aus reiner Verzweiflung hatte er sich Alix anvertraut, soweit er es wagte. Seit jenem Abend hatte er sowohl Jonathan als auch Edith gemieden.

Er fand sich – er wußte nicht, wie – gefangen in einem kleinen Nebenzimmer, in dem heftig über Politik diskutiert wurde.

»Die großen Staatsmänner sind von der Bühne verschwunden.«

»Das Land wird von den Zeitungskönigen und den Bankiers beherrscht.«

»Und von den Bolschewiken. Das haben die Ereignisse dieses Sommers deutlich gezeigt.«

»Das Parlament sollte ein Gesetz erlassen –«

»Das Parlament sollte aufgelöst werden. Es ist eine völlig überholte Institution.« Die Stimme war kalt und schneidend. »Das Volk braucht *einen* starken Mann, der es führt. Auf eine Versammlung von Speichelleckern und Liberalen, die keine Ahnung davon haben, wie man ein Land regiert, kann es verzichten.«

Es war stickig und viel zu heiß in dem kleinen Zimmer. Derry zerrte an seinem Kragen. Federboas, dachte er, Federkiele und Daunenkissen …

Der Mann mit der schneidenden Stimme fuhr fort: »Wir müssen die Welt, die wir verloren haben, neu erschaffen, meine Herren, bevor es zu spät ist. Wir müssen das Vorbild anderer Nationen nachahmen – Italiens zum Beispiel …«

Hinter der offenen Tür gewahrte Derry flüchtig einen Schimmer rostroter Seide. Er rief Alix beim Namen und versuchte, sich einen Weg durch die dichtgedrängte Gruppe der

Diskutierenden zu bahnen. Hände griffen nach ihm, hielten ihn auf, Stimmen riefen seinen Namen. Bis er zum Flur hinauskam, war sie schon wieder verschwunden.

Roma erzählte Alix von dem Haus, das sie gerade ausstattete. »Creme, Lindgrün und Umbra. Kein Schwarz mehr. Schwarz ist passé.« Sie sah Alix an. »Du solltest mich mein Glück mal in Owlscote versuchen lassen.«

Maddy Ferraby streckte Alix ihre linke Hand hin, um ihr ihren Verlobungsring zu zeigen. »Es war der Verlobungsring von Henrys Urgroßmutter. Der Saphir hat früher einem indischen Fürsten gehört. Unheimlich romantisch, nicht wahr?«

Alix trank Champagner und aß von den appetitlichen kleinen Kanapees. Jemand forderte sie zum Tanz auf, und sie ließ sich zu den Klängen eines Foxtrotts von einem Fremden auf der Tanzfläche des Hauses in der South Audley Street herumschwenken. Die Musik beschwingte sie; beim Tanzen fühlte sie sich leicht und glücklich. Einmal sah sie Derry, sah ihn winken, sah, wie sein Mund ihren Namen formte, dann war er schon wieder verschwunden, von der Menge verschluckt. Zusammen mit den übrigen Gästen hörte sie sich die Reden von Maddys Verlobtem und ihrem Onkel an und applaudierte artig mit den anderen. Der Abend verflog rasch in einer Folge ständig wechselnder Eindrücke von leuchtenden Farben und funkelnden Juwelen.

Sie war auf der Suche nach der Toilette, als jemand ihr unversehens auf die Schulter tippte. Ein flüchtiges Antippen nur, als könnte er es kaum ertragen, sie zu berühren. Eisige Kälte, die plötzlich ihr Herz umklammerte, als sie den Kopf drehte und aufsah, schreckliches Erkennen in seinem Blick. Ihre Alpträume, Wirklichkeit geworden. Dann begann er zu sprechen.

Zuerst verspürte Derry Besorgnis, dann packte ihn Zorn auf sich selbst. Er hatte gemeint, Alix aus ihrem Schneckenhaus herauslocken zu müssen, und nun, da es ihm gelungen war, sie zu diesem Ausflug in die Welt zu überreden, hatte er sie verloren. Er begann, gezielt nach ihr zu suchen.

Am Fuß der Treppe stieß er auf May Lanchbury. Sie sagte: »Sie sehen etwas verstört aus, Derry. Haben Sie etwas verloren?«

»Alix – ich meine – meine Freundin, Mrs. North.« Er schüttelte den Kopf. »Aber Sie kennen sie ja nicht. Ein rostrotes Kleid. Dunkle Haare. Grüne Augen.«

May konnte ihm nicht weiterhelfen. Er ließ sie stehen und drängte sich unter Einsatz seiner Ellbogen durch das Gewühl im Foyer. Einem plötzlichen Impuls folgend holte er seinen Mantel aus der Garderobe und trat auf die Straße hinaus.

In einiger Entfernung sah er Alix die Straße hinunterlaufen. Sie hatte keinen Mantel an, der Saum ihres langen Kleides schleifte durch den schmutzigen Schnee. Er rannte los, um sie einzuholen, rief laut ihren Namen und sah, wie sie kurz stehenblieb und in ihren hohen Absätzen auf dem glatten Pflaster rutschte.

»Alix! Wo willst du denn hin?«

»Nach Hause.« Im Schein des Gaslichts sah ihr Gesicht beinahe grünlich aus.

»Und was ist mit deinem Mantel?«

Sie blickte wie überrascht an sich hinunter. »Den habe ich ganz vergessen.«

Er sah auf seine Uhr. »Du hast noch Stunden bis zum letzten Zug. Wieso diese Eile? Komm wieder mit rein – wenn du genug hast, gut, dann hole ich deinen Mantel, und wir gehen zusammen.«

»Ich gehe jetzt.« Sie setzte sich wieder in Bewegung.

Derry begann ärgerlich zu werden. »Ich dachte, du amüsierst dich. Ich dachte, wir hätten Spaß ...«

Alix sagte nichts, und sie blieb auch nicht stehen. Sie ging einfach weiter, und Derry sah, daß ihre Hände zu Fäusten geballt waren und sie die Zähne aufeinanderbiß, als könnte sie so die Kälteschauer abwehren, die ihren Körper schüttelten.

»Dann nimm wenigstens meinen Mantel, verdammt noch mal!« schrie er.

Sie blieb stehen und schloß einen Moment die Augen. Er schlüpfte aus seinem Mantel und legte ihn ihr um die Schultern. Als sie die Augen öffnete, wirkten sie wie schwarze Schatten in der bleichen Durchsichtigkeit ihres Gesichts.

»Alix, was ist denn?« fragte er in sanfterem Ton. »Was ist los? Ist dir irgendwas Schlimmes passiert?«

In ihren erloschenen Augen blitzte Zorn auf. Sie zischte: »Mir gefallen die Leute nicht, mit denen du dich umgibst, Derry. Furchtbare Leute. Du *erniedrigst* dich. Du *verkaufst* dich.« Dann ging sie davon.

Diesmal folgte er ihr nicht.

Während der ganzen Bahnfahrt, im Taxi von Salisbury nach Owlscote, in ihrem Bett, in dem sie schlaflos lag, hörte sie unablässig die Stimme aus dem Alptraum.

Daß du es wagst, dich in Gesellschaft zu zeigen! Ich habe gehört, daß du deine Dienste als Gastwirtin verkaufst. Ich würde dir empfehlen, daß du dabei bleibst.

Seine Stimme. Die Stimme von Charles Lanchbury.

Alix war auf dem Weg zur Toilette gewesen, und da hatte Charles Lanchbury ihr auf die Schulter getippt und sie angesprochen. Sie hatte ihn augenblicklich wiedererkannt. Sie hatte nicht, wie sie geglaubt hatte, alles vergessen. Die Angst, die sie getrieben hatte, vor jedem Fest in Owlscote die Gästeliste durchzusehen und nach dem Namen Lanchbury zu suchen, war berechtigt gewesen.

Alix rollte sich auf ihrem Bett zusammen, die Knie bis zur Brust hochgezogen, und blieb, in Derrys feuchten Mantel gehüllt, zitternd liegen. Sie mußte an das Pärchen denken, das in Rorys Zimmer eingedrungen war. *Ich habe schließlich bezahlt.* Charles Lanchbury hatte recht; sie hatte sich, genau wie Derry, verkauft. Sie hatte sich selbst und Owlscote verkauft.

Sie erkannte, daß es ein Irrtum gewesen war zu glauben, sie sei dabei, ein Kapitel abzuschließen; daß es ein Irrtum gewesen war zu glauben, das Verschwinden Charlie Lanchburys gehörte endgültig der Vergangenheit an. Ein solcher Verlust sandte seinen Nachhall durch Generationen. Ein solcher Verlust lebte weiter in dem Haß, den sie an diesem Abend in den

Augen Charles Lanchburys erblickt hatte; in dem Schweigen, das Beatrices Zunge band; und in dem Schuldgefühl, das in ihrem eigenen Herzen zurückgeblieben war. Sie hatte den Kopf über die Mauer gestreckt und einen Warnschuß erhalten. Kalt und leer und schlaflos lag Alix in ihrem Bett und erinnerte sich.

Als Edith vor mehr als einem Jahr Jonathan ihr Jawort gegeben hatte, war dieser vor Glück überwältigt gewesen. Glücklicher, hatte er gemeint, könne man nicht sein. Nur ein paar kleine Schatten hatten die überschwengliche Freude flüchtig getrübt – Derrys Krankheit, die Bekümmerung seiner Mutter über die bevorstehende Trennung von ihrem Ältesten (wer würde nun Sonntag nachmittags mit ihr ausfahren? Wer würde ihr Romane aus der Bibliothek holen, wenn sie nicht gut genug beisammen war, um den Bus zu nehmen?). Diese Probleme jedoch waren gelöst worden; Derry war wieder ganz gesund, und Jonathan hatte seine Mutter beruhigen können: Da er und Edith beabsichtigten, sich ein Haus ganz in der Nähe zu kaufen, würde sie in ihren Gewohnheiten nicht gestört werden.

Und im Mai dann hatte Edith sich endlich darauf eingelassen, den Tag der Hochzeit festzulegen. Minas wegen und Eva Fox zuliebe hatten sie ein Datum im Sommer darauf gewählt. Jonathan hätte eigentlich wunschlos glücklich sein müssen. Doch im Lauf der folgenden Wochen und Monate hatte Edith sich auf eine Weise verändert, die ihm nicht entging. Die beißende Schärfe, die er schon ein-, zweimal vorher an ihr bemerkt hatte, zeigte sich immer häufiger. Versuchte er, sie zu besänftigen, so fuhr sie ihn an. Wenn sie dann sah, daß sie ihn verletzt hatte, reagierte sie mit Entschuldigungen und Tränen. Es ist die Sommerhitze, dachte er. Doch der Herbst brachte keine Änderung, Edith blieb empfindlich und reizbar. Jonathan meinte, ihre Arbeit sei schuld, aber als er ihr den Vorschlag machte, sie an den Nagel zu hängen, starrte sie ihn an, als wäre er nicht ganz bei Verstand. »Und wovon soll ich leben, Jon? Kannst du mir das vielleicht sagen?« Schon wollte er anbieten, ihr unter die Arme zu greifen, da sah er den aufflammenden Stolz in ihren Augen und schaffte es gerade noch rechtzeitig, seine Worte hinunterzuschlucken.

Im November, als sie bei den Winstanleys zu Abend aßen, wandte sich das Gespräch wie nun so häufig der bevorstehenden Hochzeit zu. Mrs. Winstanleys Nichte, die eine der Brautjungfern sein würde, saß mit ihnen bei Tisch. Sie begannen über Kleider für die Brautjungfern zu sprechen. Mrs. Winstanley plädierte für Zitronengelb; die Nichte, die einen etwas gelblichen Teint hatte, war mehr für Rosarot.

Mrs. Winstanley sagte: »Ja, ein hübsches Altrosa vielleicht«, und Eva Fox meinte: »Lachsfarben, findest du nicht auch, Edith? Altrosa ist gefährlich. Die wenigsten Frauen haben den Teint dazu ...«

Edith legte plötzlich scheppernd Messer und Gabel ab und rief heftig: »Ob lachsfarben oder altrosa, was um Gottes willen ist daran so wichtig?« Dann lief sie aus dem Zimmer.

Jonathan fand sie im Garten auf der alten Schaukel ihrer Kinderzeit. Ihr Gesicht war rot und fleckig vom Weinen. Er holte tief Atem und sagte: »Edith, wenn du Zweifel bekommen hast, mußt du es mir sagen«, obwohl er keine Ahnung hatte, wie er ohne sie weiterleben sollte. Als sie nicht gleich antwortete, war ihm, als drehte sich die eisige Spitze eines Messers in seinem Herzen. »Wenn du mich nicht magst –«, begann er und konnte nicht weiter.

»Aber natürlich mag ich dich, Jon.«

»Vielleicht aber nicht genug, um mich zu heiraten.«

Die Schaukel begann leise hin und her zu schwingen. Mit abgewandtem Gesicht sagte Edith leise: »Es gibt niemanden, den ich lieber heiraten würde.«

Er schloß einen Moment die Augen, so überwältigend war das Gefühl der Erleichterung. Er hörte sie sagen: »Es ist nur die Hochzeit ... dieses ganze Theater ... ich hasse diesen Rummel.«

Er brachte ein Lächeln zustande. »Und ich dachte immer, daß Frauen so etwas genießen.«

»Ich nicht!« Das fleckige Gesicht und das wirre Haar erinnerten Jonathan plötzlich an die Edith, die er zuerst geliebt hatte; die Edith, die mit ihm auf Bäume geklettert war und mit ihm zusammen im Fluß flinke kleine Fische geangelt hatte.

»Ich wünschte, wir könnten einfach von hier weggehen«, sagte sie heftig. »Einfach weggehen und das alles hinter uns lassen – irgendwohin, wo uns niemand kennt und wo wir neu anfangen könnten.«

Danach waren sie ins Haus zurückgegangen. Edith hatte sich entschuldigt und Kopfschmerzen vorgeschützt. Doch ein Keim des Unbehagens war gelegt. *Es gibt niemanden, den ich lieber heiraten würde.* Manchmal – oft – war das genug. Aber zu anderen Zeiten – in einer schlimmen Nacht zum Beispiel, wenn Geschützdonner seine Träume zerriß und ihn immer wieder weckte – sah er in Ediths Antwort eine Doppelsinnigkeit, über die nachzudenken er sich fürchtete.

Er hätte dringend mit jemandem sprechen müssen, aber es gab niemanden, dem er sich anvertrauen konnte. Sein Vater arbeitete sehr viel, und die wenige Freizeit, die ihm blieb, verbrachte er im Golfklub oder mit seinen Parteifreunden. Seiner Mutter ging es nicht gut genug, um sie mit fremden Sorgen zu belasten.

Ein gemeinsamer Abend mit Edith und Derry, den er in London arrangiert hatte, war zu einem deprimierenden Mißerfolg geworden. Edith hatte kaum ein Wort gesprochen; Derry war ermüdend gewesen in seiner Geschwätzigkeit. Jonathan hatte eine feindselige Spannung zwischen beiden gespürt. Seitdem war Derry wieder unerreichbar geworden. Er kam nicht nach Andover. Er war meist nicht zu Hause, wenn Jonathan ihn besuchen wollte.

Eines Abends aber hatte er auf Jonathans beharrliches Läuten schließlich doch die Tür geöffnet. Er hatte verschlafen ausgesehen, und Jonathan hatte das Flüstern einer Frau gehört, eine Hand gesehen, weiß mit grellroten Nägeln, die den Hals seines jüngeren Bruders umkrallte. Daraufhin hatte er sich entschuldigt und war wieder gegangen.

Edith spürte Derrys Namen manchmal in den Klatschspalten der Zeitungen auf. »Dein kleiner Bruder bewegt sich ja in illustren Kreisen, Jon – ich hoffe nur, daß ihm da oben die Luft nicht zu dünn wird.« In ihrer Stimme lag ein bitterer, rachsüchtiger Ton, der Jonathan beunruhigte. Er wünschte sich, Derry und Edith würden gut miteinander auskommen; Familienzwist bedrückte ihn.

Er dachte daran, mit Alix zu sprechen, verwarf den Gedanken aber gleich wieder. Zu seiner Überraschung hatte Edith sich nicht für Alix erwärmen können. Jonathan hatte versucht, Edith milder zu stimmen, indem er ihr erklärte, daß Alix mehr Derrys Freundin war als seine, aber das hatte auch nichts geholfen.

Da er niemanden fand, mit dem er seine Sorgen teilen konnte, tat er das, was er immer tat – er packte seine Befürchtungen einfach weg, verschloß sie in jener dunklen Kammer seines Bewußtseins, in der alle unerledigten Dinge eingesperrt waren, mit denen er sich nicht auseinandersetzen konnte: der Krieg, die grauenhafte Angst vor Verkrüppelung, die er mit sich gebracht hatte, und die namenlose Furcht, daß eines Tages die kleine Welt alltäglicher Gewohnheiten, die er brauchte, um weiterleben zu können, ohne Warnung aus den Fugen geraten und sich bis zur Unkenntlichkeit verändern könnte.

Es gibt niemanden, den ich lieber heiraten würde. Die Worte lebten fort und verströmten ein langsam wirkendes Gift. Manchmal wagte es Jonathan, Ediths Worte und Handeln in einem kälteren Licht zu betrachten. Ihr langes Zögern, ehe sie bereit gewesen war, den Tag der Hochzeit festzulegen. Ihre Weigerung, während des Generalstreiks nach Andover zu kommen. Ihr nervöses, reizbares Verhalten. Wenn sie sagte, es gebe niemanden, den sie lieber heiraten würde, bedeutete das nicht automatisch, daß es nicht jemanden gab, den sie mehr liebte. In Jonathan setzte sich der Verdacht fest, daß sie jemanden in der Agentur liebte. Einen ihrer verheirateten Kollegen vielleicht. Er bemühte sich, diesen Verdacht, den er als unwürdig betrachtete, zu verwerfen, aber er konnte ihn einfach nicht von sich schieben.

Eines Tages, als er in London zu tun hatte, waren seine Geschäfte früher als erwartet erledigt, und er fuhr am späten Nachmittag zum Golden Square, um Edith vom Büro abzuholen. Es war viel Verkehr auf der Straße, und er mußte ein ganzes Stück von der Agentur entfernt parken. Um sechs Uhr gingen die Türen auf, die Angestellten der Agentur, Männer und Frauen, drängten zur Straße hinaus. Schon wollte Jonathan hupen und Edith beim Namen rufen, als irgend etwas ihn davon abhielt. Er würde einen Moment abwarten, sagte er sich. Nur einen Augenblick, um zu sehen, ob sie in Begleitung wegging.

Beinahe hätte er sie aus den Augen verloren, als sie sich entfernte, aber dann sah er sie wieder. Sie stand am Straßenrand und winkte einem Taxi. Das wunderte ihn; er hatte erwartet, daß sie zur U-Bahn gehen würde. Sie war allein. Er ließ den Wagen an und folgte ihr, voll Abscheu gegen sich selbst. Das Taxi fuhr den Piccadilly hinunter in Richtung Knightsbridge und bog an der Sloane Street ab, die nach Chelsea führte. Noch ein paar Straßen weiter, und er wußte, wohin Edith wollte. Sie war auf dem Weg zu Derrys Wohnung.

Er sah, wie sie unten an der Haustür läutete. Er verstand nicht, was sie bei Derry wollte. Sie wartete eine Weile, und als sich nichts rührte, trat sie von der Tür weg und ging in das kleine Café auf der anderen Straßenseite. Er beobachtete, wie sie sich an einen Tisch am Fenster setzte. Ihr Blick flog immer wieder zur Tür des Wohnhauses gegenüber. Durch das beschlagene Glas der Fensterscheibe wirkte ihre Gestalt verschwommen und einsam. Er wäre am liebsten hineingelaufen und hätte sie in die Arme genommen, aber ihm fiel keine glaubwürdige Erklärung für seine Anwesenheit ein. Schließlich wendete er den Wagen und fuhr davon.

Auf den Straßen, die aus London hinausführten, herrschte dichter Verkehr, und Jonathan hatte Kopfschmerzen. Die Bewegungen seiner Hände an den Armaturen des Wagens erschienen ihm fremd und schwerfällig. Als er die Goldhawk Street hinunterfuhr, fiel ihm plötzlich Mina ein. Er brauchte einen Menschen, mit dem er sprechen konnte – wer war da besser geeignet als Ediths Schwester? Mit quietschenden Bremsen bog er von der Straße zu dem kleinen Platz ab, an dem Mina wohnte.

Mina machte Tee und tischte ihm ein großes und ziemlich altbackenes Stück Früchtebrot auf. Er hatte ihre Wohnung seit dem Umzug vor mehr als sechs Monaten nicht mehr gesehen. Beinahe jeder Zentimeter Wand war mit Plakaten zugepflastert. Viele davon waren mit kyrillischen Buchstaben beschriftet.

»Eine Freundin von mir war in Rußland«, erklärte Mina, »und hat sie mir von dort mitgebracht.«

»Sie sind großartig, Mina. Sie hellen den ganzen Raum auf.« Jonathan rührte seinen Tee um. »Was macht der Roman?«

»Meine Schmonzette? Die hab ich verbrannt.« Sie lachte. »Mach nicht so ein entsetztes Gesicht, Jonathan. Die war wirklich nur zum Verbrennen geeignet. Jetzt schreibe ich was anderes. Etwas Wichtigeres. Und Intellektuelleres.« Sie sah ihn an. »Aber du bist doch bestimmt nicht hergekommen, um dich mit mir über Literatur zu unterhalten.«

»Ich mache mir Sorgen um Edith. Ich habe das Gefühl, daß sie nicht – glücklich ist.«

Sie richtete die braunen Augen hinter den dicken Brillengläsern auf ihn und musterte ihn verwundert. »Du erwartest von den Menschen, daß sie *glücklich* sind?«

Die Frage brachte ihn aus dem Konzept. Er hatte es stets für selbstverständlich gehalten, daß jeder versuchte, ein Zipfelchen Glück zu erhaschen. Doch wenn er an seine eigene Familie dachte, dann war »glücklich« sicher nicht das Wort, das er gewählt hätte, um seinen Vater, seine Mutter oder Derry zu beschreiben.

»Bist du denn nicht glücklich, Mina?«

Sie schob die Unterlippe vor. »Ich habe schon vor langer Zeit beschlossen, mein Leben als interessant oder uninteressant zu betrachten. Und im Augenblick ist es ziemlich interessant, danke der Nachfrage.«

Er sagte drängend: »Aber eine Frau, die verlobt ist – eine Frau, die bald heiraten will, müßte doch glücklich sein?«

»Ich habe den Eindruck, Jonathan, du hast Angst, daß Edith mit einem anderen glücklicher sein könnte. Denkst du dabei an jemand Bestimmten?«

Der Selbstekel kehrte wieder. »Ich dachte … vielleicht ein Arbeitskollege …«

Mina schüttelte den Kopf. »Gerald, Jimmy und Archie sind lediglich Freunde. Edith hat daran nie einen Zweifel gelassen.«

Er empfand Erleichterung und Beschämung zugleich und fuhr sich verlegen durch das Haar.

»Findest du die Vorstellung, daß sich mit der Ehe automatisch ewige Glückseligkeit einstellen sollte, nicht etwas altmodisch?« fragte Mina. »Genauer gesagt, ziemlich bürgerlich?«

»Ist das dein Ernst?«

»Die bürgerliche Ehe hat doch mindestens soviel mit Geld zu tun wie mit Liebe. Sie ist ein ökonomisches Arrangement.«

»Mina, ich *liebe* Edith«, sagte er verzweifelt.

Sie runzelte die Stirn. »Edith ist kein Mensch, der zu starker Leidenschaft fähig ist, Jonathan; der sich irgend etwas von ganzem Herzen *wünscht*. Wußtest du das nicht? Ich hingegen – ich hatte immer Wünsche. Einen Hasen – Reitunterricht – einen Liebhaber … ich wünschte mir diese Dinge mit Leidenschaft, bis ich sie hatte oder bis ich akzeptieren konnte, daß ich sie niemals bekommen würde. Aber Edith ist anders. Sie weiß nicht, was es heißt, sich nach etwas zu sehnen.« Mina sah Jonathan mit strengem Blick an. »Die Männer glauben immer, die Fähigkeit, leidenschaftlich zu begehren, ginge mit goldgelocktem Haar und porzellanblauen Augen einher. Aber so ist es nicht. Das mußt du begreifen, wenn du Edith heiraten willst.«

Jonathan stand auf. »Ich muß gehen«, sagte er und verabschiedete sich von ihr. An der Tür blieb er stehen. »Mina – hat Edith dir gegenüber einmal etwas von Derry gesagt?«

Sie sah ihn verständnislos an.

Er fügte hinzu: »Ich dachte nämlich, sie mag ihn nicht –« Als er das Unverständnis in ihrem Blick sah, brach er ab. Noch einmal verabschiedete er sich von ihr, dann ging er.

Er fuhr nach Richmond. Während er in seinem Wagen sitzend auf der dämmrigen Straße vor Ediths Haus wartete, wurde er allmählich ruhiger. Mina hatte wahrscheinlich recht. Angst und Verwirrung legten sich, und er wußte, daß er Edith auch heiraten würde, wenn ihre Liebe der seinen nicht gleichkam. *Es gibt niemanden, den ich lieber heiraten würde.* Sie hatte ihm die schlichte Wahrheit gesagt: daß sie niemanden mehr liebte als ihn. Es war möglich, dachte er, daß ihre Fähigkeit zu lieben durch die jahrelange strapaziöse Pflege ihrer Mutter erschöpft war. Angst und Entsetzen betäubten die Menschen, das hatte er selbst in Frankreich erlebt. Er würde ihr helfen, mit der Zeit wieder lieben zu lernen.

Eine halbe Stunde später sah er sie die Straße herunterkommen, eine kleine, zierliche Gestalt, die im Wechsel von Licht und Dunkelheit unter den Gaslampen dahinschritt. Er stieg aus dem Wagen. Er sah, wie ihre Augen sich plötzlich weiteten, und hörte die hastig sprudelnden Worte.

»Jon! Wie schön, dich zu sehen! Das ist wirklich eine hübsche Überraschung ... Wartest du schon lange? Es tut mir so leid, daß ich so spät dran bin ... Ich war nur ... ich war nur ...« Ihr Blick huschte hin und her, von den hohen, dichtbelaubten Bäumen zu den lichtschimmernden Häusern auf der anderen Straßenseite.

Dann sagte sie: »Es tut mir leid, daß ich so spät dran bin. Aber ich war nach der Arbeit noch bei Mina.«

Derry war zu einem Weltuntergangsfest eingeladen. Roma war da, außerdem Miranda Hughes, Ruth Duncan und ihre Schwester Laura. Roma machte ihm Vorwürfe (*Du bist ja nie da, wenn ich dich brauche, Derry. Es wäre wirklich schön, wenn du es schaffen würdest, mal zwei Nächte im selben Bett zu verbringen ...*), Miranda schmollte, Ruth und Laura ignorierten ihn. Jeden Moment, dachte Derry, würde Edith Carr hinter einem Vorhang hervorspringen.

Das Haus, das auf unsicherem Fundament zu nahe dem Fluß erbaut war, sollte in Bälde abgerissen werden. Auf seinem Weg durch die protzigen Räume voller Menschen sah Derry die zackigen Risse im Verputz und spürte unter seinen Füßen die Wellen im aufgeworfenen Parkettboden. Er wünschte, die Mauern würden bebend bersten und der trockene Mörtel würde in zischenden Strömen aus den Rissen herabstürzen, die goldene Fassade in Staub zerfallen.

Jemand sagte: »Derry, du hast dich ja gar nicht kostümiert«, und er sagte: »Ich kostümiere mich nie.« Er sah in schwarz umrandete Augen. »Lieber in Würde zur Hölle fahren, meinst du nicht auch?« Er sah das Lächeln in ihrem Gesicht erlöschen und ging weiter.

In einem der oberen Räume sah er zu, wie Miranda Hughes den Rock ihres langen roten Abendkleids hochschob und eine Nadel in ihren Oberschenkel stieß. Er sah, wie sie selig die Augen schloß und ein Lächeln sich auf ihrem weißen, knochigen Gesicht ausbreitete. »Wunderbar«, hauchte sie.

May Lanchbury traf er erst in den frühen Morgenstunden. Er war im Gedränge gefangen, als eine Hand sich um seinen Arm legte.

»Und was für einer Beute jagen Sie heute nach, mein lieber Wolf?«

Er hielt Whiskyflasche und Glas hoch. »Ich habe heute meinen freien Abend.«

»Ach, ich wußte gar nicht, daß Wölfe auch mal freinehmen.«

Er lächelte. Er wußte, daß er sehr betrunken war.

»Und – genießen Sie den freien Tag, Derry?«

»Ungeheuer.«

»Das nehme ich Ihnen nicht ab. Tränen vor dem Schlafengehen, hätte mein altes Kindermädchen gesagt.«

»Beobachten Sie mich, May?«

»Das ist mein Beruf.« Sie zog ihn weg von der Menge und murmelte beinahe wie zu sich selbst: »Und was um alles in der Welt soll ich über dieses Remmidemmi hier schreiben?«

»Schreiben Sie«, sagte er mit grimmigem Spott, »daß es eine kultivierte und glänzende Veranstaltung war. Eine wundervolle Zusammenkunft alter Freunde.«

Sie sah ihn stirnrunzelnd an. »Ist Ihre Freundin, Mrs. North, heute abend auch hier?«

Derry schüttelte den Kopf. »Heute abend nicht. Und auch an keinem anderen Abend.«

»Sie haben sie in letzter Zeit nicht gesehen?«

Er trat zum Fenster und schaute hinaus. Schwefelgelber Nebel hing über dem Fluß. »Ich bekam gestern einen Brief von Roma Storm. Alix hat alle Feste, die wir für Owlscote geplant hatten, abgesagt.«

»Alix?« wiederholte sie.

Er drehte sich nach ihr um. Er konnte den Ausdruck ihrer Augen nicht deuten. Ohne es zu wollen, sagte er: »Sie hat an Roma geschrieben und nicht an *mich*, May. Das ist ja wohl ziemlich deutlich.«

»Hatten Sie gestritten?«

Er zuckte die Achseln. »Kann sein. Auf der Verlobungsfeier von Maddy Ferraby. Das heißt ein richtiger *Streit* war es eigentlich nicht. Sie ist einfach – weggelaufen.«

May Lanchburys Gesicht hatte sich verschlossen, war sehr still geworden. »Hat sie gesagt, warum?«

Wieder schüttelte Derry den Kopf.

»Haben Sie sie danach gefragt?«

Er senkte den Blick. »Alix hat was gegen meinen Lebensstil. Sie hat mir klipp und klar gesagt, daß ihr mein Umgang nicht gefällt.« Er lächelte bitter.

»Ihr Umgang«, wiederholte May leise.

Eine Stimme rief nach ihm, lud ihn zum Tanzen ein; jemand winkte von der anderen Seite des Zimmers. Er wollte sich abwenden, als May sagte: »Kommen Sie mit zu mir, Derry.«

»May! Ich hatte ja keine Ahnung –«

Aber ihr war offensichtlich nicht nach Scherzen zumute. »Wir müssen miteinander reden.«

Er folgte ihr aus dem Haus. Er brauchte die kalte Nachtluft auf seiner Haut, ohne Schwatz und Musik und Leute, die etwas von ihm wollten. Außerdem war er neugierig. Sein ewiges Laster, die Neugier.

May Lanchbury wohnte in einem kleinen Reihenhaus in Kensington. Der Salon war behaglich und elegant, ganz wie er es erwartet hätte. An den Wänden hingen gerahmte Fotografien von Ballettänzern und -tänzerinnen. Sie machte ihm eine Tasse sehr starken schwarzen Kaffees und setzte sich zu ihm.

»Um noch einmal auf Mrs. North zurückzukommen – ihr Name –«

»Alix, das sagte ich doch schon.«

»Ich meinte, ihr Mädchenname. Wissen Sie ihren Mädchennamen?«

»Gregory«, sagte er. »Als ich sie damals kennenlernte, hieß sie Alix Gregory.«

May schwieg.

Derry starrte sie an. »May, ich verstehe nicht.« Eine plötzliche Intuition. »Kennen Sie Alix?«

»Ich habe sie vor langer Zeit gekannt.« Es klang wie ein Seufzen.

Er wünschte, er hätte nicht soviel getrunken. Er kämpfte gegen Verwirrung und Verblüffung. »Woher?«

»Es gibt da – familiäre Verbindungen.«

»Welcher Art?«

Sie beantwortete seine Frage nicht, sondern fragte statt dessen: »Wie gut kennen Sie Alix Gregory – ich meine, Alix North, Derry?«

Er fuhr sich mit den Fingern durch das Haar. Er hatte Kopfschmerzen. »Ziemlich gut.«

»Wie haben Sie sie kennengelernt?«

»In einem Lazarett. Es ist Jahre her. Mein Bruder wurde im Krieg verwundet. Sie hat ihn betreut. Sie ist mir aufgefallen. Rundherum war alles so trist, nur sie nicht. Alix kann gar nicht trist sein.«

»Und dann?« hakte sie nach.

»Jon – mein Bruder – wurde wieder ganz gesund, und ich bin bald darauf ins Ausland gegangen und habe Alix erst viele Jahre später wiedergetroffen. Sie hatte inzwischen geheiratet, war verwitwet und hatte einen Sohn.« Er fühlte sich plötzlich ganz nüchtern. »Manchmal glaube ich, sie gut zu kennen, und manchmal habe ich den Eindruck, sie überhaupt nicht zu kennen. Sie ist sehr *verschlossen*. Aber sie ist eine gute Freundin. Sie nimmt mich so, wie ich bin. Sie verlangt nichts von mir.«

»Sie lieben sie.« Es war eine Feststellung, keine Frage.

Er sah May überrascht an. Er hatte heftiges Herzklopfen: der Whisky, der Kaffee.

»Ja«, sagte er einfach. Er entsann sich des Tages, als er Alix im Fallowfield Lazarett das erste Mal gesehen hatte. Blaß, schmal und schnippisch. Acht Jahre war das her. Erst sechs Jahre später hatten sie sich auf dem Fest im Rose Café wieder getroffen.

»Haben Sie es ihr gesagt?«

»Natürlich nicht.«

»Warum nicht, Derry?«

»Weil Alix Owlscote hat und alles, was dazugehört«, erklärte er. »Und ich habe nichts.«

»Das spielt für sie vielleicht gar keine Rolle.«

»Aber für mich spielt es eine Rolle.« Er lächelte. »Ein kleines bißchen Stolz dürfen Sie mir schon zutrauen, May.«

Sie wandte sich ab. Er hörte, daß sie sich eine Zigarette anzündete: das Fauchen des Feuerzeugs, der tiefe Atemzug. Er fügte hinzu: »Außerdem gibt es da Lücken.«

»Lücken?«

»Ich habe eine Theorie über Alix. Ich glaube, daß ihr einmal etwas Traumatisches zugestoßen ist. Vor langer Zeit – ganz sicher vor der Zeit im Lazarett.« Er beobachtete May aufmerksam, während er sprach. »Meiner Theorie zufolge versteckt sie sich vor irgend etwas. Oder vor irgend jemandem.«

May berührte seine Hand. Zu seiner Überraschung sah er Tränen in ihren Augen. Sie sagte: »Fahren Sie zu ihr, Derry. Fahren Sie zu Alix und sagen Sie ihr, daß May Lanchbury nach ihr gefragt hat. Richten Sie ihr aus, daß May Lanchbury ihr alles Liebe und Gute wünscht.«

9

ALIX HATTE ALLEN geschrieben, die Owlscote für ein Fest gemietet hatten, um die Vereinbarungen rückgängig zu machen und die angezahlten Beträge zurückzuerstatten. Sie hatte Roma Storm von ihrer Entscheidung unterrichtet, in Zukunft keine Feste mehr zu veranstalten. Aber Derry hatte sie nicht geschrieben. Sie konnte Derry nicht erklären, warum sie an dem Abend von Maddy Ferrabys Verlobungsfeier Hals über Kopf davongelaufen war. Sie erinnerte sich des Zorns, den sie in Derrys Augen gesehen hatte, als sie zu ihm gesagt hatte: *Du verkaufst dich*.

Abends, nachdem sie Rory zu Bett gebracht hatte, pflegte sie sich in die Bibliothek zurückzuziehen, um an der Geschichte Owlscotes zu arbeiten. Doch die neugierige Erregung, mit der sie einst daran gegangen war, die Vergangenheit zu erforschen, war gänzlich verflogen. Ständig hatte sie Charles Lanchburys Stimme im Ohr. Auf jedem leeren Blatt sah sie sein Gesicht und das des kleinen Charlie. Oft mußte sie feststellen, daß zehn Minuten verstrichen waren und aus ihrer Feder nichts weiter als ein Tintenklecks auf das weiße Papier herabgetropft war, während sie, von bitteren Erinnerungen überwältigt, untätig am Schreibtisch gesessen hatte.

Jede Nacht hatte sie denselben Traum. Sie ging durch den Wald von Owlscote. Ein kleiner Junge lief ihr voraus. Er trug einen blauen Samtanzug mit weißem Spitzenkragen. Er lief tiefer und tiefer in den Wald hinein, bis er nur noch ein blau-weißer Schimmer war, ein Schattenkind in der Düsternis der Bäume. Sosehr sie sich bemühte, ihn einzuholen, es gelang ihr nicht, sie kam kaum von der Stelle bei ihrem Kampf gegen die

Luft, die sich ihr entgegenstemmte. Manchmal verlor sie ihn ganz aus den Augen, dann sah sie ihn wieder, im Schatten eines tief hängenden Buchenzweigs oder am Rand eines Teichs stehend. Wenn sie seinen Namen rief, drehte er sich nach ihr um, und sie sah klar und deutlich sein Gesicht. Und in diesem Moment erkannte sie dann, daß sie sich geirrt hatte, daß das Kind, das sich im Wald verlaufen hatte, nicht Charlie Lanchbury war, sondern ihr eigener kleiner Sohn.

In den folgenden Tagen wurde es sehr kalt. Bäume und Gräser gefroren unter weißem Reif, Eisblumen überzogen die Fensterscheiben. Als Alix eines Nachmittags über den grauen Rasen schritt, knisterten winzige Eissplitter unter ihren Füßen. Fasrig hing der Reif an den Schilfrohren, die den Teich säumten. Als Alix versuchsweise einen Fuß auf die Eisdecke setzte, hörte sie es knacken, spürte, wie das Eis unter ihrem Gewicht nachgab.

Dann blickte sie auf und sah Derry auf der Terrasse stehen. Er lief über den Rasen zu ihr.

»Ich weiß, daß du mich nicht eingeladen hast, Alix.« Sein Gesicht über dem hochgeschlagenen Jackenkragen war blau vor Kälte. »Und vielleicht willst du mich gar nicht sehen. Aber ich habe dir etwas auszurichten.«

Sie ging mit ihm in die Bibliothek. Als sie die Tür geschlossen hatte, fragte sie: »Du hast mir etwas auszurichten?«

»Ja. Von May Lanchbury.«

Sie setzte sich. Im offenen Kamin loderten die Flammen. Sie erinnerte sich an das Feuer auf dem Marktplatz des Dorfs in Frankreich, an die Zigeuner, die dort getanzt hatten, an Mays verzaubertes Gesicht.

»Woher kennst du May?« fragte sie mühsam.

»Sie ist eine Freundin von mir.«

»Und was hat sie mir zu sagen?« Ihre Stimme zitterte.

»Sie hat mich gebeten, dir auszurichten, daß sie dir alles Liebe und Gute wünscht.«

Alix schloß die Augen und drückte ihre Fingerspitzen auf die gesenkten Lider.

»Und sie sagte, es gäbe zwischen euch familiäre Verbindungen.«

Schweigen. Dann endlich sagte Alix: »May ist meine Cousine.«

»Oh.« Wieder Schweigen. »Ihr habt keinen Kontakt –« Derry brach ab. »Nein. Was für eine blöde Frage. Es ist ja offensichtlich, daß ihr keinen Kontakt habt.« Er kniff die Augen zusammen. »Du hast drei Cousinen.«

Ella, May und Daisy. Alix sah sie vor sich, in ihren weißen Musselinkleidchen mit den rosaroten Schärpen.

Sie sagte leise: »Ich habe alle Feste abgesagt, Derry.«

»Ich weiß. Roma hat es mir erzählt.«

Sie saß in die Sofaecke gedrückt, die Arme fest um ihren Oberkörper geschlungen. »Nach dem letzten Fest – als diese gräßlichen Leute in Rorys Zimmer waren – ist mir klargeworden, daß es nicht so weitergehen kann.«

Er sagte nichts, neigte nur zustimmend den Kopf.

»Meine Mutter hatte immer schon was dagegen. Sie hatte recht. Und ich werde es mir nicht wieder anders überlegen, Derry.«

»Darum habe ich dich doch gar nicht gebeten.« Wieder schwieg er. Dann sagte er: »Wirst du ab und zu nach London kommen und mich besuchen?«

Sie schüttelte stumm den Kopf.

»Darf ich dann hierher kommen?«

Sie antwortete nicht. Sie sah, wie er sich die Augen rieb und sich abwandte.

»Du siehst müde aus, Derry.«

Er lächelte. »Eine lange Nacht, in der ich mich mal wieder verkauft habe.«

»Ich hätte das nicht sagen sollen.«

Er zuckte die Achseln. »Du hattest ja recht. Aber es ist eben das einzige, was ich zu verkaufen habe.«

»Ich hätte es trotzdem nicht sagen sollen.«

»Ich nehme es dir nicht übel.« Er sah sie an. »Du bist mein Gewissen, Alix. Das warst du immer.«

Ihre Augen brannten, aber sie ließ die Tränen nicht kommen. Sie ließ sie niemals kommen. Sie klopfte auf ihren Schoß. »Komm.«

Er streckte sich auf dem Sofa aus, den Kopf in ihrem Schoß. Sie streichelte sein schwarzes, lockiges Haar. In diesem Moment hätte sie es ihm sagen können. Sie wollte sagen: *Ich hatte außer den drei Cousinen noch einen Vetter, Derry. Charlie ist umgekommen, und ich bin schuld daran.* Aber als sie zu ihm hinuntersah, erkannte sie an seinen entspannten Zügen und der Regelmäßigkeit seiner Atemzüge, daß er eingeschlafen war, und schwieg in der Stille des Hauses, das sie friedvoll und sicher umschloß.

Bevor er wieder fortging, sagte er: »Ich werde nicht sagen, ›erzähl es mir‹. Du brauchst es mir nicht zu erzählen. Ich war nie der Auffassung, daß Liebe verpflichtet, alle Geheimnisse mit dem anderen zu teilen.«

Er sah, wie sie erstarrte. »Liebe?« wiederholte sie.

Er warf die Hände in die Höhe. »Was sonst ist das denn hier?«

Dann ging er die Auffahrt hinunter und blickte nicht zurück. Im Zug schlief er. Als er spät abends in London ankam, wartete Edith Carr vor seinem Haus. Ihr bleiches Gesicht und das nervöse Spiel ihrer Hände in den Handschuhen aus weichem Leder verrieten ihm, daß sie wahrscheinlich schon seit Stunden wartete.

»Ziemlich spät für eine kleine Stippvisite, findest du nicht, Edith?«

»Ich möchte mit dir reden, Derry. Bitte, laß mich rein, ja?«

Als er die Wohnungstür aufsperrte und ihr den Vortritt ließ, hörte er drinnen das Telefon läuten. Er erreichte es im selben Moment, als das letzte Signal verklang; als er abhob und seinen Namen sagte, war die Verbindung schon unterbrochen.

Er sah sich in seiner Wohnung um. Sie schien ihm kalt und leer, und er wurde sich bewußt, daß er sie nie als sein Zuhause betrachtet hatte. Wenn es ein Zuhause für ihn gab, dann war es Owlscote.

Er machte Licht, zündete ein Feuer an und fragte Edith, ob sie Kaffee oder Tee wolle.

»Ich hätte lieber einen Drink.«

Er machte ihr einen Gin mit Wermut und goß sich selbst einen Whisky ein.

Edith setzte sich mit ihrem Glas ans Feuer. »Du brauchst kein so ängstliches Gesicht zu machen, Derry, ich bin nicht hergekommen, um dich zu verführen.« Sie lachte. »Obwohl ich vor einiger Zeit einmal die Absicht hatte. Da warst du aber nicht zu Hause. Ich weiß auch gar nicht, was ich getan hätte, wenn du dagewesen wärst – eine ziemlich heikle Situation, nicht? Ich weiß nicht, was man bei solchen Gelegenheiten sagt. Ich hoffte wahrscheinlich, daß keiner von uns etwas würde sagen müssen – daß du mich einfach in deine Arme reißen und in dein Schlafzimmer tragen würdest –«

»Edith!« sagte er.

»– aber es wird dich erleichtern zu hören, daß ich die Dinge inzwischen anders sehe. Mit uns hätte es niemals etwas werden können, nicht wahr, Derry? Wir hätten einander innerhalb einer Woche gehaßt bis aufs Blut.«

Er schloß einen Moment die Augen. Dann machte er sie wieder auf und sagte: »Warum bist du hergekommen, Edith?«

»Ich weiß noch, daß du einmal zu mir gesagt hast, du liebtest Kuddelmuddel und Komplikationen. Es mache dir Spaß, die Fäden in der Hand zu halten.«

Er erinnerte sich an das überheizte Zimmer im Haus seiner Eltern; an Ediths Besuch und sein fatales Bedürfnis, sie zu einer Reaktion, gleich, welcher Art, herauszufordern. »Na ja, das war wohl keine sehr glückliche Metapher«, murmelte er. »Viel zu oft entgleiten mir die Fäden.«

»Ach ja?« Sie lachte wieder. »Es macht dir Spaß, andere zu manipulieren, Derry. Es macht dir Spaß, Netze zu spinnen, in denen andere sich verfangen; andere dazu zu bringen, das zu tun, was du willst.«

»Edith«, sagte er müde, »ich hatte nie die Absicht –«

Sie unterbrach ihn. »Nie?«

Er erinnerte sich des Desinteresses in diesen blauen Augen.

»Na ja, flüchtig vielleicht«, bekannte er und sah weg.

»Laß nur. Ich mache dir keinen Vorwurf. Schließlich habe ich ja auch Jonathan manipuliert, bis ich ihn soweit hatte, daß er mir einen Heiratsantrag machte. In der Hinsicht sind wir uns also ähnlich. Ich hatte nämlich Angst, ich würde sitzenbleiben. Es gab zu der Zeit einen Mann in meinem Leben – Marcus Wenlock ...«

Derry erinnerte sich an Mina Carr und an einen großen Strauß weißer Lilien. *Er ist wahnsinnig verliebt in Edith.*

»Ich dachte, Marcus würde mich heiraten, aber dann wurde mir klar, daß er mehr wollte. Ich war ihm nicht gut genug. Ich kam nicht aus den richtigen Kreisen. Und Marcus selbst auch nicht, das war der Haken. Sein Großvater war Hufschmied. Darum braucht er jemanden, der ihn ein Stück die Leiter hinaufschubsen kann. Eine Ehefrau von Adel oder wenigstens mit einem guten alten Namen.« Edith lächelte. Dann sagte sie langsam: »Trotzdem sehe ich ihn noch ab und zu. Er wartet immer auf mich.«

»Er wartet auf dich?«

»Ja, vor dem Büro. Da sitzt er in seinem Wagen und hält nach mir Ausschau, wenn ich aus dem Haus komme. Er spricht mich nie an. Er winkt nicht einmal. Aber in seinem Blick ist ein solches Verlangen. Vor einem Jahr« – sie hielt einen Moment inne – »vor einem Jahr hätte ich diesen Blick überhaupt nicht verstanden. Aber jetzt verstehe ich.«

Sie schwieg nachdenklich. Dann fuhr sie fort: »Wie dem auch sei, als mir klar wurde, daß Marcus nach einer Ehefrau suchte, die ihm Zugang zur Gesellschaft verschaffen würde, bekam ich Angst, daß ich am Ende leer ausgehen würde. Und dann eröffnete Mina mir, daß sie vorhatte auszuziehen. Mutter war tot, ich haßte das Haus, und meine Arbeit langweilte mich. Der Gedanke, mit leeren Händen dazustehen, war mir unerträglich.«

Wieder trat ein kurzes Schweigen ein. Er hörte das Ticken der Uhr, das Rauschen des Verkehrs draußen.

»Also beschloß ich, es mit Jonathan zu versuchen«, sagte sie. »Immerhin kannten wir uns seit Ewigkeiten und hatten uns immer gut verstanden. Es war ganz leicht. Ich habe ihn verführt.« Wieder dieses kurze Lachen ohne jede Heiterkeit. »Soweit man Jon eben verführen kann.« Als sie ihn wieder anblickte, sah er, daß sie Tränen in den Augen hatte.

»Für ihn hat es nie eine andere als mich gegeben, Derry«, sagte sie leise. »Hast du das gewußt? Daß dein Bruder nie eine andere Frau als mich geliebt hat?«

»Du brauchst mir das alles nicht zu erzählen, Edith.«

»O doch. Ich möchte, daß du es verstehst. Zwei leidenschaftslose Jungfrauen. Wir schienen füreinander geschaffen zu sein. Nur war ich nicht ganz so leidenschaftslos, wie ich glaubte –« Edith brach ab und nahm einen tiefen Schluck von ihrem Gin.

»Als ich dich damals in Andover besucht habe, Derry, hast du mir zugehört.« Ihre Stimme war ruhiger geworden. »Du schienst mich zu verstehen. Du schienst die Geschichte mit meiner Mutter zu verstehen. Jon spricht nie mit mir über meine Mutter. Ich vermute, er glaubt, es würde mir weh tun. Er spricht auch nie über den Krieg. Er spricht überhaupt nicht über unangenehme oder schlimme Dinge. Er tut einfach so, als wären sie nie geschehen.«

»Vielleicht«, sagte Derry, »kann er sie nur so ertragen.«

»Vielleicht. Aber es macht mich rasend.« Sie wandte sich ab.

»Du hast mir zugehört. Die meisten Männer tun das nicht. Die sehen doch nur das blonde Haar, die blauen Augen und das hübsche Puppengesicht, wenn sie mich anschauen.« Ihr Ton war bitter. »Bei dir hatte ich den Eindruck, du sähest etwas mehr.«

Er fühlte sich zu Tode erschöpft. Abgesehen von dem kurzen Nickerchen im Zug hatte er zwei Tage lang nicht geschlafen. Nichts wünschte er sich in diesem Moment mehr als Ruhe und Frieden; still dazuliegen und allein zu sein, um zu versuchen, die Fäden zu entwirren, die Alix North und May Lanchbury miteinander verstrickten.

Er wählte seine Worte vorsichtig und mit Bedacht: »Es war nie meine Absicht, die Beziehung zwischen dir und Jonathan zu stören, Edith. Ich wußte damals noch gar nicht, daß ihr verlobt wart.«

Edith sprach weiter, als hätte er nichts gesagt. »Als du mir dann zu verstehen gegeben hast, daß du kein tieferes Interesse an mir hast – bei diesem schrecklichen Mittagessen – in dem scheußlichen kleinen Lokal ...«

»Ich wollte dich nicht verletzen, Edith.«

»Das weiß ich. Aber dein Blick sagte alles. Danach habe ich mit Jon das Datum für die Hochzeit festgesetzt. Er hatte mir schon ewig damit in den Ohren gelegen, und ich glaubte, wenn ich mich ein für allemal festlegte, würde sich alles wieder einrenken. Aber so war es nicht.«

Wie einen müden, nutzlosen Refrain wiederholte er: »Ich wollte nichts zerstören.«

»Du hast nichts zerstört, Derry. Ich bin dir dankbar.«

Er sah sie fragend an.

»Weil du mir gezeigt hast«, erklärte sie, »daß ich Jon nicht heiraten darf.« Sie krampfte die Hände ineinander. »Ich habe auch mit Mina gesprochen. Es ist eigenartig, wir waren nie ein Herz und eine Seele, wie man das vielleicht von Schwestern erwartet – wir sind wahrscheinlich zu verschieden –, aber ihr habe ich die Wahrheit gesagt.«

Derry schwieg. Sein Mund war trocken. Er sah Edith nur an.

»Ich kann Jon nicht heiraten. Das ist mir jetzt klar. Ich *darf* ihn nicht heiraten.« Edith stellte ihr Glas hin und sagte leise: »Ich werde Jon schreiben und versuchen, es ihm zu erklären. Und dann – ich weiß nicht. Ich bin keine Intellektuelle wie Mina, und ich bin nicht ehrgeizig wie manche der Frauen in der Agentur. Ich besitze nichts weiter als dieses Gesicht, das im Grunde genommen gar nicht zu meinem Wesen paßt. Mir fehlt es oft an Verständnis für andere – für das, was ihnen wichtig ist. Und ich habe immer Schwierigkeiten gehabt, meinen Weg zu finden.«

»Das geht den meisten von uns so.«

Sie lachte zitternd. »Siehst du, da haben wir es schon wieder.«

»Was?«

»Dein Verständnis für mich. Obwohl ich mich nicht mal selbst richtig verstehe.«

»Tut mir leid«, murmelte er.

»Es soll dir nicht leid tun. Es ist sehr – *betörend.*« Ihre Stimme schwankte. »Ich bin hergekommen, um dich zu warnen, Derry. Ich habe Jon letzte Woche belogen. Es war dumm von mir. Ich kam hierher, um dich zu sehen, aber du warst wie gesagt nicht da. Als ich zu mir nach Hause kam, hat Jon mich dort erwartet. Ich war völlig überrascht – ich wußte nicht, was ich sagen sollte, und in meiner Panik habe ich ihm erzählt, ich wäre bei Mina gewesen. Und hinterher hat Mina mir gesagt, daß er genau zu der Zeit bei ihr war. Er weiß also, daß ich ihn belogen habe.«

»Oh.« Derry stützte den Kopf in die Hände. »Weiß er denn, daß du hier warst?«

»Ich bin mir nicht sicher.« Sie sah ihn an. »Ich habe keine Ahnung.«

In Jonathan hatte sich allmählich der Verdacht festgesetzt, daß die beiden Menschen, die er am meisten liebte, ihn hintergingen. Der Gedanke, der aufgekeimt war, als Edith ihn angesehen und gesagt hatte: *Ich war bei Mina*, wuchs und wucherte in den folgenden Tagen, und er konnte ihn nicht abtöten, obwohl er sich sagte, daß er selbst an ihnen Verrat beging, indem er solche Ungeheuerlichkeiten auch nur in Betracht zog. Das Bild von Edith und Derry in inniger Umarmung kehrte immer wieder – wenn er in den frühen Morgenstunden wach in seinem Bett lag, wenn er in seinem Büro saß und seine zur Unterschrift bereite Hand mitten in der Bewegung erstarrte.

Oft wußte er genau, daß er sich irrte. Wenn es ihm gelang, seine Gedanken zu bändigen und in die gewohnt geordneten Bahnen zu lenken, war er sicher, daß Derry – der Unwiderstehliche, stets zu allen Schandtaten Bereite – niemals einen solchen Verrat an ihm begehen würde; daß Ediths Abneigung gegen seinen jüngeren Bruder echt war und nicht nur Fassade, hinter der sich etwas ganz anderes verbarg. Er dachte daran, Derry anzurufen und ihm seinen Argwohn zu bekennen, und stellte sich seine Gekränktheit vor – nein, viel wahrscheinlicher würde er sich totlachen. Er stellte sich ein Gespräch mit Edith vor – ihre Erklärung, seine Erleichterung. Aber sosehr er es wünschte, für ihre Lüge an jenem Abend fiel ihm keine Erklärung ein. Und manchmal meinte er in seinen Phantasien zu sehen, wie Derrys dunkler Blick sich verschloß, um die Wahrheit zu verbergen. Dann zog er die Hand, die schon zum Telefon greifen wollte, zurück, als hätte er sich verbrannt.

Die schlaflosen Nächte häuften sich. Als er sich dabei ertappte, daß er bei Gericht mitten in der abschließenden Beweisführung des Richters einnickte, beschloß er zu handeln. Als er an diesem Abend nach Hause kam, bezwang er seine Furcht und rief bei Derry an. Es meldete sich niemand. Beim Abendbrot aß er kaum etwas. Zum erstenmal fielen ihm die vertrauten Rituale und die immer gleichen Gespräche seiner Eltern auf die Nerven, anstatt ihn zu beruhigen. Das hochgestochene Getue – die silbernen Serviettenringe mit den eingravierten Initialen; das Beharren darauf, stets volle Gedecke aufzulegen, obwohl seine Mutter niemals Nachtisch nahm und er selbst keinen Käse mochte; die Gewohnheit, das Mädchen, das sein Gähnen kaum unterdrücken konnte, nicht zu entlassen, bevor nicht der letzte Tropfen Kaffee getrunken war –, das alles zerrte an seinen überreizten Nerven.

Ihm wurde plötzlich klar, daß er alles mit Derrys Augen sah. Er konnte beinahe Derrys ironisch-gelangweilten Blick sehen, seine spöttische Stimme hören. »Ah, Jon, mein Anstandswauwau ...« Und: »Ich dachte, du wärst zu Hause, Jon, um die bolschewistischen Heere abzuwehren ...« Und, aus lang vergangenen Tagen: »Man muß die Gelegenheiten, die sich bieten, ergreifen ...« Zum erstenmal fragte er sich, warum Derry sich damals, 1919, mit einer Frau eingelassen hatte, die doppelt so alt gewesen war wie er selbst. Aus Liebe? Aus Neugier? Oder vielleicht, weil hinter dieser distanzierten, gewinnenden Maske eine kalte, zerstörerische Intelligenz stand?

Nach dem Dessert entschuldigte sich Jonathan. Seine Hände zitterten, als er die Nummer der Vermittlung wählte und um die Verbindung mit London bat. Wieder meldete sich niemand. Einen Moment blieb er unschlüssig im Vestibül stehen. Die Schlüssel zu seinem MG lagen auf dem silbernen

Tablett neben dem Telefon. In diesem Moment erkannte er, daß seine Angst vor Konfrontation und Gefühlsausbrüchen ihn dazu verleitet hatte, die Dinge viel zu lange treiben zu lassen.

Er steckte die Autoschlüssel ein, nahm Hut und Mantel vom Haken und ging in die abendliche Kälte hinaus. Er brauchte lange, um den Wagen in Gang zu bringen. Als er aus der Stadt hinausfuhr, sah er, wie klar die Sterne am frostigen schwarzen Himmel über dem freien Land glitzerten. Er drückte den Fuß aufs Gaspedal, als er die Straße nach London erreicht hatte. Er fuhr schnell und geübt und ließ sich von dem dünnen Strom kalter Luft, der durch die Ritzen zwischen Fenster und Tür eindrang, erfrischen. Beim Fahren fühlte er sich selbstsicher und furchtlos. Das Licht des Vollmonds beschien Hecken und Felder, und die Schönheit der Landschaft wirkte beruhigend.

Irgendwo unterwegs, kurz vor einer Kurve, hörten die Bäume auf, die bisher die Straße gesäumt hatten. Zu beiden Seiten dehnten sich große, flache Felder. Jonathan sah die langen Ackerfurchen, auf denen ein milchiger Glanz lag, und blickte kurz zum Mond hinauf, der von einem dunstigen Hof umgeben war. Nirgendwo auf der Straße glitzerte Eis, darum bremste er vor der Kurve nicht ab. Und als die Reifen des Wagens die Haftung verloren und die Hinterräder ins Schlingern gerieten, verspürte er, während er vergeblich am Lenkrad zog, nichts als eine Art milder Verwunderung.

Die Kälte hielt an. Alix ging der täglichen Arbeit mit der mechanischen Routine langer Gewohnheit nach: Sie half Polly bei der Zubereitung der Mahlzeiten, brachte Rory zur Schule, bügelte Laken und Kopfkissenbezüge, richtete frische Betten. Am späten Vormittag setzte sie sich in die Bibliothek, um zu schreiben. Aber die Wörter, krakelige schwarze Krähenfüße auf weißem Papier, schienen ohne Sinn und Bedeutung zu sein. Sie zog ihren Mantel an, setzte eine Mütze auf und ging ins Freie hinaus.

Der Himmel war blaß und durchsichtig. Wald und Garten,

so vertraut, lagen still und grau. Die zarten, gefrorenen Blätter der großen Binsen knickten unter ihrer Berührung, als sie zum Teichufer ging. Sie trat auf die Eisdecke, die jetzt, nach Tagen bitterer Kälte, dick genug war, um ihr Gewicht zu tragen. Die Sohlen ihrer Stiefel hinterließen Abdrücke im Reif der glatten Fläche. Die Kälte drang bis zu ihren Füßen durch. In der Mitte des Teichs blieb sie stehen, die Hände in ihre Mantelärmel geschoben.

Wenn ich Derry von Charlie erzähle, dachte sie, wird er dann anders von mir denken? Und wenn ich ihm nichts davon erzähle, ist dann unsere Freundschaft oder Liebe oder was immer überhaupt etwas wert? Sie hatte geglaubt, sie würde ihr Geheimnis bis zum Ende ihrer Tage für sich behalten, aber jetzt war sie nicht mehr so sicher. Es gab Menschen, denen sie Offenheit schuldig war. Eines Tages würde sie es Rory erzählen. *Ich hatte drei Cousinen und einen Vetter, und mein kleiner Vetter ist gestorben.* Ihre Augen brannten; wenn sie die Tränen kommen ließe, würden sie auf ihrer Haut gefrieren und zerspringen.

Sie hörte jemanden ihren Namen rufen. Polly rannte über den gefrorenen Rasen. Die windstille, kalte Luft dämpfte ihre Stimme. Alix bekam Herzklopfen. Sie meinte, etwas von einem Telegramm gehört zu haben.

Das Telegramm war von Derry. Er teilte ihr mit, daß Jonathan einen Autounfall gehabt hatte. Alix fuhr mit dem Fahrrad zum Dorfpostamt. Nachdem sie vergeblich versucht hatte, Derry in London zu erreichen, rief sie bei den Foxes in Andover an. Das Mädchen meldete sich. Jonathan war am Donnerstag ziemlich spät noch weggefahren. Sein Wagen war auf einer eisigen Stelle auf der Straße nach London ins Schleudern geraten und im Straßengraben gelandet.

»Es geht ihm schlecht«, fügte das Mädchen hinzu. »Sehr schlecht, Mrs. North.« In ihrer fernen Stimme lagen Tränen.

Alix rief das Krankenhaus in Winchester an. »Wir können Ihnen leider keine Auskunft geben, Mrs. North, da Sie keine Angehörige des Patienten sind.« Tief beunruhigt und frustriert rief sie eine Viertelstunde später noch einmal an und gab sich als Cousine Jonathans aus. Die Schwester zählte ihr Jonathans Verletzungen auf: Rippenbrüche, ein gebrochenes Handgelenk, eine komplizierte Fraktur des rechten Beins, Gehirnerschütterung. Gefahr einer Lungenentzündung, da Jonathan mehrere Stunden lang unentdeckt in der eisigen Kälte neben der Straße gelegen hatte.

Alix verteilte die Aufgaben im Haus. Polly würde Rory zur Schule bringen, Martha würde bei der Hausarbeit und in der Küche helfen. Beatrice, die mit Alix im Vestibül stand, als diese ihren Mantel zuknöpfte, um zu gehen, sagte: »Der arme Junge. So ein hübscher Mensch. Wie entsetzlich, wenn er –« Unter dem zornigen Blick ihrer Tochter brach sie ab.

Mr. Thompson nahm sie in seinem Automobil zum Bahnhof nach Salisbury mit. Alix stieg in den Zug nach Winchester und schaute zu den von schwarzen Hecken gesäumten Äckern und Wiesen hinaus, während sie sich ihrer ersten Begegnung mit Jonathan und Derry in Fallowfield vor so langer Zeit erinnerte. Es machte ihr Sorge, daß Jonathan bei diesem Unfall die schwersten Verletzungen gerade an dem Bein davongetragen hatte, das im Krieg verwundet worden war.

In Winchester ließ sie sich von einem Taxi zum Krankenhaus bringen. Als sie den langen Weg zum Portal hinaufschritt, straffte sie die Schultern und machte sich innerlich darauf gefaßt, das Schlimmste zu hören. Sie ließ sich von einer Schwester den Weg zu Jonathans Zimmer erklären. Sie sei, sagte sie sich, auf alles vorbereitet.

Doch auf Derrys Worte war sie nicht vorbereitet. Er ging allein im Wartezimmer auf und ab; sie sah ihn durch das Milchglas der Tür, eine dunkle Silhouette vor dem Fenster. Sie stieß die Tür auf; er drehte sich herum.

»Na also, jetzt hab ich endlich, was ich immer wollte«, sagte er. »Von jetzt an werde immer ich voraus sein.« Sein Ton war bitter. »Und Jonathan wird mir hinterherhinken, wenn er Glück hat.«

Sie drückte ihn auf eine Bank hinunter. Er vergrub das Gesicht in seinen Händen. »Sie haben gesagt, daß er durchkommen wird«, flüsterte er. »Aber sie wissen nicht, ob er je wieder gehen können wird.«

Sie legte einen Arm um seine Schultern. Nach einem langen Schweigen fügte er hinzu: »Jon wollte nach London, zu mir.«

So spät noch, dachte sie verwundert, fragte aber nicht.

»Er hat gestern abend das Bewußtsein wiedererlangt.« Derrys Stimme war leise und tonlos. »Mein Vater hat mit ihm gesprochen. Ich habe erst heute morgen erfahren, was er gesagt hat – ich war eingeschlafen. Aber er wollte nach London, um mit mir zu sprechen.«

»Du darfst dir keine Vorwürfe machen, Derry.«

»Doch, ich muß ...«

»Derry!«

»Jon machte sich Ediths wegen Sorgen. Das hat er meinem Vater gesagt.«

Alix war verwirrt. »Derry, natürlich ist es tragisch, daß ihm das zustoßen mußte, aber du darfst nicht alles noch schlimmer machen, indem du dir einredest, es wäre deine Schuld.«

»Alix!« zum erstenmal sah er sie richtig an. »Jon hatte Angst, daß Edith ihn nicht mehr liebt. Er hat das zwar nicht zu meinem Vater gesagt, aber ich weiß, daß er das meinte.«

»Woher willst du das wissen, wenn du nicht mit ihm gesprochen hast?«

»Edith hat es mir gesagt.«

»Edith?« Sie sah ihn verständnislos an.

»Edith war bei *mir*. Wenn Jon in London angekommen wäre, hätte er Edith bei mir vorgefunden.«

Stimmen durchdrangen ihre Verwirrung. Edith Carrs: *Derry hat immer zu tun. Ein richtiger Hansdampf in allen Gassen*. Und Derrys: *Es geht um eine Frau ...*

»Es ging um Edith, richtig?« fragte sie leise.

Sein Schweigen sagte ihr, daß er ihre Frage verstanden und daß sie recht hatte. Sie wandte ihren Blick von ihm ab, ließ ihn ziellos durch den nüchternen Raum mit den braun getäfelten Wänden und dem graubraunen Linoleumboden schweifen.

»Das Ganze hat angefangen, als ich damals krank zu Hause war. Ich war in einer ganz schlechten Verfassung, und eines

Tages kam Edith, um mich zu besuchen. Sie ging mir auf die Nerven, und die Tatsache, daß Jonathan sie gebeten hatte, nach mir zu sehen, machte es noch schlimmer. Für mich war das der Beweis, daß Jonathan mich bemitleidete, und ich fand das unerträglich. Edith gab sich gar keine Mühe, mir zu verheimlichen, daß es sich lediglich um einen Anstandsbesuch handelte – im Gegenteil, sie gab mir deutlich zu verstehen, daß ich ihr völlig gleichgültig war. Und das hat mich gereizt.«

Alix begann zu verstehen. »Du hast mit ihr geflirtet.«

»Ja. Ziemlich kindisch, nicht? Ich war nicht mal sehr subtil dabei. Oder charmant.« Derry fuhr sich mit zitternder Hand durch das wirre Haar. »Dann erzählte mir Jonathan von der Verlobung, und als ich Edith das nächste Mal sah, in Jons Beisein, bemühte ich mich, freundlich zu sein. Nett und freundlich. Aber das war ein schwerer Fehler. Es verschlimmerte die Situation. Danach – seitdem – ist alles aus den Fugen geraten.« Er senkte den Blick. »Ich versuche mir einzureden, daß ich das nicht wollte; daß es nur Pech war – daß ich die Situation falsch eingeschätzt hatte, so wie Jon bei seinem Unfall. Aber in Wahrheit habe ich es gewollt – damals, meine ich.«

Alix erinnerte sich an die junge Frau im Garten: Miranda mit dem scharlachroten Kleid und dem hellen Haar. Sie erinnerte sich an Derrys Stimme, einschmeichelnd und neckend. Sie stand auf und ging zum Fenster.

»Ich war wütend«, sagte er, »weil in meinem Leben alles schiefging, während bei Jon alles klappte – er hatte den festen Beruf, das sichere Einkommen, die Frau, die er heiraten wollte. Jonathan hatte ›sein Teil getan‹. Ich wollte ihm weh tun – ich wollte beweisen, daß ich genauso gut bin wie Jon. Und dazu bot mir Ediths Besuch die Gelegenheit. Mehr steckte wirklich nicht dahinter. Du kannst es mir glauben. Aber es hat gereicht, nicht wahr?«

Sie konnte ihm nicht in die Augen sehen, weil sie seinen Blick nicht ertragen konnte. Die Kälte hielt die Stadt gefangen, tauchte die kahlen Äste der Bäume, die Dächer der Häuser in glitzerndes Grau.

»Entweder ich habe provoziert«, sagte er langsam, »oder ich

legte es darauf an zu zerstören. Man kann es drehen und wenden, wie man will, es ist meine Schuld.«

»Edith ...«

»Sie war gestern hier. Warf nur einen Blick auf Jon, wurde grün im Gesicht und fuhr sofort wieder nach Hause. Aber jetzt ist sie bei ihm.«

»Und die Hochzeit?«

»Die wird sie abblasen. Sie wollte ihn ja nicht mal haben, als er noch gesund war, warum sollte sie ihn jetzt haben wollen?« sagte er wegwerfend. »Sie kann kranke Menschen nicht ausstehen. Das hat sie mir selbst einmal gesagt.«

»Wenn sie ihn nicht liebt –«

»Wäre ich nicht gewesen, dann wäre sie nie auf den Gedanken gekommen, daß sie ihn nicht liebt. Verstehst du jetzt?« Derry breitete die Arme aus. »Ohne mich wäre es nie soweit gekommen.«

Die Tür zum Wartezimmer öffnete sich. Edith Carr blieb auf der Schwelle stehen. Ihr schönes Gesicht war kreidebleich.

»Jon hat nach dir gefragt, Derry«, sagte sie. »Er möchte dich sehen.«

Alix machte sich nützlich. Derry sah sie an diesem Nachmittag nicht wieder. Gegen Abend kamen Nicholas und Eva Fox ins Krankenhaus. Alix machte Botengänge – besorgte Riechsalz für Eva Fox, eine Tasse Tee für Derrys niedergeschmetterten Vater. Irgendwo auf dem Korridor begegnete sie dem Chirurgen und stellte ihn zur Rede. Sie ließ nicht locker, bis sie die ganze Wahrheit von ihm erfahren hatte. Sie hatten versucht, das verletzte Bein mit Hilfe von Knochenfragmenten aus dem gesunden wiederherzustellen. Die Ärzte waren zwar ziemlich sicher, daß die Operation geglückt war, aber das Risiko einer Infektion war natürlich nie auszuschließen. Alix war, als wäre die Zeit zurückgedreht worden und befände sie sich wieder im Jahr 1918. Als sie den Arzt drängte, sagte er: »Das rechte Bein wird kürzer bleiben, Mrs. North. Aber mit viel Glück wird er es wieder gebrauchen können.«

Dann ging er durch den Korridor davon. Alix sah ihm nach.

Sie wußte, was er gemeint hatte. Jonathan würde am Stock gehen müssen. Er würde nie wieder Tennis spielen oder Fahrrad fahren können; nie wieder mit Rory an der Hand unbekümmert durch das seichte Wasser an einem Strand waten können.

Sie mußte hinaus, an die frische Luft. Eine Weile streifte sie ohne Ziel durch die Straßen der Stadt. Es war halb sechs. Die Menschen eilten nach der Arbeit nach Hause oder kauften vor Ladenschluß noch schnell etwas fürs Abendessen ein. In einem Blumengeschäft nahm sie einen großen, bunten Strauß mit. Nachdem sie in einem Hotel ein Zimmer gemietet hatte, kehrte sie ins Krankenhaus zurück und gab den Strauß der Stationsschwester von Jonathans Abteilung. Sie traf Jonathans Eltern, die gerade im Aufbruch waren. Schnell, bevor sie es sich anders überlegen konnte, schrieb sie einen Zettel.

»Darf ich Sie bitten, das Derry zu geben«, sagte sie zu Nicholas Fox. »Es ist die Adresse des Hotels, in dem ich übernachte. Würden Sie ihn bitten, mich dort aufzusuchen? Ich muß dringend mit ihm sprechen.«

Alix saß in ihrem Zimmer und war dabei, einen Brief an ihre Mutter zu schreiben, als das Zimmermädchen klopfte.

»Unten im Foyer ist ein Herr, der Sie sprechen möchte, Madam.«

Sie sah ihn schon von der Treppe aus. Er saß mit gesenktem Kopf in einem Sessel, in derselben zerknautschten Jacke, die er am Morgen angehabt hatte. Als sie seinen Arm berührte, sah er auf und lächelte.

»Alix!« Sein Gesicht war eingefallen. »Mein Vater sagte mir, daß du mich sprechen möchtest.«

Sie führte ihn in den Salon. Lederne Klubsessel gruppierten sich um kleine Tische, an denen Gäste beim Bridge oder beim Kaffee saßen. Im offenen Kamin brannte ein Feuer.

Alix bestellte Kognak für sich und Derry.

Derry schloß die Hand um sein Glas. »Den ganzen Tag hab ich mir das hier verkniffen.«

»Wie geht es Jonathan?«

Er schloß einen Moment die Augen. »Ach, ich weiß nicht,

was schlimmer für ihn ist – das kaputte Bein oder die Tatsache, daß Edith die Verlobung gelöst hat.« Er verzog den Mund zu einem schiefen Lächeln. »Er hat sich bei mir entschuldigt, Alix. Ist das nicht ein Witz? *Er* hat sich bei *mir* entschuldigt.«

»Wofür?«

»Weil er dachte, Edith und ich ...« Er sprach nicht weiter. »Darum wollte er zu mir. Er wollte wissen, ob Edith und ich etwas miteinander hätten. Aber Edith hat ihm gesagt, daß zwischen uns nie etwas war und ihr Entschluß, die Verlobung zu lösen, mit mir nicht das geringste zu tun hätte. Sie hat ihm erklärt, sie könne mich nicht ausstehen. Wahrscheinlich stimmt das sogar. Ich war jedenfalls ungeheuer erleichtert. Du mußt dir das mal klarmachen, Alix – Jonathan leidet Qualen, und ich denke nur an mich und mein Wohlbefinden.« Er lachte kurz auf und stellte sein Glas ab. »Jonathan sagte, er würde am liebsten sterben, Alix. Wegen Edith. Wie soll ich damit leben?«

Sie sagte schroff: »Du wirst damit leben, weil du mußt.«

»Nein, das kann ich nicht.« In seiner Stimme schwang Angst. »Heute nachmittag – nachdem ich mit ihm gesprochen hatte – mußte ich einfach weg. Raus. Irgendwohin. Ich bin nur gelaufen und gelaufen – ich weiß nicht einmal mehr, wohin. Und das Leben geht weiter wie immer – die Leute regen sich über die Kälte auf und überlegen, was sie zum Abendessen kochen sollen und ob sie auch nicht vergessen haben, sich bei Tante Madge für das Weihnachtsgeschenk zu bedanken – du weißt schon. Es ist *obszön*.« Er sah sie an. »Entschuldige. Ich weiß, das ist dummes Geschwätz.«

Nebenan knallte einer der Bridgespieler seine Karten auf den Tisch, und ein Mann, der in einem Sessel eingenickt war, fuhr erschrocken in die Höhe.

»Ich glaube, ich weiß, wie dir zumute ist, Derry«, sagte Alix. »Man fragt sich, wie es möglich ist, daß die Erde sich weiterdreht. Es war mir ernst mit dem, was ich vorhin gesagt habe. Du wirst damit leben, weil es nicht anders geht. Ich weiß das aus eigener Erfahrung.«

Er rieb sich die Stirn mit den Fingerspitzen, als kostete ihn jeder Gedanke eine Riesenanstrengung.

Alix holte tief Atem. »Du erinnerst dich an Maddy Ferrabys Verlobungsfeier? Ich bin damals weggelaufen, weil ich jemandem begegnet war, dessen Anblick ich nicht ertragen konnte.«

»Ich dachte – May Lanchbury ...«

»Nein, es war nicht May. Es war ihr Vater. Charles Lanchbury. Er war auch da. Ihn habe ich dort getroffen.«

Sie trank einen Schluck Kognak, als könnte ihr das Mut machen. »Ich habe dir erzählt, daß May meine Cousine ist. Charles Lanchbury, ihr Vater, ist mein Onkel. Er ist der ältere Bruder meiner Mutter. Ich habe mit der Familie seit meinem vierzehnten Lebensjahr keinen Kontakt mehr gehabt. Aber auf dem Fest hat Charles Lanchbury mich angesprochen.«

Sie wußte nicht, ob er ihr überhaupt zuhörte. Seine sonst so lebhaften Züge waren still und verschlossen. Aber sie sprach weiter. Sie erinnerte sich nur zu gut, wie es war, diese Last aus Verzweiflung, Schuld und seelischer Erschöpfung ertragen zu müssen, und wußte, daß vielleicht nur sie seine Anteilnahme am Leben wieder wecken konnte.

»Ich hatte nicht nur drei Cousinen, Derry, sondern auch einen Vetter. Er hieß Charlie und war damals, als ich mit der ganzen Familie in die Ferien nach Frankreich fuhr, zweieinhalb Jahre alt. Ich war vierzehn und sollte auf ihn aufpassen. Aber ich habe ihn verloren.«

Er sah sie ungläubig an. »Wie meinst du das, du hast ihn ›verloren‹?«

»Charlie ging verloren.«

»Aber er wurde wieder gefunden?«

Alix schüttelte den Kopf. Seltsam, wie leicht es ihr über die Lippen gekommen war. Es war, das erkannte sie jetzt, ein Teil von ihr geworden. Es hatte ihre Vergangenheit geprägt und ihre Zukunft bestimmt genau wie ein chronisches Leiden.

Einen Moment lang vergaß sie Derry und Jonathan und war wieder in Frankreich, in dem langen, heißen Sommer ihrer Kindheit. Hitzedunst lag über den gelben Feldern, und die Mohnblumen am Straßenrand neigten sich im Fahrtwind der vorüberbrausenden Automobile.

»Es war Mays neunter Geburtstag, und wir machten einen

Picknickausflug – alle zusammen: Onkel Charles, Tante Marie, meine drei Cousinen und ich. Und Charlie natürlich. Aber Charlie ging uns verloren. Wir haben ihn nie wiedergesehen. Und es war zum Teil meine Schuld, Derry. Ich habe mich hingesetzt und gezeichnet und völlig vergessen, auf ihn aufzupassen. Als ich später Daisy nach ihm fragte, mißverstand ich ihre Antwort und glaubte, er säße im anderen Auto. Ich war müde und habe mich nicht vergewissert, daß er wirklich dort war. Lauter Kleinigkeiten. Nichts als Kleinigkeiten. Als dann der Krieg ausbrach und Onkel Charles ohne Charlie aus Frankreich zurückkam, wäre ich am liebsten gestorben. Aber ich bin nicht gestorben. So einfach ist es nicht. Man wurstelt sich irgendwie weiter durch. Weil es nicht anders geht.«

Erst als er die Hand hob und ihr mit den Fingerspitzen die Tränen fortwischte, wurde sie sich bewußt, daß sie weinte. In der Stille glaubte sie, Charlies Gesicht, dessen Züge sich im Lauf der Jahre verwischt hatten, ganz klar zu sehen. Das lockige rotblonde Haar und seine Augen, so blau wie der Sommerhimmel …

»Ach, Alix, du arme«, hörte sie Derry leise sagen.

»So vieles, was ich seitdem getan habe, wurde von diesem einen Tag bestimmt. Du hattest recht, Derry – ich habe mich versteckt. Ich habe mich die letzten zwölf Jahre meines Lebens vor Charles Lanchbury versteckt. Er haßt mich. Ich bin schuld daran, daß er seinen einzigen Sohn verloren hat.« Sie legte ihre Hand auf Derrys. »Ganz gleich, was du getan hast – ganz gleich, was für Fehler du gemacht hast –, sie sind nichts im Vergleich zu meinen. Jonathan ist ein erwachsener Mann, er wird sich erholen. Charlie war ein Kind, und er ist umgekommen. Aber man kann weitermachen. Das habe ich gelernt. Man ist nicht mehr derselbe Mensch, aber man kann die Scherben aufsammeln und neu anfangen und etwas aus seinem Leben machen. Und das mußt du tun, weil Jonathan dich jetzt braucht.«

Er beugte sich vor und drückte sein Gesicht in seine Hände, die von ihren Tränen noch feucht waren. Sie saß reglos und starrte auf die von Eisblumen überzogenen Fenster des Hotels.

Teil IV

VERKLEIDUNGEN UND GEHEIMNISSE

1932 – 1937

10

»... HAT EIN KLEINES Vögelchen Oriana zugezwitschert, daß für Miss Marjorie Wood vielleicht schon bald die Hochzeitsglocken läuten werden. Auf dem Ball der Familie Kelsey-Bingham, bei dem ihre Tochter Lydia in die Gesellschaft eingeführt wurde, sah man Miss Wood in lebhaftem Gespräch mit Mr. Alfred Withycombe, dem einzigen Sohn von Colonel und Mrs. George Withycombe. Miss Wood sah hinreißend aus in kornblumenblauem Satin. Wenn Oriana sich nicht täuscht, wird Miss Wood noch vor Ende des Jahres Satin in einer anderen Farbe tragen ...«

Landpomeranzen und steife Spießer, dachte May Lanchbury und trank einen Schluck von ihrer heißen Schokolade. Sie war spät dran mit ihrem Text, und die Redaktion begann sich zu leeren. Einen Moment überlegte sie, dann schrieb sie ein paar Zeilen über die Charmouths und das öde Fest, das sie gestern abend hatte besuchen müssen. Diese Veranstaltungen, dachte sie, waren in den letzten Jahren immer fader geworden. Aber vielleicht lag es an den Gästen. Verdrossen schrieb sie weiter: »Oriana wird kommenden Samstag an der Hochzeit von Miss Daisy Marie Lanchbury mit Mr. Philip Alfred Delavel in der Kirche St. Mary in the Fields teilnehmen. Miss Lanchbury, nach allgemeiner Übereinstimmung die strahlendste Debütantin ihres Jahrgangs, ist die jüngste Tochter Mr. Charles Lanchburys und seiner verstorbenen ersten Frau, Mrs. Marie Lanchbury, geborene Boncourt. Miss Lanchburys Brautjungfern werden ihre älteren Schwestern sein ...«

... Ella und May Lanchbury, die in bonbonrosa Chiffon bestimmt nicht gerade zum Anbeißen aussehen werden, dachte

May erbittert, schrieb es aber nicht nieder. Wenn Ella bei der Wahl der Garderobe für ihre Brautjungfern – eine höchst unwahrscheinliche Vorstellung im übrigen – auf diese Farbe verfallen wäre, hätte May sie der Bosheit verdächtigt. Daisy jedoch war der Bosheit nicht fähig; einzig ihr fataler Mangel an Urteilsvermögen (der sich auch in der Wahl ihres Ehemanns zeigte, wie May niedergeschlagen dachte) war schuld daran, daß May am kommenden Samstag wie ein wandelnder Himbeerpudding würde herumlaufen müssen.

May zählte die Wörter, die sie zu Papier gebracht hatte, gähnte und streckte sich. Noch einen Absatz. Sie dachte daran zu schreiben: »Oriana hat soeben erfahren, daß Mr. Nicholas Fox, Vater von Mr. Jonathan und Mr. Derry Fox, am vergangenen Wochenende plötzlich und unerwartet verstorben ist.« Aber sie tat es nicht; zum einen, weil man nicht wertvollen Spaltenraum mit Berichten über das Kommen und Gehen obskurer Landadvokaten vergeudete, zum anderen, weil sie den unerklärlichen Wunsch verspürte, die Neuigkeit von Derrys möglicher Heimkehr nach so vielen Jahren der Abwesenheit ganz für sich zu behalten.

Sie kaute auf ihrem Federhalter. »*Das* Ereignis der kommenden Woche wird ein Benefiz-Ballettabend sein, der in Anwesenheit seiner Königlichen Hoheit, des Prinzen von Wales, im Carlton Theater stattfindet …«

Derrys Schiff lief an einem Samstag morgen im April 1932 von Cartagena aus. Während er zusah, wie die südamerikanische Küste langsam in der Ferne verschwand, ging ihm der Gedanke durch den Kopf, daß diese Reise perfekt ins Bild paßte. Er hörte noch die Worte seines Tutors im Internat, der, als er ihn mit ungeschnürten Schuhbändern, fliegenden Hemdzipfeln und offener Krawatte ertappte, erbost gerufen hatte: »Fox! Sie würden noch zur Beerdigung Ihres eigenen Vaters zu spät kommen!« Genauso war es. Er war gleich mehrere Wochen zu spät.

Noch einmal ließ er die Ereignisse der letzten vierzehn Tage Revue passieren: Jonathans Telegramm: es war mit Verspätung in La Paz eingetroffen, weil Telegramme nach La Paz stets mit Verspätung eintrafen. Eine gehetzte Woche der Vorbereitung und des Abschiednehmens. Die lange Reise nach Cartagena über Lima und Bogotà.

Allein auf dem Schiff in den Weiten des Ozeans zwang Derry sich dazu, den Erinnerungen ins Auge zu sehen, die er während der fünf Jahre im Ausland beständig verdrängt hatte: Jonathan, erschöpft, aber stolz lächelnd, als er drei Monate nach dem Unfall den Weg vom Bett zum Stuhl allein geschafft hatte; und weinend, als er in der »Times« die Bekanntgabe von Edith Carrs Vermählung gelesen hatte. Er hörte wieder das Tapp-tapp von Jonathans Stock auf den Bodendielen, das ihn täglich gequält hatte. Er war geflohen, gestand Derry sich ein, um dieses Geräusch nicht mehr hören zu müssen.

Nach Jonathans Unfall war er noch sechs Monate in England geblieben. Er hatte mit seinem früheren Leben gebrochen, um während Jonathans Rekonvaleszenz in Andover sein zu können, und seine ganze Kraft daran gesetzt, irgendwie, sei es mit Strenge oder guten Worten, Jonathans Lebenswillen wieder zu wecken. Er war erst gegangen, als er gesehen hatte, daß Jonathan ohne ihn zurechtkam. Und erst als sein Schiff in Southampton abgelegt hatte und die graue Küste Englands allmählich mit den grauen Wassern des Ärmelkanals verschmolzen war, konnte er aufatmen.

Jonathans Unfall hatte ihn gezwungen, sich selbst ins Gesicht zu sehen. Und was er erblickt hatte, das hatte ihm nicht gefallen. Die Reise nach Südamerika gestattete ihm einen neuen Anfang – schon wieder eine zweite Chance, hatte er mit ironischer Erheiterung gedacht. Unter der Nachwirkung von Jonathans Unfall hatte er alle seine früheren hochfliegenden Ambitionen fallengelassen. Er hatte hart gearbeitet, aber nicht für seine einstigen Ziele. Gewiß, er war fortgegangen, um doch noch etwas aus seinem Leben zu machen, aber schon bei der Abreise aus England hatte er erkannt, daß es ihm nicht mehr um Ruhm und öffentliche Anerkennung ging. Seine Ambitionen waren bescheidener geworden, mehr zielgerichtet. Er arbeitete, um Geld nach Hause schicken und einen Teil von

Jonathans Arztkosten übernehmen zu können; um wenigstens teilweise den Einkommensverlust wettzumachen, der seinem Vater aus Jonathans langer Abwesenheit von der Kanzlei entstehen würde; um vielleicht wieder mit sich selbst ins reine zu kommen.

Die Anteile an einer Smaragdmine in Bolivien, die Sara Kessel ihm hinterlassen hatte, hatten allzulange unbeachtet im Bankdepot gelegen. Auf der langen Seereise nach Südamerika hatte Derry von vollkommenen Steinen in einem unergründlichen, durchscheinenden Grün geträumt. Die Realität hatte anders ausgesehen. Nach sechs Monaten wußte er, daß die Smaragde von minderer Qualität waren und seine Aktien im Preis weit überhöht. Er schlug sie los und kaufte Gold. In den ersten neun Monaten des Jahres 1929 beobachtete er voll nervöser Zweifel, wie die Aktienpreise in die Höhe schnellten. Dann kollabierte Ende Oktober die New Yorker Börse. Die Nachbeben des Börsensturzes erschütterten die Finanzmärkte Westeuropas. Banken gingen in Konkurs, Aktionäre stürzten sich aus dem Fenster. Derry jedoch stieß einen tiefen Seufzer der Erleichterung aus und begann Anfang 1930 zu kaufen. Er kaufte mit Umsicht, solide Papiere zu Schleuderpreisen.

Anfangs hatte er vorgehabt, niemals wieder nach England zurückzukehren. Er hatte gesehen, welchen Schaden er angerichtet, wie leichtsinnig er sein eigenes Leben und das anderer ins Chaos gestürzt hatte. Er sah sich als den Wolf, dessen Namen ihm May Lanchbury im Scherz gegeben hatte, ein Geschöpf, das nur auf Beute aus war, ohne je etwas Neues oder Gutes zu schaffen.

Doch wider Erwarten hatte er sich nach Jahren der Arbeit und des Reisens immer häufiger dabei ertappt, wie er an England dachte. Was er einmal verachtet hatte – Englands Begrenztheit, das überschaubare Leben dort –, danach sehnte er sich jetzt. Was ihm einst nur als satte Selbstzufriedenheit erschienen war, das sah er jetzt als tröstlich und beruhigend. Was er als armseliges Mittelmaß abgetan hatte, wurde in der Rückschau zu einem notwendigen und wünschenswerten

Mangel an Extremismus. Eine innere Rastlosigkeit ergriff ihn; nachts träumte er von Kreidefelsen und grünen Wiesen.

Eines Tages kam das Telegramm. Er riß es auf und las es. Dann setzte er sich an seinen Schreibtisch und weinte. Tränen rannen über sein Gesicht und Schweißbäche (es war den ganzen Tag unerträglich heiß gewesen) über seinen Rücken. Dies, dachte er, war die schlimmste Strafe, seine Fehler niemals wiedergutmachen zu können. In diesem Moment wußte er, daß er nach Hause reisen mußte.

Auf dem Schiff schlief er an Deck, kämpfte gegen die Seekrankheit, sah zu, wie am fernen Horizont der erste kalte Sonnenglanz aufstieg. Allein an der Reling, während das Schiff noch schlief, dachte er an seinen Vater und empfand Zorn und Schmerz. Zorn darüber, daß künftige Möglichkeiten verloren waren. Ein Tod war ein Schlußstrich, der es einem nur noch erlaubte, Bilanz zu ziehen, aber keine Änderungen mehr zuließ. In dieser Folge grauer Morgen gestand Derry sich sein Bedauern und sein Scheitern ein, aber er sah auch die Unvereinbarkeiten, die es innerhalb von Familien gab. Er und sein Vater waren immer ein unvereinbares Paar gewesen: gegensätzlich wie Feuer und Wasser, wie … was? Eine der vielen Eigenschaften, die er *nicht* von seinem Vater geerbt hatte, dachte Derry mit bitterer Ironie, war die Vorliebe fürs Klischee.

Im Frühjahr 1932 ließ Alix Fenster und Kamine neu verfugen, alle Türen frisch lackieren und die Regenrinnen ausbessern. Als sie eines Freitag nachmittags, nachdem sie im Garten die Wäsche von der Leine genommen hatte, das Haus betrachtete, schien es ihr zu lächeln, rein und klar und gut in Schuß. Sie wäre gern hineingelaufen, um ihren Skizzenblock zu holen und es zu zeichnen, aber es wartete eine Menge Arbeit auf sie. Laken mußten gebügelt, Tische gedeckt werden, und gleich würden drei kleine Mädchen zur Zeichenstunde kommen. Sie nahm deshalb den Wäschekorb und ging zum Haus zurück, aber ihr Schritt war beschwingt.

Mit den Zeichenstunden hatte sie in den Monaten nach

Jonathan Fox' Unfall begonnen, um nun, da es mit den Festen vorbei war, ihr Einkommen etwas aufzubessern. Der Erfolg hatte sie selbst überrascht, sehr bald hatte sie ein halbes Dutzend Schüler und Schülerinnen beisammen. Die Stunden bereiteten ihr großes Vergnügen; selbst das ungeschickteste Kind brachte mit Ermutigung und Geduld irgendwann etwas hervor, worauf es stolz sein konnte. Was sie mit dem Zeichenunterricht einnahm, verwendete sie für Ausbesserungen und Renovierungen am Haus.

Die neue Tätigkeit hatte einen erfreulichen Nebeneffekt, der ganz unerwartet kam. Alix schloß Bekanntschaft mit den Eltern und Verwandten ihrer Schüler. Sie wurde hier zum Nachmittagstee, dort zu einem Abendessen eingeladen. Sie fand Freunde und sah sich von einer Reihe von Verehrern umworben. Wenn auch alle diese Bewunderer sich früher oder später als untauglich für eine echte Beziehung entpuppten – der eine trauerte immer noch einer alten Liebe nach, ein anderer teilte sein Bett mit drei Labradorhunden, ein dritter hatte eine beunruhigende Vorliebe für Frauen in Uniform –, waren doch die Abende im Theater oder Kino, die Ausflüge und Wanderungen eine willkommene Abwechslung im täglichen Einerlei von Hausarbeit und Pensionsbetrieb.

An diesem Abend war Alix zu einer Cocktailparty eingeladen. Während sie ihre Schüler zur Tür brachte, danach die letzten Laken bügelte und eilig Gästebetten richtete, sah sie immer wieder auf ihre Uhr. Die Pensionsgäste schienen ihr Abendessen mit nervtötender Gemächlichkeit einzunehmen. Alix räumte die letzten Puddingschalen ab und stapelte sie im Spülbecken.

»Ich erledige das hier schon.« Polly schüttelte ein Geschirrtuch aus. »Gehen Sie rauf und machen Sie sich fertig.«

Alix sah zur Küchenuhr hinauf. »Ich werd mit dem Rad fahren müssen.«

»Im feinen Kleid?«

»Ich nehme eben Fahrradklammern.«

Polly prustete. »Wohin müssen Sie denn?«

»Nur ins Dorf. Zu den Ritsons. Das ist nicht weit.«

Alix ging nach oben, holte ein dunkelgrünes Seidenkleid aus dem Schrank und zog sich um. Ihre Abendschuhe verstaute sie in einem Beutel und zog feste Straßenschuhe an. Als sie fertig war, sah sie noch nach Rory.

Er war dabei, irgend etwas Gewaltiges und sehr Kompliziertes mit seinem Meccano-Baukasten zu konstruieren. Das seidige braune Haar fiel ihm tief ins Gesicht, und Alix nahm sich vor, bei nächster Gelegenheit mit ihrem Sohn nach Salisbury zum Friseur zu fahren. Sie setzte sich neben ihn auf den Boden.

»Das ist ja wahnsinnig beeindruckend, Schatz. Was soll das denn werden?«

»Eine Brücke für meine Modelleisenbahn. Die Züge können hier unten durch und da oben drüber fahren.« Er warf ihr einen Blick zu. »Gehst du weg, Mama?«

»Nur ins Dorf. Polly und Großmutter sind ja hier.«

Er drückte sie so fest, daß ihr die Luft wegblieb. Mit zehn Jahren reichte er ihr fast bis zur Schulter.

»Gesicht und Zähne nicht vergessen, Rory«, ermahnte sie ihn. »Und denk dran, deiner Großmutter gute Nacht zu sagen.«

Alix rief Polly ein hastiges auf Wiedersehen zu, lief zur Tür hinaus und holte ihr Fahrrad aus dem Schuppen. Unter den Bäumen hindurch, aus denen es vom letzten Regenguß noch tropfte, radelte sie ins Dorf.

Die Ritsons bewohnten ein großes, modernes Haus am Ortsrand. Sie hatten eine Tochter namens Veronica, der Alix das Zeichnen beizubringen versuchte. Martha Ritson, eine etwas verhuschte und kurzsichtige, aber liebenswürdige Frau, machte Alix mit den anderen Gästen bekannt.

»Das ist Mrs. Taylor – ihr Mann arbeitet mit Ronald zusammen – und Lavinia Potter kennen Sie ja schon, nicht wahr, Alix? – und, ach ja« – Martha Ritson kniff die Augen zusammen und winkte – »Celia, ich möchte dich mit Mrs. North bekannt machen. Veronica nimmt bei ihr Zeichenstunden. Sie ist eine wunderbare Lehrerin. Du solltest die Bilder sehen, die Veronica malt. Wunderschön. Sie möchte später einmal Kunst studieren. – Und das ist« – wieder blinzelte Martha Ritson, in dem Bemühen, den großen blonden Mann ins Auge zu fassen, der zu ihnen getreten war – »ach, du lieber Gott, es tut mir wirklich leid, aber mir ist Ihr Name entfallen. Wie kann man nur so vergeßlich sein!« Martha Ritson kniff die Augen noch fester zusammen. »Sind Sie mit Leonard gekommen? Oder mit den Murchisons? Ich muß mich wirklich entschuldigen ...«

»Keine Ursache«, sagte er lächelnd.

Martha Ritson strahlte. »Tja, ich muß weiter – es kommen immer noch Gäste – und das Mädchen hat die Kanapees vergessen ...« Sie verschwand im Gedränge.

Er streckte Alix die Hand entgegen. »Darf ich mich vorstellen – Kit Crawford.«

»Alix North.« Sie tauschten einen Händedruck. Er war gut gekleidet und wirkte kultiviert. Alix meinte, er müsse etwa in ihrem Alter sein.

»Kann ich Ihnen etwas zu trinken holen?«

»Das wäre nett.«

Er nahm zwei Gläser vom Tablett eines vorüberkommenden Mädchens und reichte eines davon Alix. »Sie geben also Zeichenunterricht?«

»Und ich führe eine Pension.«

»Das ist ja eine interessante Kombination.«

»Ich bin vielseitig. Und Sie, Mr. Crawford?«

»Kit, bitte. Oh, ich mache ein bißchen in Kunst, wie man so schön sagt.«

»Wohnen Sie hier in der Nähe?«

»Ich komme ziemlich viel herum«, antwortete er vage. »Ich habe allerdings den Eindruck« – er sah sie an – »daß ich hier ganz gern eine Weile bleiben würde.«

»Gefällt Ihnen die Gegend?«

»Anfangs war ich nicht besonders beeindruckt«, sagte er, »aber ich fange an, ihre Reize zu würdigen.«

Wir flirten ja, dachte Alix, und es macht mir richtig Spaß.

Kit sah sich im Zimmer um. »Ein bißchen voll hier, finden Sie nicht? Wollen wir nicht sehen, ob wir irgendwo ein ruhigeres Plätzchen finden? Man versteht ja kaum sein eigenes Wort.«

In dem großen Wintergarten hinten im Haus ließ Alix sich aufatmend in einen bequemen Sessel fallen.

»Ich bin das erste Mal in Wiltshire«, bemerkte Kit.

»Sie haben keine Verwandten hier?«

»Ich habe überhaupt keine Familie.« Seine hellgrauen Augen wurden schmal.

»Ach – tut mir leid.«

Er zuckte die Achseln und fuhr sich mit der Hand durch das kurzgeschnittene helle Haar. »Ich hatte reichlich Zeit, mich daran zu gewöhnen. Ich bin in Indien geboren, wissen Sie. Mit sechs kam ich nach England in ein Internat. Meine Eltern sind an der Cholera gestorben, als ich elf war. Aber da hatte ich schon beinahe vergessen, wie sie aussahen.«

»Das muß doch schlimm für Sie gewesen sein.« Alix dachte an Rory. »Ich habe einen zehnjährigen Sohn«, sagte sie. »Schrecklich, die Vorstellung, ich müßte ihn Tausende von Meilen weit fortschicken.«

»So war das eben damals.« Er warf einen Blick auf ihr Glas. »Trinken Sie aus. Ich hole uns noch etwas.«

Als er davonging, dachte sie, Kit Crawford, Sie haben die erste Probe bestanden. Manche Männer machten sofort einen Rückzieher, wenn sie von Rory erzählte, vermutlich weil sie fürchteten, sie sei auf der Jagd nach einem Versorger. Und solche, die nicht gleich bei der ersten Prüfung durchfielen, entwickelten nach einer Weile häufig eine unangenehme Eifersucht auf Rory, so daß Alix, der Klagen und Vorwürfe müde, die Beziehung schließlich zu beenden pflegte.

Kit kam zurück. »Martha – Mrs. Ritson – hat mir eben erklärt, wie begabt ihre Tochter ist.« Er lächelte, die Augenwinkel leicht nach oben gezogen, die Lippen über kleinen, scharfen Zähnen geöffnet. »Ein zweiter Leonardo anscheinend.«

Alix, die an Veronica Ritsons Bilder voll wasserköpfiger Menschen und gummibeiniger Ponys dachte, lächelte ebenfalls.

Er setzte sich neben sie und betrachtete sie aufmerksam. Sie war froh um das gedämpfte Licht im Zimmer, so konnte er nicht sehen, daß sie unter seinem Blick errötete.

»Also, eines finde ich sonderbar an Ihnen«, sagte er unvermittelt.

»Was denn?«

»Daß Sie zum Cocktailkleid Wanderschuhe tragen.«

Sie sah zu ihren Füßen hinunter und fing an zu lachen.

Er ließ es sich nicht nehmen, sie nach Hause zu fahren. »Wir werfen das Rad einfach hinten in den Wagen«, sagte er. »Sie sollten nicht mitten in der Nacht mutterseelenallein auf dem Fahrrad durch die Gegend gondeln.«

Als sie in den Hof fuhren und er zum Haus hinaufsah, hörte sie ihn nach Luft schnappen.

»Heiliger Himmel!« Er sah sie an. Seine Augen glitzerten im Mondlicht. »Das ist Ihr Haus?«

»Mein Mann hat es mir hinterlassen.« Wie immer beim Anblick des Hauses empfand sie unbändigen Stolz. Das Licht des Vollmonds lag auf Dach und Giebel und überzog den verwitterten Stein mit milchiger Patina.

Er blieb noch einen Moment schweigend sitzen, dann stieg er aus dem Wagen und öffnete ihr die Tür. Als er ihre Hand nahm und seine Lippen auf ihre Haut drückte, durchrann ein Prickeln ihren Körper.

»Ich möchte Sie gern wiedersehen. Darf ich, Alix?« Seine Stimme war weich und einschmeichelnd.

»Ja«, sagte sie leise und ging ins Haus.

Sie trafen sich einmal in Salisbury zum Mittagessen und gingen am Wochenende darauf zusammen ins Theater. Hinterher fuhr Kit sie in seinem Wagen nach Hause, und Alix bat ihn herein. Das Haus war still und dunkel. In der Bibliothek goß sie zwei Gläser Kognak ein und reichte Kit eines. Langsam durchmaß er den Raum und ließ dabei seine Finger leicht über die Rücken der ledergebundenen Bücher und die alten Möbelstücke gleiten. Sie sah ihn gern an: seine Bewegungen waren so locker und geschmeidig wie die einer Katze.

Lächelnd wandte er sich ihr zu. »Ich würde schrecklich gern einmal das ganze Haus sehen.«

»Kommen Sie doch am Sonntag zum Tee. Dann können Sie auch meine Mutter und Rory kennenlernen.«

»Ich zeige ihm mein Auto. Kleine Jungen sind doch meistens ganz verrückt nach Autos.«

»Gut, dann um drei.«

Er stellte sein Glas ab und trat zu ihr. »Ich freue mich darauf«, sagte er leise, nahm ihre Hände in die seinen und küßte erst die eine, dann die andere. Seine Lippen, weich und kühl, suchten ihren Mund, behutsam, beinahe vorsichtig zunächst. Sie spürte den leichten Druck seiner Zunge, zuerst an ihren Lippen, dann an ihren Zähnen, zart forschend. Sein Körper, der sich an sie drängte, war straff und kraftvoll. Die Kante der Schreibtischplatte drückte sich in die Rückseite ihrer Oberschenkel. Als er seine Hand unter ihre Bluse schob – diese süße Erregung der hautnahen Berührung –, stöhnte sie leise auf und entzog sich ihm.

»Alix – entschuldige ...« Er trat zurück. »Ich wollte Sie nicht erschrecken.«

»Das haben Sie auch nicht, Kit.« Ihre Stimme zitterte leicht. Sie schob ihre Bluse in ihren Rock.

»Wirklich nicht?« Sein Ton klang ängstlich besorgt.

»Wirklich nicht. Es ist nur ... Sie müssen mir Zeit lassen.«

Er schob seine Hand unter ihr Kinn und hob ihren Kopf an, so daß sie ihm in die Augen sehen mußte. »Sie sind mir nicht böse?«

»Überhaupt nicht.«

»Und ich darf immer noch zum Tee kommen?«

»Natürlich dürfen Sie.« Sie küßte ihn auf die Wange.

Derrys Schiff legte in den frühen Morgenstunden in Southampton an. Als er, leicht schwankend noch von der Bewegung des Schiffs, der er tagelang ausgesetzt war, die Gangway hinuntereilte, wurde ihm bewußt, daß er vergessen hatte, wie klar und kalt der englische Frühling sein konnte. Am durchsichtigen blaßblauen Himmel trieben Wölkchen wie Wattebäusche, und auf seinem Weg vom Hafen in die Stadt konnte er trotz der Abgase, die in der Luft hingen, den frischen Duft früh blühender Blumen und jungen Laubs riechen.

In einer Bank wechselte er Geld, und in einem Restaurant in der Stadtmitte nahm er die erste anständige Mahlzeit seit Wochen zu sich. Dann begab er sich zum Bahnhof. Eigentlich hatte er direkt nach Andover fahren wollen, doch die Ansage des Bahnhofsvorstehers – »Eastleigh, Romsey und alle Stationen bis Salisbury« –, selbst über das Schnauben und Stampfen der Lokomotive hinweg vernehmbar, traf ihn wie ein Stich ins Herz.

Keine Zeit, lange zu überlegen. Er kaufte sich eine Fahrkarte und sprang im letzten Moment in den schon anfahrenden Zug.

Während der ganzen Fahrt dachte er an sie. Alix. Im schmutzigen Glas des Abteilfensters meinte er ihr Bild zu sehen, das schmale Gesicht im Schatten des dunklen Haars, die großen grünen Augen. Er erinnerte sich, wie sie in Owlscote miteinander getanzt hatten, unbeschwerter Wirbel durch die leeren Weiten des großen Saals. Er erinnerte sich ihres Lachens, ihres Zorns, der kalten Abweisung, wenn er sie gekränkt hatte. Er dachte daran, wie er in der Bibliothek von Owlscote auf dem Sofa gelegen hatte, den Kopf in ihrem Schoß, und sie sein Haar gestreichelt hatte, während er langsam eingeschlafen war. Und er dachte daran, daß sie ihn gezwungen hatte, nach Jonathans Unfall die Scherben aufzusammeln, von den eigenen quälenden Gefühlen – Entsetzen und Schuld – abzusehen und sich um Jonathan zu kümmern. All dieser Dinge erinnerte er sich, aber er wußte nicht mehr, wann er begonnen hatte, sie zu lieben. Es war kein einzelner Moment plötzlicher, blendender Erkenntnis gewesen. Nein, die Liebe war langsam und unmerklich gekommen.

Er fragte sich, ob Liebe andauerte, ob er oder sie sich verändert hatten. Er fragte sich, ob sich auch jetzt wieder das Herzklopfen, die momentane Atemlosigkeit einstellen würden, die stets den ersten Blick auf sie begleitet hatten.

Vor fünf Jahren, nachdem er in Cartagena angekommen war, hatte er ihr geschrieben und versucht, ihr seinen Entschluß,

England zu verlassen, zu erklären. Aber er hatte schon da gewußt, daß der Brief ärmlich war, unzulänglich. Er, der so gut mit Worten umgehen konnte, war nicht fähig gewesen, die zu finden, die ihr seine überstürzte Abreise hätten erklären können. Von Jonathans tappenden, unregelmäßigen Schritten bis aufs Blut gepeinigt, war er geflohen und fand sich ihrer unwürdig. Seine Feder war gleich zu Beginn des Schreibens ins Stocken geraten, und er hatte sich darauf beschränkt, dürre Fakten aufzuzählen, Entschuldigungen, die nicht einmal er selbst überzeugend fand. Sie hatte ihm nicht geantwortet.

Nachdem Derry in Salisbury aus dem Zug gestiegen war, nahm er ein Taxi nach Owlscote. Die Bäume bildeten einen braungrünen Tunnel, durch den sich, von Sonnenlicht gesprenkelt, die Straße zog. Ihm wurde leichter ums Herz: Es würde anders sein, sagte er sich, wenn sie einander erst von Angesicht zu Angesicht gegenüberstünden. Er würde die Worte finden.

An der Einfahrt zum Hof hielt der Wagen an. Derry ging den schmalen kiesbestreuten Weg zwischen den Bäumen entlang. Die ersten Blüten stießen aus der dunklen Erde hervor, und die jungen Blätter der Buchen glänzten in lichtem Grün. Zuerst sah er das Haus, genauso wie er es in Erinnerung hatte, sicher und geborgen in der Senke des Tals. Dann hörte er ihre Stimme, und ihm stockte der Atem. »Hier drüben!« rief sie, und einen törichten Moment lang glaubte er, sie spräche mit ihm.

Er sah sie auf der anderen Seite des Hofs aus dem Wald kommen, mit wippendem Haar und wippendem Rock, und wußte, daß sich für ihn nichts geändert hatte. Beinahe hätte er seinen Rucksack niedergestellt, beinahe den Arm gehoben, um ihr zu winken.

Aber dann sah er den Mann, der aus dem Schatten trat. Groß, jung, blond. Er sah das Lächeln in seinem Gesicht, die vernichtende Selbstverständlichkeit, mit der er über den Hof zu ihr lief, sie in die Arme nahm und küßte.

Auf dem Absatz machte er kehrt und rannte, bevor sie ihn bemerken konnten, den Weg zurück, zur Straße hinaus.

Er verbrachte eine Woche mit Jonathan und seiner Mutter in Andover, dann reiste er nach London. Gleich am ersten Abend besuchte er Roma. Sie empfing ihn mit Überraschung und Freude und bat ihn herein.

Nachdem sie ihm einen starken schwarzen Kaffee gemacht hatte, berichtete sie ihm alles, was sie der Erwähnung für wert hielt.

»Sophie geht es gut. Sie haust immer noch in dieser gräßlichen kleinen Bude, obwohl Bernard ihr unbedingt eine hübsche Wohnung oder ein Haus kaufen will. Ruth Duncan ist verheiratet und lebt jetzt in Amerika. Ihre Schwester ist inzwischen geschieden. Lawrence ist wie immer, obwohl er schrecklicherweise nur noch in gestreiften Matrosenpullis und mit schwarzen Baskenmützen herumläuft. Das Café ist geschlossen – Erics Schwester ist aus Spanien zurückgekommen, und sie haben sich zusammen ein Pub im Lake District gekauft. Absurde Vorstellung, nicht, Eric inmitten von Narzissenfeldern.« Sie sah Derry fragend an. »Wie geht es deinem Bruder, Schatz?«

Er zwang sich zu einem Lächeln. »Oh, Jon ist wieder ganz auf dem Damm. Es geht ihm besser, als ich erwartet hatte.«

»Und Alix? Hast du Alix schon gesprochen?«

Er schüttelte den Kopf. Er sah sie vor sich mit wippendem Haar und wippendem Rock, und der freundliche Frühlingstag verdunkelte sich plötzlich.

»Alix und ich haben letzten Monat mal zusammen Mittag gegessen«, bemerkte Roma. »Ich muß sagen, sie sah aus wie das blühende Leben.«

»Und du, Roma? Wie geht es dir? Du bist aufregend schön, wie immer.«

Sie trug ein enganliegendes purpurrotes Kleid und am Hals eine Elfenbeinbrosche. Sie setzte sich zu Derry aufs Sofa.

»Mir geht es blendend. Ich habe eine neue Freundin namens Caroline. Sie kommt aus Surrey und schwärmt für Pferde und gräßliche ländliche Vergnügungen, aber sie ist wirklich hinreißend.«

»Das freut mich. Und was macht das Geschäft?«

»Ach, ich hatte ziemliche Schwierigkeiten, aber langsam geht es wieder aufwärts. Das letzte Jahr war eine Katastrophe, Derry – ich hatte kaum Aufträge. Ich hatte schon Angst, ich müßte eine Hypothek auf die Wohnung aufnehmen. Aber dann habe ich einige neue Kunden aufgetan – ich muß gestehen, ich habe meine Seele verkauft und mich auf die Art von Scheußlichkeiten eingelassen, die ich normalerweise rundweg abgelehnt hätte. Aber so konnte ich wenigstens überleben.« Sie betrachtete ihn. »Und du? Du siehst gut aus, Darling. Wahnsinnig *braun*. Wie war es denn im Dschungel?«

»Von Dschungel kann keine Rede sein, Roma. Die Gruben liegen in den Bergen. Mitten im Banditenland. Man hat ständig das Gefühl, man sollte hoch zu Roß durch die Gegend jagen und das Lasso schwingen. Aber Bolivien ... Bolivien hat sich gelohnt.«

»Und jetzt? Was hast du jetzt vor?«

Er stellte seine Tasse ab.

»Eben darüber wollte ich mich gerne mit dir unterhalten. Hast du immer noch Lust, ein eigenes Geschäft aufzumachen?«

Roma schnitt ein Gesicht. »Ich glaube nicht, daß es dazu je kommen wird, Derry. Ich habe schon fast aufgehört, überhaupt daran zu denken.«

»Dir fehlt das Kapital?«

Sie nickte. »Ich mußte an meine Ersparnisse gehen, um mich über Wasser halten zu können.«

»Aber angenommen, du hättest das Geld, würde dich dann ein eigenes Geschäft immer noch interessieren?«

»Natürlich.« Roma sah niedergeschlagen aus. »Aber ich glaube, es wird immer ein Traum bleiben, Derry.«

»Ich habe Geld«, sagte er, und sie hob langsam den Kopf, um ihn anzusehen. Ihre grauen Augen weiteten sich.

»Derry ...?«

»Ich habe Geld«, wiederholte er ruhig. »Und ich suche nach einer guten Anlagemöglichkeit.«

Im ersten Moment sagte sie gar nichts. Dann fragte sie leise: »Du hast an mich gedacht?«

»Warum nicht? Wir haben schon früher zusammengearbeitet.«

»Ja, aber ...« Sie starrte ihn ungläubig an. »Ist das wirklich dein Ernst, Derry?«

»O ja.«

»Ich glaub's nicht«, sagte sie schwach und ließ sich zurücksinken. »Ein Geschäft ...?«

»Ja. An einer guten Adresse – das macht den richtigen Eindruck.«

Romas normalerweise blasses Gesicht war noch blasser geworden. »Schenk mir doch mal einen Drink ein«, sagte sie schließlich. Ihre Stimme zitterte leicht. »Ich kann's immer noch nicht fassen.«

Er goß zwei Whiskys ein und reichte Roma eines der Gläser. Sie nahm eine Zigarette aus der Dose auf dem Beistelltisch. Nachdem sie sie angezündet hatte, sagte sie: »Wie würdest du dir deine Rolle bei dem Unternehmen vorstellen, Derry? Ich vermute, Möbelschleppen und Dekorieren wären dir ein bißchen zuwenig.«

Er lächelte. »Ich würde mich um das Geschäftliche kümmern – dann hättest du mehr Freiraum, Roma, und könntest dich auf den kreativen Teil konzentrieren. Und ich könnte mich vielleicht als Einkäufer betätigen, gute Bezugsquellen ausfindig machen – auf dem Gebiet habe ich ungefähr zwei Jahre lang in Südamerika gearbeitet. Das würde mir Gelegenheit geben, ein bißchen zu reisen, und das tue ich ja gern. Du würdest die Kontakte einbringen und dein Renommee.« Er sah sie an. »Nun, was meinst du?«

»Ich finde, das ist eine phantastische Idee!«

»Gut, dann werde ich gleich mal anfangen, nach geeigneten Räumen zu suchen.«

Sie hob ihr Glas. »Auf uns, Derry. Und auf den Erfolg.« Sie stießen miteinander an.

Polly Daniels sagte: »Tut mir leid, Jonathan, Alix ist nicht zu Hause. Sie ist mit Kit und Rory weggefahren. Aber Sie kommen natürlich herein«, fügte sie entschieden hinzu.

»Ich habe Cremeschnitten mitgebracht.« Er hielt einen kleinen Karton hoch.

»Köstlich! Ich liebe Cremeschnitten. Kommen Sie, Sie können mir helfen, die Eier einzusammeln.«

Es war ein Befehl, keine Bitte, und Jonathan erhob keine Einwände. Er folgte Polly ins Haus.

»Erst die Eier, dann zur Belohnung der Kuchen«, sagte Polly. Sie holte einen Korb aus der Speisekammer und hängte ihn sich über den Arm.

Die Hühner waren aus ihrem Stall entwischt, erzählte Polly, während sie hinausgingen, und legten nun ihre Eier an den unmöglichsten Orten. Auf seinen Stock gestützt, der in die feuchte, weiche Erde einsank, hinkte Jonathan an Pollys Seite durch den großen Garten und hielt ihr den Korb, während sie die Eier einsammelte, die unter Gestrüpp und Brennesselbüschen verborgen lagen.

Nach einer Weile sagte Jonathan: »Wer ist Kit?«

»Alix hat ihn bei den Ritsons kennengelernt. Er war letzten Sonntag zum Tee hier.«

»Und – wie ist er?«

Polly richtete sich auf und legte vorsichtig ein weiteres Ei in den Korb. »Er sieht fabelhaft aus, ist gewandt, großzügig, der Charme in Person.«

Jonathan warf ihr einen Blick zu und sagte: »Zuviel des Lobs, wie mir scheint.«

Sie zog ein Gesicht. »Er hat was *Undurchsichtiges* an sich. Erinnert mich an einen früheren Freund von Stephen, das ist mein jüngster Bruder. Stephen war damals ungefähr sieben, und der Kleine war immer wahnsinnig lieb und nett und wohlerzogen, wenn er bei uns war. Aber jedesmal, wenn er dachte, ich sähe nicht hin, ertappte ich ihn dabei, daß er irgendwelche Dummheiten machte – er zog die Katze am Schwanz, oder er stahl aus der Keksdose oder etwas ähnliches.« Als sie den Ausdruck in Jonathans Gesicht sah, entschuldigte sie sich hastig. »Ich weiß, das ist albern, Jon. Ich bilde mir das bestimmt bloß ein. Und Mrs. Gregory ist ganz begeistert von Kit.«

Sie gingen tiefer ins Wäldchen hinein, und Jonathan wechselte das Thema.

»Wie geht es Ihren Brüdern, Polly?«

Polly war zwölf Jahre alt gewesen, als ihre Mutter im Kindbett gestorben war. Sie war in einem weitläufigen Pfarrhaus in Hampshire aufgewachsen und hatte sich nach dem Tod ihrer Mutter um ihren Vater und ihre fünf jüngeren Brüder gekümmert. Die Küche in Owlscote war mit Fotografien von ihnen dekoriert.

»Ach, denen geht es allen wunderbar.« Polly erzählte Jonathan von Lennard, der sechsundzwanzig war, Medizin studiert und gerade in Glasgow eine Praxis eröffnet hatte, und von John, der Theologe war wie sein Vater. William und Patrick studierten beide in Oxford, und Stephen, der jüngste, inzwischen siebzehn, war noch im Internat.

»Sie fehlen Ihnen sicher alle sehr«, meinte Jonathan.

»O ja, aber wir sehen uns, sooft wir können.«

»Ich beneide Sie. Ich habe mir immer viele Geschwister gewünscht. Da gibt es doch bestimmt eine Menge Spaß.«

Polly lächelte. »Das stimmt. Aber manchmal kommt man sich auch vor wie in einem Tollhaus.« Sie sah Jonathan an. »Tut es weh?«

»Das Bein? Ein bißchen. Wenn ich viel stehen muß.«

Polly machte kein Getue, und Jonathan war froh darüber. Sie sagte nur: »Wir haben genug Eier«, und machte kehrt, um zum Haus zurückzugehen.

In der Küche richtete sie die Cremeschnitten auf einem Teller an. »Ah, die esse ich am liebsten«, sagte sie. »Und *zwei* für jeden.« Sie bot ihm den Teller an. »Ich würde Sie so gern einmal mit meiner Familie bekannt machen, Jon. Meine Brüder sind kommendes Wochenende alle zu Hause. Sie müssen zum Tee kommen. Haben Sie Samstag nachmittag Zeit?«

Derry suchte May Lanchbury auf und hinterließ seine Karte, als er sie nicht antraf. Erst vierzehn Tage später erwiderte sie seinen Besuch. Nachdem sie sich herzlich umarmt hatten (May, die immer schon zur Fülle geneigt hatte, war, wie er feststellte, noch etwas rundlicher geworden), sagte sie: »Wie schön, daß du wieder da bist. Du siehst gut aus, mein lieber Wolf.«

»Und du bist so schön wie immer, mein Schatz.«

»Unsinn, ich bin widerlich dick. Ich war zwei Wochen lang in Le Touquet. Das Essen war köstlich, und ich habe alles verdrückt, was mir unter die Finger gekommen ist.« Recht niedergeschlagen sah sie an sich hinunter. »Aber damit ist jetzt Schluß. In den nächsten drei Wochen werde ich strikt Diät halten und nur Ananas essen.«

»Wie schade! Ich wollte dich eigentlich zum Essen ausführen.«

Sie lächelte. »Na ja, die Ananas können auch noch bis morgen warten, meinst du nicht auch?«

Beim Essen erzählte er ihr von Südamerika, und sie berichtete ihm, wer wen geheiratet hatte, wer sich von wem hatte scheiden lassen, wer gerade mit wem eine Affäre hatte. Und natürlich, wen Gerüchten zufolge der Börsenkrach in den Ruin gestürzt hatte, aber das hatte er bereits selbst ausfindig gemacht, das gehörte ja jetzt zu seinem Geschäft.

Als sie beim Dessert angekommen waren, sagte sie: »Und Mrs. Wenlock hat, wie ich höre, soeben ihr zweites Kind zur Welt gebracht.«

Er sah sie verblüfft an. »Wer?«

»Edith Wenlock. Geborene Carr. Du kennst sie doch.«

»Klar, sie war mit meinem Bruder verlobt.« Er warf einen Blick auf den Wagen mit den Nachspeisen und schüttelte den Kopf. »Ist sie glücklich in ihrer Ehe?«

»Das weiß ich leider nicht.« May wählte eine Biskuitrolle. »Er ist ein ungebildeter Kerl – typisch neureich. Du lieber Gott – ich rede schon wie mein Vater.«

Derry bestellte einen Kognak.

»Damals –«, begann sie und brach ab.

»Was war damals?«

»Ich meine, bevor du aus England weggegangen bist ... auf diesem schrecklichen Fest ...« Sie berührte seine Hand. »Erinnerst du dich, daß ich dich damals bat, Alix Gregory etwas von mir auszurichten?«

»Natürlich.«

»Und – hast du's getan?«

»O ja.« *Ich soll dir von May Lanchbury ausrichten, daß sie dir alles Liebe und Gute wünscht*, hatte er gesagt. Und Alix hatte ihm geantwortet: *May ist meine Cousine.*

»Alix hat mir damals erzählt, daß ihr verwandt seid«, sagte er. »Aber dann – dann kam etwas anderes dazwischen.«

»Der Unfall deines Bruders, nicht wahr?« May drückte seine Hand. »Das muß schlimm gewesen sein. Wie geht es ihm jetzt?«

»Gut. Gut.« Das dumpfe Tapp-tapp von Jons Stock in den dunklen Korridoren seiner Erinnerung. Doch Mays Worte hatten ihm Unerledigtes ins Gedächtnis gerufen, Geschichten, die nicht abgeschlossen waren. Er dachte an diesen muffigen Salon im Hotel – lederne Klubsessel, in denen alte Männer schnarchten – und an Alix, die ihm von einem verlorenen Kind erzählt hatte. *Wir haben ihn nie wiedergesehen*, hatte sie gesagt. *Es war meine Schuld, Derry. Ganz gleich, was für Fehler du gemacht hast, sie sind nichts im Vergleich zu meinen.*

»Alix hat mir von deinem Bruder erzählt. Von Charlie.«

Er sah May den Löffel aus der Hand legen, ohne ihren Nachtisch angerührt zu haben. Gleichzeitig erinnerte er sich seiner eigenen Worte: *Ich war nie der Auffassung, daß Liebe dazu verpflichtet, alle Geheimnisse mit dem anderen zu teilen.* Und erinnerte sich des Ausdrucks in Alix' Gesicht, als sie ihm von Charlie Lanchbury erzählt hatte. Sie hatte ihr dunkelstes, schrecklichstes Geheimnis mit ihm geteilt. Um ihn zu trösten.

Er schwenkte den Kognak in seinem Glas. »Alix sagte, es wäre ihre Schuld gewesen, daß dein Bruder damals verlorenging.«

»Nein.« May schüttelte den Kopf.

Derry sah sie erstaunt an. »Nein …?«

»Nein, natürlich nicht.«

Zwei völlig unterschiedliche Versionen ein und derselben Geschichte. Er hörte sie murmeln: »Genau das habe ich befürchtet …«

Neugier setzte zum Sprung an wie ein Tier. Derry sah May

in ihre Tasche greifen und ihr Zigarettenetui herausholen. Sie brauchte einen Moment, um es zu öffnen. Dann gab er ihr Feuer.

»Es war mein Geburtstag.«

»Dein neunter Geburtstag.«

»Hat Alix dir das gesagt? Ja.« Sie zog an ihrer Zigarette. »Wir sind in den Sommerferien immer zu meinen Großeltern nach Frankreich gefahren. Meinen Großeltern mütterlicherseits. Sie lebten nicht weit von Amiens, in der Nähe einer Kleinstadt namens Bapaume. Meine Mutter war dort aufgewachsen. Jeden Sommer reisten wir zuerst für ein paar Wochen nach Le Touquet, wo wir Kinder uns am Strand amüsieren konnten. Die Kinderfrau und das Mädchen paßten auf uns auf. Dann reisten wir mit dem Zug weiter nach Bapaume, aufs Schloß, wo wir mit unseren Eltern zusammentrafen. Sie sind immer mit dem Automobil gefahren – mein Vater war ein richtiger Autonarr, er ist es heute noch. Wie dem auch sei, in dem Jahr, als ich neun wurde, war die Kinderfrau krank, und an ihrer Stelle kam Alix mit. Sie war unsere Cousine, aber sie verbrachte zum erstenmal die Ferien mit uns zusammen.« May runzelte die Stirn. »Wir haben Alix und ihre Eltern, Onkel Alwyn und Tante Beatrice, vielleicht ein-, zweimal im Jahr gesehen, soweit ich mich erinnere.«

»Habt ihr so weit voneinander entfernt gelebt?«

May schüttelte den Kopf. »O nein. Bell Wood, unser Haus, ist in Cambridgeshire. Und die Gregorys lebten damals in Suffolk. Eigentlich keine Entfernung.« May zog die runden, weißen Schultern hoch. »Als Kind fallen einem manche Dinge nicht auf, aber inzwischen habe ich begriffen, wie das damals war. Tante Beatrice hatte unter ihrem Stand geheiratet. Alwyn Gregory war ein mittelloser Zeichenlehrer. In den Augen meines Vaters ist es unverzeihlich, unter seinem Stand zu heiraten.«

»Alix ist also mit euch in die Ferien gefahren?«

»Ja, weil die Kinderfrau nicht konnte. Alix sollte bei der Beaufsichtigung der Kleinen helfen – Daisy war fünf und Charlie erst zwei. Ich weiß noch, daß sie mir leid tat. Sie hatte nicht die richtige Garderobe, und ihre Haarbürste war aus Bein und nicht aus Schildpatt. Papa behandelte sie wie eine Dienstbotin. Und Ella verhielt sich natürlich genauso, weil Ella immer das tut, was Papa tut.«

»War Alix unglücklich?«

»Ich glaube nicht. Auf mich wirkte sie immer sehr unbeschwert. Heiter und lustig. Sie war immer zum Lachen aufgelegt. Und was sie manchmal für Sachen sagte ... sie war überhaupt nicht wie wir. Wir waren dazu erzogen zu schweigen, bis jemand das Wort an uns richtete.« May lächelte. »Alix konnte wunderbar zeichnen. Das weiß ich noch. Charlie war sofort hingerissen von ihr. Und sie von ihm. Die beiden waren immer zusammen. Auf der Fahrt von Le Touquet nach Amiens saß er die ganze Zeit auf ihrem Schoß. Ich kann mich erinnern, daß ich schrecklich eifersüchtig war und wünschte, ich wäre auch so klein und niedlich wie Charlie.«

Sie verstummte und schwieg lange, in Erinnerungen versunken. Derry sah die Szene vor sich: ein Abteil in einem französischen Eisenbahnwaggon, darin drei kleine Mädchen in altmodischen Kleidern und Alix, ein Backfisch noch, lachend und ausgelassen.

May drückte ihre Zigarette aus. »Kurz und gut – mein Geburtstag. Wir machten einen Ausflug mit Picknick. Wir machten jedes Jahr zu meinem Geburtstag einen Ausflug. Wir sind« – sie zog die Brauen zusammen – »ich kann mich gar nicht mehr erinnern, wohin wir gefahren sind. Ich weiß nur noch, daß da ein Wald war – ein sehr dunkler, dichter Wald. Ja, daran erinnere ich mich genau. Daisy hatte Angst. Sie dachte, es gäbe Wölfe dort. Ich bekam eine prachtvolle Geburtstagstorte. Und Ella und ich haben eine Höhle gebaut. Und – und wir haben Kricket gespielt. Danach haben wir in einem Dorf gehalten, wo Jahrmarkt war. Es war märchenhaft, mit Tanz und Musik. Es muß sehr spät gewesen sein, als wir wieder nach Hause kamen; ich kann mich erinnern, daß es dunkel war und ich im Auto eingeschlafen war. Als wir uns später oben zum Schlafengehen zurechtmachten, schimpfte Louise, das Mädchen, mich aus, weil ich mein Haarband verloren hatte, und dann hieß es plötzlich, wir sollten noch einmal nach unten kommen. Ich dachte« – Derry sah May tief Atem holen – »ich dachte, es wäre vielleicht wegen meines Geburtstags. Ich bekäme vielleicht noch ein Überraschungsgeschenk. Aber es war wegen Charlie. Im ersten Moment verstand ich gar nicht, was eigentlich los war. Ehrlich gesagt, ich habe es jahrelang nicht verstanden. Kein Mensch hat es uns jemals richtig erklärt. Das ist ja oft so, nicht wahr, die Erwachsenen halten es nicht für nötig oder vergessen, den Kindern etwas zu erklären. Ich dachte, Charlie wäre nur fortgelaufen ... oder plötzlich krank geworden ... ich war jahrelang überzeugt davon, daß er zurückkommen würde.«

Als sie aufblickte, sah Derry das Entsetzen in ihren Augen.

»Die arme Alix«, sagte May leise. »Mein Vater hat ihr die ganze Schuld gegeben, weißt du.«

»Und das war nicht richtig?«

»Nein, natürlich nicht. Das hab ich dir doch schon gesagt. Es war ein schreckliches Mißgeschick. Ein Unglücksfall.«

»Warum hat dein Vater ihr dann die Schuld gegeben? Weil sie eure Kinderfrau vertreten sollte?«

»Ja.«

»Aber« – er runzelte die Stirn – »das Mädchen, diese Louise ...?«

May nahm sich noch eine Zigarette aus ihrem Etui. »Du kannst dir nicht vorstellen, was es für meinen Vater bedeutete, seinen Sohn zu verlieren, Derry. Du kannst dir nicht vorstellen, wie wichtig solche Dinge wie Namen und Besitz und Herkunft einem Mann wie meinem Vater sind. Er kann seine Familie bis zur normannischen Eroberung zurückverfolgen. Bell Wood ist seit dem siebzehnten Jahrhundert im Besitz der Lanchburys. Charlie war sein Erbe. Einzig Charlie hätte den Namen der Familie tragen und an seine Kinder weitergeben können. Die Erbfolge für den Besitz ist festgelegt – weder Ella noch Daisy noch ich können Bell Wood erben. Nur Charlie hätte erben können. Wir drei Frauen bedeuten meinem Vater wenig, weil wir das Erbe der Familie nicht übernehmen können. Mein Vater brauchte einen Sohn. Er muß überglücklich gewesen sein, als Charlie geboren wurde – endlich ein Sohn, nach drei Töchtern! Und dann dieser Verlust ...« Alter Schmerz verdunkelte ihre blauen Augen. »Irgend jemandem mußte mein Vater die Schuld geben, verstehst du? Wenn du mich fragst, hat Alix einfach Pech gehabt. Sie war da, und er mochte sie nicht besonders, also machte er sie zum Sündenbock.« May schüttelte den Kopf. »Er hat Alix lieblos und ungerecht behandelt, Derry. Aber ich kann verstehen, warum er sich so verhielt.«

»Charlie ist also tot?«

»Vermutlich, ja.«

Er warf ihr einen Blick zu. »Vermutlich?«

May war bleich, aber sie sagte sehr ruhig: »Es wurde nie eine Leiche gefunden.«

»Ich dachte –«

»Kein Leichnam. Kein Begräbnis, nichts.«

Sie schwiegen beide. Derry sah, wie spät es geworden war. Das Restaurant war beinahe leer. Und Mays Nachtisch stand immer noch unangetastet vor ihr.

»Tut mir leid, daß ich dich mit meinen Fragen gequält habe«, sagte er bedauernd. »Ich wollte dir nicht deinen Nachtisch verderben, May.«

»Ach, weißt du, das wirkt besser als Ananas.« Sie lachte. »Und es ist mir nicht schwergefallen, darüber zu sprechen. Im Gegenteil, es hat mir gutgetan. In unserer Familie wird die Sache totgeschwiegen. Es ist beinahe so, als hätte Charlie nie existiert.« Ihr Gesicht veränderte sich, als sie sagte: »Lange, lange hat mich jeder rothaarige Junge, der mir über den Weg lief, an ihn erinnert. Ich konnte mir immer vorstellen, wie er aussehen würde, wenn er am Leben geblieben wäre. Ich konnte mir immer genau ausrechnen, wie alt er gerade wäre. Diesen April wäre er zwanzig geworden.« Sie lächelte. »Und ich habe oft gedacht ...« Mit einer resignierten Geste breitete sie die Hände aus. »Ich habe oft gedacht, wie es gewesen sein könnte. Ich meine, wenn doch noch alles gut ausgegangen wäre. Ich habe mir ausgemalt, daß vielleicht die Zigeuner Charlie damals fanden und dafür sorgten, daß ihm nichts passierte ... oder daß eine Familie ihn bei sich aufnahm – ihn adoptierte ...« Sie blickte auf. »Nichts als Hirngespinste, Derry. Wunschdenken.«

Er drückte ihre Hand. Sie versuchte zu lächeln.

»Bist du je wieder dort gewesen?«

»Auf dem Schloß?« May schüttelte den Kopf. »Soviel ich weiß, hatten die beiden Familien – die Boncourts und die Lanchburys – seit neunzehnhundertvierzehn keinen Kontakt mehr. Erst kam der Krieg dazwischen, dann ist meine Mutter gestorben – an gebrochenem Herzen, davon bin ich überzeugt, Derry. Charlies Verschwinden – das hatte sie völlig verändert. Und sie ist danach nie wieder die alte geworden. Sie hat kaum noch gesprochen – sie hat sich tagelang in ihr Zimmer eingesperrt. Ich vermute, keine der beiden Familien wollte alte Wunden aufreißen. Obwohl ich manchmal ...« Sinnend hielt sie inne.

»Obwohl du manchmal was?«

»Mich plagt in letzter Zeit des öfteren das schlechte Gewissen. Meine französische Großmutter lebt noch. Ich sollte sie eigentlich besuchen – ich schreibe ihr regelmäßig zu Weihnachten, aber das reicht nicht, nicht wahr, Derry?« Sie schwieg einen Moment. Dann sagte sie: »Und obwohl mein Vater nach Charlie gesucht hat – obwohl die Polizei und das ganze Dorf auf den Beinen waren, um nach ihm zu suchen –« Wieder brach sie ab.

»Was ist, May?«

Sie zuckte die Achseln. »Mein Vater mußte wegen des Krieges nach Hause zurück.«

»Wann hast du eigentlich Geburtstag?«

»Ende Juli.«

»Es war also kurz vor der deutschen Invasion in Belgien.« Derry fuhr sich mit der Hand durch das Haar. »Wie soll man da gründlich suchen, wenn man weiß, daß jeden Tag der Krieg ausbrechen kann?«

»Ja, du hast ja recht. Es ist wahrscheinlich die Journalistin in mir – die sich Geschichten ausdenkt, meine ich, und nach Anhaltspunkten sucht –, aber manchmal frage ich mich, ob meinem Vater nicht einfach zuwenig Zeit blieb, um gründlich zu suchen. Oder ob er nicht vielleicht in der Panik etwas übersehen hat. Ich stelle mir vor ... ich stelle mir vor, daß Charlie noch am Leben gewesen sein könnte, außer Gefahr – in einem Waisenhaus vielleicht. Und dann möglicherweise wegen des Einmarsches woanders hingebracht wurde. Darüber müßte es doch Unterlagen geben. Vielleicht gibt es sogar jemanden, der sich an irgend etwas erinnert.« Sie sah Derry fragend an. »Du glaubst, daß ich mir etwas vormache, nicht wahr? Daß ich mich mit falschen Hoffnungen tröste.«

»Ich denke«, erwiderte er ruhig, »daß du noch einmal nach Frankreich fahren solltest, wenn es dich dazu treibt, May.«

Er bestellte Kaffee. May gab Zucker in ihre Tasse und rührte langsam um. Dann sagte sie: »Hast du Alix gesehen? Wie geht es ihr?«

»Oh, es geht ihr sehr gut.« Er hörte ihr Lachen. Er sah den Mann, der Alix in die Arme schloß und durch die Luft wirbelte. »Sie ist sehr glücklich.«

May sah ihn nur an.

»Ich war in Owlscote«, erklärte er tonlos. »Sie war mit einem Mann zusammen.«

»Sie hat geheiratet?«

»Keine Ahnung.«

May zog verwundert die Augenbrauen hoch.

»Ich habe darauf verzichtet, mit ihm bekannt gemacht zu werden«, sagte Derry.

Sie legte ihren Löffel ab. »Du hast nicht mal mit ihr gesprochen? Du bist einfach davongelaufen? Aber Derry!«

Er schnitt eine Grimasse. »Ziemlich erbärmlich, nicht? Aber ich kam mir so blöd vor. Ich hätte nicht unangemeldet hinfahren sollen. Wie kann ein Mensch erwarten, daß sich nach fünf Jahren Trennung nichts geändert hat!«

Er sah ihren Blick und fügte erläuternd hinzu: »Er hat sie umarmt.«

May versetzte kurz: »Mein Redakteur bei der Zeitung hat mich heute auch umarmt. Er ist fünfundsechzig und hat vier Kinder und zehn Enkelkinder. Und du kannst mir glauben,

Derry, daß ich nicht in ihn verliebt bin.« Sie griff über den Tisch und nahm seine Hand in die ihre. »Schreib ihr, Derry. Fahr zu ihr und sprich mit ihr.«

Kit und Alix fuhren durch das Tal des Avon nach Norden. Es war Frühsommer, die Zeit im Jahr, die sie am meisten liebte. Gelbe Sumpfdotterblumen leuchteten an den Flußufern, und in den Wäldern war der Boden blau von Glockenblumen.

»Wohin fahren wir eigentlich?«

Kit lachte. »Ich hab's dir doch gesagt. Es ist eine Überraschung.«

Das Land wurde hügelig, stieg an, führte sie höher hinauf, zu den uralten Kreidefelsen des Vale of Pewsey. Die dunklen Schatten kleiner Wolken glitten über das Gras. Rundherum konnte Alix die glatten Eiformen alter Hügelgräber erkennen, die die Landschaft sprenkelten.

»Avebury!« rief sie entzückt. »Edward – mein Mann – hat als Junge jede freie Minute hier verbracht, um die prähistorischen Siedlungen zu erforschen. Bei uns auf dem Speicher liegt alles voll mit den Funden, die er hier gemacht hat.«

»Auf dem Speicher?« wiederholte Kit. »Du hast mir euren Speicher gar nicht gezeigt.«

Sie hatte Kit durch das ganze Haus geführt und seine Begeisterung, die er unverhohlen gezeigt hatte, genossen. Sie sagte: »Ach, der Speicher ist nur finster, Kit, und vollgepfropft mit altem Gerümpel.«

Er lächelte. »Archäologische Funde – das ist doch fabelhaft! Hat dein Mann nur in Großbritannien gegraben, oder hat er auch im Ausland gearbeitet?«

»Er war mehrmals in Ägypten. Und in Mesopotamien. Dort war ich mit ihm zusammen.«

»Du mußt mir den Speicher zeigen, Alix. Versprich es mir. Ich liebe altes Gerümpel.«

»Spinnen auch?«

»Spinnen ganz besonders. Da – schau!«

Gewaltige graue Steine ragten wie die Zähne eines Riesen aus dem grasbewachsenen Boden. Niedrige Bauernkaten drängten sich um eine kleine Kirche, und zwischen den Steinen graste eine Kuhherde.

Kit stellte den Wagen ab. »Meine zweite Überraschung«, sagte er und nahm einen Korb aus dem Kofferraum.

»Ein Picknick! Kit – das hättest du mich doch –«

»Du hast heute deinen freien Tag, Alix.«

Er nahm sie bei der Hand, und sie schritten die steinerne Allee hinunter. Im Schatten eines der Megalithen aßen sie Räucherlachs und frühe Erdbeeren und tranken Champagner dazu.

Er sagte: »Die dritte Überraschung«, und reichte ihr ein kleines Kästchen. »Na, komm schon. Mach es auf.«

Sie klappte den Deckel auf. Es war eine Brosche in Gestalt einer Eule. Große Augen funkelten sie an. »Kit! Du sollst doch nicht –«

»Gefällt sie dir nicht?«

»Ich finde sie wunderschön, aber –«

»Dann steck sie an.« Er heftete ihr die Brosche ans Kleid. »Es ist leider nur eine Imitation. Eines Tages werde ich dir Brillanten kaufen.«

Sie gab ihm einen Kuß. »Kit, du bist sehr lieb. Und ich will keine Brillanten.«

»Du verdienst aber Brillanten.«

Wieder küßte sie ihn, und als sie ihre Arme um seinen Hals schlang, begann das feine Gefühl des Unbehagens und der inneren Unruhe, das sie den ganzen Tag begleitet hatte, sich aufzulösen.

Seine Finger glitten über ihren Rücken, auf der Suche nach den Knöpfen ihres Kleides. Als seine Hand ihre nackte Haut streichelte, entzog sie sich ihm nicht mehr, sondern gab sich der Süße der Liebkosung hin.

Etwas Warmes, Feuchtes strich über ihren Fuß. Mit einem Aufschrei fuhr sie in die Höhe.

»Ach Mensch«, sagte Kit gereizt.

Als Alix die Kuh sah, die das Gras neben ihrem Fuß kaute, begann sie zu lachen.

Sie tranken Tee in einem kleinen Café und wanderten in den Steinkreisen umher. Kit erzählte ihr ein wenig von seiner Kindheit in Indien, den einsamen Jahren im Internat, der Familie in Schottland, die sich nach dem Tod seiner Eltern seiner angenommen hatte. Als sie fragte, warum er nie geheiratet habe, nahm er lächelnd ihre Hand und sagte: »Ich hab wahrscheinlich nie die richtige Frau getroffen.«

Er fragte sie nach Edward, und Alix erzählte ihm von dem Lazarett und den Exkursionen nach Mesopotamien.

Er runzelte die Stirn. »Und als er starb, standest du ganz allein da, mit einem kleinen Kind ... das kann nicht einfach gewesen sein. Hast du nie daran gedacht, wieder zu heiraten?«

Sie schüttelte den Kopf. »Nie.« Sie dachte an den Brief, den sie an diesem Morgen erhalten hatte, und fragte sich, ob sie log.

Sie fuhren weiter nach Silbury Hill. Beinahe ohne daß sie es bemerkten, hatten sich im Lauf des Nachmittags Wolken zusammengezogen, und als sie den steilen Hang hinaufstiegen, fegte ein kühler Wind über das hochstehende Gras. Auf der Höhe des Hügels blieb Alix stehen und blickte, die Arme um ihren Oberkörper geschlungen, zum Himmel hinauf, der, dunkelgrau, tief über der Landschaft hing.

»Was denkst du gerade?« Kit war neben sie getreten.

»Oh ...« Sie sah ihn lächelnd an. »Nichts von Bedeutung.«

»Wirklich nicht? Ich habe den ganzen Tag schon den Eindruck, daß dich irgend etwas beschäftigt, Alix. Geht es um mich? Vielleicht belege ich dich zu sehr mit Beschlag – du hast immerhin deine Familie ... und die Pension ...«

»Das ist es nicht.«

»Wenn ich dich langweile –«

»Aber nein!« Sie hakte sich bei ihm ein. »Wirklich nicht, Kit.«

»Dann sag's mir.«

Langsam begannen sie den Hügel hinunterzugehen. Sie sagte: »Ich bekam heute morgen einen Brief von einem alten Freund.«

Er blieb stehen. Den Kopf schräg geneigt, musterte er sie aufmerksam. »Hast du dich nicht gefreut über den Brief?«

»Doch. Es war ein sehr lieber Brief.«

»Und ...?«

»Er möchte mich sehen.«

»Aber du willst ihn nicht sehen?«

»Nein, das kann ich nicht sagen.«

Er kniff die Augen zusammen. »Ein alter Freund – oder ein Liebhaber?«

Sie dachte an die Feste, die Ketten bunter Lichter über der Terrasse von Owlscote. »Nur ein Freund. Er war einmal ein guter Freund.«

Kit schwieg abwartend.

Der Wind zerrte an ihr. Sie erinnerte sich ihrer Gefühle vor fünf Jahren, als sie Derrys anderen Brief erhalten hatte, jenes Schreiben, in dem er ihr mitgeteilt hatte, daß er nach Südamerika gegangen war. Ungläubigkeit und Verwirrung. Die Erkenntnis, daß er sie nicht im gleichen Maße liebte wie sie ihn. Sie hatte fest damit gerechnet, daß Derry bald nach England zurückkehren würde, in sechs Wochen, sechs Monaten, einem Jahr ... Aber die Jahre waren verstrichen, ohne daß sie von ihm gehört hatte.

Sie erklärte: »Er ist damals von hier fortgegangen, ohne mir etwas davon zu sagen. Es war etwas geschehen, und er wurde nicht damit fertig, darum mußte er gehen. Und jetzt hat er mir geschrieben.«

»Wie lange war er denn weg?«

»Fünf Jahre.«

Sie hörte Kits leisen Pfiff. »Ich kann verstehen, wie dir zumute ist. Das ist schon ein ziemlich starkes Stück, einfach so zu verschwinden und dann bei der Rückkehr zu erwarten, es müßte alles genauso sein wie früher.«

»Weißt du, ich habe mich inzwischen daran gewöhnt, daß er nicht da ist. Ich habe die Vergangenheit hinter mir gelassen.« Sie schob die Hände in ihre Taschen. »Das ist doch immer das beste, meinst du nicht auch, Kit? Weitermachen. Von vorn anfangen.«

Er hatte sich abgewandt, so daß sie sein Gesicht nicht sehen konnte. »Du brauchst dich nicht mit diesem Mann zu treffen,

Alix«, sagte er. »Wenn du es nicht willst, dann brauchst du's auch nicht zu tun.«

Sie ging langsam weiter. »Doch, Kit, ich glaube, es muß sein. Einmal muß ich ihn noch sehen. Wenn auch nur um der alten Zeiten willen.«

Alix schrieb Derry und schlug ein Treffen in London vor. Er holte sie an der Waterloo Station ab. Sie sah ihn schon von Ferne an der Sperre stehen, während sie im Gedränge den Bahnsteig hinunterging. Sie war dankbar für diesen Moment des Abstands; die Gelegenheit, ihn unbeobachtet beobachten zu können.

Sie tauschten Kuß und Umarmung und höfliche Liebenswürdigkeiten, mit erhobenen Stimmen, um das Lärmen der Menschen rundum und das Schnauben der Lokomotiven zu übertönen. Jeder versicherte dem anderen, er wäre völlig unverändert; aber im stillen gestand sie sich ein, daß sie einander belogen. Er war kräftiger geworden, älter, sein Gesicht war schmal, und in seinen Augen lag eine Müdigkeit, die früher nicht dagewesen war.

In einem ruhigen kleinen Restaurant in der Nähe des Embankment aßen sie zu Mittag. Derry erzählte Alix von Südamerika und erkundigte sich dann nach Rory.

»Er ist auf einem Internat in Winchester und kommt nur an den Wochenenden nach Hause.«

»Wie alt ist er jetzt?«

»Zehn. Im Dezember wird er elf. Er ist nur einen Kopf kleiner als ich und wird Edward von Tag zu Tag ähnlicher. Er ist unglaublich gut in den naturwissenschaftlichen Fächern – ich habe keine Ahnung, woher er das hat.«

»Also kein zukünftiger Archäologe?«

Alix lachte. »Geschichte findet er sterbenslangweilig. Am meisten interessieren ihn Autos und Motorräder und ähnliche Dinge. Da schicke ich ihn nun auf diese wahnsinnig teure Schule, und am Ende wird er vielleicht Automechaniker.«

Derry lächelte. »Und wie geht es deiner Mutter?«

»Ach, sie wird jetzt schon sehr gebrechlich.« Steif fügte sie hinzu: »Es hat mir sehr leid getan, vom Tod deines Vaters zu hören, Derry. Das war sicher ein Schock für dich.«

Derry runzelte die Stirn. »Er hat sich zu Tode geschuftet, um die verdammte Kanzlei in Schwung zu halten. Obwohl ich genug nach Hause geschickt habe –« Er brach ab. »Und meine Mutter, die arme, ist ganz durcheinander. Schließlich war ja immer sie diejenige, die zart und kränklich war, und nun ist mein Vater vor ihr gestorben.« Er hatte Messer und Gabel weggelegt. »Na ja, aber sie hat ja Jon, den sie jetzt um sich herum tanzen lassen kann. Soweit Jon tanzen *kann*.«

»Derry –«

»Oh, ich weiß, Jon geht es gut. Besser, als ich erwartet habe. Er ist fest entschlossen, die Kanzlei weiterzuführen.« Leise fügte er hinzu: »Ich werde mich im Leben nie daran gewöhnen.«

»Du brauchst dir um Jon keine Sorgen zu machen, Derry«, sagte Alix in dem Bemühen, ihm die Last zu erleichtern. »Er war neulich bei uns in Owlscote, und wir haben einen Riesenspaziergang gemacht. Ich glaube, am Ende war ich mehr aus der Puste als er.« Sie sah sein flüchtiges Lächeln. »Wenn man bedenkt, wie pessimistisch die Ärzte anfangs waren ... Es ist beinahe ein Wunder.«

Aber sie wußte, daß der frühere Jonathan, der strahlende, der mit Eleganz und Gewandtheit gelaufen und geschwommen war und den Tennisball geschlagen hatte, für immer dahin war. Der Jonathan, der jetzt nach Owlscote kam, war langsamer und schwerfälliger, älter, anders.

Derry sprach ihre Gedanken aus. »Er hat sich natürlich verändert. Er ist – dunkler geworden. Aber vielleicht war er immer schon so, und ich habe es nur nie gesehen.« Er schwieg einen Moment. Dann sagte er: »Ich habe dich vermißt, Alix.«

»Ja?« Ihr Ton war nichtssagend.

»Ich habe dir von meiner Abreise nichts gesagt, weil –« Er brach ab und schüttelte den Kopf. »Es war unverzeihlich, ich weiß.«

»Ach was, du hattest sicher viel zu tun«, sagte sie obenhin. »Packen und einkaufen – Tropenhelme, Moskitonetze, Chinin –«

»Alix –«

»– dann die Buchungen, Schiff, Hotel und so weiter.«

»Ich will ehrlich sein, ich habe mich vor meiner Abreise nicht bei dir gemeldet, weil ich wußte, du würdest mir klipp und klar sagen, daß ich nur vor Jon davonlaufe.«

Auf seine Worte folgte ein kurzes Schweigen. »Und, war es so?«

»Zum Teil, ja. Und – und ich wollte unbedingt versuchen, doch noch etwas aus meinem Leben zu machen.«

Zum erstenmal sah sie ihn richtig an, bemerkte den maßgeschneiderten Anzug und die goldenen Manschettenknöpfe und erinnerte sich mit Wehmut, warum sie sich damals, vor Jahren, in ihn verliebt hatte. Er bringt die Dinge in Bewegung, dachte sie, und wandte sich ab. Er geht ihnen auf den Grund und bringt sie in Bewegung.

»Und du, Alix?« fragte er. »Wie geht es dir? Führst du noch deine Pension?«

»Ja, wir haben jetzt zwölf Zimmer. Ich habe auch die beiden Kammern einrichten lassen. Und ich gebe Zeichenunterricht. Ohne die Feste mußte ich mir etwas einfallen lassen, um mein Einkommen ein bißchen aufzubessern.«

»Ich habe in Südamerika oft an unsere Feste gedacht.« Derry lächelte. »Wenn ich vor Hitze und Feuchtigkeit kaum noch Luft bekam, stellte ich mir die Terrasse in Owlscote vor. Am liebsten bei Morgendämmerung. Wenn die Gäste draußen auf dem taunassen Rasen herumspazierten. Weißt du noch?«

Sie sah es vor sich: müde Pärchen, die aneinandergelehnt in den grauen Schatten der Buchsbaumhecken standen. Das Funkeln eines straßglitzernden Stirnbands, der Schimmer einer farbenprächtigen Federboa in der kalten Eintönigkeit.

»Das Gespensterfest damals – als wir diese gräßlichen verstaubten Totenschädel vom Speicher holten ...«

»Und das chinesische Fest«, sagte er. »Weißt du noch, die wunderbare Brücke aus Pappmaché ... irgendein Verrückter mußte sich unbedingt darauf stellen und fiel natürlich prompt in den Teich.«

»Ja, und dann beschlossen alle, schwimmen zu gehen.«

»Überall auf der Wiese lagen die Chinesenhüte herum …«

»Und meine Mutter war so schockiert!« Bei der Erinnerung an Beatrices Gesicht mußte Alix lachen.

»Und Roma war wütend. Sie hatte tagelang daran herumgebastelt und sie bemalt und wollte sie als Requisit an Lawrences Ballettruppe vermieten.«

»Und als wir diese gräßlichen Pasteten für das schottische Fest fabrizierten … weißt du noch, sie sind alle geplatzt.«

»Aber es war lustig, nicht wahr?«

Sie blickte ihn an, und was sie in seinen Augen sah, erstickte alle Heiterkeit. Sie schwiegen beide.

Erst nach einer Weile sagte er: » Ich dachte, ich würde dich bei meiner Heimkehr als brave Ehefrau mit einem Stall voll Kinder vorfinden, Alix.«

Sie schüttelte den Kopf. Die wenigen Minuten der Vertrautheit waren Illusion gewesen, nicht mehr als ein Schatten ihrer früheren Freundschaft.

»Aber es hat doch bestimmt Männer gegeben, die dich gern geheiratet hätten.«

»Einen oder zwei.« Sie dachte an Kit.

»Und jetzt?«

Sie sah zu ihrem Teller hinunter. »Ja, es gibt jemanden.«

»Ah.« Nicht mehr. Nur dieser kurze Laut und eine plötzliche Starrheit des Blicks. Dann wechselte er das Thema.

»Hat Roma dir erzählt, daß wir uns geschäftlich zusammentun wollen?«

Alix schüttelte den Kopf. Derry gehörte der Vergangenheit an. Nach diesem Nachmittag würden sich ihre Wege wohl nur noch selten kreuzen. Er war ein flüchtiger Bekannter geworden, jemand, der in ihrem Leben kaum Gewicht hatte.

Sie hörte ihn sagen: »Ich bin schon auf der Suche nach geeigneten Räumen. Du kannst dir nicht vorstellen, wie schwierig es ist, das Richtige zu finden …«

11

MAY LANCHBURY WAR in der Küche ihrer Wohnung und machte Tee. Ihre Schwestern saßen im Nebenzimmer. May legte die Zuckerzange aufs Tablett und trug es in den Salon. Ella hatte vorige Woche angerufen, um zu fragen, ob sie ein paar Tage zu Besuch kommen könne, und Daisy war vor einer halben Stunde ganz unerwartet aufgekreuzt, mit dunkel umschatteten Augen und in demselben Kleid, in dem sie, wie May nach einer kurzen, aber kritischen Musterung vermutete, am Abend zuvor ausgegangen war.

»Zucker?« fragte May.

Ella schüttelte den Kopf; Daisy wühlte mit der Zange in der Dose und ließ vier Würfel aus allzu großer Höhe in ihre Tasse fallen. Tee spritzte auf und schwappte in die Untertasse.

»Das ist aber eine Überraschung, dich hier zu sehen, Ella«, sagte Daisy. »Du kommst doch sonst nie nach London.«

»Ich mußte Kleiderstoff kaufen.« Auf dem Bett in Mays Gästezimmer lagen mehrere Bahnen Tweed in den dunklen, schlammigen Farben, die Ella bevorzugte.

Daisy maß ihre älteste Schwester mit einem kurzen Blick. Ellas grauer Flanell wirkte steif und zopfig neben Daisys zerknitterter chartreusegrüner Seide.

»Papa ist doch nicht hier, oder?« fragte Daisy und sah sich besorgt um.

»Papa ist zur Zeit in Deutschland«, sagte May. »Und Ella hat die Gelegenheit genutzt, um nach London zu kommen.«

»Morgen muß ich wieder nach Hause.« Ella saß so gerade, als hätte sie ein Lineal verschluckt. Im Sonnenlicht, das durch das offene Fenster fiel, wirkte ihr aschblondes Haar stumpf und farblos. Ella würde bald dreißig werden; dieser Gedanke angesichts der langweiligen Erscheinung ihrer Schwester machte May plötzlich traurig.

»Ich dachte, Papa wollte dich nach Deutschland mitnehmen, Ella«, sagte Daisy. »Du hast Weihnachten doch gesagt, daß du mit ihm verreisen würdest.«

Ellas Gesicht verschloß sich. Sie sagte steif: »Papa hätte mich gern nach Deutschland mitgenommen, aber ich hatte hier zuviel zu tun. Ich werde nächstes Jahr mit ihm reisen.«

Seit Charles Lanchbury im Jahr 1929 erfolglos versucht hatte, sich ins Parlament wählen zu lassen, führte Ella ihrem Vater nicht nur das Haus, sondern versah auch alle Pflichten einer Sekretärin.

»Das muß doch gräßlich sein für dich! Du solltest einmal eine Weile zu uns kommen«, sagte Daisy. »Im Augenblick geht's allerdings nicht, weil wir gerade den Salon renovieren lassen. Oliv und creme und orange – todschick! Wenn ich mir vorstelle, daß du tagaus, tagein in diesem schrecklichen, kalten Gemäuer sitzen mußt, Ella, und –«

Daisy brach ab, als Ella plötzlich aufstand und in ihre Jacke schlüpfte. »Ich muß noch einmal weg«, sagte sie zu May. »Eine Freundin besuchen.« Sie würdigte Daisy keines Blickes. Die Wohnungstür flog mit einem Knall hinter ihr zu, als sie ging.

Daisy war bestürzt. »Hab ich etwas Falsches gesagt? Ich wollte doch nur nett sein.«

»Ella ist ganz außer sich, weil Papa ohne sie nach Deutschland gereist ist. Sie war sicher, daß er sie mitnehmen würde.«

»Ach so! Ich kann mir nichts Schlimmeres vorstellen, als mit Papa verreisen zu müssen, und du, May?« Daisy kicherte. »Na ja, gut, daß sie weg ist. Sie macht mich immer so nervös, und dann trete ich prompt ins Fettnäpfchen. Es ist doch wirklich nicht meine Schuld, oder?« Sie sah zum Teetablett hinunter und fügte quengelnd hinzu: »Hast du keinen Kuchen da, May? Ich bin völlig ausgehungert.«

May schüttelte den Kopf. »Ich versuche gerade abzunehmen.« Sie musterte Daisy, schlank und zerbrechlich unter der grünen Seide ihres Kleides. »Ich könnte dir ein Marmeladenbrot machen, wenn du willst.«

»Ach ja! Du bist ein Schatz, May.«

May strich das Brot, und Daisy schlang es hastig hinunter, ohne darauf zu achten, daß sie Marmelade auf ihr Kleid kleckerte. May goß sich noch eine Tasse Tee ein (ohne Milch, nur mit Zitrone) und sagte: »Du siehst aus, als hättest du seit Tagen nichts mehr gegessen.«

»Zuletzt – warte mal« – Daisy runzelte die Brauen – »zuletzt hab ich gestern abend was gegessen, heute morgen keinen Bissen.«

May warf einen Blick auf Daisys beneidenswert schlanke Taille. »Daisy, bist du ...«

»In anderen Umständen? Du meine Güte, das will ich nicht hoffen.« Daisy machte ein beunruhigtes Gesicht, dann lachte sie. »Nein, ganz sicher nicht. Aber ich war aus, weißt du, und hab vor lauter Aufregung das Frühstücken vergessen.«

»Mit Pip?« Aber May brauchte nur Daisys Kleid anzusehen – ganz sicher das vom gestrigen Abend –, um die Antwort ihrer Schwester zu erraten.

»Nein, nicht mit Pip.«

»Daisy!«

»Sieh mich nicht so an, May! Das tun doch alle. Das weißt gerade du am besten. Und Pip ist gemein zu mir.«

»Was erwartest du denn?« May warf einen Blick auf die Uhr. Beinahe vier. Sie mußte zum Arbeiten. Gereizt sagte sie: »Du könntest wenigstens diskret sein.«

»Aber er hat mich geschlagen, May.«

May, die bereits begonnen hatte, in Gedanken die Beschreibung des Wohltätigkeitsfests zu formulieren, das sie am Abend zuvor besucht hatte, schreckte auf. »Er hat dich geschlagen?«

»Aber ich habe es ihm heimgezahlt.« Daisy lächelte. »Blackie Barlow hat mich zu einem Ringkampf mitgenommen. Es war ein herrlicher Spaß.«

»Hat er dich verletzt?« May schob ihre Teetasse weg; ihr war übel.

Daisy knöpfte ihr Kleid auf. Sie war nackt unter der chartreusegrünen Seide. Das magere Fleisch über den hervorspringenden Rippen war bläulich verfärbt von einem Bluterguß.

»Schlägt er dich oft?« Mays Stimme zitterte.

»Aber nein! Fast nie.« Daisy sah ihre Schwester an. »Es ist eine *Lappalie*, May. Er hat nur die Beherrschung verloren. Es war sicher meine Schuld. Und heute wird es ihm schon wieder leid tun.« Sie lächelte. »Er wird sehr lieb und aufmerksam zu mir sein und mir Blumen und Schmuck und alle möglichen hübschen Dinge kaufen, und dann ist alles wieder gut.«

May wollte Daisy erklären, warum es keine Lappalie war, warum es niemals ihre Schuld sein konnte und warum alle Blumen und aller Schmuck der Welt so etwas nicht wieder in Ordnung bringen konnten, aber beim Anblick von Daisys hübschem, verständnislosem Gesicht sagte sie statt dessen: »Du bist hier jederzeit willkommen, Daisy. Wenn Pip wieder gewalttätig wird, dann kommst du sofort zu mir und bleibst hier.« Obwohl sie wußte, daß Daisy sie innerhalb einer Woche zum Wahnsinn treiben würde.

Daisy umarmte sie. »Ach, nun hab dich nicht so«, sagte sie. »Das ist gar nicht nötig. Pip ist verrückt nach mir, und ich nach ihm. Wir lieben einander. Die meisten Ehepaare streiten ab und zu mal. Oder hast du das etwa nicht gewußt, May?« Sie lachte. »Ich finde, Ella sollte endlich mal heiraten, meinst du nicht auch? Dann wäre sie vielleicht nicht so ein Sauertopf. Die Frage ist nur, welcher Mann Lust hätte, Ella zu heiraten. Bestimmt nur irgendein spießiger alter Stockfisch.« Daisy wischte Marmelade von ihrem Kleid und leckte ihre Finger ab. »Wie sieht's eigentlich bei dir aus, May? Keine Verehrer?«

»Doch, jemand bei der Zeitung«, bekannte May. »Wir gehen öfter zusammen ins Theater.«

»Und – elegant und gutaussehend?«

»Er heißt Cyril und ist Witwer und hat eine Tochter im Internat. Er ist ein sehr liebevoller und gutherziger Mensch.«

Daisy schnitt ein Gesicht. »Gott, das klingt ja grauenhaft langweilig, May. Und dann auch noch Cyril! Ein schrecklicher Name. Gibt's denn keinen anderen?«

May mußte an Derry Fox denken. Sie und Derry pflegten seit einiger Zeit etwa alle vierzehn Tage einmal miteinander auszugehen. Sie wußte, daß er mit ihrer Cousine, Alix North, die er einmal geliebt hatte, keinen regelmäßigen Kontakt mehr hatte.

Sie sagte langsam: »Vielleicht ... ich bin mir noch nicht sicher. Ich hoffe, daß sich da etwas entwickelt.«

Es ist unser Dorffest. Ich habe versprochen zu helfen. Meinst du, du könntest es ertragen, Jonathan? Es ist eine ganz schöne Tortur. Du weißt ja, einer heult immer, weil er beim Sackhüpfen oder beim Eierlaufen nicht gewonnen hat.

Im Lauf des Sommers war Jonathan mehrmals bei Pollys Familie zu Gast gewesen. Diese Einladung hatte Polly letztes Wochenende vorgebracht und dazu gesagt: »Wir brauchen dringend Hilfe beim Flohmarkt und beim Kokosnußwerfen. Du kannst es dir aussuchen, Jonathan. Ich würde die Kokosnüsse empfehlen – die alten Klamotten auf dem Flohmarkt riechen meistens ziemlich muffig.«

Er entschied sich für die Kokosnüsse. Stephen, Pollys jüngster Bruder, lief herum, um die Kugeln einzusammeln und die Kokosnüsse aufzustellen, während Jonathan die Aufgaben des Kassierers und des Preisrichters übernahm. Stephen war braunhaarig und blauäugig, wie Polly und jeder seiner vier Brüder. Die sechs Geschwister Daniels schienen, wie Jonathan beim ersten Kennenlernen festgestellt hatte, wie aus einer Form gegossen.

Um vier kam Polly mit einer Tasse Tee. »Und, wie geht's?«

»Hervorragend. Von Zeit zu Zeit kreuzt hier der Fuhrknecht vom Pub auf und holt alle fünf Kokosnüsse herunter. Ich werde bald keine mehr haben, wenn das so weitergeht, dann kann ich die Bude hier schließen.«

»Langweilst du dich sehr, Jon?«

»Aber gar nicht. Ich habe selten so einen netten Nachmittag erlebt.«

Er meinte es ehrlich: Der große alte Garten des Pfarrhauses im Licht der spätsommerlichen Sonne war wunderschön, das

Stimmengewirr rundherum und das Knallen der Holzkugeln gegen die Kokosnüsse bildeten eine heitere Kulisse.

Als das Fest vorüber war, half Jonathan beim Aufräumen und aß dann mit der Familie Daniels zusammen zu Abend. Henry Daniels, Pollys Vater, unterhielt sich mit Jonathan über das Fischen (»Sie müssen einmal mitkommen, Jonathan. Vielleicht am nächsten Wochenende. Mir fallen die besten Predigten ein, wenn ich unten am Flußufer sitze.«). Beim Pudding entspann sich eine lautstarke Diskussion über die staatlichen Methoden der Bedürftigkeitsermittlung, bei der Pollys Brüder alle zur gleichen Zeit redeten und dazu mit ihren Dessertlöffeln gestikulierten. Danach verschwanden William und Patrick in der Küche, um abzuspülen, Pollys Vater zog sich in sein Arbeitszimmer zurück, und Stephen und John gingen hinaus, um sich Lennards neues Automobil anzusehen.

Jonathan nahm Hut und Mantel.

»Warum bleibst du nicht über Nacht?« fragte Polly. »Wir haben ein Gästezimmer.«

»Ich kann nicht, tut mir leid. Ich muß nach Hause, sonst wird Mutter unruhig.«

»Es war so schön, daß du da warst. Entschuldige, daß es beim Abendessen so laut hergegangen ist.«

»Aber das macht doch nichts. Mir hat es gefallen. Ich bin froh, wenn ich mal unter Menschen bin«, sagte er. »Früher hatte ich immer was vor, ich war beim Tennis oder beim Kricket oder sonstwo – aber seit dem Unfall –« Er brach ab, als er bemerkte, daß er Gefahr lief, in Selbstmitleid zu verfallen.

Polly ordnete das Durcheinander von Mänteln, Mützen und Hüten in der Flurgarderobe. »Ich weiß noch, als meine Mutter starb, dachte ich, mein Leben wäre einfach durchtrennt worden. Nichts, was hinterher passierte, hätte mit dem, was vorher war, irgendwas zu tun. Aber natürlich dachte ich nicht lange so – ich mußte ja für meinen Vater und die Jungen sorgen und hatte gar keine Zeit, lange bei solchen Gedanken zu verweilen –, aber ich kann mir vorstellen, daß es dir nach deinem Unfall ähnlich ging.«

Jonathan schlüpfte in seinen Mantel. »Zuerst glaubte ich, ich würde sterben, und als mir klar wurde, daß es nicht so war, war ich wütend, weil ich sterben *wollte*.«

»Und dann?«

»Und dann«, sagte er aufseufzend, »kam die Erkenntnis, was ich alles in Zukunft nicht mehr würde tun können – am Anfang konnte ich ja nicht einmal *gehen* –, und das machte mich noch wütender. Weißt du, ich war immer ein guter Sportler gewesen – ich spielte leidenschaftlich gern Kricket und Tennis –, und alles war mir immer so leichtgefallen. Der Gedanke, daß mir das alles genommen werden sollte ... ich hätte aufgegeben«, sagte Jonathan, »wenn Derry nicht gewesen wäre.« Er lächelte bei der Erinnerung. »Er jagte mich ohne Erbarmen – zwang mich, morgens aufzustehen, mich anzukleiden, zur Tür zu gehen –, wenn ich das Gefühl hatte, zu nichts fähig zu sein. Und wenn ich herumgesessen und mich selbst bemitleidet habe, provozierte er mich mit sarkastischen Bemerkungen. Ich weiß noch genau, manchmal hätte ich ihn am liebsten geschlagen, ich war nur leider nicht schnell genug.«

»Und, bist du immer noch wütend?«

»Manchmal, ja«, bekannte er. »Da war ich im Krieg gerade noch einmal davongekommen – ich hätte bei einem Mörserangriff beinahe mein Bein verloren –, und dann mußte es doch so enden ... noch dazu durch meine eigene Schuld! Verzeih, Polly. Ich sollte wahrscheinlich froh sein, daß ich noch am Leben bin.«

Sie schüttelte abwehrend den Kopf. »Diese Ansichtsweise war mir immer schon besonders zuwider. Du weißt schon, dieses ›anderen geht es noch schlechter‹ und ›jedes Unglück hat auch sein Gutes‹. Als Pfarrerstochter habe ich solche Sprüche zur Genüge gehört, fang du also bitte nicht auch noch so an.« Sie tätschelte seine Hand. »Unterdrück deinen Zorn nicht, Jonathan. Du darfst wütend sein. Du hättest mich nach dem Tod meiner Mutter sehen sollen. Ich habe Stephen eine ganze Woche lang nicht angesehen – ich habe ihm die Schuld gegeben, verstehst du. Dann hat mich mein Vater eines Nachmittags allein mit ihm im Haus gelassen, und er hat geweint, und da mußte ich ihn natürlich trösten, und dabei bin ich mir bewußt geworden, wie lieb ich ihn hatte. Genau das, was mein Vater beabsichtigt hatte. Aber deswegen kann mir trotzdem niemand erzählen, daß jedes Unglück auch sein Gutes hat. Das ist Quatsch. Was dir passiert ist, war schlimm.« Polly sah Jonathan an. »Bei euch zu Hause ist es sicher sehr still, wo ihr jetzt nur noch zu zweit seid.«

»Manchmal«, sagte er bitter, »hör ich stundenlang nur das Ticken der Uhr.« Er nahm sich zusammen. »Aber Derry kommt natürlich zu Besuch, und ich fahre, sooft ich kann, zu Alix.« Plötzlich lächelte er. »Soll ich dir mal was sagen, Polly, früher dachte ich, daß zwischen Alix und Derry etwas wäre. Als er dann wegging, war mir natürlich klar, daß ich auf dem Holzweg gewesen war. Schade, ich wüßte keine Frau, die ich Derry mehr wünschen würde, aber als Witwe mit Kind ist Alix wahrscheinlich der Ansicht –« Er brach ab, als er ihr Gesicht sah. »Was ist denn?«

»Jonathan!« sagte Polly nur.

Er war verwirrt. Sie legte ihre Hand auf die seine. »Jonathan, *natürlich* haben sich die beiden geliebt.«

»Wirklich?« Er mußte das erst verarbeiten. »Und jetzt?«

»Ich weiß es nicht.«

»Was ist mit diesem anderen Mann … diesem Kit?«

»Sie sieht ihn ziemlich häufig.« Polly zuckte die Achseln. »Sie hat ihn offenbar sehr gern, Jon.«

Jonathan runzelte die Stirn. »Alix und Derry – wie konnte ich nur so blind sein – vielleicht sollte ich mit ihm sprechen …« Jonathan haderte mit sich selbst. »Wenn es darum geht, wer mit wem, bin ich anscheinend immer völlig hinterm Mond.«

Er fing den Blick auf, den sie ihm zuwarf, und verstand ihn nicht. Dann sah er auf seine Uhr.

»Du lieber Gott, fast neun – ich muß los. Polly, danke dir für diesen wunderschönen Tag.« Er streckte ihr die Hand hin und war überrascht und erfreut, als sie diese wegschob und ihn statt dessen umarmte.

Alix fand Rory im Schuppen, wo er damit beschäftigt war, eine Holzlatte mit der Säge zu bearbeiten.

»Kit und ich fahren nach Salisbury. Hast du Lust mitzukommen?«

»Was habt ihr denn vor? Etwa wieder einkaufen?«

»Richtig«, antwortete sie. »Es ist Sommerschlußverkauf, und ich brauche neue Handtücher und dergleichen.«

»Igitt! Da bleib ich lieber hier, Mama. Ich mach gerade einen Mast für das Boot. Es läuft mit Segeln bestimmt viel besser.«

Sie sah ihm noch eine Weile zu, wie er mit der schweren Säge hantierte, dann sagte sie: »Du magst Kit doch, nicht wahr, Rory?«

»Er ist ganz in Ordnung.« Rory legte die Säge weg und kramte in einem Kasten mit Nägeln. »Er hat ein tolles Auto.«

Mehr sagte er nicht, sie würde sich also damit zufriedengeben müssen. Sie gab ihm einen Kuß aufs Haar. »Also, dann fahre ich jetzt. Und sei vorsichtig mit der Säge, ja, Rory? Und mit dem Hammer.«

»Mama!«

»Und fahr nicht auf den Teich hinaus, solange ich nicht da bin.«

»Ach, Mama, mach doch nicht so ein Theater! Ich kann schließlich schwimmen.«

»Versprich es mir, Rory.« Widerstrebend gab er das Versprechen.

Kit fuhr sie nach Salisbury. Nach einem Besuch im Wäschegeschäft lud Alix dankbar einen Stapel Tischdecken und Bettwäsche auf dem Rücksitz seines Wagens ab.

»Du hättest mich mitnehmen sollen.«

»Da drinnen geht es zu wie auf einem Schlachtfeld, Kit. Du wärst zu Tode getrampelt worden. Lauter kriegerische Matronen, die jeden, der ihnen in die Quere kam, mit dem Regenschirm niedergestochen haben.« Sie sah ihn lächelnd an. »Aber eine Tasse Tee könnte ich jetzt vertragen.«

Sie ließen den Wagen auf dem Marktplatz stehen und gingen zu Fuß zum »Copper Kettle«. Es war Markttag, und Salisbury war voller Menschen. Alix erzählte Kit von dem Urlaub, den sie plante.

»Ich habe in Cornwall ein kleines Haus gemietet. Mit Garten. Da kann Mutter es sich gutgehen lassen, während Rory und ich Tintagel besichtigen. König Arthur hat's ihm angetan – ich habe ihm Edwards altes ›Morte d'Arthur‹ gegeben, und er hat es im Handumdrehen gelesen.«

Sie gingen die Minster Street hinunter, als von der anderen Straßenseite ein lauter Ruf erscholl. »Christopher! Hey – Chris!«

Alix sah, wie Kit den Kopf drehte. Dann nahm er ihren Arm und zog sie bis zur nächsten Ecke mit sich, wo er abrupt nach links in die Butcher Row abbog. »Mir ist eben eingefallen, daß ich das letzte Mal im ›Copper Kettle‹ ewig gewartet habe, bis ich meinen Tee bekam. Gehen wir lieber ins ›Annie's‹.«

»Dieser Mann vorhin ...« Sie war ein wenig außer Atem vom schnellen Laufen. »Der auf der anderen Straßenseite – kennst du den?«

Er sah sie an, und auf seinem Gesicht breitete sich das nun schon vertraute entwaffnende Lächeln aus. »Leider ja. Er ist ein entsetzlicher Langweiler. Ich hielt es für das beste, die Flucht zu ergreifen. Schlimm?« Sie sah ihn einen schnellen Blick über seine Schulter werfen.

»Nein, natürlich nicht.« Sie hatten die Teestube erreicht. Kit öffnete ihr die Tür und ließ ihr den Vortritt. »Christopher«, sagte sie. »Der Name paßt irgendwie gar nicht zu dir.«

Sie bestellten Tee und Kuchen. Kit war aufmerksam und charmant wie immer, dennoch wirkte er auf Alix zerstreut. Sein Lächeln war nicht ganz so spontan wie sonst, und sein Blick flog immer wieder zum Fenster. Im Grunde genommen, dachte sie, wußte sie nur sehr wenig über ihn, obwohl sie nun seit vier Monaten befreundet waren. Er hatte keine Familie, hatte ein Internat besucht und dann in Oxford studiert, besaß ein Haus in Schottland, wo er sich aber nur selten aufhielt, weil er es vorzog zu reisen. Er liebte schnelle Autos, alte Häuser und die Impressionisten. Das Vermögen, das er von seinen Eltern geerbt hatte, erlaubte ihm, ein Leben nach seinem

Geschmack zu führen, ohne, vermutete sie, einer geregelten Arbeit nachzugehen. Er hatte sie nie mit irgendeinem seiner Freunde bekannt gemacht; obwohl er Kollegen in London erwähnt hatte, hatte sie nie einen kennengelernt.

Sie sah ihn als eine Art Zigeuner. Sie stellte seine Verschlossenheit nicht in Frage; schließlich hatte sie selbst sich lange Zeit sogar vor den Menschen, die ihr am nächsten standen, verschlossen. Sie glaubte, Kits Unnahbarkeit habe ihren Ursprung in einer Mischung aus Mut und Schmerz, sei die Folge der frühen Verluste, die er erlitten hatte. Bei dem Gedanken an den kleinen Jungen, der im Internat aus dem Mund des Schuldirektors vom Tod seiner Eltern erfahren hatte, griff sie über den Tisch und drückte Kits Hand.

Er sagte: »Wollen wir gehen?«

Sie fuhren nach Owlscote zurück. An einer Stelle an der Straße, wo die Bäume dichter standen und ein Trampelpfad in den Wald abzweigte, bremste Kit den Wagen ab, bog in den Fußweg ein und parkte unter den hohen Buchen.

Er stieg aus dem Wagen, und Alix folgte ihm ins grüne Zwielicht der Bäume. Auf weichem Waldboden voll glänzender brauner Bucheckern stiegen sie aufwärts, hoch über sich das grüne Blätterdach, das im Licht der Sonne glänzte. Er begann sie zu küssen. Sein Mund erforschte ihr Gesicht, ihren Hals und die Mulde zwischen ihren Schlüsselbeinen mit einem Drängen, das sie nicht von ihm kannte. Ihr Kleid glitt zu Boden, ein duftiges Häufchen leichter weißer Baumwolle auf kupferrotem Laub. Als er sich hinunterbeugte und ihre Brüste küßte, schloß sie die Augen, schwach vor Wonne. So lange, dachte sie, so lange mußte ich dieses wunderbare Gefühl entbehren. Sie dachte an Edward und die Wüste, an die Sterne, die wie Edelsteine in der endlosen Dunkelheit gefunkelt hatten. Als dann Kit sie mit sich zu Boden zog, war sie sich nur noch seiner Nähe und seines Körpers bewußt. Sie öffnete sich ihm, nahm ihn in sich auf und zog ihn mit sich in den feurigen Wirbel der Ekstase, bis die Glut sich verzehrt hatte und er von ihr herabglitt, die Lippen geöffnet, einen Arm noch um ihren Körper, den anderen über das Gesicht gelegt, als müßte er seine

Augen vor den blendenden Sonnenstrahlen schützen, die durch das Laub stachen.

Nach einer Weile hörte sie in der Ferne Hundegebell und setzte sich auf. Sie war noch dabei, ihr Kleid überzuziehen, als ein schwarz-weißer Spaniel aus dem Unterholz schoß und den Hang hinuntersprang. Sie glaubte, jeder müßte ihnen ansehen, wie es um sie stand, doch der Herr des Hundes brummte nur »Guten Tag«, als er vorüberkam, hob grüßend seinen Stock und ging weiter, während Alix und Kit Mühe hatten, nicht loszukichern wie die Kinder.

Kit bot ihr eine Zigarette an. Alix schüttelte den Kopf und kämmte sich mit den Fingern die Bucheckern aus den Haaren, während er rauchte.

»Ich bin mir nie sicher«, sagte er langsam, »was du eigentlich für mich empfindest, Alix. Der heutige Nachmittag – es war wunderbar. Du hast mich unglaublich glücklich gemacht. Aber – na ja, meistens kann ich von Glück sagen, wenn ich dich wenigstens einmal in der Woche zu sehen bekomme.«

»Ich muß mich um die Pension kümmern«, erwiderte sie. »Und Rory ist auch noch da.«

»Das weiß ich ja. Aber wir kennen uns jetzt seit beinahe sechs Monaten. Ich habe mir alle Mühe gegeben, dich nicht zu drängen, Alix, aber ...« Sein Blick war leicht gekränkt, hilflos.

»Du weißt, daß ich dich gern habe, Kit«, begann sie, aber da unterbrach er sie schon.

»Was heißt ›gern haben‹? – Du weichst mir doch aus, Alix.«

Sie schwieg.

Er sagte weniger heftig: »Gibt es einen anderen?«

»Nein, natürlich nicht.«

»Und dieser Mann, mit dem du dich vor ein paar Monaten in London getroffen hast, was ist mit dem?«

Seit jenem Nachmittag hatte sie nichts mehr von Derry Fox gehört. Sie dachte an die Männer, mit denen sie in den letzten fünf Jahren enger befreundet gewesen war, und fragte sich, ob sie sich etwas vorgemacht und nur deshalb an allen etwas auszusetzen gehabt hatte, weil sie sie insgeheim mit Derry verglichen und für zu leicht befunden hatte.

Wenn es wirklich so war, dachte sie, dann war sie dumm gewesen. Sie sah Kit an. »Derry bedeutet mir nichts mehr, Kit«, erklärte sie. »Überhaupt nichts.«

Seine Miene hellte sich auf. Er drückte seine Zigarette in der Erde aus. »Ich möchte mehr mit dir zusammensein, Alix. Ich bete dich an. Ich möchte immer bei dir sein, morgens, nachmittags und abends – und ich werde alles tun, um das zu erreichen.« Mit brennendem Blick sah er sie an, als er ihre Hände nahm und jede Fingerspitze einzeln küßte.

Sie feierten die Unterzeichnung des Mietvertrags für das Geschäft mit einer Flasche Champagner in Romas Wohnung. Jonathan, der sich um die rechtlichen Formalitäten gekümmert hatte, feierte mit ihnen.

Er hob sein Glas. »Auf –« Mit einem Stirnrunzeln hielt er inne. »Wie wollt ihr das Geschäft denn nennen? ›Roma's‹, nehme ich an.«

»›Storm‹«, sagte Roma. »Klingt nicht so nach italienischem Restaurant. Silberne Lettern auf schwarzem Grund.« Sie lächelte.

»Wann wollt ihr aufmachen?«

»Nächsten Monat«, sagte Derry.

»Ziemlich eilig habt ihr's.«

»Jeder Tag, an dem der Laden geschlossen bleibt, ist ein finanzieller Verlust.«

Im Flur läutete das Telefon.

»Das ist vielleicht Caroline«, sagte Roma. »Entschuldigt mich.«

Als sie hinausgegangen war, sah Jonathan seinen Bruder fragend an. »Hast du Alix mal gesehen?«

»Nur das eine Mal. Als sie nach London kam.«

»Du warst nie in Owlscote?«

Derry schüttelte nur den Kopf. Alles an seinem Verhalten warnte Jonathan vor weiteren Fragen. Doch er war nicht bereit, sich abwimmeln zu lassen. »Ich dachte, du hättest sie gern«, sagte er rundheraus.

Derry hob ruckartig den Kopf. »Das war einmal.«

»Und jetzt magst du sie nicht mehr?«

Er sah, wie Derrys Gesicht sich verdunkelte. »Darum geht es gar nicht. Aber es gibt einen anderen, verstehst du.«

»Ich weiß«, sagte Jonathan. »Der Mann namens Kit. Polly hält nicht viel von ihm.«

Jetzt hatte er Derrys Interesse geweckt. »Hast du ihn mal kennengelernt, Jon?«

»Ich bin ihm einmal begegnet. Nur flüchtig, als ich Polly in Owlscote abholte.« Jonathan zuckte die Achseln. »Er wirkte eigentlich ganz sympathisch.«

»Da bin ich froh«, sagte Derry.

Er wandte sich ab und zündete sich eine Zigarette an. Jonathan verstand sehr wohl, daß jede Bewegung und jede Geste ihm vermitteln sollte, daß das Thema erledigt war.

Aus dem Flur war immer noch Romas Stimme zu hören. Jonathan packte plötzlich die Ungeduld. »Hast du Alix gesagt, daß sie dir immer noch etwas bedeutet?«

Derry versetzte kurz: »Das geht dich nun wirklich nichts an, Jon.«

Aber er ließ nicht locker. »Kann sein, aber wenn du es ihr nicht gesagt hast, dann weiß sie es vielleicht gar nicht.«

»Wenn sie einen Freund hat –«

»Ihr ist es nach deiner Abreise sehr schlechtgegangen, Derry. Das hat Polly mir erzählt, und ich habe es auch selbst gesehen.«

Derry saß da wie auf dem Sprung. Jonathan glaubte, er würde jeden Moment aufstehen und ohne ein weiteres Wort hinausgehen. Er glaubte beinahe, das Krachen der Tür zu hören.

Aber statt dessen senkte Derry plötzlich den Kopf und grub stöhnend beide Hände in sein Haar. Nach einem langen Schweigen sah er auf und sagte: »Jetzt ist es sowieso zu spät.« Sein Blick war ohne Hoffnung.

»Es ist auf jeden Fall noch einen Versuch wert, Derry«, entgegnete Jonathan tröstend.

Wieder Schweigen.

Dann: »Vielleicht.«

»Aber warte nicht zu lange«, riet Jonathan, der sich erinnerte, daß Polly gesagt hatte, Alix sei in Kit Crawford verliebt.

Im Lauf der Sommermonate hatte Derry beinahe alle Hoffnung aufgegeben, Geschäftsräume zu finden, die nicht entweder zu klein, zu groß oder viel zu teuer waren. Schließlich hatte ihm ein Freund von einem Objekt in einer Seitenstraße vom Campden Hill erzählt, das zu vermieten war. Derry hatte die Räume bei seinem Besuch klein und eng gefunden, doch sie hatten alle gutes Licht und waren so geschnitten, daß man etwas aus ihnen machen konnte. Neben dem Verkaufsraum gab es ein Büro und einen Lagerraum. Als er Roma seine Entdeckung gezeigt hatte, war sie hellauf begeistert gewesen. »Das ist perfekt, Derry. Absolut perfekt.«

Die Jagd nach dem Laden, die Vorbereitungsarbeiten, die mit der Eröffnung eines Geschäfts verbunden waren, der Kauf einer Wohnung und eines Automobils hatten Derry in den Monaten nach seinem Mittagessen mit Alix ganz in Anspruch genommen. Er hatte nicht gegrübelt, und er hatte nicht getrauert. Er hatte nur an den Erfolg des neuen Geschäfts gedacht. Aber manchmal, wenn er abends allein in seiner Wohnung war oder durch Londons staubige Straßen ging, hatte er an Alix gedacht, und ein jäher Schmerz hatte ihn berührt, eine Mahnung an Unausgesprochenes und Unerledigtes.

Jetzt, auf dem Heimweg von Romas Wohnung, erinnerte sich Derry an Jonathans ungeschicktes, aber zweifellos gutgemeintes Bemühen, Schicksal zu spielen. In der Dunkelheit hörte er wieder die Worte seines Bruders: *Polly hält nicht viel von ihm.* Und: *Warte nicht zu lange.*

Plötzlich beschäftigte ihn die Frage, warum er eigentlich Alix die ganze Zeit gemieden hatte. Wollte er sich lediglich weiteren Schmerz und eine neuerliche Demütigung ersparen? Hatte er ihr bei ihrem letzten Treffen im Frühjahr überhaupt eine richtige Erklärung gegeben? Oder hatte er sie, wie Jonathan unterstellt hatte, einfach in dem Glauben gelassen, daß er sie nicht liebte und nie geliebt hatte?

Bei der Erinnerung an dieses Gespräch voller Pausen und Ausflüchte fragte er sich, ob Jonathan mit seinem Vorschlag, einen letzten Versuch zu machen, nicht vielleicht recht hatte. Im Grunde habe ich nichts zu verlieren, dachte er und lächelte im Dunkeln vor sich hin.

Derry fuhr am nächsten Morgen in aller Frühe los. Bis zur Grenze von Hampshire regnete es. Der böige Wind riß die ersten Herbstblätter von den Bäumen und klatschte sie, gelb und kupferbraun, gegen die Windschutzscheibe des Wagens.

Als Derry in Owlscote ankam, hatte der Wind aufgefrischt und die Wolken verjagt. Die Sonne war herausgekommen. In der Zufahrt zum Hof standen Pfützen, in denen sich ihr Licht spiegelte. Nachdem er geparkt hatte, blieb er noch einen Moment im Wagen sitzen und betrachtete das Haus, ehe er ausstieg.

Polly Daniels öffnete ihm auf sein Klopfen und wies ihn zum Garten. Hinter dem Haus blieb er stehen, ohne sich bemerkbar zu machen, und beobachtete Alix, die an der Wäscheleine mit flatternden feuchten Laken und Tischtüchern kämpfte. Dann ging er über den Rasen zu ihr.

»Laß mich dir helfen«, sagte er. »Sonst trägt dich der Wind noch samt deiner Wäsche davon.«

Mit einem unterdrückten Aufschrei drehte sie sich herum. Er machte das Laken mit Klammern an der Leine fest und hörte, wie sie »Derry« sagte.

»Entschuldige, daß ich hier einfach so hereinplatze. Ich weiß, du hast viel zu tun, Alix. Aber hast du etwas Zeit für mich?«

Einen Moment lang sah sie ihn nur schweigend an, dann sagte sie: »Natürlich.« Sie schob sich das dunkle, vom Wind zerzauste Haar hinter die Ohren.

»Wollen wir ein Stück gehen?«

Sie schlugen den Weg zum Teich ein. Alix trug einen roten Rock und eine marineblaue Jacke. Sie schob ihre Hände tief in die Jackentaschen, während sie nebeneinander durch das Gras schritten, und sah ihn nicht an.

»Warum bist du gekommen, Derry?« fragte sie schließlich.

»Weil ich dir ein paar Dinge sagen möchte, die ich dir schon damals, als wir uns in London gesehen haben, hätte sagen sollen.«

Sie waren am Teich angelangt. Die zottigen Rispen der Schilfgräser zitterten in der Brise. Als Alix stumm blieb, holte er einmal tief Atem und begann zu sprechen.

»Ich kann mir vorstellen, wie dir zumute war, als ich einfach so verschwunden bin. Du hattest jedes Recht, mir böse zu sein. Ich weiß, wie es gewirkt haben muß.«

Sie sagte leise: »Es kam so plötzlich, Derry ...«

»Du mußt geglaubt haben, du bedeutetest mir nichts. Hättest mir nie etwas bedeutet. Ach, verdammt, was sage, ich, du mußt geglaubt haben, ich hätte dich nie *geliebt*.«

»Du solltest nicht so reden.« Sie hatte sich abgewandt, ihre Stimme klang kalt und abweisend.

»Doch, ich muß so reden. Ich hätte das schon längst sagen sollen.«

Sie schwieg. Er sah, wie sie eine der Schilfrispen abbrach und zwischen ihren Fingern zerrieb.

»Versteh doch, ich hatte das Gefühl, dir nichts bieten zu können.«

Endlich sah sie ihn an. »Darauf kam es mir doch gar nicht an, Derry – daß du mir etwas bietest.«

»Ich meine ...« Er versuchte, es ihr zu erklären. »Du hast das hier.« Mit einer Geste umfaßte er das Haus mit dem Park und dem Teich. »Und ich hatte nichts.«

»Das war mir völlig unwichtig.«

Wieder Schweigen. Der Wind strich über den Teich und warf Kräuselwellen auf. Derry blickte zum Wasser hinaus.

»Nach Jons Unfall habe ich mich selbst gehaßt, Alix. Ich mußte weg. Ich mußte versuchen, von vorn anzufangen. *Dir* haben die Unterschiede zwischen uns vielleicht nichts ausgemacht, mir aber um so mehr. Ich mußte – ich wollte gleichziehen.«

»Und, hast du es geschafft?« Immer noch lag diese Kälte in ihrer Stimme.

»Ich glaube, ja.«

Sie drehte sich um und ging von ihm weg. Ihre Schuhe hinterließen kleine Eindrücke im weichen Boden des Teichufers.

Er rief ihr nach: »Du bist zu Recht böse auf mich …«

Sie hielt an und drehte sich nach ihm um. »Ich bin nicht böse auf dich, Derry.«

»Ja, aber was –«

»Wir können nicht einfach da wieder anfangen, wo wir aufgehört haben. Das ist nicht möglich.«

Eine schmerzliche Hoffnungslosigkeit erfaßte ihn. Stumm sah er sie an.

»Es tut mir leid, Derry, aber es geht nicht.« Der Wind peitschte ihr das Haar ins Gesicht. »Ich bin verlobt. Ich werde Kit Crawford heiraten.«

Derry fuhr nach London zurück. Mit Roma zusammen arbeitete er Tag und Nacht an den Vorbereitungen für die Eröffnung ihres gemeinsamen Geschäfts. Er hatte geglaubt, ständige Tätigkeit würde ihn ablenken und die Erinnerung an Alix' Worte: *Ich werde Kit Crawford heiraten*, auslöschen, aber so war es nicht. Nie war er ganz bei der Sache, ob er nun den Handwerkern dabei half, die Regale aufzustellen, oder über den Büchern saß, immer sah er Alix' Gesicht vor sich: die zornblitzenden grünen Augen, das vom Wind zerzauste dunkle Haar.

Zu Eröffnung gaben sie ein großes Fest. Der Verkaufsraum, in Schwarz, Mattgold und Ocker gehalten, war voller Menschen. Das Knallen der Champagnerkorken brach sich an den Wänden, und zwischen Teppichen, Lampen und Vasen drängten sich die Gäste Schulter an Schulter.

Jemand berührte Derrys Ellbogen. Als er sich umdrehte, sah er May Lanchbury.

»Du siehst müde aus, mein lieber Wolf. Und nicht gerade so, als würdest du dich königlich amüsieren.«

Er neigte sich zu ihr hinunter, um ihr einen Kuß auf die Wange zu geben. »Jetzt, wo du da bist, gefällt es mir gleich viel besser, May.«

»Ich kann leider nicht lange bleiben. Ich bin eigentlich nur gekommen, um dir zu sagen, daß ich eine Zeitlang verschwinden werde.«

Er führte sie weg von Stimmengewirr und Musik in das kleine Hinterzimmer, das als Büro diente.

»Machst du Urlaub?«

»So könnte man sagen. Ich reise nach Frankreich, Derry.«

Er sah sie erstaunt an. Ihr früheres Gespräch fiel ihm ein. »Aber diesmal nicht nach Le Touquet, May?«

»Nein, ich reise in die Picardie.«

»Du willst deine Großmutter besuchen?«

»Ja.«

»Und nach Charlie suchen?«

»Ich habe sonst niemandem gesagt, was ich vorhabe, Derry. Du weißt ja, in unserer Familie wird nicht über Charlie gesprochen. Mein Vater erträgt es nicht einmal, seinen Namen zu hören.« Sie warf ihm einen fragenden Blick zu. »Findest du mich albern?«

»Überhaupt nicht. Man sollte immer seinen Träumen folgen.« Er wußte, daß sein Ton bitter klang.

»Derry, was ist los?«

»Ach, nichts.« Er versuchte zu lächeln. »Es war ein harter Monat. Ich brauche wahrscheinlich einfach mal eine Verschnaufpause.«

Sie warf einen Blick zurück in das Gewühl im Verkaufsraum. »Ich dachte eigentlich … ich meine, ist meine Cousine Alix auch hier?«

Er schüttelte den Kopf.

Unvermittelt nahm sie ihn beim Arm. »Komm doch mit, Derry. Komm mit mir nach Frankreich.«

»Das geht nicht, May. Tut mir leid. Das Geschäft …«

»Natürlich.« Sie lächelte. »Ein dummer Gedanke.«

Sie nahm ihre Tasche und ihre Handschuhe. Derry dachte an die Lieferanten in Paris und in Brüssel, die er besuchen sollte. Und verspürte plötzlich ein heftiges Bedürfnis, alles hinter sich zu lassen, wenn auch nur für kurze Zeit.

»Du willst nach Nordfrankreich?«

May war schon an der Tür. Sie drehte sich herum. »Derry ...?« Ihre hellen Augen leuchteten auf.

»Ich möchte dir nicht gern ein Klotz am Bein sein ... Familientreffen ...«

»Du sprichst doch Französisch, nicht wahr, Derry?«

»Natürlich.«

»Mein Französisch ist ziemlich erbärmlich«, erklärte sie. »Reines Schulfranzösisch.«

»Ich dachte, deine Mutter –«

»Ich kann mich nicht erinnern, daß meine Mutter je Französisch mit uns gesprochen hat. Ich kann zwar erstklassig ›Frère Jacques‹ singen, aber wenn's um Fahrpläne und Hotelreservierungen geht, hapert es doch arg.« Sie berührte seine Hand. »Ist es dir Ernst, Derry? Würdest du mit mir nach Frankreich kommen?«

Er stellte sich die Überfahrt auf dem Ärmelkanal vor; die kühle salzige Luft, die gespannte Erwartung vor der Begegnung mit einem anderen Land.

»Sehr gerne«, sagte er.

Jonathan kam eines Abends nach Owlscote, um sich bei Polly für die Einladung zum Dorffest und das Abendessen im Kreis ihrer Familie zu bedanken. Er nahm einen großen Strauß Löwenmäulchen und Astern aus seinem Garten mit. Polly stand in der Küche und kochte gerade Apfelgelee, umgeben von Einmachgläsern, Musselintüchern und großen Töpfen voll dampfenden Apfelmuses. Er half ihr, das Mus durch die Musselinbeutel zu pressen und die Gläser mit dem rotgoldenen Gelee zu etikettieren. Als sie fertig waren, backte sie leichte, zarte Omelettes, die sie mit dem noch warmen Gelee gefüllt aßen. Als Jonathan schließlich zur Uhr sah, stellte er erstaunt fest, daß es beinahe Mitternacht war; wie schnell die Zeit verflogen war!

Die Erinnerung an diesen Abend begleitete ihn die ganze Woche hindurch, und immer wieder geschah es, daß er, in einer Besprechung mit einem Mandanten oder während er sich die Klagen seiner Mutter über ihr Befinden anhörte, plötzlich in lebhaften Bildern an Polly dachte. Dann sah er sie vor sich, wie sie Apfelsaft auf eine Untertasse tropfen ließ, um festzustellen, ob es schon gelierte, oder mit vor Konzentration gerunzelter Stirn die Etiketten auf die Gläser klebte. Er meinte den süßen Duft der gekochten Äpfel noch in seinen Kleidern und auf seiner Haut riechen zu können. Am Ende eines solchen Vormittags voll innerer Ablenkung schrieb er Polly in aller Eile einen kurzen Brief, um anzufragen, ob sie ihn am Freitag zu einem Klavierabend begleiten würde.

Nach dem Konzert lud sie ihn für den kommenden Sonntag zum Mittagessen ins Pfarrhaus ein. In aller Heimlichkeit überredete er eine Freundin seiner Mutter, diese am Sonntag zum Whist und zum Nachmittagstee einzuladen. Als er am späten Vormittag aus Andover hinausfuhr, hatte er noch die Stimme seiner Mutter im Ohr. *Aber Jon! Sonntag mittag! Da ist es doch immer so gemütlich mit uns beiden …*

Ein üppiges Mittagessen, eine Wanderung am Fluß und eine Partie Krocket mit Stephen und Polly (beim Krocket mußte man nicht laufen) vertrieben die Schuldgefühle. Nach dem Tee spülten Polly und ihr Vater ab, und Stephen bat Jonathan, ihm bei der Reparatur seines Fahrrads zu helfen.

»Die Bremse funktioniert nicht, und Polly ist überzeugt, daß ich mir demnächst das Genick brechen werde.«

»Na ja, Bremsen sind schon ganz nützlich«, meinte Jonathan, während er sich mit Kabeln und Bremsbacken zu schaffen machte.

»Fahrräder sind doch sowieso so langsam. Ich würde viel lieber Auto fahren. Schade, daß Leonard so weit weg wohnt. Sonst könnte ich ab und zu mal mit seinem Auto fahren. Aber wahrscheinlich würde er es mir sowieso nicht erlauben«, fügte Stephen brummig hinzu.

»Warum denn nicht?« Jonathan zog leicht am Bremskabel. »Ich glaube, da haben wir's schon, Stephen. Das Kabel ist locker.«

»Sie halten mich alle für einen kleinen Dummkopf. Nur weil ich der Jüngste bin.« Stephen schob sich mit ölverschmierter Hand das braune Haar aus der Stirn. »Wenn ihr beide verheiratet seid, du und Polly, bringst du mir dann das Autofahren bei, Jonathan?«

Plötzlich war es ganz still, nur fernes Hundegebell war von irgendwoher zu hören.

Stephen, dem mit einem Schlag bewußt wurde, was er da gesagt hatte, lief rot an. »Na ja, Leonard und William glauben beide –« Er brach ab.

»Leonard und William?« wiederholte Jonathan mit einem strengen Blick zu Stephen. »Und John und Patrick wohl auch?«

»Nein, John nicht. John fällt so was nicht auf. Ach Mist.« Stephen sah Jonathan beinahe ängstlich an. »Du bist mir doch jetzt nicht böse, oder? Weißt du, es wird ja wirklich Zeit, daß Polly mal heiratet – und die meisten Kerle, mit denen sie bis jetzt befreundet war, waren wirklich blöde Affen, und ... bist du mir böse, Jonathan?«

»Nein, Stephen«, antwortete Jonathan lächelnd. »Ich bin dir überhaupt nicht böse. Ich würde dir nur vorschlagen, daß du später mal, wenn du vor der Berufswahl stehst, nicht ans diplomatische Corps denkst.«

Er stand auf und ging über den Rasen davon. Es war Abend; er wußte, er würde bald nach Hause zurückfahren müssen. Es gab einen Platz im Garten der Daniels', den er besonders mochte. Gepflegte Beete und Rabatten wichen dort einer kleinen Wildnis unbeschnittener Büsche und Sträucher. Lange Zeit stand er im hohen Gras zwischen Kreuzkraut und Mohn. Sein Bein schmerzte, aber er nahm es nicht wahr.

Er blickte auf die vergangenen sechs Monate zurück und sah, daß er seine glücklichsten Stunden – Stunden, die wie Diamanten leuchteten – mit Polly verbracht hatte. Beim Geleekochen in der Küche von Owlscote, beim gemeinsamen Eiersuchen, bei den Besuchen im Pfarrhaus. Er versuchte sich zu erinnern, wann er Polly das erste Mal begegnet war, und konnte es nicht. Zweifellos doch in Owlscote, als er noch mit Edith verlobt gewesen war. Er hatte sie damals vermutlich nur nicht wahrgenommen, weil er noch ganz im Bann von Edith Carrs glattem, schönem Gesicht und den aquamarinblauen

Augen gewesen war. Er erkannte, daß seine Gefühle für Polly von ganz anderer Art waren als die, die er einst Edith entgegengebracht hatte. Irgendwie hatte er Freundschaft und Leidenschaft durcheinandergebracht. Er hatte geglaubt, Polly wäre seine Freundin und Edith das Objekt seiner Begierde. In Wirklichkeit war es genau umgekehrt. Ihn hatte nie sonderlich danach verlangt, Edith zu berühren. Es hatte ihm genügt, sie zu betrachten; er hatte sie, das hatte er schon vor einiger Zeit erkannt, auf ein Podest gestellt und damit unberührbar gemacht. Allein die Erinnerung an Pollys warme Hand in der seinen hingegen ließ ihn erschauern. Und mit einemmal wußte er, daß er sie auch lieben würde, wenn sie eine Warze auf der Nase hätte oder eine dicke Brille trüge. Vollkommenheit, die ihm so wichtig gewesen war, zählte nicht mehr, seit er seine eigene Hinfälligkeit hatte akzeptieren müssen. Er hatte gesunden Menschenverstand, Zartgefühl und menschliche Wärme schätzen gelernt.

Jonathan sah auf seine Uhr. Sieben. Zweifellos wartete seine Mutter schon auf ihn. Er ging zurück zum Pfarrhaus. Als er in die Küche kam, sah er, daß Polly jetzt allein war. Sie stand am Fenster und trocknete Gläser ab. Das Licht der Abendsonne warf einen goldenen Glanz über ihr braunes Haar. Mit schnellen Schritten ging er zu ihr.

Beatrice Gregory war im Lauf des Jahres zusehends gebrechlicher geworden. Sie litt unter Gliederschmerzen und mußte beim Treppensteigen auf halbem Weg innehalten, um wieder zu Atem zu kommen. Sie konnte sonntags nicht zur Kirche gehen, wenn nicht Kit oder jemand aus dem Dorf sie im Auto mitnahm. Doktor Arthur kam eines Nachmittags, um sie zu untersuchen, und ließ sich recht vage über Rheumatismus und das feuchte Wetter aus. Alix, die den Eindruck hatte, ihre Mutter werde immer kleiner und dünner, machte sich Sorgen und sah darauf, daß in Beatrices Zimmer stets ein Feuer im Kamin brannte.

Eine ganze Reihe kleinerer und größerer Kümmernisse plagte sie in diesem Herbst. Rory brach sich den Arm, als er auf einen Baum kletterte, und mußte ins Krankenhaus gebracht werden, wo man ihm den Arm eingipste. Die Pensionsgäste schienen ihr besonders rücksichtslos und nörglerisch zu sein. Sie vergaßen, die Schuhe zu wechseln, wenn sie ins Haus kamen, und hinterließen Schlammspuren im Foyer und auf der Treppe. Sie beschwerten sich sofort, wenn ihr Frühstücksei nur eine Spur zu hart gekocht war oder der Toast einen Schatten dunkler, als sie es gewöhnt waren.

Das waren die kleineren Irritationen. Die zunehmende Gewißheit, daß einer ihrer Pensionsgäste ein Dieb war, machte Alix weit mehr zu schaffen. Als erstes registrierte sie, daß eine Meißner Porzellanfigur aus der Sammlung, die einst Edwards Mutter gehört hatte, aus der Vitrine verschwunden war. Einige Wochen später, als sie die Bücherschränke abstaubte, sah sie, daß ein kleines Stundenbuch, das zu den besonderen Schätzen Owlscotes gehörte, nicht mehr in der Bibliothek stand. Sie hatte es ein oder zwei Wochen zuvor herausgenommen, um es Kit zu zeigen; anfangs glaubte sie, sie hätte es nur nicht wieder an den richtigen Platz zurückgestellt, aber nachdem sie sämtliche Regale abgesucht und jeden Buchrücken geprüft hatte, mußte sie akzeptieren, daß es nicht mehr da war.

In den folgenden Wochen verschwand noch mehr: ein antiker Kristallkelch, ein georgianischer Kerzenleuchter. Alix überlegte, ob sie die Polizei anrufen sollte, entschied sich dann aber dagegen. Das hätte nur ihre Mutter aufgeregt und dem Ruf der Pension geschadet. Sie begnügte sich damit, alle kleineren Gegenstände von Wert in einer Truhe in ihrem Schlafzimmer zu verschließen. Und sie beobachtete ihre Gäste. Sie merkte, wie argwöhnisch sie ihnen gegenüber wurde, daß sie bei jedem freundlichen Lächeln und jedem beiläufigen Wort sofort Hintergedanken vermutete. Sie schlief schlecht, es war, als könnte sie selbst im Schlaf nicht aufhören, auf ein verräterisches Knarren der Treppenstufen oder verstohlene Schritte im Korridor zu lauschen.

Ihre Verlobung mit Kit blieb ein Geheimnis. »Macht dir das was aus, Darling?« hatte er gefragt. »Ich würde es am liebsten in die Welt hinausschreien, aber ich muß es der Familie in

Schottland schonend beibringen. Weißt du, der Alte hat es sich in den Kopf gesetzt, daß ich einmal seine jüngste Tochter heirate, und ich möchte ihm nicht weh tun. Er war wie ein Vater zu mir. Es macht dir doch nichts aus, wenn wir die Verlobung noch eine Weile geheimhalten?«

Alix war natürlich auf seine Wünsche eingegangen, und Kit hatte versprochen, so bald wie möglich nach Schottland zu reisen. Er besuchte sie häufig und ließ es nie an Aufmerksamkeit fehlen. Dennoch wurde Alix sich in den folgenden Wochen eines wachsenden Unbehagens bewußt.

Eines Morgens erzählte ihr Polly von ihrer Verlobung mit Jonathan. »Er setzt eine Anzeige in den ›Telegraph‹. Ich glaube, er würde sich am liebsten mit einem Lautsprecher auf den höchsten Turm stellen und ganz Andover verkünden, daß wir uns verlobt haben. Oder es übers Radio bekanntgeben.«

Und als Alix, die hocherfreut und gar nicht erstaunt darüber war, daß ihre beiden nächsten Freunde heiraten wollten, Polly umarmte, durchzuckte sie flüchtig ein Gefühl des Neids auf Polly, deren Verlobter sich so stolz zu ihr bekannte, während Kit ihnen Geheimhaltung auferlegte.

Sie hatte nur einem Menschen von ihrer Verlobung erzählt: Derry Fox. Es fiel ihr schwer, sich einzugestehen, daß Derrys Besuch in Owlscote sie aus der Ruhe gebracht hatte. Als er wieder fort war, sah sie im Rückblick ganz klar ihren eigenen Anteil am Scheitern ihrer Beziehung. Sie hatte die Verschlossenheit, die sie sich in ihren frühen Jahren angewöhnt hatte, die Angst, sich ganz zu öffnen, nie überwunden. Als Derry ihr vor fünf Jahren aus Südamerika geschrieben hatte, um ihr seinen Entschluß, England den Rücken zu kehren, zu erklären, hatte sie, verletzt und zornig, nicht einmal den Versuch gemacht, ihn zu verstehen. Gekränkt durch sein Fortgehen, hatte sie einfach angenommen, er liebe sie nicht.

Und dennoch, dennoch ... Alix erinnerte sich, wie sie 1919 mit Edward nach Mesopotamien gereist war. Welch eine ungeheure Erleichterung war es gewesen, Europa mit all seinen Schrecknissen – dem Krieg und dem spurlosen Verschwinden Charlie Lanchburys – hinter sich lassen zu können. Sie wußte, daß Derry vor fünf Jahren, als er sich an der gescheiterten Verlobung und dem Unfall seines Bruders die Schuld gegeben hatte, ähnlich empfunden haben mußte. Und manchmal, wenn sie nachts wach lag, ertappte sie sich dabei, daß sie ihre Gefühle für Kit mit denen verglich, die sie zuerst Edward und dann Derry entgegengebracht hatte, und sie klein fand.

Besser so, sagte sie sich entschlossen. Weniger erschütternd, weniger aufreibend. Sie war jetzt zweiunddreißig, sie mußte endlich das gefühlsmäßige Auf und Ab ihrer Jugend hinter sich lassen.

12

DERRY UND MAY nahmen das Dampfschiff nach Calais und von dort einen Zug nach Amiens. Als Derry am Morgen aufstand, konnte er vom Hotelfenster aus das Netzwerk von Kanälen und Wasserwegen sehen, in das die Stadt eingebettet lag.

In einer Werkstatt in der Stadtmitte mieteten sie einen Citroën und fuhren nach Nordwesten zum Schloß der Boncourts. May war nicht sehr gesprächig. Sie blickte die meiste Zeit nur zum Fenster hinaus. Überall auf den Feldern standen die Grabsteine der im Krieg Gefallenen, und an den Straßenrändern waren Bomben- und Granatsplitter zu stahlgrauen Pyramiden aufgetürmt. In die Erde gezogene Linien zeigten, wo Schützengräben das grüne Wiesenland zerschunden hatten. Es hatte leicht zu regnen begonnen, und vor Derrys Blick, der durch die Windschutzscheibe auf die Landschaft gerichtet war, schienen sich die verschwommenen grün-braunen Bäume am Horizont in lange Kolonnen marschierender Soldaten zu verwandeln, und die Pflüge und Ackergäule auf den Feldern wurden flüchtig zu Feldgeschützen und Mörsern.

Der Anblick der tristen kleinen Dörfer, die sie auf ihrer Fahrt durch die Picardie passierten, begann auf seine Stimmung zu drücken. Er wollte sie nicht mehr sehen, diese schäbigen, verwahrlosten Häuser und die Ruinen, die einsam und verlassen dort standen, wo einst Gehöfte und Scheunen gestanden hatten, und er mußte an Jon denken, der mit neunzehn Jahren all das hatte ertragen müssen.

»Hier ist es«, sagte May endlich.

Derry fuhr an den Straßenrand und hielt an. Dunkle Hecken

grenzten das Haus von den umliegenden Feldern ab. Das Dach des Schlosses war mit Schindeln verschiedener Farben geflickt, und einige seiner Kamine waren nur noch abgebröckelte Stümpfe.

May war sehr still geworden. »Hier waren überall Bäume«, sagte sie leise. »Hohe Bäume. Pappeln, glaube ich. Und das Haus war eine Pracht ...«

Die Mauern rund um den Park des Schlosses waren größtenteils eingestürzt, im Hof wucherten Kreuzkraut und Brennesseln. Die Herbstsonne lag glitzernd auf Pfützen, in denen sich der zinngraue Himmel spiegelte.

Derry blieb im Wagen und sah May nach, als sie durch den Hof ging und die breite Treppe zum Portal des Schlosses hinaufstieg. Er stellte sich Alix hier vor – fröhlich und ausgelassen im Spiel mit Vetter und Cousinen – und sah den Ort in helles Sonnenlicht getaucht, die Hecken ein Blütenmeer. Dann aber schlug er sich alle Gedanken über Alix zornig aus dem Kopf und stieg aus dem Wagen. An die Motorhaube gelehnt, wartete er auf May.

Schon nach weniger als einer halben Stunde kam sie zurück. Ihr Gesicht war bleich und starr.

»Ist es nicht merkwürdig, Derry«, sagte sie, »daß man es immer wieder schafft, aller Vernunft zum Trotz zu glauben, alles würde beim alten bleiben? Es sind fast zwanzig Jahre vergangen, und auf diesen Feldern hier ist ein Krieg geführt worden, und trotzdem dachte ich –« Sie brach ab.

»Ach, May«, sagte er leise.

»Es war immer dasselbe Bild: blühende Apfelbäume im Obstgarten, und Grand-mère in ihrem alten Lehnstuhl am Feuer.« Ihre Augen glänzten, doch sie weinte nicht. »Aber den Obstgarten gibt es nicht mehr, und Grand-mère ist geistig verwirrt.« Sie sah ihn an. »Durch das Dach kommt überall das Wasser, und keiner der Räume oben ist bewohnbar, darum haust meine Großmutter in zwei Zimmern im Erdgeschoß. Sie hat mich nicht erkannt, Derry. Sie dachte, ich wäre die Flickschneiderin. Die Flickschneiderin, die vor dreißig Jahren regelmäßig ins Haus gekommen ist. Weißt du, was sie zu mir gesagt hat? Marie – meine *Mutter*, Derry – sei ein braves Mädchen, aber ein bißchen leichtsinnig mit den Jungen, und ich solle meine Arbeit sorgfältiger machen, an ihrem Unterrock sei der Saum aufgegangen.«

Sie trat ein paar Schritte von ihm weg und schneuzte sich. Dann kam sie zurück. »Entschuldige. Es war nicht meine Absicht, dir etwas vorzuheulen. Das Mädchen hat mir erzählt, was sich hier abgespielt hat. Während des Krieges wurde das Schloß von deutschen Offizieren beschlagnahmt. Bei ihrem Rückzug Anfang 1917 zerstörten sie große Teile des Gebiets. Sie verminten die Felder und die Obstplantage. Wertgegenstände waren zu dieser Zeit sowieso nicht mehr da, weil das Haus 1914 bei der Invasion geplündert worden war. Als Grand-mère 1918 aus Paris zurückkam und sah, was aus ihrem Zuhause geworden war, hat sie buchstäblich den Verstand verloren.«

Sie schwieg einen Moment bedrückt. Dann wurde sie wieder lebhafter. »Das Mädchen hat mir allerdings auch etwas erzählt, was ich interessant fand. Ich habe mich nach den Leuten erkundigt, die ich aus meiner Kindheit kannte, unter anderen auch nach Robert, dem Stallburschen meiner Großeltern.«

»Und?«

»Robert Desvignes ist im Krieg gefallen. Schon 1915. Aber er hatte vorher geheiratet. Seine Frau lebt noch in einem Dorf in der Nähe von Bapaume. Derry, Robert hat Louise geheiratet, unser damaliges Kindermädchen.«

Derry hatte sich entschlossen, May Lanchbury nach Frankreich zu begleiten, weil er Alix und die Gefühle, die ihn einmal mit ihr verbunden hatten, vergessen wollte. Er hatte nicht erwartet, daß Mays Reise in die Vergangenheit ihn in irgendeiner Weise innerlich berühren würde. Aber auf der Fahrt nach Bapaume wurde er sich bewußt, daß er selbst schon vom Jagdfieber angesteckt war. Das lange zurückliegende Verschwinden Charlie Lanchburys warf in seiner Rätselhaftigkeit Fragen auf, die eine willkommene Ablenkung von anderen, schmerzlicheren Gedanken boten. Sowohl May als auch Alix hatten ihm den fernen Tag geschildert, an dem Charlie Lanchbury verlorengegangen war: das Picknick, die Kricketpartie, den Abend auf dem Jahrmarkt im Dorf. Die Ereignisse waren ihm unwirklich geblieben. Sie existierten in seiner Phantasie in Gestalt einer traumhaften Erzählung, in der sich Wahres und Erfundenes mischten, bis sie untrennbar miteinander verschmolzen waren und einen beinahe mythischen Charakter angenommen hatten. Dem ehemaligen Kindermädchen der Lanchburys gegenüberzutreten, dachte Derry, wäre so, als klopfte man ans Portal von Blaubarts Schloß oder begegnete Schneewittchens böser Stiefmutter.

Aber die Frau, die im Garten des Bauernhauses der Familie Desvignes stand und aus einem Eimer voll Körner die Hühner fütterte, war eine durchaus handfeste Person und hatte, fand Derry, keinerlei Ähnlichkeit mit einer Märchengestalt. Sie trug Gummistiefel und ein verwaschenes buntes Kleid und einen praktischen Kurzhaarschnitt.

»Madame Desvignes?« rief May.

Die Frau stellte den Eimer hin und drehte sich herum. Ohne Neugier musterte sie May. »Ja?« Ihr Blick wanderte langsam zu Derry, und in den gelangweilten Augen flammte ein Funken Interesse auf. Louise Desvignes hob die Hände, um ihr Haar zu glätten, und brachte dabei ihren üppigen Busen zur Geltung.

»Wir haben uns vor langer Zeit einmal gekannt, Madame Desvignes«, sagte May. »Sie haben früher bei der Familie Lanchbury gearbeitet.«

Sie kräuselte verächtlich die Lippen. »Ja, da war ich schön dumm.«

»Ich bin May Lanchbury.«

Ein Zögern, dann ein Aufblitzen des Erkennens. »Du meine Güte! May! Als damals der Kleine verschwunden ist ...« Den Blick jetzt voller Neugier auf May gerichtet, kam Louise Desvignes langsam auf sie zu. »Die kleine May«, sagte sie. »Wer hätte das gedacht ...«

»Haben Sie einen Moment Zeit, Madame Desvignes? Wir würden uns gern mit Ihnen unterhalten.«

Im ersten Moment glaubte Derry, sie würde ablehnen. Dann aber sagte sie achselzuckend: »Warum nicht? Ich würd Sie ja in die Wohnstube bitten, aber da sitzt nachmittags immer der alte Drachen. Meine Schwiegermutter, verstehen Sie? Wir können in die Küche gehen, wenn's Ihnen nichts ausmacht.«

Mit aufreizendem Schwung ihrer ausladenden Hüften ging sie ihnen voraus zum Haus. In der Küche war es warm, es roch nach den Äpfeln, die in einem Korb auf dem Fensterbrett standen, und dem Kaffee auf dem Herd.

»Wegen dem kleinen Unglücksjungen hab ich damals meine Stellung verloren«, murmelte Louise Desvignes, während sie Kaffee einschenkte. »Ihr Vater«, erklärte sie an May gewandt, »hat behauptet, ich hätte meine Pflichten vernachlässigt. Er hat mich rausgeschmissen, sobald er aus Frankreich zurück war. Den Chauffeur auch – den armen alten Rotschopf.«

Louise nahm die Zigarette, die Derry ihr anbot. »Er war ein ulkiger Kauz – der Rotschopf, mein ich. Keine Ahnung, was er getan hatte, um sich bei dem griesgrämigen alten Tyrannen unbeliebt zu machen.« Sie sah May fragend an. »Warum sind Sie hergekommen, Miss Lanchbury?«

»Ich würde gern mit Ihnen über den Tag sprechen, an dem wir das Picknick gemacht haben; an dem Charlie verschwunden ist.«

Louise Desvignes sagte nicht gleich etwas, dann jedoch fragte sie: »Was wollen Sie denn wissen?«

»Alles, woran Sie sich noch erinnern können.«

»Ich war nicht dabei, wie es passiert ist. Er – Mr. Lanchbury, Ihr Vater – hat mich früher heimgeschickt. Er sagte, Robert und ich wären – Sie wissen schon. Er sagte, er hätte uns zusammen gesehen. Er muß uns bespitzelt haben. Ein furchtbarer Mensch – entschuldigen Sie, Miss Lanchbury, ich will Sie nicht beleidigen, aber ich nehm eben kein Blatt vor den Mund. Na ja, und dann sind sie alle nach Hause gekommen, und ich höre, daß der Kleine verschwunden ist. Am nächsten Tag sind wir alle mit Sack und Pack nach England zurückgereist, und ein paar Wochen später bin ich rausgeflogen. Aber da« – Louise lächelte – »hab ich schon gewußt, daß mir ein kleiner Rechenfehler unterlaufen war.« Als sie Mays verständnisloses Gesicht sah, fügte sie herausfordernd hinzu: »Daß was unterwegs war, mein ich.«

»Von Robert?«

»Natürlich. Na, da bin ich schleunigst nach Frankreich zurück. Ich wollte schließlich kein uneheliches Kind zur Welt bringen.«

»Und da haben Sie und Robert geheiratet?«

»Er hatte sich an die Front gemeldet, drum mußte ich warten, bis er Urlaub hatte. Bis dahin war mir klar, worauf ich mich eingelassen hatte – immer die Alte im Nacken.« Louise wies mit dem Kopf zur Tür. »Wir haben damals natürlich nicht hier gewohnt – wir mußten mit Sack und Pack zu irgendwelchen Verwandten weiter im Süden ziehen, wegen dem Krieg. Aber ich hab in Weiß geheiratet, das hab ich mir nicht nehmen lassen.«

May rührte Sahne in ihren Kaffee. »Und Ihr Kind …?«

»Ein Junge. Ich hatte gerade das Telegramm bekommen, in dem sie mir mitteilten, daß sein Vater gefallen war, als er zur Welt kam.«

»Oh, das tut mir leid.«

»Ach, so schlimm war's nicht.« Louise zuckte die Achseln. »Die Deutschen wollten den Hof hier niederbrennen, aber es hat nicht geklappt. Wir hatten mehr Glück als die meisten anderen. Der Junge war brav und hat mir kaum Sorgen gemacht, und die Alte hat sonst niemanden, dem sie den Hof hinterlassen kann, wenn sie mal stirbt.«

»Wie alt ist Ihr Sohn jetzt?«

»Siebzehn. Robert und ich waren siebzehn, als wir uns kennengelernt haben. Mit achtzehn ist er gefallen.«

Es trat eine Pause ein.

Schließlich sagte Louise unvermittelt: »Charlie war ein niedlicher kleiner Bursche. Ein Jammer, daß ihm das passieren mußte …« Mit einer trotzigen Bewegung warf sie den Kopf zurück. »Aber ich war froh, daß mit der Arbeit endlich Schluß war. Ich wollte immer Zofe werden, aber doch kein Kindermädchen – ich kann Kinder ehrlich gesagt nicht ausstehen. Am

Tag von dem Picknick ...« Sie kniff die Augen zusammen. »An dem Morgen, mein ich ... da gab's doch irgendwelchen Ärger, oder nicht?«

Derry fiel auf, daß May blaß geworden war. Sie schüttelte den Kopf. »Ich kann mich nicht mehr erinnern.«

»Doch. Der Ausflug wär beinah ins Wasser gefallen.«

»Vielleicht wegen des Krieges«, meinte Derry. »Zu der Zeit muß die Situation doch schon ziemlich bedrohlich gewesen sein. Aber sie haben den Ausflug dann doch gemacht?«

Louise nickte. »Ich war heilfroh, mal wieder rauszukommen – ständig da oben in den Kinderzimmern eingesperrt zu sein, furchtbar. Außerdem hab ich gedacht, ich würd vielleicht Robert sehen.«

Einen Moment lang wurden Louises Züge weich, und Derry bekam eine Ahnung von dem hübschen jungen Mädchen, in das sich der Stallbursche der Familie Boncourt vor langer Zeit verliebt hatte.

Dann verzog Louise Desvignes verdrossen den Mund. »Wir sind nach Albert rausgefahren. Nichts als Wälder. So finster.«

»Ich habe eine Karte«, sagte May. Sie breitete sie auf dem Tisch aus. »Würden Sie mir den Ort zeigen, Madame Desvignes?«

Zehn Minuten später verabschiedeten sie sich. An der Tür blickte Louise May forschend an und sagte: »Warum tun Sie das, Miss Lanchbury? Ich mein, diese alten Erinnerungen wieder auszugraben, das macht einen doch nur traurig. Es ist besser, die Vergangenheit ruhen zu lassen, glauben Sie mir. So viele Kinder haben unter dem Krieg gelitten. Eine Nachbarin von uns – Madame Dufèvre – hat ihre drei Kinder verloren. Sie wurden von einer Granate getötet. Erst letzte Woche sind zwei Jungen umgekommen, als sie mit einer Granate spielten, die sie auf einem Feld gefunden hatten. Solche Sachen passieren dauernd. Der kleine Charlie hatte wenigstens zwei gute Jahre. Er hatte was zu essen und warme Kleidung und eine Familie, die sich um ihn gekümmert hat.«

Kit und Alix liebten sich an jener Stelle im Wald, die sie nun als »unseren Platz« zu bezeichnen pflegten. Und wie immer schmolz sie in der Wärme seiner Nähe und der Hitze seiner Berührungen. Alle quälenden Gedanken, alles Unbehagen waren wie ausgelöscht. Danach aber, als sie auf dem Rücksitz des Wagens in seinen Armen lag, überkam sie ein Gefühl der Schwermut, beinahe Trauer. Irgend etwas hatte sich verändert, ohne daß sie recht sagen konnte, was es war. Vielleicht, dachte sie, ist es der Wechsel der Jahreszeit. Vielleicht lag es daran, daß sie sich hier auf dem engen Rücksitz zusammendrängten, statt auf dem weichen Waldboden zu liegen; daß sie nicht ein grünes Laubdach über sich hatten, sondern einen bleigrauen Himmel, der zwischen kahlen Ästen hindurchschimmerte.

Alix lud Kit für den Sonntag zum Mittagessen ein, und er erschien mit einem riesigen Strauß Chrysanthemen für sie und einer Schachtel Pralinen für Beatrice. Rory war an diesem Wochenende im Internat geblieben, weil dort ein Rugbyspiel stattfand, Polly verbrachte den Tag mit Jonathan, und die Pensionsgäste waren alle am Freitag abend abgereist. Sie waren zusammen mit Beatrice allein im Haus.

Nach dem Mittagessen setzten sie sich in den Salon. Kit erbot sich, Kaffee zu machen. Als er gegangen war, streifte Alix ihre Schuhe ab und streckte ihre Füße zum Feuer aus. Sie bemerkte, daß Beatrice trotz der Hitze, die die Flammen verströmten, fröstelte.

»Soll ich dir ein Umschlagtuch holen, Mutter?«

»Ach ja, wenn es dir nichts ausmacht, Kind. Es ist so ein feuchter Tag. Ich glaube, ich habe es oben in meinem Zimmer liegengelassen.«

Alix war halbwegs die Treppe hinauf, als sie das Geräusch hörte. Ein Huschen und Scharren auf dem Speicherboden. Mäuse, dachte sie schaudernd. Aber dann folgte ein anderes Geräusch. Nein, keine Mäuse, dachte sie. Da wurde eine Tür geöffnet.

Mit angehaltenem Atem schlich sie den Korridor entlang und stieg, unhörbar auf Strümpfen, die schmalen Stufen am Ende des Flurs hinauf. Der hämmernde Schlag ihres Herzens klang ihr dröhnend in den Ohren, als sie durch die offene Tür spähte, die in den ersten der Speicherräume führte.

Als sie Kit sah, hätte sie ihn beinahe gerufen. Aber irgend etwas hielt sie davon ab. Sie drückte die Hand auf ihren Mund und blieb, ihn beobachtend, reglos stehen. Er kramte in dem Schrank, in dem Edwards Funde aus Ägypten aufbewahrt wurden: die Skarabäen, die Kanopen und die ziemlich gruslige mumifizierte Katze, vor der Rory sich so gefürchtet hatte, als er noch klein gewesen war. Sie sah, wie Kit ein goldenes Amulett in die Hand nahm und es eingehend betrachtete. Wie er es dann in seine Tasche gleiten ließ.

Sie mußte ein Geräusch gemacht haben, denn er drehte sich plötzlich herum und sah sie an der Tür stehen. Er riß erschrocken die Augen auf, dann huschte sein Blick durch den Raum wie auf der Flucht.

»Ach Gott, wie blöd von mir. Reine Zerstreutheit, Alix. Tut mir wirklich leid.« Er nahm das Amulett aus seiner Tasche.

Sie hätte ihm so gern geglaubt. Aber noch immer sah sie die schmalen Hände mit den langgliedrigen Fingern, die systematisch den Schrank durchsuchten.

»Tut mir wirklich leid«, wiederholte er. »Es war ein Versehen.«

Ein furchtbarer Gedanke kam ihr plötzlich. »Die anderen Dinge« – ihre Stimme zitterte vor Schreck – »die Meißner Figur … den Kristallkelch …, hast du die auch genommen, Kit?«

»Aber Alix!« Sein Ton war beschwörend, sein Lächeln so gewinnend. »Zieh doch jetzt keine voreiligen Schlüsse. Ich hab dir doch gesagt, daß es ein Versehen war.« Das Amulett lag immer noch in seiner Hand.

Ihr fiel das Stundenbuch aus der Bibliothek ein. Sie hatte es Kit gezeigt, und ein paar Tage später war es verschwunden gewesen. »Nein. Nein, ich glaube dir nicht, Kit.«

Er streckte den Arm nach ihr aus, aber sie wich kopfschüttelnd vor ihm zurück. »Mach es nicht noch schlimmer, Kit, bitte. Du hast die Sachen genommen. Ich weiß es.«

Sie hörte sein langgezogenes Seufzen und sah das vertraute,

entwaffnende Lächeln. Er blickte zu dem Amulett hinunter und sagte: »Für solche Objekte bezahlen sie in London ein Vermögen.«

»Leg es wieder in den Schrank.«

Er tat es.

»Warum, Kit?«

»Spielt das jetzt noch eine Rolle?«

»Sag es mir. Ich möchte es wissen. Sonst rufe ich die Polizei.«

Er sah sie mit großen Augen an. »Also gut. Weil ich das Geld brauchte, natürlich.«

»Aber du hast doch geerbt – und dein alter Freund in Schottland …«

»Na ja, das stimmt nicht ganz.«

Alix zitterten die Knie. Sie setzte sich auf einen alten dreibeinigen Hocker. Sie wußte schon, daß ihr eine tiefe Demütigung bevorstand.

»Du hast eine Menge sehr wertvoller Dinge in diesem Haus, Alix«, sagte Kit mit einem bedauernden Blick zum Schrank. »Du solltest dich mehr um sie kümmern.«

»Und nur deswegen …« Mit einer Handbewegung umschloß sie den Speicher und das ganze Haus. »Unsere Verlobung – es ging dir immer nur *darum*?«

Er wich ihrem Blick aus. »Nein«, antwortete er, »anfangs nicht.«

»Belüg mich nicht, Kit.«

»Es ist die Wahrheit. Als ich dich auf der Cocktailparty sah, bist du mir wegen deiner Schönheit aufgefallen. Deswegen habe ich dich angesprochen, Alix. Ich hatte immer schon eine Schwäche für schöne Dinge.«

»Die Ritsons – «

»Die hab ich nie vorher in meinem Leben gesehen. Ich hab die Autos draußen stehen sehen und bin einfach hineingegangen. Uneingeladen. Ich hab das nicht zum erstenmal gemacht.« Wieder dieses flüchtige Lächeln. »Und es klappt fast immer, Alix.«

Sie konnte ihn nicht einmal ansehen. Sie stand auf und ging

zum Fenster. Hinter Spinnweben und Staub lagen Owlscotes Garten und Wälder wie von grauem Nebel verschleiert.

»Aber als ich das Haus hier sah«, fügte er hinzu, »hab ich mir gesagt, daß ich anfangen muß, ein bißchen praktischer zu denken. Ich lebe nämlich davon.«

Mit einem Ruck fuhr sie herum. »Von Diebstahl?«

»Manchmal. Aber auch von Geschenken.«

»Von *Frauen*?«

Er neigte den Kopf.

»Aber ich war leider nicht so generös, nicht wahr, Kit?« sagte sie voller Verachtung. »Und willst du wissen, warum? Weil das nicht *mein* Eigentum ist. Alles hier gehört Rory. Rorys Vater hat mir das Haus hinterlassen. Ich verwalte es nur. Für Rory. Für Edwards Sohn!«

Sie hätte ihm in diesem Moment am liebsten in das gutaussehende Gesicht geschlagen. Statt dessen jedoch ballte sie die Hände zu Fäusten und drehte sich wieder dem Fenster zu. »Dieser Mann in Salisbury – der dir zugerufen hat ...«

»Das war ein alter Freund. Der mich leider etwas zu gut kennt. An dem Tag wurde mir klar, daß da einige Schwierigkeiten auf mich zukommen würden. Daß die Zeit knapp wurde.«

Hohe Bäume über ihr, sie nackt in seinen Armen auf einem Bett aus weicher Erde und Bucheckern. Sie schloß die Augen und drückte die Stirn an das kühle Glas der Fensterscheibe.

»Geh jetzt bitte, Kit.«

»Du hast nicht vor, die Polizei zu rufen?«

»Ich denke« – es kostete sie große Mühe, ruhig zu sprechen – »ich denke, das würde die Demütigung nur noch schlimmer machen.«

Er sagte nichts. Sie blieb sitzen, ohne sich zu rühren, und blickte zum düsteren Himmel hinaus. Nach einer Weile hörte sie ihn hinausgehen.

May Lanchbury erinnerte sich noch ganz deutlich an ihre erste Begegnung mit Derry Fox. Sie war auf einem Fest am Grosvenor Square gewesen, und Andrée Garland hatte sie auf ihn aufmerksam gemacht. *Er schreibt mir jede Woche einen kleinen Artikel für die Zeitschrift. Unglaublich witzig. Ein interessanter Mann, findest du nicht auch?* May hatte ihn sich angesehen: ein künftiger Freund vielleicht, niemals ein Liebhaber. May kannte ihre Möglichkeiten.

Und sie waren Freunde geworden. Die leidenschaftlicheren Gefühle für ihn, die sie wider besseres Wissen zugelassen hatte, waren ihr Geheimnis geblieben, eine stumme Sehnsucht, auf deren Erfüllung sie nicht hoffen konnte. Freundschaft, sagte sich May, mußte genug sein.

Dann war Derry nach Südamerika gegangen, und nach seiner Rückkehr hatte May den Eindruck gehabt, daß seine lange Beziehung zu ihrer Cousine, Alix North, beendet sei. Als er ihrem Vorschlag, mit ihr nach Frankreich zu reisen, zugestimmt hatte, war trotz aller eisernen Vorsätze Hoffnung wach geworden. Das Zusammensein mit Derry hatte sie über die Trostlosigkeit dieser Reise hinweggetröstet. Auf der Suche nach Verbindungen zur Vergangenheit war sie nur auf Abwesenheit und Verlust gestoßen. Noch einmal war sie den Weg entlang gefahren, den sie am Tag von Charlies Verschwinden genommen hatten, aber nicht weil sie hoffte oder erwartete, eine Spur ihres kleinen Bruders zu finden, sondern weil sie der Vergangenheit offen ins Auge sehen und mit ihr abschließen wollte.

Sie fuhren zu den Wäldern in der Nähe von Albert hinaus, wo die Familie Lanchbury im Juli 1914 ihr Picknick eingenommen hatte und hohe Bäume ihre dunklen Äste verschränkten und das Licht des Himmels nicht durchließen. Die welken Blätter waren grau bereift. Frierend trotz ihres Sealmantels tauchte May in die Schatten ein. Später blätterte sie in Kirchen, die dem Toben des Krieges standgehalten hatten, schwere, in Leder gebundene Register durch. Und auf Friedhöfen, wo die Grabsteine noch die Narben von Granatsplittern trugen, wanderte sie suchend zwischen den Holzkreuzen umher, die die kleinen Gräber namenloser Kinder kennzeichneten.

Von dem Dorf, in dem der Jahrmarkt stattgefunden hatte, bei dem Charlie verlorengegangen war, trug sie noch einen klaren Eindruck im Gedächtnis. Sie erinnerte sich an den Platz, auf dem die Zigeuner getanzt hatten, an die *Mairie*, die schmalen, gewundenen Gassen, den Wald, der das Dorf umgab. Sie und Derry fuhren auf der Suche nach dem Ort einen ganzen Tag lang kreuz und quer durch das kleine Dreieck in Nordfrankreich, das die Eckpunkte Bapaume, Albert und Boncourt bildeten. Erst am späten Nachmittag, als der Himmel sich schon zu verdunkeln begann, wurde May klar, was geschehen war. Als sie auf einem Friedhof mit einem alten Pfarrer sprach und ihm das Dorf beschrieb, sah sie in seinem Gesicht den Widerschein des Erkennens und begriff, daß sie niemals, ganz gleich, wie gründlich sie suchte, das Dorf wiederfinden würde, wo sie ihren Bruder verloren hatte.

Herleville-aux-Bois war in der letzten Augustwoche des Jahres 1914 von den Truppen des Kaisers besetzt worden. Kämpfe, wie sie in den Straßen von Bapaume und Cambrai ausgefochten worden waren, hatten etwa zur gleichen Zeit den kleinen, von Wäldern umschlossenen Weiler Herleville verwüstet. Der Kirchturm war von einem Granatwerfer gefällt worden, Häuser und Geschäfte hatten die Soldaten zuerst geplündert und dann in Brand gesteckt. Als im Herbst 1914 Gefechtslinien gezogen worden waren, war Herleville-aux-Bois, dicht an der Front, unter Besatzung geblieben. Nach dem Abzug der Deutschen im Jahr 1917 hatte in Herleville kaum noch ein Stein auf dem anderen gestanden. Die Männer, die im Sommer 1918 an dem letzten verzweifelten Vorstoß nach Süden teilgenommen hatten, hätten nicht einmal ahnen können, daß das Dorf je existiert hatte. Nur die Wälder, die einst Häuser und Marktplatz umschlossen hatten, waren, halb zerstört, geblieben.

Wo einmal Herleville-aux-Bois gestanden hatte, waren unter grünem Gras die Linien der Schützengräben sichtbar. Die Stümpfe umgestürzter Bäume verrotteten im Schatten neuer Schößlinge, die zwischen ihnen emporgewachsen waren. Dunkles Wasser, das sich in Furchen gesammelt hatte, umspülte Mays Schuhe.

»Es war so zauberhaft, Derry«, sagte sie, während sie ihren

Blick über die öde Landschaft schweifen ließ, die sie umgab. »Das Dorf ... und der Jahrmarkt. Die Zigeuner, die um das Feuer tanzten – ich dachte, ich hätte noch nie etwas so Schönes gesehen.« Sie hob den Kopf und sah ihn an. »Es ist wie im Märchen, nicht wahr? Das Kind wird gestohlen, und das Dorf wird verflucht und dem Erdboden gleichgemacht.« In ihren Augen standen Tränen, und als er den Arm um sie legte, drückte sie ihr Gesicht an seine Schulter.

Immer war Derry an ihrer Seite. Ohne es zu wollen, begann May, sich an seine Anwesenheit zu gewöhnen. Wenn sie in kleinen verqualmten Cafés ihre Fragen stellte (»Ein kleiner Junge ... kurz vor der Invasion ... das Kind ist in Herleville-aux-Bois verschwunden ...«), war er bei ihr, um zu übersetzen, wenn ihr Französisch nicht ausreichte, um sie zu trösten, wenn sie wieder einmal auf ihre Fragen nur ein Kopfschütteln oder ein desinteressiertes Achselzucken erntete.

Und als die Frau in der Patisserie, die sich Mays Beschreibung anhörte, nickte und sagte: *»Ah, oui. Il y a longtemps de cela ...«*; als Mays Herz plötzlich zu rasen begann und ihr nicht ein einziges französisches Wort mehr einfiel, war Derry da, um für sie die Fragen zu stellen und ihre Hand zu halten.

»May«, sagte er zu ihr, »diese Frau hier – sie heißt Madame Bonneville – erinnert sich, einen Nachbarn mit einem kleinen Jungen gesehen zu haben. Das weckte damals ihre Neugier, weil sie wußte, daß die Leute keine eigenen Kinder hatten, und weil ihr die Kleidung des kleinen Jungen auffiel – Samt und Spitze, offensichtlich sehr teuer.«

Ein neuerlicher langer französischer Wortschwall. May lauschte atemlos und verstand nichts. Sie zupfte ihn am Ärmel. »Derry!«

Er wandte sich ihr zu. »Madame Bonneville erzählt, daß die Kleider des Jungen ziemlich schmutzig und zerlumpt waren, aber man sah ihnen die gute Qualität noch an. Als sie den Kleinen ansprach, hat er nicht geantwortet, obwohl sie es mehrmals versuchte. Sie nahm daraufhin an, er wäre stumm oder schwachsinnig.« Sie sah das Mitgefühl in dem Blick, den er ihr zuwarf.

»Der kleine Junge war rothaarig, May«, sagte Derry leise.

Im ersten Moment konnte sie nicht sprechen. Dann fragte sie mühsam: »Wann war das alles?«

Neue Fragen. Jetzt endlich hatte May ihre Fassung wiedergefunden und konnte den Worten der Frau konzentriert genug zuhören, um halbwegs zu verstehen, was sie in ihrem dialektgefärbten Französisch sagte.

Madame Bonneville erinnerte sich, das Kind kurz vor dem Fall von Bapaume gesehen zu haben. Das war 1914 gewesen, in der letzten Augustwoche. Sie hatte noch jede Einzelheit dieses schrecklichen Tages im Kopf. Alle im Ort hatten gewußt, daß die Truppen des Kaisers das Städtchen innerhalb weniger Stunden einnehmen würden.

Das war der Grund, weshalb Madame Bonneville, wie sie erklärte, sich nicht weiter um die Geschichte mit dem Kind gekümmert hatte. Es war damals alles drunter und drüber gegangen.

Madame Bonneville sah May mit ernstem Blick an. »Es war die Hölle, Madame. Alles, was wir kannten, alles, was uns lieb und teuer war, wurde uns damals genommen. Ich habe diesen Tag noch ganz klar vor Augen. Die Läden waren alle geschlossen, die eisernen Jalousien heruntergelassen, und es fuhren keine Züge mehr. Aber das Rattern der Züge war so etwas wie der Herzschlag der Stadt – es fiel einem erst auf, als es aufgehört hatte. Die letzten Stunden vor dem Ansturm der Deutschen waren entsetzlich. Wir hatten alle solche Angst. Natürlich versuchten wir, uns zu verstecken. Ein alter Mann kroch in den Kasten einer Standuhr. Alle Frauen, die Söhne hatten, fürchteten für ihre Kinder, da wir gehört hatten, daß die deutschen Soldaten kleinen Jungen die Hände abhackten. Sie versteckten ihre Kinder auf Bäumen, im Heu, in Schränken. Als ich meinen Nachbarn sah, war ich wegen des Jungen beunruhigt. Ich fragte ihn, warum er den Kleinen nicht versteckt habe.«

May fragte leise: »Was hat er gesagt, Madame?«, und als sie Madame Bonnevilles Antwort hörte, überlief es sie kalt.

»Wenn es wirklich Charlie war ...«

Sie waren in ihr Hotel in Amiens zurückgekehrt. Es war spät. Sie hatten zu Abend gegessen und saßen jetzt beim Kaffee. Zerstreut gab May Zucker in ihre Tasse.

»Ich werde es wohl nie mit Sicherheit wissen, was meinst du, Derry?«

Madame Bonneville hatte ihnen erzählt, daß sie den Nachbarn mit dem Jungen nach jenem schicksalhaften Tag im August 1914 nie wieder gesehen hatte.

»Wenn es Charlie war«, wiederholte Derry, »dann ist es möglich, daß er den Krieg überlebt hat.«

»Glaubst du wirklich?« Mit gerunzelter Stirn sah May auf die Tischplatte hinunter. »Ich habe immer geglaubt, er wäre umgekommen, weißt du. Verhungert vielleicht – oder ertrunken – oder von irgendeinem Verrückten entführt ...« Sie sprach nicht weiter. Aber dann hob sie den Kopf und sah ihn lächelnd an. »Es ist wirklich lieb von dir, daß du mit mir nach Frankreich gekommen bist, Derry.«

»Es ist schon seltsam«, sagte er nachdenklich, »was für innere Veränderungen man innerhalb weniger Tage durchmachen kann. Und wie man diese Veränderungen *spürt.*«

Sie hatte plötzlich keine Lust mehr auf ihren Kaffee. Ohne ein Wort stand sie auf und ging zum Fenster, zog den schweren Samtvorhang zur Seite und blickte hinunter zum Kanal.

»Als wir abgereist sind – ach, du hast ja keine Ahnung, wie elend ich mich da gefühlt habe, May. Ich war vollkommen ausgelaugt, verbittert, ohne Hoffnung.«

»Alix?« fragte sie leise.

Ein flüchtiges Lächeln. »Natürlich.« Er strich sich mit der Hand über die Augen. »Ich war vor ein paar Wochen bei ihr, und da hat sie mir gesagt, daß sie mit jemandem fest zusammen ist.«

»Oh.« Mehr sagte sie nicht, aber die Hoffnung war überwältigend.

»Ich dachte, na schön, das war's, du hast deine Chance gehabt, Derry Fox, und du hast sie vertan, gib's auf und vergiß sie.«

May war unfähig, etwas zu sagen. Die Hände zusammengepreßt, starrte sie zum Fenster hinaus. Sie sah die kleinen Kräuselwellen auf dem Kanal und den Mond, der sich im dunklen Wasser spiegelte, eine silberne Scheibe.

»Aber dann, im Lauf dieser Tage, die ich hier mit dir verbracht habe ...«

Sie flüsterte: »Ja?«, und die Zeit schien stillzustehen, alles schien in der Schwebe, wie die Spiegelung des Mondes auf dem Wasser.

»Weißt du, ich habe eine ganz andere Einstellung zu den Dingen bekommen. Du hast deinen Bruder vor fast zwanzig Jahren verloren, May. Und trotzdem suchst du immer noch nach ihm. Du *glaubst* noch an ihn. Du hast ihn nie aufgegeben. Wie kann ich da Alix aufgeben?«

Sie stand wie versteinert, als könnte sie sich so gegen den Schmerz wappnen, der, das wußte sie, gleich einsetzen würde. Sie war froh, daß sie mit dem Rücken zu ihm stand, so daß er den Ausdruck ihrer Augen nicht sehen konnte; froh auch, daß sie nichts gesagt, sich ihm nicht offenbart hatte.

»Du liebst sie also immer noch?«

»O ja. Ich werde sie wohl immer lieben.«

Einen Moment war es ganz still im Zimmer. Dann hörte sie ihn sagen: »Ich muß morgen leider nach Brüssel weiter. Was hast du für Pläne, May?«

Mit großer Mühe drehte sie sich herum und zwang sich, ihn lächelnd anzusehen. »Ich werde nach Paris fahren. Ich habe Freunden versprochen, sie für ein oder zwei Tage zu besuchen. Und danach reise ich nach Hause. Die Arbeit wartet ...«

»Und Charlie?«

May sah vor sich einen kleinen Jungen im zerlumpten Samtanzug. Sie sagte: »Eines Tages komme ich wieder hierher. Sobald ich kann.«

Wenig später entschuldigte sie sich und zog sich in ihr Zimmer zurück. Das Blaßblau ihres Kleides, von dem sie gemeint hatte, es brächte ihre Augen zur Geltung, nahm diesen nur alle Farbe, so daß sie wasserhell wirkten, glasig und ausdrucksleer.

Der Satin spannte über ihrem Busen. Ich habe zugenommen, dachte sie. Ihr feines Haar, das sie am Morgen mit großer Sorgfalt in Wellen gelegt hatte, hing in dünnen, geraden Strähnen herab.

Sie dachte an Alix Gregory, gertenschlank, lebhaft, spontan, mit dickem, dunklem Haar und tiefgrünen Augen, und ein Funken Neid blitzte auf.

Aber der Moment war schnell vorbei. Danach fühlte sie sich nur noch erschöpft und wie betäubt. Sie holte ihren Koffer herunter und begann zu packen.

Alix suchte mit ihrer Mutter in London einen Arzt auf. Dieser schlug nach einer ersten Untersuchung vor, Beatrice Gregory solle für weitere Tests über Nacht in der Klinik bleiben. Nachdem Alix dafür gesorgt hatte, daß ihre Mutter alles hatte, was sie brauchte, nahm sie sich ein Hotelzimmer. Der Abend lag endlos lang vor ihr. Nach einer Weile schlüpfte sie in ihren Mantel und ging hinaus an die frische Luft.

Das Licht der Gaslampen schimmerte dunstig durch den feinen Regen. Zunächst streifte sie nur ziellos durch die Straßen. Gedanken, mit denen sie sich nicht befassen wollte, drängten sich ihr immer wieder auf und nagten an ihr, bis es ihr gelang, sie von neuem wegzuschieben. Unversehens fand sie sich vor dem dunklen Schlund eines Untergrundbahnhofs. Sie ging hinunter und kaufte sich, ehe sie es sich anders überlegen konnte, eine Fahrkarte zur Kensington High Street.

Die dunklen metallischen Lettern über dem Geschäft, die sich zu dem Wort »Storm« zusammenfügten, glänzten im künstlichen Licht. An dem Schild, das in der Glastür hing, sah Alix, daß der Laden geschlossen war. Sie warf einen Blick auf ihre Uhr. Es war zwei Minuten nach sechs. Als sie im Inneren Bewegung wahrnahm, klopfte sie an die Scheibe. Eine Kette schepperte, als Roma die Tür aufsperrte.

»Alix! Das ist aber eine Überraschung!« Roma umarmte sie. »Ich habe Besuch«, erklärte sie. »Sophie ist hier. Wir haben uns gerade einen Drink eingeschenkt. Du bleibst doch? Derry ist leider nicht da. Er ist in Frankreich.«

Alix war enttäuscht.

»Er ist mit dieser Blonden gereist«, fügte Roma hinzu. »Helle Fischaugen und ein bißchen mollig ... diese Klatschkolumnistin ...«

»May Lanchbury?«

»Ja. Ich hatte ehrlich gesagt keine Ahnung«, bemerkte Roma, als sie Alix durch den Verkaufsraum vorausging, »daß die beiden so dick miteinander befreundet sind. Sie ist gar nicht Derrys Typ.« Sie öffnete die Tür zum Büro.

Sophie Berkoff begrüßte Alix mit einem Kuß auf die Wange. »Komm, Alix, trink einen Schluck mit uns.« Sie reichte ihr ein Glas.

»Feiert ihr etwas?«

»Nein, wir trauern. Wodka ist gut für gebrochene Herzen, falls du das noch nicht wußtest.«

Alix warf Sophie einen fragenden Blick zu, und Roma sagte: »Nein, es handelt sich nicht um Sophies Herz. Sophies Herz ist unzerbrechlich.«

»Dann bist du die arme Hinterbliebene, Roma?« Im helleren Licht des Büros sah Alix, daß Romas Augen verweint waren.

Roma schnitt eine Grimasse. »Caroline hat mich verlassen. Sie hat's mir schriftlich mitgeteilt, das Miststück. Hatte nicht einmal den Mut, es mir ins Gesicht zu sagen.«

»Wir ertränken also unseren Kummer ...«

»Ich bin fertig mit der Liebe. Nie wieder!«

»Das sagst du jedesmal, Roma.«

»Dieses Mal ist es mir ernst. Ich werd mir an dir ein Beispiel nehmen, Sophie. Kalt bis in die Knochen.«

Sophie lachte und füllte Romas Glas auf. »Es ist wirklich schön, dich zu sehen, Alix. Wir haben ja Ewigkeiten nichts voneinander gehört. Geht es dir gut?«

»O ja, sehr gut.«

»Derrys gutaussehender Bruder hat erzählt, daß du einen neuen Freund hast.«

Alix verwünschte Jonathan im stillen. »Das ist schon wieder vorbei.«

Die Augen der anderen beiden blitzten auf, begierig und erwartungsvoll.

»Hör mal, Herzchen, du wirst doch nicht im Ernst glauben, daß wir es nicht schaffen werden, dir die Wahrheit aus der Nase zu ziehen«, sagte Sophie.

»Du mußt es uns erzählen«, stimmte Roma ein. »Bis ins kleinste grausame Detail.«

Der eiskalte Wodka hatte in Alix eine wohlige Benommenheit hervorgerufen, die dem Gefühl der Demütigung, das sie nach dem Ende ihrer Beziehung mit Kit immer noch quälte, den Stachel nahm.

»War er gutaussehend?« fragte Sophie.

»Ja, er hat blendend ausgesehen.« Sie dachte an Kits helles Haar und die lichtgrauen Augen.

»Ja, und warum ...?«

Alix zuckte die Achseln. »Er hatte es auf das Haus abgesehen. Owlscote.«

Sophie riß die dunklen Augen auf. »Ein Hochstapler?«

Alix setzte sich. »Ich habe Erkundigungen eingezogen.« Ein Aufatmen. Es war eine Erleichterung, Kummer und Zorn endlich teilen zu können. »Ich habe mit ein paar Leuten gesprochen. Ganz diskret natürlich. Ich wollte nicht, daß irgend jemand etwas von der Geschichte erfährt. Aber Freddie Mycross hatte von ihm gehört, und Maddy ebenso. Sein wahrer Name ist Christopher Crawford-Hardy. Mir hat er erzählt, seine Eltern wären tot und er hätte keine Familie, aber das stimmt nicht. Seine Mutter lebt noch, und er hat mehrere Geschwister. Die Familie war früher einmal vermögend und recht angesehen, aber sie haben praktisch ihren ganzen Besitz im Krieg verloren. Er lebt von Frauen. Dummen Frauen wie mir.« Sie biß sich auf die Lippe. »Er hat *gestohlen*, Roma. Eine Porzellanfigur – ein Buch ...« Alix ließ den Kopf in ihre Hände sinken und stöhnte. »Ich komme mir vor wie eine Idiotin.«

»Aber Alix, Schatz, wir machen doch alle Fehler.« Sophie tätschelte ihre Schulter.

»Mein schlimmster Fehler«, sagte Roma, »war meine Ehe.« Sie schüttelte sich schaudernd.

Sophie goß Alix noch einmal ein. »Habt ihr miteinander geschlafen?«

Sie mußte an Kits nackten Körper, an die hohen Bäume über ihnen denken und nickte stumm.

»Und, war's gut?«

»*Sophie* –«

»Nein, nein, sag ehrlich – war es gut?«

»Ja«, antwortete sie aufrichtig. »Ja, das war es.«

»Na also.«

Alix starrte sie an. »Was soll das heißen, ›na also‹?«

Sophie zog die Schultern hoch. »Du hast es genossen. Dieser Mann –«

»Kit –«

»– hat dir gutgetan. Körperlich jedenfalls.« Wieder ein Achselzucken. »Er hat ein paar Kleinigkeiten mitgehen lassen, und du hast deinen Spaß gehabt. Das ist doch gar kein so schlechter Handel.«

Alix lächelte dünn. »Ja, so kann man es wahrscheinlich auch sehen.«

»Ich finde, das ist eine völlig vernünftige Sichtweise. Und du, Roma« – Sophie blickte herausfordernd über den Tisch – »warum trauerst du deiner verlorenen Caroline nach? Du hast sie vergöttert, und eine Zeitlang hat sie dich auch vergöttert, und jetzt habt ihr euch getrennt. Nichts ist von Dauer. So ist das nun mal im Leben. Man muß einfach den Moment genießen.«

Von Erinnerungen überwältigt, sagte Alix: »Er hat sich bewegt wie eine Katze. So geschmeidig –«

»Eine Raubkatze!«

Alix lachte.

»Eine hautnahe Beziehung zur Unterwelt, das muß doch wahnsinnig aufregend sein. Ich beneide dich.«

»Ich kannte mal einen Mann, der zu einer revolutionären Zelle gehörte. Er war auf der Flucht vor der Polizei. Jedesmal, wenn ich ihn küßte, lauschte ich nach Schritten auf der Treppe und wartete darauf, daß mir plötzlich jemand auf die Schulter klopfen würde.« Sophies Gesicht hatte einen träumerischen

Ausdruck angenommen. »Er war eigentlich ziemlich häßlich, aber ich bin trotzdem mit ihm ins Bett gegangen. Die Gefahr hat einen ganz besonderen Reiz, findet ihr nicht auch?«

Derry blieb noch vierzehn Tage auf dem Kontinent, wo er Lieferanten besuchte und Trödelläden und Flohmärkte abklapperte, immer auf der Suche nach Schätzen für Roma. Als er nach seiner Rückkehr aus der Halle der Victoria Station auf die Straße trat, sah er, daß es zu schneien begonnen hatte. In weichen weißen Flocken fiel der Schnee aus einem bleiernen Himmel.

Er fuhr direkt zum Geschäft. Es war Mittag, Roma saß im Büro und aß ein Brot. Sie sprang auf und umarmte ihn.

»Du bist ganz grün im Gesicht, Derry. War die Überfahrt so schlimm?«

»Für mich ist jede Schiffsreise schlimm.« Er war einen Tag und eine Nacht ohne Unterbrechung unterwegs gewesen. Nicht einmal auf der Fähre hatte er geschlafen; er schlief nie auf der Fähre.

Roma machte Tee. »Unser Auftragsbuch ist bis Ende Januar voll«, erzählte sie. »Annabel Fielding will ihr ganzes Haus von mir renovieren lassen.« Sie bot Derry ein belegtes Brot an. »Wie geht es Miss Lanchbury?«

»Gut, nehme ich an.« Er legte seinen Mantel ab, auf dessen Schultern noch Schneekristalle saßen. Als er Romas fragenden Blick sah, fügte er erklärend hinzu: »May ist schon vor zwei Wochen nach England zurückgekehrt.«

»Ach so!« Roma zog vielsagend die Augenbrauen hoch. »Ich dachte –«

»May und ich sind Freunde, Roma. Gute Freunde. Aber mehr nicht.«

Er rührte Zucker in seinen Tee.

»Alix war übrigens neulich hier«, sagte Roma. »Sie hat nach dir gefragt.«

Er war plötzlich hellwach. »Alix? Sie war in London?«

»Ihre Mutter ist krank. Krebs. Ziemlich schlimm. Soweit ich verstanden habe, gibt es kaum Hoffnung. Ich habe sie nicht nach Einzelheiten gefragt, weil ich den Eindruck hatte, sie wollte lieber nicht darüber sprechen. Ich hab ihr erzählt, daß du mit Miss Lanchbury verreist warst. Sie schien enttäuscht zu sein.«

»War sie allein hier? War sie –«

Roma setzte sich zu ihm. »Alix hat mir gesagt, daß sie ihre Verlobung gelöst hat.«

Derry starrte sie verständnislos an. Er war so erschöpft von der Reise, daß er Mühe hatte, sich die Bedeutung ihrer Worte klarzumachen.

»Hat sie auch gesagt, warum?«

»Der Mann war anscheinend ein absoluter Schurke. Hinter ihrem Geld her.«

Er war sich einer beinahe überwältigenden Aufwallung heftiger Gefühle bewußt – Zorn (gegen Kit Crawford), Verwirrung und Erleichterung. Lange sagte er gar nichts, dann murmelte er: »Ich sollte zu ihr fahren.«

»Ich würde an deiner Stelle eine Weile warten, Derry. Laß ihr Zeit. So eine Geschichte – das ist sehr demütigend.« Roma drückte seine Hand. »Sei ihr ein *Freund*, Derry. Das braucht sie im Moment am dringendsten. Einen Freund.«

Polly und Jonathan heirateten im Dezember, eine Woche vor Weihnachten. Am frühen Morgen regnete es, doch gegen Mittag, als das Brautpaar aus der Kirche kam, war der Himmel beinahe klar, nur einige Wolkenfetzchen beschatteten hin und wieder die Sonne. Konfetti mischte sich mit den letzten gelben Blättern, die von den Silberbirken fielen, und der Wind riß an Festtagshüten und Spitzenschleiern.

Die Hochzeitsgäste jubelten, als Polly ihren Brautstrauß in die Menge warf, und klatschten Beifall, als er aufgefangen wurde. Blitzlichter flammten auf, heller als das wäßrige Sonnenlicht. Nach einer Weile wandelte die Hochzeitsgesellschaft, vorsichtig die Pfützen umrundend, aus dem Kirchhof zur Straße hinaus, und es begann wieder zu regnen, sachte zuerst, dann stärker, so daß sich die flechtenüberzogenen Grabsteine dunkel färbten.

Derry holte Alix und Rory auf dem Weg von der Kirche zum Pfarrhaus ein. Während der Trauung war Alix' Blick hin und wieder zu Derry geflogen, der an der Seite seines Bruders gestanden und ihm den Ring gereicht hatte. Sie hatte an May Lanchbury denken müssen, ihre Cousine, die Derry nach Frankreich begleitet hatte, und hatte versucht, ihren Gedanken eine andere Richtung zu geben, indem sie konzentriert zu den holzgeschnitzten Engeln hoch oben unter der Decke der Kirche hinaufgeblickt hatte.

»Gott sei Dank, daß es vorbei ist«, sagte er. »Ich war sicher, ich würde entweder den Ring verlieren oder meinen Text vergessen.« Derry spannte seinen Schirm auf und hielt ihn über Alix und Rory.

Sie fand, er sehe wohl aus und glücklich. Die Liebe schien ihm gutzutun. »Es war eine sehr schöne Feier, nicht wahr, Derry?«

»Ja, wo sogar Jon, der einen Krieg mitgemacht hat, vor Nervosität fast aus den Stiefeln gekippt ist.«

Sie hatten das Pfarrhaus beinahe erreicht. Alix begann wieder zu sprechen – erzählte irgend etwas Banales über Pollys Kleid und die Brautjungfern –, aber Derry unterbrach sie.

»Ich muß mit dir reden, Alix. Unter vier Augen – nicht hier im Getümmel. Sobald das Ärgste vorbei ist, wenn du Zeit hast.«

Sie nickte, dann trennte der Strom der Gäste, die ins Pfarrhaus drängten, sie von ihm. Kalter Regen schlug ihr ins Gesicht, und während sie Freunden zulächelte, mit Bekannten ein paar Worte wechselte, war sie sich einer tiefen inneren Leere bewußt.

Später, nach dem Hochzeitsmahl, ging Alix zu Polly ins Zimmer hinauf und reichte ihr ein Päckchen. »Hier ist noch ein kleines Extrageschenk, Polly.«

Polly war dabei, sich für die Reise umzuziehen. Sie warf einen Blick in die Papiertüte. »Seidenstrümpfe! Alix! Und ...« Sie zählte sie. »Ein Dutzend Paar. Alix, das ist zuviel!«

»Du kannst doch in den Flitterwochen nicht mit Florstrümpfen in einem eleganten Hotel absteigen.«

»Und noch dazu von Harrod's ...«

»Fang jetzt ja nicht an zu weinen, Polly.«

Polly packte ihre weißen Satinschuhe in Seidenpapier. »Ehrlich gesagt, Alix, ich bin heilfroh, daß es vorbei ist. Ich hasse solchen Wirbel.« Sie legte die Schuhe in den Schrank.

»Na ja, du konntest dich ja nicht gut still und heimlich auf dem Standesamt trauen lassen.«

Polly lächelte. »Nein. Und die Feier war ja wirklich sehr schön, nicht wahr?« Sie wandte sich dem Fenster zu. »Ach, Alix, schau doch mal! Diese Ungeheuer! Was sie Jon da alles ans Auto hängen.«

Alix sah zur Einfahrt hinunter. Stephen und Patrick kauerten auf dem Kies. Blechdosen und alte Stiefel hingen an Schnüren an der Stoßstange von Jonathans Wagen.

»Wie geht es eigentlich deiner Mutter?« fragte Polly ein wenig zaghaft.

»Nicht so gut, Polly.« Der Londoner Arzt hatte kaum etwas für Beatrice Gregory tun können. In den letzten Wochen hatte sich ihr Zustand mit alarmierender Geschwindigkeit verschlechtert, so daß sie jetzt beinahe nur noch liegen konnte, entweder in ihrem Bett oder auf dem Sofa im Salon. Es war Alix eine Qual, ihre Mutter so langsam und mühsam durchs Haus tappen zu sehen, unablässig von Schmerzen geplagt.

»Ich hab ein ganz schlechtes Gewissen, Alix, daß ich dich jetzt im Stich lasse.«

»Unsinn! Ich nehme Mutter ein Stück Kuchen mit und stelle deinen schönen Strauß in ihr Zimmer und beschreibe ihr dein Hochzeitskleid bis ins kleinste Detail.« Alix lächelte. »Außerdem hast du ja alles so gut organisiert hinterlassen.« Dennoch wurde ihr jetzt, da Polly wirklich ging, ein wenig bang.

Aber davon ließ sie sich nichts anmerken. »Wie steht's denn mit dir, Polly? Glaubst du, du wirst zurechtkommen? Ich meine, Mrs. Fox ist ja nicht gerade einfach ...«

Nach der Hochzeitsreise würde Polly mit Jonathan in das elterliche Haus in Andover ziehen. Es war schließlich die einfachste Lösung gewesen.

Polly lachte. »Ich hab da so meine Pläne«, sagte sie geheimnisvoll. »Du wirst schon sehen, Alix – es wird sich alles bestens regeln.«

Als Alix aus Pollys Zimmer kam, sah sie Derry am Fuß der Treppe warten.

»Jon sagte mir, daß du bei Polly bist«, erklärte er. »Das Gedränge hier im Haus ist fürchterlich – ich weiß, es ist verflixt kalt, aber wollen wir nicht in den Garten gehen?«

Er holte ihren Mantel, und sie folgten den gewundenen Wegen, an denen die letzten Astern blühten. Alix wartete darauf, daß Derry ihr von May erzählen würde. *Ich wollte, daß du es zuerst erfährst, weil sie deine Cousine ist ...*

Aber er sagte nur: »Roma hat dir ja erzählt, daß ich mit May Lanchbury in Frankreich war.«

Alix schloß ihre Arme fest um ihren Oberkörper. »War es ein schöner Urlaub, Derry?«

»Es war kein Urlaub. Wir waren in der Picardie. In Boncourt.«

Sie blieb verwirrt stehen. »Boncourt ...«

»May wollte ihre Großmutter besuchen.«

Sie sah das Schloß plötzlich ganz klar vor sich, den großen Obstgarten, die Pappeln, die weiten gelben Felder, die es umgaben.

»Monsieur Boncourt ist tot, und Madame Boncourt – May hat mit ihr gesprochen, aber es geht ihr gar nicht gut.«

»Sie ist krank?«

»Sie ist offenbar geistig völlig verwirrt.«

Alix erinnerte sich an die Freundlichkeit und Güte der Frau. »Wie schrecklich«, sagte sie leise. »Sie war immer nett zu mir. Selbst als das mit Charlie passierte.«

Derry duckte sich unter einer herabhängenden Klematisranke. »Darüber wollte ich mit dir sprechen, Alix. Über Charlie.«

Sie hatten eine Bank erreicht, die vom Regen geschützt unter wucherndem Geißblatt stand. Er sagte: »Vielleicht solltest du dich setzen«, und warf seinen Mantel über die kalten, feuchten

Holzleisten. Er selbst blieb am Rand der kleinen runden Terrasse stehen und erzählte ihr von Robert Desvignes, dem Stallburschen der Boncourts, der Louise geheiratet hatte, das Kindermädchen der Lanchburys. Und von der Reise durch den Norden Frankreichs, und von einer Frau, die sich erinnerte, ein rothaariges Kind in zerlumptem Samt gesehen zu haben.

Als er zum Ende gekommen war, setzte er sich neben sie. »Das ist noch nicht alles. Diese Madame Bonneville erzählte uns, was ihr Nachbar sagte, als sie ihn nach dem kleinen Jungen fragte. Sie wollte wissen, warum er das Kind nicht vor den Deutschen versteckt hatte. Der Nachbar erklärte ihr, daß er die Stadt verlassen würde. Und dann sagte er – Madame Bonneville hatte noch den genauen Wortlaut im Kopf –, er würde den Deutschen doch nicht seinen Volltreffer überlassen.«

Alix starrte Derry an. »Das verstehe ich nicht. Was hat er damit gemeint?«

»Genau das ist es. Ich weiß es auch nicht. Aber ich denke, wir können sicher sein, daß der Kleine nicht sein Kind war. Und daß er einen Wert für ihn darstellte. Mehr kann ich dazu nicht sagen.« Er schwieg einen Moment, dann fügte er hinzu: »Mich hat das erschüttert, Alix. Ich war mit May nach Frankreich gereist, weil ich einen Tapetenwechsel brauchte. Ich fand es interessant und ganz vergnüglich, ein paar Tage in Frankreich herumzukutschieren – ich bin gern mit May zusammen, und die Reise hat mich von anderen Dingen abgelenkt. Aber ich erwartete – gar nichts. Und ich glaube, selbst May ging es eher darum, sich mit der Vergangenheit auseinanderzusetzen, um mit dieser Geschichte abschließen zu können, als um den Wunsch herauszufinden, was ihrem Bruder zugestoßen war.«

»Es ist also möglich, daß Charlie überlebt hat?« fragte Alix.

»Zumindest den ersten Monat. Ja.«

Sie berührte seine Hand. »Danke, daß du mir das gesagt hast. Danke dir, Derry.«

Sie blieb lange auf der Bank sitzen und starrte in den regenfeuchten Garten. Das Schattenkind hatte sich verändert, die zaghaften Bleistiftstriche gewannen an Kontur. Er hatte den ersten Monat überlebt, und nachdem er durch dieses grausame

Verlassensein hindurchgegangen war, war ihm das Glück vielleicht treu geblieben. Sie sah ihn jetzt deutlicher: Er hatte den Wald hinter sich gelassen, und das Licht der Spätsommersonne glänzte auf seinen roten Locken.

13

POLLYS NACHFOLGERIN IN Owlscote, von Polly selbst geprüft und ausgewählt, gab im Frühjahr, als ihr Vater schwer erkrankte, von einem Tag auf den anderen ihre Stellung auf und ging unter tausend Entschuldigungen und Erklärungen. Alix inserierte. Einen ganzen Tag lang sprach eine Bewerberin nach der anderen vor, aber nicht eine von ihnen schien Alix geeignet, das Regiment in der Küche zu übernehmen. Sie entschied sich schließlich für ein junges Mädchen, das ihr noch den besten Eindruck gemacht hatte, und war nicht sonderlich überrascht, als sie eines frühen Morgens die Küche leer vorfand, weil das Mädchen, wie aus einem hinterlassenen Brief hervorging, bei Nacht und Nebel nach Hause geflohen war. Die Nachfolgerin der heimwehkranken Köchin landete nach sechs Wochen im Krankenhaus, weil ihr eine gußeiserne Pfanne auf den Fuß gefallen war. Die nächste war schlicht und einfach verrückt und sah überall Gespenster – Frauen in Weiß, die über die Terrasse schwebten, eingemauerte Nonnen, die nachts aus den Wänden traten. Das, dachte Alix, wäre noch erträglich gewesen, wenn die Irre hätte kochen können. Doch nach einigen Wochen ständiger Beschwerden seitens der Gäste machte Alix kurzen Prozeß, zahlte der Frau einen Wochenlohn als Entschädigung und setzte sie vor die Tür.

Heutzutage, dachte sie resigniert, ist eben kein junges Mädchen mit einem Funken Menschenverstand mehr bereit, als Hausangestellte zu arbeiten. Wer Ehrgeiz hatte, arbeitete in einem Büro oder einem Verkaufsgeschäft, wo man Gesellschaft hatte und recht gut verdienen konnte. Die einsame Lage Owlscotes war ein zusätzlicher Nachteil. Die meisten jungen

Mädchen strebten in die Städte, wo es Tanzlokale, Kinos und Geschäfte gab. Polly war eine rühmliche Ausnahme gewesen, aber Polly lebte jetzt glücklich verheiratet mit Jonathan in Andover. Ohne allzuviel Hoffnung setzte Alix eine weitere Annonce in die Zeitung.

Der nächste Schwung Aspirantinnen war so deprimierend wie der erste, aber die Gespräche mit den Frauen lenkten Alix wenigstens vorübergehend von ihren Sorgen um Beatrice ab. Sie wußte, daß ihre Mutter bald sterben würde, und wollte es dennoch nicht wahrhaben. Beatrice wurde von Tag zu Tag magerer, und ihre Haut wirkte wie vergilbt. Abends saß Alix an ihrem Bett. Du darfst nicht sterben, Mutter, zwischen uns ist noch so vieles ungesagt. Du darfst nicht sterben, Mutter, ohne daß wir uns ausgesprochen haben.

Ohne Derry, dachte sie häufig, wären die ersten sechs Monate des Jahres 1933 kaum zu ertragen gewesen. Der Betrieb der Pension und die Krankheit ihrer Mutter fesselten Alix ans Haus. Derry kam etwa einmal im Monat zu Besuch und brachte immer irgendeine Überraschung mit – nicht einfallslose Allerweltsgeschenke wie Blumensträuße oder Pralinen, sondern beispielsweise den neuesten Roman, der gerade Furore machte, oder etwa ein Brettspiel, über dem sie dann bis weit nach Mitternacht saßen, oder eine Schachtel kandierte Früchte, die, süß und zuckrig, nach Sommer schmeckten. Oft riß er sie aus dem täglichen Einerlei, indem er sie kurzerhand zu einer Autofahrt in die Umgebung entführte oder zu seinem langen Spaziergang am Fluß, wo sie in Gummistiefeln zwischen Büscheln von Sumpfdotterblumen und Vergißmeinnicht durch morastige Wiesen wanderten. Manchmal, wenn sie ihre Mutter nicht allein lassen konnte, nahm Derry Rory zu Ausflügen mit, von denen dieser aufgekratzt und gesprächig zurückkehrte. Es bekümmerte sie häufig, daß Rory, wenn er an den Wochenenden nach Hause kam, der bedrückenden Stille und Schwermut ausgesetzt war, die sich über Owlscote gesenkt hatte.

Wenn sie über ihre Mutter sprechen wollte, hörte Derry ihr zu. Er versuchte nie, sie mit falschem Optimismus aufzumuntern, und er reagierte nicht mit Abwehr, wenn sie ihm die quälendsten Symptome der Krankheit ihrer Mutter beschrieb. Er hörte nur zu, und wenn sie weinte, nahm er sie in die Arme und hielt sie fest. Brauchte sie Ablenkung, so erzählte er ihr von ihren gemeinsamen Freunden in London; von Verlobungen, Liebesgeschichten, Enttäuschungen und Verrat. Er berichtete ihr von Romas Plänen für das Geschäft und seinen Reisen auf dem Kontinent.

Im Lauf der Monate erkannte sie, daß sie sich getäuscht hatte, als sie angenommen hatte, Derry liebe May Lanchbury. Und sie erkannte, daß sie sich gleichermaßen geirrt hatte, als sie geglaubt hatte, Kit Crawford zu lieben. Sie war noch einmal mit einem blauen Auge davongekommen, sagte sie sich. Sie hatte Begierde mit Liebe verwechselt. Kit Crawford hatte sie gelehrt, daß Begierde nur ein Teil der Liebe war.

An einem Samstag nachmittag fuhr Derry mit Rory nach Salisbury. Das Ziel hatte Rory ausgesucht.

»Fahren wir zum Bahnhof«, hatte er auf Derrys Frage vorgeschlagen, und so stand Derry nun auf einem zugigen Bahnsteig und wurde von Rory in ein neues Spiel eingeweiht, bei dem es darum ging, die Nummern von Lokomotiven zu sammeln.

»Man muß die Nummern in dieses Buch schreiben.« Rory zog ein zerfleddertes Notizbuch und einen Bleistiftstummel aus seiner Tasche. »Vor vierzehn Tagen haben Hollingworth und ich drei neue erwischt. Das war große Klasse. Ach, Mist, der Bleistift ist abgebrochen, und ich hab keinen Spitzer.«

Derry bot Rory seinen Füller an. Qualmende Lokomotiven rangierten mit einem Höllenlärm, und Rory flitzte wie ein Wiesel von einem Bahnsteig zum anderen. Als er sein Mütchen gekühlt hatte, kaufte Derry ihm am Bahnhofsbüfett eine Zitronenlimonade und eine Tafel Schokolade.

»Züge sind was Tolles«, bemerkte Rory ernsthaft, während er seine Schokolade aus dem Silberpapier schälte. »Viel besser als Autos, findest du nicht auch, Derry?«

Derry wiegte den Kopf. »Ja, eindeutig.«

»Aber das Beste sind Flugzeuge.« Rory wischte die Schokolade von seinen tintenschwarzen Fingern an seinen Blazer. »Bist du schon mal mit einem Flugzeug geflogen, Derry?«

»Ein- oder zweimal.«

»Ich würde unheimlich gern mal fliegen. Würdest du mich mitnehmen?«

»Später einmal vielleicht. Wenn du älter bist.«

»Ach, das sagt Mama auch immer. Sie hat Angst, das Flugzeug könnte abstürzen. Aber ich würde viel lieber bei einem Flugzeugabsturz umkommen, als ewig krank rumzuliegen wie Großmama, was sagst du, Derry?«

Er konnte den Jungen verstehen und sagte aufrichtig: »Ja, ich auch. Aber noch lieber möchte ich vorläufig gar nicht sterben. Ich verspreche dir, daß ich dich so bald wie möglich mal auf einen Flug mitnehme.«

Am Abend fuhr er nach London zurück und traf sich mit May Lanchbury in einem Klub in der Jermyn Street.

»Fährst du den Sommer über weg, May? Vielleicht zu deiner Familie?«

»Urlaub bei der Familie!« May schnitt ein Gesicht. »Schreckliche Vorstellung.«

»Ja, da hast du sicher recht, aber so, wie du mir Bell Wood immer geschildert hast, muß es doch wunderschön sein. Ich kann mir dich richtig vorstellen, May, wie du im hochherrschaftlichen Park den Tee servierst – in einem weißen Kleid und mit einem wippenden Florentiner. Oder beim Kahnfahren auf dem idyllischen See.«

Sie lächelte. »Ich glaube, wir haben seit dem Tod meiner Mutter nicht mehr im hochherrschaftlichen Park Tee getrunken. Und mein Vater versucht gerade, den idyllischen See zu verkaufen. *Und* unser schönes Sommerhaus.« May schob die Kirsche von ihrem Cocktail in den Mund. »Er ist übrigens zur Zeit in London. Aber natürlich würde er rechtzeitig zur traditionellen Sonnwendfeier in Bell Wood zurück sein. Der Schein muß schließlich gewahrt werden, Derry. Die arme Ella wird die Gutsherrin spielen und brav ihre Pflichten als Gastgeberin erfüllen – obwohl es jedesmal ziemlich danebengeht, weil es ihr einfach an Charme fehlt. Und sämtliche Freunde und Nachbarn meines Vaters werden sich den ganzen Abend darüber auslassen, daß das Land vor die Hunde geht und man wirklich etwas dagegen unternehmen sollte.« Mit gerunzelter Stirn starrte May in ihr Glas. »Ich sollte meinen Vater wahrscheinlich einmal in seinem Klub besuchen, was meinst du, Derry?«

»Keine Ahnung«, antwortete er. »Ich habe mit solchen Verpflichtungen, die man als Kind hat, immer auf Kriegsfuß gestanden.«

»Aber heute abend kann ich nicht«, sagte May nachdenklich. »Ich muß zu einem Fest – lauter Intellektuelle, gräßlich. Mina Carr ist auch eingeladen – du kennst sie ja, nicht wahr? Ihr letzter Roman ... sehr ausgefallen, wirklich ... ich weiß schon jetzt, was mich erwartet, spießige Klamotten und hochtrabendes Geschwätz. Ich würde gar nicht hingehen, aber Beryl Kirkpatrick kommt, und ich muß sie um einen Gefallen bitten.« Sie sah plötzlich auf und berührte Derrys Hand. »Komm doch mit, Derry! Du würdest dich königlich amüsieren.«

»Ja, es klingt wirklich verlockend«, sagte er bedauernd, »aber ich muß die Einladung leider ablehnen, Schatz. Ich hab schon was vor.«

»Schade. Na ja, da kann man nichts machen.«

»Du wirkst so bedrückt, May. Kann ich irgendwas für dich tun?«

Sie schüttelte den Kopf. »Meine Schwester wohnt zur Zeit bei mir«, erklärte sie.

»Daisy oder Ella?«

»Daisy. Sie hat sich wieder mal mit ihrem Mann gestritten.«

»Kommst du denn nicht mit ihr aus?«

May seufzte. »Ich hab Daisy wirklich gern, aber sie kann einen zur Weißglut treiben. Sie hält es nicht aus, auch nur eine Minute allein zu sein, und schleppt mir ihre sämtlichen Freunde ins Haus. Leider lauter Leute, die sich nichts Lustigeres vorstellen können, als Nacht für Nacht bis zum Tagesanbruch Remmidemmi zu machen oder die fürchterlichsten Typen aufzugabeln – Ringkämpfer oder Hafenarbeiter oder billige kleine Mädchen, die sie in Nachtklubs aufstöbern – und mit nach Hause zu nehmen. Die sind aus den wilden zwanziger Jahren nie herausgekommen, Derry. Sie laufen immer noch mit Federboas und Stirnbändern herum. Keiner von ihnen hat es nötig zu arbeiten, und ich flüchte mich jeden Morgen mit dröhnenden Kopfschmerzen und miesester Stimmung in die Redaktion.« Sie schlug sich vor die Stirn. »Heute morgen bin ich sogar über meiner Schreibmaschine eingeschlafen.«

»Arme May.« Derry winkte dem Kellner und bestellte ihr noch einen Drink. »Hat deine Schwester denn vor, zu ihrem Mann zurückzukehren?«

Sie seufzte wieder. »Natürlich. Sie kehrt jedesmal zu ihm zurück.«

Alix hatte eine Pflegerin engagiert, die Beatrice nachts betreute. Die Frau rümpfte die Nase über die Spinnweben im Korridor und beschwerte sich über den weiten Weg vom Schlafzimmer zum Badezimmer. Es gab Tage, an denen Beatrice hellwach und gesprächig war; dann wieder gab sie kaum ein Wort von sich und verbrachte den ganzen Tag in ihrem Bett, ruhelos hin- und hergeworfen zwischen Wachen und Schlafen. In den Stunden der Gesprächigkeit erinnerte sie sich ihrer Kindheit und der fernen Vergangenheit. Sie erzählte von Geburtstagsfeiern und Ausritten auf dem Pony, den morgendlichen Spielen im Kinderzimmer, den Nachmittagsspaziergängen über die Felder von Bell Wood, den abendlichen Besuchen im Salon bei ihren Eltern. Und all diese Erzählungen waren durchwoben von der Bewunderung und der Zuneigung, die sie ihrem wohlgerateneren und gescheiteren älteren Bruder entgegenbrachte.

Ihre Haut war so durchscheinend, daß Alix meinte, sie müßte die Knochen sehen können, wenn sie genauer hinschaute. Wenn die Pflegerin sie nachts herumdrehte, wimmerte sie wie ein Tier. Eines Abends ergriff sie Alix' Hand und flüsterte: »Charles.« Alix schrieb nach Bell Wood. Sie erhielt keine Antwort. Onkel Charles wird verreist sein, dachte sie. Er hat keine Ahnung, daß seine einzige Schwester im Sterben liegt.

Wenn sie schlaflos in ihrem Bett lag, suchte sie nach Lösungen, nach Mitteln und Wegen, eine Versöhnung herbeizuführen. Von Rastlosigkeit getrieben, zog sie eines Nachts ihren Mantel über und schlich sich auf Zehenspitzen hinunter in die Bibliothek. Ihre Feder kratzte auf dem Papier. Nur wenige Zeilen; sie löschte die Tinte sorgfältig ab. Dann ging sie zum Briefkasten. Die Nacht war tintenschwarz. Der Saum ihres Nachthemds streifte über den Kies. Eine seltsame Vorahnung überfiel sie, daß sie im Begriff sei, einen Brand zu entfachen, der durch nichts mehr zu löschen sein würde.

Derry war den ganzen Tag über bei einer Nachlaßversteigerung in Ascot gewesen. Als er am frühen Abend nach Hause kam, hob er die Briefe von der Matte auf und sah sie durch. Einer war von Alix, er riß ihn auf, sobald er ihre Schrift erkannt hatte.

Sie schrieb, daß Beatrice Gregory den Wunsch geäußert hatte, noch einmal ihren Bruder zu sehen. Sie selbst, erklärte sie, könne Owlscote jetzt nicht verlassen, darum bitte sie ihn, in ihrem Namen mit ihrer Cousine, May Lanchbury, zu sprechen. Sie hatte ein Schreiben an May beigelegt. »Ich wäre Dir dankbar, wenn Du so bald wie möglich mit May sprechen würdest, Derry«, hatte sie in einer Fußnote hinzugefügt. »Der Arzt sagt, daß meine Mutter nur noch wenige Tage – höchstens ein paar Wochen – zu leben hat.«

Derry schob den Brief in seine Jackentasche und machte sich sofort auf den Weg. May wohnte nicht allzuweit entfernt. Schon als er in die Straße einbog, hörte er den Lärm, laute Musik, Stimmengewirr und ausgelassenes Gelächter. Die Haustür war angelehnt, als auf sein Klopfen niemand kam, ging er einfach hinein.

In Mays Haus herrschte ein Trubel wie auf der Victoria Station zur Hauptverkehrszeit. Er hätte es nicht für möglich gehalten, daß sich so viele Menschen auf so engem Raum zusammenpferchen ließen. Er mußte seine Schultern und Ellbogen gebrauchen, als er sich auf der Suche nach May durch das Foyer drängte. Jemand drückte ihm ein Glas in die Hand, das er auf dem nächsten Tisch gleich wieder abstellte. Er suchte systematisch: Salon, Eßzimmer, Küche. Dann ging er nach oben, im Zickzack zwischen den Pärchen hindurch, die engumschlungen auf den Stufen hockten.

Die Schlafzimmertür war offen. Er hörte eine Frauenstimme.

»Hast du Angst, weil du verheiratet bist, Ronnie? Gott, wie altmodisch! Das ist doch völlig unwichtig. Alle machen Seitensprünge. Wenn du wüßtest, wie viele Affären ich schon gehabt habe. Und mein Mann genauso. Sogar« – perlendes Gelächter – »sogar meine *Mutter* hatte ihre Seitensprünge. Es kann also gar nichts dabei sein, Darling.«

Derry warf einen Blick ins Zimmer und sah einen Mann und eine Frau. Das kurze krause Haar der Frau war platinblond, und sie trug ein Kleid aus Silberlamé, das wie eine schimmernde zweite Haut ihren zierlichen Körper umgab. Als sie sich nach ihm umdrehte, fiel ihm sofort die bläuliche Schwellung über einem ihrer großen grauen Augen auf.

»Entschuldigen Sie«, sagte er, »ich suche May.«

»May ist nicht hier, Darling.« Sie kam durch das Zimmer auf ihn zu. »Wollen Sie nicht mit mir vorliebnehmen?«

Der Mann – Ronnie, vermutete Derry – zischte: »Daisy!«

Mays Schwester hieß Daisy. *Meine Schwester wohnt zur Zeit bei mir. Sie schleppt mir alle ihre Freunde ins Haus.*

»Ich muß unbedingt mit May sprechen, Mrs. –«, begann er und brach ab, weil ihm Daisys Nachname nicht einfiel.

»Delavel«, sagte sie. »Daisy Delavel.« Sie hielt ihm die Hand hin.

Derry stellte sich vor. Welch ein Gegensatz zwischen den Schwestern. Daisy Delavel ein Glitzerpüppchen, zierlich, blaßhäutig, zerbrechlich. Ihre großen, unnatürlich wirkenden Augen – ein schmaler grauer Ring um stark geweitete Pupillen – beherrschten ein weißes, ausgezehrtes Gesicht. Nur die Form der Augen – der Kranz dunkler Wimpern und die leichte Schrägstellung – erinnerte ihn an May und auch an Alix.

»Wissen Sie, wo ich May finden kann?«

Daisy sah ihn mit leerem Blick an. »Ich habe leider keine Ahnung, Schätzchen. Sie hat irgend etwas gesagt, aber ich kann mich beim besten Willen nicht erinnern. Vielleicht ist sie aufs Land gefahren.« Mit einem verzeihungheischenden Lächeln entblößte sie ihre kleinen ebenmäßigen Zähne. »Kann ich Ihnen wirklich nicht weiterhelfen, Mr. Fox?«

Sie trat noch einen Schritt näher und strich mit ihrer kleinen Hand über das Revers seines Anzugs. Ronnie hüstelte. Derry entschuldigte sich hastig und floh.

Draußen auf der Straße blieb er einen Moment stehen, unschlüssig, was er tun sollte. In der lauen Abendluft bekam er langsam wieder einen klaren Kopf. Schließlich nahm er Alix' Brief aus der Tasche und riß das Schreiben an May auf. Nachdem er es gelesen hatte, erinnerte er sich seines Gesprächs mit ihr am Abend zuvor. *Mein Vater ist zur Zeit in London. Ich sollte ihn in seinem Klub besuchen.* Ohne weiteres Zögern suchte er die nächste Telefonzelle.

Es gelang ihm herauszufinden, daß Charles Lanchburys Klub in der New Cavendish Street war. Drinnen folgte er einem Bediensteten eine schmale getäfelte Treppe hinauf. An den Wänden hingen Stiche, die athletische Männer beim Kricketspiel zeigten, und die Räume rochen nach Bienenwachs, Pfeifentabak und Schulkantine.

Von dem Diener in einen Salon geführt, verspürte Derry plötzlich eine unerwartete Nervosität. Er kam sich vor wie auf einem anderen Stern. Obwohl es mitten im Sommer war, brannte im offenen Kamin ein Feuer. Lederne Ohrenbackensessel gruppierten sich hier und dort, es gab Zeitungen in niedrigen Holzregalen, und er konnte das feine Klirren geschliffenen Glases hören. Der Diener beugte sich über die hohe Rückenlehne eines der Sessel. Ein gedämpftes Gespräch fand statt.

»Fox?« Zuerst hörte er die Stimme, kalt und schneidend, in trockenem Ton. Dann sah er die langgliedrigen weißen Finger, die seine Visitenkarte hielten.

»Derry Fox«, sagte er. Der Bedienstete zog sich zurück, und Derry trat vor den Sessel. »Mr. Lanchbury?« Er bot dem Mann die Hand, die dieser mit kurzem Druck ergriff, um sie gleich wieder fallen zu lassen.

»Verzeihen Sie, daß ich Sie unangemeldet überfalle. Ich werde Ihre Zeit auf keinen Fall länger als unbedingt nötig in Anspruch nehmen.«

Er sah das lange, schmale Gesicht, die herabgezogenen Winkel der Augen und des Mundes. Einzig in der Farbe der Augen – einem reinen, blassen Blau – war eine offenkundige Ähnlichkeit zwischen Vater und Tochter zu finden.

»Vielleicht könnten Sie mir erklären, Mister« – ein Blick auf die Karte – »Mr. Fox, was Sie zu glauben veranlaßt, daß ich bereit bin, mich *überhaupt* mit Ihnen zu unterhalten?«

Derry holte tief Atem. »Ich habe eine Nachricht für Sie von Ihrer Nichte. Es handelt sich um Ihre Schwester, Beatrice Gregory. Ich bedaure, Ihnen mitteilen zu müssen, daß sie schwer krank ist.«

»Sie bedauern das?« Zum erstenmal traf der blaßblaue Blick Derrys Gesicht. »Wieso bedauern Sie das, Mr. Fox?«

»Weil niemand gern der Überbringer schlechter Nachrichten ist.«

Ein kleines Achselzucken. »Die Nachricht, die Sie mir bringen, hat für mich keinerlei Belang.«

Derry merkte, wie es ihn zu ärgern begann, daß der Mann ihn hier stehen ließ wie einen dummen Schuljungen. Aber in der Annahme, sich nicht klar genug ausgedrückt zu haben, schluckte er seinen Ärger hinunter und machte einen neuen Versuch.

»Ihre Schwester liegt im Sterben, Mr. Lanchbury. Alix meinte, Sie würden sie vielleicht vor ihrem Tod noch einmal sehen wollen.«

»Da hat sie sich getäuscht.«

Kurz und kalt. Charles Lanchbury griff wieder nach seiner Zeitung. Es war eine Geste, die Derry bis ins Innerste entmutigte: die wegwerfende Handbewegung, die Abkehr der eisigen blauen Augen.

Doch um Alix' willen gab er noch nicht auf. »Dann schreiben Sie ihr wenigstens einen Brief.« Derrys Mund war trocken. »Nur ein paar Worte der Zuneigung – etwas Versöhnliches ... an Beatrice, wenn schon nicht an Alix.«

Charles Lanchbury senkte die Zeitung. »Ich habe keine Schwester. Ich habe keine Nichte.«

»Haben Sie denn nicht verstanden, die Frau liegt im Sterben!« Derry, der es sonst stets verstand, sich zu beherrschen, verlor die Fassung. Köpfe drehten sich nach ihm, Augen hinter blitzenden Monokeln musterten ihn.

»Sie wirken erregt, Mr. Fox«, sagte Charles Lanchbury. »Was gehen Sie diese Leute an?«

Derry zwang sich, ruhig zu sprechen. »Sie sind meine Freunde.«

»Freunde! Wen man heutzutage nicht alles mit diesem Wort bezeichnet.« Charles Lanchbury lächelte verächtlich. »Ich kann mir vorstellen, daß Mrs. North eine Menge *Freunde* hat. Das ist bei solchen Frauen immer so.« Das Lächeln erlosch, als Lanchbury sich in seinem Sessel nach vorn neigte. »Sie sollten jetzt gehen, Mr. Fox. Sie haben hier nichts zu suchen. Finden Sie selbst hinaus, oder soll ich läuten?«

»Danke, ich finde selbst hinaus.« Derrys Stimme klang heiser.

Er ging zu Fuß nach Hause und überlegte unterwegs, wie er Alix diese eiskalte Absage am schonendsten beibringen könnte.

Die Intensität seines eigenen Abscheus und Entsetzens nahm ihm den Atem. Er bekam kaum Luft. Aber diesmal lag es nicht an irgendwelchen äußeren Umständen, sondern an dem erstickenden Gift von Unversöhnlichkeit und nachgetragenem Haß.

Beatrice starb Anfang August. Sie hatte eine schlimme Nacht gehabt; Alix und die Pflegerin hatten seit den frühen Morgenstunden bei ihr gewacht. Sie starb kurz vor Tagesanbruch. Wie grausam, dachte Alix, nie wieder die Sonne sehen zu können. Dann schloß sie die Augen und blieb reglos auf dem Bett sitzen, die Hand ihrer Mutter in der ihren.

Die Beerdigung fand drei Tage später statt. Rory stand neben Alix am Sarg. Polly und Jonathan kamen, ebenso Derry, Maddy und ihr Mann und viele Leute aus dem Dorf. Charles Lanchbury kam nicht. Alix hatte eine Anzeige in die »Times« gesetzt. Charles Lanchbury mußte erfahren haben, daß seine einzige Schwester tot war. Als Alix sich zu Beginn des Gottesdienstes hinsetzte, sah sie sich einmal in der ganzen Kirche um und war zornig und erleichtert zugleich über seine Abwesenheit.

Sie schlug Derrys Einladung aus, mit ihm nach London zu kommen, ebenso Pollys, die nächsten Tage in Andover zu verbringen. Gerade jetzt, dachte sie für sich, hätte sie das strahlende Glück Pollys und Jonathans nicht ertragen können. Außerdem hatte sie eine Menge zu erledigen. Sie versuchte sich einzureden, sie zöge es vor, allein zu sein, doch das Haus schien ihr öde und verlassen, zumal um diese Zeit, mitten im Hochsommer, auch keine Pensionsgäste zu betreuen waren. Beim kleinsten Geräusch fuhr sie zusammen. Immer wieder ertappte sie sich dabei, daß sie erwartete, den schwerfällig tappenden Gang ihrer Mutter im Korridor zu hören.

Um sich abzulenken, begann sie Beatrices Sachen durchzusehen. Drei Häufchen: Andenken; Armenhilfe; Abfall. Sie war sich bewußt, daß sie gehofft hatte, auf Briefe oder Tagebücher zu stoßen, auf irgend etwas, das ihr das Wesen ihrer Mutter, das ihr immer ein Rätsel gewesen war, erschlossen hätte. Aber sie fand nichts. Sie behielt ein Paar Handschuhe, einen seidenen Schal und einen Pelzmuff, Schmuck und Fotografien und für Rory eine Armbanduhr, die ihrem Vater gehört hatte.

Als das Zimmer ausgeräumt war, wanderte sie durch das Haus, nahm bald hier, bald dort eine Arbeit auf, ohne sie zu vollenden, zu müde, um bei der Sache zu bleiben, ungewiß, wie es nun weitergehen sollte.

Am Ende der Woche hörte sie im Hof ein Auto vorfahren, und als sie zum Fenster hinausblickte, sah sie Derry aus seinem Wagen steigen. Er habe, sagte er, für eine Woche in einem Hotel in Bournemouth gebucht.

Sie packte in aller Eile ein paar Sachen, ermahnte Rory, sein

Garnelennetz nicht zu vergessen, und dann brachen sie zur Fahrt an die Küste auf. Am Strand in der Sonne sitzend, beobachtete Alix ihren Sohn, der durch das funkelnde Wasser schwamm. Während Ebbe und Flut einander in gleichmäßigem Rhythmus abwechselten, begann sich das Chaos irrender Gedanken in ihrem Kopf allmählich wieder zu ordnen. Eines Nachmittags landete ein Schmetterling auf der Armlehne ihres Liegestuhls. Von Zeit zu Zeit trieb ein Lüftchen ihn in die Höhe, und er flatterte für Augenblicke davon, aber stets kehrte er zum Liegestuhl zurück und breitete aufs neue seine samtigen Flügel mit den nachtblauen Pfauenaugen in der Sonne aus. Sie dachte an ihre Mutter, so schwach und gebrechlich am Ende, die vom Leben hierhin und dorthin geweht worden war, und mitten im fröhlichen Getümmel am sonnenglitzernden Strand weinte sie um sie.

Nach seiner Rückkehr nach London traf Derry sich mit Roma in der Bar des Ritz. Sie hatte das elegante Hotel zur Feier ihres fünfzigsten Geburtstags gewählt.

Er fing die Worte auf, als er sich an vollbesetzten Tischen vorbei zu ihr durchdrängte.

»... meine eigene Filmleinwand. In Marblehurst. Ich denke, die Sache wird zur gleichen Zeit fertig werden wie das Schwimmbecken ...«

»Roma, Darling!« Sie saß an einem Ecktisch und rauchte eine Zigarette. Er küßte sie auf beide Wangen. »Von Herzen alles Gute«, sagte er und legte ein kleines, in Goldpapier verpacktes Kästchen vor ihr auf den Tisch.

Er sah zu, wie sie das Päckchen öffnete und den mit Edelsteinen verzierten Skarabäus herausnahm. »Na, wenn der mir kein Glück bringt«, sagte sie lachend. »Ich werde eine Brosche daraus arbeiten lassen. Ein wunderschönes Geschenk, Derry. So originell.«

Während sie sprach, dachte Derry, *meine eigene Filmleinwand. In Marblehurst*, und plötzlich wußte er, wo er diesen Namen schon einmal gehört hatte. Er erinnerte sich an Mina Carr und ein Arrangement weißer Lilien. *Ediths Freund hat sie geschickt*, hatte Mina gesagt. *Marcus Wenlock. Er hat einen Landsitz namens Marblehurst.*

»Du könntest wenigstens so tun, als ob du mir zuhörst, Derry.« Roma stach ihn mit einem langen lackierten Fingernagel in den Handrücken.

Er zuckte zusammen. »Entschuldige. Ich war mit meinen Gedanken ganz woanders.«

Er blickte über seine Schulter hinweg in den Saal. »Marcus Wenlock …«

»So ein langweiliger, kleiner rothaariger Mensch?«

»Nicht rothaarig.« Derry hatte ihn wiedergefunden. Sein Begleiter war soeben aufgestanden, und Marcus Wenlock saß allein am Tisch, ein Glas Whisky vor sich. Derry sah ein feistes, rosiges Gesicht, sandblondes lockiges Haar, einen kurzen, stämmigen Hals, der zwischen wuchtigen Schultern emporwuchs. Er versuchte, sich Edith Carr als Frau dieses Mannes vorzustellen, und schaffte es nicht.

»Na schön, dann eben rotblond.« Roma lächelte. »Ich hab vor gar nicht so langer Zeit ein Zimmer in seinem Haus eingerichtet. Einfach gräßlich. Falsches Regency – Streifen und Gold und kleine Sesselchen mit spindeldürren Beinen. Er war nicht davon abzubringen. Und da die Aufträge zu der Zeit bei mir ziemlich dünn gesät waren, konnte ich nicht ablehnen. Aber ich war so entsetzt über mich selbst, daß ich hinterher zur Beichte gehen mußte. Ach du lieber Gott!« Sie warf einen Blick durch den Raum. »Er hat uns gesehen, Derry. Er kommt her.«

»Wer weiß, vielleicht ist es gut fürs Geschäft.«

Sie zog ein Gesicht. »Der redet bestimmt nur von der Jagd«, zischelte sie. »Oder über irgendwelche langweiligen Finanzgeschichten …«

Roma schwieg, als Marcus Wenlock zu ihnen an den Tisch trat. Derry stellte sich vor, und die beiden Männer tauschten einen Händedruck.

»Mrs. Storm hat heute Geburtstag«, erklärte er.

»Darauf müssen wir einen Schluck Champagner trinken.« Marcus Wenlock winkte dem Kellner. »Sind Sie noch im

Geschäft, Mrs. Storm? Ja? Ich habe nämlich in Marblehurst einiges modernisieren lassen ...«

Unter der anregenden Wirkung des Champagners kam das Gespräch in Fluß. Marcus Wenlock beschrieb ausführlich die Tennisplätze und den kunstvoll angelegten Irrgarten von Marblehurst; das chinesische Zimmer, das er für seine Jadekollektion hatte einrichten lassen; die belgischen Gobelins, die die Wände der elisabethanischen Galerie schmückten; das Appartement seines kleinen Sohnes mit Badezimmer, Küche, Spielzimmer und Salon. Das Schlafzimmer, das er sich mit seiner Frau teilte, hatte, wie er berichtete, zwei Badezimmer, eines für ihn und eines für seine Frau. Das seiner Frau war muschelförmig. Von Botticelli inspiriert. Die schaumgeborene Venus.

»Und das Schwimmbecken wird auch bald fertig sein. Darüber wollte ich mich mit Ihnen unterhalten. Vielleicht könnten Sie es sich einmal ansehen. Ich hatte da nämlich einen Einfall. Man könnte es vielleicht nach dem Vorbild der Alhambra gestalten. Waren Sie da schon einmal? Diese wunderbaren kleinen Kacheln und Spiegel – ich könnte mir das sehr schön vorstellen. Springbrunnen dazu. Und ein oder zwei klassische Statuen.«

Derry spitzte die Ohren. Er wußte, daß Charles Lanchbury sich seit einiger Zeit bemühte, ein Gartenhaus und eine Statue seines Landsitzes zu verkaufen. Er stellte sich Marcus Wenlocks Schwimmbad vor, eine knallige Stillosigkeit greller Farben und nobler Kunstwerke, die er dank seines Geldes ergattert hatte, ohne ihnen den angemessenen Rahmen geben zu können. Charles Lanchbury, der hochmütige Aristokrat, würde schäumen vor Wut, seine Kunstschätze vor einer solchen Kulisse präsentiert zu sehen.

Hier bot sich die Möglichkeit, es dem Mann heimzuzahlen. Ihn leiden zu lassen, auch wenn damit das Leid, das er Alix zugefügt hatte, nicht wiedergutgemacht werden konnte. Mit einem flüchtigen Gefühl des Bedauerns dachte er an May. Aber Charles Lanchburys schneidend kalte Stimme übertönte alle Bedenken. *Ich habe keine Schwester. Ich habe keine Nichte.*

»Ja, eine Statue«, sagte Derry, »würde sich sicher gut machen, um das Ensemble abzurunden.«

Roma warf ihm einen Blick zu.

Marcus Wenlock klopfte die Asche von seiner Zigarre. »Haben Sie etwas Bestimmtes im Sinn, Fox?«

Beißender blauer Qualm schwängerte die Luft. Derry unterdrückte seinen Husten. »Sie haben es erraten …«

Anfang September nahm Alix den Zug nach Andover, um ein Wochenende bei Jonathan und Polly zu verbringen. Nach dem Essen begann Polly abzudecken. Jonathan sprang auf. »Laß mich –«, aber davon wollte Polly nichts wissen.

»Alix hilft mir, stimmt's, Alix? Zeig du inzwischen Rory deine neue Angel, Jon. Die interessiert dich doch sicher, nicht wahr, Rory?«

Die Männer verschwanden. Polly und Alix trugen das Geschirr in die Küche.

»Ist Mrs. Fox …?«

»Sie ist in London, bei ihrem Analytiker.«

Alix riß die Augen auf. »Beim Analytiker?«

»Ein fabelhafter Mann. Ich kenne ihn schon seit einer Ewigkeit. Max hat mit meinem Vater zusammen studiert.« Polly ließ Wasser ins Spülbecken laufen. »Er ist unglaublich einfühlsam, ganz besonders bei Patienten, die an Ängsten leiden. Er kann einem stundenlang zuhören. Eva geht dreimal die Woche zu ihm.«

»Polly!«

»Außerdem geht sie regelmäßig zur Fußpflege und zur Massage, ab und zu zum Augenarzt und zum Friseur … eigentlich ist Eva die ganze Zeit beschäftigt.«

Alix mußte lachen. »Polly, du bist ja eine raffinierte Person.«

»Ich hatte eigentlich auch noch an eine Gesundbeterin gedacht, aber solche Geschichten sind meinem Vater absolut zuwider. Trotzdem werde ich die Möglichkeit im Auge behalten, nur für den Fall.« Polly drehte sich herum und sah Alix an. »Und jetzt muß ich dir etwas ganz Aufregendes erzählen. Das Schönste, was du dir vorstellen kannst. Ich wollte es dir schon früher sagen, aber deine Mutter war so krank ... und ich war mir nicht sicher. Aber jetzt weiß ich es mit Gewißheit.« Pollys Augen leuchteten. »Ich erwarte ein Kind, Alix. Im Frühling. Ist das nicht wunderbar?«

Alix kehrte nach Owlscote zurück, und alles ging gleichzeitig schief. Der Durchlauferhitzer explodierte und überschwemmte die ganze Spülküche; die Zimmerdecke der Bibliothek, die sie schon seit Jahren hatte richten lassen wollen, brach eines Nachts durch. Sämtliche Bücher und all die Papiere, ihre Geschichte Owlscotes, waren unter Mörtel und Roßhaar verschüttet. Sie hatte ein ganzes Wochenende damit zu tun, Möbel und Bücher zu reinigen. Als die Handwerker kamen, um die Decke auszubessern, hinterließen sie überall weiße Fußabdrücke. Eine dünne Schicht weißen Staubs bedeckte wie Schnee jede glatte Fläche.

Ihre Bemühungen, einen Ersatz für Polly zu finden, blieben weiterhin erfolglos. Nachmittags kam für zwei, drei Stunden eine Frau aus dem Dorf ins Haus, um die Kamine auszufegen und bei den Vorbereitungen für das Abendessen zu helfen, aber das reichte nicht. Alix begann ihre Pensionsgäste zu hassen. Am liebsten hätte sie ihnen abends die Teller hingeknallt und gesagt, sie sollten sich gefälligst beeilen. Ihr fiel auf, daß sie immer häufiger ungeduldig und gereizt reagierte, wenn sie ihr das Herz ausschütteten oder, was noch schlimmer war, versuchten, mit ihr zu flirten.

Hinzu kam, daß ihr klar wurde, wie angreifbar sie geworden war. Die Anwesenheit Beatrices und Pollys im Haus hatte ihre Position gesichert und sie vor Zudringlichkeiten der Männer geschützt. Jetzt, da sie beide verloren hatte, war sie in Gefahr, auch ihren guten Ruf zu verlieren. Eine Frau, die mit einem Dutzend Männer allein unter einem Dach lebte – einige Leute im Dorf begannen schon, sie zu schneiden. Das machte ihr nichts aus, aber sie war sich eines ganz neuen Gefühls der Unsicherheit bewußt, das sie veranlaßte, abends ihre Schlafzimmertür abzusperren, etwas, das sie früher nie getan hatte.

Vor Schulbeginn Mitte September hatten sie und Rory noch einen schönen Tag in London verbracht, das Naturkundemuseum besucht und sich ein Theaterstück angesehen. Dann war Rory ins Internat zurückgekehrt, und bleierne Stille hatte sich wieder über das Haus gesenkt. All die öden Räume und die Erinnerungen, die sie bargen, bedrückten sie. Oft erwachte sie in aller Frühe, noch bevor das erste rötliche Licht der Morgendämmerung durch die Ritzen zwischen den Vorhängen fiel, und sah zu, wie die Zeiger der Uhr sich langsam von vier zu fünf zu sechs bewegten. Sie empfand eine große Einsamkeit. Ohne Polly und ihre Mutter war das Haus wie ausgestorben.

Nach dem Frühstück sprach einer der Gäste, Mr. Charnley, sie an. »Wenn Sie einen Moment Zeit für mich hätten, Mrs. North.«

Alix mochte Mr. Charnley nicht. Sein öliges schwarzes Haar und das Menjoubärtchen über seiner Oberlippe gefielen ihr ebensowenig wie seine Gewohnheit, sie bei jeder Gelegenheit zu berühren, ein Klaps auf die Schulter, um ihre Aufmerksamkeit zu gewinnen, ein Tätscheln ihrer Hand, um der Bitte um eine zusätzliche Portion Pudding Nachdruck zu verleihen. Und die leicht ungläubige Betonung, die er stets auf das »Mrs.« legte, wenn er mit ihr sprach, ärgerte sie.

»Es gibt da« – ein Hüsteln – »ein kleines Problem.«

»Ja, Mr. Charnley?«

»Nicht hier.« Sie standen im Foyer. »Ich könnte mir vorstellen, daß es Ihnen lieber wäre, wenn diese Sache unter uns bliebe. Außerdem sollen Sie den Beweis selbst sehen.«

Alberner Kerl, dachte sie. Mr. Charnley verkaufte Gesichtspuder und Hautcreme an Drogerien und Apotheken. Er hatte mehrmals versucht, sie mit Geschenken aus seinem Sortiment zu beglücken. Sie hatte stets abgelehnt.

Sie folgte ihm nach oben und blieb an der Tür zu seinem Zimmer stehen, während er vor dem Kleiderschrank niederkniete und irgend etwas vom untersten Bord nahm.

»Das hier«, sagte er mit gewichtiger Miene und richtete sich wieder auf, »ist das Problem, Mrs. North.«

»Das Problem« war eine große braune Ratte. Alix drehte sich der Magen um beim Anblick der Schnauze mit den langen starren Schnurrhaaren und des nackten rosaroten Schwanzes. Es kostete sie Mühe, in ruhigem Ton zu sprechen.

»Wo haben Sie die gefunden?«

»Hier« – er legte eine effekthascherische Pause ein – »in diesem Zimmer.«

In den elf Jahren ihres Lebens in Owlscote hatte Alix mit Plagen aller Art zu kämpfen gehabt – Wespen, Ameisen, Silberfischchen und Mäusen. Aber niemals Ratten. Ratten hatte es im Haus nie gegeben.

»Nun, Sie sind mir doch gewiß dankbar«, sagte Mr. Charnley, »daß ich diesen kleinen – Zwischenfall – geheimgehalten habe.«

»Was soll das heißen?«

»Ach kommen Sie, Mrs. North. Sie wissen doch ganz genau, was das heißen soll.« Er lächelte. »So etwas ist ja dem Geschäft nicht gerade zuträglich, nicht wahr? Ungeziefer in einer Pension.«

Sie sagte kalt: »Es tut mir leid, wenn Sie irgendwelche Unannehmlichkeiten hatten, Mr. Charnley, aber ich bin überzeugt davon, daß es sich hier um einen Einzelfall handelt. Wir hatten noch nie Ratten in Owlscote. Ich werde Jacob bitten, sich darum zu kümmern.«

Sie wandte sich zum Gehen.

Er sagte: »Was ist mit meiner Belohnung?«

»Belohnung?«

»Dafür, daß ich den Mund gehalten habe.« Er legte ihr die Hand auf den Arm, um sie zurückzuhalten. »Ihnen liegt doch sicher daran, daß ich diese Geschichte nicht weitererzähle, nicht wahr? Eine Hand wäscht die andere. Wie du mir, so ich dir, sage ich immer.«

»Mr. Charnley –«

»Sie kommen mir entgegen, und ich komme Ihnen entgegen. Denn Sie können doch entgegenkommend sein, richtig?« Er hob die Hand und tätschelte ihre Brust. »Das weiß ich nur zu gut, Mrs. North.«

Sie stieß ihm das Knie mit solcher Wucht in den Unterleib, daß er aufschrie und kreidebleich wurde. »Packen Sie Ihre Sachen, Mr. Charnley. Spätestens um zehn sind Sie hier verschwunden«, sagte sie scharf. »Und kommen Sie nie wieder.« Dann ging sie schnellen Schritts durch den Korridor davon.

Seine Stimme folgte ihr. »Jetzt spielen Sie bloß nicht die Unnahbare! Ich hab Sie doch mit Ihren Freiern gesehen! Ihren Verehrern! Die Sorte Frau kenn ich! Was bilden Sie sich eigentlich ein!«

Alix holte sich eine Taschenlampe und einen Besen und durchsuchte das Haus von oben bis unten. Speicher, Gästezimmer, Schlafzimmer, Aufenthaltsräume, Küche, Nebengebäude. Sie hatte Gummistiefel und Handschuhe angezogen, aus Furcht davor, was sie hinter den Stapeln von Truhen und Koffern, die seit Jahrzehnten nicht bewegt worden waren, aufstören würde; aus Furcht vor den von spitzen Zähnen gerissenen Löchern, die sie vielleicht in den Lebensmittelpackungen hinten in der Speisekammer entdecken würde. Als sie fertig war, ohne auch nur die Spur einer Ratte gefunden zu haben, warf sie sich erschöpft auf das Küchensofa. Es war drei Uhr. Jetzt ruh ich mich erst mal zehn Minuten aus, dachte sie und schloß die Augen.

Als sie erwachte, standen die Zeiger der Uhr, die sich mit rasender Geschwindigkeit bewegt zu haben schienen, auf halb fünf. Die Hilfskraft, die aus dem Dorf heraufzukommen pflegte, hatte frei, es war noch nichts eingekauft, das Gemüse nicht geputzt. Im Spülbecken stapelte sich noch das schmutzige Geschirr vom Frühstück. In weniger als zwei Stunden würden die Männer an ihren Tischen im Speisezimmer sitzen und auf ihr Abendessen warten.

Sie stand auf. Ihr war flau, und ihr fiel plötzlich ein, daß sie den ganzen Tag noch nichts gegessen hatte. Rock und Pullover waren voller Spinnweben und Staub von der Durchforstung der Speicherräume. Einer ihrer Strümpfe hatte ein Loch.

Sie ging zum Spülbecken und drehte das Wasser auf. Als sie die Haushaltsseife ergriff, rutschte sie ihr zwischen den Fingern hindurch und sprang unter das Sofa. Das schwere Sofa ließ sich nicht verschieben, und im Schrank war keine Seife mehr. Hastig schlüpfte sie in ihren Mantel, rannte hinaus und holte ihr Fahrrad aus dem Schuppen. Im Laden kaufte sie Seife und Kartoffeln und warf die Sachen in ihren Fahrradkorb. Vor dem Laden stand eine Fernsprechzelle. Ohne zu überlegen, zog sie die Tür auf und ging hinein. In der staubigen, stickigen Stille der Zelle, gab sie der Vermittlung Derrys Nummer an und schob mehrere Pennys in den Schlitz, als sie seine Stimme hörte.

»Derry?«

»Alix! Alles in Ordnung?«

»Ja, ja«, versicherte sie, aber ihre Stimme zitterte ein wenig. »Ich mußte nur dringend mit jemandem reden.«

»Erzähl.«

Es tat gut, seine Stimme zu hören. Sie berichtete ihm von der Ratte und Mr. Charnley. »Er hat doch tatsächlich erwartet, daß ich dafür mit ihm ins Bett gehen würde, Derry. Dabei sieht er selbst wie eine Ratte aus – mit seinem gräßlichen braunen Bärtchen und den kleinen roten Äuglein.«

»Und vermutlich hat er auch gequietscht wie eine Ratte, als du mit ihm fertig warst.«

Sie mußte lachen und wurde sich gleichzeitig bewußt, daß sie seit Wochen nicht mehr herzlich gelacht hatte. Dann seufzte sie. »Na schön, jetzt radle ich am besten schleunigst nach Hause. Mir geht das Kleingeld aus. Außerdem ist der Abwasch noch nicht gemacht, und ich habe noch nichts für das Abendessen vorbereitet.«

»Heirate mich, Alix«, sagte er.

Sie glaubte, falsch gehört zu haben. Die Verbindung war schlecht, es rauschte und knisterte. Sie fragte leise: »Was hast du gesagt?«

»Ich habe gesagt, heirate mich, Alix.«

Die Vermittlung schaltete sich ein und verlangte mehr Geld. Alix kramte in ihrem Portemonnaie nach Münzen und schob sie mit zitternden Fingern in den Zahlschlitz.

Derry sagte: »Ich will dich schon seit Ewigkeiten bitten,

mich zu heiraten, aber irgendwie war nie der richtige Moment. Vielleicht gibt es einfach keinen richtigen Moment. Und so schlecht ist die Idee doch gar nicht, was meinst du? Du und ich. Das wäre doch besser, als sich weiter mit den Pensionsgästen herumzuschlagen.«

»Die Pension macht mir Spaß.« Aber das stimmte nicht mehr. Sie war die Pension gründlich leid, seit Monaten schon, hatte es sich nur nicht eingestehen wollen.

»Du hast dich tapfer geschlagen«, sagte er liebevoll, »aber du hast das jetzt lange genug gemacht. Vielleicht ist es an der Zeit, etwas Neues zu versuchen. Heirate mich, Alix«, sagte er wieder, »und wenn es nicht klappt, dann gehe ich, ich versprech es dir. Ohne großes Theater.«

Es dauerte eine Weile, ehe sie sprechen konnte. »Ja«, sagte sie dann. »Ja, Derry –« Ihr Geld war aufgebraucht, die Verbindung wurde unterbrochen.

Schmuck funkelte, Satin schimmerte, Kristalleuchter tauchten den Ballsaal in blendendes Licht. Köpfe – blond und dunkel und rot, mit Perlen und Diamanten geschmückt – schwankten und wogten, neigten sich und berührten einander beinahe. May Lanchbury dachte an Meereswellen, die an einen Strand schlugen und Kieselsteine aneinanderwarfen, Weiß zu Grau, Blaßrosa zu Hellbraun.

Sie sah Derry Fox im Gespräch mit ihrer Schwester Daisy. Die beiden Köpfe, dunkel und lockig der eine, blond wie gesponnenes Gold der andere, neigten sich einander zu. Dann entfernte sich Daisy und wurde von einer anderen Welle von Menschen aufgesogen.

May verließ den Ballsaal und suchte Zuflucht auf einem dunklen, kühlen Balkon. Sie wollte heute abend nicht mit ihm sprechen; sie wollte nicht von ihm gesehen werden. Noch nicht. Sie wußte, daß er den Schmerz in ihren Augen sehen würde und daß sie ihm vergeben würde, wenn er mit ihr spräche. Aber dazu war sie noch nicht bereit.

Vom Balkon aus blickte sie hinunter in den Park des Hauses. Mondlicht befiederte die Zweige der immergrünen Nadelbäume und umschlang die kahlen Äste von Birke und Weide. Einige welke Blätter lagen eingerollt und durchscheinend wie Schmetterlingspuppen auf dem Rasen verstreut. Der Himmel über dem Park war klar. Heute nacht würde es Frost geben. Den ersten winterlichen Frost.

May atmete tief die kalte, stille Luft ein und schloß die Augen. Zum erstenmal seit Jahren hatte sie Sehnsucht nach Bell Wood. Sie sah sich vom Haus weg die breite Lindenallee hinaufgehen, die ihr Urgroßvater vor beinahe hundert Jahren angelegt hatte. Bereiftes Gras knisterte unter ihren Füßen, und die Äste der Bäume reckten sich schwarz gemeißelt zum tiefblauen Himmel. Die Allee mündete in ein grasbewachsenes Rondell, das von hohen Weißbuchen- und Buchsbaumhecken umschlossen war. Als kleines Mädchen pflegte sie das Rondell mit geschlossenen Augen abzuschreiten, eine Hand flach an die Hecke gedrückt, um sich von der sanften Rundung des Grüns führen zu lassen. Nie hatte sie die Augen geöffnet, bevor sie das schmale Tor in der Hecke erreicht hatte. Und stets hatte etwas wie staunende Verwunderung sie erfaßt, wenn sie über die weißen Wiesen hinweg geblickt und in der Ferne den See gesehen hatte und das Gartenhaus aus weißem Marmor.

Im Gartenhaus stand, vor Wind und Regen geschützt, die Statue der Meeresnymphe Thetis, Mutter des Achill. May erinnerte sich der anmutigen Haltung ihres Körpers, der sich zum Wasser neigte, als wollte sie gleich in den See springen. Muscheln, Seesterne und Tang zierten den Sockel, auf dem sie stand.

Der italienische Bildhauer Antonio Canova hatte die Figur zu Beginn des neunzehnten Jahrhunderts gefertigt. Mays Urgroßvater hatte sie einige Jahrzehnte später einem verarmten französischen Adligen abgekauft. Seitdem stand sie im Gartenhaus am See von Bell Wood.

Aber jetzt war der See an einen Bauern verkauft, dem es nur auf die Fischereirechte ankam, und das Standbild der Thetis war abtransportiert worden und hatte auf dem Landsitz eines neureichen Bankiers in Surrey einen neuen Platz gefunden.

Mays Vater hatte den See und die Statue verkauft, weil er keine andere Möglichkeit gesehen hatte, das Haus zu halten, das seit Jahrhunderten im Besitz seiner Familie war. Und Derry Fox hatte die Thetis gekauft und an Marcus Wenlock verhökert.

Ella hatte May geschrieben. *Papa ist wütend, weil irgendeine fürchterliche Unperson unsere Canova-Figur gekauft hat. Unperson* war die spezielle Bezeichnung der Familie Lanchbury für Emporkömmlinge, Leute, denen ihr Vater nichts als zornige Verachtung entgegenbrachte.

May, die Augen und Ohren offengehalten hatte, wie das ihre Gewohnheit war, hatte herausbekommen, was geschehen war. Derry Fox hatte im Auftrag von Cousine Alix ihren Vater gebeten, noch einmal die sterbende Beatrice Gregory zu besuchen. Ihr Vater hatte abgelehnt. Vermutlich, dachte May, auf sehr beleidigende Art. Daraufhin hatte Derry über einen Strohmann die Statue gekauft und an Marcus Wenlock weiterverkauft, dessen Frau früher einmal mit Derry Fox' älterem Bruder verlobt gewesen war. May zweifelte keinen Moment daran, daß Derry die Statue einzig in der Absicht erworben und weitergegeben hatte, ihren Vater aufs tiefste zu kränken. Es war eine besondere Art der Verhöhnung: die Verpflanzung der Canova-Nymphe in ein pseudo-maurisches Schwimmbad von aufdringlicher Pracht kam einer Herabwürdigung ihrer reinen Schönheit gleich. Es war, dachte May, beinahe eine Schändung.

Was Derry getan hatte, war verständlich, vielleicht sogar verzeihlich, wenn man an Cousine Alix und Tante Beatrice dachte. So lange sollte Haß nicht bestehen bleiben. Doch das konnte Mays schmerzliche Enttäuschung nicht lindern. Sie erinnerte sich noch genau, wie sie zu Derry gesagt hatte: *Papa will den idyllischen See verkaufen.* Sie selbst hatte mit ihrer beiläufigen Bemerkung Derry das Instrument zur Demütigung ihres Vaters in die Hand gegeben. Unwillentlich hatte sie Derry Fox das Mittel geliefert, das magische Bild ihrer Kindheit zu zerstören. Er hatte sie benutzt, und dieser Verrat hatte sie tief getroffen.

Aber während sie jetzt in den mondbeschienenen Garten

hinuntersah, fragte sie sich, ob wirklich die Demütigung ihres Vaters der Ursprung ihres Kummers war. Eine zweite Neuigkeit über Derry Fox war der ersten nämlich auf dem Fuß gefolgt. Die Neuigkeit von seiner Heirat.

Derry Fox hatte Alix North vor einer Woche geheiratet. In aller Stille. May hatte, wie das bei derartigen Neuigkeiten häufig der Fall war, durch andere davon erfahren, über Klatsch und Gerüchte. Im ersten Moment hatte sie den Klatschbasen nicht glauben wollen, sich aber sehr bald eingestanden, daß ihre Zweifel auf Wunschdenken beruhten. Sie wußte schließlich seit langem, daß Derry Alix liebte.

Der Schmerz blieb, still und geheim, tief in ihrem Innersten verschlossen. Sie würde lernen müssen, damit zu leben. Gerade so, wie sie eines Tages ihre Freundschaft mit Derry wieder kitten würde, zum einen, weil sie seinem Charme nicht würde widerstehen können, zum anderen, weil ihr Stolz ihr etwas anderes nicht erlaubte. Kein Mensch durfte erfahren, daß May Lanchbury, dick und reizlos, mit Ende Zwanzig schon eine alte Jungfer, an enttäuschter Liebe litt.

Sie hörte Schritte und das Rascheln eines Vorhangs und drehte sich herum. Daisy trat auf den Balkon.

»Ist das nicht ein tolles Fest, May! Warum versteckst du dich denn hier draußen? Ich habe dir einen Schluck Champagner mitgebracht.« Sie drückte May ein Glas in die Hand. »Pip ist ein fürchterlicher Langweiler, er muß unbedingt Karten spielen, aber dafür sind die aufregendsten Leute hier. Und stell dir vor, ich hab einen wahnsinnig gutaussehenden Mann getroffen – ich bin ganz sicher, daß ich ihn früher schon einmal irgendwo gesehen habe, aber ich kann mich einfach nicht erinnern, wo. Und rat mal, mit wem er verheiratet ist –«

»Mit Cousine Alix«, sagte May. »Ich weiß.«

Daisy wirkte leicht ernüchtert. »Mit diesem Mann muß ich unbedingt tanzen. Wir sind schließlich fast miteinander verwandt.«

»Es ist besser, du tanzt nicht mit Derry Fox.« Die Worte waren heraus, bevor May überlegen konnte. »Halte dich ihm lieber fern, Daisy.«

»Warum denn?« Daisy sah sie mit ihren großen grauen Augen verständnislos an.

Weil er viel, viel schlauer ist als du. Und weil er auf Beute aus ist.

»Weil er zu einer anderen Welt gehört«, sagte May kurz und stellte ihr Champagnerglas weg. Die Lust zu trinken war ihr gründlich vergangen.

14

DAISY SAGTE: »ICH sitze ganz fürchterlich in der Klemme. Du hilfst mir doch, nicht wahr, May?«

Die Schwestern waren beim Einkaufen bei Selfridges; Daisy zupfte nervös an den seidenen Hemdchen, die auf dem Verkaufstisch zu ihrer kritischen Prüfung ausgebreitet lagen.

May warf Daisy einen raschen Blick zu. »Geht es um Pip? Hat er –«

»Er will sich scheiden lassen.«

Der neugierige Blick der Verkäuferin verriet May, daß diese gelauscht hatte, und sie sagte mit leichter Schärfe: »Wir nehmen ein halbes Dutzend von diesen.« Sie zeigte auf aprikosenfarbene Seide. »Lassen Sie sie bitte verpacken und an Mrs. Delavels Adresse schicken.« Dann nahm sie Daisy beim Ellbogen und zog sie mit sich fort.

»Er will sich scheiden lassen?«

Daisy nickte. »Irgendein gemeiner Intrigant hat ihm von Blackie erzählt.«

Daisy, in einen prächtigen Weißfuchs gehüllt, sah todunglücklich aus, und May empfand bei ihrem Anblick das gleiche wie immer, eine Mischung aus Mitleid und Zorn.

»Warum versuchst du nicht, mit Pip zu reden?« meinte May mit gesenkter Stimme. »Wenn du mit ihm sprichst ... er hat schließlich auch Affären gehabt. Ich bin sicher, er würde dir verzeihen.«

Daisy blieb stehen. Sie befanden sich in der Kurzwarenabteilung. Beinahe geringschätzig sah sie May an. »Das glaubst du doch selbst nicht, May. Niemals würde er mir verzeihen. Bei Frauen ist das etwas ganz anderes, das weißt du doch. Und außerdem« – ihre Hände flatterten wie weiße Schmetterlinge über den Kästen voll bunter Knöpfe – »außerdem hab ich gar nichts gegen die Scheidung. Pip hat mir versprochen, sich wie ein Ehrenmann zu verhalten. Das andere ist viel schlimmer.«

»Was meinst du damit?«

»Ich erwarte ein Kind.«

May atmete erleichtert auf. »Wenn Pip das hört – ich bin sicher, dann wird er von einer Scheidung nichts mehr wissen wollen – er würde ganz bestimmt –«

»Es ist nicht von ihm.« Daisys Stimme war tonlos. Einen Moment starrte sie ins Leere. »Pip und ich haben seit Monaten nicht mehr miteinander geschlafen.«

May dachte nur, ich will es nicht wissen, ich will nichts davon wissen. Aber sie zwang sich zu fragen: »Ist es von Blackie?«

Ein kurzes Achselzucken. »Möglich.«

May konnte Daisy nicht länger ins Gesicht sehen. Sie wandte sich ab, richtete ihren Blick auf den Strom von Menschen, die sich durch das Warenhaus drängten.

»Verstehst du jetzt?« fuhr Daisy fort. »Wenn Pip das wüßte, würde es einen Riesenskandal geben. Er würde sagen, es sei meine Schuld. Vor Gericht, meine ich. Sämtliche Zeitungen würden schreiben – daß ich eine Ehebrecherin bin ...«

Daran hättest du vorher denken sollen. Aber May schaffte es, die Bemerkung für sich zu behalten.

»Papa würde *toben*.«

May wandte sich wieder ihrer Schwester zu. Daisys dunkelgraue Augen waren voller Angst.

»Daisy«, sagte May ruhig, »spielt es denn eine Rolle, was Papa denkt? Du *liebst* ihn doch gar nicht.«

»Ihn lieben?« Daisy kicherte. »Absurd!« Dann gewann die Angst wieder die Oberhand. »Er würde sagen, daß ich den Namen Lanchbury in den Schmutz gezogen habe. Er würde mit mir schimpfen. Und ich hasse es, wenn er mit mir schimpft. Er macht mir angst.« Sie drehte ein Stück blaßrosa Band um ihre Finger. »Du mußt mir helfen, May. Du kennst doch Gott und die Welt. Du mußt mir helfen, jemanden zu finden.«

Im ersten Moment verstand May nicht, und als sie dann begriff, hatte sie Mühe, den Sturm ihrer Gefühle, Groll, Empörung und Wut, zu bändigen. Aber es gelang ihr, in ruhigem Ton zu fragen: »Jemanden finden?«

»Ja, um es wegmachen zu lassen.«

Was für eine armselige Familie wir doch sind, dachte sie. Ella mit ihren verstaubten Bindungen; Daisy, die durch alle Betten wandert; und ich, die immer die falschen Männer liebt und sich hinter einen Fettpanzer verkrochen hat, um ihre Jungfräulichkeit zu hüten.

»Daisy, das kann ich nicht.«

Das rosarote Band war längst zerknittert und grau. »May!«

»Ich kann nicht, Daisy. Ich kann einfach nicht.«

Daisy begann zu weinen. »Aber du hast mir doch immer geholfen, May.«

»Diesmal kann ich es nicht.« Sie war unfähig, ihren Abscheu zu verbergen.

Daisy trat von einem Fuß auf den anderen. Ihr Gesicht hatte etwas Gehetztes. Die anheimelnde Wärme des Warenhauses schien plötzlich bedrückend und stickig. Daisy murmelte: »Dann muß ich eben selbst sehen, wie ich damit fertig werde«, und ging davon, ohne sich noch einmal nach May umzudrehen, die reglos zwischen bunten Knöpfen und Pailletten stand.

Ich müßte doch jetzt, dachte May, stolz darauf sein, das Rechte getan zu haben. Aber was sie empfand, hatte mit Stolz nichts zu tun; sie kam sich eher widerwärtig selbstgerecht vor und hatte den Verdacht, daß ihre Weigerung, Daisy zu helfen, vor allem Neid entsprungen war. Daisy mochte in der Wahl ihrer Liebhaber unkritisch sein, aber sie liebte wenigstens. Sie kannte die Verzückung der Liebe, die Ekstase, aus der das Leben in ihrem Schoß hervorgegangen war. May hatte diese Ekstase nie erfahren. Mit geschlossenen Augen, die Arme um ihren Oberkörper geschlungen, stand sie mitten in dem geschäftigen Warenhaus und versuchte sich zu erinnern, wann sie das letzte Mal Freude empfunden hatte. Ihr fielen die Zigeuner ein, die sie vor so langer Zeit auf dem Dorfplatz in Frankreich hatte tanzen sehen. Sie sah die leuchtenden Feuerfunken zum dunklen Himmel aufsprühen, sie sah die verzauberten dunklen Gesichter und die wirbelnden Glieder, die der flackernde Feuerschein mit Gold übergoß.

Bei ihren Besuchen in Owlscote trug Polly jetzt weite Kittel, klagte über Rückenschmerzen und war ständig damit beschäftigt, irgendein winziges Kleidungsstück zu häkeln. Jonathan hatte abgekaute Fingernägel und sah schlecht aus; neben ihm wirkte Polly wie das blühende Leben, dick und rund, mit rosigen Wangen.

Im März rief Jonathan an, um Alix mitzuteilen, daß Polly die Entbindung gut überstanden habe und er selbst jetzt der Vater von Zwillingen sei. Alix fuhr ein paar Tage später nach Andover in die Klinik und gratulierte den frischgebackenen Eltern.

»Ich hatte keine Ahnung«, sagte Polly, immer noch wie aus allen Wolken gefallen. »Ich meine – ich war überglücklich, als Nicky endlich da war, und so erleichtert, daß alles vorbei war, und da sagte die Schwester plötzlich: *Was ist denn das für ein komischer Klumpen?*, und der komische Klumpen war Harry.«

Pollys kleine Söhne lagen zusammen in einer Wiege, ein Gesichtchen der Spiegel des anderen. Alix streichelte zerknitterte kleine Hände, ein zartes, von hellem Flaum bedecktes Köpfchen, atmete den wunderbaren, mit nichts zu vergleichenden Duft des Neugeborenen. Auf der Heimfahrt dachte sie an Rory und erinnerte sich, wie er von Neapel bis Salisbury unaufhörlich geweint und sich erst beruhigt hatte, als sie die Geborgenheit Owlscotes erreicht hatten.

Das war nun über zwölf Jahre her. Rory war jetzt beinahe so groß wie sie und würde nächstes Jahr in die höhere Schule kommen, ein Internat in der Nachbargrafschaft Hampshire. Alix war glücklich und erleichtert, daß Rory und Derry sich so gut verstanden. Kurz nachdem sie Derrys Antrag angenommen hatte, war sie zu Rory ins Internat gefahren, um ihm zu sagen, daß sie wieder heiraten würde.

»Was sagst du dazu?« hatte sie, plötzlich ängstlich, gefragt.

Er hatte sie ohne ein Wort umarmt, natürlich erst, nachdem

er sich vergewissert hatte, daß keiner seiner Schulkameraden in der Nähe war.

Freunde kamen zu Besuch nach Owlscote, Maddy, Sophie Berkoff und Freddie Maycross. Freddie, der jetzt recht gebrechlich war und sich schwer auf seinen Stock stützte, schüttelte Derry die Hand. »Sie haben mich um ein Haar geschlagen, mein Junge. Um ein Haar!«

Derry lotste Roma nach Owlscote. Romas hohe Absätze versanken in der matschigen Erde in der Einfahrt, und sie wagte sich nicht über die Terrasse hinaus in den Garten. Doch sie und Alix fertigten in gemeinsamer Arbeit im Eßzimmer ein großes farbenfrohes Wandgemälde an.

»Diese *Möglichkeiten*«, nuschelte Roma, einen Pinsel zwischen den Zähnen. »Hast du ein Glück!« Dann sah sie Alix mit zusammengekniffenen Augen an.

»Du mußt für ›Storm‹ arbeiten.«

»Malen, meinst du?«

»Natürlich. Wir haben wahnsinnig viel zu tun, und du hast doch jetzt, ohne die Pension, bestimmt ein bißchen freie Zeit. Was hältst du davon?«

Natürlich nahm sie an. Roma brachte ihr die Kniffe und Tricks bei, die zum Geschäft gehörten. Alix lernte, daß man fabrikneue Schränke »auf alt« machen konnte, indem man zwei Schichten Farbe auftrug und die obere dann abschmirgelte. Sie lernte, Spiegel zu vergolden und simple Schreibtischplatten so zu bearbeiten, daß sie aussahen, als wären sie aus Marmor, Malachit oder Schildpatt. Sie firnißte rohe Holztische auf so raffinierte Weise, indem sie Sprünge und Risse einarbeitete, daß diese wie antike Stücke wirkten. Sie versah Vitrinen, Kaminumrandungen, Schreibsekretäre und Truhen mit Malereien. Das alte Tongeschirr und die Möbelstücke, die Derry bei Auktionen und Nachlaßverkäufen erstand, bemalte sie mit Blumenkränzen, prallen Früchten und Schmetterlingen. Diese Stücke verkauften sie dann im Laden für das Zehnfache des Originalpreises. Sie übte die Kunst der Verkleidung, dachte sie, indem sie Neues alt erscheinen ließ und das Einfache herausputzte.

Ihr erster großer Auftrag führte sie in ein Haus in West-London, wo sie ein Wandgemälde für ein Speisezimmer entwerfen sollte. »Das ist genau das richtige für dich, Alix«, erklärte Roma und begleitete sie hin. Das Haus blickte auf den Fluß, und durch die großen Fenster fiel das vom Wasser reflektierte Licht flimmernd auf die hellen Wände. Roma machte Alix mit dem Eigentümer, einem Schauspieler, bekannt, und Alix starrte etwas erschrocken die riesige weiße Wand an.

»Roma«, flüsterte sie eingeschüchtert, »ich weiß nicht, ob ich –«

»Unsinn«, unterbrach Roma sie streng. »Du wirst das ganz fabelhaft machen. Nur nichts Kitschiges. Bloß keine Seejungfrauen. So was auf keinen Fall.«

Alix griff also zu Pinsel und Farbe und machte sich an die Arbeit. Sie malte eine Flußlandschaft, die die wechselnden Grautöne der Themse widerspiegelte. Last- und Schleppkähne zogen auf dem wirklichen Fluß ihre Bahn, Teeklipper und Schonerbarken auf dem abgebildeten. Der Schauspieler war begeistert und gab ein Riesenfest, zu dem er alle seine Freunde einlud. Weitere Aufträge folgten.

Den ganzen Juni und Juli war Alix ständig beschäftigt. Unter der Woche lebten sie und Derry in London, die Wochenenden verbrachten sie in Owlscote. In den großen Schulferien blieb Alix mit Rory in Owlscote.

Im Herbst erhielt Alix den Auftrag, ein Zimmer in einem Haus in Sussex auszumalen. Eine Wand schmückte sie mit einer Reihe in Trompe-l'œil-Manier gemalter Nischen, von denen jede irgendeinen interessanten kleinen Gegenstand barg. Als Vorlage für diese Objekte nahm sie Dinge, die sie auf dem Speicher in Owlscote fand und eigene alte Skizzen: ein ägyptisches Amulett, eine mesopotamische Figurine. Eine griechische Vase und eine blaue Perle aus dem Adlernest.

Während ihrer Arbeit in Sussex wohnte sie in einem kleinen Gasthaus im Dorf. Nach einer Weile wurde ihr bewußt, daß sie nicht weit von dem Lazarett entfernt war, in dem sie während des Krieges gearbeitet hatte. Eines Nachmittags lieh sie sich von der Wirtin ein Fahrrad und fuhr nach Fallowfield hinüber.

Das Haus war mit Brettern vernagelt und wurde nur noch als Möbellager benutzt. Alix kletterte über ein verschlossenes Tor und machte einen Spaziergang durch den Park. Das Gartenhaus, in dem Edward ihr zum erstenmal seine Zeichnung von Owlscote gezeigt hatte, gab es nicht mehr, und das Wäldchen aus Bäumen und Rhododendron war so verwildert, daß kein Weg mehr zu den jenseits liegenden Downs hindurchführte. Welkes Laub sprenkelte gelb und braun das Gras, und die schon kahlen schwarzen Äste der Bäume hoben sich scharf umrissen vom blassen Himmel ab. Über dem Anwesen lag eine stille Melancholie, als erinnerte sich das Haus all der verwundeten jungen Männer, die es unter seinem Dach aufgenommen hatte. Sie blieb nicht lange; die Erinnerungen an Jugend und Krieg, die ihr hier entgegentraten, machten sie traurig.

Dennoch empfand sie dieses Jahr als das glücklichste ihres Lebens. Abends, wenn ihr Arbeitstag zu Ende war, ging sie nach Hause in die Londoner Wohnung und wartete auf Derry. Sie zog die Vorhänge zu und goß sich einen Drink ein, und während sie mit dem Glas in der Hand langsam durch die vertrauten Räume ging, ließ sie ihre Finger über einen Stapel alter Bücher, einen gefalteten, muffig riechenden Gobelin, eine Orangenkiste voll Porzellan gleiten. Später kleidete sie sich aus und schlüpfte zwischen die seidenen Laken, um im Bett auf ihn zu warten. Und wenn er dann nach Hause kam, nahm er sie ohne ein Wort in die Arme und liebte sie in der Dunkelheit. Nichts lenkte sie ab: Sie nahm einzig seine Lippen wahr, die die Flächen und Mulden ihres Körpers aufsuchten, und die Wonne des Augenblicks.

Im Herbst 1934 reiste May zu Ellas Geburtstag nach Bell Wood. Seit Jahren hatte sie es dabei bewenden lassen, ein Päckchen zu schicken, dem sie eine Karte beizulegen pflegte, in diesem Jahr jedoch hatte sie auf der Suche nach Packpapier zum Verschicken des Geschenks plötzlich Gewissensbisse bekommen. Sie hatte versucht, die Schuldgefühle zu verdrängen, aber es war ihr nicht gelungen.

Während sie jetzt im Zug saß, blickte May zum Fenster hinaus und beobachtete, wie das hügelige Land allmählich flacher wurde und in die von Hecken umsäumten ebenen Felder Süd-Cambridgeshires überging. Sie gestand sich ein, daß sie vor allem Daisys wegen ein schlechtes Gewissen hatte; nicht weil sie es bedauert hätte, Daisy ihre Hilfe versagt zu haben, sondern weil sie in der Rückschau erkannte, daß sie in den Monaten nach dem Gespräch bei Selfridges ihrer jüngeren Schwester bewußt aus dem Weg gegangen war. An Daisy klebte etwas Schmuddeliges, mit dem May, aus Angst, sich zu infizieren, nicht in Berührung kommen wollte. Auf sich allein gestellt, hatte Daisy das Problem ihrer unerwünschten Schwangerschaft auf ihre Weise geregelt, mit Hilfe eines Metzgers in einer Klinik mit schicker Fassade und einem Operationsraum, in dem Nachlässigkeit regierte. Daisy war beinahe gestorben; sie würde keine Kinder mehr bekommen können. Natürlich war die Sache vertuscht worden: eine Fehlgeburt, das arme Ding! Trotzdem war das Getuschel nicht ausgeblieben.

Bei Daisys Scheidung war tuscheln nicht nötig: fette Schlagzeilen in den Sensationsblättern posaunten die Geschichte ihrer Ehe mit Pip in die Welt hinaus. Obwohl Pip sehr zu Mays Überraschung Wort gehalten und die Schuld auf sich genommen hatte, blühte der Klatsch, und dank Daisys fataler Unbekümmertheit waren jede Menge pikante Details an die Öffentlichkeit gedrungen. Charles Lanchbury tobte, genau wie Daisy prophezeit hatte, und brach, wie May gefürchtet hatte, allen Kontakt zu seiner jüngsten Tochter ab. Mays Reise nach Bell Wood war ein verspäteter Versuch, wenigstens den Rest der Familie Lanchbury zusammenzuhalten. Am Bahnhof in Cambridge nahm sie ein Taxi. Früher einmal, dachte sie, hätte ein livrierter Chauffeur sie abgeholt. Im Fond des Wagens hätten Reisedecken und eine Thermosflasche mit heißer Schokolade gewartet. Aber sie trauerte diesem vergangenen Luxus nicht nach; sie vermißte den früheren Zusammenhalt mit ihren Schwestern und fürchtete den völligen Zerfall der Familie. Ihre Kindheit war in zwei Phasen gespalten gewesen – die Zeit vor 1914 und die danach. Obwohl der Keim zum Bruch 1914 gelegt worden war, hatte es sowohl vor diesem schicksalhaften

Jahr als auch danach glückliche Zeiten gegeben. Ja, die kurz aufeinanderfolgenden Verluste zuerst des Bruders und dann der Mutter hatten die drei Schwestern eher noch enger zusammengeschweißt.

Sie hatten nie viel über Charlie gesprochen. Das war, dachte May, eine stillschweigende Vereinbarung zwischen ihnen gewesen, die einer tiefen Verunsicherung entsprang und der Scheu, ihre größte Angst auszusprechen – daß man einfach aufhören konnte zu existieren, eben noch da, im nächsten Moment spurlos verschwunden. Später hatten sie gemeinsam über ihre Stiefmutter gelacht, die ihr Vater sechs Monate nach dem Tod ihrer Mutter geheiratet hatte; und sie hatten sich alle drei unter einer Decke verkrochen und die Finger in die Ohren gesteckt, als die Stiefmutter eines Abends auf und davon ging und das Haus unter der schneidenden Stimme und den knallenden Schritten ihres Vaters erzitterte.

Gemeinsam hatten die drei Schwestern unfähige Erzieherinnen, nachlässig gekochte Mahlzeiten und die eisige Kälte in Bell Woods Korridoren ertragen. Sie hatten im riesigen kalten Speicher des Hauses Verstecken gespielt und vor einem Publikum, das aus Köchin, Hausmädchen und Gärtner bestand, die Theaterstücke aufgeführt, die May geschrieben hatte. Sie hatten gemeinsam gelacht, wenn sie beim Reitunterricht vom Pferd gefallen, bei ihren Versuchen, die modernen Tänze einzustudieren, einander auf die Zehen getreten waren. Sie hatten den unaufhaltsamen Verfall des Familienbesitzes erlebt. Sie hatten sich mit Wörtern und Redewendungen und Gesten verständigt, die (nur für die drei Schwestern) besondere Bedeutung besaßen. Sie hatten einander geliebt, dachte May, weil sonst niemand dagewesen war, der sie geliebt hätte.

Dennoch hatte sie sich nach Entkommen gesehnt, als sie erkannte, auf welch schmaler Spur ihr Leben in Bell Wood verlaufen würde, und war bei der ersten Gelegenheit nach London geflohen. Ihr Vater war damit natürlich nicht einverstanden gewesen; Töchter hatten zu Hause zu bleiben, bis sie heirateten. Er war erbost gewesen, als May es gewagt hatte, als Journalistin zu arbeiten, um sich ihren eigenen Lebensunterhalt zu verdienen. In London angekommen, war sie sehr bald in eine ganz andere Welt eingetaucht. Sie hatte sich bewußt von ihren Schwestern distanziert. Sowohl Ella als auch Daisy fehlte es an kritischem Scharfblick und geistigem Interesse. Das aber waren Eigenschaften, die May hochschätzte und bei ihren vielen neuen Freunden in reichlichem Maße vorfand.

Doch in letzter Zeit war ihr ganz unerwartet bewußt geworden, daß Freunde, ganz gleich, wie viele man hatte, die Lücke nicht füllen konnten, die der Bruch mit der Familie gerissen hatte. Ich werde schon wie Papa, dachte sie mit bitterer Ironie, als das Taxi sich dem Tor von Bell Wood näherte. Bald werde ich anfangen, Loblieder auf Stand und Klasse zu singen.

Am Tor bezahlte sie den Taxifahrer und ging die lange gekieste Auffahrt hinauf. Wolkenfetzen trieben über einen blaugrauen Himmel, hin und wieder fielen ein paar Regentropfen und zersplitterten den glatten Spiegel der Pfützen. Ein Hausmädchen teilte ihr mit, Miss Lanchbury sei außer Haus, werde aber jeden Moment zurückerwartet. Nach den letzten hektischen Wochen in London empfand May die Atmosphäre des Hauses, das sich eher durch stattliche Würde als durch Schönheit auszeichnete, als unerwartet beruhigend. Aber sie bemerkte auch die hellen Stellen an den Seidentapeten, wo früher einmal Bilder gehangen, und die Spuren auf dem Parkett, wo einst Möbelstücke gestanden hatten.

Sie trat von der Bibliothek auf die Terrasse. Von hier aus konnte sie die Lindenallee sehen und das von Buchsbaum und Weißbuche umkränzte Rondell. Der Park verlieh Bell Wood seinen Glanz, seine unveräußerliche Schönheit. Niemand, dachte sie, konnte ihm seine heitere Anmut rauben. Als junges Mädchen hatte sie sich oft mit einem Buch auf die Terrasse zurückgezogen, beschirmt von Jasmin und Glyzinie, vor sich die lange, gerade Allee.

Sie ging nicht durch die Allee, weil sie wußte, was sie an ihrem Ende erwarten würde – die Verbotsschilder und der Stacheldraht, der den See jetzt vom Grund der Familie Lanchbury trennte. Die Abwesenheit von Gartenhaus und Standbild.

Sie hatte Derry Fox diesen kleinen Verrat schon vor Monaten verziehen, als sie ihm zu seiner Heirat mit Alix Glück gewünscht hatte, nicht nur weil sie ihn gern hatte, sondern auch weil ihr Stolz etwas anderes nicht zugelassen hätte. Aber innerlich war sie ihm gegenüber seitdem vorsichtig geblieben. Die frühere Nähe hatte sich nie wieder ganz eingestellt, und sie hatte ihre Bekanntschaft mit Alix, ihrer Cousine, nicht erneuert. Jahrelang hatten die Zwänge der Familie May von Alix ferngehalten, einen solchen Abstand zu überwinden wäre jetzt schwierig gewesen. Und außerdem, dachte May, hatten glückliche Paare etwas Aufreizendes – die Kosenamen, die ständigen wie beiläufigen Berührungen –, und sie hatte keine Lust, sich dem auszusetzen. Schon gar nicht bei *diesem* glücklichen Paar.

»May?«

Sie drehte sich herum. Ella war auf die Terrasse herausgetreten. Die beiden Schwestern küßten sich steif. May zog ein kleines Päckchen aus ihrer Manteltasche.

»Alles Gute zum Geburtstag.« Während Ella das Geschenkpapier entfernte, musterte May ihre Schwester. Sie sah wohl aus. Ihr helles Haar hatte Glanz, und ihr Gesicht, obwohl sie weder Puder noch Lippenstift benützte, einen frischen rosigen Schimmer. Wenn sie nur nicht immer diese tristen Farben tragen würde, dachte May. Der gerade geschnittene Rock und die strenge Hemdbluse waren dunkel olivbraun.

»Vielen Dank, May.« Ella steckte die Brosche, ein in Silber gefaßtes Tigerauge, an den Kragen ihrer Bluse.

Sie gingen ins Haus.

»Wie geht es Papa?« fragte May.

»Oh, sehr gut. Er ist zur Zeit in London. Ich habe gerade einen Artikel für ihn mit der Maschine geschrieben. Für eine Zeitschrift. Ich habe ihn eben zur Post gebracht. Papa diktiert, und ich schreibe mit. Später tippe ich es auf der Maschine, und dann liest er es noch einmal durch, um zu sehen, ob alles richtig ist.«

Stapel von Blättern, alle mit Ellas kindlicher Handschrift bedeckt, lagen auf dem Schreibtisch in einer Ecke der Bibliothek. Mays Blick fiel auf seltsame Wörter – »Bedrohung« und

»entartet« und irgendein langes, vielsilbiges deutsches Wort. Sie sagte zerstreut: »Du solltest Kurzschrift lernen, Ella. Das würde die Sache sehr viel einfacher machen.«

»Meinst du?« Ella biß sich auf die Unterlippe. »Zur Zeit lerne ich Deutsch. Herr Schwartz unterrichtet mich.«

Sie aßen zu Mittag, allein an einer Ecke des riesigen Küchentischs. Es war kalt in der Küche, wie in allen Räumen Bell Woods, und May wünschte, sie hätte ihren Mantel anbehalten. Ella redete ohne Unterlaß.

»Du kannst dir gar nicht vorstellen, wieviel Besuch wir letztes Wochenende hatten. Ich mußte sogar Daisys altes Zimmer herrichten. Zum Essen hatten wir sechs Gänge. Genau wie früher, als Mama noch lebte.«

»Wie schaffst du das nur alles, Ella? Mit den paar Angestellten.«

»Lily hilft. Und Mrs. Pagett.«

»Aber –«

»Ich *schaffe* es, May.« Ellas Lächeln wurde wütend. »Ich weiß, du hältst mich für unfähig – ich weiß, daß du klüger und geschickter bist als ich – und daß du mich für blöd hältst ...«

May berührte Ellas Hand. »Das wollte ich nun wirklich nicht damit sagen, Ella«, widersprach sie beschwichtigend. »Ich glaube dir, daß alles hervorragend geklappt hat.«

Ella nickte halbwegs besänftigt. »Es kommen immer ein paar Mädchen aus dem Dorf und helfen. Außerdem mache ich Listen. Ich habe eine Liste für die Wäsche und eine für die Mahlzeiten. Ich prüfe jedes Zimmer selbst. Papa hat gesagt« – Ellas Augen leuchteten vor Stolz – »er hat gesagt, daß Lady Compton ihr Zimmer sehr komfortabel fand.«

May verspürte Zorn auf ihren Vater und Mitleid mit Ella. Brosamen, dachte sie. So kleinlich portioniertes Lob reichte, um ihre Schwester glücklich zu machen.

Ella tupfte sich den Mund mit ihrer Serviette. »Papa hat sich immer ganz auf mich verlassen, May. Schon als wir noch Kinder waren. Er vertraut mir alles an. Ganz gleich, was es ist.«

May glaubte, in Ellas Augen eine fanatische Glut aufleuchten zu sehen, und fröstelte innerlich vor Unbehagen und

Besorgnis um ihre Schwester. Sie heuchelte Interesse. »Was denn zum Beispiel, Ella?« Alberne kleine Geheimnisse, die keinen Menschen interessierten, vermutete sie. Klatschgeschichten über seine öden *Ancien-Régime*-Kumpane.

Aber Ella runzelte nur die Stirn. »Ach nichts. Gar nichts.«

May betrachtete ihre Schwester aufmerksam. Ja, sie hatte den Eindruck, Ella wirke so glücklich und gesund wie seit Jahren nicht mehr. May bezweifelte, daß sie das ihrem Vater zu verdanken hatte. Ella hatte etwas Strahlendes an sich, als sei sie verliebt. Vielleicht hatte einer von Papas gräßlichen alten Freunden einen Sohn oder einen Neffen ...

Sie waren mit dem Essen fertig.

Ella sagte: »Möchtest du dir mal mein Zimmer ansehen, May?«

»Ich muß bald wieder los.« Sonst erstarren meine Füße noch zu Eis, dachte sie.

»Ich habe es ganz besonders hergerichtet.«

May zwang sich zu einem Lächeln. »Ja, das möchte ich doch sehen, Ella.«

Sie folgte ihrer Schwester ins obere Stockwerk. Die leeren Korridore hallten dumpf.

»Schau«, sagte Ella. Sie öffnete die Tür zu ihrem Zimmer. Die Vorhänge waren halb zugezogen, und May mußte mehrmals blinzeln, ehe sie im dämmrigen Licht etwas erkennen konnte. Eisige Kälte, die nicht von außen kam, griff ihr ans Herz.

Das Zimmer war das reinste Heiligtum. Der Kaminsims und der Toilettentisch standen voller Fotografien, und über dem offenen Kamin waren gekreuzte Flaggen angebracht, jede von ihnen mit einem schwarzen Hakenkreuz, das auf Filz gestickt war. Die gerahmten Fotografien zeigten Persönlichkeiten, die May aus den Zeitungen kannte: den deutschen Reichskanzler, Adolf Hitler, und seine Gefolgsleute, Göring und Goebbels.

Ella sagte leise: »Als wir in Deutschland waren, haben wir bei Herrn Göring gewohnt. Es war *großartig*.« Ihre Augen leuchteten.

»Eine *schreckliche* Person«, sagte Roma. »So unzuverlässig.« Sie hängte den Telefonhörer ein.

Roma und Derry befanden sich im Büro ihres Ladens in Kensington.

Derry sah Roma fragend an: »Von wem sprichst du?«

»Mabel Barker. Ach, zünd mir doch mal eine Zigarette an, Derry.«

»Mrs. Barker gefallen die Vorhänge nicht ...?« tippte er, nachdem er Roma die Zigarette gereicht hatte. »Sie will unbedingt kirschrote Wände und rostrote Teppiche haben ...?«

Roma blies eine Rauchwolke in die Luft. »Sie hat soeben den Auftrag storniert. Und ich habe Wochen daran gesessen – wirklich *Wochen* –, um alles für sie zu planen ... ich hab die tollsten Farbzusammenstellungen gewählt, Derry, und Stoffe aus Paris! Und jetzt sagt diese blöde Kuh mir ab!« Roma sah ihn mit zornfunkelnden Augen an. »Sie ist in diesem Monat schon die vierte.«

»Das kann nicht sein!«

»O doch. Und letztes Jahr haben mich auch schon drei meiner besten Kundinnen versetzt. Ich versteh das einfach nicht. Für Violet Parminter arbeite ich seit Jahren. Und als ich sie vor vierzehn Tagen zufällig bei Harrod's sah, hat sie mich geschnitten, die dumme Person. Ich dachte schon«, meinte Roma bedrückt, »ob es vielleicht Klatsch gegeben hätte –«

»Klatsch?« Derry sah sie verwundert an.

»– aber seit Caroline lebe ich völlig abstinent, außerdem bin ich immer diskret gewesen, das weißt du ja, Derry.«

»Ich bin überzeugt, das ist alles reiner Zufall«, sagte er gelassen. »Irgend jemand hat Geld an der Börse verloren – oder die erwartete Erbschaft war doch nicht so hoch wie erhofft – tja, und dann kann man sich's eben doch nicht leisten, sein Haus neu einrichten zu lassen.«

Roma holte ein Auftragsbuch von einem Bord und schlug es auf. »Im letzten Jahr hatten wir fünf oder sechs Stornierungen in letzter Minute, und in diesem Jahr sind es schon genauso viele. Ich wollte eigentlich schon längst mal mit dir darüber reden, Derry, aber du hattest immer soviel zu tun. Allmählich fange ich an, mir Sorgen zu machen. Sieh dir doch mal die Zahlen an. Wenn da nicht bald ein Aufschwung kommt, müssen wir kleinere Brötchen backen. Umziehen vielleicht, in einen Stadtteil, wo die Mieten billiger sind.«

Sie ging in den Verkaufsraum hinaus und ließ Derry allein im Büro zurück. Er setzte sich über das Auftragsbuch, schlug Seite für Seite um, während er Zahlen und Daten prüfte. Was er sah, beunruhigte auch ihn. Ein merklicher Rückgang der Aufträge, Absagen nach ausführlichen Angeboten, eine Reihe Stornierungen zur Unzeit. Er gewann den Eindruck, daß die Sache System hatte. Man forderte Roma auf, ein Angebot zur Neueinrichtung einer Stadtvilla oder eines Landsitzes einzureichen; sie investierte Stunden und Tage in die Planung und die Auswahl der Materialien; und im letzten Moment dann überlegte es sich der Kunde anders und stornierte den Auftrag. Wochen der Vorbereitung waren damit vergeudet, ganz abgesehen davon, daß Roma in dieser Zeit kleinere Aufträge abgelehnt hatte, um sich ganz dem großen Projekt widmen zu können. Das Auftragsbuch, dachte Derry, glich einer rostigen Gießkanne voller Löcher, die immer größer wurden.

Roma hatte den Laden geschlossen. Schon im Mantel, kam sie noch einmal ins Büro. »Wahrscheinlich liege ich ganz einfach nicht mehr im Trend.«

»Nein, das ist es bestimmt nicht, Roma. Aber ich denke, wir sollten eine Zeitlang vorsichtig sein.«

»Kommst du mit? Wir könnten gemeinsam unseren Kummer ertränken.«

»Nein, ich bleibe noch eine Weile«, antwortete er zerstreut. »Ich habe hier noch zu tun.«

Er ging nur einmal kurz weg, um Whisky und Zigaretten zu kaufen. Zurück im Büro, nahm er sämtliche Bücher aus dem Regal, goß sich ein Glas Scotch ein und machte sich auf einen langen Abend gefaßt.

Er studierte das Muster der Stornierungen in letzter Minute. Ein oder zwei zu Beginn des Jahres 1934, dann weitere, in größerer Zahl, im Lauf des Jahres. Ein halbes Dutzend, wie Roma gesagt hatte, bereits in diesem Jahr, obwohl der April gerade erst angefangen hatte. Derry sah sich die Namen der Kunden an, die ihre Aufträge rückgängig gemacht hatten. Es waren, wie die meisten von Romas Kunden, durchweg vermögende Leute mit weitreichenden Beziehungen. Aber lauter Leute, stellte er mit einem Blick auf die Liste fest, die zum alten Geldadel gehörten. Keine Großbankiers, Zeitungsmagnaten oder Filmgrößen. Als er die Liste zusammenfaltete und in seine Tasche schob, hörte er wieder Charles Lanchburys eisige Stimme: *Ich habe keine Schwester. Ich habe keine Nichte.*

Um zehn machte Derry Schluß. Er trat in den kühlen Frühlingsabend hinaus und sah London plötzlich mit anderen Augen, als ein Spinnennetz vielfältiger Verflechtungen.

Er brauchte eine Woche, um sich Gewißheit zu verschaffen. Danach suchte er eines Abends Roma in ihrer Wohnung auf. Während er die Treppe hinaufstieg und vor ihrer Tür wartete, nachdem er geläutet hatte, erinnerte er sich seines ersten Besuchs in diesem Haus vor beinahe zehn Jahren. Er hatte sich damals mit Taxifahren und Hilfsarbeiten bei Jack Swinton über Wasser gehalten. Roma hatte ihn mit ihren Freunden bekannt gemacht, in ihre Welt eingeführt. Er wußte, daß er ihr sehr viel zu verdanken hatte.

Sie machte ihm etwas zu trinken und bot ihm eine Zigarette an.

»Ich glaube, ich weiß jetzt, was hinter diesen Stornierungen steckt«, sagte er.

Sie warf ihm einen scharfen Blick zu. »Was hinter ihnen steckt?«

»Ja.« Er verzog kopfschüttelnd das Gesicht. »Das sind keine Zufälle, Roma. Ich habe mich ein bißchen umgehört. Alle Leute, die uns sitzengelassen haben, haben einen gemeinsamen Bekannten.«

Roma stellte ihr Glas ab. »Derry! Du lieber Gott, was redest du da? Vermutest du eine Intrige?«

Er stand am offenen Kamin. Über ihm hing ein Art-Deco-Spiegel, die beiden Ecken des Simses zierten zwei stilisierte Porzellankatzen mit steil gekrümmtem Rücken.

»Ich – äh – bin jemandem auf die Füße getreten. Und ich glaube, der Mann hat mit seinen Freunden gesprochen.«

Schweigen. »Wenn das, was du da andeutest, zutrifft«, sagte Roma dann langsam, »dürfte ›auf die Füße treten‹ wohl kaum der angemessene Ausdruck sein.«

»Nein, du hast recht.« Derry stieß mit der Schuhspitze die glühenden Scheite im Kamin an. »Es geht viel tiefer.« Er dachte an das Standbild der Thetis, so rein und so scheu, mitten im vulgären Farbenrausch von Marcus Wenlocks pseudo-maurischem Schwimmbad.

»Hast du mit dem Mann Streit?«

»Ja, so könnte man es wahrscheinlich nennen.«

»Dann leg die Sache bei, Derry, Herrgott noch mal.«

»Das kann ich nicht, Roma.«

»Aber das Geschäft –«

»Tut mir leid. Es geht nicht.«

Wieder Schweigen.

»Wer ist der Mann?« fragte Roma dann. »Wie heißt er?«

Derry schüttelte den Kopf. »Das kann ich dir nicht sagen.«

»Derry!« Romas Gesicht war weiß vor Zorn.

»Es betrifft eine andere Person, verstehst du.«

Roma machte den Mund auf, als wollte sie etwas sagen, und schloß ihn gleich wieder. Sie setzte neu an. »Na schön. Du hast irgendeinen absurden Streit mit einem Mann, dessen Namen ich nicht wissen darf, der aber seine Freunde und Bekannten gegen uns aufgehetzt hat. Du mußt doch sehen, Derry, daß mich das genausosehr betrifft wie dich. Vielleicht sogar noch mehr. Das Geschäft ist meine Existenz. Ich habe nicht wie du noch andere Eisen im Feuer.«

»Roma, selbst wenn ich auf Knien zu Kreuze kriechen würde, würde das nichts ändern. Das weiß ich genau. Ich kenne diesen Mann. Er verzeiht nicht.« Derry sah Roma an. »Wenn du aussteigen möchtest – wenn du willst, daß wir getrennte Wege gehen –, dann habe ich dafür volles Verständnis.«

Diesmal schien das Schweigen eine Ewigkeit zu dauern. Bis Roma schließlich leise »nein« sagte.

»Gut. Dann laß uns überlegen, was wir tun können. Auf jeden Fall sollten wir Vorsichtsmaßnahmen treffen. Ich schlage vor, wir besprechen das in aller Ruhe.«

Einige Wochen später reiste Derry in Geschäften für »Storm« auf den Kontinent. Nachdem er Lieferanten in Rouen und Paris besucht hatte, nahm er den Zug nach Norden, um einen Abstecher nach Brüssel zu machen. Auf der Fahrt durch das flache Land Nordfrankreichs erinnerte er sich der Wochen, die er und May Lanchbury vor mehr als zwei Jahren hier verbracht hatten. Das Ausmaß der Zerstörung, dem er begegnet war, hatte ihn erschüttert. Der Anblick der in Ruinen liegenden Dörfer und der riesigen Soldatenfriedhöfe hatte ihm erschreckend vor Augen geführt, was Krieg anrichten konnte. Obwohl er daran glaubte, daß der kleine Junge, den Madame Bonneville damals gesehen hatte, in der Tat Charlie Lanchbury gewesen war, bezweifelte er, daß ein Kind in so zartem Alter die Greuel des Krieges hätte überleben können. Er dachte an Jons kleine Söhne, so schutzlos und zerbrechlich. Charlie Lanchbury war zum Zeitpunkt seines Verschwindens nur zwei Jahre älter gewesen als Nicky und Harry. Der Krieg, der wie ein vernichtender Sturm über Frankreich hinweggefegt war, konnte ihn nicht verschont haben.

Seit seiner Heirat hatte Derry May seltener gesehen und stets in Gesellschaft. Er wußte, daß May noch einmal nach Frankreich gereist war und keine weiteren Spuren ihres Bruders gefunden hatte. Er wußte auch, daß sie mit ihren Schwestern, Ella und Daisy, gesprochen hatte und keine von beiden sich an irgendwelche besonderen Vorkommnisse am Tag von Charlies Verschwinden erinnern konnte. Dennoch verspürte Derry stets, wenn er an die Geschichte dachte, einen leise nagenden Zweifel.

Während er jetzt im Zug saß, kreisten seine Gedanken, ohne daß er es wollte, um das Durcheinander von Fakten, Vermutungen und Erinnerungen, aus denen die Berichte sowohl Alix' als auch Mays sich zusammensetzten. Er hatte den Eindruck, in beiden Versionen gäbe es Lücken und Mißverständnisse.

Charles Lanchburys Bemühungen, seinen einzigen Sohn aufzuspüren, waren gescheitert, und doch war das Kind keinen Monat nach Mays Geburtstag nur wenige Kilometer von dem Ort entfernt, wo es verschwunden war, gesehen worden. *Er hat gesagt, er würde seinen Volltreffer bestimmt nicht den Deutschen überlassen.* Derry sah plötzlich die eiskalten blauen Augen Charles Lanchburys vor sich, als dieser schneidend gesagt hatte: *Ich habe keine Schwester. Ich habe keine Nichte.*

Derry suchte einige Möbelfabrikanten außerhalb von Brüssel auf, dann reiste er, einem spontanen Entschluß folgend, nach Berlin weiter. Er hatte Berlin vor vielen Jahren kennengelernt, als er mit Sara Kessel dort gewesen war. Die Atmosphäre dieser Stadt, die von Dekadenz, großzügiger Toleranz und Weltläufigkeit geprägt war, hatte ihn stets aufs neue fasziniert. Er erinnerte sich an Spaziergänge Unter den Linden und an Stunden im Hotel Adlon, wo er mit Sara und später mit Freunden beim Kaffee gesessen hatte. Jahre später, als er schon lange von Sara getrennt war, hatte er das Kaffeehaus Resi besucht und den Luna-Park. Er hatte Berlin geliebt.

Jetzt nahm er Verbindung mit alten Freunden auf und stöberte in Antiquitätengeschäften und Antiquariaten. Er spürte, daß die Stadt sich verändert hatte, nahm das Ausmaß dieser Veränderung aber erst wahr, als er Steffie Wolff in ihrem Haus in Wilmersdorf besuchte. Sie war mittlerweile über sechzig, war eine enge Freundin Sara Kessels gewesen und stammte aus einer Familie von Bankiers und Geschäftsleuten. Ihr Haus war eine wahre Schatzkammer seltener Stiche, alter Bücher und Gemälde, antiker Möbel und Keramiken.

Sie machte Kaffee für ihn und bot ihm Schnaps dazu an.

»Es ist eine solche Freude, Sie wiederzusehen, Derry. Sie waren ja so lange nicht mehr hier.« Sie musterte ihn aufmerksam.

Steffie, dachte er, hatte ein Gesicht, das an einen alten, weißen Vogel erinnerte – eine scharf hervorspringende Nase, schwarze, blitzende Augen und federzartes dünnes Haar.

»Sie sehen gut aus«, stellte sie fest. »Blendend. Sind Sie verheiratet, Derry?«

»Ja. Sie heißt Alix und ist sehr schön.«

»Das ist gut.« Steffie Wolff nickte beifällig. »Junge Männer sollten heiraten. Haben Sie auch Kinder?«

»Alix hat einen Sohn. Eigene Kinder haben wir noch nicht.«

»Sehen Sie zu, daß Sie welche bekommen, Derry. Möglichst viele Kinder. Ich habe vier Kinder und zwölf Enkelkinder, und sie haben mir bis jetzt alle nur große Freude gemacht.«

Er warf ihr einen fragenden Blick zu. Sie zuckte die Achseln. »Berlin hat sich verändert. Das ist Ihnen doch sicher nicht entgangen.«

»Die Bäume – die Linden ...« Er hatte gesehen, daß die mächtigen Linden, die einst die breite Prachtstraße gesäumt hatten, gefällt und durch junge Bäume ersetzt worden waren.

»Hitler hat die Linden fällen lassen, um für seine Paraden Platz zu schaffen.« Sie verzog angewidert den Mund. »Es gibt hier ein Lied, Derry, das besagt, solange Unter den Linden die alten Bäume blühen, kann nichts Berlin etwas anhaben.«

Sie schwiegen beide.

»Wie geht es den anderen?« fragte er dann. »Rosa und Tilly. Pieter ...«

»Rosa hat Hans Fischer geheiratet – den Architekten, Sie erinnern sich an ihn? Sie haben zwei Kinder, einen Jungen und ein Mädchen. Tilly lebt jetzt in Paris. Sie hat erkannt, daß das Leben für sie hier unmöglich wäre.«

Er sagte langsam: »Weil sie Jüdin ist?«

»Natürlich. Genau wie ich. Sie haben doch Tilly damals im Faust gesehen, nicht wahr, Derry? War sie nicht ein glänzendes Gretchen? Sie wollte bleiben, aber sie hat keine Engagements mehr bekommen. Stellen Sie sich das doch nur mal vor – eine Künstlerin von Tilly Dorfelds Format auf Statistenrollen reduziert.« Steffie Wolff richtete ihre traurigen alten Augen auf Derry. »Auch Pieter wird gehen müssen. Die Nazis haben für Homosexuelle nichts übrig. Jeder, der irgendwie anders ist, ist ihnen ein Dorn im Auge. Jeder, der selbständig denkt.«

Sie füllte sein Schnapsglas auf. »Darum habe ich vorhin zu Ihnen gesagt, daß meine Kinder mir bisher nur Freude gemacht haben. Ich sage ihnen immer wieder, daß sie Berlin verlassen müssen. Sie müssen weg aus Deutschland. Sie haben hier keine Chance mehr. Und trotzdem wollen sie unbedingt bleiben.«

Derry dachte an all die Menschen, die er kannte, die *anders* waren. Er mochte Menschen, die anders waren.

»Und Sie, Steffie?« fragte er. »Werden Sie auch gehen?«

Steffie Wolff schüttelte den Kopf. »Nein, Derry, ich bleibe. Ich bin zu alt. Einen alten Baum soll man nicht verpflanzen. Berlin ist mein Zuhause. Ich liebe Berlin. Und ich liebe dieses Land.« Sie sah sich im Zimmer um. »Aber ich unterstütze meine Freunde, die sich entschlossen haben, das Land zu verlassen, so gut ich kann. Ich kaufe ihnen ihre kleinen Wertsachen ab – Schmuck und dergleichen. Es kostet uns Juden Geld, aus Berlin herauszukommen, Derry. Sehr viel Geld.«

Alix lag in ihrem Bett in der Londoner Wohnung und schlief, als Derry in den frühen Morgenstunden nach Hause zurückkehrte. Das Knirschen seines Schlüssels im Schloß weckte sie, und als sie im Nebenzimmer seine gedämpften Schritte hörte, rief sie ihn.

Er öffnete die Schlafzimmertür. »Ich wollte dich nicht wecken, Darling.« Er küßte sie.

»Ich habe nicht fest geschlafen.«

Er setzte sich auf die Bettkante. Sie musterte ihn aufmerksam. »Du siehst erschöpft aus.«

»Du kennst mich doch – Schiffe machen mich krank.« Er lächelte leicht ironisch. »Ich bin einfach ein hoffnungsloser Fall.«

Sie setzte sich auf, schlang ihre Arme um seinen Hals und küßte ihn auf den Hinterkopf. »Ein so weit gereister Mann«, sagte sie mit gutmütigem Spott, »und immer noch nicht von der Seekrankheit geheilt.«

Er lachte.

»Hast du eine gute Reise gehabt?« fragte sie.

»Sie hat sich auf jeden Fall gelohnt. Die Firma in Brüssel ist bereit, uns einen Rabatt von zehn Prozent einzuräumen, wenn wir in größeren Mengen kaufen. Das wird Roma sicher erleichtern.«

Sie sah, wie er sich mit der Hand über die Augen strich. »Derry? Was ist? Sag es mir.«

Er schwieg einen Moment. »Na ja, wir haben in letzter Zeit – Probleme.«

»Was für Probleme?«

»Wir hatten eine Menge Stornierungen großer Aufträge auf den letzten Drücker. Roma mußte deshalb sicherheitshalber möglichst viele kleine Aufträge annehmen. Und ...« Er hielt inne. »Hinter den Stornierungen steckt Charles Lanchbury, Alix, da bin ich ganz sicher.«

Sie sagte nichts. Sie rückte nur ein Stück von ihm ab und hörte schweigend zu, während er berichtete und ihr erklärte, warum er überzeugt war, daß hinter den Vorfällen Methode steckte. Ihr war plötzlich kalt, und sie zog die Bettdecke fester um sich. Das dämmrige Licht im Zimmer ließ sein Gesicht im Schatten, und seine Augen wirkten wie von schwarzen Gräben unterlegt. Während er sprach, dachte Alix an Charles Lanchbury und erinnerte sich, wie sie selbst, vierzehn Jahre alt, fast noch ein Kind, das Ziel des eiskalten, beängstigenden Zorns ihres Onkels gewesen war. Nein, Zorn war das nicht gewesen, dachte sie plötzlich in der Rückschau. Haß – das war das richtige Wort, giftiger Haß.

Sie schauderte. Derry, der schon seit einer Weile schwieg, sagte plötzlich: »Und – ich war in Berlin. Ich habe Berlin immer geliebt.«

Sie sah die Trauer in seinem Blick. »Und jetzt?«

Er fuhr sich mit einer Hand durch das Haar, und seine kurzen dunklen Locken glänzten im Licht. »Ich habe eine alte Bekannte besucht. Steffie Wolff. Sie war sehr gut mit Sara befreundet. Wir haben uns über gemeinsame Bekannte unterhalten. Soundso ist von den Nazis ins Gefängnis gesteckt worden, und Soundso ist von der SA halb zu Tode geprügelt worden. Einige ihrer jüdischen Freunde sind inzwischen emigriert, andere warten noch, obwohl sie genau wissen, daß sie schleunigst gehen sollten. Aber sie hoffen, daß die Situation sich wieder ändern wird, oder sie haben Mühe, das nötige Geld aufzubringen. Stell dir nur einmal vor, wenn so etwas hier geschehen würde? Was würde aus *meinen* Freunden werden? Sophie ist Jüdin. Und Kommunistin dazu. In Dachau sind unzählige Kommunisten eingesperrt. Dann Roma, die eine Vorliebe für Frauen hat, und Lawrence, der besser mit Männern kann, und –«

Alix sagte leise: »So etwas geschieht hier nicht, Derry. Ganz bestimmt nicht.«

»Woher willst du das denn so sicher wissen?« Er sagte es so leise, daß sie es kaum verstand. Dann drehte er sich nach ihr um und hielt sie fest, als gäbe ihre Anwesenheit, die Greifbarkeit ihres Körpers ihm Sicherheit.

»Und ich«, sagte er nach einer Weile seufzend, »fühlte mich so nutzlos. Mit all diesem trivialen Klimbim beschäftigt.« Mit einer ausholenden Handbewegung umfaßte er das Durcheinander von alten Büchern, Möbelstücken und Nippessachen, die er auf Auktionen zu kaufen und häufig in der Wohnung zu lagern pflegte, wo sie beinahe allen freien Platz einnahmen.

Er stand vom Bett auf. »Um zu helfen, habe ich Steffie einiges abgekauft.« Er bückte sich, um die Schnallen seines Rucksacks zu öffnen, und Alix sah ihn verschiedene Gegenstände herausnehmen – ein Elfenbeinmedaillon, eine Halskette, ein Buch. »Lauter Kleinigkeiten«, sagte er mit einem Blick zu ihr hinunter, »aber das nächste Mal nehme ich mehr mit. Steffie hat diese Sachen von Freunden gekauft. Juden, die Bargeld brauchten, um ausreisen zu können. Aber inzwischen hat Steffic sclbst nicht mehr sehr viel Geld. Die Nazis sind entschlossen, die Juden auszubluten, Alix. Deshalb habe ich Steffie die Sachen hier abgenommen und ihr alles Geld gegeben, was ich bei mir hatte.« Er hob den Kopf und sah Alix an. »Sie haben keinen großen Wert – das meiste ist nur Plunder.«

Er ließ die Halskette zwischen seinen Fingern hindurchgleiten. Blaue Steine funkelten im Licht.

»Der Mann, der Steffie die Kette verkauft hat, dachte, es wären Saphire. Aber es sind natürlich keine. Es ist nur Glas. Aber das hat Steffie ihm nicht gesagt.«

Er legte die Kette aus der Hand und setzte sich in einen Sessel. Schweigend starrte er in die Dunkelheit. Nach einer Weile sagte er: »Ich hab mein eigenes Geld genommen, Alix. Mit dem Geschäft hat das nichts zu tun. Und ich habe Steffie versprochen, so bald wie möglich wieder nach Berlin zu kommen.« Er warf Alix einen Blick zu. »Du hast doch nichts dagegen?«

»Wieso?« Sie starrte ihn an. »Wieso sollte ich etwas dagegen haben?«

»Weil es sein kann, daß wegen der geschäftlichen Probleme das Geld ein wenig knapp wird. Wir werden vielleicht den Gürtel etwas enger schnallen müssen.«

Sie lächelte. »Derry, als ich nach Owlscote kam, hatte ich genau dreißig Pfund auf der Bank. Das war alles. Und im Haus bröckelten die Wände, wir hatten keine Kohlen, und Rory war aus seinen Stiefeln herausgewachsen. Ich bin es gewöhnt, den Gürtel enger zu schnallen. Das macht mir nichts aus.«

Sie stand vom Bett auf und ging zu ihm. »Natürlich fährst du wieder nach Berlin, Derry«, sagte sie und umschloß ihn mit beiden Armen. »Ich kann verstehen, daß du alles dir Mögliche tun willst, um zu helfen.«

Er hob die Hand und umfaßte die ihre. Nach einer langen Zeit sagte er leise: »Alix, vor meiner Abreise meintest du doch, du könntest –«

Plötzliche Traurigkeit überfiel sie. »Nein, Derry«, flüsterte sie, »ich bin nicht schwanger.«

Ihre Periode war ausgeblieben, und sie hatte zu hoffen begonnen, war beinahe schon sicher gewesen. Aber heute morgen dann, in aller Frühe, hatten sich die vertrauten Schmerzen gemeldet. Jeden Monat war die Enttäuschung niederschmetternder.

Doch sie sagte leichthin: »Wir müssen eben noch ein bißchen üben«, und er zog sie zu sich und begann sie zu küssen.

Mitte September brachten sie Rory in sein neues Internat. Alix weinte, als sie ihn in der Obhut seines Tutors zurückgelassen hatten und durch das Gedränge nervöser Eltern und aufgeregter neuer Schüler davonfuhren.

Am Tag darauf reiste Derry wieder nach Berlin. Er hatte einige Aktien zu Geld gemacht und nahm von Steffie Wolff eine Kaminuhr aus Schildpatt, einen Delfter Teller und einen emaillierten Pokal mit.

Er unternahm in diesem Herbst noch zwei Fahrten nach Berlin, die er an Geschäftsreisen für »Storm« anhängte. An einem eisigen Dezembertag, zwei Wochen vor Weihnachten, traf er sich in einem stillen Eckchen eines Berliner Parks mit einem Mann, der eine kleine Jadesammlung verkaufen wollte. Es lag Schnee, und in den dunklen Augen des Mannes stand die Verzweiflung, als er das kleine Päckchen öffnete, um Derry zu zeigen, was es enthielt: drei kunstvoll aus grünem Stein geschnitzte Figuren – Fledermaus, Drache und Fisch.

Die Parkbank, an der Derry sich mit dem Fremden getroffen hatte, war gelb gestrichen, eine Parkbank für Juden. In diesem Jahr waren in Deutschland neue Gesetze erlassen worden, die die Heirat zwischen Juden und Ariern verboten und es Juden untersagten, in arischen Häusern zu arbeiten. Der Eigentümer der Jade hatte von Derry einen Preis von zweitausend Pfund in bar verlangt; er brauchte das Geld, um mit seiner Frau nach Palästina auswandern zu können. Derry versteckte die kleinen Figuren im Futter seines Koffers.

Als der Zug die Grenze zwischen Deutschland und Holland passierte, empfand er tiefe Erleichterung und zugleich ein Gefühl des Grauens. Ihm war, als müßte er sich buchstäblich den Staub von den Schuhen schütteln. Ein finsterer Schatten schien sich über Mitteleuropa zu legen, der zu wachsen und zu wuchern drohte, bis er sie alle ersticken würde.

In Hoek van Holland nahm er die Fähre nach Harwich und blieb während der ganzen Überfahrt an Deck, obwohl es aus einem schwefelgelben Himmel beinahe unaufhörlich schneite. Während er tief in seinen Mantel geduckt an der Reling stand, flogen seine Gedanken zurück zu den Entwicklungen, die er während seiner Auslandsaufenthalte beobachtet hatte. Für ihn bestand kein Zweifel, daß es Krieg geben würde. Der Faschismus, der von Gewalt lebte, brauchte den Krieg. Uns bleiben vielleicht noch ein paar Jahre, dachte er, aber nicht mehr. Er wünschte, er könnte die Zeit anhalten. Früher einmal hatte er nach Ruhm und Anerkennung gestrebt; jetzt war er einzig um die Sicherheit Alix' und Rorys besorgt. Er fragte sich sogar, ob es richtig war, ein Kind in diese Welt zu setzen. Doch ein Kind, schien ihm, bedeutete Hoffnung, und die Hoffnung aufzugeben hieße sich selbst aufgeben.

Ihm war völlig klar, daß der Krieg seine Familie und seine Existenz bedrohte; daß sie den heraufziehenden Sturm nicht überleben würden, ohne tiefgreifende Veränderungen in ihrem Leben hinzunehmen. Daher die hektischen Aktivitäten, daher die häufigen Reisen ins Ausland. Er mußte tun, was in seiner Macht stand, um ihr gemeinsames Überleben zu sichern.

In Harwich angelangt, nahm er den Zug nach London. Es war ein kalter Abend, und der Schnee fiel in nassen, matschigen Flocken. Auf seinem Weg durch Londons geschäftige Straßen fiel Derry eine Gruppe von Männern auf, die gerade aus dem Carlton Hotel kamen. Einen von ihnen erkannte er auf den ersten Blick: Charles Lanchbury, in Frack und Zylinder, einen weißen Seidenschal um den Hals. Erst als die Männer ins Licht einer Straßenlaterne traten und der gelbe Schein ihre Gesichter beleuchtete, erkannte er auch die anderen: Sir Henry Channon, Ernest Tennant und den deutschen Botschafter von Ribbentrop. Derry beobachtete die Gruppe eine Weile, dann eilte er von Sehnsucht nach Alix getrieben nach Hause.

Vier Wochen später war Alix bei Roma im Laden und half ihr bei den Vorbereitungen für den Winterschlußverkauf. Sie hatten Möbel geschleppt, Stoffe drapiert, sämtliche ausgestellten Stücke mit Preisschildern versehen.

Roma stand mit einem Hammer in der Hand auf der Leiter. »Wir haben fast keine Schnur mehr«, nuschelte sie, einen Nagel zwischen die Zähne geklemmt. »Könntest du mal rübergehen, Alix ...?«

Alix lief ins Büro, wo sie am Tag zuvor schadhafte Möbelstücke mit Kitt und Farbe ausgebessert hatte. Es roch immer noch nach Terpentin im Zimmer. Sie mußte einen Augenblick still stehenbleiben, um gegen den plötzlichen Schwindel anzukämpfen. Als sie dann zum Regal hinaufgriff, wo die Schnur lag, kippte der Boden unter ihren Füßen weg und das Zimmer versank in Schwärze.

Als sie wieder zu sich kam, lag sie auf dem Teppich inmitten von verstreuten Papieren und Pinseln. Roma kniete mit ängstlich besorgter Miene über ihr und fächelte ihr mit einem braunen Hefter Luft zu.

»Zuviel Kaviar?« fragte Roma. »Oder war es vielleicht der Champagner?« Sie hatten am Abend zuvor mit einiger Verspätung das neue Jahr gefeiert.

Alix zwinkerte ein paarmal. Der Schwindel war vergangen, ihr Blick war klar. Sie schüttelte den Kopf. »Ich glaube«, sagte sie, und ihre Stimme zitterte ein wenig, weil sie so glücklich war, »ich glaube, ich bin schwanger.«

15

GLEICH ZU BEGINN ihrer Schwangerschaft sah Alix eines Tages Derry mit strengem Blick an und sagte: »Benimm dich jetzt bloß nicht wie eine Glucke, Derry. Ich will keinen Wirbel.« Sie meinte, ich will nicht, daß du dich benimmst wie Jonathan.

Er machte keinen Wirbel, nicht einmal als Alix darauf bestand, weiterhin mit Roma zusammenzuarbeiten. Sobald die Tage morgendlicher Übelkeit und Flauheit vorüber waren, kehrte sie zu ihren Wandgemälden und Friesen zurück.

In den kurzen Frühlingsferien kam Rory nach Owlscote. Während Alix ihm etwas zu essen machte, holte sie einmal tief Atem und sagte ihm, daß sie ein Kind erwartete.

»Es wird im September zur Welt kommen. Ich werde also den ganzen Sommer über wie ein Elefant durchs Haus trampeln.«

Rory murmelte irgend etwas Unverständliches, und Alix, die froh war, sich von den widerlich glänzenden Spiegeleiern und den fetten Würstchen abwenden zu können, sah ihn an. Er war in den letzten Monaten in die Höhe geschossen. Am Kinn hatte er ein paar kleine Pickel, und er machte den Eindruck, als wüßte er nicht recht, was er mit seinen langen, schlaksigen Gliedern anfangen sollte.

Sie stellte ihm den Teller auf den Tisch und sagte zaghaft: »Rory, du weißt doch, wie das mit dem Kinderkriegen ist, nicht wahr?«

»Mama!« Er sah sie an, rot im Gesicht vor peinlicher Verlegenheit, dann spießte er ein Würstchen auf und schlang es in einem Stück hinunter. Vor Jahren hatten sie gemeinsam zugesehen, wie die Katze Junge bekommen hatte: Alix erinnerte sich an Rorys Staunen und neugierige Fragen, die sie so genau wie möglich zu beantworten versucht hatte. Seitdem, gestand sie sich ein, gab es Themen, die sie beharrlich mied, zumal sie mit Fragen verbunden waren, auf die sie selbst die Antwort nicht wußte. Sie hatte keine Brüder gehabt, hatte außer ihrem eigenen Sohn nie heranwachsende Jungen gekannt. Als sie Rory jetzt betrachtete, der auf der Schwelle zum Mannesalter stand, schämte sie sich plötzlich.

Ich muß das in Ordnung bringen, dachte sie. »Ich meine«, sagte sie, »weißt du denn, wie Kinder entstehen und wie sie geboren werden, und –«

»Mama!« rief er so gequält wie zuvor.

Sie setzte sich zu ihm an den Tisch. »Weißt du, ich habe praktisch überhaupt keine Ahnung gehabt bis zu dem Moment, als du geboren wurdest, Rory. Ich glaubte, du würdest vielleicht durch meinen Nabel ausschlüpfen.«

Er seufzte tief. »Aber Mama, das weiß ich doch alles. Alle in der Schule wissen Bescheid. Wir haben es in Biologie bei Parsons durchgenommen. Außerdem hat Derry mir schon vor Ewigkeiten alles genau erklärt.«

»Ach so«, sagte sie schwach. Sie griff über den Tisch und zauste ihm das weiche, feine Haar. Er verdrehte nur ein wenig die Augen, und sie stand erleichtert auf, um sich eine Tasse Tee zu machen.

Bei der Arbeit in weitläufigen Landhäusern und eleganten Stadtvillen versteckte Alix ihren immer runder werdenden Bauch unter einem weiten Malerkittel. Auch unter ihrem Pinsel schwoll und erblühte die Natur. Pausbäckige Putten schwebten über reich verzierten Kaminsimsen, Füllhörner gossen eine Pracht von Früchten und Blumen über Gesimsen und Wandleisten aus. Im Sommer, als ihre Beine anschwollen und Rückenschmerzen sie zu plagen begannen, zog Alix sich in das kleine Büro hinter dem Laden zurück und konzentrierte sich auf Arbeiten, die sie im Sitzen erledigen konnte, wie das Vergolden von Bilderrahmen oder die Bemalung von Spiegelumrandungen.

Dennoch sehnte sie sich in der sommerlichen Hitze nach

Owlscote, und als Derry eines Nachmittags von einer Reise auf den Kontinent zurückkehrte, fand er sie blaß und müde, ermattet von der drückenden Glut in der Stadt. Ungeachtet ihrer Einwände packte er einen Koffer für sie und fuhr sie noch am selben Nachmittag nach Wiltshire hinunter. Sie brauche sich ja nicht zu langweilen, meinte er. Wenn sie unbedingt weiterarbeiten wolle, könne sie das ebensogut in Owlscote tun. Und einsam brauche sie sich auch nicht zu fühlen. Polly und Jonathan wohnten ja nur dreißig Kilometer entfernt und würden sie gewiß häufig besuchen. Er selbst würde versuchen, so oft wie möglich nach Owlscote zu kommen. Auf jeden Fall an den Wochenenden, versprach er. Das Geschäft könne warten; selbst Berlin könne warten. Außerdem nähere sich das Sommerhalbjahr seinem Ende, und Rory würde bald aus dem Internat nach Hause kommen.

Etwa alle vierzehn Tage fuhren zwei Männer mit einem Lieferwagen voller Möbel und Kaminschirme vor, die im großen Saal gelagert wurden. Alix fand neue Anregung in der Bibliothek von Owlscote. Sie verzierte einen Spiegel mit einer Umrandung aus typisch jakobinischen Schmuckmustern und, in Ahnlehnung an eines der Mosaiken, die sie und Edward in der Wüste gefunden hatten, eine alte Truhe mit dem Abbild eines Schwarms weißer Vögel, die auf dunklem Hintergrund ihre Bahn zogen. Wenn die Auftragsarbeiten fertiggestellt waren, pflegten die beiden Männer wieder zu erscheinen, um die vollendeten Stücke nach London zurückzutransportieren.

Derry hatte Alix vorgeschlagen, sich in die Hände eines Londoner Spezialisten zu begeben, aber das hatte sie abgelehnt. Sie wollte ihr Kind lieber in einer Klinik in Salisbury zur Welt bringen. In den letzten Monaten ihrer Schwangerschaft blieb ihr, diesen Eindruck hatte sie jedenfalls, kein Leiden erspart. Dr. Arthur sprach von »kleinen Wehwehchen«, und sie schluckte resigniert ihre Empörung darüber hinunter und die nutzlosen Mittelchen, die er ihr verschrieb.

Ihr Bauch wurde immer dicker, ihr Gesicht runder, sogar ihre Füße schienen größer geworden zu sein. Wenn sie sich im Spiegel sah, fand sie sich grotesk aussehend. Sie hatte Mühe, sich ins Auto zu quetschen, und konnte sich nicht mehr bücken, um im Garten das Unkraut zu jäten. Das Treppensteigen im Haus strengte sie an, die schmalen, gewundenen Korridore erschienen ihr endlos lang. Auf die meisten Dinge, die sie gern tat – lange Spaziergänge, Gartenarbeit, Besuche in der Bibliothek in Salisbury – mußte sie verzichten. Sie erinnerte sich, wie sie draußen in der Wüste bis in den letzten Monat ihrer Schwangerschaft mit Rory bei den Ausgrabungen mitgearbeitet hatte. Ich werde alt, dachte sie, alt und müde. Schon der Gang von der Bibliothek zur Küche und in den Salon erschöpfte beinahe ihre Kräfte. Teller und Möbelstücke blieben unbearbeitet im großen Saal stehen, ihre Farben unberührt, ihre Pinsel sauber.

Wenn sie in der Badewanne lag, ließ sie einen Arm auf ihrem Bauch ruhen, um die Bewegungen des Kindes unter ihrer Haut zu spüren: den Stoß eines kleinen Fußes gegen ihre Rippen; harte Püffe eines kleinen spitzen Ellbogens an ihre Bauchdecke. Die Zeit schien im Schneckentempo zu kriechen, und sie wünschte, die letzten Wochen wären endlich vorbei. Sie wollte das Gesicht ihres Kindes sehen, sie wollte seinen Namen sagen.

Zwei Wochen später wurde Alix, als sie an einem Freitag morgen in aller Frühe erwachte, von schrecklicher Ungeduld und Rastlosigkeit gepackt. Ziellos streifte sie durch das leere Haus – Rory war für eine Woche bei einem Freund in Bournemouth –, rückte hier ein paar Bücher gerade, ordnete dort den Inhalt einer Schublade, ohne zu wissen, was sie mit sich anfangen sollte.

Dann kam Derry aus London. Er nahm sie in die Arme und küßte sie. »Na, endlich habe ich dich gefunden. Ich dachte schon, du bist aus.«

Alix war auf der Terrasse und schnitt die verblühten Rosen ab. »Wo hätte ich denn sein sollen?« fragte sie gereizt. »Beim Reiten vielleicht? Oder beim Eislaufen?«

»Ich dachte« – er lehnte sich an die Wand und betrachtete sie – »du wärst vielleicht zum Einkaufen gefahren. Wegen

Babysachen«, fügte er vage hinzu, und Alix machte eine wegwerfende Handbewegung.

Sie nahm sich einen Moment Zeit, um Derry zu mustern. Er sieht aus wie immer, dachte sie entrüstet. Nicht ein einziges graues Fädchen glitzerte in seinem schwarzen Haar (sie selbst hatte erst an diesem Morgen mehrere graue Haare an sich entdeckt und sie zornig herausgerissen), er bewegte sich so leicht und anmutig wie immer.

Mit einem Knall schlug sie die Klingen der Gartenschere zusammen und knipste einen Stengel ab. Welke Blütenblätter schwebten zu den Steinplatten hinunter. Sie ärgerte sich über ihre eigene Gereiztheit. Es muß das Wetter sein, dachte sie. Diese letzten endlosen Wochen der Schwangerschaft.

Er küßte sie auf den Nacken. »Wollen wir nicht eine kleine Kahnfahrt auf dem Teich machen?«

»Da würde das Boot sinken.«

»Unsinn.« Er legte seine Hand auf ihren Bauch. »Alles Ballast.«

Sie gingen zum Teich hinunter. Derry half ihr ins Boot und machte es los. Alix zog ihre Finger durchs Wasser, die es in einer V-förmigen Welle aufpflügten.

Plötzlich lachte er. »Mir hat gestern abend jemand einen Antrag gemacht.«

»Wer denn?«

»So ein schmieriger Kerl, den ich vor Jahren einmal auf einem Fest kennengelernt habe.«

»Ein Mann?«

Der leuchtendblaue Himmel begann zu verblassen; Wolkenschatten fielen auf Derrys Gesicht. »Alix! Doch nicht so ein Antrag! Er schlug mir vor, der Englisch-Deutschen Gesellschaft beizutreten. Das ist angeblich eine Organisation von Geschäftsleuten, denen die Förderung des Handels zwischen beiden Ländern am Herzen liegt.«

»*Angeblich*?«

Derry holte die Ruder ein, und der Kahn glitt langsam in die Mitte des Teichs.

»In Wirklichkeit geht es um etwas anderes. Ribbentrop –

der deutsche Botschafter – bedient sich dieses Vereins, um politische Sympathisanten zu sammeln.« Er kniff die Augen zusammen. »Wenn das Ganze nicht so unglaublich stumpfsinnig und niederträchtig wäre, könnte ich mich fast versucht fühlen. Charles Lanchbury gehört nämlich zu den Mitgliedern.«

»Derry –«

»Meinst du nicht, es würde sich beinahe lohnen, ein bißchen Stumpfsinn zu ertragen, um sein Gesicht zu sehen, wenn ich bei irgendeinem gräßlichen Bankett im Carlton Hotel auftauche?« Er schüttelte den Kopf. »Aber ich habe es nicht über mich gebracht. Ich mußte ablehnen. Diese Nazianhänger sind ein elend langweiliges Volk.« Derry legte ein Ruder aus, um sie vom Schilf wegzusteuern. »Er ist übrigens im Moment in Deutschland.«

»Onkel Charles?«

»Ja. Mit deiner Cousine Ella. Sie sind bei den Olympischen Spielen. Und werden zweifellos bei Herrn Göring speisen. Dein Onkel wird umworben.« Sein Ton war trocken und voller Verachtung.

Die sanfte Bewegung des Boots und die frische Luft, die allmählich abkühlte, hatten Alix entspannt. Sie lag mit geschlossenen Augen auf dem Kissen im Bug des Boots.

»Von wem?« fragte sie träge.

»Von den deutschen Diplomaten in London.«

»Warum?«

»So wird das eben gemacht. Ribbentrop lernt Charles Lanchbury über die Englisch-Deutsche Gesellschaft kennen, und Lanchbury läßt durchblicken, daß er hochstehende Freunde und Bekannte hat, also sagt sich Ribbentrop, na, ist doch viel einfacher, die amtlichen Kanäle des Auswärtigen Amts zu umgehen und sich Lanchburys zu bedienen, um die Leute zu beeinflussen, die an der Macht sitzen.«

Nichts war zu hören als das Plätschern der Ruder und, in der Ferne, der Schrei irgendeines Vogels.

»Wenn es nämlich zum Krieg kommt, sähen die Deutschen uns gern auf ihrer Seite und nicht auf der Frankreichs.«

Alix starrte ihn erschrocken an. Sie erinnerte sich an ihre

Arbeit in Fallowfield, kurz nachdem es als Lazarett eingerichtet worden war. Möbel waren ausgelagert, Teppiche entfernt worden. Tagelang hatte sie nur Böden geschrubbt und beim Aufstellen der schweren Eisenbetten geholfen, die edle Regency-Tische und elegante Sofas verdrängt hatten. Dann hatten die Krankenfahrzeuge die Patienten aus dem Feldlazarett gebracht. Innerhalb eines einzigen Nachmittags waren alle sechzig Betten belegt gewesen.

Derry sagte plötzlich: »Mach dir keine Sorgen, Alix. Ich bin sicher, es wird nicht soweit kommen. Wenn es einen Krieg gibt, wird das mit uns nichts zu tun haben. Deutschland mag den Krieg wollen, aber Großbritannien will ihn nicht.«

»Derry! Lüg mich doch nicht an.« Ihr Blick war voller Zorn. »Ich bin schwanger – ich bin kein Kind, und schwachsinnig bin ich auch nicht –«

»Ja, ich weiß, blöd von mir. Ich wollte dich einfach nicht beunruhigen.«

Sie achtete gar nicht auf seine Worte. »Wann wird es soweit sein, was glaubst du?«

Er antwortete nicht gleich. Dann sagte er: »In ein paar Jahren vielleicht. Aber bis dahin kann noch viel geschehen.« Er holte die Ruder wieder ein. »Aber es bedrückt mich einfach zu sehen, wie sich die Lage drüben immer mehr zuspitzt, Alix.« Er sah niedergeschlagen aus. »Deutschland – Italien – und jetzt Spanien ...«

»*Rory*.« Ihr Herz begann wie rasend zu klopfen, und das Kind in ihrem Leib wurde unruhig, als wollte es protestieren. »Du weißt doch, wie verrückt er nach Flugzeugen ist, Derry.«

Er sagte: »Ich werde euch immer beschützen, Alix. Dich und Rory und unser Kind. Und Owlscote. Das verspreche ich dir.«

»Und was ist mit dem Geschäft?« Sie dachte an ihre liebevoll verzierten Spiegel, ihre Trompe-l'œil-Malereien.

Er begann wieder zu rudern und hielt auf das Ufer zu. »Ach, für solche Dinge wird es keinen Markt mehr geben.« Sein Ton klang unbekümmert, seine dunklen Augen verrieten nichts. »Mit den Nachlaßverkäufen wird Schluß sein, und der Kunst-

und Antiquitätenmarkt wird zusammenbrechen. Diese ganze hektische Betriebsamkeit, dieser lebhafte Handel – dem allen würde der Krieg ein Ende bereiten.«

Sie sah ihn aufmerksam an, aber sie konnte nicht erkennen, ob ihn die Vorstellung beunruhigte.

Ein paar Tage später erwachte Derry um Mitternacht und sah Alix am Fenster stehen. Sie hatte kein Licht gemacht, aber im blaßgrauen Schein des Mondes sah er, wie sie sich hielt, und bekam Angst.

»Was ist, Alix? Geht es dir schlecht?«

»Nein, nein.« Alix versuchte zu lächeln. »Ich glaube, das Kind kommt, Derry.«

Mit einem Schlag war sein ganzer Kopf wie leergefegt.

»Rory ist auch zu früh gekommen«, hörte er sie sagen. »Du brauchst dir keine Sorgen zu machen. Aber ich denke, wir sollten jetzt in die Klinik fahren.«

Mit einem Riesensatz sprang er aus dem Bett und suchte seine Sachen zusammen, um sich anzukleiden, knöpfte sein Hemd falsch, stolperte über seine Schuhe, während Alix völlig ruhig ein frisches Nachthemd aus der Kommode holte und es in die Reisetasche auf der Truhe legte, dann Haarbürste, Kamm und Spiegel darin verstaute.

»Hast du Schmerzen? Ist es schlimm?«

»Nur ein leichtes Ziehen.«

Auf dem Weg zur Klinik konzentrierte er sich ganz darauf, ruhig und gleichmäßig zu fahren, nahm vor jeder Kurve in der schmalen Straße Tempo weg, um Alix auch nicht der kleinsten Erschütterung auszusetzen. Wiesenkerbel und Nesseln am Straßenrand schimmerten golden im Licht der Scheinwerfer. Als sie sich Salisbury näherten, wurde Derry bewußt, daß er dem Kind in den vergangenen Monaten nur selten einen Gedanken gegönnt hatte. Die Schwangerschaft hatte eine Art Trennung zwischen ihm und Alix herbeigeführt; er war sich von Beginn an darüber im klaren gewesen, daß sein eigener flüchtiger kleiner Beitrag zu dem Geschehen erledigt war und er ihr den größten Gefallen tat, wenn er sie mit der Entwicklung der Dinge so umgehen ließ, wie sie es für richtig hielt.

Er hatte nicht den Schimmer einer Vorstellung davon, was es bedeutete, ein neues Leben in sich wachsen zu spüren. Nur wenige Frauen, mit denen er enger befreundet war, hatten Kinder. Er hatte Polly gefragt, und sie hatte ihm eine für sie typische sachliche und praktische Antwort gegeben, die ihm wenig gesagt hatte; Alix auszufragen, hatte er sich versagt, weil er sie nicht mit seinen Fragen belästigen wollte. Er hatte begriffen, daß er nicht mehr tun konnte, als dafür zu sorgen, daß sie sich nicht über unnötige Dinge wie Geld oder den Zustand des Hausdachs Gedanken zu machen brauchte. Er hatte sich bemüht, ihr Zerstreuung zu bieten, indem er mit ihr Ausflüge unternahm, Bücher und ein Grammophon für sie kaufte. In den letzten Wochen war sie im Zusammensein mit ihm oft launisch und gereizt gewesen, als wäre seine Anwesenheit eine lästige Irritation, aber er hatte das völlig verständlich gefunden in Anbetracht der Tatsache, daß die Last der Verantwortung so ungerecht verteilt war.

Als sie endlich die Klinik erreichten, war er wieder ruhiger – die Fahrt (er fuhr gern Auto) und die samtige Dunkelheit der Nacht hatten seinem Gemüt gutgetan, so daß ihm jetzt alles weniger bedrohlich, normaler erschien. Er half Alix aus dem Auto und holte ihre Reisetasche aus dem Kofferraum. Aber als sie die Klinik betraten und der Geruch nach Desinfektionsmitteln und Bodenwachs ihm entgegenschlug, begannen Unbehagen und Furcht sich von neuem zu regen.

Eine Schwester in knisternd gestärkter Tracht sah desinteressiert von ihrem Pult am Empfang auf. Alix war im Korridor neben ihm stehengeblieben. Er sah, wie sie die Hände zu Fäusten ballte und ihr Gesicht sich verkrampfte, und rief ungeduldig: »Ist denn hier niemand, der sich um meine Frau kümmern kann?«

Die Schwester stand endlich auf und kam mit sichtlich verärgerter Miene auf sie zu.

»Haben Sie eine Kontraktion, Mrs. –«

»Fox«, sagte Derry laut. »Mrs. Fox.«

»Versuchen Sie, tief durchzuatmen, Mrs. Fox. Das werden wir gleich haben.«

Eine Maschinerie schien plötzlich in Gang gekommen, Alix wurde weggeführt und Derry aufgefordert, die nötigen Formulare auszufüllen. Er hatte den Eindruck, es wären Stunden vergangen, als endlich die Schwester in der knisternden Tracht wieder erschien.

»Es wird noch einige Zeit dauern, Mr. Fox. Am besten fahren Sie nach Hause und schlafen noch ein bißchen. Sie können ja morgen vormittag wiederkommen. Das Kind wird nicht vor morgen mittag zur Welt kommen, meint der Arzt, vielleicht auch erst am Nachmittag.«

Er konnte es nicht glauben. »Aber Alix –«

»Ihrer Frau geht es gut. Es entwickelt sich alles ganz normal.«

»Ich möchte sie sehen.«

Die Schwester war schockiert. »Das ist ausgeschlossen, Mr. Fox. Sie können selbstverständlich hier warten, wenn Sie das wollen, aber glauben Sie mir, es wäre viel vernünftiger, nach Hause zu fahren.«

Beinahe mit Haß sah Derry dem breiten Hinterteil der Schwester nach, als diese den Korridor hinunterging und verschwand.

Die Einrichtung des Wartezimmers war karg, auf dem Tisch lagen einige zerfledderte Ausgaben des »Punch«. Werdende Väter, dachte er, rannten im allgemeinen entweder wie gefangene Tiere im Wartezimmer hin und her oder sie betranken sich. Weder das eine noch das andere erschien ihm verlockend oder angemessen. Nachdem er eine Weile herumgesessen hatte, lief er ins Freie hinaus. Nach der drückenden Wärme in der Klinik wirkte die kalte Nachtluft wie ein Schock, und seine Lebensgeister erwachten wieder. Er wünschte, er hätte Zigaretten bei sich. Er wünschte, er hätte sich Alix nie aufgedrängt. Er erinnerte sich des Ausdrucks in ihren Augen, als sie im Korridor der Klinik gestanden und eine Hand auf ihren Bauch gedrückt hatte. Das war kein »leichtes Ziehen« mehr gewesen. Er selbst war von schlimmeren körperlichen Schmerzen immer verschont geblieben, aber er besaß genug Gefühl, um ihr anzusehen, was für Qualen sie jetzt durchmachte.

Er setzte sich in seinen Wagen und fuhr los, ganz ohne Ziel. Erst als er zum Tachometer blickte und sah, daß die Nadel auf hundert stand, bremste er ab und hielt am Straßenrand. Du Idiot, dachte er. Er wünschte, Alix wäre zur Entbindung in eine Londoner Klinik gegangen. Ganz bestimmt hätte er sich dann nicht so schlecht gefühlt. Gerade jetzt hätte er sich teure Spezialisten und eine feudale Umgebung gewünscht, die Art von Trost und Beruhigung, die man sich nur mit einer Menge Geld kaufen konnte, den Luxus, den zu verachten er einst vorgegeben hatte. Außerdem hätte er in London Gesellschaft gehabt, Roma, Sophie und May wären dagewesen, um ihn von den Schreckensvorstellungen abzulenken, mit denen seine Phantasie ihn plagte.

Er blieb ein paar Minuten lang still sitzen, um seine überreizten Nerven zur Ruhe kommen zu lassen. Die feinen Geräusche des Landes – das Rascheln des Laubs, das anhebende Zwitschern der Vögel – wirkten besänftigend, so daß er schließlich den Wagen wieder anließ. Er sah, daß der Nachthimmel schon begonnen hatte, sich grau zu färben, in Ankündigung des kommenden Tages. Er fuhr langsam und vorsichtig, da er sich bewußt war, daß alles, was er jetzt tat, nicht nur auf ihn selbst zurückwirken würde, sondern auch auf Alix und das Kind.

Er fuhr, da er sich keine andere Zuflucht wußte, geradewegs nach Owlscote zurück. Aber ohne Alix war das Haus fremd. Alix war ein Teil von Owlscote; sie und das Haus waren unzertrennlich. Wenn er sie verlöre, wenn das Schlimmste einträte, würde ihm das Haus unerträglich werden, das wußte er. Schatten verdunkelten Ecken und Nischen, und Bodendielen knarrten, als er von Raum zu Raum ging. Er hatte keine Ahnung, was er suchte – ein günstiges Omen vielleicht, daß sie am Leben bleiben würde.

Am Ende rollte er sich in seinen Mantel gehüllt auf dem Sofa zusammen. Er mußte eingeschlafen sein, denn als das Telefon läutete, meinte er im ersten Moment, den Schrei einer Eule zu hören. Er stürzte aus der Küche in den Flur und riß den Hörer an sein Ohr.

»Ja?« Er konnte kaum sprechen. Alix!

»Derry?«

Als er Jonathans Stimme erkannte, lehnte er sich mit zitternden Gliedern an die Wand, den Telefonhörer in den verkrampften Fingern.

»Derry? Ist alles in Ordnung?«

Er sagte: »Bestens«, und dachte gleich wieder, du Idiot. Mit der freien Hand schob er sich das Haar aus den Augen. »Alix ist in der Klinik, Jon. Das Kind kommt. Und ich hatte keine Ahnung, daß es so furchtbar ist.« Seine Stimme bebte.

Jonathan kam mit dem Auto aus Andover herüber und holte Derry ab. Polly habe so eine Vorahnung gehabt, erklärte er. Derry nickte teilnahmslos, nichts als Schreckensbilder vor Augen und unfähig, sich die prosaische Polly als übersinnlich begabt vorzustellen.

Jonathan sagte immer wieder beruhigend: »Es wird alles gut werden, Derry – du wirst schon sehen, es wird alles gut werden«, während sie zur Klinik zurückfuhren. Auf dem Weg durch den Korridor trafen sie die Schwester vom Abend zuvor, deren Tracht mittlerweile etwas welk geworden war. Und sie selbst war auch nicht mehr so unwirsch, sondern sagte lächelnd: »Sie kommen gerade zur rechten Zeit. Das Kleine war ein bißchen schneller, als der Doktor dachte.«

Derry fuhr sich mit der Hand durch das ungekämmte Haar und starrte sie an. Er hörte Jonathan etwas sagen, dann fühlte er sich von ihm beim Ellbogen genommen und ließ sich durch den Korridor ziehen.

Alix lag von einem Kissenberg gestützt im Bett. Ihr Gesicht war bleich, beinahe grünlich. Ihm wurde schwach vor Erleichterung, so als hätte er am Rand der Katastrophe gestanden und wäre im letzten Moment verschont worden.

»Sieh dir unsere Tochter an, Derry«, sagte sie. »Ist sie nicht wunderschön?«

Der Stubenwagen stand neben dem Bett. Er blickte zu dem

kleinen rosigen Geschöpf hinunter und legte seinen Finger auf das verschrumpelte Gesichtchen. Dann verschwamm alles vor seinen Augen, und er mußte sich abwenden, um die anderen seine Tränen nicht sehen zu lassen.

»Sie schaut aus«, sagte Rory mit Zweifeln in der Stimme, »als wäre ihr ihre Haut zu groß.«

»Unsinn«, widersprach Derry, während er zu seiner Tochter hinunterblickte. »Ihre Haut sitzt genau richtig. Nicht wahr, mein kleiner Schatz?«

Sie waren in Alix' Schlafzimmer in Owlscote. Schon nach drei Tagen hatten sie der Klinik mit ihren kalten Korridoren und strengen Vorschriften den Rücken gekehrt. Als Alix gedrängt hatte: »Derry, ich muß nach Hause!«, hatte Derry sie und das Kind kurzerhand in Decken gepackt und war mit beiden nach Owlscote zurückgefahren.

»Und der Name Josephina paßt überhaupt nicht zu ihr«, fügte Rory hinzu. »Sie ist viel zu klein für so einen langen Namen.« Derrys Urgroßmutter hatte Josephina geheißen. »Sie braucht einen kleinen, kurzen Namen. Wie Anne.«

»Anne Fox. Das klingt mir zu hart«, sagte Derry. Er streichelte mit der Fingerspitze die Wange seiner Tochter.

»Dann Elisabeth.«

»Da wird doch sofort Betty draus. Oder Liz. Oder Bess.«

»Marjorie.«

»Madge!« Derry verzog das Gesicht.

»Patricia. Hughs Schwester heißt Patricia, und sie ist ganz prima.« Hugh Hollingworth war Rorys bester Freund.

Alix sagte: »Sie heißt Emma.«

Sie drehten sich beide nach ihr um. »Emma?«

»In meiner Geschichte von Owlscote kommt eine Emma vor. Ich mußte an sie denken, als wir nach Hause kamen. Sie war eine angelsächsische Prinzessin. Einer Legende zufolge flogen die Eulen von den Bäumen herab, um sie zu beschützen, wenn sie in der Kapelle betete, die hier gestanden hat, bevor das Haus erbaut wurde. Der Name ist nicht zu lang, und er paßt zu ihr.«

Das Kind begann unruhig zu werden. Sehr vorsichtig hob Derry seine kleine Tochter aus der Wiege. »Ja, das stimmt.« Er sah sie lächelnd an. »Hallo, Emma Fox.«

Es dauerte drei Wochen, ehe sie wieder richtig gehen konnte, anstatt vom brennenden Schmerz zwischen ihren Beinen geplagt herumzuschlurfen. Dr. Arthur kam und zog die Fäden, und als er gegangen war, nahm Alix ein Bad in heißem Salzwasser und weinte sich die Erinnerung an Demütigung und Schmerz von der Seele. Ihre Brüste schwollen an und wurden steinhart. Sie zuckte vor Schmerz zusammen, wenn Emmas kleines Mündchen ihre Brustwarze umschloß, und bekam ein Fieber, das erst nach Tagen verging. Nachts glitt sie in einen Dämmerzustand zwischen Wachen und Schlafen, in dem Träume und Realität miteinander verschmolzen. Sie schlief ein, während sie im Bett saß und Emma stillte; sie träumte, daß Emma weinte, und fand das Kind, wenn sie in die Höhe fuhr, in tiefem Schlaf.

Als Emma einen Monat alt war, packte sie sie in den Kinderwagen und ging mit ihr ins Dorf. Ihre Beine waren so schwach, daß sie sich auf der Bank vor dem Postamt niedersetzen mußte. Vorübergehende, die unterwegs waren, um Einkäufe zu erledigen, blieben stehen und blickten in den Kinderwagen. Frauen, deren Töchtern sie Zeichenunterricht gegeben hatte, vor denen sie sich in der ersten Zeit versteckt hatte, indem sie sich in Owlscote verschanzte, besuchten sie, um ihr Glück zu wünschen. Mrs. Ritson brachte ihr einen Stapel fein gestrickter Babysachen mit, und die Frau des Pfarrers lud sie zum Tee ein. Alix war gerührt und hatte Mühe, die Tränen zurückzuhalten, die ihr in diesen Tagen so leicht kamen.

Sie träumte von Emma. Wenn sie die Augen schloß, sah sie vor sich Emmas Gesicht. Selbst den schwächsten kleinen Schrei, das feinste Husten oder Schniefen hörte sie durch mehrere Türen hindurch. Sie hatte vergessen, wie das eigene Leben sich durch ein neugeborenes Kind veränderte und beinahe ausschließlich um dieses kreiste. Gerade so, wie sie den Schmerz der Geburt und die nachfolgenden Beschwerden vergessen hatte, hatte sie die Wonne und den Schmerz dieser obsessiven und unbedingten Liebe vergessen. Die Verzweiflung, wenn sie Emma nachts nicht zur Ruhe bringen konnte. Das Glück, wenn sie mit dem Kind in den Armen auf dem Sofa saß und ihr eigenes Lächeln in Emmas gespiegelt sah.

Ganz langsam begann sie sich wieder wohl und gesund zu fühlen. Der ausgeweitete Bauch schrumpfte und glättete sich, nur ein paar weiße Schwangerschaftstreifen, die sich von ihren Hüften zu ihren Oberschenkeln zogen, blieben zurück. Die Tage fanden wieder in einen halbwegs geregelten Ablauf.

Eines Morgens sagte Derry: »Ich muß wahrscheinlich wieder ins Ausland. Nur für eine Woche.«

»Natürlich.« Alix erinnerte sich an das Gespräch, das sie wenige Tage vor Emmas Geburt beim Rudern auf dem Teich geführt hatten. Sie fröstelte.

»Wenn du nicht möchtest, daß ich reise ...«

Sie waren auf der Terrasse. Die ersten Sonnenstrahlen stahlen sich eben über den Horizont und überfluteten Wiesen und Teich mit einem rosigen Licht.

»Ich möchte, daß Emma einmal alle Möglichkeiten hat«, sagte sie heftig. »Sie soll zeichnen lernen und reiten und Klavier spielen. Sie soll auf eine gute Schule gehen und viele Freunde haben. Sie soll später einmal einen Hund haben und ein Pony und Bücher, so viele sie lesen kann. Ich weiß, daß alle diese Dinge Geld kosten. Ich weiß, daß du arbeiten mußt.«

Er nahm sie in die Arme. Sie stellte sich ihre Tochter vor, wie sie mit fliegenden dunklen Zöpfen zum Teich hinunterrannte. Wie sie mit ihr zusammen durch den Wald streifte. Das Wichtigste von allem, Emma würde Eltern haben, die bedingungslos an sie glaubten, die keinen Moment an ihr zweifelten.

Pollys Zwillinge vergnügten sich abwechselnd auf Rorys altem Schaukelpferd, während Alix Emma fütterte. »Ich hab immer Stunden gebraucht, um Nicky und Harry zu füttern«, sagte Polly. »Ich hatte manchmal das Gefühl, ich täte den ganzen Tag nichts anderes. Jedenfalls in den ersten Monaten. Wenn der eine satt war, war der andere schon wieder hungrig.«

»Ich muß Emma an den Füßen kitzeln, damit sie wach bleibt. Und meistens trinkt sie nur ganz wenig. Rory hat immer getrunken, als wäre er am verdursten, riesige Mengen, und dann war es ihm immer noch nicht genug, und er hat gebrüllt wie am Spieß und hinterher Bauchweh gehabt.«

»Sie ist –« Polly brach ab. »Nein, Nicky! Du darfst Harry nicht an den Haaren ziehen. Da muß er weinen.« Sie wandte sich wieder Alix zu. »Hat Emma eigentlich schon zugenommen?«

»Etwas über fünfzig Gramm, hat mir die Gemeindeschwester gesagt.« Alix stellte die Flasche weg.

»Hast du vor – ich habe nein gesagt, Nicky!« Polly stand auf. Nachdem sie die beiden heulenden kleinen Jungen getrennt hatte, setzte sie beide, einen hinter den anderen, auf das Schaukelpferd. »Hast du vor, wieder zu arbeiten?«

»Irgendwann sicher.« Alix tupfte mit einem Musselintuch Milchtröpfchen von Emmas Kinn. »Ich hab neulich mal einen Versuch gemacht. Der große Saal steht ja voller Sachen, zu denen ich nie gekommen bin. Ich wollte einen Spiegelrahmen bemalen – ein Kinderspiel, Polly –, aber es war hoffnungslos, wirklich. Nicht ein Strich hat gesessen. Als hätte ich vor lauter Emma alles vergessen, was ich mal gekonnt habe.«

Polly lächelte. »Ach, mir ist es genauso gegangen. Einmal hab ich sogar vergessen, das Abendessen zu machen. Ich kann mich noch genau erinnern. Es war ein scheußlicher Tag, Nicky und Harry waren noch sehr klein, und sie waren beide erkältet, und ich war so todmüde, daß ich am Nachmittag, als die beiden endlich eingeschlafen waren, prompt auch eingeschlafen bin. Erst um sechs, als Jon nach Hause kam, bin ich wieder aufgewacht. Das Mädchen hatte an dem Tag frei, und als Jon in die Küche ging, fand er dort Eva vor, die versuchte, das Abendessen zu machen.«

Alix lachte.

»Ich glaube, es waren Kanapees. Sie hatte keine Ahnung, wo was aufbewahrt wurde, und versuchte das Brot mit einem Buttermesser zu schneiden, die Arme.« Polly seufzte. »Ich beneide dich um deine Tochter, Alix. Natürlich liebe ich die

Jungs, aber ich hätte auch gern eine Tochter. Vielleicht wird's ja diesmal was ...« Polly drückte eine Hand auf ihren flachen Bauch.

»Polly!« Alix riß die Augen auf. »Bist du sicher?«

Polly nickte strahlend. Alix umarmte sie.

»Jon fand, mit den Zwillingen hätten wir genug, aber ich wollte mindestens sechs Kinder, also haben wir einen Kompromiß geschlossen und uns auf vier geeinigt. Ich hoffe nur, es werden diesmal nicht wieder Zwillinge. Den armen Jon würde ja der Schlag treffen.« Polly sah zu Emma hinunter. »Sie ist zum Fressen süß. So winzig.« Sie schwieg.

»Polly?«

»Ach – nichts. Ich habe mir nur gerade überlegt, wem sie ähnlich sieht.«

Emma hatte dunkelblaue Augen und feines, dunkles Haar. Alix betrachtete ihre Tochter mit liebevollem Blick.

»Ich finde, sie sieht aus wie Derry – sie hat seine Nase, meinst du nicht auch? Aber er ist der Ansicht, daß sie mir ähnlich ist. Und Rory sagt sehr taktvoll, sie wäre eine Mischung aus uns beiden.«

Rory war Mitte September ins Internat zurückgekehrt. Er hatte vor kurzem angefangen, sich mit Fotografie zu beschäftigen; eine alte Kamera Edwards, die er auf dem Speicher gefunden hatte, hatte den Anstoß dazu gegeben. Alix hatte bei seiner Abreise gerührt bemerkt, daß er eine Fotografie seiner kleinen Schwester eingepackt hatte.

Lautes Geheul von Harry. »Himmel noch mal«, rief Polly. »Ihr zwei!«

Alix schaute zum Fenster hinaus. Es war schön draußen, klar und kalt. »Komm, machen wir doch einen Spaziergang mit ihnen. Die Luft tut Emma gut, und die Jungs können sich austoben.«

Polly war dabei, den Plumpudding für Weihnachten zu machen; die Zwillinge halfen ihr dabei. Jonathan, der gerade aus der Kanzlei gekommen war, küßte sie und die Jungen.

»Viel zu tun, hm?«

»Es geht so. Und wie war's bei dir?«

»Ziemlich ruhig. Die alte Mrs. Quest hat wieder einmal ihr Testament geändert.« Jonathan entwand Nickys klebrigen Händen das Glas mit den kandierten Kirschen. »Polly? Fühlst du dich nicht wohl?«

»Doch. Natürlich.«

Aber ihm war aufgefallen, daß sie vor ihrer Antwort gezögert hatte. Voll ängstlicher Besorgnis sagte er: »Du solltest dich zur Abwechslung mal ein bißchen setzen – das viele Herumstehen kann doch nicht gut sein, und der blöde Kuchen kann warten ...«

»Wirklich, es geht mir gut, Jon.« Polly versuchte zu lächeln. »Du kannst es mir glauben. Ich bin nur ein bißchen müde. Du weißt ja, ich war heute in Owlscote.«

In diesem Moment sah er, daß Harry den ganzen Tisch mit Rosinen bestreute und Nicky die geriebene Zitronenschale vom Reibeisen leckte. »Los«, sagte er streng, »jetzt wird gebadet. Wenn ihr euch beeilt, bleibt auch noch Zeit für eine kleine Seeschlacht.« Er klatschte in die Hände, und die beiden Jungen rannten kreischend ins Badezimmer.

Jonathan liebte es, seine beiden kleinen Söhne zu baden: das Planschen und Spritzen und das jauchzende Lachen. Es war ein Vergnügen, das er heimlich und mit einer Spur von Verlegenheit genoß; seine Arbeitskollegen schienen es für angemessen zu halten, die Betreuung ihrer Kinder den Müttern und Kinderfrauen zu überlassen.

Er hatte den Zwillingen das Mehl aus den Haaren gewaschen und mit drei kleinen Holzbooten und einer Gummiente eine Neuauflage der Schlacht von Trafalgar inszeniert, als Polly ins Bad kam.

»Ich mache mir Sorgen um Emma«, sagte sie unvermittelt. »Sie wirkt irgendwie nicht gesund, Jon.«

»Hat sie wieder eine Erkältung?«

Polly schüttelte den Kopf. Er sah die Furcht in ihren Augen und war sofort beunruhigt.

»Sie sieht einfach nicht gesund aus. Sie ist so winzig.«

Er hob Nicky aus der Wanne. »Alix und Derry sind beide

sehr grazil. Da kann man nicht erwarten, daß Emma ein Riesenbaby ist.«

»Sie ist überhaupt nicht gewachsen, Jon. Sie hat seit der Geburt kaum ein halbes Pfund zugenommen. Überleg doch mal, wie unsere beiden in diesem Alter gewachsen sind.«

»Was meint denn Alix?« fragte Jon, während Nicky mit kleinen nassen Fäusten auf ihn einhämmerte.

»Ach, du weißt doch, wie die beiden sind. Sie finden ihr Kind vollkommen. Wie alle Eltern.« Polly seufzte. »Alix gibt ihrer eigenen Müdigkeit und Erschöpfung die Schuld an Emmas langsamem Wachstum. Sie hat jetzt angefangen, ihr die Flasche zu geben.«

Polly trocknete Nicky ab, und während Jonathan Harrys blondes Haar frottierte, warf er ihr einen fragenden Blick zu. »Da ist doch noch etwas, Polly?«

»Ja, ein- oder zweimal sah es so aus, als bekäme sie keine Luft.« Polly sah sehr ernst aus. »Alix sagte, der Arzt meinte, es wäre ein Anflug von Asthma –«

»Derry hatte als Kind Asthma –«

»– aber ich habe da meine Zweifel, Jon.« Sie schüttelte den Kopf. »Wir haben nachmittags einen Spaziergang gemacht, und als wir ins Haus zurückkamen, hatte Emma ganz blaue Lippen. – Gib mir doch bitte mal den Körperpuder, Darling.«

Er reichte ihn ihr, und Duftwolken stiegen in die warme, feuchte Luft auf.

»Alix meinte, Emma wäre wahrscheinlich kalt«, fuhr Polly fort, »aber ich mußte an ein Baby bei uns zu Hause im Dorf denken. Es ist auch nicht gewachsen und wurde manchmal ganz blau im Gesicht. Ein süßes kleines Ding. Mein Vater hat sich damals sehr um die Eltern gekümmert. Die Kleine hatte einen Herzfehler.«

Jonathan, der Harry half, seinen Pyjama zuzuknöpfen, fragte nicht, was aus der Kleinen mit dem Herzfehler geworden war. Er hätte eine solche Frage in Anwesenheit seiner kleinen Söhne nicht stellen können. Es wäre ihm wie eine Herausforderung des Schicksals vorgekommen, und außerdem wußte er Pollys Antwort schon.

Als die Zwillinge in ihren Betten lagen, setzten er und Polly sich ins Wohnzimmer.

»Meinst du denn«, sagte Jonathan zögernd, »meinst du, wir sollten mit Derry und Alix reden?«

Polly, die Spielsachen vom Fußboden einsammelte, richtete sich auf, die Arme voller Stofftiere, und sagte niedergeschlagen: »Ja, ich denke schon.«

»Es ist wahrscheinlich nur ein Rückfall. Wenn Emma diese Erkältung erst ganz überwunden hat ...« Aber Jonathan sprach nicht weiter, ließ den Satz unvollendet.

»Ich warte jetzt noch eine Weile ab«, sagte Polly. »Vielleicht sehe ich ja Gespenster. Und wenn nicht, dann spreche ich mit Alix, nicht mit Derry.«

Allein die Vorstellung, Derry sagen zu müssen, daß seine kleine Tochter, die er so sehr vergötterte, vielleicht nicht ganz gesund sei, war entsetzlich. Jonathan trug die letzten Bilderbücher ins Spielzimmer hinüber, dann ging er zum Schrank und goß sich einen großen Whisky ein.

Derry widmete sich weiter Handel und Wandel; vor allem dem Wandel: Ein antiker Marmorkamin zierte jetzt den Salon eines wohlhabenden Geschäftsmanns, und Grinling Gibbons' dekorative Holzschnitzereien schmückten den Speisesaal im hochherrschaftlichen Landsitz eines Fabrikbesitzers. Im Lauf der Herbstmonate schienen seine diversen Geschäfte einander immer stärker ins Gehege zu kommen. Da war einerseits seine Beteiligung an Romas Unternehmen, aus dem er, auch wenn es ihn eine Menge Zeit kostete, den größten Teil seines Einkommens bezog. Da waren andererseits die wiederholten Reisen nach Berlin. Mit einer Regelmäßigkeit, die fast schon zur Routine geworden war, traf er sich in Steffie Wolffs Wohnung mit diesen gebrochenen, hoffnungslosen Menschen und tauschte Geld gegen geliebte Andenken und Familienerbstücke. Der Preis, den diese Menschen bezahlen mußten, um Deutschland verlassen zu können, um einem Leben ständiger Demütigung und Gefahr zu entkommen, stieg fortwährend.

Im Oktober hatte Derry auf einem Fest in London die

Bekanntschaft eines Amerikaners von der Westküste gemacht, der sein neuerbautes palastähnliches Haus einrichten wollte. Etwa zur gleichen Zeit hatte er auf dem üblichen Weg über Klatsch und Gerüchte vom möglichen Verkauf einer stattlichen Villa am Berkeley Square gehört – alles, bis zum letzten Teelöffel in der letzten Tudor-Anrichte, sollte losgeschlagen werden. Und er hatte über den Freund eines Freundes den Eigentümer eines hübschen kleinen Jagdhauses am Tweed kennengelernt. Der Mann, der ein zurückgezogenes Leben führte, steckte mitten in einer heiklen Scheidungsgeschichte und wollte möglichst schnell verkaufen. Derry erbot sich, ihm behilflich zu sein.

An den Wochenenden telefonierte Derry herum, führte, Emma im Arm wiegend, endlose Gespräche. Der Klang seiner Stimme schien ihr wohlzutun; er sah zu, wie ihr die Lider schwer wurden und sie in friedlichen Schlaf fiel. Die Liebe zu seiner Tochter hatte ihn ganz unerwartet ergriffen. Er hatte sich vorgestellt, er würde sie in den frühen Jahren ganz Alix überlassen und ein Interesse an ihr würde sich erst regen, wenn sie halbwegs vernünftig sprechen könnte. Doch die Liebe zu seiner Tochter war augenblicklich erwacht, ein tiefes, reines Gefühl, das in seiner Intensität beinahe beängstigend war. Ich habe, dachte er, plötzlich von der Fülle des Glücks überwältigt, alles, was ich mir wünsche, und dazu meine Arbeit, um uns alle zu ernähren.

Aber als er Anfang Dezember nach London zurückkehrte, schien das Glück ihn verlassen zu wollen. Der Mann mit dem Jagdhaus wollte plötzlich nicht mehr verkaufen; erklärte, er habe es sich anders überlegt. Da Derry nun nicht mit dem Jagdhaus aufwarten konnte, war der Eigentümer der großartigen Villa am Berkeley Square – der kein größeres Vergnügen kannte, als knietief im eisigen Wasser zu stehen und die Lachse springen zu sehen – nicht mehr an dem Geschäft mit ihm interessiert. Die Folge war, daß Derrys amerikanischer Freund auf die wunderbaren antiken Möbel verzichten mußte, auf die er so erpicht war, und gründlich verschnupft nach San Diego abreiste. Derry konnte nur noch die Kosten monatelanger Bemühungen tragen, die allesamt für die Katz gewesen waren.

Eine Woche später entdeckte er, daß das Jagdhaus doch verkauft worden war, und zwar zu einem Preis, der bei weitem nicht an das Angebot des Interessenten vom Berkeley Square herankam. Er machte es sich zur Aufgabe, den Namen des Käufers herauszufinden. Es kostete ihn nur ein paar Tage, und als er noch etwas weiterstocherte, erfuhr er, daß der Eigentümer des Jagdhauses Mitglied der Englisch-Deutschen Gesellschaft war und ein alter Schulfreund von Charles Lanchbury.

Alix sagte: »Mit Emma ist alles in Ordnung, Polly. Sieh sie dir doch an. Sie ist ein Prachtkind.«

»Natürlich. Sie ist ein süßer kleiner Schatz.«

»Es ist bestimmt nur diese elende Erkältung. Ich dachte, sie wäre darüber hinweg, aber anscheinend ist sie wieder aufgeflammt.«

Plötzlich voll ängstlicher Besorgnis beugte sich Alix über den Stubenwagen. Rorys erste Krankheit fiel ihr ein, die Masern, aber damals war er schon acht Monate alt gewesen. Emma hingegen wurde beinahe seit ihrer Geburt von Erkältungen und gelegentlicher Atemnot geplagt.

»Vielleicht könnte ihr der Arzt ein Kräftigungsmittel verschreiben.« Sehr überzeugt hörte sich Polly nicht an. »Unser Arzt hat den Zwillingen ein ganz hervorragendes Mittel gegeben, nachdem sie den Keuchhusten hatten.«

Viel später dachte Alix, da hat es angefangen. Das war der Moment gewesen, als ein neuer scharfer Schnitt durch ihr Leben gezogen worden war und ihre Erwartungen und Hoffnungen in Fetzen gerissen hatte. Polly hatte gesagt: *Willst du mit Emma nicht noch einmal zum Arzt gehen, Alix? Nur um sie gründlich untersuchen zu lassen um sicherzugehen, daß ihr nichts fehlt*. Und in diesem Moment war ihr ein eiskaltes spitzes Messer ins Herz gefahren, und jemand hatte begonnen, die Klinge herumzudrehen.

Eine halbe Stunde später verabschiedete sich Polly, um nach Andover zurückzufahren, und Alix sah zu ihrer schlafenden kleinen Tochter hinunter und dachte, das ist ja absurd. Trotzdem konnte sie sich weder auf die Briefe konzentrieren, die sie hatte schreiben wollen, noch brachte sie beim Mittagessen einen Bissen hinunter. Zorn und Furcht stritten in ihr, als sie zum Telefon ging.

Dr. Arthur kam noch am selben Nachmittag. Er untersuchte Emma lange und eingehend, das Stethoskop auf ihre Brust und ihren Rücken gedrückt. Sie quengelte nur ein wenig bei der Berührung des kalten Metalls: ein so braves Kind.

»Das hätte man doch eigentlich in der Klinik feststellen müssen ...«, brummte er. »Sie hat doch einen so guten Ruf ...«

»Was ist es?« Alix' Herz hämmerte zum Zerspringen. Ihr war übel.

»Ich höre da ein kleines Geräusch.«

»Ein Geräusch?« Sie war kaum fähig zu sprechen. Ihre Finger zitterten, als sie Emmas Jäckchen zuknöpfte.

»Am Herzen. Es ist sicher nichts Besorgniserregendes, Mrs. Fox. So etwas gibt sich oft ganz von selbst. Aber ich werde für Sie einen Termin bei einem Spezialisten vereinbaren. Es gibt da in London einen sehr guten Mann.«

Sie hätte ihn am liebsten angeschrien, wenn es nichts Besorgniserregendes ist, warum soll Emma dann zu einem Spezialisten? Und was heißt hier »am Herzen«? Was soll sie denn am Herzen haben?

Aber sie flüsterte nur: »Wann?«

»So bald wie möglich. Nächste Woche, hoffe ich. Ich rufe Sie gleich morgen an.«

Die Praxis in der Harley Street war elegant eingerichtet mit schweren Samtvorhängen an den Fenstern und dunklen, glänzend polierten Möbeln. Dr. Patterson, der Herzspezialist, lehnte sich in seinem Sessel zurück und drückte die Fingerspitzen aneinander.

»Das Leiden Ihrer Tochter hat einen komplizierten Namen, Mr. Fox, mit dem ich Sie jetzt nicht –«

»Sagen Sie ihn mir.« Derrys Stimme war scharf.

Ein kleiner Seufzer. »Man spricht bei diesem Herzfehler von

der ›Fallotschen Tetralogie‹. Mit anderen Worten, das Herz Ihrer Tochter hat nicht nur einen Defekt, sondern vier.«

»Was für welche?«

»Eine Verengung der Lungenschlagader. Die Scheidewand ist unvollständig ausgebildet – laienhaft ausgedrückt, es ist ein Loch im Herzen. Die rechte Kammer …«

Alix hörte nicht mehr zu. Aber das Wortgehämmer ging weiter, ein Hagel von Schlägen, der alles Glück und alle Hoffnung zertrümmerte, und sie stellte sich das kleine, kämpfende Herz ihrer Tochter vor, fehlerhaft und unvollständig. Als sie zu Emma hinunterblickte, sah sie die jetzt schon vertraute schwach bläuliche Verfärbung rund um ihren Mund.

Der Arzt hörte zu sprechen auf, und es war still.

»Und die Behandlung?« fragte Derry. »Wie behandelt man so etwas?«

»So leid es mir tut, Mr. Fox, das Leiden Ihrer Tochter ist unheilbar.«

»Aber es muß doch etwas geben …«

Ein angedeutetes Kopfschütteln.

»Das heißt also, sie wird klein bleiben – sie wird niemals rennen und toben können …«

Dr. Patterson beugte sich vor. »Die Prognose für diese Kinder ist sehr schlecht, Mr. Fox. Das muß ich Ihnen ganz klar sagen.« Zum erstenmal schwang Mitgefühl in der Stimme des Arztes mit. »Viele erreichen nicht einmal das Alter Ihrer Tochter. Es ist zweifellos Ihr Verdienst und das Ihrer Frau, daß das Kind so lange am Leben geblieben ist. Im allgemeinen bekommen sie eine Erkältung und erliegen dann einer Lungenentzündung. Es ist ein sanfter Tod, glauben Sie mir. Bei bester Pflege, und wenn Gott will, wird Ihre Tochter vielleicht noch einige Monate am Leben bleiben, aber mehr Hoffnung kann ich Ihnen nicht machen.«

Alix fand sich auf der Straße wieder. Sie konnte sich nicht erinnern, was nach Dr. Pattersons Worten: *Mehr Hoffnung kann ich Ihnen nicht machen*, geschehen war, wie sie aus dem Haus gekommen war. Aber jetzt stand sie mit Emma auf dem Arm auf dem Bürgersteig, betäubt von Ungläubigkeit und Entsetzen. Es lag Regen in der Luft, und die ersten kalten Tropfen fielen vom Himmel und sprenkelten das Pflaster. Menschen drängten sich an ihnen vorbei, und der Verkehr donnerte ohne Unterlaß durch die Straße. Sie und Derry standen immer noch wie versteinert mitten im alltäglichen Getümmel.

Sie hörte Derry sagen: »Verdammter Idiot ... eingebildeter Affe«, und dann winkte er einem Taxi.

»Was tun wir jetzt?«

»Wir holen uns natürlich eine zweite Meinung.«

Hoffnung flackerte auf. Alix drückte Emma fester an sich. »Ja. Ja, natürlich.«

Sie blieben drei Tage in ihrer Londoner Wohnung. Derry telefonierte herum und ließ nicht locker, bis es ihm gelungen war, in die Sprechzimmer der ersten Herzspezialisten Londons vorzudringen. Als der fünfte im wesentlichen die gleiche Meinung äußerte wie der erste, hatte Alix genug.

»Derry, ich finde, wir sollten nach Owlscote zurückfahren.«

»Aber es gibt da noch einen Spezialisten in Edinburgh. Ich habe mit Sophie telefoniert. Sie hat gesagt, er sei sehr gut.« Seine Augen flackerten wie irr.

Der Zorn, der sich seit Tagen in ihr angestaut hatte, brach hervor. »Derry, ich bin müde, und Emma ist zu Tode erschöpft. Sie gehört nach Hause.« Ihre Stimme war brüchig.

Er kam plötzlich zur Besinnung. »Aber ja, natürlich«, sagte er bedrückt. »Es tut mir leid. Nächste Woche vielleicht. Wenn sie ein paar Tage Ruhe gehabt hat.«

Mit einem Finger schob er das Tuch zur Seite, das die untere Hälfte von Emmas Gesicht bedeckte. Es schien Alix, als hätte der bläuliche Schatten sich ausgebreitet und flösse vom zarten Mündchen ihrer Tochter zu ihrem Kinn hinunter.

Zurück in Owlscote, in vertrauter Umgebung, fand Emma schnell wieder ihren Rhythmus, lächelte, trank, schlief, genau wie immer. Die Tage in London rückten in den Hintergrund, wurden zur alptraumhaften Erinnerung.

Die Welt außerhalb der Mauern von Owlscote verlor alle

Bedeutung. Drinnen schien die Zeit sich mit langsamerem Schritt fortzubewegen, als sei ihr mit Emmas Atemzügen ein neues Maß gesetzt. Am Ende jedes Tages fühlte Alix sich wie ausgelaugt, jeder Muskel schmerzte von der angestauten Spannung ständiger Wachsamkeit und ständiger Angst, daß Emma, wenn sie in ihrer Wachsamkeit nachließe, für immer einschlafen könnte. Sie brachte das Kinderbett in das Schlafzimmer, das sie und Derry teilten. Nachts schreckte sie häufig aus dem Schlaf und konnte nicht wieder einschlafen, solange sie sich nicht vergewissert hatte, daß Emma noch atmete. Sie erinnerte sich an die Worte des Spezialisten: *Es ist Ihr Verdienst, daß die Kleine so lange am Leben geblieben ist.* Wenn sie dieses kleine Wunder vollbracht hatte, sagte sich Alix, dann konnte sie auch mehr vollbringen. Ihre Kraft würde Emma am Leben erhalten. Sie würde sie behüten, und dann würden aus den Monaten vielleicht Jahre werden.

Dr. Arthur kam alle paar Tage vorbei und nahm sich die Zeit, bei einer Tasse Tee mit ihr zu sprechen. Wenn er sagte: »Emma scheint sich ja recht tapfer zu halten«, oder: »Großartig, wie Sie das mit dem Kind machen, Mrs. Fox«, strahlte sie und war einen Moment beinahe glücklich. Wenn er behutsam sagte: »Sie dürfen nicht vergessen, daß Emma sehr krank ist«, stand sie brüsk auf und brachte ihn zur Tür.

Sie trug Emma überall mit sich herum, hielt sie an ihre Brust gedrückt, als könnte der stetige Schlag ihres eigenen Herzens dem kranken ihrer Tochter die Kraft verleihen, die diesem fehlte. Sie mied ihre Freunde, weil sie deren mitleidige Blicke nicht ertragen konnte. Sie wird nicht sterben, hätte sie ihnen am liebsten entgegengeschrien; ich werde sie am Leben erhalten!

Geduldig war sie nur mit ihrer Tochter; alle anderen mußten damit rechnen, bei der geringsten Kleinigkeit von ihr angefahren zu werden. Derrys Vorschläge, eine Pflegerin zu engagieren, die ihr bei Emmas Betreuung helfen könnte, oder einen weiteren Spezialisten zu konsultieren, lehnte sie schroff ab. Als er nicht nachgeben wollte, sagte sie kalt: »*Ich* kümmere mich um sie. Ich brauche keine Hilfe.«

Als er ihr mitteilte, daß er für die folgende Woche einen Kinderarzt nach Owlscote bestellt hatte, kam es zu einem heftigen Streit zwischen ihnen. »Sie ist *mein* Kind. Misch dich da also nicht ein.« Ihre Worte schallten durch das ganze Haus. »Ich lasse sie nicht von irgendeinem wildfremden Menschen mit allen möglichen Instrumenten quälen.« Emma, die ihren Zorn spürte, wimmerte leise, und sie setzte sich, über ihre eigene maßlose Wut erschrocken, drückte Emma an sich und flüsterte: »Es hat doch sowieso keinen Sinn, Derry. Es tut ihr viel wohler, wenn wir sie einfach in Ruhe lassen.«

Sie sah, wie er blaß wurde. Dann wandte er sich mit einer abrupten Drehung von ihr ab und ging aus dem Zimmer.

Alles tat weh. Es tat weh, wenn Emma sie anlächelte, und es tat weh, wenn sie weinte. Es tat weh, wenn Fremde in den Kinderwagen blickten und sagten: »Ach, ist die Kleine süß. Sie sind sicher sehr stolz auf sie!« Es tat weh, daß Freunde Emma nicht mehr bewunderten, sondern stumm blieben, Mitleid in den Augen.

Es tat weh, es Rory sagen zu müssen. Es zerbrach ihr fast das Herz, als er sie ansah und sagte: »Aber sie stirbt doch nicht, oder, Mama?«

»Ich weiß es nicht, Rory«, hörte sie sich antworten. »Ich weiß es nicht.« Dann wandte sie sich ab, unglücklich, daß ihm solcher Schmerz zugefügt werden mußte, und doch nicht fähig, ihn zu belügen.

Sie maß die Zeit, indem sie sich Meilensteine setzte. Das bittersüße Weihnachtsfest, das sie verlebten; das Schneetreiben, mit dem das neue Jahr begann. Der klirrende Frost, der das Wasser in den Rohren gefrieren ließ. Rorys Rückkehr ins Internat. Das Erblühen der Schneerosen mit ihren eigenartigen grün-roten Blütenblättern mitten im Schnee. Lauter kleine persönliche Siege über die Zeit. Es schien Alix, daß Tage, Stunden und Minuten ihrem Willen gehorchten.

Mitte Januar bekam Emma wieder eine Erkältung. Mit einem Teelöffel flößte ihr Alix tropfenweise warme Milch ein. Sie hausten in der Küche, dem wärmsten Raum im Haus. Alix stellte den Stubenwagen neben das durchgesessene alte Sofa und schlief dort. Derry kehrte nach dem Wochenende nicht nach London zurück, sondern blieb in Owlscote.

Nach einigen Tagen schien Emma sich zu erholen. Alix sah auf, als Derry in die Küche kam.

»Es scheint ihr besserzugehen. Sie hat fast fünfzig Gramm Milch getrunken. Halt sie doch mal einen Moment, ja, Derry, während ich hier aufräume.«

Er nahm seine Tochter auf den Arm und schob das Mützchen zurück, das ihr fast bis zu den Augen hinuntergerutscht war. »Sie sieht auch ein bißchen rosiger aus, findest du nicht auch?«

Alix stand am Spültisch und wusch Flaschen und Gummisauger. »Dr. Arthur meinte, sie sehe viel besser aus als gestern.«

»Ich müßte eigentlich mal nach London. Nur für zwei Tage. Aber wenn du möchtest, daß ich bleibe – wenn du meinst ...«

Sie fühlte sich plötzlich zu Tode ermattet. Die Hände im seifigen Wasser, hielt sie einen Moment in ihrer Arbeit inne und starrte zum Fenster hinaus.

»Sie ist eingeschlafen.« Er sprach leise. »Das ist doch gut, nicht wahr, daß sie schläft? Ich lege sie in den Stubenwagen.«

Alix selbst schlief auf dem Küchensofa ein, noch ehe Derry das Haus verlassen hatte. Sie schlief tief und traumlos. Als sie erwachte, war es schon hell, und das Eis an den Fensterscheiben war geschmolzen und rann in dünnen Bächen das Glas hinunter.

Sie spürte instinktiv, daß etwas sich verändert hatte, aber sie hätte nicht sagen können, was es war. Verwirrt setzte sie sich auf und rieb sich die Augen. Sie konnte sich nicht erinnern, wann sie das letzte Mal so lange geschlafen hatte, so ungestört. In plötzlichem entsetzten Begreifen beugte sie sich über den Stubenwagen. Ein grauenhaftes Heulen drang auf sie ein, und sie brauchte einen Moment, um zu erkennen, daß sie ihr eigenes Schmerzgeheul hörte.

16

DAS BEGRÄBNIS ERSCHIEN ihm wie eine irrwitzige Inszenierung. Der blaue Himmel, die Schneeglöckchen auf dem Friedhof, der Hohn dieses plötzlichen Ausbruchs eines falschen Frühlings. Während des ganzen Gottesdiensts versuchte Derry, der an Alix' Seite stand, alle Gedanken von sich fernzuhalten. Die Kopfschmerzen, die ihn seit Tagen quälten, wurden stärker, als wollten sie das Vakuum füllen. Aber die Gedanken brachen natürlich trotzdem ein. Jonathans Anruf, die Fahrt von London nach Owlscote (er konnte sich nicht an eine einzige Straße oder Abzweigung erinnern, nur an das Quietschen der Reifen und die Tränen, die ihm die Sicht nahmen). Am Tag darauf war er zu Rory ins Internat gefahren, um ihm zu sagen, was geschehen war. Jonathan hatte sich erboten, das zu übernehmen, aber Derry hatte abgelehnt. Er wußte, daß das etwas war, das er selbst tun mußte. Rorys Tutor hatte ihnen sein Arbeitszimmer zur Verfügung gestellt, damit sie ungestört sprechen konnten. Mit dem eigensinnigen Stolz der Jugend, der Derry aus eigenem Erleben nur zu vertraut war, hatte der Junge gegen die Tränen angekämpft. Erst als Derry ihn tröstend in den Arm genommen hatte, hatte er sein Gesicht an dessen Schulter gedrückt und geweint.

Nach der Beerdigung war das Haus voller Menschen. Sie sprachen mit ihm, und er antwortete ihnen, sorgte dafür, daß sie zu essen und zu trinken hatten und Alix möglichst in Ruhe ließen. Sie saß auf dem Sofa im Salon, ein unberührtes Glas Sherry in der Hand. Der leere Blick ihrer glanzlosen Augen machte ihm angst. Immer wieder ertappte er sich dabei, daß er sich nach dem Stubenwagen umsah, oder er merkte plötzlich, daß er die ganze Zeit darauf wartete, Emma schreien zu hören. Beim Ankleiden für die Kirche hatte er in seiner Manteltasche einen kleinen weißen Fausthandschuh gefunden. Mit fest geschlossenen Augen hatte er ihn an seine Wange gepreßt und zum erstenmal in seinem Leben gewünscht, einfach aufzuhören zu existieren, nicht mehr dazusein, fliehen zu können vor der Qual der ständigen Erinnerung an ihre Abwesenheit.

Als die Gäste aufzubrechen begannen, blickte Alix auf und nickte ihnen höflich zu, aber Derry hatte den Eindruck, daß sie sie gar nicht wahrnahm. Erst als Jonathan und Polly gingen, die sich angeboten hatten, Rory ins Internat zurückzubringen, stand sie vom Sofa auf. Er beobachtete, daß sie Rory so fest an sich zog, als wollte sie ihn nie wieder loslassen.

Nachdem Derry die letzten Gäste zur Tür gebracht hatte, kehrte er in den Salon zurück, aber Alix war nicht mehr dort. Auf der Suche nach ihr ging er durch das Haus. Sie stand in der Küche am Fenster. Ihr Blick glitt langsam vom Spültisch zum Küchenschrank.

»Ich wollte abspülen«, sagte sie, »aber irgend jemand hat das schon gemacht.«

Das ganze Geschirr stand sauber in den Schränken.

»Ich hätte hierbleiben sollen«, sagte er leise. »Ich werde mir nie verzeihen, daß ich weggefahren bin.«

Sie antwortete nicht.

»Ich mußte etwas erledigen«, sagte er. Seine Stimme klang dumpf. »Das verstehst du doch, nicht wahr, Alix?«

Er zog sie an sich, aber sie lag schlaff und leblos in seinen Armen. Das Haus selbst schien ohne Leben. Durch das Fenster fiel sein Blick auf den Teich, in dessen stillem, glasklarem Wasser sich der harte, blaue Himmel spiegelte. Als er zu Alix hinunterblickte, sah er, daß ihre Augen weit geöffnet waren, so kalt und unbewegt wie das frostklare Wasser des Teichs.

Zwei Wochen später kehrte Derry nach London zurück. Sein erster Weg führte ihn in den Laden in Kensington. Er sah gerade im Büro die Post durch, die sich während seiner Abwesenheit angesammelt hatte, als Roma hereinkam.

»Derry! Was tust du denn hier um Gottes willen?«

»Ich zähle die Rechnungen.«

Sie setzte sich ihm gegenüber. »So bald habe ich dich gar nicht zurückerwartet. Wir kommen hier ganz gut zurecht, weißt du.«

Er zuckte die Achseln. »Ich dachte, ich könnte mich zur Abwechslung mal wieder nützlich machen. Ich habe lange genug nichts getan.«

»Aber Alix –«

»Ist im Augenblick lieber allein.«

Roma neigte sich ihm über den Tisch entgegen. »Derry –« In ihrer Stimme lag eine große Zärtlichkeit. »Wenn etwas so Schreckliches geschieht – reagiert jeder anders.«

»Ja, das hat der Arzt auch gesagt. Und Jon und Polly ebenfalls.« Er versuchte zu lächeln und hatte dabei das sonderbare Gefühl, seine Lippen wären völlig taub. »Und ich habe es im Haus nicht mehr ausgehalten. In Owlscote. Ich hatte angefangen, es zu hassen.« Er fröstelte. »Ich mußte weg.«

Roma sah ihn aufmerksam an. »Natürlich.« Sie drückte seine Hand. »Kaffee?«

»Ich hätte lieber einen Kognak.«

Sie schenkte ihm ein Glas ein und ging dann hinaus. Derry blieb noch eine Weile sitzen und blätterte in Auftragsbüchern und Rechnungen, aber die Zahlen verwischten sich zu unleserlichen Zeichen, und dieses ganze Treiben – die rastlose Jagd nach Dingen, um eine verwöhnte Klientel zu bedienen – erschien ihm wie ein sinnloses Affentheater. Er trank den Rest seines Kognaks, rief Roma noch einen Gruß zu und verließ das Büro durch die Hintertür.

Er traf Sophie in ihrem Zimmer am Embankment an. Sie schrieb auf ihrer Maschine an irgendeinem langen Aufsatz mit unzähligen Fußnoten; das Zimmer, in dem es nur einen kleinen elektrischen Ofen gab, war kalt.

Sie zeigte keine Überraschung über seinen Besuch und stellte keine Fragen, sondern sagte nur, er solle sich auf das Klappbett setzen, und streckte die Hand aus, um ihm seinen Mantel abzunehmen.

»Danke, Sophie, den behalt ich erst mal an – es ist teuflisch kalt hier drinnen.«

»Du siehst schrecklich aus, Derry.«

»Danke für das Kompliment, liebe Sophie.«

Sie musterte ihn über die Ränder ihrer Halbbrille. »Hast du Kopfschmerzen?«

»Ganz katastrophal. Hast du einen Kognak da?«

»Ich glaube, ein Aspirin wäre da besser.«

»Mir ist ein Kognak lieber.«

Sie goß ihm ein Glas ein. »Wenn du reden willst, Derry, dann reden wir. Wenn nicht, hören wir uns einfach ein bißchen Musik an, ja?«

Er antwortete nicht, und nach kurzem Warten schaltete Sophie das Radio ein und begann, einen Stapel handgeschriebener Aufzeichnungen durchzusehen. Das Musikstück, eine Beethoven-Klaviersonate, begann recht munter – irgend etwas Heroisches in C-Dur –, aber dann folgten stillere Töne, weich und getragen, Klänge, die ihn kein bißchen ablenkten, sondern Bilder und Gedanken heraufbeschworen, die er kaum ertragen konnte.

»Ich glaube, sie gibt mir die Schuld«, stieß er auf einmal hervor, und Sophie griff zum Radio und drehte den Ton herunter.

»Alix?«

»Ich war in London. Als Emma starb.«

Zum erstenmal, dachte er, habe ich es laut ausgesprochen. *Als Emma starb.* Er hatte sie der Vergangenheit übergeben. Er schloß die Augen und drückte seine Finger fest an seine pochende Stirn.

»Sie will mich nicht in ihrer Nähe haben. Ich darf sie nicht einmal anfassen. Ich habe die ganze Zeit im Gästezimmer geschlafen. Sie behauptet, sie könnte nicht schlafen, wenn ich mit ihr im selben Bett liege. Aber ich bin sicher, sie schläft sowieso nicht.«

»Sie braucht vielleicht etwas Zeit für sich – ein bißchen Ruhe –«

»Ich weiß nicht, ob ich einfach wegbleiben soll –«

»Nein, Derry, das würde Alix sicher nicht wollen. Ein, zwei Tage vielleicht.«

Derry hörte sie kaum. Er mußte es erklären, weil jemand ihn verstehen mußte, um ihm vielleicht zu verzeihen. Dann würde er sich vielleicht selbst verzeihen können.

»Ich hatte seit Monaten Probleme – finanzielle Probleme. Ein Geschäft, in das ich eine Menge Zeit hineingesteckt hatte, klappte nicht. Und als Emma krank war, habe ich die Dinge einfach treiben lassen. Bis es zu einer kritischen Situation kam und ich einen Anruf bekam und nach London fahren mußte.« Er hob den Kopf und sah Sophie an. »Verstehst du, als ich nur die Wohnung hatte, kam ich bestens zurecht, aber mit Owlscote – dieses Haus kostet Unsummen. Aber ich wollte Alix nicht beunruhigen. Ich habe immer noch ein paar Wertpapiere, aber du weißt ja, wie es zur Zeit auf dem Markt aussieht –«

»Nein, Derry.«

»Hitler niest, und die City geht in die Knie. Ich weiß nicht, was ich tun soll. Ich dachte, mir würde schon irgend etwas einfallen, aber ich bin nicht mal fähig, eins und eins zusammenzuzählen.«

»Warum bist du nach London zurückgekommen, Derry?«

Erst antwortete er nicht, dann sagte er leise: »Weil ich in Owlscote ständig an die Dinge denken muß, an die ich nicht denken will.«

»Emma?«

Er nickte.

»Das braucht Zeit, Derry.«

»Ja, das sagen mir alle.« Sein Ton war bitter und verzweifelt. »Jeder erklärt mir, daß ich versuchen muß, einen Tag nach dem anderen hinter mich zu bringen. Aber sie scheinen keine Ahnung zu haben, wieviel Kraft es kostet, auch nur eine Minute durchzustehen.«

Sophie hielt ihm ihr Zigarettenetui hin. Die kleinen schwarzen Zigarren hatten einen starken, würzigen Geschmack. »Du mußt Geduld haben, Derry. Du hast einen furchtbaren Verlust erlitten. Ein Kind zu verlieren – das ist das Schlimmste.«

»Steht das in deinen Lehrbüchern, Sophie?« Sein Ton war sarkastisch.

Sophie blies blauen Rauch in die Luft. »Ich hatte zwei jüngere Schwestern. Sie sind beide verhungert, in Berlin, gleich nach dem Krieg. Deshalb wollte ich nie Kinder haben. Ich habe mit angesehen, wie verzweifelt meine Eltern versucht haben, sie am Leben zu erhalten. Ich wollte so etwas nicht mitmachen.«

»Tut mir leid«, murmelte er.

»Ich will dich nicht belehren, Derry. Ich wollte damit nur sagen, daß ich nicht einmal den Mut hatte, es zu versuchen.« Sie machte eine nachdenkliche Pause. »Der Schmerz hat viele Gesichter – ich weiß, auch das haben dir schon alle gesagt. Er äußert sich oft als Zorn. Und häufig richtet sich dieser Zorn gegen die, die man am meisten liebt.«

Er sah zu seinem leeren Glas hinunter. »Daß ich nicht einmal mit ihr *sprechen* kann – wir konnten immer miteinander sprechen ...« Er stand auf und drückte die Zigarre in seinem Kognakglas aus.

»Bleib doch noch, Derry. Ich mach dir was zu essen.«

Er schüttelte den Kopf. »Ich hab noch was zu erledigen«, sagte er. Dann sah er Sophie an. »Aber morgen fahre ich nach Owlscote zurück.«

Als er draußen durch die Straßen ging, war ihm, als existiere er in Wirklichkeit gar nicht, als bewege er sich in einer Welt, die so fremd und rätselhaft war wie der Meeresgrund oder die Oberfläche des Mondes. Als wäre er ein Geist, substanzlos und unsichtbar.

Seine Identität, so schien ihm, zog er aus den Menschen um ihn herum, in deren Augen er sich gespiegelt sah; ohne sie aber war er nichts. Er fühlte eine Panik in sich aufsteigen, deshalb lief er weiter, bis er zu einem kleinen Platz mit einer Grünanlage kam, die von einem Metallgeländer umgeben war. Zwischen Lorbeer- und Rosenbüschen stand eine Bank. Dort setzte er sich hin. Er schlug die Hände vor sein Gesicht und weinte. Der sanfte Regen mischte sich mit seinen Tränen. Er weinte um seine Tochter, die niemals ein junges Mädchen, niemals eine Frau werden würde, niemals Kinder haben würde. Er weinte, weil sie jetzt allein in der kalten Erde lag. Er weinte in Erinnerung an die große Freude ihrer Geburt, die Flüchtigkeit ihres kurzen Lebens, die Grausamkeit ihres Todes. Er weinte, weil er sie mehr geliebt hatte, als er sich je hätte vorstellen können.

Alix fuhr mit dem Gedanken aus dem Schlaf, daß Emma nicht gestorben wäre, wenn sie – Alix – nicht auf den Jahrmarkt gegangen wäre. Mit weit offenen Augen setzte sie sich im Bett auf, noch immer die Musik des Karussells in den Ohren, die tanzenden Zigeuner vor Augen.

Erst nach einer Weile gelang es ihr, sie zu trennen, Emma und Charlie, und sie stand auf, kleidete sich an und ging nach unten. In der Küche blieb sie eine Weile unschlüssig stehen, während sie sich zu erinnern versuchte, was sie eigentlich hatte tun wollen. Die Angst aus dem Traum hing ihr noch nach. Am liebsten hätte sie im Internat angerufen, um sich zu vergewissern, daß es Rory gutging, aber sie tat es nicht; es war viel zu früh am Morgen, und außerdem hatten sie erst gestern abend telefoniert.

Auf dem Abtropfbord neben dem Spülbecken stand etwas Geschirr – sehr wenig nur, weil sie nur zu zweit waren und keiner von ihnen viel aß –, und sie räumte es auf. Dann setzte sie Wasser auf und machte Tee. Sie hörte Derry auf der Treppe, als sie die Kanne vorwärmte, und holte eine zweite Tasse aus dem Schrank. Ohne ihn anzusehen, fragte sie: »Hast du gut geschlafen?«

»Danke, ja. Und du?« sagte er.

»Auch gut.«

Er blieb am Fenster stehen, während er seinen Tee trank. Alix setzte sich aufs Sofa. Sie sah zur Uhr hinauf, erst zehn nach sieben, und dachte, fünfzehn Stunden, die ich irgendwie rumbringen muß.

Er sagte plötzlich: »Du mußt mir helfen, Alix. Du mußt mir sagen, ob ich irgend etwas – ganz gleich, was – tun kann.«

Sie schreckte vor dem flehenden Ausdruck seiner Augen

zurück und zog ihre Strickjacke fester um sich. »Du brauchst nicht hierzubleiben, Derry. Wenn du nach London zurück mußt, dann fahr.«

Sie umkreisten einander, dachte sie, wie Raubvögel, wachsam, lauernd.

»Ich möchte dich nicht allein lassen.«

Sie glaubte ihm nicht. Sie glaubte, es drängte ihn zu gehen. »Das Alleinsein macht mir nichts aus«, sagte sie. »Ich bin sogar lieber allein.«

»Es wäre dir also lieber, wenn ich nicht hier wäre?«

Sie dachte daran, ihm zu erklären, daß es nicht unbedingt mit ihm zu tun hatte, sondern mit der ganzen Schwierigkeit des Fühlens und Sorgens und Zusammenseins mit einem anderen. Aber sie war zu müde, und es war zuviel Mühe, das zu erklären, deshalb sagte sie nur: »Ja.«

Er stellte seine Tasse ab und ging hinaus. Einige Augenblicke später sah sie ihn draußen im Garten. Er ging mit großen Schritten über den Rasen und umrundete den Teich in Richtung der Hügel. Sie hatte längst bemerkt, daß er jede Gelegenheit nutzte, um dem Haus zu entkommen. Daß er es kaum einen Morgen oder auch nur eine Stunde in Owlscote aushielt. Sie hatte bemerkt, wie begierig er darauf war, mit dem Milchmann zu schwatzen oder dem Briefträger oder dem alten Scherenschleifer, der ab und zu vorbeikam. Seine Rastlosigkeit ärgerte und erschöpfte sie; sie brauchte Stille, Ungestörtheit, die Möglichkeit, sich in ihrem Schneckenhaus zu verkriechen und ganz allein zu entscheiden, wann, wenn überhaupt, sie wieder herauskommen wollte.

Beim Abendessen sagte Polly zu Jonathan: »Ich war heute in Owlscote.«

»Wie geht es den beiden?«

Sie reichte ihm die Sauciere. »Ich hatte einen Kuchen mitgenommen, aber der, den ich beim letztenmal mitgebracht hatte, war nicht mal angerührt. Er war schon ganz verschimmelt. Und das Haus – überall hängen die Spinnweben, Jon, und die Kamine sahen aus, als wären sie seit Wochen nicht gefegt worden. Ich wollte ja selbst die Ärmel hochkrempeln, aber Alix hat es mir verboten.«

»Gut so«, sagte Jonathan. Polly war im siebten Monat schwanger. Er sah sie scharf an. »Polly, was ist?«

»Sie war wütend. Richtig gemein. Sie hat mir praktisch ins Gesicht gesagt, daß sie mich nicht sehen wollte.«

»Ach, Polly.«

»Ich nehm es ihr nicht übel – es kränkt mich natürlich, weil sie meine Freundin ist, aber das kann ich aushalten. Ich würde alles tun, um ihr über diese schreckliche Zeit hinwegzuhelfen, das weißt du, Jon. Aber ich frage mich, ob es vielleicht deswegen ist.« Polly klopfte leicht auf ihren Bauch. »Das kann ich ja schließlich nicht verstecken. Aber vielleicht glaubt Alix, ich wolle damit protzen.«

Jonathan merkte plötzlich, daß er überhaupt keinen Hunger hatte. Er legte Messer und Gabel weg. »Vielleicht solltest du mal eine Weile nicht hinfahren. Einfach ein bißchen Zeit vergehen lassen, bis sich alles ein wenig beruhigt hat. Ich fahre in Zukunft allein hin.«

Er mußte daran denken, wie er Alix und Derry das letzte Mal zusammen gesehen hatte, ihre Worte messerscharf und verletzend. Derrys Schmerz, Alix' Kälte und Zorn, beider Unfähigkeit, den Schmerz des anderen zu lindern. Er hatte gesehen, wie Alix jeder Berührung Derrys auswich, er hatte Derrys Blicke gesehen, tief verwundet und hoffnungslos. In den Monaten seit Emmas Tod hatte Jonathan die Besuche in Owlscote fürchten gelernt.

Er sah Polly an. »Hast du Derry auch gesehen?«

»Nur kurz. Er war auf dem Sprung, weil er nach London wollte. Anscheinend arbeitet er dort drei Tage die Woche.«

»Und wie geht es ihm?«

»Er sah schrecklich aus.« Pollys Stimme war voll Trauer. »Weißt du, Jon, ich hätte nie gedacht, daß ich das einmal sagen würde, aber ich wünschte, sie würden sich trennen. Wenigstens eine Zeitlang. Sie zerstören sich gegenseitig. Ich kann das kaum mit ansehen.«

In dem tiefen Bedürfnis, sie zu spüren und so die plötzliche

Angst abzuwehren, auch er könnte wie Derry unversehens alles verlieren, ging er zu ihr und nahm sie in die Arme, so daß ihr Kopf an seiner Brust ruhte und das ungeborene Kind zwischen ihnen.

Von den Blumen und den Speisen, die die Leute ins Haus gebracht hatten, waren nur traurige Überbleibsel zurückgeblieben. Einmal stieß Alix in einer fast leeren Speisekammer auf ein Glas selbstgemachter Marmelade, jetzt mit weißem Schimmel überzogen, ein andermal auf einen Korb Äpfel, die schrumplig und braun waren. Und in einem Zimmer, das selten benutzt wurde, entdeckte sie eine Vase mit Blumen. Die Stengel waren schwarz, das Wasser stank. Eine Karte war an den Strauß geheftet. *Wir fühlen mit Ihnen in dieser schweren Zeit.*

Immer wieder brachte sie sie in ihren Träumen durcheinander, Charlie und Emma. Charlies Herz stotterte und gab auf, und Emma lief durch den Wald und verschwand. Sie vermutete, daß sie so schlecht schlief, weil sie sich tagsüber körperlich nicht verausgabte. Sie kochte nicht, sie kümmerte sich weder um Haus noch Garten. Sie tat nichts, weil alles Tun ihr fruchtlos erschien. Sie hatte ihre ganze Kraft und ihren ganzen Willen darauf konzentriert, Emma am Leben zu erhalten. Doch Emma war gestorben, trotz allem, was sie getan hatte, trotz aller Liebe. Ihre Angst um Rory blieb. Ihre Vernunft sagte ihr, daß diese Ängste irrational waren, Ausgeburten des jüngsten Verlusts, den sie erlitten hatte, und der dunklen Erinnerung an jenen anderen, weit zurückliegenden. Dennoch mußte sie täglich den Impuls bekämpfen, Rory anzurufen oder ihn gar von der Schule zu nehmen, um ihn in Owlscote behalten zu können, wo sie ihn sehen konnte, wo er sicher und behütet wäre. Ihre Nerven lagen bloß, die Gesellschaft anderer erschöpfte sie, fremde Orte machten ihr angst.

Derry schlug eines Morgens vor, sie solle ihn nach Salisbury begleiten. Alix schüttelte den Kopf.

»Warum nicht?«

»Ich bin hier ganz glücklich.«

»Glücklich?« Sein Blick ging ihr durch Mark und Bein. Er

hielt ihr ihren Mantel hin. »Nur für ein, zwei Stunden«, versuchte er sie zu überreden. »Wir machen einen Spaziergang und essen irgendwo zu Mittag. Danach fahren wir wieder nach Hause, ich verspreche es dir.«

Sie dachte, wenn er jetzt sagt, das wird dir guttun, fang ich an zu schreien. Aber er sagte es nicht, und so schlüpfte sie in ihren Mantel (es war ein schöner Morgen, aber ihr war jetzt immer kalt) und folgte ihm zum Wagen.

In Salisbury bummelten sie durch die Straßen und suchten dann den Park um die Kathedrale auf. Der gewaltige Turm erschien ihr finster und bedrohlich, sie meinte, er müßte jeden Moment einstürzen und sie unter seinen Steinen begraben. Sie erinnerte sich, daß sie für Emma sogar gebetet hatte – sie, die ihren Kinderglauben an Gott mit Charlies Verschwinden verloren hatte.

»Ein entsetzlicher Bau«, sagte sie schaudernd. »So düster und bedrückend. Ich finde es grauenvoll hier.« Beinahe gehetzt lief sie aus dem Park.

May war zu Hause, als das Telefon läutete. Mrs. Ware, die Haushälterin in Bell Wood, die vor lauter Aufregung und Verlegenheit kaum in der Lage war, einen zusammenhängenden Satz hervorzubringen, überfiel sie mit einem Schwall gestammelter Wörter.

»Miss Lanchbury ... auf dem Postamt ... eine schreckliche Szene, der Polizist sagte ...«

Halb wütend, halb besorgt, nahm May den nächsten Zug nach Cambridge und von dort aus ein Taxi nach Bell Wood. Die Haushälterin riß die Tür auf, als sie gerade mit ihrem Schlüssel aufsperren wollte.

»Miss Ella ist in ihrem Zimmer, Miss May. Der Polizeibeamte hat sie nach Hause gefahren. Ihr Vater ist nicht da, er ist auf Reisen. Im Ausland. Ich hab gleich gewußt, daß es was geben würde. Miss Ella war ganz außer sich, weil er sie nicht mitnehmen wollte. Sie ist schon seit längerer Zeit ein bißchen seltsam. Aber ich hätte nie gedacht, daß es so weit kommen würde. Die Polizei ... in *diesem* Haus ...«

May ging in die Küche und setzte Wasser auf. Bei einer Tasse Tee beruhigte sich die Haushälterin so weit, daß sie ihr die ganze Geschichte in zusammenhängenden Worten erzählen konnte.

Ella hatte es sich angewöhnt, braune Hemden und Armbinden mit Hakenkreuzen zu tragen. Statt, wie es vernünftig gewesen wäre, ihre politischen Neigungen für sich zu behalten, war sie auch im Dorf in ihrer Uniform herumgelaufen. An diesem Morgen war sie aufs Postamt gegangen, um Briefmarken zu kaufen, und hatte beim Betreten des Geschäfts, in dem auch Schreibwaren verkauft wurden, den Arm zum Hitlergruß erhoben. Der Sohn der Posthalterin, bekanntermaßen ein Linker, der erst vor kurzem aus Spanien zurückgekehrt war, wo er auf Seiten der Internationalen Brigaden gekämpft hatte, war zufällig im Laden gewesen und hatte Ella auf der Stelle hinauswerfen wollen. Die jedoch hatte sich gewehrt, indem sie voller Wut Federhalter und Radiergummi, Postkarten und Briefumschläge aus den Regalen gerissen und um sich geschleudert hatte. Schließlich hatte man die Polizei gerufen, und Ella war in einem Polizeifahrzeug nach Bell Wood zurückgebracht worden.

»Wird es denn ein Verfahren geben?«

»Das weiß ich nicht, Miss. Das wollte mir der Polizeibeamte nicht sagen.« Mrs. Ware fügte unsicher hinzu: »Werden Sie es Mr. Lanchbury schreiben, Miss May?«

May schüttelte den Kopf. Dann ging sie nach oben und klopfte an Ellas Tür.

»Wer ist da?«

»Ich bin's, May.«

Die Tür wurde geöffnet. »Schnell, May«, zischte Ella drängend und sah dabei hastig den Korridor hinauf und hinunter. »Ich will nicht, daß mich jemand von *denen* sieht.« Sie flüsterte, als hätte sie Geheimnisse.

Die Tür schlug hinter May zu. »Von wem sprichst du?«

»Sie beobachten mich. Ich weiß es genau.«

May schluckte. Sie sah sich im Zimmer um. Seit ihrem letzten Besuch hatte sich kaum etwas verändert. Die Fotografien, die Plakate – auf dem Toilettentisch sogar ein Autogramm Adolf Hitlers, wie May schaudernd sah –, alles war geblieben.

»Ella«, sagte sie, »du mußt das alles hier verschwinden lassen. Was sollen denn die Leute denken? Und die Angestellten?«

Ella schien sie gar nicht zu hören. Sie starrte zum Fenster hinaus. »Ich habe Papas Gewehr, May«, sagte sie. »Er hat mir gezeigt, wie man es lädt. Nur für den Fall.«

Für welchen Fall? dachte May. Für den Fall, daß die Deutschen das Land besetzen? Oder wohl eher, daß sie es nicht besetzen?

Sie faßte Ella beim Arm und drehte sie herum, zwang sie, ihr ins Gesicht zu sehen. »Heute auf der Post –«

»Ihm hat mein Abzeichen nicht gepaßt, May. Schau, ich habe es selbst gemacht.«

Sie trug immer noch die Armbinde mit dem Hakenkreuz. May, die sich aufs Bett gesetzt hatte, sagte müde: »Ella, die Leute empfinden das als Provokation. Das mußt du dir klarmachen. Trag die Sachen im Haus, wenn es unbedingt sein muß, aber doch nicht in der Öffentlichkeit, um Himmels willen.«

»In Cambridge hat mich jemand angespuckt.« Ellas Gesicht war weiß und zornig.

»Du mußt vernünftig sein, Ella«, sagte May streng. »Es ist unvernünftig, andere zu provozieren und Streit mit ihnen anzuzetteln.«

»Ich hab ihm ein Glas Pfefferminzbonbons nachgeworfen.« Ella lachte. »Gott, war das komisch – sie sind überall auf dem Boden herumgerollt.«

May stand auf und ging zum Fenster. Die Hände flach auf das Sims gestützt, blieb sie dort stehen. Von Ellas Zimmer aus blickte man in den Park hinunter. May konnte die weiten Rasenflächen sehen, die Lindenallee, das Buchsbaumrondell und dahinter den See.

Sie hatte schon begriffen, daß jeder Versuch, mit ihrer Schwester vernünftig zu reden, sinnlos sein würde, sie versuchte es daher mit einem anderen Ansatz. »Es könnte sein, daß sie dich ins Gefängnis stecken, Ella. Das ist dir doch wohl klar?«

Ella starrte sie nur trotzig an.

»Und wenn du ins Gefängnis kämst, könntest du nicht mehr für Papa sorgen«, fuhr May in dem Bemühen fort, ihre Schwester zur Einsicht zu bewegen. Als hätte ich ein Kind vor mir, dachte sie, oder eine Schwachsinnige.

Ellas blasse Augen flammten zornig auf. »Ich werde immer für Papa sorgen. Du brauchst keine Angst zu haben, May. Ich tue alles für ihn.«

»Natürlich tust du das, Ella.« Mays Ton war beschwichtigend. »Aber wenn du in Schwierigkeiten kommst, wird es dir vielleicht nicht mehr möglich sein, für ihn zu sorgen.«

»Ich hab schon für Papa gesorgt, als ich noch ein kleines Mädchen war.« Ella lächelte wieder. »Er weiß, daß er sich auf mich verlassen kann.«

Sie würde zur Polizei gehen müssen, dachte May. Sobald sie Ella das Versprechen abgenommen hätte, sich in Zukunft besser zu benehmen, würde sie die Polizeidienststelle aufsuchen.

»Ich hab immer getan, was mir gesagt wurde. Ich war nicht so wie du und Daisy. Seit deinem Geburtstag –«

Sie würde den Leuten von der Polizei versichern, daß es nie wieder zu einem solchen Zwischenfall kommen würde. Sie würde versuchen, ein Verfahren zu verhindern; wenn nötig, würde sie Mrs. Morris, die Posthalterin, bitten, keine Anzeige zu erstatten.

»... als Charlie verlorenging. Schon damals war ich immer die Brave. Deshalb durfte ich auch bei Papa im Automobil mitfahren. Weil er wußte, daß er sich auf mich verlassen konnte. Er wußte, daß ich nichts sagen würde.«

Es dauerte einen Moment, ehe der Sinn von Ellas Worten zu ihr durchdrang. Wie ein Echo, dachte May, aus einer lang vergangenen Zeit. Sie trugen sie fort aus diesem Zimmer, das mit den scheußlichen Symbolen von Ellas fanatischer Besessenheit vollgestopft war, zurück in die Vergangenheit.

Verwirrt sah sie ihre Schwester an. »Daß du *was* nicht sagen würdest, Ella?«

Ellas Miene veränderte sich, wurde argwöhnisch und verschlagen. »Nichts, nichts. Das geht dich nichts an. Es ist ein Geheimnis.« Sie lächelte. »Papa und ich haben viele Geheimnisse. Ganz spezielle Geheimnisse.«

»Du hast von Charlie gesprochen«, sagte May. »Mir hast du erzählt, du könntest dich nicht erinnern, was an dem Tag war, an dem Charlie verschwunden ist.«

»Ich weiß vieles, was du nicht weißt, May. Mehr als du ahnst.«

»Über Charlie?«

»Vielleicht.« Ella lächelte in sich hinein.

May war plötzlich todmüde; ausgelaugt von der langen Fahrt und den heftigen Gefühlen, die der Anruf der Haushälterin hervorgerufen hatte. Der Rest des Tages lag abschreckend vor ihr, voll erniedrigender, entwürdigender Aufgaben.

Ella, dachte sie, wollte sie ärgern. Ella erfand Geheimnisse, um sich wichtig zu machen und sich ihre Überlegenheit über ihre beiden jüngeren Schwestern zu beweisen. Ich sollte Ella zu einem Arzt bringen, dachte May unglücklich. Ein Psychiater könnte sie vielleicht von ihren Obsessionen und Phantasien befreien ...

Da sagte Ella plötzlich: »Papa hat Daisy aufgetragen, daß sie zu Alix sagen soll, Charlie wäre im Auto. In Papas Auto.«

Einen Moment war May sprachlos, dann fragte sie ungläubig: »Ella – Papa hat was gesagt ...?« Sie brach ab. »Ich verstehe nicht.«

»An deinem Geburtstag, May. Ich weiß es noch ganz genau. Zu dir hab ich gesagt, ich könnte mich nicht erinnern, aber ich erinnere mich an alles. Es ist mein Geheimnis. *Unser* Geheimnis. Papas und meines.«

Papa hat Daisy aufgetragen, daß sie zu Alix sagen soll, Charlie wäre im Auto. In Papas Auto. May kämpfte mit Verwirrung und Erschrecken, es kostete sie Mühe, klar zu denken. »Auf dem Jahrmarkt, meinst du? Sag, Ella, auf dem Jahrmarkt?«

»Natürlich.« Ellas Blick begann zu flackern und flog unstet durch das Zimmer. Sie murmelte: »Du sagst es doch niemandem, nicht wahr, May? Es ist unser Geheimnis. Papa würde sehr böse werden, wenn er wüßte, daß ich dir unser Geheimnis verraten habe.«

»Auf dem Jahrmarkt«, sagte May. »Erzähl mir, was auf dem Jahrmarkt geschehen ist, Ella.«

Doch Ella, die die Hand an den Mund gelegt hatte und auf ihren Fingernägeln kaute, schüttelte heftig den Kopf. »Ich sag nichts mehr. Ich weiß es nicht mehr. Ich hab's vergessen.« Ein gehetzter Ausdruck war in ihren Augen. Wütend sah sie ihre Schwester an. »Du mußt jetzt gehen, May. Ich habe zu arbeiten. Papa wird bald nach Hause kommen, und ich habe meine Schreibarbeiten noch nicht fertig. Du mußt jetzt gehen.«

Eine eisige Furcht, die sie vergeblich zu verdrängen suchte, hielt May gepackt, während sie die lange Allee hinunter zur Straße und zur Bushaltestelle ging. Sie versuchte, sich zu beruhigen, sich einzureden, daß Ellas sogenanntes Geheimnis nur eine Erfindung wäre, völlig aus der Luft gegriffen, ein Produkt ihrer kranken Phantasie, ihrer Paranoia.

Aber die Worte ließen sie den ganzen langen, bedrückenden Nachmittag nicht los. Während sie sich auf der Post im Namen ihrer Schwester bei Mrs. Morris entschuldigte, während sie auf der Polizeidienststelle künftiges Wohlverhalten versprach, spukten sie ihr unablässig im Kopf herum. Die Vorstellungen, die sie in Mays Phantasie erzeugten, waren so erschreckend und schauderhaft, daß sie es nicht über sich brachte, sie weiterzudenken. *Papa hat Daisy aufgetragen, daß sie zu Alix sagen soll, Charlie wäre im Auto. In Papas Auto …*

In Owlscotc kochte Derry Alix Speisen, die sie nicht aß, und kaufte ihr Zeitschriften, die sie fortwarf, nachdem sie sie einmal durchgeblättert hatte. Er fuhr mit ihr zu Rorys Abschlußfeier in die Schule. Sie saß eine Weile still da und hörte sich die Rede des Direktors an, dann stand sie plötzlich auf und lief aus dem Saal, zurück zum Wagen.

Derry folgte ihr wenige Augenblicke später. »Ist dir nicht gut?«

»Dieses langweilige, salbungsvolle Gerede. Du weißt, daß ich solche Dinge hasse.« Sie fragte sich flüchtig, warum sie

Derry nicht sagen konnte, daß es ihr unmöglich gewesen war, die Rede anzuhören, weil der Direktor Wendungen wie »Die Kinder, unser kostbarstes Gut« und »Diese jungen Menschen, denen noch die ganze Zukunft offensteht« gebraucht und damit ihren Schmerz um Emma und ihre Angst um Rory von neuem angefacht hatte.

Sie sah, wie sein Blick hart wurde. »Und Rory?« fragte er.

Sie antwortete nicht.

»*Einer* sollte wenigstens für ihn dasein.« Er machte auf seinem Absatz kehrt und lief zurück ins Gebäude.

Später, auf der Heimfahrt, schwiegen sie zunächst. Doch irgendwann, auf halbem Weg etwa, hielt Derry den Wagen am Straßenrand an und zündete sich eine Zigarette an. Leichter Regen rieselte auf die Kühlerhaube des Wagens.

Er sagte langsam: »Ich hätte gedacht – ich hätte geglaubt, daß so etwas uns einander näher bringen würde.«

»Wirklich, Derry? Wie sentimental von dir.«

Er schloß einen Moment die Augen. »Was ist das für eine Ehe, die nur in guten Tagen zusammenhält?«

»Ich weiß es nicht«, sagte sie. »Keine Ahnung.« Über ihnen wölbten sich die Äste hoher Bäume, deren lichtgrüne Blätter sich im Wind bewegten.

»Ich habe Emma auch geliebt, Alix. Es ist vielleicht schlimmer für dich, weil du –«

»Wirklich?« Ihre Stimme war eisig. »Hast du sie wirklich geliebt, Derry? Du warst nicht zu Hause, als sie starb.«

Sie sah, wie er zusammenzuckte. »Ich wußte es doch nicht. Ich dachte, es ginge ihr etwas besser. Mein Gott, Alix – wenn du wüßtest, wie sehr ich mich dafür gehaßt habe –«

»Ich verstehe nicht, warum du nicht einfach nach London zurückfährst.« Schmerz und Zorn brachen sich Bahn. »Schließlich weiß jeder, daß du es nie allzulang an einem Ort aushältst, nicht wahr, Derry? Daß du es nicht aushältst, längere Zeit mit denselben Menschen zusammenzusein; daß du dich in jeder längeren Bindung gefangen fühlst.«

Sie sah ihn blaß werden und verspürte so etwas wie Triumph, zum erstenmal seit Monaten eine Art Freude.

Er stieg aus dem Wagen und blieb an die Motorhaube gelehnt stehen.

Sie sagte kalt: »Ich weiß doch, daß du nur wegmöchtest. Du hältst es ja zu Hause kaum aus.«

Mit einer heftigen Bewegung drehte er sich herum. »Deinetwegen, Alix. Weil du mich nicht in deiner Nähe haben willst.«

»Warum gibst du's nicht einfach zu? Du wolltest mich nur heiraten, weil du gehört hattest, daß ich mit einem anderen verlobt war – und weil du glaubtest, daß ich nach den langen Jahren deiner Abwesenheit immer noch brav in Owlscote sitzen und auf dich warten würde –«

»Nein!«

»Ach, Derry.« Sie lächelte. »Du bist wirklich ein Meister der Selbsttäuschung. Du hast doch immer das gewollt, was du gerade nicht hattest. Du wolltest reich und berühmt werden, weil dein Vater der Meinung war, das würdest du nie schaffen. Du wolltest Edith Carr haben, weil Jonathan sie hatte.« Sie drehte das Messer noch einmal in der Wunde. »Wann hast du je etwas anderes getan, Derry – etwas anderes *gewollt* –, als deinen eigenen Ehrgeiz oder deine Neugier zu befriedigen?«

Der Widerhall ihrer Worte fing sich in den Bäumen. Erschöpft von dem Gefühlsausbruch ließ sie sich im Sitz zurückfallen und starrte auf die Windschutzscheibe, an der das Wasser, das von den Bäumen tropfte, herablief.

Nach langer Zeit hörte sie ihn sagen: »Und du, Alix? Warum hast du mich geheiratet?«

Sie konnte nicht antworten. Die Worte wollten sich nicht lösen. Sich zur Liebe zu bekennen hätte bedeutet, sich zum Schmerz des Verlusts in seiner ganzen Entsetzlichkeit zu bekennen. Zu sprechen hätte von neuem das Heulen rasender Verzweiflung hervorgebracht, das beim Anblick ihres toten Kindes aus ihr hervorgebrochen war.

Derry warf seine Zigarette weg. Er setzte sich wieder in den Wagen. Sein Gesicht hatte alle Farbe verloren.

Sie fuhren nach Owlscote zurück. Alix' Wut hatte sich gelegt, war einer betäubenden Müdigkeit gewichen. Sie konnte sich, als sie aus dem Wagen stieg, nicht erinnern, was sie zu ihm gesagt hatte. Sie wußte, daß sie gewünscht hatte, ihm weh zu tun, ihn leiden zu lassen, wie sie litt, aber was genau sie gesagt hatte, um dieses Ziel zu erreichen, war ihr entfallen.

Sie ging in die Küche und setzte sich aufs Sofa. Fröstelnd vor Kälte und seelischer Erschöpfung umschlang sie eines der Kissen und drückte es an ihre Brust. Sie hörte Derry hereinkommen.

»Ich werde tun, was du möchtest, Alix«, sagte er. »Ich habe genug.«

Sie blieb stumm, wie versteinert.

»Ich sehe, daß ich dich nicht trösten kann; daß wir einander nicht trösten können.«

Sie flüsterte: »Du gehst?«

Ein Schatten des alten ironischen Lächelns flog über sein Gesicht. »Du weißt ja, wir haben damals vereinbart, daß ich ohne großes Theater gehen würde, wenn es nicht klappen sollte. Nun, es hat nicht geklappt, nicht wahr?«

Sie preßte das Kissen fester an sich. »Nein.« Ihre Stimme klang fremd, rauh. »Nein, es scheint nicht so.«

»Zählt das nun als ehrenvolles Scheitern, was meinst du?« Wieder dieses irritierende Lächeln. »Wohl eher nicht. Ich glaube, wir dürfen uns nicht einmal diesen kleinen Trost erlauben. Tatsache ist, daß Emma tot ist und unsere Beziehung, wie auch immer sie ausgesehen haben mag, mit ihr gestorben ist. Kann sein, daß unsere Liebe zueinander nie so stark war, wie wir glaubten. Vielleicht hat sie deshalb nur für die guten Tage gereicht. Und vielleicht hast du recht, Alix – vielleicht wollte ich dich haben, weil du unerreichbar warst, und vielleicht wolltest du – weiß Gott, warum du mich haben wolltest. Möglicherweise weil du in einem Tief angelangt warst, als ich kam, und nichts Besseres sich bot. Ich weiß es nicht. Und ehrlich gesagt ist es mir auch ziemlich egal. Ich habe genug, Alix. Ich werde tun, was du willst. Ich werde dich in Frieden lassen.«

Sie sah ihn zum Fenster gehen und hinausschauen auf den Garten, den Teich und die Bäume, die alles umschlossen. Dann ging er hinaus. Die Haustür fiel krachend zu, als er das Haus verließ.

Manchmal mußte Alix quälende Gedanken an die Endgültigkeit von Derrys Abschied verdrängen, aber im allgemeinen war sie dankbar für die Einsamkeit und die Stille des Hauses. Sie schlief viel und ging häufig zum Friedhof, wo sie an Emmas Grab zu sitzen und an das junge Mädchen zu denken pflegte, das sie in ihrer Phantasie mit fliegenden dunklen Zöpfen zum Teich hatte laufen sehen.

In den Osterferien kam Rory nach Hause. Als sie ihn im Arm hielt, schien ein Teil der Spannung und der Ängste, die sie bedrängten, sich zu lösen.

Als sie im Haus waren, sah er sich im großen Saal um und sagte: »Mensch, Mama, hier ist ja alles voller Spinnweben. Es schaut aus wie in Graf Draculas Schloß.«

Sie blickte nach oben. Verklebte graue Fäden hingen sachte schwankend von der Decke herab. »Das ist mir gar nicht aufgefallen.«

Sie gingen in die Küche. Der Raum schien Alix ungewöhnlich kühl, und als sie die Hand über den Herd hielt, stellte sie fest, daß er kalt war.

»Das Feuer ist ausgegangen. Ach, verflixt.«

»Es sind keine Kohlen mehr da«, sagte Rory, nachdem er einen Blick in den Kohlenkasten geworfen hatte. »Ich gehe raus und hole welche.«

Schon wenige Augenblicke später war er zurück. »Es waren nur noch ein paar Klumpen da. Ist der Kohlenmann denn nicht gekommen?«

Alix konnte sich nicht erinnern. Alles war ihr entfallen, wann sie zuletzt die Rechnungen bezahlt, Milch und Brot bestellt oder sich um sonstige Dinge gekümmert hatte, die zum täglichen Leben gehörten.

»Macht ja nichts, Mama. Ich hole ein paar Scheite Holz. Setz du dich hin.«

Er zündete den Ofen wieder an und kochte eine Kanne Tee. Der Tee war sehr stark, und Teeblätter schwammen darin herum, wie immer, wenn Rory den Tee machte.

»Soll ich den Kohlenlieferanten anrufen, Mama?«

»Ja, bitte.« Geld, dachte sie und ging zum Büfett, auf dem

ihre Geldbörse lag. Als sie sie ausleerte, fielen nur ein paar Kupfermünzen und Sixpencestücke heraus.

»Ich hab was da«, sagte Rory. »Onkel Jonathan hat mir einen Zuschuß zu meinem Taschengeld gegeben. Glaubst du, zehn Shilling sind genug?«

»Ich weiß es nicht, aber ich denke schon.«

Er ging telefonieren. Als er zurückkam, sagte er: »Es ist schon nach fünf. Was gibt's zum Abendessen?«

Eine halbe Zwiebel, eine Handvoll Kartoffeln und ein altbackenes Brot war alles, was Alix vorfand, als sie in die Speisekammer sah.

»Sind noch Eier da?«

»Ich habe noch nicht nachgeschaut.«

»Bleib hier, ich geh schon.«

Sie machte Omelettes, und sie rösteten das Brot. Danach sagte er: »Ich spüle ab. Mach du es dir gemütlich, Mama. Setz dich doch in die Bibliothek – da kannst du an deiner Geschichte schreiben.«

»Meine Geschichte ist aus. Da gibt es nichts mehr zu tun.« Sie stand auf, und während sie das schmutzige Geschirr ins heiße Wasser gleiten ließ, hörte sie Rory hinausgehen.

Alles war aus, was ihr einmal teuer gewesen war, dachte sie, während sie spülte. Emma war gestorben, sie und Derry hatten sich getrennt, Owlscote war im Begriff, von neuem in der Verwahrlosung zu versinken, aus der sie es gerettet hatte. Und sie selbst, die während des Krieges verwundete Soldaten gepflegt und später mit Edward in der Wüste getanzt hatte, die ihre kleine Pension betrieben und mit Leidenschaft gemalt hatte, war jetzt nutzlos und überflüssig geworden.

Aber nein, Rory war ja auch noch da. Sie trocknete sich die Hände an ihrer Schürze ab, und ging zu seinem Zimmer, klopfte an und wartete, bis er sie hereinbat.

Er saß an seinem Schreibtisch, mit dem Rücken zu ihr. »Rory?« fragte sie. »Stör ich dich?«

Er zuckte die Achseln, ohne etwas zu sagen. Ihr Blick glitt über die Modellflugzeuge, die an Fäden befestigt von der Zimmerdecke herabhingen.

»Hast du die alle selber gemacht? Die Flugzeuge?«

Wieder ein Achselzucken.

»Die sind wirklich toll. Sie sind aus Holz, nicht wahr?« Vorsichtig berührte sie einen zerbrechlichen Doppeldecker.

»Aus Balsaholz«, sagte er. »Und Seidenpapier.«

»Und was ist das für ein Modell?«

Er warf einen kurzen Blick über seine Schulter. »Das ist eine Sopwith Camel.«

Er saß schon wieder über seinen Schreibtisch gebeugt, aber Alix hatte seine rotgeränderten Augen gesehen. »Rory?« sagte sie leise. »Weinst du?«

»Ach, Quatsch.« Seine Stimme klang zornig.

Sie legte eine Hand auf seine verkrampfte Schulter.

»Mama!«

»Ist es wegen Emma?«

Kopfschütteln. »Das Zeug hier« – er wies auf den Leimtopf – »beißt in den Augen, das ist alles.«

Er begann, wieder an seinem Flugzeug zu arbeiten. Sie sah ihm zu, wie er mit einer Rasierklinge feine Balsaholzspäne schnitt und Seidenpapier auf Streben aufklebte, die so fragil schienen wie die Spinnweben, die von der Decke des großen Saals herabhingen. Sie hätte ihm so gern etwas Tröstendes gesagt. Aber sie wußte nicht, was, und nach einer Weile ging sie leise aus dem Zimmer.

Alix erwachte, wie so oft in den letzten Monaten, mitten in der Nacht. Sie stand auf und schlüpfte in ihren Morgenrock. Seit sie von dieser Schlaflosigkeit geplagt wurde, hatte sie es sich angewöhnt, nachts durch das Haus zu wandern. Sie pflegte von Raum zu Raum zu gehen, ein wenig bei der Katze zu verweilen, die in ihrem Korb in der Spülküche schlief, und sich dann eine Tasse Kakao zu machen, die sie am Fenster stehend trank, den Blick auf den mondhellen Garten gerichtet.

Doch diesmal sah sie die Spinnweben, auf die Rory sie aufmerksam gemacht hatte, den Staub auf den Möbeln und den Schmutz auf den Böden. Sie sah die Krümel und Gemüseabfälle im Spülbecken und die verschmierten Fensterscheiben.

Sie ging in die Bibliothek und zog mit der Fingerspitze eine dunkle Linie durch die graue Staubschicht auf dem Schreibtisch. Während sie in ihren Aufzeichnungen zur Geschichte Owlscotes blätterte, hörte sie hinter sich ein Geräusch und drehte sich um.

»Rory?«

»Ich hab das Licht gesehen.«

»Ich wollte dich nicht wecken.«

»Ich hab nicht geschlafen. Am ersten Ferientag – da schlaf ich nie gut, weil das Bett noch ungewohnt ist.«

»Natürlich.« Sein Bemühen, tapfer zu sein, griff ihr ans Herz.

»Alles in Ordnung, Mama?«

»Aber ja.«

»Was tust du?«

»Ich habe mir gerade meine Geschichte angesehen. Ich glaube, ich habe sie doch noch nicht fertig. Ich habe gar nichts über deinen Vater geschrieben.«

»Bei uns in der Schulbibliothek steht ein Buch, in dem Dads Name vorkommt. In dem Kapitel über Mesopotamien. Wir haben es im Geschichtsunterricht durchgenommen.«

Er war an den Schreibtisch gekommen und neben ihr stehengeblieben. Wie ähnlich er Edward geworden ist, dachte Alix: groß und schlank, mit schmalem Gesicht und braunem Haar, das ihm widerspenstig in die Stirn fiel. Auch seine grauen Augen waren wie Edwards, mit ruhigem, ernsthaftem Blick, und seine Stimme hatte endlich zu Edwards weichem Bariton gefunden.

»Wo ist Derry?«

»Er ist weggefahren.«

»Ist er in London?«

»Ich weiß es nicht. Ich nehme es an.«

»Wir wollten zusammen nach Biggin Hill und uns die Flugzeuge ansehen. Derry hat einen Freund bei der Royal Air Force. Er sagte, er würde mich mitnehmen. Wann kommt er denn zurück?«

Sie mußte ihm die Wahrheit sagen. »Derry kommt nicht nach Owlscote zurück, Rory.«

»Gefällt es ihm denn hier nicht mehr?«

Sie wandte sich ab, weil sie seinen Blick nicht ertragen konnte. »Das ist es nicht.« Sie suchte krampfhaft nach den rechten Worten. »Ehepaare sind nicht immer so glücklich, wie sie sein sollten. Derry und ich waren nicht glücklich miteinander. Im Gegenteil, wir haben uns gegenseitig unglücklich gemacht.« Und doch hatte sie in der schwarzen Stille der Nacht schon begonnen, ihn zu vermissen. Sie vermißte die Wärme seines Körpers, die Berührung seiner Haut, den Klang seiner Stimme.

»Laßt ihr euch scheiden? Hollingworths Tante hat sich scheiden lassen.« Rorys Ton war bemüht lässig. »Es hat in allen Zeitungen gestanden.«

Er hat zwei Väter verloren, dachte sie. Sie stand auf, um ihn in die Arme zu nehmen, aber er trat von ihr weg.

»Ich bin müde, ich geh wieder ins Bett.«

Sie hörte, wie er die Treppe hinauflief.

Allein in der Londoner Wohnung, goß Derry sich einen Whisky ein und setzte sich in den Salon, wo sich, wie so häufig, Objekte stapelten – Vasen, Gobelins, Bücher, Möbelstücke –, die er weiterzuverkaufen gedachte, entweder auf privatem Weg oder über den Laden. Er wußte, daß dies alles bald – in einem Jahr oder höchstens fünf – nur noch wertloser Plunder sein würde. Er wußte, daß der Krieg dramatische Umwälzungen bringen würde, die keinen von ihnen – nicht ihn selbst noch die Lanchburys, noch Alix hinter den festen Mauern Owlscotes – unberührt lassen würden, und sie, wenn der Orkan endlich abgezogen wäre, mit leeren Händen zurückbleiben würden, in einer bis zur Unkenntlichkeit veränderten Welt, in der Freunde und Familie tot oder in alle Winde zerstreut waren und ihr Hab und Gut verloren. In diesem Moment sehnte er den Sturm beinahe herbei. Nicht denken zu müssen. Fortgerissen zu werden von seiner Gewalt, aller schmerzlichen Gedanken beraubt, nicht länger fähig, zu lieben oder zu trauern.

Abends zog er von Bar zu Bar, von einem Nachtlokal zum

nächsten. Er sammelte flüchtige Bekanntschaften, aber niemanden ließ er so nahe an sich heran, daß er hinter die Fassade hätte blicken können. Er war witzig, amüsant, ein glänzender Gesellschafter. Er übertraf sich selbst, wie er fand. Er hörte seine Stimme, die die anderen anlockte, und sah in den Schaufenstern von Geschäften und Cafés sein Lächeln gespiegelt.

In einem kleinen, düsteren Pub am Piccadilly traf er zufällig May Lanchbury. Sie saß mit drei Leuten an einem Tisch in der Ecke. Als sie ihn sah, rief sie: »Derry!«, und er beugte sich zu ihr hinunter und küßte sie auf die Wange.

»Sollst du mich nicht fragen, wie es mir geht, May? Und dich dann nach Alix erkundigen? Nein, es ist vielleicht besser, du tust es nicht, mir geht es nämlich verdammt dreckig, und Alix und ich haben uns getrennt. Laß dir also lieber ein anderes Gesprächsthema einfallen …« Er merkte, daß ihn alle anstarrten, und schwieg.

Mays Freunde standen taktvoll auf und gingen. Sie ergriff seine Hand. »Worüber möchtest du denn reden, Derry?«

Er setzte sich zu ihr. »Erzähl mir doch einfach den neuesten Klatsch. Die jüngsten Skandalgeschichten.«

Sie berichtete ihm also von Scheidungen und Hochzeiten, Liebesaffären und Zerwürfnissen. Wer wen betrog, und wer wen zu umgarnen versuchte. Er bemühte sich, ihr zuzuhören, aber die Gedanken, die er nicht ertragen konnte, drängten sich dazwischen, und nach einer Weile sagte er: »Tanz mit mir, May, ja?«

Es war ein Pianist da, der sich wie ein Liebhaber über sein Klavier neigte, und eine kleine Tanzfläche. Mays Körper war weich und warm, sehr tröstlich. Es tat gut, wieder einen anderen Menschen zu berühren; seit Emmas Tod waren seine Arme so leer gewesen. Und May war eine wunderbare Tänzerin, mit einem ausgeprägten Gefühl für den Rhythmus der Musik und geschmeidigen, sinnlichen Bewegungen.

Er hielt sie dicht an sich gezogen. Ihr helles, weiches Haar streifte sein Gesicht. Er hatte sich nach Vergessen gesehnt, und jetzt, während er sich, umgeben vom Duft ihres Parfums, der

Musik und der Bewegung überließ, gelang es ihm, wenigstens eine Zeitlang nicht zu denken.

Um Mitternacht packte der Pianist seine Noten ein und klappte das Klavier zu. Sie blieben noch einen Moment auf der Tanzfläche stehen, ohne einander loszulassen, dann sagte sie: »Ich mache dir gern noch eine Tasse Kaffee, Derry. Oder möchtest du lieber nach Hause?«

Er dachte an die leere Wohnung und schüttelte den Kopf.

Von der Küche aus, wo sie Wasser aufsetzte und Kaffee mahlte, konnte May ihn durch die halboffene Tür sehen. Er saß auf dem Sofa, die langen Beine von sich gestreckt, den Kopf in die offene Hand gestützt. Allein ihn dort sitzen zu sehen, erfüllte sie mit einem überwältigenden Gefühl der Freude und des Stolzes. Es war, als gehörte er ihr.

Sie stellte die Kaffeekanne und zwei Tassen auf ein Tablett und trug es ins Wohnzimmer. Als sie ihm eine Tasse reichte, dankte er ihr und sah lächelnd zu ihr hinauf.

»Ich bin ganz schön lästig, wie, May? Mich dir einfach so aufzudrängen.«

»Es ist mir ein Vergnügen, lieber Wolf.« Aber er hatte jetzt gar nichts Räuberisches mehr, dachte sie, glich vielleicht eher einem waidwunden Tier, niedergestreckt von den Ereignissen des vergangenen Jahres.

»Wie lange bleibst du in London, Derry?«

»Ich weiß noch nicht.« Er zuckte die Achseln.

»Und Owlscote ...?« fragte sie vorsichtig.

Er schüttelte den Kopf. »Das ist vorbei.« Er stellte seine Tasse hin und rieb sich mit beiden Händen das Gesicht. »Alix will mich nicht sehen, May. Sie hat mir das ganz klar zu verstehen gegeben.«

Sie schwieg einen Moment. Dann sagte sie: »Und du?«

»Ich habe genug.« Sein Blick war ohne Hoffnung. »Ich kann nicht mehr. Mein Leben ist ein Scherbenhaufen.« Er sah sie an. »Ja, ja, ich weiß, ich sollte die Ärmel hochkrempeln und von vorn anfangen. Das wird einem doch in solchen Fällen immer geraten, nicht wahr?«

Als sie nichts sagte, fügte er hinzu: »Schau vorwärts! Laß die Vergangenheit hinter dir.« Seine Stimme war voller Bitterkeit. »Bist du nicht auch der Meinung, May?«

»Ich weiß es nicht, Derry. Ich war nie verheiratet. Ich habe nie ein Kind gehabt.«

»Du hast deine Mutter verloren. Und deinen Bruder.«

Papa hat Daisy aufgetragen, daß sie zu Alix sagen soll, Charlie wäre im Auto. In Papas Auto. Ellas Worte, die May seit ihrem Besuch in Bell Wood verfolgten, bedrängten sie.

Aber sie sagte: »Ich war damals ein Kind. Das war etwas anderes.«

Sie wußte nicht, ob er sie überhaupt gehört hatte.

»Weißt du«, sagte er langsam, »es ist möglich, daß ich mich von Anfang an getäuscht habe. Das ist der springende Punkt. Es ist möglich, daß Alix mich nur geheiratet hat, weil sie an einem Tiefpunkt angelangt war. Weil sie einsam war und sich nichts Besseres bot.«

Mays Mund war trocken. »Da irrst du dich ganz sicher, Derry. Ich bin überzeugt, daß Alix ...« Sie sprach nicht weiter.

»Es spielt ja jetzt sowieso keine Rolle mehr. Es ist vorbei, und ich sollte Manns genug sein, das zu akzeptieren.«

Sie ergriff seine Hand und drückte sie. Nach einer Weile wandte er sich ihr zu. »Du bist wirklich lieb, May. Dir dieses Gejammer anzuhören.«

»Ach was, das ist doch meine Aufgabe im Leben, wußtest du das nicht? Die Schulter, an der man sich ausweinen kann. Die große Schwester für alle.« Es gelang ihr nicht, ohne Bitterkeit zu sprechen. »Ich sitze am falschen Platz. Statt Klatschkolumnistin zu werden, hätte ich lieber für den Kummerkasten schreiben sollen.« Sie wandte sich von ihm ab.

»May – du weinst ja ...«

Es war wahr, sie hatte Tränen in den Augen. Er legte seinen Arm um sie und zog sie an sich. »Du weißt, daß ich dich verehre und bewundere, May«, hörte sie ihn sagen.

Sie sah zu ihm auf. »Wirklich, Derry? Als was denn? Als die gute alte May – auf die man immer zählen kann –«

»Pscht«, flüsterte er, und sie spürte den Druck seiner Lippen auf ihrem Haar. In einem Moment schmerzhaften Glücks schloß sie die Augen, den Kopf an seiner Schulter, behütet in der Wärme seiner Umarmung. Für immer hätte sie so bleiben mögen, ganz diesem Empfinden aus Glück und Sehnsucht hingegeben. Sie wußte, wenn sie es behutsam anfinge, wenn sie das Richtige täte, könnte er ihr gehören. Sie wußte, daß er, verletzlich in seinem Schmerz, ihre Freundschaft und ihre Großherzigkeit brauchte. Und Freundschaft konnte zu Liebe führen. Sie brauchte ihm jetzt nur ihr Gesicht zuzuwenden, dann würde er sie küssen wie ein Liebender, und ihre Sehnsucht, seine Lippen auf den ihren zu spüren, würde erfüllt werden.

Aber irgend etwas hielt sie zurück. Wieso denn nicht, lehnte sie sich innerlich gegen sich selbst auf. Wieso sollte sie ihn nicht haben dürfen? Sie hatte lang genug gewartet. Sie hatte ihn lang genug begehrt. Seine Frau hatte ihn schließlich abgewiesen. Warum sollte sie nicht aus seiner Einsamkeit und seinem Bedürfnis nach Tröstung ihren Vorteil ziehen? Warum sollte sie, der Liebe und des Begehrens so fähig wie jede andere Frau, zu ewiger Jungfräulichkeit verdammt sein?

Doch in den Tiefen ihres Bewußtseins klangen immer noch Ellas Worte nach. *Papa hat Daisy aufgetragen, daß sie Alix sagen soll, Charlie wäre in Papas Auto.* Ihr selbst war es trotz aller Bemühungen nicht gelungen, sich an jede Einzelheit dieses lang vergangenen Abends auf dem Jahrmarkt zu erinnern. Ihr waren die tanzenden Zigeuner im Gedächtnis geblieben und die hypnotischen Klänge der wilden Musik. Ebenso die kleinen Affen in ihren gestrickten Fräckchen. Sie hatte den einen auf dem Arm gehalten, Ella den anderen. Aber sie hatte keine klare Erinnerung daran, was geschehen war, als sie zu den Autos zurückgegangen waren. An andere Dinge, die sie weit lieber vergessen hätte, entsann sie sich in kalten, klaren Details. Doch der Abend auf dem Jahrmarkt blieb dunkel und konturlos. Sie konnte nicht sicher sein, ob Ella ihr Märchen aufgetischt hatte oder ob ihr versehentlich eine schreckliche Wahrheit herausgerutscht war.

Sie hörte Derry mit müder Stimme sagen: »Verstehst du, ich

habe es einfach nicht mehr ausgehalten, May. In Owlscote. Es ist so stark mit ihr verbunden.«

»Mit Emma?«

»Ich warte immer noch darauf, sie schreien zu hören. Sie ist seit beinahe vier Monaten tot, und ich warte immer noch darauf, sie schreien zu hören.«

May dachte an Charlie und wie sie als kleines Mädchen immer erwartet hatte, daß er eines Tages plötzlich wieder dasein würde. Jedesmal, wenn sie ins Kinderzimmer gelaufen war, war sie fest überzeugt gewesen, ihn dort vorzufinden, heil und gesund zurück in ihrer Mitte, in seinem Kinderstühlchen sitzend und lachend einen Löffel schwingend. Sie hatte sehr lange gebraucht, um zu begreifen, daß er nicht wieder nach Hause kommen würde, nie wieder.

Derrys Arm war von ihrer Schulter geglitten. Als sie sich herumdrehte, sah sie, daß er eingeschlafen war. Lange Zeit blieb sie reglos an seiner Seite auf dem Sofa sitzen. Die Nähe seines Körpers war ihr Freude und Schmerz zugleich. Sie wußte jetzt, was sie zu tun hatte. Sehr vorsichtig, um ihn nicht zu stören, stand sie auf, holte eine Decke und breitete sie über ihm aus. Und legte sich allein in ihr Bett.

17

ALIX BEGANN DAS Haus in Ordnung zu bringen. Ein Mammutunternehmen. Schritt für Schritt, sagte sie sich. Einen Schritt nach dem anderen.

Zuerst die Speisekammer. Ekelhaftes Zeug, längst ungenießbar, versteckte sich in den dunklen Ecken tiefer Regale. Sie fand eine Dose mit Emmas Milchpulver und weinte, als sie sie in den Mülleimer leerte. Kartoffeln waren da mit abstehenden gelben Sprossen, Karotten, braun und schrumplig, und vertrocknete, knisternde Zwiebeln. Sie warf alles in den Schubkarren, und Rory fuhr es zum Komposthaufen. Sie schrubbte den Boden mit Bleichsoda, wusch die Wände mit Kernseife und polierte das kleine Fenster in der Speisekammer, bis man durch das schmale Rechteck aus Glas wieder das ferne Wäldchen sehen konnte.

Nach einer guten Stunde harter Arbeit ließ sie sich keuchend und schwindlig vor Müdigkeit auf das Küchensofa fallen, um Pause zu machen. Danach machte sie den Salon sauber. Der ganze Raum war von einem muffigen, leicht säuerlichen Geruch erfüllt. Sie verstand nicht, wieso ihr das nicht schon viel früher aufgefallen war. Sie warf die Teppiche über die Wäscheleine und klopfte sie aus, sie fegte die Asche aus dem Kamin. In der Bibliothek nahm sie, auf einer Leiter stehend, ein Buch nach dem anderen von den Borden, öffnete es und schlug es mehrmals knallend zusammen, bis kein Staub mehr aus seinen Seiten aufstieg.

Auf dem Speicher wanderte sie zwischen schattendunklen Objekten umher, Fossilien und Flintwerkzeugen. In Stein gegossene Geschichte. Aus der fernen Vergangenheit hörte sie

Derrys Stimme. *Das ist keine Sicherheit, Alix. Das ist Selbstaufgabe.* Zwischen Stapeln von Orangenkisten und alten Truhen setzte sie sich nieder und drückte ihre Hände an ihr Gesicht. Aber nur so kann ich es ertragen, dachte sie. Das ist meine Art zu überleben.

Sie trug die Schreibhefte und Tagebücher zusammen, die seit Jahren auf dem Speicher lagen, und nahm sie mit hinunter in die Bibliothek. Das Papier war brüchig und vergilbt, aber die vertraute Handschrift war gut zu lesen. Sie holte aus dem Schreibtisch den Familienstammbaum, den sie vor langer Zeit aufgezeichnet hatte, und breitete ihn vor sich aus.

»Ich schreibe über deinen Vater«, erklärte sie Rory. »Und über seinen älteren Bruder.«

Windböen peitschten den Regen in Schwällen gegen die Fensterscheiben.

»Ich heiße nach ihm, stimmt's?«

»Ja. Er ist 1917 bei Passchendaele gefallen. Ich habe ein paar Briefe von deinem Onkel Rory an deinen Großvater gefunden. Den Vater deines Vaters.«

Rory betrachtete den Stammbaum. »Wo bin ich?«

»Hier.« Sie deutete auf seinen Namen.

»Und Emma?«

»Ich habe sie noch nicht eingetragen«, antwortete sie leise.

»Darf ich es tun?«

Sie reichte ihm einen Stift und sah zu, wie er mit großer Sorgfalt den Namen seiner Schwester niederschrieb: Emma Beatrice Fox.

Dann sah er mit zusammengekniffenen Augen auf das Papier hinunter. »Ich weiß nicht, wie ich den Rest eintragen soll. Ich meine, Emmas Vater und meinen Vater. Damit man sieht, daß Derry Emmas Vater war und Dad meiner.«

»Du schreibst da meinen Mädchennamen – Alix Gregory. Und dort Edwards Namen und hier Derrys Namen.«

»Und Großmutter, wohin kommt die?«

»Gleich hier. Beatrice Ada Gregory, geborene Lanchbury.«

Alix tippte kurz auf das Blatt Papier und betrachtete dann wieder ihren Sohn, der mit leicht vorgeschobener Zunge und angestrengt gekrauster Stirn neben ihr stand und schrieb. Sie sah die feinen Stoppelhärchen auf seinen Wangen und merkte, daß der langgliedrige, schlanke Körper den ihren beinahe um Haupteslänge überragte. Rory war kein Kind mehr; er war fast ein Mann.

Sie wagte einen Schritt ins Dunkle. »Du mußt auch noch den Namen von Großmutters Bruder aufschreiben, Rory. Er heißt Charles Lanchbury.«

»Großmutter hatte einen Bruder? Ist er tot?«

Alix schüttelte den Kopf.

»Aber er ist nicht zu Großmutters Beerdigung gekommen. Und zu Emmas auch nicht. Wieso ist er nicht gekommen, wo er doch mit uns verwandt ist?«

»Deine Großmutter und Onkel Charles hatten schon lange nichts mehr miteinander zu tun.«

»Hatten sie sich gestritten? Wie du und Derry?«

»Es ist einmal etwas passiert«, sagte sie vorsichtig. »Vor langer Zeit.«

Wie merkwürdig, dachte sie, keine Angst mehr zu haben. Welch eine unerwartete Folge des Verlusts ihrer Tochter, nun zu entdecken, daß sie das Schlimmste erlebt hatte und ihr nichts mehr angst machen konnte.

Den Blick auf den Stammbaum ihrer Familie gerichtet, sah sie sie alle: die Norths und die Gregorys, die Lanchburys und die Foxes, für immer miteinander verknüpft. Sie begann, Rory die Geschichte von Charlie Lanchbury zu erzählen.

Am nächsten Tag, als Alix vorn im Garten Unkraut jätete, sah sie eine Frau die Auffahrt heraufkommen. Blond, mit rosigem Gesicht, in den Armen einen üppigen Strauß rosaroter und weißer Tulpen.

»Alix?« Blaßblaue Augen sahen sie aufmerksam an. »Cousine Alix?«

Cousine Alix! Sie dachte, Ella, May oder Daisy ... Dann sah sie noch einmal in diese blaßblauen Augen und sagte: »May!«

»Ich hätte anrufen sollen, ich weiß. Und ich muß mich entschuldigen, daß ich zu so einer unchristlichen Zeit einfach bei dir aufkreuze, aber ich muß heute nachmittag wieder in London sein.« May drückte Alix die Tulpen in die Arme. »Die sind für dich. Und wenn ich gleich wieder gehen soll, du mußt es nur offen sagen.«

»Aber nein, du sollst nicht gehen.« Alix' Stimme zitterte. Sie legte das Unkrauteisen weg und ging ins Haus. May folgte ihr.

»Ich freue mich, dich zu sehen, May – ich bin nur ein bißchen –«

»Verblüfft? Daß aus dem niedlichen kleinen Mädchen, das du in Erinnerung hast, so eine handfeste Person geworden ist?« May lachte. »Ich habe dich auf den ersten Blick wiedererkannt, Alix. Du hast dich überhaupt nicht verändert.«

»Ich habe graue Haare«, sagte sie mit einer kleinen Grimasse, »und an den Augen schon die ersten Falten.«

»Ach, die haben wir doch alle, Alix, wenn die Beleuchtung nicht stimmt.« May sah sich um. »Das ist ja wirklich ein Prachthaus! So düster-romantisch!« Sie schwieg einen Moment. »Ich bin aus zwei Gründen hergekommen, Alix. Einmal, um dir zu sagen, was ich dir schon lange hätte sagen sollen – wie entsetzlich leid es mir getan hat, vom Tod deiner Tochter zu hören. Und zum anderen – weil ich dich fragen wollte, ob du dich noch an Charlie erinnerst.«

Mays Worte überraschten sie, aber sie sagte: »Ja, natürlich erinnere ich mich.«

»Ich meine, ob du dich an meinen Geburtstag erinnerst – den Tag, an dem er verschwunden ist.«

»Ich erinnere mich an alles, May«, antwortete sie einfach.

In der Küche machte sie Tee, und während sie Wasser aufsetzte, Milch eingoß und Kuchen anbot, warf sie immer wieder verstohlene Blicke auf May und versuchte, in der erwachsenen Frau das kleine Mädchen aus ihrer Erinnerung wiederzuentdecken.

»Ich habe Rory von Charlie erzählt«, bemerkte sie, als sie May eine Tasse reichte. »Ihr gehört schließlich auch zu seiner Familie. Aber ich habe es erst vor kurzem getan. Ich habe die ganze Geschichte von damals jahrelang geheimgehalten. Weil ich mich so geschämt habe. Ich habe nur Derry davon erzählt.«

Einen Moment lang schweiften ihre Gedanken zu ihm, und sie fragte sich, wie es ihm ging, was er tat.

Dann lächelte sie. »Ich erinnere mich noch genau an unser letztes Zusammensein. Es war bei deinem Geburtstagspicknick, May. Wir haben Zitronenlimonade getrunken –«

»Und die Erwachsenen tranken Champagner.«

»Wir mußten jeder zwei Scheiben trocken Brot essen, bevor wir uns vom Kuchen nehmen durften.«

»Ich bekam eine wunderbare Geburtstagstorte«, sagte May wehmütig. »Sie war mit Erdbeeren verziert. Ein kleines Zuckerbäckerhäuschen und Erdbeeren.«

»Es war so ein schöner Tag«, sagte Alix, »bis –«

»Nein!« May stellte ihre Tasse hin. »Nein, da täuschst du dich, Alix. Das hast du vergessen. Es war kein schöner Tag. Es war überhaupt nicht schön.«

Alix starrte May erstaunt an. »Es war warm und sonnig, und alle waren guter Stimmung –«

»Nein.« May schüttelte nachdrücklich den Kopf. »Es war viel zu heiß. Und so staubig und schwül, und alle waren gereizt und schlecht gelaunt.«

Jetzt im Rückblick dachte sie an strahlendes Wetter, helle Kleider, altmodische Automobile und plappernde Stimmen. Aber sie hörte kein Lachen, sah kaum ein Lächeln.

»Dein Vater war böse mit mir. Aber er war immer böse mit mir.«

»Papa war mit allen böse.« Mays Gesicht trübte sich bei der Erinnerung. »Er war böse mit Ella, weil sie schmollte, und als ich mit ihm und Mama im Auto fuhr, schimpfte er mich aus, weil ich nicht ruhig sitzen wollte. Ich weiß noch, daß ich wünschte, ich säße bei dir und Daisy und Charlie im Auto, aber ich habe keinen Ton gesagt, weil es als besonderes Privileg galt, mit Papa und Mama in einem Wagen fahren zu dürfen.« May starrte zu ihrem Teller hinunter. »Wenn Papa ärgerlich war, konnte niemand vergnügt sein. Und an dem Tag war er ganz besonders schlechter Laune.«

»Aber warum? Wegen der vorzeitigen Rückkehr nach England?«

May antwortete nicht gleich. Dann sagte sie: »Ich habe das nie jemandem erzählt, aber weißt du, du bist nicht die einzige, die Geheimnisse hat, Alix.« Sie seufzte. »Ich kann dir nicht einmal sagen, warum es mich so mitgenommen hat – warum ich glaubte, es für mich behalten zu müssen. Ich habe mich wahrscheinlich genau wie du geschämt. Darüber, daß meine Familie nicht so war, wie ich sie mir gewünscht hätte. Solche Dinge belasten Kinder. An dem Tag« – Alix sah, wie May tief Atem holte – »geschah nämlich etwas ganz Schreckliches.«

»Charlie, meinst du?«

»Nein, vorher. Am frühen Morgen. Ich habe es mit eigenen Augen gesehen.« Zerstreut stocherte May mit ihrer Gabel in dem Stück Kuchen herum, das vor ihr lag. »Papa hat Mama geschlagen.«

Festgegossen und unveränderlich waren sie in Alix' Gedächtnis verankert gewesen. Charles Lanchbury in Anzug und Weste, mit hohem steifen Kragen und hellem Strohhut; Tante Marie in Fischbein und Tussahseide. Streng und unzugänglich, gegen Leidenschaften gefeit. Jetzt war es, als wären diese alten, verblichenen Bilder endlich in Bewegung geraten und begännen, andere Formen anzunehmen.

»Ich war sehr früh aufgewacht«, erzählte May, »weil ich wegen meines Geburtstags so aufgeregt war. Ich beschloß, mich leise die Treppe hinunterzuschleichen und mir meine Geschenke anzusehen. Der Geburtstagstisch war immer auf der Anrichte im Eßzimmer. Aber als ich am Schlafzimmer meiner Eltern vorüberkam, hörte ich sie streiten. Und dann sah ich, wie er sie schlug. Die Tür stand halb offen, weißt du. Er hat mit solcher Wucht zugeschlagen, daß sie zu Boden stürzte. Als sie versuchte, sich aufzurichten, sah sie mich. Sie sagte kein Wort, machte nur eine kurze Handbewegung, um mir anzudeuten, daß ich verschwinden solle. Sie hatte« – erinnertes Entsetzen spiegelte sich in Mays Augen – »einen schrecklichen roten Fleck im Gesicht. Ich bin in mein Zimmer zurückgerannt. Mir war so schlecht, daß ich mich übergeben habe. Und dann hat Louise mich auch noch ausgeschimpft. Sie dachte, es wäre die Aufregung über meinen Geburtstag.« May hob den

Blick und sah Alix an. »Erinnerst du dich nicht mehr, Alix, daß Mama den ganzen Tag einen Schleier getragen hat?«

»Doch, aber ich dachte, das wäre wegen der Sonne. Deine Mutter hatte so eine zarte weiße Haut.«

»Ich habe versucht, es zu vergessen, aber ich kann nicht.« Mays Lächeln war zittrig. »Es ist wirklich lästig, findest du nicht auch, daß man sich nicht aussuchen kann, was man in Erinnerung behalten möchte. Mich nimmt das heute noch mit. Ist das nicht merkwürdig?«

Auf dem Rasen lagen dunkel die bewegten Schatten der Bäume.

»Weißt du, worüber sie sich gestritten haben?«

»Worüber streiten sich Ehepaare im allgemeinen? Geld ... Untreue ...« May schüttelte den Kopf. »Ich habe keine Ahnung. Aber das Picknick wäre beinahe ins Wasser gefallen. Ich weiß noch, daß ich schrecklich geweint habe, weil ich Angst hatte, wir würden nicht fahren.« Ein kleines Lächeln. »Ich habe meinen Geburtstag immer mit solcher Ungeduld herbeigesehnt. Jedes Jahr war ich sicher, es würde der schönste Tag der ganzen Ferien werden, dabei war er meistens eine Enttäuschung. Natürlich war er in dem Jahr besonders traurig – und es war das letzte Picknick –, aber mein Geburtstag war nie so schön, wie ich es mir vorgestellt hatte. Es gab immer Wespen oder bombastisches Essen, das mir nicht schmeckte und ich meistens auch nicht vertrug, und irgendeiner hatte immer schlechte Laune. Aber das war mein schlimmster Geburtstag. Schon vor Charlies Verschwinden.«

Sie hob den Kopf und sah Alix an. »Die schönsten Tage waren die, an denen Papa nicht zu Hause war«, erklärte sie. »Du kannst dir nicht vorstellen, Alix, wie glücklich Daisy und ich immer waren, wenn unser Vater verreiste. Dann brauchten wir keine Angst mehr zu haben. Wir mußten nicht ständig fürchten, etwas falsch zu machen.«

May stützte einen Moment den Kopf in die Hand. Dann stand sie auf und ging zum Fenster. Sie hatte Alix den Rücken zugewandt, als sie sagte: »Ich erinnere mich an den Jahrmarkt – an die Zigeuner und die kleinen Äffchen –, aber ich habe eine Menge vergessen. Ich kann mich zum Beispiel nicht erinnern, wie das war, als wir wieder abgefahren sind. Ich kann mich nicht an die Autos erinnern. Ich weiß nicht einmal mehr, wann ich Charlie das letzte Mal gesehen habe.«

Es war so lange her. Es war, als wäre es einer anderen geschehen. In einem anderen, fernen Land.

»Ich habe auf der Treppe gesessen und gezeichnet«, sagte Alix, »und dann wart ihr plötzlich alle weg.« Der Regen und die Dunkelheit jenes Abends erschienen ihr wie ein ferner Traum. »Ich hatte keine Ahnung, wo die Autos standen. Dann hat Ella mich gefunden, und ich bin mit ihr zurückgegangen. Ella ist mit deinen Eltern im Daimler gefahren, und du hast mit mir und Robert im Auto deiner Großeltern gesessen.«

»Und Charlie?« fragte May leise.

»Ich dachte, Charlie wäre schon im Auto deiner Großeltern, und als er da nicht war, wollte ich aussteigen und ihn suchen. Aber dann kam Daisy und sagte mir, Charlie säße bei deinen Eltern im Daimler. Zumindest habe ich es so verstanden, aber ich muß es *falsch* verstanden haben. Als ich nach vorn schaute, sah ich, daß der Wagen deines Vaters schon aus dem Dorf hinausfuhr. Das war der Moment, als wir Charlie verloren haben, May, da bin ich mir ganz sicher.«

May, deren Gestalt sich dunkel umrissen aus dem hellen Rechteck des Fensters hob, stand reglos da. Nur das Tropfen des Wasserhahns war zu hören, das Ticken der Uhr.

Dann drehte sie sich herum. »Ich muß gehen. Der Zug ...« Ihr Gesicht war blaß, ihr Mund angespannt. »Ich habe gestern abend Derry gesehen. Er hat mir erzählt, daß ihr euch getrennt habt. Es hat mir so leid getan, das zu hören, Alix. Ich habe dich immer darum beneidet, daß du es soviel besser gemacht hast als wir – in unserer Familie gibt es doch nichts als Brüche und Zerwürfnisse.« Die hellen blauen Augen, die jetzt dunkel und grüblerisch waren, richteten sich auf Alix. »Bei allem Kummer, den du durchgemacht hast, hast du doch ein Zuhause, einen Mann, einen Sohn. Keine von uns, weder Ella noch Daisy, noch ich, kann das von sich sagen. Keine von uns hat Kinder. Daisy hat als einzige geheiratet, und ihre Ehe endete in einer

Scheidung, die mehr als peinlich war. Und Ella – Ella ist Papas Geschöpf.« Mays Stimme war voll Bitterkeit. »Wir sind nur noch ein Anachronismus, wir und unseresgleichen. Wir haben in der heutigen Welt keinen Platz mehr.«

Sie nahm ihre Tasche und ihre Handschuhe. »Noch etwas wollte ich dir sagen, Alix. Ich weiß, es ist anmaßend von mir, aber ich wollte dir sagen, daß Derry dich liebt. Ich mag eine alte Jungfer sein, aber das heißt nicht, daß ich nie geliebt habe und Liebe nicht erkennen kann, wenn sie mir begegnet. Derry liebt dich, und er braucht dich, Alix. Er hat nie eine andere Frau als dich geliebt.«

Alix erinnerte sich, wie sie mit gekreuzten Beinen im Wüstensand gesessen und versucht hatte, die Fragmente eines Mosaiks zusammenzufügen. Wie ein Puzzle. Weiße Vögel im Flug vor einem schwarzen Himmel.

Aus einer Kommode auf dem Speicher nahm Alix ihr altes Skizzenbuch und schlug das Seidenpapier auseinander, in das es eingehüllt war. Sie hatte das Buch seit dreiundzwanzig Jahren nicht mehr geöffnet; als sie es jetzt aufblätterte, sah sie den Hafen von Dover und den Strand von Le Touquet, die der Bleistiftstrich sorgfältig und genau festgehalten hatte. Sie schlug die Seiten um und sah Charlie und seine Schwestern beim Spiel am Strand. Die Mädchen hatten die Röcke ihrer gestreiften Kleider unter ihre Schlüpfer gestopft. Charlies kleiner Strohhut war mit einer breiten Schleife gebunden. Der Ausdruck in Charlies Gesicht schien sich zu verändern, während sie es betrachtete, ein Lächeln zupfte an seinen Mundwinkeln, und seine Hände, die er erhoben hatte, um einen Ball zu fangen, winkten ihr zu, bedeuteten ihr, ihm zu folgen.

Sie stand wieder am Fenster des Familienschlosses der Boncourts und blickte hinunter in den Hof, wo die Lanchburys sich versammelten. Der Chauffeur wartete im Wagen; Onkel Charles ging ungeduldig auf dem Kies auf und ab. Tante Marie, mit verschleiertem Gesicht, und die drei kleinen Mädchen in ihren weißen Musselinkleidern bildeten eine Gruppe. Onkel Charles' Zorn war jetzt nicht mehr gegen seine Nichte Alix gerichtet, die die kleine Gesellschaft warten ließ, sondern gegen seine Frau. Tante Marie trug den Schleier jetzt nicht mehr, um ihren zarten Teint vor der Sonne zu schützen, sondern um die brennend roten Striemen zu verbergen, die sich über ihr Gesicht zogen. Mays Aufgeregtheit und Gelächter waren nicht Zeichen kindlicher Begeisterung über diesen besonderen Tag, sondern tapferes Bemühen, Verwirrung und Angst zu kaschieren, die ihr das kleine Herz abdrückten. Und Ella? Ella hatte nur Augen für ihren Vater, dem sie schon jetzt in untertäniger Liebe ergeben war.

Masken und Verkleidungen. Sonnenlicht, das von einer Wolke verdunkelt wurde. Weiße Musselinkleider und rosarote Schärpen, die zwischen dunklen Ästen schimmerten.

Sie waren zum Wald hinausgefahren. Liebe bei dem einen Paar, Haß bei dem anderen. Louise und Robert, die sich hinter dem Pferdewagen verborgen küßten; Charles und Marie Lanchbury voll schwelenden Hasses, der sich jeden Moment entzünden und Flammen schlagen konnte wie ein Stück Papier unter einem Brennglas.

Die glitzernde Haut einer Schlange, aber nicht mehr Teil des geschmeidigen lebenden Tieres, wie sich bei Berührung zeigte, sondern leere Hülle, unter der ein Gewimmel von Maden brodelte. Charlie war durch Farn und Gestrüpp getaucht und hatte hinter Büschen »Wo bin ich?« gespielt. Das Kindermädchen war mit den Dienstboten nach Hause geschickt worden; auch die Großeltern Boncourt waren ins Schloß zurückgekehrt. Charles Lanchbury hatte mit seinen Kindern eine Partie Kricket gespielt. Die drei kleinen Mädchen hatten sich im Bewußtsein der unerhörten Ehre, die ihnen da widerfuhr, ungeschickt angestellt und tolpatschig vor Nervosität, Müdigkeit und Furcht immer wieder den Ball fallen lassen, während sie in ihren Knopfstiefelchen durch das bucklige Gras gestolpert waren. Marie Lanchbury hatte ihnen zugesehen. In Korsett und Fischbein eingeschnürt, mit Spitzen und Schleifchen infantilisiert, hatte sie an dem Spiel nicht teilnehmen können. Ihr verhüllter Körper mußte unsichtbar bleiben, denn er war das Eigentum ihres Mannes. Während ihre Töchter gelaufen und gesprungen waren, hatte Marie gewußt, daß auch sie bald zu Gefangenen ihres Geschlechts und ihrer Klasse werden würden. Ab und zu hatte sie die Hand zum Gesicht gehoben und durch die zarte Maske des Schleiers hindurch die Verwundung betastet, die ihr Gesicht verunstaltete.

Erst als die Schatten des Waldes begonnen hatten, die Wiese zu verdunkeln, hatte das Spiel ein Ende gefunden. Danach waren sie in das Dorf mit dem Jahrmarkt gefahren. Abscheu hatte sich in Charles Lanchburys Gesicht gespiegelt, als sie zwischen den Buden und Ständen hindurchgestreift waren. Landvolk, kleine Leute in geflickten Kleidern, hatte sie gepufft und gestoßen, und die Luft war stickig gewesen vom Geruch beißenden Qualms, ungewaschener Körper und schmutziger, nasser Hunde. Der Regen hatte die Schminke von den Gesichtern der Tänzer abgewaschen und Luftschlangen und Girlanden durch die Rinnsteine getrieben. Marie hatte gesagt: *Ich weiß nicht, warum wir uns mit solchen Leuten gemein machen müssen. Das ist doch sonst nicht deine Art, Charles. Ich weiß, du willst –*

Mich strafen? Mir weh tun?

Als sie im strömenden Regen aus dem Dorf hinausgefahren waren, war Charlies Schicksal und auch das von Alix schon besiegelt gewesen. An einem Bahnübergang hatten sie angehalten, und sie hatte den Zug voller Soldaten vorüberfahren sehen. In diesem Moment, dachte sie, hatte sie in den lachenden Gesichtern hinter den erleuchteten Fenstern die Wahrheit gesehen. Einen flüchtigen, eiskalten Augenblick lang hatte sie in die Zukunft geblickt.

Im Schloß hatten sie Charlies Abwesenheit entdeckt, schon da so endgültig wie der Tod. Das Klappern ihrer Stiefel auf den schwarz-weißen Fliesen; das Scheppern des kleinen hölzernen Schwerts, das gegen das Treppengeländer schlug, als sie zum Kinderzimmer hinaufrannte.

Alix erinnerte sich, wie sie sich über das Bettchen gebeugt hatte. Aber der alte Verlust mischte sich mit dem jüngeren, und sie sah einen Säugling, still und bleich, die Haut schon erkaltet. Sie hörte ihr eigenes Schmerzgeheul. Sie hatte Emma an sich gedrückt, um ihr Wärme zu geben, und ihre kleinen blauen Lippen geöffnet, um ihr Leben einzuhauchen. Das Kind an ihre Brust gedrückt, war sie zum Telefon gerannt, kaum fähig, die Wählscheibe zu drehen.

Alix schlug die Hände vor ihr Gesicht, und ihre Finger wurden naß von Tränen. Sie hätte, dachte sie, alles getan – alles! –, um Emma am Leben zu erhalten.

Ich an Charles Lanchburys Stelle hätte Tag und Nacht ohne Unterlaß gesucht. Ich an Charles Lanchburys Stelle hätte jeden Bewohner von Herleville-aux-Bois aus dem Schlaf gerissen und ihm befohlen, Straßen und Wälder abzusuchen, bis man ihn gefunden hätte. Ich an Charles Lanchburys Stelle hätte nicht gerastet noch geruht, bevor ich meinen einzigen Sohn wiedergefunden hätte. Nichts hätte mich aufgehalten. Nicht Müdigkeit noch Erfolglosigkeit, noch Krieg. Ich hätte mir die Füße wundgelaufen, und der Schall meiner Stimme hätte, seinen Namen rufend, bis in alle Ewigkeit über diesen flachen gelben Feldern gehangen.

Pollys Kind, ein kleines Mädchen, kam einige Tage später zur Welt. Bei ihrem Besuch nahm Alix die kleine Dorothy auf den Arm, atmete mit geschlossenen Augen den süßen Duft des Neugeborenen und erinnerte sich.

Sie fand Jonathan im Garten. »Sie machen jetzt beide ein Nickerchen. Dorothy ist hinreißend, Jonathan. So ein süßes Kind.«

Er wirkte nervös.

Alix sagte tapfer: »Ich kann es ertragen, Jonathan. Wirklich. Es macht mir nichts aus.« Was natürlich nicht ganz stimmte. In den kurzen Minuten, da sie Dorothy in den Armen gehalten hatte, war sie von einer Mischung aus Schmerz und Entzücken beinahe überwältigt worden. Sie sah sich um. »Wo sind die Jungs?«

»Meine Mutter ist mit ihnen in den Park gegangen. Oder sie mit ihr – das kann man nicht so genau sagen.«

»Ich wollte dich etwas fragen, Jon. Ich wollte wissen, ob du Derry in letzter Zeit mal gesehen hast.«

Jonathan köpfte einen Löwenzahn mit einem Schlag seines Spazierstocks. »Nein, in letzter Zeit nicht. Es ist schon wieder ein paar Wochen her.«

Neben dem Rosenbeet, das der Weg umrundete, blieb Alix einen Moment stehen und sah ihn an. »Hast du ihm Dorothys Geburt schon mitgeteilt?«

»Nein. Ich weiß nicht, wie ich es ihm sagen soll, Alix.« Jonathan wirkte gequält. »Wenn ich ihm jetzt von Dorothys Geburt erzähle – na ja, das wäre doch, als streute ich Salz in die Wunde.« Er zog sein Federmesser aus der Tasche und schnitt an einem der Rosenbüsche ein von Mehltau befallenes Blatt ab.

»Ich habe ihn fortgetrieben.« Alix wußte, daß sie am Rande eines Abgrunds gestanden und einzig und allein Rory erlaubt hatte, sie vor dem Sturz in die Tiefe zu retten. »Nach Emmas Tod konnte ich keinen Menschen um mich haben. Jede Berührung war mir verhaßt. Und von *Liebe* wollte ich überhaupt nichts wissen. Derry hat mich gebraucht, und ich habe ihn abgewiesen.« Ihre Stimme war tonlos. »Ich war so verzweifelt vor Kummer und Schmerz, daß mir alles andere gleichgültig war. Es hat mir beinahe so etwas wie Genugtuung verschafft, einem anderen Schmerz zuzufügen. Es war wie ein Zwang, ich mußte es tun. Ich fühlte mich dadurch fast wieder lebendig.«

»Und jetzt?«

»Ich denke Tag und Nacht an Emma, Jon. Der Schmerz über einen solchen Verlust hört niemals auf, aber ich vermute, man gewöhnt sich allmählich an die Realität. Sie war eine Zeitlang bei uns, und dann haben wir sie verloren. Wir haben beide alles versucht, um sie bei uns zu behalten, aber wir haben es nicht geschafft. Niemand hatte Schuld daran. Man kann niemandem einen Vorwurf machen.« Sie sah Jonathan an. »Derry fehlt mir, Jon. Er fehlt mir so sehr.«

»Und wenn du ihm erklären würdest ...«

»Ich habe schreckliche Dinge gesagt, Jon. Ich habe ihn tief verletzt.«

Jonathan begann Rosen zu schneiden, Blüte um Blüte, rosarot, weiß, gelb und rot.

Alix lächelte. »Ich weiß noch, wie ich ihm das erste Mal in

Fallowfield begegnet bin. Er war so voller Energie und Neugier und Lebensfreude – lauter Dinge, die ich mir selbst verwehrte. Dann heiratete ich Edward und sah Derry jahrelang nicht wieder. Und eines Tages – weißt du noch? – trafen wir uns bei dieser gräßlichen Fete im Rose Café.«

Jonathan lachte. »Türkische Zigaretten und eine Bowle, die das reine Gift war. Mein Gott, es kommt mir so vor, als wäre das ewig her.«

»Wie unsere Leben trotz aller Irrwege aufeinander zugelaufen sind – wie zwei Bäche, die sich zu einem Fluß vereinigen. Ich muß es noch einmal versuchen, nicht wahr?«

»Ja«, sagte er. »Ja, Alix, das mußt du.« Dann legte er ihr die Rosen in den Arm. Der Duft begleitete sie auf der Rückfahrt nach Owlscote.

Alix mußte lange warten, nachdem sie an Derrys Wohnungstür geläutet hatte, bis sie das Scheppern von Kette und Riegel hörte.

Sie folgte ihm in die Wohnung.

»Ich habe keinen Besuch erwartet«, bemerkte er und zog die Vorhänge auf. Staubkörnchen tanzten im hellen Licht und ließen sich auf den Kisten und Truhen nieder, die in den Ecken gestapelt waren.

Sie fand keine Worte, und so sagte sie schließlich hoffnungslos banal: »Wie geht es dir, Derry?«

»Gut. Mir geht es gut, danke.«

Es war, dachte sie, als wollten sie ewig hier stehen, getrennt durch ein Meer von Schweigen und Leid. Sie hatte den Wunsch, zu ihm zu gehen und ihn in die Arme zu nehmen, aber seine Haltung, so starr und gespannt, erlaubte es ihr nicht.

Sie begnügte sich damit, zu sagen: »May hat mich besucht.«

Er drehte sich nach ihr um. »May Lanchbury? Wie rührend. Endlich die große Familienversöhnung.«

»Wir haben über den Tag gesprochen, an dem Charlie verschwand –«

»Faszinierend –«

» – und nach dem Gespräch mit ihr war mir klar, daß ich die

Dinge wahrscheinlich niemals so gesehen habe, wie sie wirklich waren.«

Derry fuhr sich mit beiden Händen durch das Haar. »Nein, natürlich nicht«, sagte er ungeduldig. »*Das* weiß ich schon lange. Aber man muß natürlich auch alle Einzelteile haben, um sie zusammenfügen zu können. Und die hast du nie gehabt.«

»May hat mir erzählt, daß Onkel Charles mit Tante Marie Streit hatte – er hat sie geschlagen, Derry –«

»Alix! Mich geht das alles nichts mehr an. Das muß dir doch klar sein.«

Schweigen. In ihren Augen brannten Tränen. Aber sie hatte ihm eine Botschaft zu überbringen. »Jon und Polly haben eine Tochter«, sagte sie. »Ich war gestern bei ihnen. Ein wunderhübsches kleines Mädchen, Derry. Sie heißt Dorothy.«

Derrys Blick verschloß sich. Er trat zum Fenster und schaute hinaus, die Hände flach auf dem Fensterbrett, den Kopf leicht erhoben.

»Richte ihnen meine Glückwünsche aus.«

»Komm nach Owlscote zurück, Derry«, sagte sie, und er drehte sich herum.

»Nein.«

Sie brachte das nächste Wort kaum über die Lippen. »Niemals?«

»Es ist danebengegangen, Alix.«

Sie fror plötzlich und fühlte sich außer Atem. Sie dachte, ich liebe dich, Derry, und ich wünsche mir so sehr, daß du nach Hause kommst, aber die Worte, beinahe ausgesprochen, blieben ungesagt, weil sie jetzt plötzlich begriff, was die Kisten und Truhen zu bedeuten hatten, die im Zimmer herumstanden.

Er würde wieder weggehen. Sie hatte ihn fortgetrieben. Die Kisten waren verschlossen und etikettiert, aber durch die Tränen hindurch, die ihr den Blick verschleierten, konnte sie die Schrift auf den Aufklebern nicht entziffern. Sie fragte sich, wohin es ihn diesmal trieb: sicher nicht auf den Kontinent, wo das Leben sich so abschreckend verändert hatte. Nach Amerika vielleicht oder weiter noch, in den Fernen Osten ... nicht einmal im selben Land, dachte sie ... auf demselben Erdteil ...

Sie hörte ihn sagen: »Alix? Was ist? Geht es dir nicht gut?«, und blickte auf.

Sie zwang sich zu lächeln. »Doch, doch, es geht mir gut. Ich muß jetzt gehen.« Sie würde ihm nicht ihre Tränen zurücklassen, dachte sie. Dann ging sie.

Augenblicke danach kehrte er zum Fenster zurück und schaute hinaus. Er suchte in der Menschenmenge nach ihrem grünen Pulli und ihrem dunklen Haar. Man hätte nicht meinen sollen, daß ein Mensch so rasch, so spurlos verschwinden konnte. Mit einem harten Schlag hieb er seine Faust auf das Fensterbrett, dann packte er seine Jacke und rannte auf die Straße hinaus.

Er konnte sie nicht finden, obwohl er schließlich sogar mit dem Taxi zur Waterloo Station fuhr und dort in den Schlangen vor den Schaltern und auf dem Bahnsteig nach ihr suchte. Als er einsehen mußte, daß er sie verloren hatte, ging er in ein Pub gegenüber vom Bahnhof und trank einen Whisky. Von dort zog er weiter, von Pub zu Pub, mit jeder Gesellschaft zufrieden, die sich ihm gerade bot.

Am Ende fand er sich in einer Bar in der Kennington Road wieder. Es gab dort ein halbes Dutzend Kneipen, aber er konnte sich nicht an einen einzigen Namen erinnern. Der Mann zu seiner Rechten erzählte gerade eine endlose Geschichte von einem Polizisten und einer Hure; die Frau zu seiner Linken trank Gin pur und jammerte, weil sie sich einen Fingernagel abgebrochen hatte. Am Nachbartisch sah er schwarze Uniformmützen und geballte Fäuste und einen Glatzköpfigen mit Schnauzbart, der große Reden über die Internationalen Brigaden in Spanien schwang. Jemand reichte eine Mütze herum (»Jede Kleinigkeit hilft, Genosse«), Münzen klimperten und spanische Schlachtrufe dröhnten.

Als Derrys Nachbar mit seiner Geschichte über den Polizisten und die Hure zu Ende gekommen war, starrte er Derry an und sagte: »Also, *ich* hab's komisch gefunden.« Auf der Suche nach seinen Zigaretten klopfte er seine Taschen ab. Dann stand er auf. Zur gleichen Zeit torkelte vom Nachbartisch mit dem provisorischen Sammelbehälter in der Hand einer der Schwarzbemützten herüber. Glas ging laut krachend zu Bruch, und Münzen rollten klirrend über den Fußboden. Der Mann mit der schwarzen Uniformmütze sagte: »Paß doch auf, du Idiot«, und Derrys Nachbar knurrte: »Haben Sie mich eben Idiot genannt?« Die Frau mit dem abgebrochenen Fingernagel kreischte, und der Rest war unvermeidlich.

Anfangs hatte Derry seinen Spaß. Das einzige Mal in seinem Leben vielleicht empfand er es als eine Erleichterung, sich in besinnungsloser körperlicher Gewalt auszutoben. Aber dann ließ er sich zu einer falschen Bemerkung hinreißen und machte schmerzhafte Bekanntschaft mit einer knochenharten Faust. Schwarze Nacht senkte sich über ihn, als er gegen den Tresen prallte und an der Holzwand entlang langsam zu Boden rutschte.

In der grünlichen Finsternis hörte er die Stimme einer Frau, die herrisch sagte: »Laß ihn in Ruhe, Miguel. Du bringst ihn noch um.«

Ein Mann fluchte auf spanisch. Dann kauerte jemand neben Derry nieder. »Leg deinen Arm um meine Schultern, Derry. Los, beeil dich – ich möchte weg sein, bevor die Polizei hier anrückt.«

Er spürte, wie eine Schulter sich unter seinen Arm schob, und schaffte es irgendwie, auf die Beine zu kommen. In der Kneipe war die Hölle los.

Draußen, auf der Straße, schmeckte er Blut in seinem Mund.

»Los, mach schon, Derry«, fuhr sie ihn ungeduldig an. »Ich höre schon die Sirenen. – Taxi!«

Sie stieß ihn in das Auto. Erst jetzt erkannte Derry sie. »Mina«, murmelte er und starrte sie an. »Mina Carr.«

»Ich weiß nicht, ob ich mich freuen oder ärgern soll, daß du mich sofort wiedererkannt hast, Derry«, sagte sie, »ich finde, ich habe mich zu meinem Vorteil verändert, meinst du nicht auch?«

In der Tat erinnerte kaum noch etwas an ihr an die reizlose Sechzehnjährige mit dem strähnigen Haar und den dicken Brillengläsern, die er einst gekannt hatte. Mina Carrs dunkles

Haar umschloß in weichen, gepflegten Wellen das Gesicht mit den großen braunen Augen, das jetzt nicht mehr durch eine Brille entstellt war. Er wollte ihr ein Kompliment machen, aber schon den Mund zu öffnen schmerzte, und er hob statt dessen seine Hand zum Kinn.

»Meine Zähne –«

»Ja, was um Himmels willen hast du denn erwartet? Wie kann man nur so kindisch sein.« Mina reichte ihm ein Taschentuch. »Es gibt nicht mal einen Hoffnungsschimmer für die Welt, solange Männer nicht lernen, ihre niedrigen Instinkte zu beherrschen.« Neugierig fügte sie hinzu: »Was hast du eigentlich zu Miguel gesagt, daß du ihn so in Rage gebracht hast? Er spricht fast kein Wort Englisch.«

»Dafür ist mein Spanisch nicht schlecht«, nuschelte er. Halb fühlte er sich wie ein geprügelter Hund, halb wie ein hirnloser Idiot. »Nach Jons Unfall war ich ein paar Jahre in Südamerika.«

»Ich weiß.«

Er sah sie erstaunt an.

»Ich habe deine Karriere mit Interesse verfolgt, Derry.«

Er fühlte sich viel zu leidend, um sich über die tiefere Bedeutung ihrer Bemerkung den Kopf zu zerbrechen, darum machte er einfach die Augen zu und lehnte sich zurück.

Nach einer Weile klopfte Mina an die gläserne Trennscheibe. »Setzen Sie uns bitte hier ab.« Nachdem sie den Fahrer bezahlt hatte, drehte sie sich nach Derry um. »Kommst du?«

Sie waren, wie er sah, in Bloomsbury. Georgianische Fenster und hübsche kleine Grünanlagen mit schmiedeeisernen Zäunen. Mina schob den Schlüssel in die Haustür, und Derry folgte ihr nach oben.

Das Wohnzimmer von Mina Carrs Wohnung hatte schöne Proportionen und angenehmes Licht. Es war voller Bücher – an die tausend mußten es sein – und Plakate. Die Plakate trugen spanische Parolen, die zum Eintritt in eine Gewerkschaft oder zum Kampf gegen die Nationalisten aufforderten, oder kyrillische Schriftzeichen unter Bildern von klug dreinschauenden Wissenschaftlern und kernigen Traktorfahrerinnen.

»Das Badezimmer ist gleich da«, sagte Mina, »wenn du dich frisch machen möchtest.«

Umgeben von flaschengrünen Kacheln und noch mehr Büchern, tauchte Derry seinen Kopf in ein Becken voll kalten Wassers und kam nach Luft schnappend wieder hoch. Während er sich abtrocknete, starrte er in den Spiegel. Für solche Geschichten bist du wirklich zu alt, Derry Fox, dachte er. Viel zu alt. Auf seiner Stirn prangte eine Beule, die sich bereits bläulich zu verfärben begann, und am Mundwinkel war seine Lippe aufgeplatzt. Als er sich wieder halbwegs präsentabel fand, kehrte er ins Wohnzimmer zurück.

Der Kaminsims war mit gerahmten Fotografien vollgestellt. Derry blieb stehen, um sie sich anzusehen.

Mina kam mit einem Tablett ins Zimmer und stellte es auf den Tisch. »Das sind Howard und Timothy. Ediths Söhne.« Er hatte einen Schnappschuß zur Hand genommen, der zwei kleine Jungen in neuen Schuluniformen zeigte. Vorsichtig fragte er: »Wie geht es Edith?«

Mina schenkte Kaffee ein. »Oh, sehr gut.«

»Ihre Ehe ist – glücklich?«

»Na ja, das würde ich nicht unbedingt sagen. Ich denke, du weißt so gut wie ich, daß keiner von beiden genau das bekommen hat, was er wollte. Der gute Marcus wollte eine Frau aus altem Adel, und Edith – ach was, darauf wollen wir jetzt lieber nicht eingehen.« Ironie färbte Minas Stimme. »Aber dafür führt Edith das bequeme Leben, das sie sich immer gewünscht hat, und Marcus liebt sie wirklich. Er hängt sehr an ihr. Weißt du, ich war immer schon der Meinung, daß es keinem Menschen guttut, wenn er alles bekommt, was er will, findest du nicht auch? Es muß immer noch etwas geben, das man sich wünscht. Sonst wird man stumpf und selbstgefällig.« Sie sah Derry an. »Aber dieses unschlüssige Schwanken – sich erst mit Jonathan zu verloben und sich dann in dich zu verknallen – war so untypisch für Edith.« Sie reichte ihm eine Tasse. »Nimmst du Sahne, Derry?«

Er schüttelte den Kopf. »Das hört sich an, als würdest du sie verachten.«

»Aber gar nicht. Ich habe meine Schwester sehr gern, und ich bin hingerissen von meinen beiden Neffen, die so unbedarft sind wie Marcus und so schön wie Edith. Aber Leidenschaft kann eben so zerstörerisch sein.«

Er erinnerte sich, wie er nach Jonathans Unfall im Wartezimmer des Krankenhauses gesessen hatte und sich voll Entsetzen bewußt geworden war, was er angerichtet hatte.

»Du findest Leidenschaft also verwerflich?«

Mina runzelte die Stirn. »Es gibt verschiedene Arten von Leidenschaft ... Leidenschaft für eine Sache, in der Politik zum Beispiel, finde ich sehr wichtig. Aber die Leidenschaft zwischen Mann und Frau – es kommt darauf an, ob man Liebe meint oder Sex.«

»Ich dachte, das gehört beides zusammen«, sagte er milde.

»Und ich dachte lange Zeit, die Liebe wäre das Privileg der Schönen. Man müßte blond und blauäugig sein, um sie zu erfahren.« Sie warf ihm einen leicht spöttischen Blick zu. »Tja, mit solchen Gedanken machen sich die jüngeren, weniger hübschen Geschwister das Leben schwer.«

Jon und Polly haben eine Tochter. Sie heißt Dorothy. Derry erinnerte sich der Aufwallung schwarzer Eifersucht, die ihn überkommen hatte: daß wieder einmal Jonathan das bekommen hatte, was er sich so sehr gewünscht hatte. Es verbitterte ihn, daß die Rivalitäten der Kindheit einem ein Leben lang nachzuhängen schienen. Nur aus Neid und Eifersucht war er gereizt und abweisend zu Alix gewesen, die ihn gebeten hatte, zu ihr zurückzukehren.

Mit einem bitteren Lächeln sagte er: »Das scheinen wir gemeinsam zu haben.«

Mina rührte Zucker in ihren Kaffee. »Und trotzdem haben wir uns ganz gut gemacht, nicht wahr?«

»*Du* hast dich gut gemacht. Ich hab so ziemlich auf der ganzen Linie versagt.«

»Solche Bescheidenheit paßt gar nicht zu dir, Derry. Ich hab's ja vorher schon gesagt, ich habe deine Karriere mit Interesse verfolgt.«

Er sah sie fragend an. »Warum?«

»Weil ich vor langer Zeit, im unschuldigen Alter von sechzehn Jahren, hoffnungslos in dich verliebt war.«

Abrupt stellte er seine Tasse ab. »Mina –«

»Du hast gefragt, Derry.« Sie zuckte die Achseln. »Ich hatte immer Wünsche. Ich bin nicht wie Edith – mir ist nie etwas in den Schoß gefallen. Ich muß für alles, was ich haben will, eine Menge tun, und manchmal bekomme ich, was ich will.«

»Du hast mich also da rausgeholt –«

»Einzig um deiner schönen Augen willen, Derry. Ja.«

»Oh!«

»Denk dir nichts«, sagte sie. »Ich habe das längst überwunden. Trotzdem hat es mich immer interessiert, was du machst.« Sie goß sich Kaffee nach. »Die meisten Leute glauben, zwischen hübschen und häßlichen Frauen wäre ein Riesenunterschied. Aber wir haben die gleichen Gefühle.« Sie lächelte. »So was schreib ich natürlich nicht in meinen Büchern. Das wäre nicht *modern*. Viel zu romantisch.« Sie hielt die Kaffeekanne hoch. »Möchtest du noch einen Schluck?«

Er fühlte sich benebelt von verwirrenden Gedanken und den Nachwirkungen des Alkohols. Schweigend reichte er Mina seine Tasse und sah, wie sie, das Gesicht nur wenige Zentimeter von der Kanne entfernt, die Augen zusammenkniff, als sie einschenkte.

»Du siehst überhaupt nichts«, sagte er. »Du bist immer noch so kurzsichtig, stimmt's, Mina?«

»Ich kann genau fünfzehn Zentimeter über meine Nase hinaus sehen. Ohne Brille marschiere ich auf der Straße an meinen Freunden vorbei und stolpere über jeden holprigen Pflasterstein.«

»Warum trägst du sie dann nicht?« Aber er wußte die Antwort schon.

»Ach, das alte Klischee von der häßlichen Brillenschlange. Der strahlende Held bemerkt die unscheinbare kleine Maus erst, als sie ihre Brille abnimmt. Ich habe eine Phase durchgemacht, wo ich mir eingeredet habe, es machte mir nichts aus. Ich trug immer und überall meine Brille, wählte meine Kleidung nach Preis und Zweckmäßigkeit und schnitt mir die

Haare selbst. Ediths wegen, verstehst du – ich wollte mich unbedingt von Edith unterscheiden. Aber ich wollte auch geliebt werden und habe nach einer Weile begriffen, daß man um der Liebe willen gewisse Konzessionen machen muß.«

Konzessionen um der Liebe willen. Er selbst hatte keine gemacht. Er hatte sich nur von seinen eigenen egoistischen Gefühlen leiten lassen, seinen Stolz und Schmerz und der Eifersucht auf Jonathan, die er längst tot geglaubt hatte, und Alix damit von neuem vertrieben. Er hatte ihr nicht gesagt, warum er die Wohnung in Chelsea verkauft hatte. Als er jetzt, in Mina Carrs Wohnzimmer, an das kurze Gespräch mit ihr dachte, wurde ihm plötzlich klar, was sie beim Anblick der gepackten Kisten und Truhen gedacht haben mußte, und er hätte sein Bedauern am liebsten laut herausgeheult.

Mina sprach immer noch. »Weißt du, ich habe mit der Zeit gelernt, ganz gut ohne meine Brille zurechtzukommen. Ich kann diesen verschwommenen Fleck von jenem unterscheiden, und ich kann sogar die Straße überqueren, ohne von einem Bus überfahren zu werden. Mit den Männern ist das etwas schwieriger – da kann ich immer erst erkennen, ob ich sie mag oder nicht, wenn ich ihnen so nahe bin, daß es praktisch schon zu spät ist.«

Er rührte seinen Kaffee um. »Was hattest du denn in dieser gräßlichen Kneipe zu suchen?«

»Wir halten da unsere Versammlungen ab.«

»*Wir*?«

»Die Gruppe ›Hilfe für Spanien‹. Passender als irgendein schickes Hotel im Westend, meinst du nicht auch?« Sie sah ihn an. »Und was hattest du dort zu tun?«

Er sagte aufrichtig: »Ich wollte mich einfach nur vollaufen lassen.«

»Warum?«

Er antwortete nicht.

»Ich habe gehört, daß du deine kleine Tochter verloren hast«, sagte Mina. »Und ich vermute, du hast dich von deiner Frau getrennt.«

»Alix war heute morgen bei mir. Sie wollte, daß ich wieder

nach Hause komme. Was hätte das für einen Sinn?« fragte er in bitterem Ton. »Was kann ich ihr schon geben? Ich konnte ja nicht einmal ein gesundes Kind zeugen.«

»Was hat deiner Tochter gefehlt?«

»Sie hatte einen schweren Herzfehler.«

»Das war einfach schreckliches Pech, Derry. Zufall, wie so vieles im Leben.«

»Meinst du? Ich war immer der Überzeugung, ich hätte alles selbst in der Hand. Könnte alles manipulieren.« Er schüttelte den Kopf. »Aber jetzt nicht mehr. Ich bin völlig orientierungslos. Ich habe kein Ziel.«

Mina sagte: »Es gibt immer eine Sache, für die man –«, aber er unterbrach sie.

»Ich fürchte, meine Leidenschaft für die Politik hält sich in Grenzen. Mir fehlt die Überzeugung. Jede meiner Leidenschaften war stets sehr persönlich.«

»Das Persönliche und das Politische werden bald nicht mehr voneinander zu trennen sein, bist du nicht auch der Meinung, Derry?«

Er warf ihr einen raschen Blick zu. »Doch, natürlich. Aber ich denke, es wird noch ein, zwei Jahre dauern, ehe es in Europa wieder losgeht.«

»Was willst du dann tun?«

»Wenn der Krieg ausbricht? Ich weiß es nicht.«

»Marcus und Edith wollen nach Amerika gehen. Edith hat mir erzählt, daß Marcus bereits einen Teil seines Geldes außer Landes gebracht hat.«

»Und du, Mina?«

»Ich? Ich bleibe hier.« Sie lächelte. »Besseres *Material* gibt es doch kaum. Ich vermute, ich werde Kühe melken oder einen Bus fahren, oder was sonst Frauen in Kriegszeiten tun.«

Er sagte leise: »Manchmal wünsche ich ihn direkt herbei ...«

Sie warf ihm einen scharfen Blick zu. »Du bist doch kein Sympathisant?«

»Der Nazis? Um Gottes willen, nein.«

»Es gibt genug von der Sorte. Die Londonderrys –«

»Sir Henry Channon. Sir Barry Domvile.« Und Charles

Lanchbury, dachte er. »Ich weiß. Ich habe ein paar von ihnen kennengelernt.«

»Du verkehrst in interessanten Kreisen, Derry. Ich ziehe es vor, aus der Ferne zu beobachten.« Mina faltete ihre Hände im Schoß und sah ihn unverwandt an. »Wenn es Krieg gibt, ist es wichtig zu wissen, wer diese Leute sind und wem ihre Loyalität wirklich gilt. Einige meiner Freunde haben es sich zur Aufgabe gemacht, solche Dinge in Erfahrung zu bringen.«

Er dachte an die Straßen von Berlin und die Schlägertruppen Mosleys, die durch das Eastend marschierten. »Ich habe den Gedanken an eine Diktatur noch nie auch nur im entferntesten verlockend gefunden«, sagte er langsam. »Uniformen, Paraden, Gehorsam! Wie an einem besonders fürchterlichen Internat. Aber der zerstörerische Aspekt des Krieges hat in letzter Zeit eine gewisse Verlockung für mich, das muß ich ehrlich sagen. Schrecklich, nicht wahr, wenn man bedenkt, was in der Welt geschieht ... in Spanien ... Abessinien ....«

»Wir alle haben zerstörerische Impulse. Setze sie für etwas Nützliches ein«, sagte Mina kurz.

Womit sie wieder bei der Ziellosigkeit angelangt wären, dachte Derry. Er versuchte sich zu erinnern, was für Ziele er gehabt hatte, als er die Schule verlassen hatte, achtzehn Jahre alt, von sich selbst überzeugt, voller Energie und hochfliegender Pläne. »Tja, meine Karriere, wie du es so freundlich formulierst, war nichts als ein einziges Durcheinander«, murmelte er. »Warum zum Teufel bin ich nicht Arzt geworden – oder Lehrer – oder Rechtsanwalt wie Jon? Dann wüßte ich, was ich zu tun habe.«

»Weil du es nicht wolltest. Und weil es nicht das richtige für dich gewesen wäre.«

Er stand auf und trat ans Fenster. Es war später Abend, und in der nächtlichen Finsternis konnte er den Garten unten nicht sehen. Er wußte, daß er, genau wie Mina Carr, immer starke Wünsche gehabt hatte. Er war getrieben worden von dem Wunsch, sich hervorzutun, besser zu sein als Jon, die Anerkennung seines Vaters zu gewinnen. Er war in immer neue Identitäten geschlüpft und hatte ständig neue Wege erkundet. Er hatte, wie Sara Kessel es vor langer Zeit einmal ausgedrückt hatte, sich immer wieder neu erfunden. Und endlich dann – ein sicheres Ufer am Ende der Irrfahrt – Alix, Owlscote, Emma. Er hatte alles gehabt und wieder verloren. Er hatte sein Gut nicht, wie er Alix einmal versprochen hatte, sicher behütet. Er hörte die Stimme der alten Frau in Frankreich: *Es war die Hölle, Madame. Alles, was wir kannten, alles, was uns lieb und teuer war, wurde uns damals genommen.*

Minas Stimme drang in seine Gedanken. »Du bist doch sicher hungrig?«

Er drehte sich nach ihr um. »Ich habe seit Stunden nichts gegessen. Ich sollte jetzt gehen.«

Sie achtete nicht auf seine Worte. »Ich mach ein paar Brote.« Sie ging in die Küche nebenan. Schränke wurden geöffnet, Geschirr klapperte.

Er ging langsam durch das Zimmer. Auf einem Beistelltisch sah er ein Buch liegen, das neu wirkte, jungfräulich. Er nahm es zur Hand. Der Titel lautete »Rosen in Asche«. Der Schutzumschlag zeigte die Abbildung einer bleichsüchtigen jungen Frau; auf dem Buchrücken stand Mina Carrs Name.

Er hielt es hoch. »Ist das dein neuestes?«

Sie kam kurz zur offenen Tür. »Es kommt in vierzehn Tagen heraus, ja.«

»Ich habe ›Das Mädchen im gelben Kleid‹ gelesen, als ich in Südamerika war.«

Sie stand schon wieder am Küchentisch und strich Brote. »Ich *kann* meine Sachen nicht mehr lesen, wenn sie einmal fertig sind, aber ›Das Mädchen …‹ mag ich sehr. Es hat mir erlaubt, diese Wohnung zu kaufen.«

»War das dein erster Roman?«

Sie schüttelte den Kopf. »Mein zweiter. Mein erster wurde kurz vor Ediths Heirat mit Marcus veröffentlicht. Da drehte sich alles um Geburt und Abstammung – die Hauptpersonen waren von altem Adel.« Mina richtete die Brote auf einem Teller an. »Es wimmelte von unehelichen Kindern und untreuen Ehefrauen. Da hatten blauäugige Eltern braunäugige Kinder und adelige Damen heiße Affären mit dem Gärtner.« Sie lachte.

»Wenn ich mich darauf beschränkt hätte, wäre das Buch wahrscheinlich ganz gut gegangen – Adel und Skandale kommen immer an. Aber leider habe ich eine politische Nebengeschichte eingebaut, die die Leute offensichtlich gelangweilt hat, und eine ziemlich weitschweifige Tirade über das weibliche Erbrecht. Das hat sich überhaupt nicht verkauft.«

Sie kam wieder ins Zimmer und stellte den Teller mit den Broten vor ihm auf den Tisch. »Schinken und Senf – ich hoffe, das magst du.«

»Ja, vielen Dank«, sagte er.

Sie kniff plötzlich die Augen zusammen und sah ihn scharf an. »Derry, du bist ja ganz weiß im Gesicht.«

»Wirklich?« Er fühlte sich benommen.

»Hast du Kopfschmerzen?«

Er sah sie an, aber ihr Gesicht verschwamm vor seinen Augen, als hätte er eine Gehirnerschütterung erlitten, dachte er, oder als wäre er so kurzsichtig wie Mina. »Erzähl mir das noch mal, Mina. Die Handlung deines ersten Romans.«

Sie war sichtlich verwundert, sagte aber: »Ich kann mich nicht mehr genau erinnern – ich habe das Buch vor langer Zeit geschrieben –, aber es gab da einen Gutsherrn, adelig natürlich, mit zwei Kindern.« Sie runzelte die Stirn. »Ein Junge und ein Mädchen. Der Junge war außerehelich –«

Er sagte: »Abstammung und Geburt – Erbrechte – natürlich!«

»Jetzt setz dich doch mal hin, Derry. Du schaust aus, als würdest du gleich umkippen.«

Er setzte sich nicht, sondern ging zum Fenster zurück. Der Mond war hinter den Wolken hervorgekommen, so daß er den Garten unten klar sehen konnte. Sein Blick wanderte von der schmiedeeisernen Bank zu dem kleinen, runden Teich und den Rosen, deren Blüten wie aus grauem Papier gedreht erschienen.

»Du solltest etwas essen«, hörte er Mina sagen. »Dann würdest du dich bestimmt gleich wieder besser fühlen.«

»Es geht mir gut. Wirklich.« Er sah ein, daß er ihr eine Erklärung schuldig war, deshalb sagte er: »Ich habe nur eben etwas begriffen, an dem ich seit Ewigkeiten herumgerätselt habe.« Er hatte beinahe Angst, es wieder aus den Augen zu verlieren; fürchtete, wenn er wegsähe, würden die Wolken ihm die Sicht versperren und von neuem alles verschleiern.

Zurück in Owlscote, ging Alix durch Haus und Garten und gestand sich ein, daß es ihr manchmal leichter gefallen war, Stein und Mörtel zu lieben als lebendige, veränderliche Menschen. An diesem Abend bot das Haus keinen Trost. Türen knarrten, als sie in leere, ausgestorbene Räume blickte. Ihre Geschichte Owlscotes, die auf dem Schreibtisch in der Bibliothek ausgebreitet lag, schien ihr nicht mehr als eine Sammlung halb vergessener Namen.

Am nächsten Morgen stand sie in aller Frühe auf und holte Pinsel und Farben hervor. Anfangs ging ihr die Arbeit nicht leicht von der Hand, aber allmählich fand sie zu ihrem alten Gefühl für Farben und Formen zurück. Sie malte Blumengirlanden auf bauchige Kommoden, dekorierte die Platte eines kleinen Tischs mit den Trompe-l'œil-Abbildern von Spielkarten, die wie hingeworfen wirkten; sie umgab eine Uhr mit einem Zierstreifen in klassizistischer Manier und ließ Schmetterlinge über den Deckel einer Truhe flattern.

Später telefonierte sie. »Roma? Ich bin's, Alix.«

»Alix! Wie schön, von dir zu hören. Wie geht es dir?«

»Gut, danke. Ich habe ein paar Sachen hier, die Ted und Jack abholen können.«

»Du hast gearbeitet?«

»Ja. Einiges ist nicht sehr gut geworden, tut mir leid. Ich bin ein bißchen eingerostet.«

»Ach was, die Sachen sind bestimmt alle wunderschön. Ich bin wirklich froh, daß du wieder zu arbeiten angefangen hast. Derry hat soviel zu tun, und ich brauche jede Hilfe, die ich bekommen kann.«

»Ist er schon weg?«

»Weg? Wer denn?«

»Derry.« Ihr war kalt.

»Wieso weg? Ach so –« Romas Worte gingen in lautem Rauschen und Knistern unter.

»Was hast du eben gesagt, Roma – ich habe das nicht mitbekommen.«

»Er war ein paar Tage verreist, aber ich erwarte ihn jeden Moment zurück.«

Alix war verwirrt. »Aber die Wohnung ...«

»Du weißt, daß er umzieht? Ich hab ihm gesagt, er sei verrückt. Ich sagte –«

Wieder übertönte das Rauschen in der Leitung Romas Stimme.

Ich hasse Telefone, dachte Alix. »Roma«, rief sie laut, »was hat Derry vor? Geht er wieder nach Südamerika?«

Roma lachte. »Du lieber Himmel, nein. Nichts so Exotisches. Er hat sich ein Zimmer gemietet. In Islington, stell dir das mal vor. Völlig ab vom Schuß.«

»Er geht also nicht ins Ausland?«

»Du hörst dich irgendwie seltsam an, Alix. Ist irgendwas? Diese mistige Verbindung ... nein, Derry geht natürlich nicht ins Ausland.«

Rauschen und Knistern. Die Kälte war gewichen. Das Herz klopfte Alix bis zum Hals. »Warum verkauft er dann die Wohnung?« rief sie.

»Ach ...« Roma blieb vage. »Er sagte irgend etwas davon, daß er Kapital freimachen will. Um das Geld anders anzulegen oder so was. War er denn noch nicht bei dir?«

»Bei mir?«

»Mir hat er gesagt, er wolle zu dir fahren. Er hätte ein Geschenk für dich.«

»Was für ein Geschenk?« Ihr zitterten die Beine; sie mußte sich anlehnen.

»Das hat er mir nicht verraten. Er hat ziemlich geheimnisvoll getan. Hast du Geburtstag? Er hat mir erzählt, daß –« Das Rauschen und Knistern wurde noch lauter, ein wahres Gewitter atmosphärischer Störungen, das nur noch Wortfetzen durchdrangen, bis die Verbindung schließlich ganz unterbrochen wurde und nur noch das Ticken der Uhr und das Miauen der Katze, die um ihr Futter bettelte, zu hören waren.

Derry fuhr noch einmal nach Berlin und suchte Steffie Wolff auf. Er kaufte ihr eine silberne Karaffe und eine Flußperlenschnur ab. Die Perlen, keine so geformt wie die andere, rieselten opalisierend durch seine Finger. Bevor er ging, machte ihm Steffie Wolff noch ein Geschenk, einen kleinen silbernen Fuchs. »Für Ihren erstgeborenen Sohn.« Er wollte es nicht annehmen, weil er sah, wie kahl und leer ihre Wohnung geworden war, aber sie drückte ihm das Füchslein fest in die Hand und schickte ihn mit einem Kuß und einem Lächeln seiner Wege.

Am nächsten Tag reiste er nach England zurück. Von Dover aus, wo er am frühen Morgen eintraf, nahm er den Zug nach London, machte dort aber nur halt, um seinen Wagen zu holen und gleich weiterzufahren. Anfangs begleiteten ihn Sonne und blauer Himmel, aber als er, der Great North Road folgend, die Grenze Ost-Anglias erreichte, sammelten sich am Horizont stahlgraue Wolken. Der Himmel schien tief zur Erde herabzuhängen und Stadt und Land und alle Geschöpfe, die dort lebten, zu umhüllen.

Er fuhr durch eine sanft wogende Landschaft mit heckenumgrenzten Feldern. Die dunkel belaubten Äste der Bäume hoben sich scharf umrissen vom drückenden Himmel ab. Die Straße, die sich wie ein graues Band vor ihm entrollte, wurde schmaler, wand sich um Busch und Hain, immer zwischen Wiesen und Feldern hindurch, aus denen hier und dort einsame kleine Dörfer und steinerne Kirchen emporwuchsen. Dann öffnete sich der Blick über Grün und niedrige Kreidehügel hinweg gepflegtem Parkland, von Mauern umgeben, hinter denen Alleen und gestaltete Hecken standen.

Als das hohe, schmiedeeiserne Tor in Sicht kam, bremste er den Wagen ab und hielt im Schatten einer Kastanie. Hinter dem Tor, am Ende einer langen, von alten Bäumen gesäumten Auffahrt, stand Bell Wood, seit drei Jahrhunderten Sitz der Familie Lanchbury, ein weitläufiger rechteckiger Bau, aus dem blaßgelben Backstein errichtet, den man in diesem Teil Cambridgeshires bevorzugte.

Das Tor quietschte, als Derry es öffnete, und seine Füße versanken knirschend im aufgeschütteten Kies. Er blieb einen Moment stehen, um das Haus zu betrachten, dann ging er weiter zum Park. Eine eigenartige Stille lag über der Landschaft. Es war, als hätte jemand die Zeit angehalten und Haus und Park auf ewig im Augenblick des Todes eingefangen, ähnlich einem in Bernstein eingesperrten Insekt. Er ging durch einen Rosengarten, wo der leichte Wind rote und weiße Blütenblätter über den Boden fegte, und schritt dann durch eine Lindenallee. Ein süßer Duft wehte aus den Bäumen herab, und ab und zu taumelte eine Blüte zu Boden. Die Allee mündete in ein grasbewachsenes Rondell, das von einer hohen Buchsbaumhecke umgeben war. Er fühlte sich von Grün umschlossen, geschützt wie in einem Kokon. Nachdem er das Rondell durchquert hatte, sah er den See und blieb eine Weile stehen, um das Bild zu betrachten. Die tief hängenden Zweige der Weiden, die sich vom Ufer herabneigten, berührten das ruhige, silbrig helle Wasser, und in der Ferne erhob sich eine blaß schimmernde Kalksteinböschung. Derrys Blick blieb schließlich an der anmutigen Gestalt eines Pavillons hängen, der von einer kleinen Anhöhe auf den See hinunterschaute. Er wußte bereits, wie weit jemand zu gehen imstande war, um diesen Besitz zu behalten; er wußte, daß dieses Stück Land, diese Mauern jemandem soviel bedeuten konnten wie das eigene Fleisch und Blut. Er wußte es, aber er konnte es weder verstehen noch verzeihen.

Langsam ging er zum Wagen zurück. Er wußte jetzt auch, was Charlie Lanchbury zugestoßen war und warum es dazu hatte kommen müssen. Es hatte mit Verlust und Liebe, mit Stolz und Abstammung zu tun. Charlies Verschwinden und das Leid, an dem Alix in seiner Folge ein Leben lang zu tragen gehabt hatte, waren nicht einem Unglücksfall zuzuschreiben, sondern kalter, berechnender Planung. Und er, der selbst ein Kind verloren hatte, schwor sich in diesem Moment, für Alix und Charlie Vergeltung zu üben. Aber er wollte warten und Gottes Mühlen ihr langsames Werk tun lassen.

In der Zwischenzeit wollte er Alix zwei Geschenke machen. Das erste, die Perlen, ruhte in Seide eingehüllt sicher in der

Innentasche seines Jacketts. Sein zweites Geschenk war das Geschenk der Wahrheit. Er vermutete, daß Alix, nachdem sie mit May gesprochen hatte, den größten Teil der Geschichte bereits kannte. Er konnte nur noch die letzten Lücken schließen.

Derry ließ den Wagen an und brach nach Owlscote auf.

Teil V

Abschiede

Mai bis Juni 1940

18

MANCHMAL – WENN SIE in Salisbury die Schlagzeilen der Zeitungen sah oder im Dorf mit ihren Nachbarn sprach – mußte sich Alix ermahnen, ihr Glück nicht zu offen zur Schau zu tragen. Ihre innere Heiterkeit paßte so gar nicht zu dem Gefühl düsterer Vorahnung, das das ganze Land ergriffen hatte. Die Ereignisse zum Ende der dreißiger Jahre erschütterten wie Todesstöße das alte Europa: München, die Kristallnacht, die Besetzung der Tschechoslowakei. 1939 hatten die Deutschen Polen überfallen, und Großbritannien und Frankreich hatten den Krieg erklärt. Britische Truppen waren auf den Kontinent entsandt worden, und es folgte eine Periode der Ruhe, so unheilschwanger wie die Stille vor dem Sturm. Im April 1940 hatten dann die Deutschen Dänemark besetzt und waren in Norwegen eingefallen.

Wenngleich Alix sich völlig im klaren darüber war, was diese Ereignisse für sie und für die Welt bedeuteten, konnten sie sie nicht im Innersten berühren. Ihre Tage waren von einem anderen, friedlicheren Rhythmus bestimmt, vorgegeben von dem Glück über ihre Versöhnung mit Derry und die Geburt ihres zweiten Sohnes (eines kräftigen, gesunden Kindes) im Frühsommer des Jahres 1938. Sie hatte sich, auch in der Trauer über die Tochter, die sie verloren hatte, immer ein drittes Kind gewünscht, und ihre Freude über seine Geburt und sein gesundes Heranwachsen war um so tiefer, als sie stets von der Erinnerung an Emmas kurzes kleines Leben begleitet war.

Sie und Derry gingen behutsam miteinander um. Jeder von ihnen wußte um die Wunden des anderen und verstand, wie leicht sie durch eine Unbedachtheit wieder aufbrechen konnten. Während die altvertraute Welt um sie herum ein immer fremderes Gesicht annahm, hielten sie aneinander fest und überbrückten die Trennungen, die der Krieg ihnen auferlegte, mit Briefen und Telefongesprächen. Sie hütete die Perlen, die er ihr geschenkt hatte, wie einen Schatz. Sie schienen ihr ein Unterpfand dafür, daß sie eines Tages, wenn der Krieg vorüber war, ganz von vorn würden anfangen müssen.

Sie erinnerte sich, wie sie neben Derry in Owlscote auf der Terrasse gesessen hatte, als er ihr sein zweites Geschenk gemacht hatte. Seine Vermutungen hatten den ihren entsprochen. Nur in einer Hinsicht unterschieden sie sich, aber das hatte sie für sich behalten. Derry war überzeugt davon, daß Charlie Lanchbury tot war. In Alix' Herzen jedoch hielt sich hartnäckig ein kleiner Hoffnungsfunke, ein Licht, das für einen kleinen Jungen brannte, an dessen Gesichtszüge sie sich jetzt nicht einmal mehr erinnern konnte. Er wäre jetzt achtundzwanzig Jahre alt. Sie stellte sich ihn vor, groß und kräftig, das rote Haar kurzgeschnitten.

Derry hatte sich gleich zu Beginn des Krieges freiwillig gemeldet. Kurz danach hatte Roma ihr Geschäft geschlossen. Der Handel mit Kunst und Antiquitäten, der zwischen den Kriegen geblüht hatte, war zum Stillstand gekommen. 1939 war ein Sondergesetz erlassen worden, das die staatliche Beschlagnahmung von Häusern für besondere Zwecke gestattete. Im ganzen Land wurden große Häuser und Landsitze, die bis dahin nur ein Leben in vornehmer Würde gekannt hatten, beschlagnahmt. Alix hatte nur auf das Unvermeidliche gewartet.

Als sie jetzt auf ihrem Spaziergang am schilfumkränzten Teich zurückblickte, sah sie, daß Owlscote sich schon verändert hatte: die Verdunkelung an den Fenstern, die Männer in Khaki, die durch seine Türen ein und aus gingen. Es bekümmerte sie nicht. Owlscote hatte ihr nie gehört. Die Zeit und das Schicksal hatten ihr lediglich erlaubt, es für einige Zeit zu bewohnen.

Einer der Soldaten, der nette, der für Patrick ein Papierboot gefaltet hatte, war dabei, das Schloß an der vorderen Tür auszuwechseln. Er blickte auf, als Alix sich näherte.

»Jedes Kind könnte diese Schlösser hier öffnen. Und wir haben hier eine Menge Zeug, das streng geheim ist, wissen Sie.«

»Ich habe fast fertig gepackt«, sagte sie. »Und meine Schwägerin ist auch schon da, um mich abzuholen. Aber Patrick schläft leider noch.«

»So sehr eilt es ja nun auch wieder nicht, Mrs. Fox. Obwohl Sie natürlich rechtzeitig fahren sollten. Wegen der Verdunkelung, meine ich.«

»Ich habe eine Bitte« – sie zögerte – »kann ich vielleicht noch einen Rundgang durch das Haus machen, bevor ich fahre?«

Der Korporal warf einen raschen Blick zur Auffahrt hinunter. »Warum nicht? Aber ich muß Sie begleiten.«

»Natürlich.« Alix sprach kurz mit Polly, die im Auto wartete, und ging ins Haus. Im Vestibül führte nur noch ein schmaler Gang zwischen alten Schränken, Tischen und Stühlen hindurch. Der Korporal hielt sich taktvoll einige Schritte hinter ihr, als sie von Zimmer zu Zimmer ging, einen Moment in der Bibliothek verweilte, wo sie ihre Geschichte Owlscotes geschrieben hatte, und in Rorys altem Zimmer, wo bis vor wenigen Wochen seine Modellflugzeuge wie geisterhafte Vorboten des Kommenden von der Decke gehangen hatten. Im großen Saal, wo sie mit Derry getanzt hatte, waren jetzt in militärischer Ordnung lange Reihen von Schreibtischen aufgestellt. Und als sie in die Küche kam, schleppten gerade zwei Soldaten das durchgesessene alte Sofa, aus dem an vielen Stellen das Roßhaar hervorquoll, zur Tür hinaus.

»Na, das ist ja vielleicht ein altes Wrack«, bemerkte der Korporal. »Sie werden wahrscheinlich froh sein, es endlich loszusein.«

Alix lächelte höflich und ging nach oben.

»In diesen alten steinernen Gemäuern friert man sich immer halb zu Tode«, sagte der Korporal. »Ich frag mich, wie die Leute das ausgehalten haben. So ganz ohne Heizung.«

Im oberen Treppenflur blieb sie stehen und schaute zum Fenster hinaus auf den Garten, den Teich und das Wäldchen. Sie sagte: »Ich wollte immer eine Zentralheizung installieren lassen, aber irgendwie bin ich nie dazu gekommen.«

»Und diese einsame Lage! Für mich müssen wenigstens ein Kino und ein Pub in der Nähe sein.«

Sie dachte an all die Menschen, die Owlscote im Lauf der Jahre unter seinem Dach beherbergt hatte. Beatrice, Jonathan und Polly, Maddy und Roma. Die Pensionsgäste. Die ausgelassenen jungen Leute, die hier ihre Feste gefeiert hatten. Wenn sie die Augen schloß, konnte sie beinahe Gelächter hören, das Klappern hochhackiger Schuhe auf dem gewachsten Boden, das Rascheln eines perlenbestickten Kleides. Als sie sich umsah, verschwanden die freundlichen Geister, verdrängt von Khakiuniformen und dem grau-grünen Stahlmobiliar des Kriegsministeriums, und die Zimmer hatten bereits ihre Vertrautheit verloren.

»Den Rest des Hauses können wir uns schenken«, sagte sie. »Ich mache nur noch Patrick fertig, dann fahren wir.«

Sie ging ins Kinderzimmer. Er regte sich schon, und im Schlaf zog ein Lächeln über sein Gesicht. Als sie sich über das Bettchen neigte und leise seinen Namen sprach, schlug er die Augen auf und lachte, als er sie sah.

In Knightsbridge fand sich Edith Wenlock, als sie aus dem Warenhaus Harrod's kam, unversehens Derry Fox gegenüber. Mit Einkaufstüten und Gasmasken beladen, blieben sie im Strom der Menschen, die geschäftig an ihnen vorübereilten, reglos stehen.

Derry faßte sich zuerst. »Edith, wie schön, dich zu sehen. Wie geht es dir? Du siehst großartig aus.«

Sie wies auf die Tüten und Pakete. »Ich war einkaufen. Ich bin ganz kaputt.«

»Mina hat mir erzählt, daß ihr nach Amerika geht.«

»Ja, wir reisen nächste Woche ab. Marcus sieht nicht ein, warum er die Jungen den Schwierigkeiten und der Gefahr hier aussetzen soll.«

Edith betrachtete Derry. Sein Haar war an den Schläfen grau geworden, und seine Augen, diese dunklen Augen, von denen sie einmal geglaubt hatte, sie könnten bis in die Tiefen ihrer Seele sehen, waren gerötet und wirkten müde.

»Du bist in Uniform, Derry«, bemerkte sie. »Wie patriotisch!«

»Nur Schreibstubenarbeit bei der Admiralität. Nichts Heroisches. Bist du für längere Zeit in London, Edith?«

»Ja, wir wohnen bis zu unserer Abreise im Ritz. Marblehurst ist schon eingemottet. Würdest du mir ein Taxi rufen?«

Sie gingen zum Bordstein. »Und deine Söhne«, sagte er. »Wie alt sind sie jetzt?«

»Timothy ist elf, und Howard ist acht. Sie werden sicher Sehnsucht nach England bekommen.« Es waren nur wenige Taxis unterwegs, und die, die vorüberfuhren, waren alle besetzt. »Und du, Derry, hast du Kinder? Ich weiß, du hast geheiratet ... sie wohnte irgendwo draußen auf dem Land ... ich habe ihren Namen nicht mehr im Kopf ...«

»Alix North«, sagte er. »Wir haben einen Sohn, Patrick. Er ist vor vierzehn Tagen zwei Jahre alt geworden. Und ich habe einen Stiefsohn, der auf dem Internat ist.«

Wieder hob Derry seinen Arm.

Edith fand den Mut, nach ihm zu fragen. »Und Jonathan? Wie geht es Jonathan?«

»Glücklich verheiratet und vier Kinder. Zwei Jungen und zwei Mädchen. Er lebt mit seiner Familie im Haus meiner Mutter in Andover.«

»Geht es ihm wieder gut? Ich meine, nach dem Unfall – die Beinverletzung ...« Sie biß sich auf die Lippe.

»O ja, Jon geht es gut. Er wird natürlich nie einen Marathon laufen und kann nicht einmal dran denken, sich zum Militär zu melden. Was Polly, seine Frau, für einen Segen hält. Und ich muß sagen, ich stimme ihr zu. Jonathan hat schließlich schon vor Jahren sein Teil getan.«

Ein Taxi hielt vor ihnen an.

Edith sagte: »Grüße sie alle von mir, ja, Derry?« Sie stieg in den Wagen.

Die Tür schlug zu, und das Fahrzeug setzte sich in Bewegung. Edith blickte nicht zurück. Sie nahm ihre Puderdose heraus und musterte kritisch ihr Gesicht. Und fühlte sich plötzlich von einem schrecklichen Impuls überwältigt, die Hand zu erheben und mit ihren Nägeln vier blutrote Streifen in ihre makellose milchweiße Haut zu ziehen.

Sie lebten jetzt zu neunt in dem Haus in Andover. Da es nur vier Schlafzimmer hatte, teilte Eva Fox ein Zimmer mit Dorothy, während Alix und Patrick in dem kleinen Raum unter dem Dach wohnten, in dem früher das Dienstmädchen untergebracht gewesen war. Jane, das Neugeborene, schlief bei Polly und Jonathan im Zimmer.

Der tägliche Trubel – fünf Kinder unter sieben – begann schon in den frühen Morgenstunden. Zum erstenmal wurde Alix regelmäßig vom hungrigen Geschrei Janes geweckt, die nach ihrer Morgenmahlzeit verlangte. Dann pflegte sie sich die Decke über den Kopf zu ziehen und die Augen wieder zuzumachen, um noch ein Stündchen zu schlafen. Gegen sieben wurde sie dann von Patrick endgültig geweckt, der an den Gitterstäben seines Bettchens rüttelte und auf und ab sprang, daß die Sprungfedern quietschten. Bei den Mahlzeiten ging es meistens zu wie in einem Tollhaus. Das Baby schrie, die Zwillinge stritten, und Patrick und Dorothy tauchten Brotklümpchen in ihre weichgekochten Eier und verschmierten die gelbe Soße auf den Rändern ihrer Teller.

Zur Feier von Evas sechzigstem Geburtstag kamen Rory und Derry. Alle elf saßen sie im großen Speisezimmer, die Flügeltür zum Garten geöffnet, und aßen Kuchen und belegte Brötchen. Die Kinder saßen am Tisch, die Erwachsenen hielten ihre Teller auf den Knien. Sonnenlicht lag hell auf dem Rasen und dem glänzenden Parkett. Die Gespräche überschnitten sich.

»Wie geht es denn so, Jon?«

»Gut. Wirklich gut.«

»Ich meine, jetzt, wo das Benzin rationiert ist –«

»Oh, ich gehe zu Fuß zur Kanzlei. Das Wetter ist ja zur Zeit ganz herrlich, nicht wahr? Da brauche ich den Wagen nicht. Ich habe es einmal mit dem Fahrrad versucht – ich arbeite drei Abende in der Woche beim Zivilschutz, in der Telefonvermittlung – hab ich dir das schon erzählt?«

»Ja, und bei der Verdunkelung ist er abends von dem verflixten Fahrrad gefallen.« Flüsternd: »Er ist völlig erschöpft, Derry.«

»Nicky, nein! Brave kleine Jungs tun so was nicht.«

»Aber Oma –«

»He, Nicholas, du kleiner Gauner, iß auch den Kuchen, nicht nur den Guß.«

»Jane heult.«

»Jane heult immer. Sie ist eine Heulsuse.«

»Ich lauf nur mal rasch nach oben und füttere sie …«

»Keine Sorge, Polly – ich halte die Stellung.«

»Ich seh nicht ein, warum ich in der Schule bleiben soll. Wenn ich zur Royal Air Force gehe –«

»Im Sommer, wenn du deine Prüfungen gemacht hast.«

»Derry!«

»Tu's deiner Mutter zuliebe, Rory.«

»Möchte noch jemand Tee?«

»Ich habe den Puderzucker aufgehoben. Polly hat den Guß für den Kuchen gemacht.«

»Er sieht prächtig aus, Mutter.«

»Polly und ich haben die Blumenbeete umgegraben und Bohnen und Erbsen gepflanzt.«

»Tante Alix, Jemima jagt die Hühner!«

Alix ging in den Garten hinaus, verscheuchte die Hühner von den Gemüsebeeten und fing Jemima ein. Sie blieb einen Moment stehen und sah zum Haus zurück. Da waren sie alle: die Kinder, die jetzt vom Tisch aufgestanden waren und auf dem Boden spielten oder einem der Erwachsenen auf den Schoß kletterten. Rory, schön und hochgewachsen, spielte mit den Zwillingen. Eva Fox, immer noch eine hübsche Frau, trank Tee aus einer feinen Porzellantasse. Derry und Jonathan steckten die Köpfe zusammen und lachten über irgend etwas.

Meine Familie, dachte sie. Zum erstenmal seit vielen Jahren

erinnerte sie sich, warum sie sich so sehr darauf gefreut hatte, mit den Lanchburys in die Ferien zu fahren. Nicht allein wegen des Abenteuers einer Reise nach Frankreich, sondern vor allem weil sie, selbst ein Einzelkind, sich die Wärme und den Trubel einer großen Familie immer sehnsüchtig vorgestellt und gewünscht hatte. Sie dachte an die frühen Jahre der Isolation in Owlscote. Damals hatte sie Stille und schützende Zuflucht gebraucht. Jetzt brauchte sie sie nicht mehr.

Derry, der vor der Zeitungsredaktion gewartet hatte, ging auf May Lanchbury zu, als diese aus dem Gebäude kam.

»Hast du Zeit für einen Drink, May?«

Sie warf einen Blick auf ihre Uhr. »Aber nur kurz.« Sie sah ihn forschend an. »Wie geht es dir, Derry?«

»Ich habe wahnsinnig viel zu tun«, sagte er. Es war sieben Uhr, und er hatte bis jetzt an seinem Schreibtisch in der Admiralität gesessen. »Da hat sich gerade mal wieder etwas Aufregendes getan. Die Hektik ist fürchterlich.« Er lachte. »Ich vermute, dieser Zustand wird noch einige Zeit anhalten.«

Sie gingen zu Fuß zu einer kleinen Bar am Piccadilly, die voller Menschen war. Er holte zwei Gin und Tonic und quetschte sich neben sie an einen Ecktisch.

»Wie geht es Alix?« fragte sie. »Und eurem Sohn?«

»Sie blühen und gedeihen. Beide. Letztes Wochenende mußte ich ungefähr zwanzigmal ›Backe, backe Kuchen‹ singen. Noch nie hat ein Mensch meinen Gesang so sehr bewundert.«

»Irgend jemand hat mir erzählt, daß Owlscote beschlagnahmt worden ist. Sind Alix und Patrick denn schon ausgezogen?«

»Ja, sie wohnen jetzt bei Jon und Polly im Haus. Wir dürfen nicht mehr ohne Begleitung nach Owlscote hinein.«

»Ist das nicht schlimm für dich?«

Derry schüttelte den Kopf. »Orte waren mir, glaube ich, noch nie besonders wichtig. Ich dachte, Alix würde es sehr schwernehmen, aber sie scheint das Unvermeidliche akzeptiert zu haben.« Er machte eine kleine Pause. »Und du, May? Und Bell Wood?«

»Bell Wood ist auch beschlagnahmt, aber von einer Knabenschule. Ursprünglich hatte man das Internat irgendwo an die Ostküste verlegt, aber dann mußten sie alle ihre Sachen wieder packen und kamen nach Bell Wood.«

»Warst du in der Zwischenzeit mal dort?«

May schüttelte den Kopf. Das Gespräch schlief ein; sie trank von ihrem Gin.

»Und wie geht es deinen Schwestern?«

»Daisy ist jetzt in Kenya. Hast du gewußt, daß sie wieder geheiratet hat?«

May kramte in ihrer Handtasche nach Zigaretten. Derry sah, als er ihr Feuer gab, wie stark ihre Hände zitterten.

»Und Ella – Ella habe ich ewig nicht gesehen.« Sie lächelte, aber das Lächeln reichte nicht bis zu ihren Augen hinauf. »Die Zeitung – ich habe sehr viel zu tun, weißt du. Ich bin befördert worden. Ich schreibe jetzt lange patriotische Artikel, um der Bevölkerung Mut zu machen. Und außerdem …« May sprach nicht weiter und verzog den Mund wieder zu diesem mechanischen Lächeln. »Und ich bin Luftschutzwart. Ich trage einen Stahlhelm und eine sehr unvorteilhafte Kombination.« Sie blickte zu ihrem Glas hinunter.

»Und was macht dein Vater?«

Sie sah ihn scharf an. »Mit meinem Vater habe ich seit Jahren keinen Kontakt mehr.«

Er lächelte. »Nicht einmal zu Weihnachten oder den Geburtstagen?«

Sie schüttelte den Kopf. »Nicht einmal zu Weihnachten und den Geburtstagen. Vor allem nicht zu den Geburtstagen.« Ihr Ton war bitter. Sie schaute von ihm weg. »Warum wolltest du mich sprechen, Derry?«

»Um dich zu warnen.«

Wieder dieser scharfe blaue Blick. »Um mich zu warnen?«

Er sagte vorsichtig: »Man wird alle Verräter – oder möglichen Verräter – internieren.« Die Bar war voll, und er hatte die Stimme gesenkt.

May befeuchtete ihre Lippen. »Meinen Vater, meinst du?«

»Er hat sich in den letzten Jahren sehr unklug verhalten.

Schon in der Wahl seiner Freunde. Und die Behörden können in ihrem Argwohn ziemlich rücksichtslos sein.«

Sie sah ihn erschrocken an. »Was willst du damit sagen, Derry?«

»Daß du dich von ihm distanzieren solltest. Von deinem Vater. Und auch von Ella. Obwohl es ja den Anschein hat«, fügte er hinzu, »als hättest du das bereits getan.«

»Jeder Blinde kann sehen, daß Ella nur sich selbst schadet«, entgegnete sie. »Sie ist nicht bei Verstand –«

»Aber dein Vater, May ...« Er schwieg einen Moment. »Deine Schwester ist, wie du sagtest, offensichtlich nicht bei Verstand. Und sie ist die Marionette deines Vaters. Sie wird vielleicht ungeschoren davonkommen – ich weiß es nicht. Aber mit deinem Vater ist es etwas anderes.«

Sie flüsterte: »Woher weißt du das alles?«

»Oh«, sagte er leichthin, »du kennst mich doch, May. Ich höre das Gras wachsen.«

Das Schweigen dehnte sich aus. Er sah das langsame Begreifen in ihren Augen.

»*Warum*, Derry?«

»Wegen Alix«, antwortete er.

Sie schloß die Augen. Ihre Finger waren ineinander gekrampft. Sie sagte leise: »Du *weißt* es, nicht wahr, Derry?«

Er dachte daran, wie er im Lauf der Jahre einzelne Bruchstücke zusammengefügt hatte. Seine Entdeckung, daß May und Alix miteinander verwandt waren. Jonathans Unfall und Alix' Beschreibung des Verschwindens von Charlie Lanchbury. Seine gemeinsame Reise mit May nach Nordfrankreich. Die Spur, der sie gefolgt waren und die sie schließlich zu der Erinnerung an ein Kind in zerlumptem Samt geführt hatte.

Er sah den Ausdruck in Mays Augen und zögerte, dem flüchtigen Wunsch nachgebend, sie zu schonen. Aber dann dachte er an Alix und die unmenschliche Bürde, die Charles Lanchbury ihr auferlegt hatte.

»Ich weiß, daß dein Vater die Schuld an Charlies Verschwinden trägt. Er hat dafür gesorgt, daß Charlie in Herleville-aux-Bois von euch getrennt wurde. Und dann hat er, vermute ich, zwar vorgetäuscht, nach ihm zu suchen, es aber in Wirklichkeit nicht getan. Der Kriegsausbruch wird ihm wie gerufen gekommen sein. Wie soll man gründlich nach seinem verlorenen Sohn suchen, wenn rundherum gerade der Krieg losgeht?«

May war blaß geworden. Einen Moment lang schloß sie fest die Augen.

»Du hast es auch gewußt, nicht wahr, May?« sagte er. »Das ist der Grund, weshalb du jeden Kontakt zu deinem Vater abgebrochen hast, richtig? Und darum bist du auch mir aus dem Weg gegangen.«

»Zum Teil«, antwortete sie. Ihre Lippen zitterten, als sie zu lächeln versuchte. »Zum Teil.« Sie umschloß mit beiden Händen ihr Glas. »Ella hat es mir gesagt. Vor einigen Jahren schon.«

»Aha.« Er nickte. »Ich habe mich immer gefragt, wieviel Ella wußte. Es hat mich gewundert, daß du, die jüngere Schwester, dich an so vieles erinnert hast, während Ella behauptete, überhaupt nichts mehr zu wissen. Vor Jahren überlegte ich einmal, ob ich mit ihr sprechen sollte, aber ich fürchtete, daß mein unwiderstehlicher Charme bei Ella seine Wirkung verfehlen würde. Sie ist ja deinem Vater völlig ergeben.«

»Aber ich weiß nicht, *warum*.« Sie sah ihn fragend an.

»Charlie war nicht der Sohn deines Vaters.«

Er sah, wie sie ungläubig die Stirn runzelte.

»Meiner Ansicht nach hat es sich folgendermaßen abgespielt«, fuhr er fort. »Am Morgen deines Geburtstags hatten deine Eltern eine heftige Auseinandersetzung. Ich bin überzeugt, es kam zu dem Streit, weil dein Vater entdeckt hatte, daß deine Mutter einen Liebhaber hatte. Schon seit einiger Zeit. Charlie – den dein Vater für den einzigen Erben seines Namens und seines Besitzes gehalten hatte – war nicht sein Sohn.«

»Du stellst Mutmaßungen an, Derry. Du kannst es doch gar nicht wissen.«

»Aber es paßt doch, oder nicht? Und es ist die einzige Erklärung, die einen Sinn ergibt. Es gab Verdachtsmomente genug. Diese auffallend halbherzige Suche deines Vaters nach Charlie – erinnere dich, in Frankreich erfuhren wir, daß Charlie

Ende August noch lebend gesehen worden war, nicht weit entfernt von Herleville. Und bei irgendeiner Gelegenheit ließ Daisy eine Bemerkung fallen, aus der hervorging, daß deine Mutter deinem Vater nicht immer treu war. Du selbst hast mir erzählt, welchen Wert dein Vater immer auf Abkunft und Standeszugehörigkeit gelegt hat. So kam eines zum anderen. Charlie hatte ja nicht einmal Ähnlichkeit mit euch. Er war rothaarig, während alle anderen in der Familie blond sind.« Er kniff die Augen zusammen. »Ich tippe auf den Chauffeur. Nannte Louise ihn nicht einen ›Rotschopf‹? Ich wette, er hatte rotes Haar. Wie genau die ganze Sache abgelaufen ist, weiß ich nicht, aber ich vermute, daß Charlie in Herleville in das Gedränge rund um die Autos geriet und dein Vater die Gelegenheit nutzte, ohne ihn abzufahren.« Er sah May an. »Was hat Ella dir erzählt? Daß sie euren Vater schützen wollte?«

Ihr Schweigen verriet ihm genug. Es dauerte lange, ehe sie wieder sprach.

»Weiß es Alix?« Ihre Stimme war tonlos.

»Ja, wir haben vor einigen Jahren darüber gesprochen, nach unserer Trennung nach Emmas Tod. Alix hatte sich das meiste schon selbst zusammengereimt. Ich habe nur noch die letzten Lücken geschlossen.«

»Wie sie mich hassen muß!« Mays Augen waren beinahe so blaß wie ihr Gesicht. »Wie sie uns alle hassen muß!«

»Alix? Nein. Damit würde sie ja denselben Fehler begehen wie dein Vater, nicht wahr? Einen Menschen seines Namens und seiner Abstammung wegen zu richten und zu verdammen.«

Ihre Zigarette war fast bis zu ihren Fingern heruntergebrannt. Er nahm ihr den Stummel aus der Hand und drückte ihn im Aschenbecher aus.

»Was wirst du jetzt tun, Derry?«

»Nichts. Andere werden es für mich tun.« Er hielt ihr leeres Glas hoch. »Möchtest du noch etwas?«

Sie schüttelte den Kopf und stand auf. »Ich denke, ich sollte jetzt gehen.« Sie sah zu ihm hinunter. »Du weißt«, sagte sie, »daß ich dich geliebt habe, Derry.«

»Ja«, antwortete er ruhig. »Und es tut mir leid.« Aber er hatte nicht den Eindruck, daß sie ihm glaubte.

Alix war draußen im Garten und lockerte die Erde unter den Bohnen, als sie Derry an der offenen Terrassentür stehen sah. Sie rannte ihm entgegen.

»Derry!« Sie küßten sich. »Ich wußte gar nicht, daß du kommst.«

»Jemand hat mich im Auto mitgenommen. Wo ist Patrick?«

»Er macht seinen Mittagsschlaf. Er und Dorothy sind in Ungnade gefallen. Sie haben sich anscheinend vorgenommen, uns zu beweisen, daß sie die tollsten Dummheiten von ganz Hampshire machen können.«

»Was haben sie denn angestellt?«

»Sie haben das Bad mit Puddingpulver geputzt. Polly war unterwegs, um die Jungs von der Schule abzuholen, und Eva hatte einen kleinen Migräneanfall, und als wir endlich merkten, was los war, war das ganze Bad vanillegelb.« Sie sah ihn an. »Ich weiß – man muß einfach lachen –, aber es war eine Heidenarbeit, das alles wieder sauberzumachen.«

Er sagte: »Du hast die Nachrichten gehört, nehme ich an?«

Sie hatte die Meldung im Radio gehört, als sie mit Polly zusammen die Kinder beim Mittagessen beaufsichtigt hatte. In den frühen Morgenstunden hatten die deutschen Truppen Holland angegriffen.

Sie nickte. Derry zündete sich eine Zigarette an. Sie bemerkte, wie müde er aussah.

»Was macht London?«

»Es leert sich. Alles flüchtet aufs Land.« Er lächelte. »Abschiedsfeste überall.«

»Und unsere Freunde?«

»Roma ist natürlich stur. Um Roma aus London zu vertreiben, braucht es mehr als die deutsche Armee.«

»Und Sophie?«

»Es kann sein, daß sie interniert wird.«

»Derry!«

»Doch. Feindliche Ausländerin. Schrecklich, nicht?«

Sie umschlang ihn mit beiden Armen und drückte ihn an sich. Sie spürte seine Lippen auf ihrer Stirn.

»Wie lange kannst du bleiben?«

»Nicht lange. Eine halbe Stunde.« Er ließ eine Hand zu ihrem Po hinuntergleiten. »Und du siehst sehr verführerisch aus in dieser Hose.«

»Das war mal deine, glaube ich. Ich habe sie in einer Kommode im Schlafzimmer gefunden.«

»An dir sieht sie wesentlich besser aus.« Er schob seine Hände unter ihre Bluse und streichelte ihre nackte Haut. »Patrick würde wohl ein Trauma auf Lebenszeit davontragen, wenn wir nach oben gingen ...?«

»Wahrscheinlich.« Sie küßte ihn wieder.

Sie setzten sich auf eine Bank bei den Rosen, und er zog sie in seinen Arm. Sie fragte sich, ob auch die Rosen Gemüsebeeten würden Platz machen müssen.

»Glaubst du ...« Sie konnte den Satz nicht zu Ende sprechen.

»Was?«

»Überall wird von einer Invasion geredet«, sagte sie.

Als er ihre Befürchtungen nicht gleich beruhigte, wurde ihr trotz der Sonnenwärme kalt.

»Wir sind nicht vorbereitet«, hörte sie ihn sagen. »Wir hatten acht Monate Zeit, darüber nachzudenken, aber wir sind nicht vorbereitet.«

»Aber – Frankreich – Frankreich hält doch sicher durch ...«

Er antwortete nicht. In den frühen Morgenstunden dieses Tages hatten deutsche Flugzeuge Fallschirmjäger über Holland abgesetzt. Wie große, weiße luftgeblähte Pilze waren die Schirme zu grünen Feldern und gepflegten kleinen Gärten hinuntergeschwebt.

Er nahm ihre Hand. »Ich bin hergekommen, um dir etwas zu sagen. Wenn es zum Schlimmsten kommen sollte – wenn ich es nicht schaffen sollte, zu euch zu kommen, weil ich in London festsitze, oder aus irgendeinem anderen Grund – dann mußt du hier weg. Ich habe dir die Adressen von Bekannten von mir in Schottland und Wales mitgebracht. Und Benzinmarken. Aber jetzt, wo ich hier bin« – er sah sich im sonnigen Garten um – »erscheint mir das alles ziemlich – übertrieben.«

Sie lächelte. »Du weißt, daß ich nicht von hier weggehen werde, Derry. Niemals würde ich mich auch nur von einem einzigen von ihnen trennen – sei es Polly oder Eva, Jon oder die Kinder. Und ich kann mir wirklich nicht vorstellen, daß wir uns alle neun mit Sack und Pack zu den Shetlandinseln oder sonstwohin aufmachen würden.«

»Ich dachte mir schon, daß du so reagieren würdest«, sagte er nach einem längeren Schweigen. »Aber ich mußte es trotzdem versuchen. Wahrscheinlich bin ich sowieso viel zu pessimistisch.« Er stand auf. »Ich muß wieder los.«

»Wann sehe ich dich wieder?«

»Ich weiß es nicht. Alix ...«

»Ja?«

Er schüttelte den Kopf und schloß sie in die Arme. »Ich wollte nur sagen, daß ich jeden Abend anrufe.«

Nachdem er gegangen war, verdrängte sie die grauenhaften Bilder, die sich ihrer bemächtigen wollten: Scharen feindlicher Schiffe auf der Fahrt gegen England; Bombenhagel aus diesem wolkenlosen Himmel.

Im Sturm nahmen die Deutschen Holland, Belgien und Luxemburg. Am dreizehnten Mai überquerten ihre Panzer bei Sedan die französische Grenze. In Bapaume, im Norden Frankreichs, hob Louise Desvignes im Obstgarten des Bauernhofs eine tiefe Grube aus, versenkte eine Kassette mit Goldmünzen darin, schüttete sie mit Erde zu und bedeckte sie mit Rasenstücken, so daß der Boden wie unberührt aussah. Ihren Schmuck hatte sie bereits in das Futter ihres Korsetts eingenäht. Sobald alles gepackt war, half sie ihrer Schwiegermutter in den Wagen, um mit ihr zusammen nach Süden zu fliehen. Die alte Madame Desvignes schimpfte. »Das ist das zweite Mal in fünfundzwanzig Jahren. Und nie war ein Mann da, um zu helfen. Ich hätte weiß Gott was Besseres verdient. Ich bin eine alte Frau und sollte nicht mehr so lange Reisen auf mich nehmen müssen.«

Louise biß die Zähne zusammen und dachte an ihren Sohn, der an der Maas an der Front stand.

Am zwanzigsten Mai hatten die deutschen Truppen Amiens erreicht. Am selben Tag wurde in der Amerikanischen Botschaft in London ein Angestellter des Nachrichtendienstes verhaftet. Er hatte Geheimdokumente an Nazisympathisanten in London weitergegeben. Am zweiundzwanzigsten Mai erteilte die britische Regierung ihren Organen die Ermächtigung, jeden zu verhaften, der verdächtig war, die Sicherheit des Landes zu gefährden. Manch einer wurde in den frühen Morgenstunden jäh aus dem Schlaf gerissen, Papiere wurden verbrannt, Absprachen getroffen.

In Berlin-Wilmersdorf ging Steffie Wolff ein letztes Mal durch ihre Wohnung. Von den Schätzen, die sie einmal geborgen hatte, war nichts mehr übrig; Wände und Vitrinen waren leer. Alles von Wert hatte sie verkauft, um ihren Freunden und Verwandten die Flucht aus Deutschland zu ermöglichen, oder sie hatte es an die Menschen verschenkt, die sie liebte.

Steffie öffnete den Champagner, den sie sich für diese Gelegenheit aufgehoben hatte. Sie schluckte die Tabletten. Hart und kalt, gingen sie nur schwer hinunter. Dann legte sie sich zu Bett. Sie hoffte, man würde glauben, sie wäre im Schlaf eines natürlichen Todes gestorben. Seltsam, dachte sie, als sie ihren Kopf auf das Kissen legte und die Augen schloß, wie sehr man selbst im Tod noch auf Schicklichkeit und Würde bedacht war.

Derry arbeitete an seinem Schreibtisch in der Admiralität, als es klopfte.

»Ich wollte Ihnen nur sagen, dieser Mann, nach dem Sie mich gefragt haben, dieser Lanchbury ...«

»Ja?«

Sein Kollege schloß die Tür. »Er ist in Wormwood Scrubs.«

»Sie haben ihn verhaftet?«

Der andere nickte. »Er hatte Kontakt zu diesem Yankee an der Botschaft. Hatte über Mussolini Nachrichten nach Berlin geschleust.«

Derry stand auf und ging zum Fenster. Silberne Sperrballons drehten sich am blauen Himmel.

»Wie hat er es aufgenommen?«

»Oh, wie ein Gentleman der alten Schule natürlich. Das ist die Art von diesen Leuten. Er hat uns erklärt, er würde sowieso nicht lange inhaftiert bleiben – England würde mit Hitler Frieden schließen müssen, und dann kämen Leute wie er an die Macht.«

»Unmöglich ist das nicht«, sagte Derry nachdenklich.

»Nein. Aber Sie sollten achtgeben, zu wem Sie so etwas sagen. Sonst geraten Sie noch in den Verdacht, ein Defätist zu sein. Wie dem auch sei, danke für Ihre Hilfe.«

Derry hatte Genugtuung und Triumphgefühle erwartet, aber er empfand nichts dergleichen. Er dachte an Mina Carr, die zufällige Begegnung mit ihr in der Kneipe, den losen Kontakt, den er seitdem zu ihr unterhielt. *Wenn es Krieg gibt, ist es wichtig zu wissen, wer diese Leute sind und wem ihre Loyalität wirklich gilt. Einige meiner Freunde haben es sich zur Aufgabe gemacht, solche Dinge in Erfahrung zu bringen.*

Er sagte: »Glauben Sie, ich könnte einmal mit ihm sprechen? Mit Charles Lanchbury.«

Der andere wiegte den Kopf hin und her. »Das wird nicht ganz einfach sein. Aber ich werde sehen, was ich tun kann.« Er sah Derry neugierig an. »Worum geht es Ihnen, Fox?«

»Oh«, sagte Derry. »Eine Familienangelegenheit.«

Schweigen. Dann: »Der gute Mann kann nur hoffen, daß Hitler ein bißchen fix macht. Ich glaube nicht, daß er dieses Jahr überleben wird. Er ist über siebzig, wissen Sie, und soweit ich gehört habe, nicht gerade bei bester Gesundheit.«

Die Tür wurde geöffnet und wieder geschlossen, und Derry blieb allein zurück. Eine Familienangelegenheit, dachte er, und setzte sich wieder an seine Arbeit.

Polly sagte: »Jane weckt mich jeden Morgen um halb sechs, und im ersten Moment denke ich immer, wie gräßlich, so früh aufstehen zu müssen, dann schau ich raus und sehe, daß es wieder ein wunderschöner Tag werden wird, und dann fällt mir alles wieder ein, und ich denke, o Gott, wie fürchterlich. Man kann es einfach nicht glauben, nicht wahr?«

Es war der sechsundzwanzigste Mai. Am Morgen hatte die ganze Familie Fox – von Eva bis zu Jane – den Gottesdienst in der örtlichen Kirche besucht. Im ganzen Land hatten sich die Leute in den Kirchen versammelt, um für die britischen Expeditionsstreitkräfte zu beten, die in Nordfrankreich um ihr Überleben kämpften.

Mittlerweile war es später Abend geworden, Jonathan, Eva und die Kinder waren zu Bett gegangen. Polly und Alix, die als einzige noch auf waren, saßen im Wohnzimmer. Überall lagen Spielsachen herum, vor der Terrassentür die vergessenen Sandalen der Kinder.

Polly nahm eine Flasche Gin und zwei Gläser aus dem Schrank. »Die absurdesten Gedanken schießen einem durch den Kopf. Zum Beispiel, ob man seinen Schmuck vergraben sollte.«

»Oder die Brotmesser schleifen.«

»Genau.« Sie reichte Alix ein Glas. »Weißt du, manchmal male ich mir aus, wie ich mich zur Wehr setzen würde, wenn es wirklich zu einer Invasion käme. Aber dann fällt mir sofort ein, was für ein Quatsch das ist. Die reine Selbsttäuschung. Wie soll man kämpfen, wenn man vier kleine Kinder hat?«

»Kein Mensch erwartet von dir, daß du dich hinter ein Maschinengewehr stellst, Polly.«

»Ich dachte eigentlich mehr an Hacken und Heugabeln«, versetzte Polly. Sie wirkte niedergeschlagen.

Alix zog einen Teddybär unter dem Polster ihres Sessels hervor. »Es wird schon alles gutgehen. Ganz sicher. Es wird alles gut werden.«

»Glaubst du das wirklich? Sogar *du* bist in die Kirche mitgegangen, Alix. Ich dachte, du glaubst nicht an Gott.«

Die Verdunkelung vor den Fenstern war wie eine Mauer, die sie von Garten und Himmel trennte; ausnahmsweise einmal waren alle Kinder still.

Alix sagte langsam: »Also, wenn ich ehrlich sein soll, bin ich vor allem unheimlich zornig. Und ich kann es einfach nicht glauben, daß ich einer solchen Bedrohung ausgesetzt bin, über die ich keinerlei Kontrolle habe. Gerade war in mein Leben so etwas wie Ruhe eingekehrt. Es hat mir nicht einmal etwas ausgemacht, Owlscote aufzugeben – ich meine, ich konnte es ertragen. Hauptsache, ich habe Derry, Patrick und Rory, dachte ich. Ich hatte fürchterliche Angst, als Derry sich freiwillig meldete, und war so erleichtert, daß er nicht nach Frankreich geschickt wurde. Aber jetzt – du hast es ja selbst gehört, Polly, Rory hat fest vor, zur Luftwaffe zu gehen, sobald er kann. Und wir können nur hier sitzen und warten ...« Sie sprach nicht weiter. Rotterdam war bei dem Angriff der Deutschen auf Holland schwer bombardiert worden. Es hieß, Tausende von Zivilisten seien im Bombenhagel umgekommen.

Polly sah blaß und müde aus. »Ich wünschte beinahe, ich hätte Jane nie geboren. Wenn man sich mal überlegt, was da rundherum geschieht – in Holland, Belgien, Frankreich –, erscheint es einem beinahe als Sünde, ein Kind in diese Welt zu setzen.«

»Ach, Polly.« Alix nahm sie einen Moment in den Arm. »Komm – trink aus.« Sie schenkte Polly und sich selbst nach. »Ertränken wir unseren Kummer im Alkohol. Das ist das beste. Wir besäuseln uns, bauen unser Gemüse an, kümmern uns um unsere Kinder und sorgen dafür, daß Eva täglich ihren Tee aus dem feinen Porzellan trinken kann.«

Polly kicherte und schneuzte sich. »Ja, und Jane ist dann so besoffen wie ich.«

»Na und? Vielleicht schläft sie dann endlich einmal durch. Das allein wäre doch schon eine Feier wert.«

Nachdem Polly zu Bett gegangen war, trat Alix noch einmal in den Garten hinaus. Es war stockfinster wegen der Verdunkelung. Sterne glitzerten am tintenschwarzen Himmel. Einen Moment lang schloß sie die Augen und stellte sich vor, sie wäre wieder in Owlscote, lauschte den nächtlichen Geräuschen des Landes – dem Wispern der Blätter, dem sanften Schlag einer Vogelschwinge.

Mit schmerzhafter Intensität wünschte Alix, sie hätte sie

jetzt bei sich, Derry, Rory und Patrick, die kleine Familie, die den Mittelpunkt ihres Lebens bildete. Sie wollte sie an ihrer Seite haben, wissen, daß sie sicher waren.

»Sagen Sie, Fox – verstehen Sie was von der christlichen Seefahrt?«

Derry drehte sich herum; Nicholson, der in einem der benachbarten Büros arbeitete, stand an der Tür.

»Wenig. Warum?«

»Aufruf von der Regierung – die brauchen in Sheerness jedes kleine Boot, das sie kriegen können. Die *Elizabeth* liegt in Kingston. Ich will sie runterschippern und könnte Hilfe gebrauchen.«

Derry gähnte und streckte sich. »Warum nicht? Aber ich warne Sie, ich bin ein lausiger Seefahrer.«

Auf der Fahrt durch London sagte Nicholson: »Herrlicher Tag für eine Bootspartie. Das macht doch mehr Spaß, als Akten zu wälzen.«

Derry fand das Aktenwälzen eigentlich ganz angenehm, aber das sagte er nicht laut. Er hatte sich im vergangenen September nicht allein aus Überzeugung freiwillig gemeldet, sondern auch weil all seine geschäftlichen Tätigkeiten mit dem Ausbruch des Krieges zwangsläufig zum Stillstand gekommen waren. Es hatte ihn nicht gewundert, daß man ihn in die Schreibstube verbannt hatte. Asthmatiker, die das vierzigste Lebensjahr überschritten hatten, waren verständlicherweise als Frontsoldaten nicht sonderlich begehrt.

Sie hatten den Bootshafen erreicht. »Sie ist seit dem letzten Sommer eingemottet«, sagte Nicholson in liebevollem Ton. »Ich bin überhaupt nicht dazu gekommen, mich um den guten alten Kahn zu kümmern – dieser verdammte Krieg!«

Sie zerrten die Persenning vom Boot und fegten das schmutzige Wasser weg, das sich auf dem Deck und dem Dach der Kabine in seichten Pfützen gesammelt hatte. Wasser gluckste träge im Kielraum. Am Bug blätterte der Lack.

»Der Kompaß ist ein bißchen launisch«, erklärte Nicholson vergnügt. »Ich wollte ihn immer mal richten lassen, aber ...«

Er klopfte auf das Glas. »Man muß ihm nur einen kräftigen Rums geben, dann funktioniert er.«

Der Außenbordmotor erwachte nach einigen Augenblicken stummen Protests stotternd aus dem Winterschlaf, und sie begannen die Fahrt, die sie durch Schleusen und unter Brücken hindurch die Themse hinunterführte. Sie hatten die Isle of Dogs hinter sich gelassen, als Nicholson mit einem Blick zu Derry sagte: »He, alles in Ordnung, alter Junge? Sie sind ein bißchen blaß um die Nase.«

»Ich hab Ihnen doch gesagt, daß ich ein lausiger Seefahrer bin.«

»Aber doch nicht auf der *Themse*! Auf der Themse wird kein Mensch seekrank.«

Ich schon, dachte Derry und wechselte das Thema. »Ich nehme an, sie wollen die Boote nach Frankreich hinüberbringen.«

»So ist es. In Sheerness übernimmt die Marine das Kommando.« Nicholson zog eine Packung Zigaretten heraus und bot sie Derry an, der den Kopf schüttelte. »Meine gute alte *Elizabeth* wird die armen Schweine sicher und wohlbehalten heimbringen, bevor die Nacht um ist.«

»Glauben Sie« – Derry bemühte sich, taktvoll zu sein – »glauben Sie, das schafft sie?«

»Na klar!« Nicholson war entrüstet. »Sie ist ein zuverlässiger kleiner Kahn.« Er klopfte anerkennend auf eine von Blasen überzogene Planke. »Ich bin selbst schon oft genug mit ihr über den Kanal gegondelt. Da gibt es übrigens in Deauville ein tolles kleines Restaurant – *Chez Antoine* –, kennen Sie es zufällig? Macht einen Rieseneindruck auf die Miezen, wenn man sie mal kurz zum Abendessen nach Frankreich einlädt.«

Die Lagerhäuser und Kräne des Londoner Hafens blieben zurück; von schlammigen Gräben durchzogenes Sumpfland begleitete jetzt ihre Fahrt. Derry hatte schon vor langer Zeit, auf seiner ersten qualvollen Kanalüberfahrt in Gesellschaft von Sara Kessel, entdeckt, daß es das beste war, sich irgendwie abzulenken. Er rief sich darum jetzt das Gespräch mit Charles Lanchbury ins Gedächtnis, das gestern nachmittag in einem kleinen, kahlen Raum in Wormwood Scrubbs stattgefunden hatte, überwacht von einem Gefängniswärter, der draußen vor der Tür auf seinem Posten gestanden hatte.

Lanchbury hatte alt und krank ausgesehen. Doch sein Stolz und seine Überzeugung waren ungebrochen gewesen. Anfangs hatte Derry gefürchtet, Lanchbury würde sich weigern, mit ihm zu sprechen, und er würde niemals Gewißheit erlangen. Trotzdem hatte er gefragt: »Warum gerade Alix? Warum ihr die Schuld geben?«, und Charles Lanchbury hatte mit dem gewohnt kalten und geringschätzigen Lächeln geantwortet.

»Weil sie zur Stelle war. Sie kam mir gelegen.«

Angewidert vom Anblick dieses Menschen war Derry aufgestanden und im Zimmer auf und ab gegangen. Der Wärter hatte argwöhnisch zur Tür hereingeschaut, um sich zu vergewissern, daß alles in Ordnung war.

»Wollen Sie nicht wissen, wie es war?« hatte Lanchbury gefragt. »Sind Sie denn gar nicht neugierig?« Und Derry hatte schweigend genickt.

»Wir hätten den Jungen beinahe im Wald verloren. Das hat mich überhaupt erst auf die Idee gebracht. Nur darum sind wir zu dem Dorfrummel gefahren. Es war dunkel, und es wimmelte von Menschen. Als wir zu den Autos zurückgingen, sah ich ihn davonstromern. Der Rest war ein Kinderspiel. Ich befahl meiner Tochter, dem Mädchen zu sagen, der Junge säße bei uns im Wagen, und gab Anweisung, unverzüglich abzufahren. Am nächsten Tag habe ich die ganze Familie samt Dienstboten nach England zurückgeschickt. Einige Wochen später kam ein Mann zu mir und behauptete, den Jungen gefunden zu haben. Er wollte ihn mir *verkaufen*. Ich habe ihn hinausgeworfen. Danach bin ich nach Hause gereist. Der gramgebeugte Vater.« Charles Lanchbury hatte einen Augenblick geschwiegen und dann langsam wiederholt: »Es war ein Kinderspiel. Ich hatte wirklich Glück, nicht wahr?«

Derry, der ihm am liebsten ins Gesicht gespien hätte, hatte insistiert: »Aber Sie haben danach keine Kinder mehr bekommen. Warum nicht?«

Als Lanchbury darauf stumm geblieben war, hatte Derry

begriffen. »Ach so! Wie bitter für Sie! Sie konnten nicht, wie?«

Zum erstenmal hatte er da so etwas wie Gefühl in den eisigen blauen Augen aufblitzen sehen und hatte neugierig gefragt: »Haben Sie es nicht bedauert? Ein Erbe dubioser Abkunft ist schließlich immer noch besser als gar keiner. Haben Sie jemals bereut, was Sie getan hatten?«

Lanchbury hatte herrisch auf den Tisch geklopft und verlangt, in seine Zelle zurückgebracht zu werden.

Am Bug der *Elizabeth* stehend, erinnerte sich Derry jetzt, wie ihm zumute gewesen war, als er das Gefängnis verlassen hatte. Speiübel war ihm gewesen vor Fassungslosigkeit und Entsetzen. Er hatte den Mann zurückrufen wollen, um ihm die Ungeheuerlichkeit seines Handelns vor Augen zu führen; um ihn zu dem Bekenntnis zu zwingen, daß es etwas Grauenvolles ist, ein Kind zu verstoßen, ein Verbrechen wider die Natur.

Das Boot erreichte das offene Meer. Derry sog die salzige Luft in tiefen Zügen ein. Der frische Wind kühlte seine Wangen. Ihm war, als würde er reingewaschen.

Am späten Nachmittag kamen sie in Sheerness an. Auf der Fahrt an der Küste Kents entlang hatten sie die Segel gehißt, und vom Wind beflügelt hatte die *Elizabeth* sie nun in schnellerem Tempo über das Wasser getragen. Sie reihten sich in eine Flotte kleiner Boote aller Art ein: Da waren Fischkutter, Beiboote, Rettungsboote, Jollen, Passagierfähren, Lastkähne.

»Die reinste Armada«, sagte Nicholson mit großen Augen, und Derry nickte beeindruckt.

Hunderte von kleinen Booten hatten sich im Hafen von Sheerness versammelt, und sie hatten Mühe, sich durch das Getümmel zu schlängeln, um jemanden ausfindig zu machen, der sie einweisen konnte. Dann mußten sie erst einmal endlos warten. Derry, der froh war, wieder festen Boden unter den Füßen zu haben, spazierte im Hafen herum und überließ Nicholson die Erledigung der Formalitäten.

Den ganzen Tag liefen Boote im Hafen ein. Es herrschte Katastrophenstimmung. Presse und Rundfunk hatten bisher kaum etwas über das Schicksal der britischen Expeditionsstreitkräfte zu berichten gewußt, aber wenn man in der Admiralität arbeitete – und sei es auch nur in irgendeiner obskuren Unterabteilung –, schnappte man eine ganze Menge auf. Der Scheinkrieg hatte für Franzosen und Engländer mit einer schweren Schlappe geendet. Die Streitkräfte beider Nationen befanden sich auf dem Rückzug. Tausende von Soldaten saßen auf den Stränden bei Dünkirchen fest.

Derry döste auf einer Bank in der Sonne, als Nicholson ihn rief.

»Hallo, Fox? Sie haben doch für heute abend noch nichts vor, oder? Keine Mieze, die Ihnen das Bett vorwärmt?«

Derry öffnete die Augen. »Woran hatten Sie denn gedacht, Nicholson?«

»An einen kleinen Abstecher nach Frankreich.« Nicholson grinste breit.

Derry starrte ihn ungläubig an.

»Die Marine hat genug Leute«, erklärte Nicholson. »Da hab ich gesagt, ich würde meine alte *Liz* selbst rüberschaukeln. Sie kommen doch mit? Sie sprechen Französisch, Fox, das könnte nützlich sein.«

Seine paar Brocken Deutsch, dachte Derry, wären wahrscheinlich eher von Nutzen. Aber er stand auf. »Natürlich komme ich mit.«

Man händigte ihnen Karten aus und empfahl ihnen, Konvois zu bilden. Bei Einbruch der Nacht brachen sie auf. In eine so riesige Flotte eingegliedert, war es nicht schwer, den richtigen Kurs zu steuern. Als reihte man sich am Piccadilly Circus in den Verkehrsstrom ein, meinte Nicholson. Das weiße Band der Küste von Kent verschmolz mit der Dunkelheit hinter der *Elizabeth*, die wie ein bockender Esel über die Wellen sprang.

»Herrlich ruhige See!« rief Nicholson, während sich Derry, der die Karten studierte, bei jedem Bocksprung der Magen umdrehte.

Es wurde ruhiger, als feiner Nebel sich über das Wasser

senkte. Wie ein Vorhang hing er zwischen ihnen und den anderen unbeleuchteten Booten, und in der tiefen Stille waren nur das Tuckern des Motors und der sanfte Wellenschlag am Bug zu hören. Sie wechselten sich stundenweise am Ruder ab. Derry empfand den grauen kalten Frieden beinahe als angenehm. Aber mit der Zeit begann er auch zu spüren, wie durchgefroren und müde er war. Gewiß, es war fast Hochsommer, das Wetter war mild, und Nicholson hatte ihm für die Überfahrt einen Pullover und einen Gummimantel geliehen; trotzdem drang die klamme Kälte bis zur Haut durch. Er dachte an Alix und die beiden Jungen, Rory und Patrick. Er würde Alix nicht erzählen, was Charles Lanchbury zu ihm gesagt hatte. *Sie war zur Stelle. Sie kam mir gelegen.* Er wünschte, er hätte vor dieser Fahrt nach Frankreich Gelegenheit gefunden, sie anzurufen und ihr zu sagen, daß er sie liebte. Aber das wußte sie ohnehin. Ihm war klar, was dieses Aufgebot an Schiffen, diese Armada, bedeutete: Verzweiflung. Niederlage.

Er mußte auf dem Deck zusammengerollt eingeschlafen sein. Als er die Augen öffnete, sah er es am Horizont rot leuchten. Er wollte Nicholson zurufen, daß die Sonne aufgehe, aber er tat es nicht. Ein so dunkles, blutiges Rot. Das war nicht die Farbe der Morgenröte.

Nicholson trat zu ihm, als er sich aufrichtete. »Das ist ja die Hölle«, hörte Derry ihn murmeln.

»Ja.« Es schien ihm eine angemessene Beschreibung.

Als sie näher kamen, konnte Derry die Flammen erkennen, die aus der blutigen Glut am Horizont emporschlugen, und den Qualm, der immer wieder das Rot verschleierte. Dünkirchen brannte.

»Gottverdammich«, knurrte Nicholson und rannte zum Ruder.

Boote und Schiffe aller Größen, vom Zerstörer bis zum Ruderboot, hielten in Keilformation auf den Hafen zu. Es war ein unüberschaubares Gewimmel, und Derry schien es unvermeidlich, daß die Fahrzeuge zusammenstoßen, Bug auf Bug, Holz auf Metall aneinanderprallen, kentern und sinken würden. Obwohl er todmüde war von der durchwachten Nacht, waren alle seine Sinne bis aufs äußerste konzentriert, als sie zwischen Booten und Treibgut aller Art hindurchlavierten.

»Der Strand fällt langsam ab«, brummte Nicholson. »Auf einer Länge von ungefähr einem Kilometer. Darum liegen die Zerstörer so weit draußen. Wegen der Sandbänke. Ich versteh nicht, warum die sich nicht einen besseren –«

Er brach ab. Jetzt endlich konnten sie den Strand erkennen. Der rote Feuerschein erleuchtete den langen Streifen Sandes, auf dem sich in unregelmäßigen Windungen eine schier endlose schwarze Schlange hinzog. Im ersten Moment begriff Derry nicht, was es mit dieser Schlange auf sich hatte. Dann sah er, daß sie aus Menschen bestand. Menschenreihen, die ein mäanderndes Muster im Sand bildeten. Die Reihen reichten bis ins Meer hinein. Soldaten standen bis zu den Knien, den Hüften und den Schultern im Wasser. Derry stockte der Atem. Die geschlagenen Heere Englands und Frankreichs warteten am Strand von Dünkirchen auf Rettung.

Der Anruf erreichte May in der Redaktion. Als sie den Hörer einhängte, sagte einer ihrer Kollegen, »May, was ist denn los? Sie sind ja ganz grün im Gesicht. Doch hoffentlich keine schlechte Nachricht?«

Sie dachte daran zu sagen: *Ja, wissen Sie, meine Schwester hat sich erschossen*, aber statt dessen schüttelte sie den Kopf und schützte eine Erkältung vor. Obwohl es ja bald genug bekannt werden würde. Dann ging sie hinaus, um mit ihrem Chef zu sprechen.

Am folgenden Tag fuhr sie mit der Bahn nach Cambridge, um die schauerlichen Formalitäten zu erledigen – den Gang zur Polizei, den zum Bestattungsunternehmen –, und brachte das alles mit einer emotionslosen Sachlichkeit hinter sich, deren sie sich nicht für fähig gehalten hätte.

Der Sergeant von der Polizei zeigte ihr Ellas Armbanduhr und Schmuck.

May sagte: »Ich würde meine Schwester gern sehen.«

»Das ist nicht nötig, Miss.«

»Aber ich möchte es.«

»Kein besonders schöner Anblick, verstehen Sie. Es ist besser, Sie sagen mir einfach, ob diese Gegenstände ihr Eigentum waren.«

May blickte zum Schreibtisch hinunter. Eine Armbanduhr, ein goldenes Kruzifix und eine Onyxbrosche, die sie selbst Ella einmal zum Geburtstag geschenkt hatte. Sie weinte keine Träne, wurde sich nur in diesem Moment der fundamentalen Armseligkeit des Lebens bewußt, grau, ohne Zauber und ohne Gnade.

»Ja, das sind Ellas Sachen.« May hob den Kopf und sah den Sergeanten an. »Bitte sagen Sie mir, was geschehen ist. Sie war meine Schwester. Ich möchte es wissen.«

»Miss Lanchbury hat sich gestern morgen mit dem Jagdgewehr Ihres Vaters erschossen. Sie war im Park. Jemand von den Leuten, die im Haus einquartiert sind, hat die Schüsse gehört.«

»Wo war es?«

»Hinten, in einer Grünanlage mit einer Hecke drum herum.«

Im Buchsbaumrondell, dachte May. »Sie sagen, ›Schüsse‹. Wie viele Schüsse?«

Dem Mann war sichtlich unbehaglich. »Zwei, Miss.« May wartete. »Der erste hat nur ihre Schulter gestreift. Der zweite – sie hat sich den Lauf in den Mund gesteckt.«

May schloß die Augen. Nach einer Weile hörte sie das Klirren von Tasse und Untertasse.

»Trinken Sie einen Schluck, Miss. Das wird Ihnen guttun. Ich hab viel Zucker reingetan. Die halbe Ration.« Er hatte ein gütiges Lächeln. Er versuchte, sie zu trösten.

Sie trank und dachte dabei an Ella; daß Ella es natürlich erst einmal verpfuscht hatte. Sie dachte an die letzten grausamen Augenblicke im Leben ihrer Schwester, zwischen dem ersten Schuß und dem zweiten.

Dann stellte sie die Tasse ab. »Kann ich ins Haus, um ihre Sachen durchzusehen?«

»Wir haben Miss Lanchburys Zimmer schon gestern durchsucht. Das mußten wir tun, Miss, für den Fall, daß sie einen Brief hinterlassen hätte.« May sah auf. Er schüttelte den Kopf.

»Wir haben nichts gefunden.« Wieder schien Unbehagen ihn zu ergreifen. »Wir haben allerdings – nun, wir haben gewisse Bücher und andere Dinge gefunden.«

»Sie war geisteskrank«, sagte May. »Meine Schwester war krank.«

»Einige der Dinge, die wir gefunden haben, werden vielleicht bei der gerichtlichen Untersuchung vorgelegt werden müssen. Beweismaterial, Sie verstehen.«

May begriff, daß er, genau wie Derry, sie warnen wollte. Sie nahm Tasche und Handschuhe.

»Ich kann Sie im Auto mitnehmen, wenn Sie möchten, Miss«, sagte der Sergeant. »Für mich liegt's auf dem Weg, und die Busse gehen unregelmäßig.«

Sie wäre lieber allein gewesen, aber sie nahm das Angebot mit einem gezwungenen Lächeln an.

Er setzte sie vor dem Tor ab. Die Veränderungen, die dem Haus ihrer Kindheit angetan worden waren, waren augenfällig und bestürzend. Die Zöglinge des Internats für Grundschüler, die man hier einquartiert hatte, schienen sich in Bell Wood wie zu Hause zu fühlen. Auf dem Rasen wurde ein Fußballspiel ausgetragen, bei dem abgelegte Pullover die Tore markierten. Eine Schar kleiner Jungen kletterte wieselflink die Kastanien hinauf, die zu beiden Seiten die Auffahrt säumten. Im Hof waren Männer dabei, Pulte und Tafeln aus mehreren Möbelwagen auszuladen. Laute Stimmen schallten von allen Seiten durch das alte Haus.

In Ellas Zimmer legte May olivbraune Hemden und Pullover zusammen und packte feste Schuhe mit schwarzen Schnürsenkeln in Kartons. Beim Kriegshilfswerk konnte man alles gebrauchen. Auf der Kommode stand nur noch eine Fotografie, ein Schnappschuß ihres Vaters, der auf Ellas Toilettentisch den Ehrenplatz neben den Bildern Hitlers und Goebbels', den Helden ihrer kranken Phantasie, eingenommen hatte. May schob das Foto aus dem Rahmen. Dann zerriß sie es in winzige Fetzen und ließ diese zum Fenster hinausflattern.

Danach ging sie in den Park hinunter. Der Rasen war von Kinderstiefeln aufgerissen und zertrampelt, die jungen Pflanzen in den Blumenbeeten waren niedergetreten. Vor ihren Augen balgten sich zwei Jungen mit quietschendem Gelächter, stießen sich gegenseitig in eine Hecke, daß die Blätter flogen und die dünnen Äste knickten.

Als May in die Lindenallee trat, versiegten im Schutz der grünen Mauern alle Geräusche von außen. Im Buchsbaumrondell blieb sie lange stehen, den Blick zu den hohen, grünen Hecken und dem blauen Himmel erhoben.

Nichts ist übrig von uns, dachte sie. Viel waren wir nie – wir waren naiv, unserer zu sicher und auf das Leben nicht vorbereitet –, und jetzt sind wir gar nichts mehr. Die Lanchburys und ihr Besitz waren dahin. Sie fragte sich, ob es je so weit gekommen wäre, wenn sie nicht vor Jahren Derry Fox begegnet wäre. Aber gleichzeitig wußte sie, daß man weiter zurückblicken mußte. Der Keim der Zerstörung war 1914 gelegt worden, an dem Tag, an dem Charlie verschwunden war. Das ist unsere Strafe, dachte sie, und es ist eine gerechte Strafe.

Erinnerungen stürmten auf sie ein. Sie dachte an die Zigeuner, die auf dem Dorfplatz in Frankreich getanzt hatten. Die Bänder ihrer Tamburine hatten im Feuerschein Leuchtspuren in die Luft gezogen, und ihre Füße hatten sich zum Rhythmus der Musik bewegt, als flögen sie. Sie erinnerte sich, wie sie mit Derry in dem Café am Piccadilly getanzt hatte, und erinnerte sich des ekstatischen Gefühls, seinen warmen Körper dem ihren so nahe zu fühlen, während sie sich im Gleichklang miteinander bewegt hatten.

Dann kehrte sie um und ging zur Auffahrt zurück. Sie wußte, daß sie Bell Wood nie wiedersehen würde. Sie würde heiraten, dachte sie. Ihren Kollegen bei der Zeitung – einen liebevollen, sympathischen und umgänglichen Mann. Er verehrte sie seit Jahren. Ja, sie würde heiraten und, wenn sie Glück hatte, Kinder bekommen. May hob ihr Gesicht der Sonne entgegen und ließ die Wärme ihre Tränen trocknen.

Dünkirchen war die Apokalypse. Deutsche Artilleriegeschosse rissen den Strand auf, und aus den Flugzeugen der deutschen Luftwaffe ging ein Bombenhagel auf das Meer nieder. Schwarzer Qualm aus den brennenden Öllagern hing über Wasser und Land, und von der brennenden Stadt schlugen die Flammen bis in den Himmel hinauf. Tote lagen auf dem Sand, als seien sie nur eben eingeschlafen, oder trieben schwankend im seichten Wasser. Einmal, als Derry die Hand in die Wellen hielt, stieß er gegen den Kadaver eines Pferdes. Die toten Augen blickten ihn weit offen und vorwurfsvoll an.

Die kleinsten Boote stießen bis dicht an den Strand vor und nahmen die Schwimmenden auf und die Männer, die in Schlauchbooten und auf Flößen zu entkommen suchten, sowie jene, die ins Wasser hineingewatet waren. Sie beförderten ihre Passagiere zu den kleinen Fahrzeugen – den Fähren und Vergnügungsdampfern –, die ihrerseits den Transport der Flüchtlinge zu den weiter draußen liegenden Zerstörern übernahmen. So jedenfalls war es vorgesehen. Aber die Durchführung war nicht so einfach: Viele der Männer, die bis zum Hals im eisigen Wasser standen, gerieten in Panik. In wilder Angst rissen sie an den Tauen, die man ihnen hinunterließ, und drohten die Boote zum Kentern zu bringen. Im donnernden Sperrfeuer zu Wasser und zu Land konnte man kaum seine eigene Stimme vernehmen, geschweige denn die Hilfeschreie der um ihr Leben Kämpfenden. Und das Treibgut – leere Fässer, Tornister, Wracks und die aufgedunsenen Leichname der Ertrunkenen –, das krachend gegen die Boote schlug, behinderte die Retter zusätzlich bei ihren Bemühungen.

Er hatte, rechnete sich Derry aus, in den letzten achtundvierzig Stunden nicht mehr als drei Stunden geschlafen. Gegessen hatte er zuletzt – er konnte sich nicht erinnern, wann. Er konnte nichts essen; es gab nichts zu essen; er hatte keine Zeit zu essen. Bei Morgengrauen, nachdem er und Nicholson zahllose Frachten erschöpfter Soldaten zu den größeren Schiffen befördert hatten, kehrten sie mit einer Gruppe französischer Soldaten an Bord über den Kanal nach England zurück. Und schon nach kurzem Aufenthalt in Ramsgate, um nötige Reparaturen am Boot vorzunehmen und Benzin zu tanken, brachen sie zur nächsten Fahrt auf. Derry wäre zu diesem Zeitpunkt am liebsten geflohen und nach Hause zurückgekehrt, und er wußte, daß Nicholson nicht anders zumute war, obwohl keiner von beiden ein Wort darüber verlor. Dennoch harrten sie aus.

Auf der Rückfahrt nach Dünkirchen mußte Derry daran denken, wie begierig er als Achtzehnjähriger darauf gewesen war, Bedeutung zu erlangen, an Ereignissen von weltbewegender Wichtigkeit mitzuwirken. Er hätte beinahe gelacht. Er wußte nicht, ob dieser Tag als Tag eines schändlichen Desasters oder einer rühmlichen Niederlage in die Geschichte eingehen würde. Beides vielleicht. Aber er wußte, daß er der Welt im Gedächtnis bleiben würde. Doch das interessierte ihn in diesem Moment nicht. Das einzige, was er empfand, waren die furchtbare Kälte und Müdigkeit und manchmal eine so überwältigende Angst, daß er sich mit Gewalt zusammenreißen mußte, um sich nicht auf dem Grund des Boots zusammenzurollen wie ein verängstigtes Tier.

Die Szenerie, als sie sich der französischen Küste näherten, war die gleiche wie beim ersten Mal. Dasselbe blutrote Licht am Horizont und im Wasser die Scharen wartender Männer, die trotz der gewaltigen Rettungsaktion am Vortag nicht kleiner geworden zu sein schienen. Dasselbe mühsame Manövrieren zwischen Treibgut und Fischkuttern, Jachten und Rettungsbooten hindurch, deren Besatzungen die im Wasser stehenden Soldaten an Bord hievten. Irgendwie war Derry diese Gleichheit der Dinge ein Trost.

Allerdings nur bis zu dem Moment, als der Motor des kleinen Boots zu stottern begann und dann ganz wegblieb. Da sah er Nicholson erschrocken und zornig an.

»Na so was«, sagte Nicholson unsicher.

Sie hatten soeben eine Fuhre Soldaten auf einem wartenden Fährschiff abgeladen und waren zum Strand zurückgekehrt.

»Der Motor –«

»Der hat manchmal so seine Mucken.«

Derry hätte ihm am liebsten eine runtergehauen. Nicholson kauerte mit einem Schraubenschlüssel in der Hand im Ruderhaus.

»Kann ich was tun?«

»Wenn Sie nur das hier mal einen Moment halten könnten – aber vorsichtig, es ist heiß …«

Der Motor heulte einmal kurz auf und verstummte wieder. Als Derry aufblickte, sah er, daß der Himmel im Osten schon heller wurde. Wenn es Nicholson nicht schnell gelang, den Motor wieder flottzumachen, würde die Ebbe kommen, und sie würden auf dem Sand festsitzen, leichtes Ziel für jeden Stuka, dem es einfiel, sie aufs Korn zu nehmen. Aber Derry hielt es für überflüssig, Nicholson darauf hinzuweisen. Dem war das vermutlich ebenso klar.

Nach einer Weile meinte Nicholson, ohne aufzuschauen: »Lassen Sie sich von einem der anderen Boote mitnehmen, Fox. Das kann hier noch eine Weile dauern. Wir sehen uns dann im Büro wieder.«

Derry hätte später nicht sagen können, warum er sich dafür entschied zu bleiben. Er fror, er hatte Hunger, die ganze Situation war unerträglich, und Nicholson konnte einen bis zur Weißglut reizen.

Aber er sagte: »Ach, halten Sie die Klappe, Nicholson. Reparieren Sie lieber den verdammten Motor«, und blieb an Deck sitzen, den Blick auf das ölverschmierte Durcheinander von Schrauben und Muttern gerichtet.

Belgien hatte kapituliert, Calais und Boulogne waren in der Hand des Feindes. Im Ärmelkanal waren englische Kriegsschiffe versenkt worden. In ganz Südengland munkelte man von Bootsladungen geschlagener Soldaten, die in den Häfen der Küstenstädte einträfen.

Derry hatte seit drei Tagen nicht angerufen. Er hatte versprochen, sich jeden Abend zu melden. Alix telefonierte herum. May Lanchbury, erfuhr sie, war nicht mehr bei der Zeitung; eine Nummer, wo man sie erreichen konnte, hatte sie nicht hinterlassen. Maddy war mit ihren Kindern in das zugige Schloß ihres Mannes in Schottland geflohen.

Roma nahm die Sache auf die leichte Schulter. »Ach, was, mach dir keine Sorgen, Alix. Derry wird schon wieder auftauchen. Das ist doch typisch für ihn.«

Alix sah die Namen in ihrem Adreßbuch durch und dachte, alle sind fort. Alles ist ganz anders geworden.

Sie ließ sich von der Vermittlung mit einem von Derrys Kollegen bei der Admiralität verbinden. Es knackte und rauschte in der Leitung, dann wurde es still. Sie glaubte schon, die Verbindung wäre unterbrochen, als sie eine Stimme hörte.

»Hallo?«

»Sandy, ich bin's, Alix Fox.«

»Alix! Wie geht es Ihnen?«

»Ich versuche, Derry zu finden.«

Schweigen.

Sie sagte verzweifelt: »Er hat nicht angerufen. Und er meldet sich sonst immer regelmäßig. Haben Sie ihn gesehen?«

»Ah – nein.«

Sie wußte sofort, daß er ihr etwas verheimlichte. »Sandy!« rief sie voll Angst. »Was ist los? Ist ihm etwas passiert?«

»Nein, nein. Das ist es nicht. Bleiben Sie einen Moment dran, Alix.« Sie hörte, wie eine Tür geschlossen wurde. »Man muß vorsichtig sein. Die ganze Geschichte ist noch nicht an die Öffentlichkeit durchgedrungen.«

Sie hatte Mühe, nicht die Geduld zu verlieren. »Sandy, wissen Sie, wo er ist?«

Sie hörte ein Geräusch und sah, als sie sich umblickte, daß Jonathan ins Zimmer gekommen war. Ihre Angst spiegelte sich in seinen Augen. Wie betäubt hörte sie Sandys Erklärung.

Sie hängte ein. Jonathan starrte sie an.

»Derry ist in Frankreich«, sagte sie.

Derry ging in Dünkirchen den Strand entlang. Schwarze Rauchschwaden hingen über dem Sand. Er meinte, die Hitze der brennenden Stadt auf seinem Gesicht zu fühlen. Verlorene oder weggeworfene Gegenstände lagen überall auf dem Strand verstreut: eine offene Brieftasche, braune Münzen, die wie Muscheln im feuchten Sand steckten. Ein Pullover, an einem Ellbogen säuberlich geflickt. Ein Eßgeschirr mit zwei Blechnäpfen, die leise klirrten, wenn sie von den Wellen bewegt aneinanderschlugen.

Die *Elizabeth* wartete mit repariertem Motor auf einer sandigen kleinen Landzunge. Nicholson war auf dem Boot geblieben. Derry, der es nicht ausgehalten hatte, untätig herumzusitzen, leichte Beute für den Feind, war ausgestiegen und den Strand hinaufgegangen, auch wenn dies die Hölle auf Erden war. Abgesehen von all dem Treibgut war das Meer jetzt still und leer. Nirgends ein Boot oder Schiff. Die Flotte würde bei Einbruch der Nacht zurückkehren. Dank der Qualmwolken, die die brennenden Öllager ausspien, war man am Strand vorübergehend sicher vor den Angriffen der deutschen Luftwaffe. Der Rauch verdunkelte die Sonne und machte Derry das Atmen schwer. Deutsche Truppen belegten den Fluchtkorridor mit unablässigem Sperrfeuer, während sie die Stadt einkesselten und unter ständigem Beschuß des Strands die Schlinge enger zogen, in der französische und englische Soldaten gefangen waren. Derry hatte den Eindruck, er bewegte sich durch eine schaurige Unterwelt, die unter einem finsteren Himmel von niemals endendem höllischen Getöse erfüllt war.

Einige der wartenden Soldaten hatten sich bis zu den Schultern in den Dünen eingegraben. Andere warteten in dieser endlos gewundenen Schlange am Wasserrand, dem Artilleriefeuer trotzend, um nur ja nicht ihren Platz in der Reihe zu verlieren. Auf einem Stück Strand, wo der Sand feucht und fest war, spielten ein paar Männer Fußball. Stimmen mit dem breiten Akzent Yorkshires durchdrangen hin und wieder das Knattern des Sperrfeuers. »Zu mir, Reg!« »Hey, hier rüber, du Knallkopf!«

Nach einer Weile wurde ihm klar, woran ihn das alles erinnerte. Es war, als befände er sich auf einem letzten verzweifelten Fest. Die wogenden Menschenmassen, das Gedränge, die immerfort wechselnden fremden Gesichter, der Lärm und das Getöse, der Stumpfsinn, die Anspannung – es war wie ein geisterhaftes Echo aller vergangenen Feste. Stukas spielten hinter Wolken Verstecken, und Züge von Männern tanzten Polonaise ins Wasser.

Während er, schwindlig vor Müdigkeit, dahinging, wechselte sein Geist sprunghaft von einer Realität in die andere. Er war in Owlscote am schilfbewachsenen Teich, und Miranda Hughes, in einem scharlachroten Kleid, winkte ihm. Er war auf einem Fest in der South Molton Street, und das Krachen der Mörser war das Knallen des Beckens der Jazzband. Er war in irgendeinem riesigen, dunklen hallenähnlichen Raum, wo er sich durch ein Getümmel von Gästen schob, den Händen auswich, die ihn festhalten wollten, vor den Stimmen floh, die ihn riefen.

Er schüttelte heftig den Kopf, um wieder klar zu werden, und war zurück auf dem Strand von Dünkirchen. Nicht weit von ihm rief jemand: »Schar-lie! *Viens ici*!«, und er sah, als er den Kopf drehte, eine kleine Gruppe französischer Soldaten im Schutz einer Sanddüne hocken. Ihre Uniformen waren schmutzig und zerrissen, ihre Gesichter rauchgeschwärzt. Sie saßen um ein kleines Feuer, über dem sie in einem Feldkessel etwas kochten. Der Essensgeruch war unglaublich verlockend. Noch während Derry zu den Männern hinüberschaute, sah er einen weiteren Soldaten die Düne erklimmen und zu ihnen hinunterlaufen. Durch die Rauchschwaden, die sich etwas gelichtet hatten, fiel Sonnenglanz auf sein kupferrotes lockiges Haar. Er trug zwei Weinflaschen, in jeder Hand eine.

Wieder riefen sie seinen Namen. »Schar-lie! Oh, Schar-lie, *c'est formidable*!«

Nur weil er so müde war und vor Angst und Grauen beinahe um den Verstand gebracht, brauchte er so lange, um den Namen zu erkennen, den sie riefen.

Charlie.

Als sie hörten, wie gut sein Französisch war, daß er ihre Sprache nicht grausam verstümmelte wie die meisten anderen Engländer, denen sie begegnet waren, luden sie ihn ein, ihr Mahl zu teilen. Es gab gekochtes Huhn und dazu den Rotwein, den Charlie organisiert hatte. Nachdem er gegessen hatte, ließ das Gefühl der Unwirklichkeit nach, und es ging ihm wieder besser.

Die Männer gehörten, wie sie ihm berichteten, zu der französischen Nachhut, die den Korridor nach Dünkirchen verteidigt und es dadurch unzähligen englischen Soldaten ermöglicht hatte, über den Ärmelkanal zu entkommen. An diesem Morgen hatten sie in aller Frühe den Befehl erhalten, ihre Stellungen aufzugeben und sich zum Strand zurückzuziehen. Die deutschen Truppen würden in spätestens zwei Tagen nachrücken. Dann würden sie in der Falle sitzen, bestenfalls gefangengenommen werden, schlimmstenfalls …

Ein Achselzucken. Ein ausgestreckter Finger quer über den Hals gezogen.

In Dünkirchen hatten sie aus einem verlassenen Hühnerstall ein Huhn gestohlen und Zwiebeln und Erbsen aus einer Kolonialwarenhandlung, die still vor sich hin schwelte. Jetzt lagen sie auf Ellbogen gestützt im Sand und ließen eine Flasche Wein herumgehen.

Derry hörte sich die Geschichten an und beobachtete Charlie. Unmöglich, sagte er sich, daß dieser Mann Charlie Lanchbury war. Und trotzdem beschäftigte ihn die Frage, wie viele Franzosen mit roten Haaren und blauen Augen es gab, die diesen Namen trugen. Alles Unsinn! Wieso sollte ausgerechnet er Charlie Lanchbury sechsundzwanzig Jahre nach seinem Verschwinden an einem nordfranzösischen Strand begegnen. Gleich würde der junge Mann eine Fotografie herausziehen, die einen rothaarigen Vater oder eine rothaarige Mutter zeigte, und sie stolz herumreichen. Oder erklären, wie er zu seinem englischen Namen gekommen war: *Zu Ehren meines Onkels in Devon …* oder: *Ich bin in London geboren …*

Doch Charlie antwortete auf Derrys diesbezügliche Frage nur achselzuckend: »So heiße ich eben. Ich weiß nicht, wie ich zu dem Namen gekommen bin.«

Ein feiner Schauder – wie unter der Berührung einer Geisterhand – rann Derry den Rücken hinunter.

»Und Ihr Nachname?«

»Leconte. Charlie Leconte.« Sie tauschten einen Händedruck. Charlie reichte Derry die Weinflasche.

Derry ließ es gut sein, behielt das Meer im Auge und behielt Charlie im Auge, und sah, als die Rauchwolken sich verzogen, die Stukas, schwarz am blauen Himmel. Und die Flut, die träge zur Küste zurückrollte. Als er die vier Franzosen aufforderte, mit zum Boot zu kommen, sahen diese einander an, nickten, sammelten ihre Sachen ein und folgten ihm den Strand hinunter.

Auf dem Weg durchs Wasser hörte er schon das Motorengeräusch der *Elizabeth*, ein ziemlich halbherziges Knattern. Nicholson hob den Kopf, als er an Bord kam.

»Keine Ahnung, wie lange er's machen wird. Am besten, wir hauen hier ab, so schnell es geht.«

Obwohl es Abend war, hatte sich der Himmel kaum verdunkelt.

Derry sagte: »Ich habe ein paar Passagiere mitgebracht.«

»Mir soll's recht sein.«

Sie tuckerten los. Wieder auf dem grausigen Hinderniskurs durch all das herrenlose Gut hindurch, vergaß er, sich über Charlie Lanchbury Gedanken zu machen. Die Rümpfe verlassener Boote steckten schräg gekippt im Sand, umgeben von all den verlorenen Gegenständen, die im seichten Wasser trieben, von den aufgedunsenen Menschenleibern, die gegen die Bordwand der *Elizabeth* schlugen, und den Metallbehältern, die Ölfässer oder Minen sein konnten. Und oben am Himmel sausten die Stukas herum wie zornige Insekten.

Derry kauerte vorn im Bug und dirigierte Nicholson, der das Steuer übernommen hatte. Sein ganzer Körper schmerzte vor nervöser Spannung. Die Gegenstände im Wasser wechselten manchmal blitzartig die Gestalt. Ein alter Autoreifen entrollte sich zur Seeschlange. Das weiße Auge eines Leichnams zwinkerte ihm zu.

Dann waren sie endlich draußen auf dem offenen Meer, und Nicholson sagte: »Ich kann's kaum erwarten, nach Hause zu kommen. Ich hab neulich abend im Kino eine tolle kleine Mieze kennengelernt – « Da raste mit irrem Heulen aus heiterem Himmel ein Flugzeug herab, das aus allen Rohren feuerte.

Der entsetzliche Lärm löschte alle Gedanken aus. Derry warf sich zu Boden, die Arme über dem Kopf zusammengeschlagen. Als der Stuka verschwunden war, wartete er. Gleich würde von allen Seiten eiskaltes Meerwasser ins Boot strömen.

Dann hörte er jemanden leise *Merde* sagen und drehte sich herum. Seine Hand berührte trockenes Holz. Das Deck hatte ein Lochmuster, aber der Rumpf des Boots schien kaum Schaden genommen zu haben. Am liebsten hätte er gelacht. Mit zitternder Stimme sagte er: »Nicholson, ich glaube, wir sind noch einmal davongekommen«, aber Nicholson antwortete nicht. Er hing über der Ruderpinne, als hätten Müdigkeit und Erschöpfung ihn endlich überwältigt.

Derry kroch zu ihm hin.

Nicholson war tot. In seiner Stirn klaffte ein Loch, auf seinem Gesicht lag ein Ausdruck der Überraschung. Derry dachte, und ich weiß noch nicht einmal, wie er mit Vornamen heißt. Er erinnerte sich an Nicholsons Miezen und seinen nervtötenden Optimismus und wollte weinen. Aber da hörte er die Stimme eines der Franzosen: »François ist verwundet«, und blickte auf.

Der Mann war mit dem Gesicht nach unten auf dem Deck zusammengebrochen. Ein anderer – der Junge, der nach Derrys Schätzung etwa in Rorys Alter sein mußte – hing mit bleichem Gesicht über der Reling. Der vierte Mann hockte mit schmerzverzerrten Zügen beim Ruderhaus. Charlie stand über ihn gebeugt.

Derry sagte: »Ihr Kamerad –?«

Charlie schüttelte den Kopf. »Und François hat's an der Schulter erwischt. Haben Sie Verbandszeug?«

»Der Erste-Hilfe-Kasten ...« Er versuchte, nicht über die Situation nachzudenken, während er zwischen Glasscherben und gesplittertem Holz suchte. Irgendwo mitten auf dem Ärmelkanal, in einem Boot mit unzuverlässigem Motor, zwei Tote und einen Verwundeten an Bord ...

Er konzentrierte sich vielmehr auf den Verletzten und Charlie, der seinem Kameraden die Uniformjacke aufknöpfte. Und auf das Rot, das durch den groben Stoff quoll. Und die von der Kugel zerfetzte Schulter. Sie gossen Desinfektionsmittel über die Wunde und verbanden sie, so gut es ging.

»Ist noch Wein da?«

»In Armands Tasche.«

Derry hielt Charlie die Aspirinflasche hin. »Was Stärkeres haben wir leider nicht da.«

»François? Trink das. Das nimmt die Schmerzen ein bißchen.«

Der Kopf des Verwundeten ruhte an Charlies Schulter. Derry flößte ihm in Wein aufgelöstes Aspirin ein.

Dann stolperte er zum Ruder zurück. Ein Blick auf den Kompaß zeigte ihm, daß die Nadel klemmte. Er schlug mit der Faust auf das Glas, aber nichts rührte sich.

»Was ist?«

»Der verdammte Kompaß funktioniert nicht.«

»Haben Sie Karten? Wenn wir uns nach den Karten und den Sternen richten, schaffen wir es schon«, sagte Charlie.

Der Himmel begann endlich sich zu verdunkeln. Kleine Lichtpunkte durchdrangen das Grau. Der Hafen von Dünkirchen war längst nicht mehr zu sehen. Die Stukas schienen abgezogen zu sein. Während Derry im Ruderhaus stand, verdichtete sich das milchige Grau, ein feiner Nebel breitete sich über der Wasseroberfläche aus.

Er hörte Charlie sagen: »Es ist so friedlich. So still.«

Derry empfand die Stille nach dem höllischen Getöse von Dünkirchen wie ein Dröhnen in seinen Ohren. Er ertappte sich dabei, daß er auf die Stille lauschte.

»Wie geht's Ihrem Kameraden?«

»Der arme François. Er war noch nie auf einem Boot.« Charlie strich dem verwundeten Soldaten über das feuchte Haar. »Und Emile auch – du hast noch nie zuvor das Meer gesehen, stimmt's, Emile?« Der Junge nickte mit weit aufgerissenen Augen, die glasig waren vor Furcht. »Sie kommen beide vom Land, wissen Sie. Bauern.«

»Aber Sie sind kein Bauer?«

Charlie schüttelte den Kopf. »Ich bin Lehrer. Aber das Meer hat mich immer schon angezogen. Ziemlich ungewöhnlich für eine Landratte.«

Wieder dieser leise Schauder.

François stöhnte. Sie hielten ihm die Weinflasche an die Lippen.

»Woher kommen Sie, Charlie?«
»Crévecoeur. Kennen Sie es?«
Derry war sich eines Moments der Enttäuschung bewußt. Nicht Bapaume oder Herleville. »Wie alt sind Sie?«
»Achtundzwanzig ungefähr.«
Derry horchte auf. »Ungefähr?«
»Ich wurde adoptiert.«
Charlie zog seine Uniformjacke aus und breitete sie über François aus. Der Verwundete stöhnte wieder. Emile, der neben ihnen hockte, kaute auf den Fingernägeln.
Derry sagte leise: »Erzählen Sie.«
»Da gibt's nicht viel zu erzählen.«
»Aber die Zeit würde schneller vergehen.«
»Ja, und es wird eine lange Nacht werden, nicht wahr?«
»Es würde uns ein bißchen ablenken.« Derry warf einen Blick auf den Jungen.
»Trink einen Schluck Wein, Emile – es ist noch ein bißchen was da.« Charlie reichte dem Jungen die Flasche.
»Wenn Sie achtundzwanzig sind«, sagte Derry, »dann müssen Sie 1912 geboren sein. Sind Ihre Eltern im Krieg umgekommen?«
»Das habe ich immer vermutet. Die Nonnen erzählten meiner Mutter, ich sei ungefähr fünfzehn Kilometer südlich von Bapaume gefunden worden, wo ich allein auf der Straße herumirrte.«
»Bapaume ...«, murmelte Derry. Ungläubigkeit und eine wachsende Gewißheit stritten in ihm.
»Und da haben die Nonnen Sie aufgenommen?«
»Ja. Im Krieg sind sie dann nach Süden geflohen, nach Crévecoeur, in ihr Schwesternkloster.« Charlies Stimme war leise und ruhig; er wollte François nicht stören.
»Und dann?«
Charlie lächelte. »Dann hat meine Mutter mich gefunden.«
»Ihre Adoptivmutter?«
»Ja. Sie hat im Kloster geputzt. Sie hatte ihren Sohn als Säugling verloren, und ihr Mann war an der Marne gefallen.«
»Sie hat Sie – ausgesucht?«

»Wegen meiner großen blauen Augen.« Charlie lächelte. »Meine Mutter hat mir immer erzählt, ich hätte sie an den kleinen Jungen erinnert, den sie verloren hatte.«

Es war jetzt ganz dunkel geworden. Sie hatten die Lichter des Boots nicht angezündet, um nicht die Aufmerksamkeit weiterer feindlicher Flugzeuge auf sich zu ziehen. Die Wellen schlugen gegen den Bug der *Elizabeth*.

»Haben die Nonnen je versucht, ihre leiblichen Eltern ausfindig zu machen?«

»Ach, das war doch unmöglich. Im Waisenhaus waren mehr als hundert Kinder. Zu Friedenszeiten waren es vielleicht zehn oder zwölf. Die hatten mehr als genug damit zu tun, uns zu verpflegen.«

»Haben Sie noch irgendeine Erinnerung an Ihr Leben davor, bevor Sie ins Waisenhaus kamen?«

Charlie schüttelte den Kopf. »Ich war noch sehr klein.« Er lachte leise. »Die Nonnen haben mir einen Spitznamen gegeben, wie meine Mutter mir erzählte. Sie nannten mich *le petit prince.* Weil ich so wohlerzogen war – ich habe nicht gestoßen und gedrängelt wie die anderen Kinder –, und weil ich Kleider aus gutem Stoff anhatte, als sie mich fanden. Obwohl die Sachen natürlich völlig zerlumpt waren.«

Samt und Spitze, dachte Derry. Sie schwiegen eine Weile. Emile wischte sich die Nase mit dem Jackenärmel und biß die Zähne zusammen. François lag mit geschlossenen Augen da. Eine Zeitlang ließ Derry sich in eine Zwischenwelt zwischen Wachen und Schlafen treiben. Er wußte, daß er jetzt sagen müßte: *Charlie, ich muß Ihnen etwas mitteilen*, aber er war sich nicht sicher, ob er die Worte nicht schon ausgesprochen hatte, hatte keine Ahnung, ob eine Minute oder eine Stunde vergangen war, seit Charlie gesprochen hatte.

Er hörte Charlie sagen: »Ich denke, ehrlich gesagt, nie daran«, und öffnete die Augen.

»Aber Ihre leiblichen Eltern –«

»Das ist lange her. Die Eltern, das sind die Menschen, die einen lieben und für einen sorgen, meinen Sie nicht auch?«

»Aber sind Sie denn gar nicht neugierig?«

Es blieb einen Moment still. Dann sagte Charlie langsam: »Das, was damals geschehen ist, was immer es auch gewesen sein mag, geschah einem anderen Menschen. Ich bin nicht mehr dieser Mensch. Außerdem hat es das Schicksal sehr gut mit mir gemeint. Ich habe eine Mutter, die mich von Herzen liebt und die auch ich liebe, und ich habe eine Braut, die sehr schön ist. Ich liebe meine Familie, und ich liebe mein Heimatland. Was sollte ich mehr wollen?«

Vorsichtig, um seinen verwundeten Kameraden nicht zu stören, holte Charlie etwas aus seiner Jackentasche und reichte es Derry. Derry betrachtete die Fotografie.

»Das ist meine Mutter«, erklärte Charlie, »und das ist Juliette, meine Braut. Ist sie nicht schön?«

»Doch, wirklich wunderschön.« Seine Stimme hallte dumpf in der Leere über dem Meer. Ein herzförmiges kleines Gesicht sah ihn an, halb beschattet von einer erhobenen Hand. Die ältere Frau mit den breiteren, gutmütigen Zügen lächelte. Die beiden Frauen standen vor dem kleinen Backsteinhaus.

»Ihr Zuhause?«

»Ja.« Charlies Lächeln erlosch. »Ich hoffe, es geht ihnen gut.«

Derry ging wieder ins Ruderhaus. Er öffnete den Mund, um zu sprechen, und schloß ihn wieder. Er dachte an die Familie Lanchbury. Die Ereignisse des letzten Vierteljahrhunderts hatten sie praktisch ausgelöscht. Versprengt, tot oder sterbend würden sie niemanden ihres Namens hinterlassen. Die neue Welt, die durch diesen Krieg geschaffen würde, würde keinen Platz für sie haben. Charlie gehörte nicht mehr zu dieser Familie.

Derry beobachtete den jungen Mann, der ruhig dasaß und den Kopf des verwundeten Kameraden an seiner Schulter hielt. Die einzigen Geräusche waren das Brummen des Motors und das Plätschern der Wellen am Bug des Boots. Eine tiefe Ruhe überkam ihn. Die Lanchburys und ihre Geschichte waren in der Vergangenheit versunken. Die Zukunft gehörte Alix, Rory und Patrick und der neuen Welt, die der Krieg hervorbringen würde. Er sah, daß von all den Dingen, die er einmal erstrebt hatte – Ruhm und Anerkennung und die Chance, Bedeutung zu erlangen –, nur die Liebe fortgedauert hatte. Das Boot glitt durch das stille Wasser, England entgegen.

Diese eigenartigen frühen Junitage waren durchwirkt von einer Mischung aus Angst und Entzücken. Manche von Alix' Ängsten waren so überwältigend, daß sie nicht über sie nachdenken wollte – die Angst vor einer Invasion; die Angst, Großbritannien werde sich, seiner Streitmacht entblößt, die in Frankreich gestrandet war, nicht verteidigen können. Als die Zeitungen endlich über die Tragödie und den Triumph von Dünkirchen zu berichten begannen und die Zahl der geretteten Soldaten täglich stieg – waren es heute noch dreiundfünfzigtausend, so waren es am nächsten Tag schon achtundsechzigtausend –, legte sich langsam die eine Furcht, während eine andere mit jeder Stunde, die verging, quälender wurde. Jedes Klopfen an der Tür, jedes Läuten des Telefons brachte sie aus der Fassung.

Ihr ganzes Entzücken war ihr kleiner Sohn. Wenn sie morgens erwachte, begleitete der erste Schlag ihres Herzens ihr Glück über das Kind und der zweite ihre Angst um Derry. Sie genoß die stillen Freuden dieser ersten Morgenstunden. Mit Patrick, das wußte sie, war ihr eine zweite Chance gegeben worden, ein Neubeginn. Patrick, Rory und Derry hatte sie es zu verdanken, daß sie die Entwurzelung aus Owlscote und den Abschied von dem Leben, an das sie sich gewöhnt hatte, mit Gleichmut ertragen konnte.

Morgens, beim Erwachen, pflegte Patrick mit seinen drallen kleinen Händen am Gitter seines Bettchens zu rütteln und wie ein kleiner Gummiball auf und ab zu hüpfen. Dann holte Alix ihn in ihr Bett, damit er nicht das ganze Haus mit seinem Überschwang weckte. An sie gekuschelt, pflegte er bei ihr zu liegen und sie noch ein wenig schlafen zu lassen. Aber nach einer Weile berührte er mit seinem kleinen Finger ihre Wange oder drückte ihr einen nassen Kuß auf die Stirn. Und wenn sie dann die Augen öffnete, lachte er, so strahlend und vergnügt, daß auch sie lächeln mußte, ganz gleich, wie müde sie noch war. Er liebte es, nach ihren Händen zu greifen und mit ihnen zu klatschen. »Backe, backe Kuchen ...«

Tagsüber, bei der Arbeit im Haus und im Garten oder beim Spiel mit den Kindern, gelang es ihr, sich abzulenken. Als sie mit Rory telefonierte, hörte sie die Sehnsucht in der Stimme ihres Sohnes. »In *Frankreich*? Mensch, hat der's gut.« Sie konnte Rorys Neid nicht teilen; sie hatte Angst um Derry.

Nachts belagerten sie ihre Ängste, und sie träumte von donnernden Geschützen und zerstörten Städten und einem kleinen Boot, das leer und verlassen auf dem weiten Meer trieb.

Eines Morgens, kurz vor dem Erwachen, träumte sie, sie ginge durch die Rieselwiesen bei der Kathedrale von Salisbury. Derry war bei ihr, und Patricks Hand lag klein und vertrauensvoll in der ihren. Schwäne, durch die Spiegelung im klaren Wasser verdoppelt, trieben auf dem Fluß dahin, und Weiden tauchten ihre Zweige in die glitzernden Wellen. Überall spielten Kinder: auf den Wegen, an den grasbewachsenen Ufern der Nadder, unter den Bäumen des Hains. Ihre Schatten huschten über den moosigen Boden, ihr Gelächter schallte unter sonnenbeschienenem Laub.

Sie erwachte mit einem Lächeln auf den Lippen. Das Telefon läutete. Sie sprang aus dem Bett und lief nach unten.

Sie riß den Hörer an ihr Ohr. Seine Stimme sprach ihren Namen aus. Dann sagte er: »Ich muß dir eine Geschichte erzählen, Alix ...«

Judith Lennox

Das Winterhaus

Roman. Aus dem Englischen von Mechtild Sandberg. 541 Seiten. Serie Piper

Der Gartenpavillon der Familie Summerhayes – genannt das »Winterhaus« – ist ein Ort der Zuflucht für drei Freundinnen, die zwischen den Weltkriegen in der idyllischen Umgebung von Cambridge aufwachsen. Da ist die idealistische, kluge Robin, die in der nahegelegenen Universitätsstadt studieren soll. Da ist Maia, die schönste und ehrgeizigste der drei, auf der Suche nach einem reichen Mann, und da ist die stille Helen, die von ihrem scheinbar gutherzigen Vater, dem Vikar der Gemeinde, mehr als vereinnahmt wird. Dramatisch, romantisch und voller Warmherzigkeit erzählt Judith Lennox, wie sich diese drei jungen Frauen in einer Welt behaupten lernen, die rauher und aufregender ist als das grüne Paradies der Kindheit.

»Judith Lennox' Winterhaus steht in bester Tradition des romantisch-realistischen Gesellschaftsromans.«
Brigitte

Judith Lennox

Tildas Geheimnis

Roman. Aus dem Englischen von Mechtild Sandberg. 552 Seiten. Serie Piper

Die begabte junge Rebecca aus London, gerade verlassen und auch sonst nicht vom Glück verwöhnt, glaubt zu träumen: Für einen renommierten Verlag darf sie die Biographie der Tilda Franklin niederschreiben, die ihr Leben ganz in den Dienst von Waisen und unehelichen Kindern gestellt hat. Rebecca aber hat nicht geahnt, worauf sie sich einläßt: Durch ihre Besuche bei Tilda in deren malerischem Haus in Oxfordshire, durch die Gespräche mit der faszinierenden alten Dame und nicht zuletzt durch ihre Gefühle für Tildas Enkel Patrick läßt Rebecca sich immer tiefer in ein tragisches Familiengeheimis hineinziehen, dessen Wurzeln bis in die Zeit des Ersten Weltkriegs zurückreichen. Bis sie erkennt, daß der Schatten eines schrecklichen Verbrechens auf Tildas Vergangenheit lastet … Eine bewegende Familiengeschichte, deren dramatischem Sog man sich nicht entziehen kann.

Susanna Kearsley

Mariana

Roman. Aus dem Englischen von Karin Diemerling. 350 Seiten. Serie Piper

»Das ist mein Haus«, erklärte die fünfjährige Julia Beckett ihren Eltern, als sie zum ersten Mal »Greywethers« sah, das große Bauernhaus aus dem 16. Jahrhundert. Julia, inzwischen dreißig und erfolgreiche Illustratorin, erfüllt sich ihren Kindheitstraum und kauft das Haus. Sie liebt ihr neues Leben auf dem Land und findet schnell gute Freunde unter den Dorfbewohnern. Doch kaum ist Julia eingezogen, geschieht Seltsames mit ihr und läßt sie an ihrem Verstand zweifeln: Sie meint, das Leben von Mariana zu führen, einer unglücklich verliebten Dienstmagd, die 1665, zur Zeit der großen Pest, in diesem Haus gelebt hatte. Julia fällt es immer schwerer, zwischen Vergangenheit und Gegenwart zu unterscheiden. Susanna Kearsley ist mit diesem Buch eine spannende Mischung aus romantischer Liebesgeschichte und Historienroman gelungen.

Susanna Kearsley

Glanz und Schatten

Roman. Aus dem Englischen von Leon Mengden. 395 Seiten. Serie Piper

Der Historiker Harry hat es sich in den Kopf gesetzt, die Juwelen zu suchen, die die unglückliche Königin Isabelle Plantagenet vor achthundert Jahren auf ihrer Flucht in den unterirdischen Gängen von Schloß Chinon versteckt hatte. Harry überredet seine junge attraktive Cousine Emily, ihm von London aus an den malerischen Adelssitz im Loire-Tal zu folgen. Bei Emilys Ankunft fehlt jedoch jede Spur von ihm, so daß sie sich einer Clique von Weltenbummlern anschließt und es genießt, von charmanten Männern umschwärmt zu werden. Die Urlaubsidylle zerbricht, als ein Mord geschieht. Auf der Suche nach Harry, dem Schatz und dem geheimnisvollen Drahtzieher im Hintergrund gerät Emily in höchste Gefahr. – In »Glanz und Schatten« verknüpft Susanna Kearsley gekonnt Geheimnis, Verbrechen und romantische Liebe und führt die Frauenschicksale verschiedenster Epochen in einem ebenso überraschenden wie furiosen Finale zusammen.

SERIE PIPER

Anita Shreve

Die Frau des Piloten

Roman. Aus dem Amerikanischen von Christine Frick-Gerke. 277 Seiten. Serie Piper

Für Kathryn war klar, daß sie zu niemandem auf der Welt ein so inniges, so vertrautes Verhältnis hatte wie zu ihrem Ehemann Jack. Bis zu seinem plötzlichen Unfalltod: denn nun tut sich für sie ein Abgrund an schrecklichen Vermutungen und Gewißheiten auf.
Eigentlich war ihre Ehe glücklich, ja sogar leidenschaftlich gewesen. Ihre Geschichte hatte begonnen in jenem Haus am Meer, mit seinen hohen Fenstern, durch die man den blaugrünen Atlantik sehen kann. Eines Tages hatte Jack ihr dieses Haus tatsächlich geschenkt – als Besiegelung ihrer großen Liebe.
Unfaßbar ist für Kathryn daher die Nachricht seines plötzlichen Todes – Jack, Pilot bei einer großen amerikanischen Fluggesellschaft, ist mit einer vollbesetzten Passagiermaschine vor der irischen Küste abgestürzt. Die Medien munkeln von Selbstmord – aber Kathryn will es einfach nicht glauben. Was könnte ihr Mann vor ihr verborgen haben? Eine rätselhafte Londoner Telefonnummer, die sie in einem seiner Kleidungsstücke findet, weckt einen furchtbaren Verdacht in ihr …

Anita Shreve

Verschlossenes Paradies

Roman. Aus dem Amerikanischen von Heinz Nagel. 348 Seiten. Serie Piper

Die Nachbarskinder Andrew und das Adoptivkind Eden verband zuerst eine tiefe Freundschaft und dann innige, fast mystische Liebe. Doch ein entsetzliches Verbrechen, das Eden für immer zeichnete, setzte ihrer unbeschwerten Jugendzeit ein jähes Ende. Siebzehn Jahre später, die beiden haben sich inzwischen aus den Augen verloren, kehrt Andrew an den Ort des Geschehens zurück, eine ländliche Kleinstadt unweit von New York. Und erst jetzt beginnt er, diese unheilvolle, seltsam magische Liebesbeziehung zu entschlüsseln. Als die gespenstische Wahrheit über Edens Vergangenheit zur Gewißheit wird, erkennt Andrew die Gründe seiner Beziehung zu diesem Mädchen aus verlorener Zeit. Ein meisterhaft komponierter, poetischer Roman voll tiefgründiger Spannung.

Anita Shreve

Das Gewicht des Wassers

Roman. Aus dem Amerikanischen von Mechtild Sandberg. 292 Seiten. Serie Piper

»Anita Shreve ist eine clevere Mischung aus schaurigem Kriminalfall und psychologisch ausgefeiltem Beziehungsdrama gelungen.«
Der Spiegel

Anita Shreve

Gefesselt in Seide

Roman. Aus dem Amerikanischen von Mechtild Sandberg. 344 Seiten. Serie Piper

Maureen, eine junge Journalistin, lebt mit ihrem Mann Harrold und ihrem kleinen Töchterchen Caroline in einer trügerischen Idylle. Denn niemand ahnt, wieviel Gewalt und Mißhandlung Maureen von ihrem Mann ertragen muß. Und sie schweigt, vertraut sich niemandem an, entschuldigt seine Handlungen vor sich selbst. Erst nach Jahren flieht sie vor ihm. Für eine kurze Zeit findet sie in einem kleinen Fischerdorf Unterstützung, Zuneigung und Liebe. Aber Harrold spürt sie auf, und die Tragödie nimmt ihren Lauf.

Anita Shreve

Eine gefangene Liebe

Roman. Aus dem Amerikanischen von Mechtild Sandberg. 253 Seiten. Serie Piper

Durch Zufall stößt Charles Callahan in der Zeitung auf das Foto einer Frau, die ihm seltsam bekannt vorkommt. Es ist Siân Richards, die er vor einunddreißig Jahren als Vierzehnjähriger bei einem Sommercamp kennengelernt hatte und die seine große Sehnsucht blieb. Überwältigt von den Erinnerungen schreibt er ihr und bittet um ein Treffen. Auch für Siân war die Geschichte mit Charles nie beendet, sehr zart sind die Bilder der Vergangenheit, sehr heftig das Verlangen. Und aus der unerfüllten Liebe von einst wird eine leidenschaftliche Affäre. Aber beide sind inzwischen verheiratet, haben Kinder und leben in verschiedenen Welten. Sie geraten in einen Strudel von Ereignissen, die unaufhaltsam auf einen dramatischen Höhepunkt zusteuern.